O TERCEIRO GÊMEO

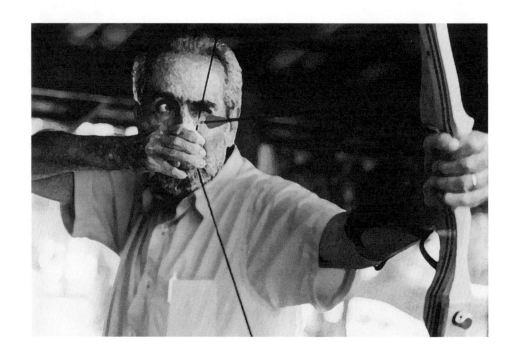

O Arqueiro

GERALDO JORDÃO PEREIRA (1938-2008) começou sua carreira aos 17 anos, quando foi trabalhar com seu pai, o célebre editor José Olympio, publicando obras marcantes como *O menino do dedo verde*, de Maurice Druon, e *Minha vida*, de Charles Chaplin.

Em 1976, fundou a Editora Salamandra com o propósito de formar uma nova geração de leitores e acabou criando um dos catálogos infantis mais premiados do Brasil. Em 1992, fugindo de sua linha editorial, lançou *Muitas vidas, muitos mestres*, de Brian Weiss, livro que deu origem à Editora Sextante.

Fã de histórias de suspense, Geraldo descobriu *O Código Da Vinci* antes mesmo de ele ser lançado nos Estados Unidos. A aposta em ficção, que não era o foco da Sextante, foi certeira: o título se transformou em um dos maiores fenômenos editoriais de todos os tempos.

Mas não foi só aos livros que se dedicou. Com seu desejo de ajudar o próximo, Geraldo desenvolveu diversos projetos sociais que se tornaram sua grande paixão.

Com a missão de publicar histórias empolgantes, tornar os livros cada vez mais acessíveis e despertar o amor pela leitura, a Editora Arqueiro é uma homenagem a esta figura extraordinária, capaz de enxergar mais além, mirar nas coisas verdadeiramente importantes e não perder o idealismo e a esperança diante dos desafios e contratempos da vida.

KEN FOLLETT

O TERCEIRO GÊMEO

ARQUEIRO

Título original: *The Third Twin*

Copyright © 1996 por Ken Follett
Copyright da tradução © 2021 por Editora Arqueiro Ltda.

Todos os direitos reservados. Nenhuma parte deste livro pode ser utilizada ou reproduzida sob quaisquer meios existentes sem autorização por escrito dos editores.

tradução: Bruno Fiuza e Roberta Clapp

preparo de originais: Melissa Lopes

produção editorial: Guilherme Bernardo

revisão: Ana Grillo e Luis Américo Costa

capa: Blacksheep

adaptação de capa e diagramação: Ana Paula Daudt Brandão

imagens de capa: Cavan Images | Alamy Stock Photo (estacionamento); russellkord.com | age fotostock (silhueta); Jay Pasachoff | SuperStock (constelação de Gêmeos)

impressão e acabamento: Associação Religiosa Imprensa da Fé

CIP-BRASIL. CATALOGAÇÃO NA PUBLICAÇÃO
SINDICATO NACIONAL DOS EDITORES DE LIVROS, RJ

F724t

    Follett, Ken, 1949-
        O terceiro gêmeo / Ken Follett ; [tradução Bruno Fiuza, Roberta Clapp]. - 1. ed. - São Paulo : Arqueiro, 2021.
        464 p. ; 23 cm.

    Tradução de: The third twin
    ISBN 978-65-5565-206-2

    1. Ficção inglesa. I. Fiuza, Bruno. II. Clapp, Roberta. III. Título.

21-72224   CDD: 823
                                                       CDU: 82-3(410.1)

Leandra Felix da Cruz Candido - Bibliotecária - CRB-7/6135

Todos os direitos reservados, no Brasil, por
Editora Arqueiro Ltda.
Rua Funchal, 538 – conjuntos 52 e 54 – Vila Olímpia
04551-060 – São Paulo – SP
Tel.: (11) 3868-4492 – Fax: (11) 3862-5818
E-mail: atendimento@editoraarqueiro.com.br
www.editoraarqueiro.com.br

*Aos meus enteados
Jann Turner, Kim Turner e Adam Broer,
com amor.*

DOMINGO

CAPÍTULO UM

Uma onda de calor se abateu sobre Baltimore feito uma mortalha. Os subúrbios arborizados eram refrescados por centenas de milhares de irrigadores de jardim, mas os abastados moradores permaneciam dentro de casa, com o ar-condicionado no máximo. Na North Avenue, prostitutas letárgicas se protegiam nas sombras e suavam sob as perucas, e os jovens parados nas esquinas vendiam drogas, que carregavam nos bolsos das bermudas largas. Era final de setembro, mas o outono ainda parecia muito distante.

Com a lente de um dos faróis quebrada e remendada com fita isolante, um Datsun branco todo enferrujado cruzava um bairro operário branco ao norte da cidade. O carro não tinha ar-condicionado, e o motorista estava com todas as janelas abaixadas. Ele era um homem bonito de 22 anos vestindo uma bermuda jeans com a barra desfiada, uma camiseta branca limpa e um boné vermelho com a palavra SEGURANÇA em letras brancas na frente. O estofamento sintético sob suas coxas estava escorregadio por conta do suor, mas ele não ia deixar que aquilo o incomodasse. Estava de bom humor.

O rádio do carro estava sintonizado na 92Q ("Vinte sucessos na sequência!"). No banco do carona havia um fichário aberto. O jovem olhava para ele de tempos em tempos, memorizando uma página digitada com termos técnicos para um teste que faria no dia seguinte. Tinha facilidade para aprender e após alguns minutos de estudo teria decorado o conteúdo.

Em um semáforo, uma mulher loura em um Porsche conversível parou ao lado dele.

– Belo carro! – disse ele para ela com um sorriso.

A mulher desviou o olhar sem dizer nada, mas ele teve a impressão de ter visto um leve sorriso se insinuar no rosto dela. Usando óculos escuros de lentes grandes, ela provavelmente tinha o dobro da idade dele, como a maioria das mulheres dirigindo um Porsche.

– Vamos apostar corrida até o próximo sinal? – sugeriu ele.

Ela riu da proposta, uma gargalhada musical e sedutora, então levou sua mão fina e elegante ao câmbio, passou a primeira e disparou como um foguete.

Ele deu de ombros. Não custava nada tentar.

Passou pelo campus arborizado da Universidade Jones Falls, uma das melhores do país, muito mais requintada do que a que ele frequentava. Em frente ao imponente portão, um grupo de umas dez mulheres passou correndo com roupas de ginástica: shorts justos, tênis Nike, camisetas suadas e tops. Ele imaginou se tratar do time de hóquei sobre a grama, e a jovem sarada à frente do grupo parecia ser a capitã comandando o treino, garantindo que as demais estivessem em forma para a próxima temporada.

Elas entraram no campus e, de repente, ele foi dominado por uma fantasia tão poderosa e excitante que mal conseguiu enxergar por onde ia. Ele as imaginou no vestiário – a mais gordinha se ensaboando no chuveiro, a ruiva enxugando seus longos cabelos cor de cobre com uma toalha, a negra vestindo uma calcinha de renda branca, a capitã com jeito de sapatão caminhando nua, exibindo seus músculos – quando então acontecia alguma coisa que as aterrorizava. De repente todas entravam em pânico, olhos arregalados de pavor, gritando e chorando, à beira do desespero. Elas corriam para um lado e para outro, esbarrando umas nas outras. A gorda caía e ficava deitada no chão, choramingando desamparada, e as demais pisavam nela, desatentas, enquanto tentavam desesperadamente se esconder, encontrar a porta ou fugir do que quer que as estivesse assustando.

Ele parou no acostamento e colocou o carro em ponto morto. Respirava com dificuldade e podia sentir o coração martelando no peito. Aquela havia sido a melhor que já tivera. Mas um pequeno pedaço da fantasia ficara faltando. Por que elas estavam com tanto medo? Procurou a resposta em sua imaginação fértil e ficou sem ar de tanta empolgação quando ela veio: um incêndio. O lugar estava em chamas e elas ficaram apavoradas com o fogo. Tossiam e engasgavam com a fumaça enquanto corriam sem direção, seminuas e frenéticas.

– Meu Deus – sussurrou ele, olhando para a frente, vendo a cena como um filme projetado no para-brisa do Datsun.

Depois de um tempo, ele se acalmou. O desejo ainda era forte, mas a fantasia não era mais suficiente: era como pensar em uma cerveja quando se está morrendo de sede. Levantou a barra da camiseta e enxugou o suor do rosto. Sabia que deveria tentar esquecer aquela fantasia e seguir em frente, mas era maravilhosa demais. Seria terrivelmente perigosa – ele passaria anos na cadeia se fosse apanhado –, mas o perigo nunca o impedira de fazer nada na vida. Lutou para resistir à tentação, ainda que apenas por um segundo.

– Eu quero fazer isso – murmurou, fazendo a volta com o carro e cruzando o imenso portão para dentro do campus.

Ele já havia estado lá antes. A universidade se espalhava por 40 hectares de gramados, jardins e bosques. Os prédios eram em sua maioria feitos de tijolos vermelhos, com algumas estruturas modernas de concreto e vidro, todos conectados por um emaranhado de ruazinhas estreitas ladeadas por parquímetros.

O time de hóquei havia desaparecido, mas ele encontrou facilmente o ginásio: era um prédio baixo próximo a uma pista de corrida, e havia uma grande estátua de um lançador de disco do lado de fora. Estacionou ao lado de um parquímetro, mas não colocou uma moeda nele: nunca colocava dinheiro em parquímetros. A musculosa capitã do time de hóquei estava parada nos degraus na frente do ginásio, conversando com alguém. Ele subiu correndo a escadaria, sorrindo para a capitã ao passar por ela, e empurrou a porta para entrar no prédio.

O saguão estava cheio de rapazes e moças de shorts e faixas no cabelo passando de um lado para outro, com raquetes nas mãos e bolsas esportivas penduradas nos ombros. Sem dúvida, a maioria dos times da faculdade treinava aos domingos. Havia um segurança sentado atrás de uma mesa no meio do saguão, verificando as carteirinhas de estudante das pessoas, mas naquele momento um grande grupo de corredores entrou e passou pelo guarda, alguns agitando suas carteirinhas, outros se esquecendo de fazê-lo, e o guarda apenas deu de ombros e continuou lendo *A zona morta*.

O desconhecido se virou e observou umas taças de prata expostas em uma caixa de vidro, troféus recebidos por atletas da Jones Falls. Um minuto depois, um time de futebol entrou, dez homens e uma mulher corpulenta com chuteiras, e ele rapidamente se misturou a eles. Cruzou o saguão como se fosse parte do grupo e os seguiu por uma ampla escadaria até o subsolo. Estavam conversando sobre o jogo, dando risada de um gol que haviam feito por sorte e indignados com uma falta escandalosa, e não o notaram.

Ele caminhava de um jeito casual, mas seus olhos estavam atentos. Ao pé da escada havia um pequeno saguão com uma máquina automática de refrigerantes e um telefone público. O vestiário masculino dava para o saguão. A mulher do time de futebol percorreu um longo corredor, provavelmente indo para o vestiário feminino, que devia ter sido adicionado posteriormente por um arquiteto que imaginou que nunca haveria tantas garotas na Jones Falls.

O desconhecido tirou o telefone do gancho e fingiu procurar uma moeda. Os homens entraram no vestiário. Ele observou a mulher abrir uma porta e desaparecer. Aquele devia ser o vestiário feminino. *Elas estão todas lá dentro,* pensou ele com entusiasmo, *se despindo, tomando banho e se esfregando com toalhas.* Estar tão perto delas fez seu corpo se aquecer. Ele enxugou a testa com as costas da mão. Tudo que precisava fazer para completar a fantasia era deixá-las todas mortas de medo.

Tentou se acalmar. Não iria estragar tudo por agir com pressa. Precisava de alguns minutos de planejamento.

Quando todos desapareceram, ele desceu o corredor atrás da mulher.

Havia três portas ao longo do corredor, uma de cada lado e outra no final. A mulher havia entrado na da direita. Ele verificou a porta no final e descobriu que levava a uma sala grande e empoeirada cheia de máquinas volumosas: caldeiras e filtros para a piscina, supôs. Entrou e fechou a porta.

Havia um zumbido baixo, elétrico. Ele imaginou uma garota delirando de medo, vestindo apenas a lingerie – visualizou um sutiã e uma calcinha com estampa floral –, deitada no chão encarando-o com olhos aterrorizados enquanto ele desafivelava o cinto. Saboreou a visão por um momento, sorrindo consigo mesmo. Ela estava a apenas alguns metros de distância. Naquele momento, a garota devia estar pensando na noite que se aproximava: talvez tivesse um namorado e estivesse pensando em deixá-lo fazer o que quisesse mais tarde; ou poderia ser uma caloura, solitária e um pouco tímida, sem nada para fazer no domingo à noite a não ser assistir a uma série na TV; ou talvez ela tivesse um trabalho para entregar no dia seguinte e planejasse ficar acordada a noite toda para terminá-lo. *Nenhuma das opções acima, querida. Chegou a hora do pesadelo.*

Ele já havia feito aquele tipo de coisa antes, embora nunca em tal escala. Sempre havia gostado de assustar as meninas, desde que se entendia por gente. No ensino médio, não havia nada de que ele gostasse mais do que pegar uma garota sozinha em um canto em algum lugar e ameaçá-la até que ela começasse a chorar e implorasse por misericórdia. Era por isso que ele estava sempre precisando mudar de escola. Às vezes tinha encontros com garotas, só para ser como os outros caras e ter alguém com quem entrar de mãos dadas em um bar. Se elas davam a entender que queriam, ele até transava com elas, mas sempre parecia algo meio sem sentido.

Todo mundo tinha um fetiche, acreditava ele: alguns homens gostavam de se vestir de mulher; outros, de ter uma garota com roupas de couro andando sobre eles com sapatos de salto alto. Um cara que ele conhecia achava que a parte mais sexy de uma mulher eram os pés: uma vez ficou de pau duro na seção de calçados femininos de uma loja de departamentos vendo-as calçar e tirar sapatos repetidamente.

O fetiche dele era o medo. O que o excitava era uma mulher tremendo de pavor. Sem medo não havia excitação.

Olhando ao redor minuciosamente, notou uma escada fixada na parede, levando a uma escotilha de ferro trancada. Subiu rapidamente a escada, girou os ferrolhos e abriu a escotilha. Pegou-se olhando para os pneus de um Chrysler New Yorker em um estacionamento. Orientando-se, percebeu que estava na parte de trás do prédio. Fechou a escotilha e desceu.

Saiu da sala de máquinas da piscina. Enquanto caminhava pelo corredor, uma mulher vindo na direção oposta lançou-lhe um olhar hostil. Teve um momento de ansiedade: ela poderia perguntar a ele que diabo estava fazendo perto do vestiário feminino. Não havia imaginado um bate-boca do tipo. Naquele momento, isso poderia arruinar seu plano. Mas os olhos dela se ergueram na direção do boné dele e, ao assimilarem a palavra SEGURANÇA, ela desviou o olhar e entrou no vestiário.

Ele abriu um sorriso. Havia comprado o boné por 8,99 dólares em uma loja de suvenires. Mas as pessoas estavam acostumadas a ver seguranças vestindo calças jeans em shows de rock, policiais que pareciam criminosos até mostrarem seus distintivos, agentes federais em aeroportos usando suéteres; dava muito trabalho questionar as credenciais de cada idiota que se dizia segurança.

Tentou a porta do lado oposto ao vestiário feminino. Abriu e viu que dava em um pequeno depósito. Ligou a luz, entrou e fechou a porta.

Equipamentos de ginástica obsoletos estavam empilhados ao redor dele em prateleiras: bolas pretas pesadas, colchonetes gastos, bastões de madeira, luvas de boxe mofadas e cadeiras dobráveis de madeira lascadas. Havia um cavalo para saltos com estofamento estourado e uma perna quebrada. O cômodo cheirava a mofo. Um grande cano prateado corria ao longo do teto, e ele supôs que o duto fornecesse ventilação para o vestiário do outro lado do corredor.

Estendeu a mão e tateou os parafusos que prendiam o cano ao que parecia ser um ventilador. Não conseguiu girá-los com os dedos, mas havia uma chave inglesa no porta-malas do Datsun. Se ele conseguisse soltar o duto, o ventilador puxaria o ar do depósito em vez do ar do lado de fora do prédio.

Ele iniciaria o incêndio bem abaixo do ventilador. Pegaria uma lata de gasolina, colocaria um pouco em uma garrafa de vidro vazia e a levaria até lá junto com alguns fósforos e um jornal para ajudar a acender.

O fogo cresceria rapidamente e produziria enormes ondas de fumaça. Ele amarraria um pano úmido sobre o nariz e a boca e esperaria até que o depósito estivesse completamente enfumaçado. Em seguida, soltaria o duto do ventilador. A fumaça seria puxada para dentro do tubo e bombeada até o vestiário feminino. De início, ninguém notaria. Então uma ou duas sentiriam o cheiro no ar e perguntariam: "Tem alguém fumando?" Ele abriria a porta do depósito e deixaria o corredor se encher de fumaça. Quando as garotas se dessem conta de que havia algo muito errado, escancarariam a porta do vestiário, teriam a impressão de que o prédio inteiro estava pegando fogo e entrariam em pânico.

Então ele entraria no vestiário. Haveria um mar de sutiãs e meias, seios e bundas nus e pelos pubianos. Algumas estariam correndo para fora do chuveiro, nuas e molhadas, procurando por toalhas; outras estariam tentando se vestir; a maioria estaria correndo em busca da porta, parcialmente cegas pela fumaça. Haveria choro, soluços e gritos de medo. Ele continuaria a fingir ser um segurança e gritaria ordens para elas: "Não parem para se vestir! É uma emergência! Saiam! O prédio inteiro está em chamas! Corram, corram!" Daria tapas em suas bundas nuas, as empurraria, arrancaria suas roupas e as apalparia. Elas perceberiam que havia algo muito errado, mas a maioria delas estaria perturbada demais para tentar entender. Se a musculosa capitã do time de hóquei ainda estivesse lá, ela poderia ter a presença de espírito necessária para desafiá-lo, mas ele simplesmente a nocautearia.

Percorrendo o vestiário, ele selecionaria sua principal vítima. Seria uma garota bonita com aparência vulnerável. Ele pegaria no braço dela, dizendo: "Por aqui, por favor, estou com a equipe de segurança." Levaria a garota para o corredor e depois viraria para o lado errado, entrando na sala de máquinas da piscina. Lá, quando ela achasse estar a caminho de um lugar seguro, ele lhe daria um soco no rosto, outro na barriga e a jogaria no chão de concreto sujo. Ele a observaria rolar, virar e se sentar, ofegando e soluçando e olhando para ele com terror nos olhos.

Então ele daria um sorriso e desafivelaria o cinto.

CAPÍTULO DOIS

— Quero ir pra casa – declarou a Sra. Ferrami.

— Fica tranquila, mamãe – disse sua filha Jeannie. – A gente vai te tirar daqui mais rápido do que você imagina.

A irmã mais nova de Jeannie, Patty, lançou-lhe um olhar que dizia: *Como você acha que a gente vai conseguir fazer isso?*

A casa de repouso Bella Vista Sunset era a única que o seguro de saúde da mãe delas cobria, e era péssima. O quarto tinha duas camas altas de hospital, dois armários, um sofá e uma TV. As paredes eram pintadas de marrom cor de cogumelo e o piso vinílico era cor de creme com listras alaranjadas. A janela tinha grades, mas não cortinas, e dava para um posto de gasolina. Havia uma pia no canto e um banheiro no final do corredor.

— Quero ir pra casa – repetiu a mãe.

— Mas, mamãe, você fica esquecendo as coisas, não consegue mais cuidar de si mesma sozinha – disse Patty.

— Claro que consigo. Não se *atreva* a falar comigo desse jeito.

Jeannie mordeu o lábio. Olhando para a carcaça do que antes era a sua mãe, sentiu vontade de chorar. A mulher tinha feições fortes: sobrancelhas pretas, olhos escuros, nariz reto, boca larga e queixo bem marcado. O mesmo padrão se repetia tanto em Jeannie quanto em Patty, embora a mãe fosse baixa e as duas fossem altas como o pai. Todas as três eram tão obstinadas quanto sua aparência sugeria: *intimidadoras* era a palavra geralmente usada para descrever as mulheres Ferrami. Mas a mãe nunca seria intimidadora novamente. Ela tinha Alzheimer.

Ainda não havia chegado aos 60. Jeannie, que tinha 29 anos, e Patty, com 26, haviam alimentado a esperança de que ela fosse capaz de cuidar de si mesma por mais alguns anos, mas o sentimento tinha sido destruído naquele dia, às cinco da manhã, quando um policial de Washington ligou para dizer que havia encontrado a mãe delas caminhando pela 18th Street vestindo uma camisola imunda, chorando e dizendo que não conseguia lembrar onde morava.

Jeannie entrou no carro e dirigiu de Baltimore até Washington, uma viagem de uma hora em uma tranquila manhã de domingo. Buscou a mãe na delegacia, levou-a para casa, deu-lhe um banho e a vestiu, e então ligou para

Patty. Juntas, as duas irmãs tomaram as providências necessárias para que a mãe fosse para a Bella Vista. Ficava na cidade de Columbia, entre Washington e Baltimore. Sua tia Rosa havia passado seus últimos anos lá.

– Eu não gosto daqui – comentou a mãe.

– A gente também não, mas neste momento só dá pra pagar isso – disse Jeannie.

A intenção dela tinha sido soar pragmática e racional, mas acabou sendo grosseira.

Patty lançou um olhar de reprovação para a irmã e interveio:

– Ah, mamãe, a gente já morou em lugares bem piores.

Era verdade. Depois que o pai delas foi preso pela segunda vez, as duas meninas e a mãe haviam morado em um quarto onde havia um fogareiro em cima de uma cômoda e uma torneira no corredor. Aquele foi o período em que viveram de auxílios do governo. Mas a mãe fora uma leoa na adversidade. Assim que Jeannie e Patty entraram para a escola, ela conseguiu uma senhora de confiança para cuidar das meninas quando elas voltassem para casa, arranjou um emprego – havia sido cabeleireira e, embora fosse antiquada, ainda era boa – e se mudou com elas para um pequeno apartamento de dois quartos em Adams-Morgan, que na época era um respeitável bairro operário.

Ela preparava rabanadas no café da manhã e mandava Jeannie e Patty para a escola com vestidos limpos. Depois arrumava os cabelos e se maquiava – quando se trabalha em um salão de beleza é preciso estar elegante –, e sempre deixava a cozinha impecável, com um prato de biscoitos sobre a mesa para quando as meninas voltassem. Aos domingos, as três limpavam o apartamento e lavavam a roupa juntas. A mãe sempre havia sido tão capaz, tão confiável, tão incansável, que era de partir o coração vê-la queixosa e desmemoriada em cima daquela cama.

A mulher franziu a testa, como se estivesse confusa, e disse:

– Jeannie, por que tem um brinco no seu nariz?

Jeannie tocou a delicada argola de prata e deu um meio sorriso.

– Mamãe, eu fiz um piercing no nariz quando era adolescente. Não lembra como ficou brava comigo por causa disso? Achei que fosse me expulsar de casa.

– Eu esqueço as coisas – respondeu a mãe.

– Eu me lembro muito bem – interveio Patty. – Achei a coisa mais legal do mundo. Mas eu tinha 11 anos e você, 14, e pra mim tudo que você fazia era ousado, estiloso e inteligente.

– Talvez fosse mesmo – disse Jeannie, com arrogância fingida.

Patty deu uma risadinha.

– Menos a jaqueta laranja.

– Nossa, aquela jaqueta. A mamãe acabou tacando fogo nela depois que eu dormi num prédio abandonado e fiquei cheia de pulgas.

– Eu me lembro disso – completou a mãe. – Pulgas! Uma filha minha!

Quinze anos depois ela ainda estava indignada com aquilo. De repente o clima ficou mais leve. Falar sobre o passado tinha feito as três se lembrarem de quão próximas eram. Era um bom momento para partir.

– É melhor eu ir – antecipou Jeannie, se levantando.

– Eu também – disse Patty. – Preciso fazer o jantar.

No entanto, nenhuma das duas se moveu em direção à porta.

Jeannie sentia como se estivesse largando a mãe, abandonando-a em um momento de necessidade. Ninguém naquele lugar a amava. Era sua família que deveria cuidar dela. Jeannie e Patty tinham que ficar com ela, cozinhar para ela, passar suas camisolas e ligar a TV em seus programas favoritos.

– Quando vou ver vocês? – perguntou a mãe.

Jeannie hesitou. Ela queria dizer: *Amanhã vou trazer seu café da manhã e passar o dia todo com você.* Mas era impossível: ela teria uma semana agitada no trabalho. Foi inundada pela culpa. *Como posso ser tão cruel?*

Patty a socorreu dizendo:

– Eu vou vir amanhã com as crianças. Vai ser legal.

A mãe não deixaria Jeannie escapar tão facilmente.

– Você também vem, Jeannie?

Jeannie mal conseguiu falar:

– Assim que eu puder. – Sufocando de tristeza, ela se inclinou sobre a cama e beijou a mãe. – Te amo, mamãe. Tenta se lembrar disso.

Assim que cruzaram a porta, Patty desatou em lágrimas.

Jeannie também sentiu vontade de chorar, mas era a irmã mais velha e muito tempo atrás tinha adquirido o hábito de controlar as próprias emoções enquanto cuidava de Patty. Colocou um braço ao redor dos ombros da irmã enquanto caminhavam pelo corredor estéril. Patty não era fraca, mas era mais flexível do que Jeannie, que era combativa e obstinada. A mãe sempre criticava Jeannie e dizia que ela deveria ser mais como Patty.

– Eu queria muito que a mamãe ficasse na minha casa, mas não tem como – lamentou Patty.

Jeannie concordou. Patty era casada com um carpinteiro chamado Zip.

Eles moravam em uma pequena casa geminada com dois quartos. O segundo quarto era compartilhado por seus três meninos. Davey tinha 6 anos, Mel tinha 4 e Tom, 2. Não havia onde colocar uma avó.

Jeannie era solteira. Como professora assistente na Universidade Jones Falls, ela ganhava 30 mil dólares por ano – bem menos que o marido de Patty, ela supunha – e tinha acabado de fazer sua primeira hipoteca para comprar um apartamento de quarto e sala, com a mobília parcelada no cartão de crédito. Um cômodo era uma mistura de sala de estar com copa e cozinha; o outro, um quarto com um armário embutido e um banheiro minúsculo. Se ela desse a cama para a mãe, teria que dormir no sofá todas as noites; e não haveria ninguém em casa durante o dia para vigiar uma mulher com Alzheimer.

– Eu também não tenho como levá-la comigo – admitiu Jeannie.

Patty demonstrou raiva em meio às lágrimas.

– Então por que você disse que a gente ia tirá-la de lá? É impossível!

Do lado de fora o calor era de derreter.

– Amanhã vou ao banco pedir um empréstimo. A gente a coloca num lugar melhor e eu complemento o dinheiro do seguro.

– Mas como você vai pagar o empréstimo depois? – perguntou Patty, pragmática.

– Eu vou ser promovida a professora adjunta, depois a professora titular, e vou receber pra escrever um livro e ser contratada como consultora por três conglomerados internacionais.

Patty sorriu em meio às lágrimas.

– Eu acredito em você, mas e o banco?

Patty sempre havia acreditado em Jeannie. Ela mesma nunca tinha sido ambiciosa. Sempre ficara abaixo da média na época da escola, casara-se aos 19 anos e largara tudo para criar os filhos sem qualquer arrependimento aparente. Jeannie era o oposto. Primeira da turma e capitã de todos os times esportivos, ela havia sido campeã de tênis e ingressara na faculdade com uma bolsa de estudos para atletas. Patty jamais duvidava de qualquer coisa que a irmã se dispusesse a fazer.

Mas Patty tinha razão: o banco não iria lhe conceder outro empréstimo tão pouco tempo depois de financiar a compra do apartamento. E ela havia acabado de começar como professora assistente: três anos se passariam antes que a considerassem para uma promoção. Quando chegaram ao estacionamento, Jeannie sugeriu desesperada:

– Então eu vou vender o meu carro.

Ela amava aquele carro. Era um Mercedes 230C de vinte anos, um sedã vermelho de duas portas com bancos de couro preto. Tinha sido comprado oito anos antes, com o prêmio de 5 mil dólares que ela recebeu por ter vencido um torneio universitário de tênis. Isso foi antes de virar moda ter um Mercedes velho.

– Provavelmente vale o dobro do que paguei por ele.

– Mas você vai ter que comprar outro carro – disse Patty, ainda impiedosamente realista.

– Tem razão. – Jeannie deu um suspiro. – Bom, eu posso dar aulas particulares. É contra as regras da universidade, mas provavelmente consigo uns 40 dólares por hora dando aula de reforço de estatística pros alunos ricos que foram reprovados na matéria em outras faculdades. Daria pra ganhar uns 300 dólares por semana, talvez. – Ela olhou a irmã nos olhos. – Você tem como arranjar algum dinheiro?

Patty desviou o olhar.

– Não sei.

– O Zip ganha mais do que eu.

– Ele vai me matar por te dizer isso, mas talvez a gente consiga contribuir com uns 75 ou 80 por semana – disse Patty por fim. – Vou ver se ele pede um aumento. Ele é meio tímido pra essas coisas, mas sei que merece e o chefe gosta dele.

Jeannie começou a se sentir melhor, embora a perspectiva de passar os domingos dando aulas para alunos de graduação atrasados fosse desanimadora.

– Com 400 dólares a mais por semana, a gente consegue arrumar um quarto só pra mamãe com banheiro privativo.

– Daí ela pode ter mais coisas dela por lá, como objetos de decoração e quem sabe alguns móveis do apartamento.

– Vamos pesquisar, ver se alguém conhece um lugar legal.

– Está bem. – Patty estava pensativa. – A doença da mamãe é hereditária, não é? Eu vi uma coisa assim na TV.

Jeannie meneou a cabeça.

– O Alzheimer precoce está relacionado a um defeito genético.

Jeannie lembrava que ficava localizado no cromossomo 14q24.3, mas aquela informação de nada serviria a Patty.

– Significa que a gente vai ficar igual à mamãe?

– Significa que existe uma boa chance de isso acontecer.

Ambas ficaram em silêncio por alguns instantes. A ideia da demência era algo quase aterrorizante demais para ser conversado.

– Fico feliz por ter sido mãe cedo – disse Patty. – Eles vão ter idade suficiente pra cuidarem de si mesmos quando isso acontecer comigo.

Jeannie percebeu a pontinha de reprovação. Assim como a mãe, Patty achava que havia algo de errado em ter 29 anos e não ter filhos.

– O fato de eles terem descoberto qual é o gene também é uma esperança. Isso significa que, quando a gente tiver a idade da mamãe, talvez seja possível injetar uma versão alterada do nosso DNA que não tenha o gene fatal.

– Eles mencionaram isso na TV. Tecnologia do DNA recombinante, não é isso?

Jeannie sorriu para a irmã.

– Isso mesmo.

– Viu, não sou tão burra assim.

– Nunca achei que você fosse burra.

– A questão é... o nosso DNA torna a gente o que a gente é... então, se alguém alterar o meu DNA, isso vai me tornar uma pessoa diferente?

– Não é só o seu DNA que torna você o que você é. É a sua criação também. O meu trabalho é exatamente sobre isso.

– Como está indo no emprego novo?

– Estou muito animada. Essa é a minha grande oportunidade, Patty. Muita gente leu o artigo que escrevi sobre criminalidade e se ela está presente ou não nos nossos genes.

O artigo, publicado no ano anterior, enquanto ela ainda estava na Universidade de Minnesota, levava o nome de seu professor supervisor acima do seu, mas ela é que havia feito a pesquisa.

– Até agora eu não sei se você acha que a tendência ao crime é hereditária ou não.

– Eu identifiquei quatro traços hereditários que *levam* ao comportamento criminoso: impulsividade, audácia, agressividade e hiperatividade. Mas a minha grande teoria é a de que há determinadas maneiras de se criar uma criança que neutralizam essas características e transformam criminosos em potencial em pessoas boas.

– Como você pode provar algo desse tipo?

– Estudando gêmeos idênticos criados separadamente. Gêmeos idênticos têm o mesmo DNA. E, quando eles são adotados no nascimento ou se separam por algum outro motivo, são criados de maneira diferente. Então eu saio em busca de duplas de gêmeos em que um é criminoso e o outro, não. Depois, estudo como eles foram educados e o que os pais fizeram de diferente.

– O seu trabalho é muito importante – comentou Patty.

– Acho que sim.

– Precisamos descobrir por que hoje em dia tanta gente se torna ruim.

Jeannie fez que sim com a cabeça. Em suma, era exatamente isso.

Patty se voltou para o seu carro, uma perua Ford antiga e grandalhona, a traseira cheia de tralhas coloridas das crianças: um triciclo, um carrinho de bebê dobrável, uma variedade de raquetes e bolas e um imenso caminhão de brinquedo com uma roda quebrada.

– Dá um beijo nos meninos por mim, tá? – disse Jeannie.

– Pode deixar. Te ligo amanhã depois de visitar a mamãe.

Jeannie pegou as chaves, hesitou, depois foi até Patty e a abraçou.

– Te amo, mana.

– Também te amo.

Jeannie entrou no carro e foi embora.

Ela estava abalada e inquieta, cheia de sentimentos mal resolvidos em relação à mãe, a Patty e ao pai que não estava lá. Pegou a Rodovia Interestadual 70 e saiu dirigindo em alta velocidade, cortando os carros. Perguntou-se o que fazer com o resto do dia, então lembrou que iria jogar tênis às seis, depois tomar cerveja e comer pizza com um grupo de alunos da pós-graduação e jovens professores do departamento de psicologia da Jones Falls. Seu primeiro pensamento foi cancelar toda a programação. Mas ela não queria ficar em casa ruminando aquilo tudo. Decidiu que iria jogar tênis: o exercício vigoroso a faria se sentir melhor. Depois iria até o Andy's Bar, ficaria lá por uma hora mais ou menos e voltaria para casa cedo.

Mas não foi isso que aconteceu.

~

Seu oponente no tênis era Jack Budgen, o bibliotecário-chefe da universidade. Ele havia jogado em Wimbledon e, embora já tivesse 50 anos e nenhum cabelo na cabeça, ainda estava em forma, e todas as suas antigas habilidades continuavam lá. Jeannie nunca tinha jogado em Wimbledon. O auge de sua carreira foi obter uma vaga na equipe olímpica de tênis dos Estados Unidos enquanto ainda estava na graduação. Mas ela era mais forte e mais rápida do que Jack.

Eles jogavam em uma das quadras de tênis de saibro vermelho no campus da Jones Falls. A partida estava equilibrada e atraiu uma pequena multidão de espectadores. Não havia código de vestimenta, mas Jeannie sempre jogava com short branco e camisa polo branca. Tinha longos cabelos escuros, que não eram sedosos e lisos como os de Patty, e sim cacheados e indomáveis, então os prendia sob o boné.

O saque de Jeannie era uma bomba, e seu backhand cruzado com as duas mãos, fatal. Não havia muito que Jack pudesse fazer quanto ao saque, mas, depois dos primeiros games, ele garantiu que ela não tivesse muitas chances de usar o backhand. Ele fez uma partida inteligente, conservando energia, deixando Jeannie cometer erros. Ela jogou com agressividade demais, cometendo duplas faltas e correndo para a rede muito cedo. Em um dia normal, supôs, teria sido capaz de vencê-lo, mas naquele dia sua concentração estava abalada e ela não conseguia antecipar o jogo dele. Cada um ganhou um set, o terceiro chegou a 5-4 a favor dele, e lá foi ela sacar para se manter na partida.

O game ficou empatado duas vezes, depois Jack marcou um ponto e ficou com a vantagem. Jeannie sacou na rede, e ouviu-se um arquejo vindo da pequena multidão. Em vez de um segundo serviço normal e mais lento, ela arriscou tudo e sacou novamente como se fosse um primeiro serviço. Jack apenas aparou a bola com a raquete e a devolveu para o backhand dela. Ela rebateu com força e correu para a rede. Mas Jack não estava tão desequilibrado como fingira estar e devolveu um lob perfeito que passou por cima da cabeça dela e caiu sobre a linha de fundo, vencendo a partida.

Jeannie ficou olhando para a bola, as mãos na cintura, furiosa consigo mesma. Embora houvesse anos que não jogava a sério, mantinha aquela competitividade obstinada que tornava a derrota algo tão difícil de aceitar. Então controlou os nervos, abriu um sorriso e voltou-se para ele.

– Bela jogada! – disse, caminhando até a rede e apertando a mão dele.

Houve uma salva de palmas dos espectadores.

Um jovem se aproximou dela.

– Ei, excelente partida! – disse ele com um sorriso largo.

Jeannie olhou para ele de relance. Era bem gato: alto e atlético, cabelo curto louro e encaracolado, belos olhos azuis, e estava dando em cima dela com tudo.

Ela não estava no clima.

– Obrigada – respondeu secamente.

Ele sorriu de novo, um sorriso confiante e relaxado que indicava que a maioria das garotas ficava feliz quando ele falava com elas, independentemente de o papo estar fazendo algum sentido.

– Sabe, eu também jogo tênis mais ou menos e estava pensando...

– Se você joga tênis *mais ou menos*, provavelmente não está no mesmo nível que eu – rebateu ela, passando por ele.

Atrás dela, ela o ouviu dizer em tom bem-humorado:

– Devo supor que um jantar romântico seguido de uma noite de amor está fora de questão, então?

Jeannie não pôde deixar de sorrir, ao menos pela persistência dele, e havia sido mais rude que o necessário. Virou a cabeça e falou por cima do ombro, sem parar de caminhar:

– Sim, mas agradeço a proposta.

Jeannie deixou a quadra e se dirigiu ao vestiário. Ela se perguntou o que a mãe estaria fazendo. Àquela hora, já devia ter jantado: eram sete e meia, e em lugares como aquele eles sempre serviam as refeições cedo. Ela provavelmente estaria assistindo à TV na sala de convivência. Talvez fizesse uma amiga, uma mulher de sua idade que tolerasse seu esquecimento e se interessasse pelas fotos de seus netos. A mãe tinha muitas amigas – as outras mulheres do salão, algumas de suas clientes, vizinhas, pessoas que ela conhecia havia 25 anos –, mas era difícil para elas manter a amizade, uma vez que ela sempre esquecia quem eram.

Ao passar pelo campo de hóquei, esbarrou com Lisa Hoxton. Lisa foi a primeira amiga de verdade que Jeannie fizera desde que chegara à Jones Falls, um mês antes. Ela era técnica do laboratório de psicologia. Tinha um bacharelado em ciência, mas não quis seguir a carreira acadêmica. Assim como Jeannie, vinha de uma família pobre e se sentia um pouco intimidada pela arrogância da Jones Falls, típica das universidades de elite. A conexão entre elas fora instantânea.

– Um *moleque* veio dar em cima de mim – disse Jeannie com um sorriso.

– Como ele era?

– Parecia o Brad Pitt, só que mais alto.

– Você falou que tinha uma amiga da idade dele? – perguntou Lisa. Ela tinha 24 anos.

– Não. – Jeannie olhou por cima do ombro, mas o homem não estava à vista. – Vamos continuar andando. Vai que ele está me seguindo.

– Isso seria ruim?

– Faça-me o favor.

– Jeannie, é dos esquisitos que a gente tem que fugir.

– Para com isso!

– Você podia ter dado o meu número pra ele.

– Eu deveria era ter dado o número do seu sutiã.

A amiga tinha seios grandes.

Lisa parou. Por um segundo, Jeannie achou que tinha ido longe demais e ofendido Lisa. Ela começou a formular um pedido de desculpas, mas Lisa disse:

– Que ideia maravilhosa! "Meu sutiã é 36D. Para mais informações, ligue para este número." É bem sutil também.

– Eu só estou com inveja. Sempre quis ter peitão – confessou Jeannie, e as duas riram. – Mas é verdade: eu rezava pra ter peito grande. Fui praticamente a última garota da minha turma a ficar menstruada. Era constrangedor.

– Você realmente dizia "Senhor Deus, por favor, faça meus peitos crescerem", ajoelhada ao lado da cama?

– Na verdade eu rezava pra Virgem Maria. Achava que era mais uma coisa de menina. E eu não dizia peitos.

– O que você dizia? Seios?

– Não, eu não imaginava que pudesse dizer "seios" pra Virgem Maria.

– Você chamava como, então?

– Tetas.

Lisa começou a rir.

– Não sei de onde tirei isso. Me pareceu mais técnico, sei lá. Nunca contei isso pra ninguém na minha vida.

Lisa olhou para trás.

– Bom, não estou vendo nenhum gatinho seguindo a gente. Acho que despistamos o Brad Pitt.

– Que ótimo. Ele é exatamente o meu tipo: bonito, sexy, seguro de si e cem por cento não confiável.

– Como sabe que ele não é confiável? Só esteve com ele por vinte segundos.

– Nenhum homem é confiável.

– Provavelmente você tem razão. Vai no Andy's hoje à noite?

– Sim, mas só por uma horinha mais ou menos. Tenho que tomar banho primeiro.

A camisa dela estava molhada de suor.

– Eu também. – Lisa estava de short e tênis. – Tenho corrido com as meninas do time de hóquei. Por que só uma horinha?

– Tive um dia difícil. – O jogo havia distraído Jeannie, mas ela sentia novamente o corpo contraído com a angústia retornando. – Precisei colocar a minha mãe numa casa de repouso.

– Ah, Jeannie, sinto muito.

Jeannie contou a ela a história enquanto entravam no edifício do ginásio e desciam as escadas até o subsolo. No vestiário, Jeannie avistou o reflexo delas no espelho. Eram tão diferentes na aparência que quase pareciam uma dupla de comediantes. Lisa tinha uma estatura um pouco abaixo da média e Jeannie tinha quase 1,80 metro. Lisa era loura e curvilínea, ao passo que Jeannie tinha pele escura e era musculosa. Lisa tinha um rosto delicado, com sardas espalhadas em um nariz pequeno e arrebitado e uma boca que parecia um arco. A maioria das pessoas descrevia Jeannie como marcante, e os homens às vezes diziam que ela era atraente, mas ninguém nunca a elogiava pela beleza.

– E o seu pai? – perguntou Lisa enquanto tiravam as peças de roupa suadas. – Você nunca falou dele.

Jeannie deu um suspiro. Era a pergunta que aprendera a temer, mesmo quando era pequena, mas invariavelmente ela surgia, mais cedo ou mais tarde. Por muitos anos ela mentira, dizendo que o pai estava morto, que havia desaparecido ou que se casara novamente e tinha ido trabalhar na Arábia Saudita. Ultimamente, porém, vinha dizendo a verdade.

– Meu pai está preso – disse ela.

– Ah, meu Deus. Eu não devia ter perguntado.

– Tudo bem. Ele passou a maior parte da minha vida na cadeia. É a terceira vez que vai preso. Sempre por roubo, com invasão de propriedade.

– De quanto tempo é a sentença dele?

– Não me lembro. Não importa. Ele não vai servir de nada quando sair. Nunca cuidou da gente e não é agora que vai começar.

– Ele nunca teve um emprego normal?

– Só quando planejava roubar o local. Aí ele passava umas duas semanas trabalhando como zelador, porteiro ou segurança do lugar.

Lisa se virou para ela, com olhos astutos.

– É por isso que você se interessa tanto pela genética da criminalidade?

– Talvez.

– Provavelmente não. – Lisa fez um gesto com a mão como se estivesse enxotando algo. – Detesto psicologia barata!

As duas seguiram em direção aos chuveiros. Jeannie demorava mais lavando o cabelo. Ela era grata pela amizade de Lisa, que estava na Jones Falls havia pouco mais de um ano e mostrara o campus para Jeannie quando ela chegou lá, no início do semestre. Jeannie gostava de trabalhar com Lisa no laboratório porque ela era absolutamente confiável, e gostava de sair com ela depois do trabalho porque sentia que poderia dizer qualquer coisa que viesse à sua mente sem medo de chocá-la.

Jeannie estava passando condicionador no cabelo quando ouviu ruídos estranhos. Parou para escutar. Pareciam gritos de pavor. Seu corpo se arrepiou a ponto de estremecer. De repente sentiu-se muito vulnerável: nua, molhada, no subsolo do edifício. Ela hesitou, depois rapidamente enxaguou o cabelo antes de sair do chuveiro para ver o que estava acontecendo.

Sentiu o cheiro de queimado assim que saiu de baixo da água. Não conseguia ver o fogo, mas havia nuvens grossas de fumaça preta e cinza perto do teto. Pareciam estar vindo pela ventilação.

Ela sentiu medo. Nunca tinha estado em um incêndio.

Algumas mulheres mais calmas pegavam suas bolsas e se dirigiam para a porta. Outras começavam a ficar desesperadas, gritando umas com as outras com vozes assustadas e correndo de um lado para outro inutilmente. Algum segurança idiota, com um lenço de bolinhas amarrado sobre o nariz e a boca, as estava deixando ainda mais assustadas ao andar para cima e para baixo, empurrando-as e gritando ordens.

Jeannie sabia que não deveria continuar lá dentro só para se vestir, só que não conseguiria sair nua do prédio. O medo corria em suas veias feito água gelada, mas ela conseguiu se acalmar. Encontrou seu escaninho no guarda-volumes. Não conseguia ver Lisa em lugar algum. Agarrou suas roupas, vestiu a calça jeans e enfiou a camiseta pela cabeça.

Demorou apenas alguns segundos, mas nesse meio-tempo o vestiário se esvaziou de pessoas e se encheu de fumaça. Ela não conseguia mais ver a porta e começou a tossir. A ideia de não conseguir respirar a assustou. *Eu sei onde fica a porta e só preciso manter a calma*, disse a si mesma. Suas chaves e seu dinheiro estavam nos bolsos da calça jeans. Pegou a raquete de tênis.

Prendendo a respiração, caminhou rapidamente em meio aos guarda-volumes até a saída.

O corredor estava cheio de fumaça e seus olhos começaram a lacrimejar de tal maneira que ela não conseguia enxergar. Naquele momento ela desejou ter permanecido nua e ganhado alguns segundos preciosos. Estar vestida não a ajudava em nada a ver ou a respirar naquela névoa fumacenta. E de nada importava estar nua se estivesse morta.

Mantinha uma das mãos trêmulas na parede para lhe dar algum senso de direção enquanto corria ao longo do corredor, ainda prendendo a respiração. Achava que talvez fosse esbarrar em outras mulheres, mas todas pareciam ter saído antes dela. Quando a parede acabou, ela soube que estava no pequeno saguão, embora não pudesse ver nada além de nuvens de fumaça. A escada deveria estar bem à frente dela. Cruzou o saguão e se chocou contra a máquina de refrigerantes. A escada estava à esquerda ou à direita? À esquerda, concluiu. Indo nessa direção, deu de cara com a porta do vestiário masculino e percebeu que fizera a escolha errada.

Ela não conseguia mais prender a respiração. Com um gemido, puxou o ar para dentro. Inalou principalmente fumaça, e isso a fez tossir sem parar. Cambaleou para trás ao longo da parede, atormentada pela tosse, as narinas ardendo, os olhos lacrimejando, mal conseguindo ver as próprias mãos à frente. Com todas as suas forças, ansiou por um sopro de ar puro, algo a que não dera o devido valor ao longo de 29 anos de vida. Seguiu a parede até a máquina de refrigerantes e a contornou. Soube que havia encontrado a escada quando tropeçou no primeiro degrau. Deixou a raquete cair e ela desapareceu. Era especial – havia vencido o torneio universitário com ela –, mas a deixou para trás e subiu a escada engatinhando sobre as mãos e os joelhos.

A fumaça diminuiu repentinamente quando ela alcançou o espaçoso saguão do térreo. Conseguiu enxergar as portas do prédio, que estavam abertas. Um segurança estava parado do lado de fora, acenando para ela e gritando: "Vamos!" Tossindo e engasgando, ela cambaleou pelo saguão e saiu para o abençoado ar fresco.

Jeannie ficou de pé nos degraus por dois ou três minutos, o corpo curvado para a frente, respirando fundo e expelindo a fumaça dos pulmões. Quando sua respiração finalmente começou a voltar ao normal, ouviu o barulho de uma sirene à distância. Ela olhou em volta procurando Lisa, mas não conseguiu vê-la.

Será que havia alguma chance de ela estar lá dentro? Ainda trêmula, Jeannie se moveu no meio da multidão, examinando os rostos das pessoas. Agora que estavam fora de perigo, era possível ouvir muitas risadas nervosas. A maioria das alunas estava mais ou menos despida, então havia uma atmosfera curiosamente íntima. Aquelas que tinham conseguido resgatar suas bolsas emprestavam peças de roupa sobressalentes para as menos afortunadas. Mulheres nuas se mostravam gratas pelas camisetas sujas e suadas de suas amigas. Várias delas estavam cobertas apenas por uma toalha.

Lisa não estava em meio à multidão. Sentindo uma ansiedade crescente, Jeannie voltou até o segurança que estava na porta.

– Acho que a minha amiga está lá dentro – informou, percebendo a própria voz tremer de medo.

– Eu não vou atrás dela – disse ele imediatamente.

– Mas que homem corajoso! – retrucou Jeannie.

Ela não tinha certeza do que queria que ele fizesse, mas não esperava que se mostrasse tão inútil.

O ressentimento transpareceu no rosto dele.

– Esse é o trabalho *deles* – disse o homem, apontando para um caminhão de bombeiros descendo a rua.

Jeannie estava começando a temer pela vida de Lisa, mas não sabia o que fazer. Observou, impaciente e desamparada, os bombeiros descerem do caminhão e colocarem o equipamento de proteção respiratória. Eles pareciam se mover tão devagar que ela teve vontade de sacudi-los e gritar: "Andem logo!"

Outro caminhão de bombeiros chegou, depois uma viatura policial branca com a faixa azul e prata do Departamento de Polícia de Baltimore.

Enquanto os bombeiros arrastavam uma mangueira para dentro do edifício, um policial foi até o segurança no saguão e perguntou:

– Onde acha que começou?

– No vestiário feminino – respondeu ele.

– E onde fica isso exatamente?

– No subsolo, na parte de trás.

– O subsolo tem quantas saídas?

– Só uma: a escada que dá no saguão principal, bem aqui.

Um funcionário da equipe de manutenção que estava por perto o contradisse:

– Tem uma escada na sala de máquinas da piscina que leva até uma escotilha de acesso nos fundos do prédio.

Jeannie chamou a atenção do policial e disse:

– Acho que ainda pode ter uma pessoa lá dentro.

– Homem ou mulher?

– Mulher. Vinte e quatro anos, baixa e loura.

– Se ela estiver lá, a gente vai encontrar.

Por um momento, Jeannie ficou mais tranquila. Então percebeu que ele não havia prometido encontrá-la viva.

O segurança que gritara no vestiário não estava ali. Jeannie contou ao bombeiro:

– Tinha outro segurança lá embaixo, mas não estou vendo ele aqui. Um cara alto.

– Não tem nenhum outro segurança no prédio – informou o segurança do saguão.

– Bom, ele usava um boné escrito SEGURANÇA e estava pedindo que as pessoas evacuassem o prédio.

– Não me interessa o que tinha escrito no boné...

– Ah, pelo amor de Deus, para de discutir comigo! – retrucou Jeannie. – Pode ser que eu tenha visto coisas, mas, se não for o caso, a vida dele pode estar em perigo!

Em pé, ouvindo-os, havia uma garota vestindo calça cáqui masculina com as bainhas enroladas.

– Eu vi esse cara. Um idiota – disse ela. – Ele passou a mão em mim.

– Fiquem calmas, vamos encontrar todo mundo. Obrigado pela cooperação de vocês – declarou o bombeiro.

E saiu.

Jeannie encarou o segurança do saguão por um momento. Ela sentiu que o bombeiro a havia dispensado como se ela fosse uma mulher histérica por ter gritado com o guarda. Virou as costas para ele, revoltada. O que deveria fazer agora? Os bombeiros correram para dentro usando capacetes e botas. Ela estava descalça e vestia uma camiseta. Se tentasse acompanhá-los, eles a expulsariam. Cerrou os punhos, aflita. *Pense, pense! Onde mais Lisa pode estar?*

O ginásio ficava ao lado do prédio do Instituto de Psicologia Ruth W. Acorn, batizado em homenagem à esposa de um benfeitor, mas chamado até mesmo pelos professores de Hospício. *Será que Lisa pode ter entrado lá?* As portas estariam trancadas no domingo, mas ela provavelmente tinha uma chave. Talvez houvesse corrido para dentro a fim de encontrar um jaleco para se cobrir, ou apenas para se sentar em sua mesa e se recuperar. Jeannie decidiu verificar. Qualquer coisa era melhor que ficar ali sem fazer nada.

Jeannie correu pelo gramado até a entrada principal do Hospício e olhou pelas portas de vidro. Não havia ninguém no saguão. Tirou do bolso o cartão de plástico que servia de chave e o passou no leitor. A porta se abriu. Subiu as escadas correndo, chamando: "Lisa! Você está aí?" O laboratório estava deserto. A cadeira de Lisa estava cuidadosamente enfiada sob a mesa e a tela do computador, desligada. Jeannie tentou o banheiro feminino no final do corredor. Nada.

– Droga! – disse, em pânico. – Onde você se meteu?

Ofegante, correu de volta para o lado de fora. Decidiu contornar o edifício onde ficava o ginásio, caso Lisa estivesse sentada no chão em algum lugar para recuperar o fôlego. Correu pela lateral do prédio, passando por um gramado cheio de latas de lixo gigantes. Nos fundos havia um pequeno estacionamento. Viu uma silhueta correndo ao longo da trilha, indo embora. Era alta demais para ser Lisa, e Jeannie tinha certeza de que era um homem. Pensou que talvez fosse o segurança desconhecido, mas antes que o identificasse ele desapareceu, virando na direção do diretório acadêmico.

Continuou caminhando ao redor do prédio. Do outro lado ficava a pista de corrida, então deserta. Dando a volta completa, chegou à frente do ginásio.

A multidão era ainda maior e havia mais carros de bombeiros e viaturas de polícia, mas ela ainda não conseguiu achar Lisa. Parecia quase certo que ela ainda estaria no prédio em chamas. A sensação de que uma desgraça havia acontecido se apoderou de Jeannie e ela lutou contra isso. *Você não pode simplesmente deixar isso acontecer!*

Jeannie avistou o bombeiro com quem havia falado antes. Agarrou o braço dele.

– Tenho quase certeza de que Lisa Hoxton está lá dentro – disse com urgência. – Já procurei por toda parte.

Ele dirigiu a ela um olhar sério e pareceu concluir que era confiável. Sem lhe falar nada, aproximou o rádio da boca.

– Procurem por uma jovem branca que se acredita estar dentro do prédio. O nome dela é Lisa, repito, Lisa.

– Obrigada – disse Jeannie.

Ele acenou com a cabeça e se afastou.

Jeannie ficou feliz por ele tê-la ouvido, mas ainda assim não conseguia relaxar. Lisa podia ter ficado presa lá dentro, trancada em uma cabine do banheiro ou encurralada pelas chamas, gritando por socorro sem ser ouvida, ou podia ter caído, batido com a cabeça e apagado, ou sucumbido à fumaça e estar deitada inconsciente com o fogo se aproximando dela a cada segundo.

Jeannie se lembrou do funcionário da manutenção dizendo que havia outra entrada para o subsolo. Não a havia notado enquanto dava a volta no prédio do ginásio. Decidiu olhar novamente. Voltou para os fundos do edifício.

Ela viu imediatamente. A escotilha ficava localizada no chão, perto do prédio, e estava parcialmente coberta por um Chrysler New Yorker prata. O alçapão de aço estava aberto, encostado contra a parede do edifício. Jeannie se ajoelhou perto do buraco quadrado e se abaixou para olhar lá dentro.

Uma escada descia até um cômodo imundo iluminado por lâmpadas fluorescentes. Ela podia ver máquinas e muitos canos. Havia resquícios de fumaça no ar, mas não nuvens pesadas: a área devia ser isolada do restante do subsolo. No entanto, o cheiro da fumaça a lembrou de como tossira e engasgara enquanto procurava cegamente pela escada, e sentiu seu coração bater mais rápido com a sensação.

– Tem alguém aí? – chamou. Pensou ter ouvido um som, mas não teve certeza. Gritou mais alto. – Olá?

Não houve resposta.

Ela hesitou. A coisa mais sensata a fazer seria voltar para a frente do prédio e buscar um bombeiro, mas isso poderia demorar muito, especialmente se o bombeiro resolvesse interrogá-la. A alternativa era descer a escada e dar uma olhada.

Suas pernas fraquejaram com a ideia de voltar a entrar no prédio. Seu peito ainda doía por conta dos violentos espasmos de tosse causados pela fumaça. Mas Lisa podia estar lá embaixo, machucada e incapaz de se mover, ou presa por escombros, ou simplesmente desmaiada. Jeannie tinha que verificar.

Criou coragem e colocou o pé na escada. Seus joelhos estavam fracos e ela quase caiu. Parou. Depois de um momento, se sentiu mais forte e deu um passo para baixo. Então um sopro de fumaça ficou preso em sua garganta, fazendo-a tossir, e ela subiu de volta.

Quando parou de tossir, tentou novamente.

Desceu um degrau, depois outro. *Se a fumaça me fizer tossir, eu saio na hora*, disse a si mesma. O terceiro degrau foi mais fácil e depois disso ela desceu depressa, saltando do último degrau para o chão de concreto.

Viu-se em um cômodo grande cheio de bombas e filtros, provavelmente da piscina. O cheiro de fumaça era forte, mas ela conseguia respirar normalmente.

Jeannie viu Lisa de imediato, e a cena a fez arfar.

A amiga estava deitada de lado, encolhida em posição fetal, nua. Havia uma mancha do que parecia ser sangue em sua coxa. Ela não se movia.

Por um segundo, o corpo de Jeannie se contraiu de medo.

Ela tentou se controlar.

– Lisa! – gritou.

Pôde ouvir o tom agudo do desespero na própria voz e respirou fundo para manter a calma.

Por favor, Deus, que ela esteja bem. Cruzou o cômodo em meio ao emaranhado de tubulações e se ajoelhou ao lado da amiga.

– Lisa?

Lisa abriu os olhos.

– Graças a Deus – disse Jeannie. – Achei que tivesse morrido.

Lisa se sentou lentamente. Não olhou para Jeannie. Seus lábios estavam machucados.

– Ele... ele me estuprou – disse.

O alívio de Jeannie ao encontrá-la viva foi substituído por uma sensação nauseante de horror que dominou seu coração.

– Meu Deus! Aqui?

Lisa fez que sim com a cabeça.

– Ele disse que a saída era por aqui.

Jeannie fechou os olhos. Sentiu a dor e a humilhação de Lisa, a sensação de ser invadida, violada e desmoralizada. Lágrimas surgiram em seus olhos e ela se esforçou para contê-las. Por um instante, sentiu-se fraca e nauseada demais para dizer qualquer coisa.

Então tentou se recompor.

– Quem era ele?

– Um segurança.

– Com um lenço de bolinhas cobrindo o rosto?

– Ele tirou. – Lisa virou o rosto. – Não parava de sorrir.

A informação fazia sentido. A garota de calça cáqui contara que um segurança a havia apalpado. O segurança do saguão tinha certeza de que não havia nenhum outro no prédio.

– Ele não era segurança – disse Jeannie.

Ela o tinha visto correndo para longe apenas alguns minutos antes. Uma onda de raiva a invadiu ao pensar que ele tinha feito aquela coisa terrível bem ali, no campus, no ginásio, onde todos se sentiam seguros para tirar a roupa e tomar banho. Isso fez suas mãos tremerem, e ela teve vontade de ir atrás dele e estrangulá-lo.

Então ouviu ruídos altos: homens gritando, passos pesados e um barulho de água. Eram os bombeiros e suas mangueiras.

– Olha só, a gente está correndo perigo aqui – disse com urgência. – Precisamos sair do prédio.

O tom de voz de Lisa não trazia qualquer emoção:

– Eu não tenho roupa.

Podemos morrer aqui dentro!, pensou Jeannie.

– Não se preocupe com isso. Todo mundo lá fora está sem roupa.

Jeannie examinou a sala apressadamente e viu o sutiã e a calcinha de renda vermelha de Lisa em uma pilha atirada sob um tanque. Ela os pegou.

– Veste isso. Está sujo, mas é melhor que nada.

Lisa permaneceu sentada no chão, olhando fixamente para o vazio.

Jeannie lutou contra um sentimento de pânico. O que poderia fazer se Lisa se recusasse a se mover? Provavelmente poderia pegar Lisa no colo, mas conseguiria carregá-la escada acima?

– Vamos, levanta! – gritou.

Então pegou as mãos de Lisa e a pôs de pé.

Por fim Lisa olhou nos olhos dela.

– Jeannie, foi horrível – disse.

Jeannie envolveu os ombros de Lisa e a abraçou com força.

– Eu sinto muito, Lisa. Sinto muito mesmo.

A fumaça estava ficando mais densa, apesar da porta pesada. Em seu coração, a pena que sentia da amiga deu lugar ao medo.

– A gente tem que sair daqui. O prédio está pegando fogo. Pelo amor de Deus, veste isso!

Lisa começou a se mexer. Colocou a calcinha e afivelou o sutiã. Jeannie a segurou pela mão e a conduziu até a escada junto à parede, então a fez subir primeiro. Enquanto Jeannie a seguia, a porta se abriu e um bombeiro entrou junto com uma nuvem de fumaça. A água girava em torno de suas botas. Ele pareceu surpreso ao vê-las.

– Estamos bem. Vamos sair por aqui – gritou Jeannie para ele e subiu a escada atrás de Lisa.

Um minuto depois, elas estavam do lado de fora, ao ar livre.

Jeannie sentiu-se fraca de alívio: ela havia salvado Lisa do incêndio. Mas agora Lisa precisava de ajuda. Jeannie passou o braço em torno dos ombros dela e a conduziu até a frente do prédio. Havia caminhões de bombeiros e viaturas da polícia estacionados em todas as direções da rua. A maioria das mulheres na multidão havia encontrado algo com que cobrir sua nudez, e Lisa chamava atenção em sua lingerie vermelha.

– Alguém tem uma calça sobrando ou qualquer outra coisa? – implorou Jeannie enquanto elas abriam caminho no meio da multidão.

As pessoas já haviam distribuído todas as suas roupas sobressalentes. Jeannie teria dado a Lisa sua camiseta, mas não estava usando sutiã por baixo.

Finalmente um homem negro e alto tirou a própria camisa e a entregou a Lisa.

– Vou querer de volta. É da Ralph Lauren – disse ele. – Mitchell Waterfield, departamento de matemática.

– Eu vou lembrar – disse Jeannie, agradecida.

Lisa se vestiu. Ela era baixinha, e a camisa chegava aos seus joelhos.

Jeannie sentiu que estava conseguindo retomar o controle daquele pesadelo. Levou Lisa até os veículos de emergência. Três policiais estavam encostados em uma viatura, sem fazer nada. Jeannie falou com o mais velho dos três, um homem branco gordo com bigode grisalho.

– O nome desta mulher é Lisa Hoxton. Ela foi estuprada.

Ela esperava que eles ficassem chocados com a notícia de que um grande crime havia sido cometido, mas a reação deles foi surpreendentemente indiferente. Demoraram alguns segundos para assimilar a informação, e Jeannie já se preparava para partir para cima deles quando o bigodudo se levantou do capô do carro e indagou:

– Onde foi que isso aconteceu?

– No subsolo do prédio que estava pegando fogo, na sala das máquinas da piscina, nos fundos.

Um dos policiais, um jovem negro, disse:

– Os bombeiros devem estar lavando as provas neste segundo, sargento.

– Tem razão – respondeu o homem mais velho. – É melhor você descer lá, Lenny, e proteger a cena do crime. – Lenny saiu correndo. O sargento se virou para Lisa. – Você conhece o homem que fez isso, Srta. Hoxton?

Lisa fez que não com a cabeça. Jeannie se pronunciou:

– Foi um homem branco, alto, com um boné vermelho com a palavra SEGURANÇA na frente. Eu o vi no vestiário feminino logo depois que o incêndio começou e acho que o vi fugindo pouco antes de encontrar a Lisa.

O policial enfiou a mão no carro e puxou o microfone do rádio. Ele falou por um tempo e depois desligou novamente.

– Se ele for burro o suficiente pra continuar com o boné, pode ser que a gente o pegue – disse. Depois se dirigiu ao terceiro policial: – McHenty, leva a vítima pro hospital.

McHenty era um jovem branco de óculos.

– Quer sentar na frente ou atrás? – perguntou.

Lisa não disse nada, mas parecia apreensiva.

Jeannie a ajudou.

– Vai na frente, assim não fica parecendo que você foi presa.

Um olhar apavorado cruzou o rosto de Lisa e ela finalmente falou:

– Você não vem comigo?

– Eu vou se você quiser – disse Jeannie de maneira tranquilizadora. – Ou posso passar no meu apartamento e pegar algumas roupas pra você e te encontrar no hospital.

Lisa olhou para McHenty, preocupada.

– Vai ficar tudo bem agora, Lisa – assegurou Jeannie.

McHenty abriu a porta da viatura e Lisa entrou.

– Qual hospital? – perguntou Jeannie.

– Santa Teresa – respondeu ele antes de entrar no carro.

– Chego lá em alguns minutos – informou Jeannie enquanto o carro se afastava.

Ela correu até o estacionamento dos professores, já lamentando não ter ido com Lisa. A expressão da amiga ao sair de lá era de desespero e pavor. É claro que ela precisava de roupas limpas, mas talvez sua necessidade mais urgente fosse ter outra mulher para ficar com ela, segurar sua mão e tranquilizá-la. Provavelmente a última coisa que ela queria era ser deixada sozinha com um homem armado. Ao entrar no carro, Jeannie se deu conta de que havia feito besteira.

– Meu Deus, que dia – disse enquanto arrancava para fora do estacionamento.

Ela não morava muito longe do campus. Seu apartamento ficava no segundo andar de uma pequena casa geminada. Jeannie estacionou em fila dupla e correu para dentro.

Lavou as mãos e o rosto apressadamente; em seguida, vestiu roupas limpas. Pensou por um momento em qual de suas roupas serviria em Lisa, no corpo baixo e curvilíneo da amiga. Pegou uma camisa polo larga e uma calça de moletom com elástico na cintura. A roupa íntima era mais difícil. Encontrou uma cueca samba-canção folgada que poderia servir, mas nenhum de seus sutiãs caberia nela. Lisa teria que ficar sem. Pegou um par de mocassins, enfiou tudo em uma bolsa e saiu correndo de novo.

Enquanto dirigia até o hospital, seu humor mudou. Desde o início do incêndio ela estava concentrada no que tinha que fazer. Agora começava a ficar furiosa. Lisa era uma mulher feliz e extrovertida, mas o choque e o horror do que acontecera a haviam transformado em um zumbi, receosa de entrar sozinha em uma viatura policial.

Dirigindo por uma rua de muito comércio, Jeannie começou a procurar o cara de boné vermelho, imaginando que, se o visse, iria arremessar o carro na calçada e atropelá-lo. Mas na verdade ela não o reconheceria. Ele devia ter tirado o lenço e provavelmente o boné também. O que mais ele estava vestindo? Ficou chocada ao perceber que mal conseguia se lembrar. *Algum tipo de camiseta*, pensou, *com calça jeans ou talvez uma bermuda.* De qualquer modo, ele podia já ter trocado de roupa, assim como ela.

Efetivamente, poderia ser qualquer homem branco e alto na rua: o entregador de pizza de casaco vermelho; o careca indo para a igreja com a esposa, um hinário debaixo do braço; o barbudo bonitão carregando um estojo de violão; até mesmo o policial falando com um morador de rua do lado de fora da loja de bebidas. Não havia nada que Jeannie pudesse fazer com sua raiva, e ela agarrou o volante com mais força até que os nós dos dedos ficaram brancos.

O Santa Teresa era um hospital imenso, próximo aos limites da cidade ao norte. Jeannie deixou o carro no estacionamento e encontrou o setor de emergência. Lisa já estava na cama, vestindo uma camisola de hospital e olhando para o nada. Um aparelho de TV sem som exibia a cerimônia de premiação do Emmy: centenas de celebridades de Hollywood em trajes de gala bebendo champanhe e se parabenizando. McHenty estava sentado ao lado da cama com um bloco de anotações sobre os joelhos.

Jeannie largou a bolsa no chão.

– Eu trouxe as roupas. O que está acontecendo?

Lisa permaneceu calada e sem expressão. *Ela ainda está em choque*, pensou Jeannie. Estava reprimindo seus sentimentos, lutando para permanecer no controle. Mas em algum momento teria que demonstrar sua raiva. Mais cedo ou mais tarde acabaria explodindo.

– Preciso tomar nota de alguns detalhes do caso, senhorita – disse McHenty. – Você poderia nos dar licença por mais alguns minutos?

– Sim, claro – disse Jeannie, desculpando-se. Então ela percebeu algo no olhar de Lisa e hesitou. Alguns minutos antes, ela estava se xingando por ter deixado Lisa sozinha com um homem. Agora estava prestes a fazer isso de novo. – Pensando melhor, pode ser que a Lisa prefira que eu fique.

Sua intuição se confirmou quando Lisa deu um aceno quase imperceptível com a cabeça. Jeannie se sentou na cama e pegou a mão da amiga.

McHenty pareceu irritado, mas não discutiu.

– Eu estava perguntando à Srta. Hoxton sobre o que ela fez para tentar resistir ao ataque – explicou ele. – Você gritou, Lisa?

– Uma vez, quando ele me jogou no chão – disse ela em voz baixa. – Aí ele puxou a faca.

O tom de voz de McHenty era pragmático, e ele olhava para o bloco de papel enquanto falava.

– Você tentou lutar contra ele?

Ela negou com a cabeça.

– Fiquei com medo de ele me esfaquear.

– Então, depois do primeiro grito você não ofereceu de fato nenhuma resistência?

Ela balançou a cabeça e começou a chorar. Jeannie apertou a mão dela. Queria dizer a McHenty: *Que diabo ela devia ter feito?* Mas ficou em silêncio. Já havia sido grosseira com o cara que parecia o Brad Pitt, feito um comentário maldoso sobre os seios de Lisa e gritado com o segurança do ginásio. Sabia que não era boa em lidar com figuras de autoridade e estava decidida a não criar inimizade com um policial que estava apenas tentando fazer seu trabalho.

McHenty prosseguiu:

– Pouco antes de penetrar em você, ele separou suas pernas à força?

Jeannie estremeceu. Será que não deveriam ter policiais do sexo feminino para fazer aquelas perguntas?

– Ele tocou a minha coxa com a ponta da faca – respondeu Lisa.

– Ele cortou você?

– Não.

– Então você abriu as pernas voluntariamente.

– Se um suspeito aponta uma arma pra um policial, você geralmente atira nele, não é? Chama isso de *voluntário*?

McHenty olhou irritado para ela.

– Por favor, deixe que eu cuido disso, senhorita. – Ele se voltou para Lisa. – Você tem algum ferimento?

– Sim, estou sangrando.

– Isso é resultado da relação sexual forçada?

– Sim.

– Onde você está ferida exatamente?

Jeannie não aguentava mais.

– Por que a gente não deixa o médico responder isso?

O policial olhou para Jeannie como se ela fosse uma idiota.

– Eu tenho que fazer um relatório preliminar.

– Então anota aí que ela tem ferimentos internos por conta do estupro.

– Eu estou conduzindo este interrogatório.

– E eu estou pedindo pro senhor pegar leve – disse Jeannie, controlando a vontade de gritar com ele. – Minha amiga está nervosa, e não acho que ela precise descrever seus ferimentos internos a você, uma vez que será examinada por um médico a qualquer momento.

McHenty parecia furioso, mas seguiu em frente:

– Percebi que você estava usando lingerie de renda vermelha. Acha que isso teve alguma relação com o que aconteceu?

Lisa desviou o olhar, os olhos cheios de lágrimas.

– Se eu fosse notificar o roubo do meu Mercedes vermelho, você ia me perguntar se eu provoquei o roubo dirigindo um carro tão atraente?

McHenty a ignorou.

– Já tinha visto o criminoso antes, Lisa?

– Não.

– Mas deve ter sido difícil você enxergar com clareza por causa da fumaça. E ele estava usando um lenço no rosto ou algo do tipo.

– No começo eu praticamente não via nada. Mas não tinha muita fumaça na sala onde… ele fez aquilo. Eu vi a cara dele. – Ela confirmou com a cabeça. – Eu vi.

– Então você o reconheceria se o visse de novo.

37

Lisa estremeceu.

– Sim, com certeza.

– Mas você nunca o viu antes, tipo num bar ou algum lugar assim.

– Não.

– Você frequenta bares, Lisa?

– Claro.

– Bares pra pessoas solteiras, esse tipo de coisa?

O sangue de Jeannie ferveu.

– Que porra de pergunta é essa?

– O tipo que os advogados de defesa fazem – disse McHenty.

– A Lisa não está sendo julgada. Ela não cometeu crime nenhum. Ela é a vítima!

– Você era virgem, Lisa?

Jeannie se levantou.

– Ok, chega. Eu não consigo acreditar que isso seja necessário. Você não deveria fazer essas perguntas invasivas.

McHenty levantou a voz:

– Estou tentando determinar o nível de credibilidade dela.

– Uma hora depois de ela ter sido estuprada? Nem pensar!

– Eu estou fazendo o meu trabalho...

– Acho que você não entende nada do seu trabalho. Acho que não entende nada de merda nenhuma, McHenty.

Antes que ele pudesse responder, um médico entrou sem bater. Era jovem e parecia incomodado e cansado.

– É o caso de estupro? – indagou.

– Esta é Lisa Hoxton – disse Jeannie com irritação. – Sim, ela foi estuprada.

– Vou precisar fazer uma coleta de material vaginal.

Ele não tinha tato, mas pelo menos forneceu uma desculpa para se livrarem de McHenty. Jeannie olhou para o policial. Ele ficou parado, como se achasse que iria supervisionar o exame. Jeannie interveio:

– Antes de fazer isso, doutor, será que o policial McHenty pode nos dar licença?

O médico fez uma pausa, olhando para McHenty. O policial deu de ombros e saiu.

O médico ergueu o lençol que cobria Lisa com um gesto abrupto.

– Levante a camisola e abra as pernas – ordenou.

Lisa começou a chorar.

Jeannie não conseguia acreditar. O que tinha na cabeça desses homens?

– Com licença, doutor – disse ela ao médico.

Ele olhou para ela, impaciente.

– Algum problema?

– Você poderia tentar ser um pouco mais gentil?

Ele ficou vermelho.

– O hospital está lotado de gente ferida e doente, correndo risco de vida – disse ele. – Neste momento, na emergência, tem três crianças que sofreram um acidente de carro e todas vão morrer. E você está reclamando que não estou sendo *gentil* com uma garota que foi pra cama com o cara errado?

Jeannie ficou atônita.

– Foi pra cama com o cara errado? – repetiu ela.

Lisa se sentou na cama.

– Eu quero ir pra casa – disse ela.

– Parece mesmo uma ótima ideia – concordou Jeannie.

Ela abriu o zíper da bolsa e começou a colocar as roupas em cima da cama.

O médico ficou sem reação por um momento. Depois declarou, com raiva:

– Faça o que achar melhor.

Jeannie e Lisa se entreolharam.

– Eu não acredito que isso aconteceu – comentou Jeannie.

– Graças a Deus eles foram embora – disse Lisa e desceu da cama.

Jeannie a ajudou a tirar a camisola do hospital. Lisa vestiu as roupas limpas rapidamente e calçou os mocassins.

– Vou levar você pra casa – informou Jeannie.

– Pode dormir comigo na minha casa? – perguntou Lisa. – Não quero ficar sozinha hoje à noite.

– Claro.

McHenty estava esperando do lado de fora. Parecia menos confiante. Talvez tivesse percebido como tinha sido equivocado no interrogatório.

– Ainda tenho umas perguntas – avisou.

Jeannie falou baixinho e com calma:

– Estamos indo embora. Lisa está transtornada demais pra responder às perguntas agora.

Ele pareceu quase assustado.

– Ela precisa responder – insistiu. – Ela fez uma acusação.

– Eu não fui estuprada – declarou Lisa. – Foi tudo um mal-entendido. Eu só quero ir pra casa agora.

– Você compreende que é crime fazer uma acusação falsa?

– Esta mulher não é uma criminosa – disse Jeannie, irritada. – Ela foi vítima de um crime. Se o seu chefe perguntar por que ela está retirando a acusação, explique que foi porque ela foi brutalmente assediada pelo policial McHenty, do Departamento de Polícia de Baltimore. Agora eu vou levá-la pra casa. Com licença, por favor.

Jeannie pôs o braço em volta dos ombros de Lisa e a conduziu, passando pelo policial, em direção à saída.

Ao saírem, ela o ouviu murmurar:

– Que foi que eu fiz?

CAPÍTULO TRÊS

BERRINGTON JONES OLHOU para seus dois amigos mais antigos.
– Olha só pra gente, inacreditável – disse ele. – Estamos com quase 60 anos. Nenhum dos três conseguiu ganhar mais do que uns 200 mil dólares por ano. Agora estão oferecendo 60 milhões *pra cada um*... e estamos sentados aqui falando sobre recusar a oferta!

– A gente nunca fez isso por dinheiro – declarou Preston Barck.

– Eu ainda não consegui entender – disse o senador Proust. – Se sou dono de um terço de uma empresa que vale 180 milhões de dólares, como é que eu estou dirigindo um Crown Victoria de três anos atrás?

Os três homens possuíam uma pequena empresa de biotecnologia, a Threeplex Inc. Preston administrava o negócio na prática, Jim estava envolvido com política e Berrington era acadêmico. Mas a aquisição era o bebê de Berrington. Em um voo para São Francisco, havia conhecido o CEO da Landsmann, um conglomerado farmacêutico alemão, e conseguiu fazer com que o homem ficasse interessado em fazer uma oferta. Agora precisava persuadir seus parceiros a aceitá-la. A tarefa estava se mostrando mais difícil do que ele esperava.

Estavam na sala de estar de uma casa em Roland Park, um bairro nobre de Baltimore. O imóvel era propriedade da Universidade Jones Falls, que o emprestava a professores visitantes. Berrington, que dava aulas na Universidade da Califórnia em Berkeley, em Harvard e também na Jones Falls, usava a casa durante as seis semanas do ano que passava em Baltimore. Havia pouca coisa dele no cômodo: um notebook, uma foto da ex-mulher com o filho deles e uma pilha de novos exemplares de seu último livro, *A herança do futuro: como a engenharia genética vai transformar os Estados Unidos*. Um aparelho de TV com o som desligado exibia a cerimônia do Emmy.

Preston era um homem magro e sério. Embora fosse um dos cientistas mais proeminentes de sua geração, parecia um contador.

– As clínicas sempre deram dinheiro – disse ele. A Threeplex possuía três clínicas de fertilidade especializadas em concepção *in vitro* (bebês de proveta), um procedimento possibilitado pela pesquisa pioneira de Preston na década de 1970. – Fertilidade é a área da medicina norte-americana que mais cresce. A Landsmann vai entrar nesse grande novo mercado por meio da Threeplex. Eles querem que a gente abra cinco novas clínicas por ano ao longo dos próximos dez anos.

Jim Proust era um homem careca e bronzeado, com nariz grande e óculos pesados. Seu rosto marcante e feio era um presente para os cartunistas políticos. Ele e Berrington eram amigos e colegas de trabalho havia 25 anos.

– Como é que a gente nunca viu nem a cor do dinheiro? – perguntou Jim.

– A gente sempre reinvestiu o dinheiro em pesquisa – explicou Preston.

A Threeplex tinha laboratórios próprios e também fazia contratos de pesquisa com os departamentos de biologia e psicologia das universidades. Era Berrington quem cuidava dos vínculos da empresa com o mundo acadêmico.

Berrington disse em tom exasperado:

– Eu não sei como vocês dois não conseguem ver que essa é a nossa grande oportunidade.

Jim apontou para a televisão.

– Aumenta o som, Berry. Você está na TV.

O Emmy deu lugar ao programa *Larry King Live*, e Berrington era o convidado. Ele odiava Larry King – na opinião dele, o sujeito era um liberal disfarçado de republicano –, mas o programa era uma oportunidade de falar para milhões de americanos.

Analisou sua imagem na tela e gostou do que viu. Ele era um homem baixinho, mas a televisão deixava todos da mesma altura. Seu terno azul-marinho lhe caía bem, a camisa azul-celeste combinava com seus olhos e a gravata era de um vermelho bordô que não brilhava no vídeo. Extremamente crítico, achou seu cabelo prateado arrumado demais, quase topetudo: estava parecendo um pastor evangélico de TV.

King e seus suspensórios – a marca registrada do apresentador – estavam com um humor agressivo. A voz rouca soava desafiadora: "Professor, o senhor gerou polêmica mais uma vez com seu último livro, mas algumas pessoas acham que isso não é ciência, é política. O que tem a dizer sobre isso?"

Berrington ficou satisfeito ao ouvir a própria voz respondendo de maneira suave e razoável: "Estou tentando explicar que as decisões políticas devem ser baseadas em comprovações científicas, Larry. A natureza, entregue a si mesma, favorece os genes bons e extermina os ruins. Nossa política de auxílio social atua contra a seleção natural. É assim que estamos criando uma geração de norte-americanos de segunda categoria."

Jim tomou um gole de uísque e disse:

– Bela frase: "uma geração de norte-americanos de segunda categoria". Digna de citação.

Na TV, Larry King disse: "Se for como você quer, o que acontecerá com os filhos de pessoas pobres? Eles vão morrer de fome, certo?"

O rosto de Berrington na tela assumiu uma expressão solene. Ele disse: "Meu pai morreu em 1942, quando o porta-aviões *Wasp* foi afundado por um submarino japonês em Guadalcanal. Eu tinha 6 anos. Minha mãe lutou muito pra me criar e me mandar pra escola. Larry, *eu sou* filho de pessoas pobres."

Era próximo o bastante da verdade. Seu pai, um engenheiro brilhante, havia deixado para sua mãe uma pequena renda, o suficiente para que ela não fosse obrigada a trabalhar nem se casar novamente. Ela havia mandado Berrington para escolas particulares caras e depois para Harvard – mas *tinha sido* uma luta.

– Você está ótimo, Berry, exceto talvez pelo penteado estilo country – comentou Preston, o mais jovem do trio, com 55 anos, que tinha cabelos pretos curtos, achatados no alto da cabeça como se fosse um boné.

Berrington deu um resmungo irritado. Ele próprio tinha pensado a mesma coisa, mas o aborrecia ouvir aquilo de outra pessoa. Serviu-se de um pouco mais de uísque. Eles estavam bebendo Springbank, um *single malt*.

Na tela, Larry King prosseguiu: "Filosoficamente falando, como suas opiniões diferem, digamos, das dos nazistas?"

Berrington clicou no controle remoto e desligou o aparelho.

– Eu faço isso há dez anos – disse. – Depois de três livros e de um milhão de entrevistas em programas de merda, que diferença fez? Nenhuma.

– Fez diferença – rebateu Preston. – Levou as pessoas a pensar sobre genética e raça. Você só está impaciente.

– Impaciente? – perguntou Berrington, irritado. – É claro que estou impaciente! Vou fazer 60 anos daqui a duas semanas. Estamos todos envelhecendo. Não temos muito tempo pela frente!

– Ele está certo, Preston – disse Jim. – Não lembra como era na nossa juventude? A gente olhava ao redor e tudo que via era o país indo água abaixo: direitos civis para negros, uma invasão de mexicanos, as melhores escolas sendo inundadas por filhos de comunistas judeus, nossos filhos fumando maconha e se esquivando do recrutamento militar. E, cara, a gente tinha razão! Olha só o que aconteceu desde então! Nem nos nossos piores pesadelos imaginamos que as drogas ilícitas se tornariam uma das maiores indústrias dos Estados Unidos e que um terço de todos os bebês nasceria pelo sistema público. E nós somos as únicas pessoas com coragem suficiente pra enfrentar os problemas, nós e mais uma meia dúzia com ideias parecidas. O restante fecha os olhos e torce pelo melhor.

Eles não mudaram nada, pensou Berrington. Preston sempre foi cauteloso e temeroso; Jim, altamente seguro de si. Ele os conhecia há tanto tempo que olhava com carinho para seus defeitos, pelo menos na maior parte do tempo. E estava acostumado com seu papel de mediador, sempre os conduzindo a um meio-termo.

– Em que ponto estamos com os alemães, Preston? – perguntou. – Atualiza a gente.

– Estamos muito perto de uma conclusão – disse Preston. – Eles querem anunciar a aquisição em uma coletiva de imprensa daqui a uma semana, contando de amanhã.

– Uma semana? – repetiu Berrington com entusiasmo. – Isso é ótimo!

Preston balançou a cabeça.

– Preciso dizer que ainda tenho dúvidas.

Berrington resmungou, exasperado. Preston prosseguiu:

– Estamos passando por um processo chamado *disclosure*. A gente precisa abrir os nossos livros pros contadores da Landsmann e contar pra eles sobre qualquer coisa que possa afetar lucros futuros, como devedores que vão abrir falência ou processos judiciais pendentes.

– Não é o nosso caso, imagino... – disse Jim.

Preston dirigiu a ele um olhar sinistro.

– Todos nós sabemos que esta empresa tem segredos.

Houve um momento de silêncio na sala. Então Jim disse:

– Porra, isso faz muito tempo.

– E daí? A prova do que fizemos está por aí em algum lugar.

– Mas não tem a menor chance de a Landsmann descobrir isso, muito menos em uma semana.

Preston deu de ombros como se dissesse: *Quem sabe?*

– A gente precisa correr esse risco – declarou Berrington com firmeza. – A injeção de capital da Landsmann vai nos permitir acelerar nosso programa de pesquisa. Em poucos anos vamos poder oferecer aos norte-americanos brancos e ricos que vêm às nossas clínicas um bebê perfeito geneticamente modificado.

– Mas que diferença isso vai fazer? – perguntou Preston. – Os pobres vão continuar a se reproduzir mais rápido do que os ricos.

– Você está esquecendo a plataforma política do Jim – lembrou Berrington.

Jim acrescentou:

– Uma taxa fixa de imposto de renda de dez por cento e anticoncepcionais injetáveis obrigatórios pra mulheres que sejam beneficiárias de programas do governo.

– Pensa nisso, Preston – disse Berrington. – Bebês perfeitos pra classe média e esterilização pros pobres. A gente poderia começar a restabelecer o equilíbrio racial nos Estados Unidos. Sempre foi o nosso objetivo desde o começo.

– Éramos muito idealistas naquela época – comentou Preston.

– Nós estávamos certos! – rebateu Berrington.

– Sim, estávamos certos. Mas, à medida que envelheço, cada vez mais acho que o mundo provavelmente vai continuar girando, mesmo que eu não consiga alcançar tudo que tinha em mente aos 25 anos.

Aquele tipo de conversa era capaz de sabotar grandes planos.

– Mas a gente pode alcançar tudo que tinha em mente – argumentou Berrington. – Tudo pelo que temos trabalhado nos últimos trinta anos está ao nosso alcance agora. Os riscos que corremos lá no início, todos esses anos de pesquisa, o dinheiro que a gente gastou... está finalmente dando fruto. Não vai entrar em pânico a essa altura, Preston!

– Eu não estou em pânico, estou apontando problemas reais e de ordem prática – rebateu Preston, irritado. – O Jim pode propor a plataforma política dele, mas isso não significa que ela vá se concretizar.

– É aí que entra a Landsmann – contrapôs Jim. – O dinheiro que recebermos pelas nossas ações na empresa vai nos dar uma chance de levar o maior prêmio de todos.

– Está falando de quê? – indagou Preston, parecendo confuso, mas Berrington sabia o que estava por vir e sorriu.

– Da Casa Branca – disse Jim. – Eu vou concorrer à presidência.

CAPÍTULO QUATRO

Poucos minutos antes da meia-noite, Steven Logan estacionou seu velho Datsun enferrujado na Lexington Street, no bairro de Hollins Market, que ficava na região oeste de Baltimore. Ele iria passar a noite com seu primo Ricky Menzies, que estudava medicina na Universidade de Maryland, em Baltimore. Ricky ocupava um quarto em um casarão antigo alugado por estudantes.

Ricky era o maior arruaceiro que Steven conhecia. Ele gostava de beber, dançar e se divertir, e seus amigos eram iguais a ele. Steven estava ansioso para curtir a noite com Ricky. Mas o problema dos arruaceiros era que eles eram inerentemente não confiáveis. Em cima da hora, Ricky acabou marcando um encontro e cancelou, e Steven teria que passar a noite sozinho.

Ele saiu do carro carregando uma pequena bolsa esportiva com roupas limpas para o dia seguinte. A noite estava quente. Trancou o carro e foi até a esquina. Um bando de adolescentes, quatro ou cinco garotos e uma garota, todos negros, estava na frente de uma locadora de filmes fumando. Steven não estava nervoso, embora fosse branco. Parecia pertencer àquele lugar, com seu carro velho e seu jeans desbotado; e, de todo modo, tinha alguns centímetros a mais que o mais alto deles.

Quando passou pelos garotos, um deles disse em voz baixa:

– Vai pó? Pedra?

Steven negou com a cabeça sem parar de andar.

Uma mulher negra muito alta vinha em sua direção, vestida para matar com uma saia curta e sapatos de salto agulha, cabelos presos no alto da cabeça, batom vermelho e sombra azul. Ele não conseguiu evitar olhar para ela.

– Oi, lindo – disse ela ao passar.

A voz dela era grave e Steven se deu conta de que era uma travesti. Ele sorriu e seguiu em frente.

Ouviu os garotos da esquina a cumprimentarem com grande familiaridade:

– Fala, Dorothy!

– E aí, meninos?

Um segundo depois, ouviu pneus cantando e olhou para trás. Uma viatura de polícia branca com uma faixa azul e prata estava encostando na esquina. Alguns dos jovens desapareceram pelas ruas escuras, outros ficaram.

Dois policiais negros desceram do carro sem pressa nenhuma. Steven se virou para assistir. Ao ver Dorothy, um dos patrulheiros cuspiu, acertando o bico de um de seus sapatos vermelhos de salto alto.

Steven ficou chocado. A atitude foi absolutamente gratuita e desnecessária. No entanto, Dorothy sequer diminuiu o passo.

– Vai se foder, babaca – murmurou.

O comentário foi praticamente inaudível, mas o policial escutava bem. Ele agarrou Dorothy pelo braço e a atirou contra a vitrine da loja. Dorothy cambaleou nos saltos altos.

– *Nunca mais* fale assim comigo, seu merda – disse o policial.

Steven ficou indignado. *O que esse cara esperava se ele sai por aí cuspindo nas pessoas?*

Um alarme começou a soar no fundo de sua mente. *Não se mete em confusão, Steven.*

O outro policial ficou encostado no carro, observando, o rosto sem expressão.

– Qual é o problema, irmão? – disse Dorothy, sedutora. – Eu *incomodo* você?

O policial deu um soco na barriga dela. Era um sujeito corpulento, e o soco foi forte. Dorothy curvou o corpo para a frente, ofegante.

– Que se foda – disse Steven a si mesmo, e caminhou até a esquina.

O que está fazendo, Steven?

Dorothy ainda estava curvada, lutando para respirar.

– Boa noite, senhor – disse Steven.

O policial olhou para ele.

– Mete o pé, arrombado.

– Não.

– O que você disse?

– Eu disse não, senhor. Deixa ela em paz.

Vai embora, Steven, seu idiota. Vai embora.

Sua desobediência fez com que os garotos se sentissem mais confiantes.

– É, isso aí – disse um menino alto e magro com a cabeça raspada. – Vocês não têm motivo pra mexer com a Dorothy. Ela não cometeu crime nenhum.

O policial apontou um dedo agressivo para o garoto.

– Quer que eu te reviste atrás de drogas? Continua falando assim pra você ver.

O garoto baixou os olhos.

– Mas ele está certo – declarou Steven. – A Dorothy não cometeu crime nenhum.

O policial se aproximou de Steven. *Não bate nele. Faz qualquer coisa, mas não encosta nele. Lembra do Tip Hendricks.*

– Você é cego, por acaso? – perguntou o policial.

– Como assim?

– Ei, Lenny, deixa isso pra lá. Vamos nessa – disse o outro policial, que parecia incomodado.

Lenny o ignorou e continuou a falar com Steven:

– Não está vendo que você é o único branco aqui? Você não pertence a este lugar.

– Mas eu acabei de testemunhar um crime.

O policial se aproximou de Steven, perto demais para que qualquer um se sentisse confortável.

– Está a fim de dar uma voltinha até a delegacia? – perguntou. – Melhor meter o pé daqui agora.

Steven não queria dar uma voltinha até a delegacia. Era fácil demais para eles plantar droga em seus bolsos ou espancá-lo, e alegar que ele havia resistido à prisão. Steven era estudante de Direito: se fosse condenado por um crime, nunca poderia exercer a profissão. Preferia ter ficado fora daquilo. Não valia a pena jogar fora toda a sua carreira só porque um policial intimidara uma travesti.

Mas aquilo estava *errado*. Agora duas pessoas estavam sendo intimidadas, Dorothy e Steven. Era o *policial* que estava infringindo a lei. Steven não conseguiu se afastar.

Mas adotou um tom de voz conciliador:

– Eu não quero criar confusão, Lenny. Por que não deixa a Dorothy ir e eu esqueço que vi você agredi-la?

– Você está me *ameaçando*, seu merda?

Um soco na barriga e dois na cabeça. O policial ia cair feito um cavalo com uma pata quebrada.

– Estou apenas fazendo uma sugestão amigável.

Aquele policial parecia estar a fim de encrenca. Steven não conseguia ver como o conflito poderia ser neutralizado. Desejou que Dorothy fosse embora silenciosamente enquanto Lenny estava de costas, mas a travesti ficou ali, observando, esfregando suavemente a barriga machucada com uma das mãos, se deleitando com a fúria do policial.

Então a sorte interveio. O rádio da viatura se manifestou. Os dois policiais ficaram paralisados, ouvindo. Steven não conseguiu decifrar a confusão de palavras e códigos numéricos, mas o parceiro de Lenny disse:

– Policial precisando de ajuda. Vamos embora.

Lenny hesitou, ainda olhando feio para Steven, mas o jovem teve a impressão de ter notado uma ponta de alívio na expressão do policial. Talvez ele também tivesse sido resgatado de uma situação ruim. Mas havia apenas maldade em seu tom de voz.

– Lembra de mim – disse a Steven. – Porque eu vou lembrar de você.

Em seguida, pulou para dentro da viatura e bateu a porta, e o carro arrancou.

As crianças aplaudiram e vaiaram.

– Caramba – disse Steven, agradecido. – Isso foi assustador.

E bem idiota também. Você sabe muito bem o que podia ter acontecido. Sabe como você é.

Naquele instante, seu primo Ricky apareceu.

– O que houve? – perguntou Ricky, olhando para a viatura que se afastava.

Dorothy se aproximou e colocou as mãos nos ombros de Steven.

– Meu herói – disse ela, jogando charme. – John Wayne.

Steven ficou envergonhado.

– Ah, qual é.

– Quando quiser se aventurar por aí, John Wayne, me procura. É por minha conta.

– Não, obrigado.

– Eu beijaria você, mas já vi que você está com vergonha, então vou dar um tchauzinho.

Ela balançou os dedos com unhas vermelhas e foi embora.

– Tchau, Dorothy.

Ricky e Steven seguiram na direção oposta.

– Estou vendo que você já fez amigos na vizinhança – disse Ricky.

Steven riu, principalmente de alívio.

– Quase me meti em confusão – contou. – Um policial babaca começou a bater nela e eu fui idiota o suficiente pra mandar ele parar.

Ricky ficou surpreso.

– Você tem sorte de estar *aqui*.

– Eu sei.

Chegaram à casa de Ricky e entraram. O lugar cheirava a queijo, ou talvez fosse leite azedo. As paredes verdes eram todas grafitadas e pichadas. Passaram pelas bicicletas acorrentadas no hall de entrada e subiram as escadas.

– Eu fico muito irritado com isso – disse Steven. – Por que a Dorothy deveria levar um soco na barriga? Ela gosta de usar minissaia e maquiagem... Quem se importa?

– Você tem razão.

– E por que o Lenny deveria se safar só porque está usando uniforme de policial? Os policiais deveriam ter padrões de comportamento *mais elevados*, tendo em vista a posição privilegiada que ocupam.

– Sem chance.

– É por isso que quero ser advogado. Pra impedir que esse tipo de merda aconteça. Você tem algum ídolo, alguém com quem se identifica?

– Casanova, talvez.

– O meu é Ralph Nader. Ele é advogado. Quero ser igual a ele. Ele enfrentou as corporações mais poderosas dos Estados Unidos... e ganhou!

Ricky riu e colocou o braço em volta dos ombros de Steven quando entraram em seu quarto.

– Meu primo é um idealista.

– Ah, fala sério.

– Quer café?

– Quero.

O quarto de Ricky era pequeno e os móveis estavam caindo aos pedaços. Ele tinha uma cama de solteiro, uma escrivaninha surrada, um sofá murcho e um grande aparelho de TV. Na parede havia um pôster de uma mulher nua cujo corpo estava marcado com os nomes de todos os ossos do esqueleto humano, desde os parietais do crânio até as falanges distais dos pés. Havia um ar-condicionado, mas não parecia estar funcionando.

Steven se sentou no sofá.

– Como foi o encontro?

– Não tão animado quanto eu esperava. – Ricky colocou água em uma chaleira. – A Melissa é gata e tal, mas eu não estaria em casa a esta hora se ela estivesse tão a fim de mim quanto fui levado a acreditar. E você?

– Fui lá no campus da Jones Falls. Bem chique. Conheci uma garota também. – Ao se lembrar dela, seu rosto se iluminou. – Ela estava jogando tênis. Era perfeita: alta, musculosa, cem por cento em forma. Um saque que parecia disparado por uma porra de uma bazuca, juro por Deus.

– Nunca ouvi falar de alguém que se apaixonou por uma garota porque ela jogava tênis muito bem. – Ricky sorriu. – Bonita?

– Tinha um rosto muito marcante. – Era como se Steven pudesse vê-la. – Olhos castanho-escuros, sobrancelhas pretas, cabelo escuro volumoso... e uma argolinha de prata na narina esquerda.

– Sério? Diferente, hein?

– E como.

– Qual é o nome dela?

– Não sei. – Steven sorriu com tristeza. – Ela me dispensou sem nem diminuir o passo. Provavelmente nunca mais vou ver essa garota na vida.

Ricky serviu o café.

– Talvez seja melhor assim. Você tem namorada, não tem?

– Mais ou menos. – Steven se sentiu um pouco culpado por estar tão atraído pela tenista. – O nome dela é Celine – disse. – Ela faz faculdade comigo.

Steven estudava em Washington.

– Está transando com ela?

– Não.

– Por que não?

– Eu não sinto esse nível de compromisso.

Ricky pareceu surpreso.

– Essa é uma língua que eu não falo. Você tem que se sentir comprometido com uma garota pra transar com ela?

Steven ficou constrangido.

– É o que eu penso, entende?

– Você sempre pensou assim?

– Não. Quando estava no ensino médio, fazia tudo que as garotas deixavam. Era tipo uma disputa por um prêmio ou algo assim. Eu comia qualquer garota bonita que abrisse as pernas pra mim... Mas isso foi naquela época, agora eu não sou mais um moleque. Eu acho.

– Quantos anos você tem, 22?

– Isso.

– Eu tenho 25, mas acho que não sou tão maduro quanto você.

Steven detectou uma pontada de despeito.

– Ei, não é uma crítica, ok?

– Tudo bem. – Ricky não parecia de fato ofendido. – E o que você fez depois que ela dispensou você?

– Fui num bar em Charles Village, tomei umas cervejas e comi um hambúrguer.
– Acabei de lembrar que estou cheio de fome. Quer comer alguma coisa?
– O que tem aí?
Ricky abriu um armário.
– Cereal. De frutas vermelhas ou de chocolate?
– Ah, chocolate está ótimo.
Ricky colocou duas tigelas e uma caixa de leite na mesa e os dois comeram.
Quando terminaram, lavaram suas tigelas e se prepararam para dormir. Steven se deitou no sofá só de cueca: estava quente demais para usar um cobertor. Ricky ficou com a cama. Antes de dormir, Ricky disse:
– Então, o que você foi fazer na Jones Falls?
– Me convidaram pra participar de um estudo. Tenho que fazer testes psicológicos e outras coisas.
– Por que você?
– Não sei. Disseram que eu era um caso especial e que explicariam tudo quando eu voltasse lá.
– Por que você aceitou? Parece perda de tempo.
Steven tinha um motivo especial, mas não contaria a Ricky. Sua resposta foi parcialmente verdadeira:
– Curiosidade, eu acho. Quer dizer, você não quer saber mais sobre si mesmo? Tipo, que tipo de pessoa eu realmente sou, o que eu quero da vida?
– Quero ser um cirurgião famoso e ganhar um milhão de dólares por ano fazendo implantes de silicone. Acho que sou um cara descomplicado.
– Não se pergunta qual é o objetivo maior de tudo isso?
Ricky riu.
– Não, Steven, não me pergunto. Mas você, sim. Sempre foi um pensador. Mesmo quando a gente era criança, você costumava se perguntar sobre Deus e outras coisas.
Era verdade. Steven havia passado por uma fase religiosa por volta dos 13 anos. Visitou várias igrejas diferentes, uma sinagoga e uma mesquita, e questionou seriamente uma série de clérigos perplexos sobre as crenças deles. Aquilo tinha desnorteado seus pais, ambos agnósticos indiferentes a esse tipo de coisa.
– Mas você sempre foi um pouco diferente – prosseguiu Ricky. – Eu nunca vi alguém tirar notas tão altas sem derramar uma gota de suor.

Aquilo também era verdade. Steven sempre aprendera muito rápido, chegando sem esforço ao primeiro lugar da classe, exceto quando as outras crianças o provocavam e ele cometia erros deliberados só para não chamar tanto a atenção.

Mas havia outro motivo pelo qual ele estava curioso quanto à própria mente. Ricky não sabia. Nem ninguém na faculdade de Direito. Apenas seus pais sabiam.

Steven havia quase matado uma pessoa.

Tinha 15 anos na época e já era alto, embora fosse magro. Era o capitão do time de basquete da escola. Naquele ano, a Hillsfield High chegara à semifinal do campeonato municipal. Eles jogaram contra o time de uma escola da periferia de Washington. Um oponente em particular, um garoto chamado Tip Hendricks, passara a partida inteira fazendo faltas em Steven. Tip era bom, mas usava toda a sua habilidade para trapacear. E, cada vez que fazia isso, sorria, como se dissesse: *Peguei você de novo, otário!* Isso deixava Steven louco, mas ele precisava manter sua fúria dentro de si. Acabou jogando mal e o time perdeu, deixando escapar a chance de ganhar o troféu.

Steven teve o azar de esbarrar com Tip no estacionamento, onde os ônibus aguardavam para levar as equipes de volta às escolas. Por acaso um dos motoristas estava trocando um pneu e havia um kit de ferramentas no chão.

Steven ignorou Tip, mas Tip atirou uma guimba de cigarro na direção dele e acertou sua jaqueta.

A jaqueta significava muito para Steven. Aos sábados ele trabalhava no McDonald's e havia economizado seu salário para comprá-la, o que tinha acontecido bem no dia anterior. Era feita de um couro macio, cor de manteiga, e agora havia uma queimadura bem no peito, onde era impossível não ver. Estava destruída. Então Steven bateu nele.

Tip revidou violentamente, com chutes e socos, mas a raiva de Steven o entorpeceu e ele mal sentiu os golpes. O rosto de Tip estava coberto de sangue quando seu olho pousou no kit de ferramentas do motorista do ônibus e ele pegou uma chave de roda. Acertou Steven no rosto duas vezes. Os golpes doeram muito, e a raiva de Steven aumentou ainda mais. Ele tirou a ferramenta da mão de Tip e depois disso só se lembra de estar de pé sobre o corpo do outro, com a barra de ferro manchada de sangue na mão, e ouvir uma pessoa dizer: *Jesus Cristo, acho que ele morreu.*

Tip não estava morto, embora tenha morrido dois anos depois, assassinado por um traficante de maconha jamaicano a quem devia 85 dólares.

Mas Steven quisera matá-lo, *tentara* matá-lo. Ele não tinha nenhuma desculpa: havia desferido o primeiro golpe e, embora tivesse sido Tip quem pegara a chave de roda, Steven a usara de forma brutal.

Steven foi condenado a seis meses de prisão, mas a pena foi suspensa. Após o julgamento, ele mudou de escola e passou em todas as provas, como de costume. Como era menor de idade na época da briga, sua ficha criminal não podia ser divulgada, portanto isso não o impediu de entrar na faculdade de Direito.

Seus pais pensavam naquilo agora como um pesadelo que havia chegado ao fim. Mas Steven tinha dúvidas. Sabia que havia sido apenas uma questão de sorte e de resiliência física ter escapado de um julgamento por homicídio. Tip Hendricks era um ser humano, e Steven quase o havia matado por causa de uma *jaqueta*.

Enquanto ouvia a respiração tranquila de Ricky, Steven ficou lá deitado no sofá, sem dormir, pensando: *O que eu sou?*

SEGUNDA-FEIRA

CAPÍTULO CINCO

— Já teve algum homem com quem você quis se casar? – perguntou Lisa.

Elas estavam sentadas à mesa no apartamento de Lisa, bebendo café solúvel. Tudo naquele lugar era bonito, como Lisa: estampas florais, enfeites de porcelana e um ursinho de pelúcia com uma gravata-borboleta de bolinhas.

Lisa ia tirar o dia de folga, mas Jeannie estava vestida para o trabalho, com uma saia azul-marinho e uma blusa branca de algodão. Seria um dia importante, e ela estava nervosa. O primeiro participante de seus estudos iria ao laboratório para a realização de testes. Será que ele se encaixaria em sua teoria ou a refutaria? Ao final da tarde, ela ou se sentiria validada ou teria que reavaliar seus conceitos.

No entanto, queria ficar ali o máximo de tempo possível. Lisa ainda estava muito abalada. Jeannie achou que a melhor coisa que poderia fazer era se sentar e conversar com ela sobre homens e sexo, do jeito que sempre faziam, para ajudá-la a voltar à normalidade. Gostaria de passar a manhã toda com a amiga, mas não podia. Lamentou profundamente o fato de que Lisa não estaria no laboratório para ajudá-la naquele dia, mas isso estava fora de questão.

– Sim, um – disse Jeannie em resposta à pergunta. – Teve um cara com quem eu quis me casar. O nome dele era Will Temple. Era antropólogo. Ainda é.

Jeannie era capaz de visualizá-lo: um homem grande, com uma barba clara, vestindo calça jeans e um blusão de lã, empurrando sua bicicleta de dez marchas pelos corredores da universidade.

– Lembro que já falou dele. Como ele era?

– Incrível – respondeu Jeannie, suspirando. – Ele me fazia rir, cuidava de mim quando eu ficava doente, passava as próprias camisas e tinha um pau enorme.

Lisa não riu.

– Por que não deu certo? – perguntou, séria.

Jeannie estava fazendo graça, mas eram memórias sofridas.

– Ele me trocou pela Georgina Tinkerton Ross. – A título de explicação, ela acrescentou: – Da família Tinkerton Ross, de Pittsburgh.

– Como ela era?

A última coisa que Jeannie queria fazer era trazer Georgina de volta à lembrança. No entanto, aquilo estava mantendo a cabeça de Lisa longe do estupro, então se obrigou a revisitar o passado.

– Ela era perfeita – respondeu, e não gostou do sarcasmo amargo que ouviu na própria voz. – Cabelos louro-avermelhados, corpinho de violão, um gosto impecável para suéteres de caxemira e sapatos de couro de crocodilo. Nenhum neurônio, mas uma belíssima conta bancária.

– Quando foi que isso aconteceu?

– Will e eu moramos juntos por um ano enquanto eu estava fazendo o doutorado. – Havia sido a época mais feliz de sua vida. – Ele saiu de casa justamente quando eu escrevia meu artigo sobre a possibilidade de a criminalidade ser genética. – *Que timing perfeito, Will. Eu só queria ser capaz de odiá-lo mais.* – Então o Berrington me ofereceu um emprego na Jones Falls e eu aceitei.

– Os homens são uns canalhas.

– O Will não é um canalha. É um cara atraente. Ele se apaixonou por outra pessoa, só isso. Acho que demonstrou que tem péssimos critérios ao fazer a escolha dele. Mas a gente não era casado nem nada. Ele não quebrou nenhuma promessa. Nem mesmo me traiu, exceto talvez uma ou duas vezes antes de me contar. – Jeannie percebeu que estava repetindo as palavras que Will tinha usado para se justificar. – Não sei, talvez ele fosse um canalha mesmo.

– Talvez a gente devesse voltar à época vitoriana, quando bastava um homem beijar uma mulher pra se considerar comprometido com ela. Pelo menos as donzelas sabiam em que pé estavam.

Naquele momento a perspectiva de Lisa sobre relacionamentos estava bastante distorcida, mas Jeannie não falou nada. Em vez disso, perguntou:

– E você? Já conheceu algum cara com quem quisesse se casar?

– Nunca. Nenhum.

– Você e eu somos muito exigentes. Mas não se preocupe. O homem certo vai aparecer.

O interfone tocou, assustando as duas. Lisa deu um pulo, esbarrando na mesa. Um vaso de porcelana caiu no chão e se espatifou.

– Mas que merda! – exclamou.

Ela ainda estava com os nervos à flor da pele.

– Eu junto os cacos – interveio Jeannie, com uma voz tranquilizadora. – Pode ir lá ver quem é.

57

Lisa pegou o fone. Fez uma careta de preocupação e ficou analisando a imagem no monitor.

– Tudo bem, eu acho – disse, hesitante, e apertou o botão que abria a porta do prédio.

– Quem é? – quis saber Jeannie.

– Alguém da Divisão de Crimes Sexuais.

Jeannie vinha temendo que mandassem alguém para intimidar Lisa e fazê-la cooperar com a investigação. Ela estava determinada a impedir isso. A última coisa de que Lisa precisava agora eram perguntas mais invasivas.

– Por que você não o mandou ir à merda?

– Talvez por ser uma mulher, e negra – disse Lisa.

– Tá brincando!

Lisa fez que não com a cabeça.

Que espertos, pensou Jeannie enquanto juntava cacos de porcelana na mão em concha. Os policiais sabiam que ela e Lisa estavam sendo hostis. Se eles tivessem enviado um policial branco, o sujeito não teria passado da porta. Então mandaram uma mulher negra, sabendo que duas garotas brancas de classe média iriam se esforçar para serem educadas com ela. *Bem, se ela tentar pressionar a Lisa, vou botá-la pra fora daqui do mesmo jeito.*

A mulher era baixa, na casa dos 40 anos, e estava elegantemente vestida com uma blusa creme e um lenço de seda colorido. Carregava uma maleta.

– Sou a sargento Michelle Delaware – disse. – Todo mundo me chama de Mish.

Jeannie ficou se perguntando o que havia dentro daquela maleta. Detetives geralmente carregavam armas, não papéis.

– Eu sou a Dra. Jean Ferrami – apresentou-se Jeannie. Ela sempre usava seu título quando achava que ia discutir com alguém. – Esta é a Lisa Hoxton.

– Srta. Hoxton, gostaria de dizer que sinto muito pelo que aconteceu com você ontem – disse a detetive. – Minha unidade lida com um estupro por dia, em média, e cada um deles é uma tragédia terrível e um trauma para a vítima. Sei que está sofrendo e entendo esse sofrimento.

Uau, isso foi bem diferente de ontem.

– Estou tentando deixar isso pra trás – disse Lisa em um tom corajoso, mas seus olhos se encheram de lágrimas.

– Posso me sentar?

– Claro.

A detetive se sentou à mesa da cozinha. Jeannie a analisou atentamente.

– Sua atitude parece diferente da do policial – declarou.

Mish concordou com a cabeça.

– Eu também lamento profundamente pelo McHenty e pela forma como ele tratou vocês. Como todos os policiais, ele recebeu treinamento sobre como lidar com vítimas de estupro, mas parece ter esquecido o que aprendeu. Um constrangimento para todo o departamento de polícia.

– Foi como se eu estivesse sendo violentada de novo – disse Lisa entre lágrimas.

– Não faz sentido que isso ainda aconteça – comentou Mish, e uma nota de raiva escapou em sua voz. – É por isso que tantos casos de estupro vão parar numa gaveta, marcados como "Improcedente". Não porque as mulheres mintam sobre estupros, e sim porque o sistema de justiça as trata de forma tão brutal que elas retiram a queixa.

– Não duvido – disse Jeannie.

Ela disse a si mesma para ter cuidado: Mish podia falar como uma aliada, mas não deixava de ser uma policial.

Mish tirou um cartão de sua bolsa.

– Este é o número de uma instituição de apoio a vítimas de estupro e abuso infantil. Cedo ou tarde toda vítima precisa de aconselhamento.

Lisa pegou o cartão, mas disse:

– No momento, tudo que eu quero é esquecer.

Mish fez que sim com a cabeça.

– Um conselho: guarde o cartão em uma gaveta. Seus sentimentos passam por ciclos, e provavelmente vai chegar a hora em que você vai estar pronta pra procurar ajuda.

– Ok.

Jeannie chegou à conclusão de que Mish merecia alguma cortesia.

– Aceita café?

– Eu adoraria.

– Vou preparar.

Jeannie se levantou e encheu a cafeteira.

– Vocês trabalham juntas? – perguntou Mish.

– Sim – respondeu Jeannie. – Estudamos irmãos gêmeos.

– Irmãos gêmeos?

– Medimos as semelhanças e as diferenças entre eles, e tentamos determinar até que ponto elas são hereditárias e até que ponto se devem à forma como foram criados.

– Qual é o seu papel nisso, Lisa?

– Meu trabalho é encontrar os gêmeos para os cientistas estudarem.

– E como você faz isso?

– Eu começo pelas certidões de nascimento, que são informações públicas na maioria dos estados. A geminação representa cerca de um por cento dos nascimentos, então achamos um par de gêmeos para cada cem certidões analisadas. A certidão informa data e local de nascimento. Fazemos uma cópia dela e rastreamos os gêmeos.

– Como?

– Temos todas as listas telefônicas do país em CD-ROM. Também podemos usar registros de carteiras de motorista e agências de análise de crédito.

– Você sempre encontra os gêmeos?

– Não, quem dera. Nossa taxa de sucesso depende da idade deles. Encontramos cerca de noventa por cento dos gêmeos de 10 anos de idade, mas só cinquenta por cento dos de 80. Aqueles com mais idade têm uma probabilidade maior de ter mudado de endereço várias vezes, trocado de nome ou morrido.

Mish olhou para Jeannie.

– E então você os estuda.

– Minha especialização é em gêmeos idênticos que foram criados separadamente – disse Jeannie. – Esses são muito mais difíceis de encontrar.

Ela pôs a jarra na mesa e serviu uma xícara para Mish. Se a detetive tinha planos de pressionar Lisa, estava se alongando bastante.

Mish deu um gole no café e falou com Lisa:

– No hospital, você tomou algum medicamento?

– Não, não fiquei lá muito tempo.

– Eles deveriam ter te oferecido uma pílula do dia seguinte. Você não vai querer engravidar.

– Não mesmo – disse Lisa e estremeceu. – Fiquei me perguntando o que devia fazer sobre isso.

– Vai no seu médico de confiança. Ele deve te receitar um medicamento, a menos que tenha objeções religiosas; alguns médicos católicos têm problemas com isso. Nesse caso, o centro de apoio poderá recomendar outro médico.

– É muito bom conversar com alguém que sabe de todas essas coisas – disse Lisa.

– O incêndio não foi acidental – continuou Mish. – Conversei com o chefe do corpo de bombeiros. Alguém acendeu uma chama no depósito ao lado do vestiário e desaparafusou os dutos de ventilação para garantir que a fumaça fosse soprada para dentro do vestiário. A questão é que estupradores não estão interessados de fato no sexo: é o medo que os deixa excitados. Então acho que o fogo fazia parte da fantasia desse desgraçado.

Jeannie não havia pensado nessa hipótese.

– Eu tinha presumido que ele era só um oportunista que se aproveitou do incêndio.

Mish fez que não com a cabeça.

– O estupro num encontro geralmente é oportunismo: o cara percebe que a garota está chapada ou bêbada demais pra lutar contra ele. Mas os homens que estupram mulheres desconhecidas são diferentes. Eles planejam. Fantasiam o crime e, em seguida, descobrem um jeito de tornar aquilo realidade. Alguns até são muito inteligentes. Isso os torna ainda mais assustadores.

Jeannie ficou ainda mais furiosa.

– Eu quase morri naquele maldito incêndio.

– Meu palpite de que você nunca tinha visto esse homem antes está certo? – indagou Mish a Lisa. – Era um completo estranho?

– Acho que eu o vi cerca de uma hora antes – respondeu ela. – Quando estava correndo com o time de hóquei na grama, um carro passou e reduziu a velocidade, e o motorista ficou olhando pra gente. Tenho a sensação de que era ele.

– Que tipo de carro era?

– Era velho, com certeza. Branco, muito enferrujado. Talvez um Datsun.

Jeannie esperava que Mish anotasse aquilo, mas em vez disso ela continuou falando:

– A impressão que eu tenho é que ele é um pervertido inteligente e totalmente implacável, que faz o que é preciso pra se satisfazer.

– Ele deveria ser trancado numa cela pelo resto da vida – declarou Jeannie amargamente.

Mish jogou seu trunfo:

– Mas não vai. Ele está livre. E vai fazer de novo.

– Como sabe disso? – perguntou Jeannie, cética.

– Quase todos os estupradores são estupradores em série. A única exceção é o estuprador oportunista que mencionei antes: esse tipo de sujeito talvez faça isso apenas uma vez. Mas homens que estupram mulheres desconhecidas fazem isso repetidamente, até serem pegos. – Mish encarou Lisa. – Em sete a dez dias o homem que estuprou você vai submeter outra mulher à mesma tortura, a menos que a gente o pegue antes.

– Ah, meu Deus! – exclamou Lisa.

Jeannie conseguia ver aonde Mish queria chegar. Como havia previsto, a detetive ia tentar convencer Lisa a colaborar com a investigação. Jeannie ainda estava determinada a não deixá-la intimidar nem pressionar Lisa. Mas era difícil se opor às coisas que ela estava dizendo naquele momento.

– Precisamos de uma amostra do DNA dele – afirmou Mish.

Lisa fez uma expressão de nojo.

– Você quer dizer o esperma dele.

– Sim.

Lisa balançou a cabeça.

– Eu usei o chuveiro, a banheira e a ducha. Deus queira que não tenha mais nada dele dentro de mim.

Mish foi delicadamente persistente:

– Os vestígios permanecem no corpo por 48 a 72 horas. Precisamos fazer uma coleta de material vaginal e de pelos pubianos e realizar um exame de sangue.

– O médico que falou com a gente no Santa Teresa ontem foi um completo idiota – comentou Jeannie.

Mish concordou com a cabeça.

– Os médicos odeiam lidar com vítimas de estupro. Se tiverem que ir ao tribunal, eles perdem tempo e dinheiro. Mas você nunca deveria ter sido levada ao Santa Teresa. Esse foi um dos muitos erros do McHenty. Existem três hospitais na cidade preparados pra receber vítimas de violência sexual, e o Santa Teresa não está entre eles.

– Aonde quer que eu vá? – perguntou Lisa.

– O Mercy Hospital tem uma unidade especial de perícia pra casos de violência sexual.

Jeannie assentiu com a cabeça. O Mercy era um hospital grande localizado no centro da cidade.

Mish prosseguiu:

– Você vai ser atendida por uma enfermeira especializada em exames de violência sexual. É sempre uma profissional mulher. Ela é especialmente treinada para lidar com evidências, algo que o médico que atendeu você ontem não era. Ele provavelmente teria estragado tudo.

Mish obviamente não tinha muito respeito por médicos. Ela abriu a maleta. Jeannie se inclinou para a frente, curiosa. Dentro havia um notebook. Mish levantou a tampa e o ligou.

– Temos um programa chamado Técnica de Identificação Facial Eletrônica, ou Tife. Adoramos siglas. – Ela deu um sorriso irônico. – Ele foi desenvolvido por um detetive da Scotland Yard e permite que a gente monte uma imagem do agressor sem ter que recorrer a um desenhista.

Ela deu um olhar ansioso para Lisa.

– O que você acha? – perguntou Lisa para Jeannie.

– Não se sinta pressionada – disse Jeannie. – Pense em você. Você está no comando. Só faça aquilo com que estiver confortável.

Mish lançou um olhar hostil para Jeannie e então se dirigiu a Lisa:

– Não tem pressão sobre você. Se quiser que eu vá embora, eu vou. Mas estou lhe fazendo um pedido. Eu quero pegar esse estuprador e preciso da sua ajuda. Sem você, não tenho nenhuma chance.

Jeannie estava admirada. Mish havia dominado a conversa e mantido o controle desde que entrara ali, mas fizera sem intimidação ou manipulação. Ela sabia do que estava falando e o que queria.

– Não sei – disse Lisa.

– Por que não dá uma olhada no programa? – sugeriu Mish. – Se causar algum mal-estar, a gente para. Se não, eu vou ter pelo menos uma imagem do homem que estou procurando. Aí, depois que a gente acabar, você pode refletir se quer ir pro Mercy ou não.

Lisa hesitou mais uma vez, então disse:

– Ok.

– Lembra que você pode parar a qualquer momento, caso se sinta mal – reforçou Jeannie.

Lisa fez que sim com a cabeça.

– Pra começar, vamos fazer uma aproximação rudimentar do rosto dele – prosseguiu Mish. – Não vai se parecer com ele, mas será uma base. Depois vamos refinar os detalhes. Preciso que você se concentre bastante no rosto do agressor e, em seguida, me dê uma descrição geral. Sem pressa.

Lisa fechou os olhos.

– Ele é um homem branco, mais ou menos da minha idade. Cabelo curto, cor indefinida. Olhos claros, azuis, eu acho. Nariz reto...

Mish estava operando o mouse. Jeannie se levantou e ficou atrás da detetive para ver a tela. Era um programa do Windows. No canto superior direito havia um rosto dividido em oito seções. Conforme Lisa listava os atributos, Mish clicava em uma seção do rosto, abria um menu e, em seguida, selecionava os itens de acordo com as observações de Lisa: cabelo curto, olhos claros, nariz reto.

Lisa continuou:

– Um queixo meio quadrado, sem barba nem bigode... Como estou indo?

Mish deu mais um clique e um rosto inteiro apareceu na tela principal. Mostrava um homem branco na casa dos 30, com feições comuns, e poderia ser qualquer um entre mil. Mish girou o notebook para que Lisa pudesse ver a tela.

– Agora vamos mudando o rosto aos poucos. Primeiro vou mostrar este rosto com toda uma série de testas e cabelos diferentes. Basta dizer sim, não ou talvez. Preparada?

– Preparada.

Mish clicou com o mouse. O rosto na tela mudou e, de repente, a testa tinha entradas nos cabelos.

– Não – disse Lisa.

Ela deu outro clique. Dessa vez o rosto tinha uma franja reta, como em um corte de cabelo antigo, tipo Beatles.

– Não.

O próximo cabelo era ondulado, e Lisa disse:

– Parece mais com isso. Mas acho que o cabelo era repartido.

O seguinte era encaracolado.

– Melhor ainda – afirmou Lisa. – Este é melhor que o último. Mas o cabelo está muito escuro.

Mish então explicou:

– Depois de olhar para todos eles, vamos voltar para aqueles que você preferiu e escolher o melhor. Quando tivermos o rosto inteiro, poderemos refinar mais usando o recurso de retoque: deixando o cabelo mais claro ou mais escuro, ajustando o repartido, fazendo o rosto inteiro parecer mais velho ou mais novo.

Jeannie estava fascinada, mas aquilo ia levar uma hora ou mais e ela tinha trabalho a fazer.

– Eu tenho que ir – avisou. – Você está bem, Lisa?

– Estou – respondeu Lisa, e Jeannie percebeu que era verdade.

Talvez fosse bom para Lisa se envolver na caça àquele sujeito. Ela reparou no olhar de Mish e viu um lampejo de triunfo na expressão dela. *Será que*

eu errei, Jeannie se perguntou, *em ter sido hostil com Mish e defender demais a Lisa? Mish sem dúvida é bacana. Sabe usar sempre as palavras certas. Mesmo assim, a prioridade dela não é ajudar Lisa, mas pegar o estuprador. Lisa ainda precisa de uma amiga de verdade, alguém cuja preocupação principal seja o bem-estar dela.*
– Eu te ligo mais tarde – prometeu Jeannie.
Lisa deu um abraço nela e declarou:
– Não tenho como te agradecer por ter ficado aqui comigo.
– Prazer em conhecê-la – disse Mish, estendendo a mão.
Jeannie apertou a mão dela.
– Boa sorte. Espero que pegue esse cara.
– Eu também – afirmou Mish.

CAPÍTULO SEIS

STEVEN PAROU O CARRO no amplo estacionamento dos estudantes no canto sudoeste dos 400 mil metros quadrados do campus da Jones Falls. Faltavam alguns minutos para as dez, e por todo lado havia alunos com roupas leves de verão a caminho da primeira aula do dia. Enquanto atravessava o campus, ficou procurando pela tenista. As chances de vê-la eram mínimas, ele sabia, mas não conseguia deixar de observar cada mulher alta de cabelos escuros para ver se tinha um piercing no nariz.

O Instituto de Psicologia Ruth W. Acorn ficava em um prédio moderno de quatro andares feito dos mesmos tijolos vermelhos dos edifícios mais antigos e tradicionais da universidade. Ele se apresentou na recepção e foi encaminhado ao laboratório.

Nas três horas seguintes, passou por mais testes do que teria sido possível imaginar. Verificaram seu peso e suas medidas, e suas impressões digitais foram recolhidas. Cientistas, técnicos e estudantes fotografaram suas orelhas, testaram sua preensão manual e avaliaram seu reflexo de sobressalto, mostrando a ele fotos de vítimas de queimaduras e corpos mutilados.

Ele respondeu a perguntas sobre suas atividades de lazer preferidas, suas crenças religiosas, suas namoradas e suas aspirações profissionais. Teve que responder se conseguia consertar uma campainha, se achava que estava bem-arrumado, se bateria nos filhos e se algum tipo de música o fazia pensar em imagens ou em padrões oscilantes de cores. Mas ninguém lhe disse por que havia sido selecionado para aquele estudo.

Ele não era o único participante. Circulando pelo laboratório havia também duas garotinhas e um homem de meia-idade usando botas, camisa de caubói e calça jeans. Ao meio-dia todos se reuniram em uma sala com sofás e uma TV e almoçaram pizza e Coca-Cola. Foi então que Steven percebeu que, na verdade, havia dois homens de meia-idade com botas de caubói: eram gêmeos e estavam vestidos do mesmo jeito.

Ele se apresentou e descobriu que os caubóis se chamavam Benny e Arnold e que as meninas eram Sue e Elizabeth.

– Vocês sempre se vestem do mesmo jeito? – perguntou Steven aos homens enquanto estavam comendo.

Eles se entreolharam e a seguir Benny falou:
– Não sei. A gente acabou de se conhecer.
– Vocês são gêmeos e acabaram de se conhecer?
– Fomos adotados por famílias diferentes quando ainda éramos bebês.
– E vocês coincidentemente se vestiram do mesmo jeito?
– Parece que sim, não é?
Arnold acrescentou:
– E nós dois somos carpinteiros, fumamos Camel Lights e temos dois filhos cada, um menino e uma menina.
– As duas meninas se chamam Caroline, mas o meu filho é John e o dele é Richard – disse Benny.
– Eu quis batizar meu filho de John, mas minha esposa insistiu em Richard – explicou Arnold.
– Uau – disse Steven. – Mas não tem como vocês terem herdado a preferência por Camel Lights.
– Vai saber.
Uma das meninas, Elizabeth, perguntou a Steven:
– Cadê seu irmão gêmeo?
– Eu não tenho – respondeu ele. – É isso que eles estudam aqui? Gêmeos?
– Sim. – Orgulhosa, ela completou: – Sue e eu somos dizigóticas.
Steven franziu a testa. Ela parecia ter 11 anos.
– Não sei bem se conheço esse termo – comentou ele em tom sério. – O que significa?
– Que não somos idênticas. Somos gêmeas fraternas. É por isso que não temos a mesma cara. – Ela apontou para Benny e Arnold. – Eles são monozigóticos. Possuem o mesmo DNA. É por isso que são tão parecidos.
– Parece que você entende bem desse assunto – disse Steven. – Impressionante.
– A gente já veio aqui antes – explicou ela.
A porta atrás de Steven se abriu, e Elizabeth levantou a cabeça e disse:
– Oi, Dra. Ferrami.
Steven se virou e viu a tenista.
Seu corpo tonificado estava escondido debaixo de um jaleco branco de laboratório, mas ela exibia o porte de atleta enquanto andava pela sala. Tinha a mesma expressão de concentração que tanto chamara sua atenção na quadra de tênis. Ele ficou encarando a mulher, mal conseguindo acreditar em sua sorte.

Ela cumprimentou as meninas e se apresentou aos demais. Quando apertou a mão de Steven, reconheceu-o, surpresa.

– Então você é Steven Logan! – exclamou ela.

– E você é uma ótima tenista – devolveu ele.

– Mesmo assim eu perdi.

Ela se sentou. Seu cabelo escuro e volumoso balançava livremente sobre os ombros, e Steven percebeu, à luz implacável do laboratório, que ela tinha um ou dois fios de cabelo grisalhos. No lugar da argola prateada havia uma bolinha de ouro simples na narina. Estava usando maquiagem, e o rímel fazia os olhos escuros parecerem ainda mais hipnóticos.

Ela agradeceu a todos por abrirem mão de seu tempo em prol da pesquisa científica e perguntou se as pizzas estavam boas. Depois de mais algumas trocas de gentilezas, despachou as meninas e os caubóis para os testes da parte da tarde.

Sentou-se mais perto de Steven e, por algum motivo, ele teve a impressão de que ela estava constrangida. Parecia prestes a lhe dar uma má notícia.

– A esta altura você deve estar se perguntando o motivo de tudo isso – disse ela.

– Achei que tivesse sido selecionado por sempre ter sido bom aluno na escola.

– Não. De fato, você teve uma pontuação muito alta em todos os testes de inteligência. Aliás, seu desempenho escolar não traduz sua capacidade. Seu QI é excepcional. Você provavelmente é o melhor aluno da turma sem nem mesmo estudar muito, acertei?

– Sim. Mas não é por isso que estou aqui?

– Não. Nosso projeto aqui é investigar quanto da constituição das pessoas é predeterminado pela herança genética delas. – O constrangimento dela foi indo embora conforme ela se aprofundava em seu campo de estudo. – É o DNA que determina se somos inteligentes, agressivos, românticos, atléticos? Ou é a forma como fomos criados? Se ambos têm influência, como eles interagem?

– Uma controvérsia ancestral – disse Steven. Ele tinha cursado uma disciplina de filosofia na faculdade e ficara fascinado com aquele debate. – Sou como sou porque nasci assim? Ou sou um produto da minha educação e da sociedade em que fui criado? – Ele recordou a expressão que resumia o dilema: – Inato ou adquirido?

Ela assentiu, e seus longos cabelos se moveram pesadamente, como o oceano. Steven se perguntou como seria a sensação de tocá-los.

– Mas estamos tentando resolver a questão de uma forma estritamente científica – explicou ela. – Por exemplo, gêmeos idênticos têm os mesmíssimos genes. Gêmeos fraternos não, mas em geral são criados exatamente no mesmo ambiente. Nós estudamos os dois tipos e os comparamos com gêmeos que foram criados separados, mensurando a semelhança entre eles.

Steven estava se perguntando o que aquilo tinha a ver com ele. Também estava tentando estimar a idade de Jeannie. Ao vê-la na quadra de tênis no dia anterior, com o cabelo escondido debaixo de um boné, ele presumira que ela tivesse a mesma idade dele; agora, no entanto, podia dizer que ela estava mais perto dos 30. Isso não mudou seus sentimentos por ela, mas ele nunca tinha se sentido atraído por uma mulher daquela idade.

Ela prosseguiu:

– Se o ambiente fosse predominante, gêmeos criados juntos seriam muito semelhantes e gêmeos criados separados seriam bastante diferentes, independentemente de serem idênticos ou fraternos. Mas, na verdade, descobrimos o oposto. Gêmeos idênticos se parecem, independentemente da criação que tiveram. Aliás, gêmeos idênticos criados separados são mais semelhantes entre si do que gêmeos fraternos criados juntos.

– Tipo o Benny e o Arnold?

– Exato. Você viu como o comportamento deles é semelhante, embora tenham sido criados em lares diferentes. Isso é típico. Este departamento estudou mais de cem pares de gêmeos idênticos criados separados. Dessas duzentas pessoas, dois eram poetas publicados e formavam um par de gêmeos. Dois estavam profissionalmente envolvidos com animais de estimação, sendo um treinador de cães e um criador de cães, e eles eram um par de gêmeos. Tivemos dois músicos, um professor de piano e um guitarrista de estúdio, também um par de gêmeos. Mas esses são apenas os exemplos mais gritantes. Como você viu hoje de manhã, fazemos avaliações científicas de personalidade, de QI e de vários atributos físicos, e muitas vezes o mesmo padrão aparece: gêmeos idênticos são extremamente semelhantes, não importa que criação tenham tido.

– Ao passo que a Sue e a Elizabeth parecem bem diferentes.

– Exato. No entanto, elas são criadas pelos mesmos pais, moram na mesma casa, frequentam a mesma escola, tiveram a mesma dieta por toda a vida e assim por diante. Imagino que a Sue tenha ficado quieta durante todo o almoço, enquanto a Elizabeth deve ter contado toda a vida dela.

– Na verdade, ela me explicou o significado da palavra "monozigótico".

A Dra. Ferrami riu, mostrando dentes brancos, e Steven se sentiu extremamente satisfeito por tê-la divertido.

– Mas você ainda não explicou o meu envolvimento aqui – insistiu ele.

Ela pareceu voltar a ficar constrangida.

– É um pouco estranho – disse ela. – Isso nunca aconteceu antes.

De repente ele percebeu. Era óbvio, mas tão surpreendente que não tinha adivinhado até aquele momento.

– Vocês acham que eu tenho um irmão gêmeo que não conheço? – perguntou, incrédulo.

– Não consigo pensar em nenhuma maneira mais delicada de lhe dizer isso – falou ela com evidente pesar. – Sim, achamos.

– Uau.

Ele ficou atordoado. Era difícil processar aquilo.

– Eu sinto muito, de verdade.

– Não tem por que se desculpar.

– Tenho, sim. Normalmente as pessoas sabem que são gêmeas antes de chegar aqui. No entanto, desenvolvi um método inédito de recrutamento de participantes para este estudo, e você é o primeiro deles. Na verdade, o fato de você não saber que tem um irmão gêmeo é uma enorme validação do meu método. Mas não previ que teríamos que dar notícias tão inesperadas às pessoas.

– Eu sempre quis ter um irmão – admitiu Steven. Ele era filho único, nascido quando seus pais estavam quase chegando aos 40 anos. – É um irmão?

– Sim. Vocês são idênticos.

– Um irmão gêmeo idêntico – balbuciou Steven. – Mas como isso pode ter acontecido sem que eu soubesse?

Ela ficou sem graça.

– Espera um minuto, posso tentar adivinhar – disse Steven. – Talvez eu seja adotado.

Ela fez que sim com a cabeça.

Era um pensamento ainda mais chocante: seus pais poderiam não ser seus pais.

– Ou meu irmão gêmeo pode ter sido adotado.

– Sim.

– Ou os dois, como o Benny e o Arnold.

– Ou os dois – repetiu ela, séria.

Ela o encarava com aqueles olhos escuros. Apesar do turbilhão em sua mente, ele não pôde deixar de reparar em como era encantadora. Queria que olhasse para ele daquele jeito para sempre.

Ela interrompeu o silêncio:

– Pela minha experiência, mesmo quando um participante não sabe que tem um irmão gêmeo, normalmente sabe que foi adotado. Mesmo assim, eu devia ter imaginado que o seu caso poderia ser diferente.

– Eu simplesmente não consigo acreditar que mamãe e papai teriam mantido a adoção em segredo. Não faz o estilo deles – disse Steven, magoado.

– Me fala sobre os seus pais.

Ele sabia que ela o estava fazendo falar para ajudá-lo a superar o choque, mas estava tudo bem. Ele organizou seus pensamentos.

– Mamãe é um pouco excêntrica. Já deve ter ouvido falar dela. Lorraine Logan.

– A colunista dos corações solitários?

– Isso mesmo. Publicada em quatrocentos jornais, autora de seis best-sellers sobre saúde da mulher. Rica e famosa, e merece tudo isso.

– Por que diz isso?

– Ela se preocupa de verdade com as pessoas que escrevem pra ela. Responde a milhares de cartas. Você sabe, elas basicamente querem que ela use uma varinha mágica e faça com que a gravidez indesejada desapareça, que os filhos larguem as drogas, que os maridos abusivos se tornem gentis e parceiros. Ela sempre dá às pessoas as informações de que elas precisam e diz que a decisão quanto ao que fazer é delas, que devem confiar nos próprios sentimentos e não se deixar intimidar por ninguém. É uma boa filosofia.

– E o seu pai?

– O papai é bem comum, eu acho. Ele é militar e trabalha no Pentágono. É coronel. Lida com relações públicas, escreve discursos para generais, esse tipo de coisa.

– Ele é disciplinador?

Steven sorriu.

– Ele tem um senso de dever muito forte. Mas não é um homem violento. Testemunhou alguns combates na Ásia antes de eu nascer, mas nunca levou nada disso pra casa.

– Você exigia disciplina?

Steven deu risada.

– Eu era o garoto mais atentado da turma durante todo o tempo de escola. Estava sempre aprontando.

– Tipo o quê?

– Desobedecendo às regras. Correndo no corredor. Usando meias vermelhas. Mascando chiclete na aula. Beijando a Wendy Prasker atrás da estante de biologia da biblioteca da escola quando tinha 13 anos.

– Por quê?

– Porque ela era linda.

Ela riu de novo.

– Eu quis dizer, por que você desobedecia a todas as regras?

Ele balançou a cabeça.

– Eu simplesmente não conseguia ser obediente. Fazia o que me dava na telha. As regras pareciam sem sentido, e eu ficava entediado. Teria sido expulso da escola, mas sempre tirava boas notas e geralmente era capitão de algum time: futebol americano, basquete, beisebol, atletismo. Eu não me entendo. Sou muito esquisito?

– De perto ninguém é normal.

– É, deve ser. Por que você usa um piercing no nariz?

Ela arqueou as sobrancelhas, como se dissesse *Quem faz as perguntas por aqui sou eu!*, mas, mesmo assim, respondeu:

– Passei por uma fase punk quando tinha uns 14 anos: cabelo verde, meias rasgadas, etc. O piercing no nariz foi parte disso.

– O furo ia fechar e cicatrizar se você quisesse.

– Eu sei. Acho que deixo o piercing porque sinto que respeitabilidade absoluta é uma coisa chata de dar dó.

Steven deu um sorriso. *Meu Deus, eu gosto dessa mulher, mesmo que ela seja velha demais pra mim.* Então sua mente voltou para o que ela havia acabado de lhe contar.

– O que lhe dá tanta certeza de que eu tenho um irmão gêmeo?

– Eu desenvolvi um programa de computador que busca combinações idênticas em registros médicos e outros bancos de dados. Gêmeos idênticos têm eletroencefalogramas, eletrocardiogramas, padrões nas impressões digitais e dentições semelhantes. Realizei a varredura de um grande banco de dados de raios X odontológicos mantido por uma seguradora de saúde e encontrei uma pessoa que tem as medidas dos dentes e o formato das arcadas iguais aos seus.

– Não parece conclusivo.
– Talvez não, embora ele tenha até cáries nos mesmos pontos que você.
– Quem é ele, afinal?
– O nome dele é Dennis Pinker.
– Onde ele está?
– Em Richmond, na Virgínia.
– Você já esteve com ele?
– Estou indo pra Richmond amanhã pra encontrar com ele. Vou fazer muitos desses mesmos testes com ele e coletar uma amostra de sangue, para que possamos comparar o DNA dele com o seu. Aí, sim, teremos certeza.

Steven franziu a testa.

– Você tem uma área específica de interesse no campo da genética?
– Tenho. Minha especialidade é criminalidade, e estudo a possibilidade de ela ser hereditária.

Steven assentiu com a cabeça.

– Entendi. E o que ele fez?
– Perdão?
– O que o Dennis Pinker fez?
– Não entendi.
– Você está indo até ele em vez de pedir pra ele vir aqui, então, obviamente, ele está preso.

Ela corou levemente, como se tivesse sido desmascarada. Com as bochechas vermelhas, parecia mais sexy do que nunca.

– Sim, você está certo – admitiu ela.
– Por que ele está preso?

Ela hesitou.

– Assassinato.
– Meu Deus! – Ele desviou o olhar, tentando processar aquilo. – Não só tenho um irmão gêmeo idêntico como ele é um assassino! Jesus!
– Sinto muito – disse ela. – Não estou fazendo isso direito. Você é o primeiro participante assim que eu estudo.
– Caramba. Vim aqui na esperança de descobrir alguma coisa sobre mim, mas aprendi mais do que eu gostaria de saber.

Jeannie não sabia, e jamais ficaria sabendo, que Steven quase tinha matado um garoto chamado Tip Hendricks.

– E você é muito importante pra mim.
– Como assim?

– A questão importante aqui é se a criminalidade é hereditária. Publiquei um artigo dizendo que certo tipo de personalidade é hereditário: uma combinação de impulsividade, ousadia, agressão e hiperatividade. Mas afirmei que o fato de essas pessoas se tornarem criminosas ou não depende de como seus pais lidam com elas. Para comprovar minha teoria, preciso encontrar pares de gêmeos idênticos nos quais um seja criminoso e o outro, um cidadão cumpridor da lei. Você e o Dennis são meu primeiro par e são perfeitos: ele está na prisão e você, com todo o respeito, é o jovem americano exemplar. Pra ser sincera, estou tão animada com isso que mal consigo me conter.

Pensar que aquela mulher estava tão animada que mal conseguia ficar parada deixou Steven inquieto também. Ele desviou o olhar, com medo de que sua expressão denunciasse o desejo que sentia. Mas o que ela lhe disse era dolorosamente perturbador. Ele tinha o mesmo DNA de um assassino. Isso fazia dele o quê?

A porta atrás de Steven se abriu, e ela levantou a cabeça.

– Oi, Berry – disse. – Steven, gostaria que você conhecesse o professor Berrington Jones, supervisor do estudo de gêmeos aqui na universidade.

O professor era um homem baixo beirando os 60 anos, bonito e elegante, com cabelos grisalhos e brilhosos. Usava um terno cinza de tweed de aparência cara e uma gravata-borboleta vermelha com bolinhas brancas. Steven o tinha visto na TV algumas vezes, falando sobre como os Estados Unidos estavam indo para o buraco. Steven não gostava dos pontos de vista dele, mas tinha sido ensinado a ser educado, então se levantou e estendeu a mão para cumprimentá-lo.

Berrington Jones estremeceu como se tivesse visto um fantasma.

– Meu Deus! – exclamou ele e seu rosto ficou pálido.

– Berry! O que foi? – perguntou a Dra. Ferrami.

– Eu fiz alguma coisa? – falou Steven.

O professor não disse nada por um momento. Então pareceu se recompor.

– Desculpe, não é nada – disse, mas ainda parecia abalado. – É que de repente me lembrei de uma coisa... uma coisa que esqueci, um erro terrível. Por favor, me desculpem.

Ele caminhou até a porta ainda balbuciando um pedido de desculpas e saiu.

Steven olhou para a Dra. Ferrami, que deu de ombros.

– Não entendi nada – disse ela.

CAPÍTULO SETE

BERRINGTON SE SENTOU à sua mesa respirando com dificuldade.
Ele tinha uma sala de quina naquele andar, mas, fora isso, o ambiente era monástico: piso vinílico, paredes brancas, gaveteiros funcionais, estantes baratas. Não se esperava dos acadêmicos que tivessem escritórios luxuosos. O protetor de tela em seu computador mostrava os dois filamentos de DNA girando lentamente, torcidos no famoso formato de dupla hélice. Sobre a mesa, fotos dele mesmo com Geraldo Rivera, Newt Gingrich e Rush Limbaugh. A janela dava para o prédio do ginásio, fechado por causa do incêndio da véspera. Do outro lado da rua, dois rapazes usavam a quadra de tênis, apesar do calor.

Berrington esfregou os olhos.

– Droga, droga, droga – repetiu, agitado.

Ele havia persuadido Jeannie Ferrami a ir para lá. O artigo dela sobre criminalidade abrira novos caminhos ao se concentrar nos componentes da personalidade criminosa. A questão era crucial para o projeto da Threeplex. Ele queria que ela desse continuidade à pesquisa sob sua tutela. Havia convencido a Jones Falls a lhe dar um emprego e tomado as providências para que sua pesquisa fosse financiada por uma bolsa da Threeplex.

Com a ajuda dele, ela poderia realizar grandes feitos, e o fato de ter uma origem pobre só tornava a conquista dela mais impressionante. Suas primeiras quatro semanas na universidade confirmaram o julgamento dele. Ela já chegou trabalhando duro, e seu projeto decolou com rapidez. A maioria das pessoas gostava dela, embora ela pudesse ser ríspida – um técnico de laboratório que achou que ia conseguir fazer um trabalho desleixado e sair impune recebeu uma reprimenda exaltada no segundo dia dela.

O próprio Berrington estava completamente apaixonado. Ela era deslumbrante tanto física quanto intelectualmente. Ele estava dividido entre a necessidade paternal de lhe dar incentivo e orientação e o desejo avassalador de seduzi-la.

E agora, isso!

Quando recuperou o fôlego, pegou o telefone e ligou para Preston Barck. Preston era seu amigo de mais longa data: tinham se conhecido no MIT na década de 1960, enquanto Berrington estava fazendo doutorado em psicologia e Preston era um jovem e promissor embriologista. Ambos eram considerados deslocados, naquela época de estilos de vida extravagantes, com seus cortes de cabelo curtos e seus ternos de tweed. Logo descobriram que concordavam sobre todo tipo de coisa: o jazz moderno era uma fraude, a maconha era a porta de entrada para a heroína, o único político honesto nos Estados Unidos era Barry Goldwater. A amizade tinha se mostrado mais sólida que qualquer um dos casamentos de ambos. Berrington não se perguntava mais se gostava de Preston: Preston simplesmente estava lá, como o Canadá.

Naquele exato momento, Preston estaria na sede da Threeplex, um conjunto de prédios baixos com vista para um campo de golfe no condado de Baltimore, ao norte da cidade. A secretária de Preston disse que ele estava em reunião, e Berrington pediu a ela que passasse a ligação de qualquer maneira.

– Bom dia, Berry. O que houve?

– Quem mais está aí?

– Estou com o Lee Ho, um dos contadores seniores da Landsmann. Estamos repassando os detalhes finais da declaração de informações corporativas da Threeplex.

– Tira esse filho da mãe daí.

A voz de Preston quase desapareceu enquanto ele afastava o fone do rosto.

– Sinto muito, Lee, isso vai demorar um pouco. Falo com você mais tarde. – Houve uma pausa e ele voltou a falar no fone. Seu tom agora era de irritação. – Eu acabei de expulsar o braço direito do Michael Madigan. O Madigan é o CEO da Landsmann, caso tenha esquecido. Se o seu grau de entusiasmo com essa aquisição está no mesmo patamar de ontem à noite, é melhor a gente não...

Berrington perdeu a paciência e o interrompeu:

– O Steven Logan está aqui.

Houve um momento de silêncio atordoado.

– Na Jones Falls?

– Bem aqui no prédio da psicologia.

Preston se esqueceu imediatamente de Lee Ho.

– Jesus Cristo, como assim?

– Ele é participante de um estudo. Está passando por testes no laboratório.

A voz de Preston subiu uma oitava:

– Como foi que isso aconteceu?

– Não sei. Esbarrei com ele cinco minutos atrás. Imagina a minha surpresa.
– Você o reconheceu de cara?
– É claro!
– Por que ele está sendo testado?
– Faz parte do nosso estudo sobre irmãos gêmeos.
– Gêmeos? – berrou Preston. – *Gêmeos*? Quem é o outro maldito irmão gêmeo?
– Ainda não sei. Olha, era provável que uma coisa assim fosse acontecer mais cedo ou mais tarde.
– Mas justo agora?! Vamos ter que recusar o acordo com a Landsmann.
– De jeito nenhum! Não vou deixar você usar isso como desculpa para ficar hesitando com a aquisição, Preston. – Agora era Berrington que estava arrependido de ter feito essa ligação. Mas ele precisava compartilhar seu choque com alguém. E Preston costumava ser um estrategista brilhante. – Só precisamos encontrar uma forma de controlar a situação.
– Quem levou o Steven Logan pra universidade?
– A nova professora assistente que acabamos de contratar, a Dra. Ferrami.
– A que escreveu aquele artigo incrível sobre criminalidade?
– Sim. Além disso, ela é uma mulher muito atraente...
– Eu não estou nem aí se ela é a porra da Sharon Stone...
– Suponho que ela tenha recrutado o Steven pro projeto. Estava com ele quando o vi. Vou confirmar.
– Isso é fundamental, Berry. – Preston estava se acalmando e começando a se concentrar na solução, não no problema. – Descubra como ele foi recrutado. Aí, então, a gente pode começar a avaliar o risco que estamos correndo.
– Vou chamá-la aqui agora mesmo.
– Me liga de volta, certo?
– Claro – respondeu Berrington e desligou.

No entanto, ele não ligou para Jeannie imediatamente. Em vez disso, ficou ali sentado, colocando seus pensamentos em ordem.

Sobre sua mesa havia uma velha foto em preto e branco de seu pai como segundo-tenente, resplandecente em seus uniforme e quepe brancos da Marinha. Berrington tinha 6 anos quando o *Wasp* foi afundado. Como todo garotinho nos Estados Unidos, odiava os japoneses e inventava brincadeiras em que os massacrava às dezenas. E seu pai era um herói invencível, alto e bonito, valente, forte e conquistador. Ele ainda podia sentir a raiva avassaladora que o dominara quando descobriu que os japoneses haviam matado seu pai. Havia rezado a Deus pedindo que a guerra durasse o suficiente para que ele crescesse, ingressasse na Marinha e matasse um milhão de japoneses para se vingar.

Ele nunca matara ninguém. No entanto, jamais contratara um funcionário japonês, admitira um estudante japonês na universidade nem oferecera emprego a um psicólogo japonês.

Muitos homens, diante de um problema, perguntam-se o que o pai teria feito a respeito. Alguns amigos lhe jogaram na cara que aquele era um privilégio que ele jamais teria. Era novo demais para ter conhecido bem o pai. Não fazia ideia do que o tenente Jones teria feito em meio a uma crise. Nunca tivera propriamente um pai, apenas um super-herói.

Ele questionaria Jeannie Ferrami sobre os métodos de recrutamento dela. E decidiu que, na sequência, iria convidá-la para jantar.

Ligou para o ramal de Jeannie, que atendeu imediatamente. Ele baixou a voz e falou em um tom que sua ex-mulher, Vivvie, costumava chamar de "aveludado".

– Jeannie, é o Berry – disse.

Ela foi direta, como de costume:

– Que diabo está acontecendo?

– Posso falar com você um minuto, por favor?

– Claro.

– Você se importaria de vir à minha sala?

– Já estou indo – disse ela e desligou.

Enquanto esperava por ela, ele se perguntou preguiçosamente com quantas mulheres já havia dormido. Levaria muito tempo para se lembrar de uma por uma, mas talvez pudesse fazer uma aproximação científica. Tinha sido mais de uma, e com certeza mais de dez. Mais de cem, será? Isso daria 2,5 por ano desde que tinha 19 anos: sem dúvida era mais que isso. Mil? Vinte e cinco por ano, uma nova mulher a cada duas semanas ao longo de 40 anos? Não, ele não tinha se saído tão bem assim. Durante os dez anos em que esteve casado com Vivvie Ellington, provavelmente não tivera mais do que quinze ou vinte relações adúlteras no total. Depois, porém, ele compensou. Algum número entre cem e mil, então.

Mas ele não levaria Jeannie para a cama. Ele iria descobrir como afinal ela havia entrado em contato com Steven Logan.

Jeannie bateu à porta e entrou. Estava de saia e blusa e vestia um jaleco branco de laboratório por cima. Berrington gostava quando as jovens usavam aqueles jalecos como vestidos, sem nada além de suas roupas íntimas. Achava isso sexy.

– Obrigado por vir – disse.

Puxou uma cadeira para ela, então puxou a própria cadeira de trás de sua mesa, para que não houvesse nenhuma barreira entre eles.

Sua primeira tarefa era dar a Jeannie uma explicação plausível para sua reação ao ver Steven Logan. Não seria fácil enganá-la. Ele desejou ter passado mais tempo pensando nisso em vez de ficar calculando suas conquistas.

Sentou-se e deu a ela seu sorriso mais cativante.

– Quero pedir desculpas pela forma estranha como agi – começou. – Eu estava baixando uns arquivos da Universidade de Sydney. – Apontou para o computador. – Quando você estava prestes a me apresentar àquele jovem, percebi que havia deixado meu computador ligado e esquecido de desligar a linha telefônica. Eu me senti meio idiota, foi só isso, mas fui muito rude.

A explicação era fraca, mas ela pareceu aceitar.

– Que alívio – disse ela com franqueza. – Achei que eu tivesse feito alguma coisa que o ofendeu.

Até ali estava tudo indo bem.

– Eu estava indo falar com você sobre o seu trabalho – continuou ele tranquilamente. – Você sem dúvida começou com o pé direito. Faz só quatro semanas que chegou e seu projeto já está bem encaminhado. Meus parabéns.

Ela anuiu.

– Tive longas conversas com o Herb e o Frank durante o verão, antes de começar oficialmente – explicou. Herb Dickson era o chefe do departamento, e Frank Demidenko, um professor titular. – Ajustamos todos os aspectos práticos com antecedência.

– Me fale um pouco mais sobre isso. Você teve algum problema? Posso ajudar em alguma coisa?

– O recrutamento é o meu maior problema – disse ela. – Como os participantes são voluntários, a maioria deles é como o Steven Logan, respeitáveis americanos de classe média que acreditam que o cidadão de bem tem o dever de apoiar as pesquisas científicas. Mas cafetões e traficantes de drogas não costumam se apresentar.

– Um aspecto que nossos críticos liberais não deixaram passar.

– Por outro lado, não é possível descobrir mais sobre agressividade e criminalidade estudando famílias americanas típicas cumpridoras da lei.

Portanto, foi absolutamente crucial para o meu projeto que eu resolvesse o problema do recrutamento.

– E você resolveu?

– Acho que sim. Me veio à cabeça que hoje em dia informações médicas sobre milhões de pessoas são mantidas em enormes bancos de dados por seguradoras de saúde e agências governamentais. Eles incluem o tipo de dado que usamos para determinar se os gêmeos são idênticos ou fraternos: eletroencefalogramas, eletrocardiogramas e assim por diante. Se tivéssemos como pesquisar pares de eletrocardiogramas semelhantes, por exemplo, seria uma forma de identificar irmãos gêmeos. E, se o banco de dados fosse bem grande, poderíamos saber se alguns desses pares foram separados. E aí vem a surpresa: *alguns deles podem nem mesmo saber que são gêmeos*.

– É notável – comentou Berrington. – Simples, mas original e engenhoso.

Ele falou com sinceridade. Gêmeos idênticos criados separadamente eram muito importantes para a pesquisa genética, e os cientistas se esforçam bastante para conseguir recrutá-los. Até aquele momento, a principal forma de encontrá-los era através da publicidade: os potenciais participantes liam artigos em revistas sobre estudos de irmãos gêmeos e se ofereciam como voluntários. Como disse Jeannie, esse processo rendia uma amostra composta predominantemente de cidadãos respeitáveis de classe média, o que era uma desvantagem de modo geral e um problema que engessava o estudo da criminalidade.

Mas para ele, particularmente, era uma catástrofe. Ele a olhou nos olhos e tentou esconder sua consternação. Aquilo era pior do que temia. Na noite anterior, Preston Barck afirmara: "Todos nós sabemos que esta empresa tem segredos." Jim Proust tinha dito que ninguém conseguiria descobri-los. Ele não contava com o talento de Jeannie Ferrami.

Berrington tentava achar alguma brecha:

– Encontrar entradas semelhantes em um banco de dados não é tão fácil quanto parece.

– Verdade. As imagens gráficas ocupam muitos megabytes de espaço. Pesquisar esses registros é muito mais difícil do que passar o corretor ortográfico numa tese de doutorado.

– Acredito que seja um grande problema no design de software. O que você fez, então?

– Eu programei meu software.

Berrington ficou surpreso.

– Programou?

– Isso. Fiz mestrado em ciência da computação em Princeton, como você sabe. Quando estava em Minnesota, trabalhei com meu professor em um software de redes neurais para reconhecimento de padrões.

Como ela pode ser tão inteligente?

– Como funciona o programa?

– Ele usa lógica difusa para acelerar a descoberta de padrões. Os pares que procuramos são semelhantes, mas não absolutamente idênticos. Por exemplo, radiografias de dentes idênticos feitas por técnicos diferentes em máquinas diferentes não são exatamente iguais. Mas o olho humano consegue perceber que são iguais, e, quando as radiografias são escaneadas, digitalizadas e armazenadas eletronicamente, um computador equipado com lógica difusa pode reconhecê-las como um par.

– Imagino que você precise de um computador do tamanho do Empire State Building pra isso.

– Descobri uma forma de encurtar o processo de busca de padrões analisando uma pequena parcela da imagem digitalizada. Pensa só: pra reconhecer um amigo, você não precisa esquadrinhar todo o corpo dele, só o rosto. Aficionados por carros conseguem identificar os modelos mais comuns a partir da foto de um farol. Minha irmã é capaz de dizer o nome de qualquer música da Madonna depois de ouvi-la por uns dez segundos.

– Isso dá margem a erros.

Ela deu de ombros.

– Ao não fazer a varredura da imagem inteira, você corre o risco de ignorar algumas correspondências. Descobri que dá pra encurtar radicalmente o processo de busca com apenas uma pequena margem de erro. É uma questão de probabilidade e estatística.

Todos os psicólogos estudam estatística, é claro.

– Mas como um mesmo programa consegue fazer a varredura de radiografias, eletrocardiogramas e impressões digitais?

– Ele reconhece padrões eletrônicos. O que eles representam não tem importância.

– E o seu programa funciona?

– Parece que sim. Consegui permissão para testá-lo em um banco de dados de registros dentários de uma grande seguradora de saúde. Ele produziu várias centenas de pares. Mas obviamente estou interessada só nos gêmeos que foram criados separados.

– Como você identifica esses?

– Eu elimino todos os pares com o mesmo sobrenome e todas as mulheres casadas, visto que a maioria delas adota o nome do marido. Os demais são gêmeos sem razão aparente para ter sobrenomes diferentes.

Genial, pensou Berrington. Ele não sabia o que era maior: a admiração por Jeannie ou o medo do que ela poderia descobrir.

– Quantos sobraram?

– Três pares. Foi meio decepcionante. Eu esperava mais. Em um dos casos, um dos gêmeos tinha mudado de sobrenome por motivos religiosos: ele se tornou muçulmano e adotou um nome árabe. Outro par desapareceu sem deixar vestígios. Felizmente, o terceiro par é exatamente o que eu procurava: Steven Logan é um cidadão cumpridor da lei, e Dennis Pinker é um assassino.

Berrington sabia disso. Certa noite, Dennis Pinker cortou a eletricidade de um cinema no meio de uma sessão do filme *Sexta-feira 13*. No pânico que se seguiu, ele molestou várias mulheres. Uma garota aparentemente tentou lutar contra ele, e ele a matou.

Então Jeannie havia encontrado Dennis. *Meu Deus, ela é perigosa*. Poderia arruinar tudo: a aquisição, a carreira política de Jim, a Threeplex, até mesmo a reputação acadêmica de Berrington. O medo o deixou irritado: como era possível que tudo aquilo por que ele havia trabalhado pudesse ser ameaçado por sua protegida? Mas não havia como ter previsto o que iria acontecer.

O fato de ela estar ali na Jones Falls era um golpe de sorte, pois ele estava sendo avisado com antecedência do que ela estava fazendo. No entanto, ele não via um jeito de se safar. Se ao menos os arquivos dela pudessem ser destruídos em um incêndio... ou ela fosse morta em um acidente de carro... Mas isso era fantasia.

Seria possível minar a fé dela em seu software?

– O Steven Logan sabia que era adotado? – perguntou, ocultando suas intenções.

– Não. – Jeannie franziu uma sobrancelha, em uma expressão de preocupação. – Sabemos que as famílias costumam mentir sobre a adoção, mas ele acha que a mãe teria lhe contado a verdade. Pode haver outra explicação, no entanto. Vai ver eles não tinham como adotar por meio dos canais normais, por algum motivo, e tenham comprado um bebê. Podem ter mentido sobre isso.

– Ou seu sistema pode ser defeituoso – sugeriu Berrington. – Só porque dois rapazes têm dentição idêntica, isso não garante que sejam gêmeos.

– Não acho que meu sistema seja defeituoso – disse Jeannie com convicção. – Mas me preocupa ter que dizer a dezenas de pessoas que elas podem ser adotadas. Não sei nem se tenho o direito de invadir a vida delas dessa forma. Acabei de me dar conta da magnitude do problema.

Ele olhou para o relógio.

– Estou sem tempo agora, mas adoraria conversar mais um pouco sobre isso. Você está livre pra jantar?

– Esta noite?

– Sim.

Ele percebeu que ela estava hesitante. Jantaram juntos uma vez, no Congresso Internacional de Estudos de Gêmeos, onde se conheceram. Desde que ela havia chegado à Jones Falls, haviam bebido juntos uma vez, no bar do Clube dos Professores. Num sábado, eles se encontraram por acaso em uma rua comercial em Charles Village e Berrington a levou ao Museu de Arte de Baltimore. Ela não estava apaixonada por ele, nem de longe, mas ele sabia que ela havia gostado de sua companhia nessas três ocasiões. Além disso, era seu mentor: para ela, era difícil recusar.

– Claro – respondeu Jeannie.

– Que tal o Hamptons, no Harbor Court Hotel? Acho que é o melhor restaurante de Baltimore.

Era o mais sofisticado, pelo menos.

– Ótimo – disse ela, se levantando.

– Pego você às oito?

– Ok.

Enquanto ela se afastava, Berrington teve uma visão repentina de suas costas nuas, lisas e musculosas, a bunda magra e as pernas muito compridas; por um momento, a garganta dele ficou seca de desejo. Então ela fechou a porta.

Berrington balançou a cabeça para expulsar da mente as fantasias lascivas, então ligou para Preston de novo.

– É pior do que pensávamos – disse sem rodeios. – Ela criou um programa de computador que pesquisa bancos de dados médicos e encontra pares. Da primeira vez que ela o experimentou, encontrou o Steven e o Dennis.

– Merda.

– Precisamos contar pro Jim.

– Nós três devíamos nos reunir pra decidir o que fazer. Que tal hoje à noite?

– Vou levar a Jeannie pra jantar.

– Acha que isso pode resolver o problema?

– Não custa tentar.

– Ainda acho que devíamos desistir do negócio com a Landsmann.

– Discordo – disse Berrington. – Ela é brilhante, mas uma garota não vai desvendar toda a história em uma semana.

No entanto, ao colocar o fone no gancho, ficou se perguntando se devia estar assim tão seguro disso.

CAPÍTULO OITO

OS ESTUDANTES SENTADOS no Auditório de Biologia Humana estavam inquietos. A concentração deles era baixa, e eles se agitavam nas cadeiras. Jeannie sabia por quê. Ela também estava tensa. Era por causa do incêndio e do estupro. Seu acolhedor mundo acadêmico havia sido desestabilizado. A atenção de todo mundo não parava de vagar, suas mentes voltando toda hora para o que tinha acontecido.

– Variações observadas na inteligência dos seres humanos podem ser explicadas por três fatores – disse Jeannie. – Um: genes diferentes. Dois: ambientes diferentes. Três: erro de medição.

Ela fez uma pausa. Todos escreviam em seus cadernos.

Jeannie já tinha notado aquele efeito. Sempre que apresentava uma lista numerada, todo mundo anotava. Se houvesse simplesmente dito *Genes diferentes, ambientes diferentes e erros de medição*, a maioria não teria escrito nada. Desde que havia reparado pela primeira vez naquela síndrome, ela passou a incluir o máximo possível de listas numeradas em suas aulas.

Ela era uma boa professora – uma surpresa para si mesma. Em geral, achava que suas habilidades interpessoais eram fracas. Era impaciente e podia ser ríspida, como havia sido naquela manhã com a sargento Delaware. Mas era uma boa comunicadora, clara e precisa, e gostava de explicar as coisas. Não havia nada melhor do que ver a compreensão brilhar no rosto de um aluno.

– Podemos expressar isso como uma equação – prosseguiu e se virou para escrever no quadro com o giz:

$$Vt = Vg + Ve + Vm$$

– Vt é a variância total; Vg, o componente genético; Ve, o ambiental; e Vm, o erro de medição. – Todos copiaram a equação. – O mesmo pode ser aplicado a qualquer diferença mensurável entre seres humanos, desde altura e peso até a tendência a acreditar em Deus. Alguém aqui consegue apontar alguma falha nisso? – Ninguém falou nada, então ela deu uma pista. – A soma pode ser maior do que as partes. Mas por quê?

Um rapaz falou. Quase sempre eram os homens que se manifestavam; as mulheres eram irritantemente tímidas.

– Porque os genes e os ambientes atuam uns sobre os outros para multiplicar os efeitos?

– Exatamente. Seus genes o aproximam de determinadas experiências ambientais e o afastam de outras. Bebês com temperamentos diferentes obtêm tratamentos diferentes de seus pais. Crianças ativas têm experiências diferentes das sedentárias, por mais que sejam criadas na mesma casa. Adolescentes aventureiros consomem mais drogas que os meninos do coral da igreja na mesma cidade. Devemos adicionar ao lado direito da equação o termo Cge, de covariância gene-ambiente. – Ela escreveu no quadro e olhou para o relógio Swiss Army em seu pulso. Faltavam cinco minutos para as quatro. – Alguma pergunta?

Para variar, foi uma mulher quem falou: Donna-Marie Dickson, uma enfermeira na casa dos 30 que tinha voltado para a faculdade. Brilhante mas acanhada.

– E quanto aos Osmonds? – perguntou ela.

A turma riu e a mulher corou. Jeannie disse com delicadeza:

– Explique melhor, Donna-Marie. Alguns alunos podem ser novinhos demais pra se lembrarem dos Osmonds.

– Era um grupo de música pop dos anos 1970, todos irmãos e irmãs. A família Osmond é toda musical. Mas eles não têm os mesmos genes, não são gêmeos. Parece ter sido o ambiente familiar que os tornou todos músicos. O mesmo com os Jackson Five. – Os outros, que eram em sua maioria mais jovens, riram de novo, e a mulher sorriu timidamente e acrescentou:

– Estou entregando minha idade aqui.

– A Sra. Dickson fez uma observação importante, e estou surpresa que ninguém mais tenha pensado nisso – disse Jeannie. Ela não tinha ficado nem um pouco surpresa, mas Donna-Marie precisava de uma injeção de confiança. – Pais carismáticos e dedicados podem fazer com que todos os seus filhos correspondam a um determinado ideal, independentemente de seus genes, assim como pais abusivos podem dar origem a uma família inteira de esquizofrênicos. Mas esses são casos extremos. Uma criança desnutrida terá baixa estatura, mesmo que seus pais e avós sejam todos altos. Uma criança superalimentada será gorda, mesmo que tenha ancestrais magros. No entanto, todo novo estudo tende a mostrar, de forma mais conclusiva que o anterior, que é predominantemente a herança genética, não o ambiente nem o estilo de criação, que determina a natureza da criança. – Ela fez uma pausa. – Se não houver mais perguntas, por favor leiam o artigo de Bouchard et al. na *Science* de 12 de outubro de 1990 antes da próxima segunda-feira.

Jeannie recolheu seus papéis.

Os alunos começaram a guardar os materiais de estudo. Ela ficou por ali ainda alguns instantes, para criar a oportunidade de os alunos mais tímidos fazerem perguntas e abordá-la em particular. Pessoas introvertidas com frequência se tornavam grandes cientistas.

Foi Donna-Marie quem se dirigiu à frente do auditório. Tinha um rosto redondo e cabelo louro e cacheado. Jeannie imaginou que ela deveria ser uma boa enfermeira, calma e eficiente.

– Sinto muito pela Lisa – disse Donna-Marie. – Que coisa horrível o que aconteceu com ela.

– E a polícia deixou tudo ainda pior – completou Jeannie. – O policial que a levou ao hospital era um verdadeiro idiota, francamente.

– Que droga. Mas talvez eles peguem o cara que fez isso. Estão distribuindo panfletos com a foto dele por todo o campus.

– Ótimo! – A foto da qual Donna-Marie estava falando deveria ter sido produzida pelo programa de computador de Mish Delaware. – Quando saí da casa dela hoje de manhã, ela estava trabalhando no retrato com uma detetive.

– Como ela está se sentindo?

– Ainda entorpecida... mas agitada, ao mesmo tempo.

Donna-Marie concordou com a cabeça.

– Elas passam por fases, já vi isso antes. A primeira é a da negação. Elas falam: "Eu só quero deixar tudo para trás e seguir com a minha vida." Mas nunca é fácil assim.

– Lisa devia falar com você. Saber o que esperar pode ajudá-la.

– Fico à disposição – disse Donna-Marie.

Jeannie atravessou o campus em direção ao Hospício. Continuava fazendo calor. Ela se viu olhando em volta com atenção, como um caubói apreensivo em um filme de faroeste, esperando que alguém surgisse de trás do alojamento de estudantes e a atacasse.

Até aquele momento, o campus da Universidade Jones Falls parecera um oásis de tranquilidade à moda antiga no deserto de uma moderna cidade americana. Na verdade, a Jones Falls era como uma cidadezinha, com lojas e bancos, quadras esportivas e parquímetros, bares e restaurantes, escritórios e alojamentos. Tinha uma população de 5 mil habitantes, dos quais metade morava no campus. Mas havia se transformado em uma paisagem perigosa.

Esse cara não tem o direito de me fazer sentir medo no meu local de trabalho, pensou Jeannie com amargura. *Talvez um crime tenha sempre esse efeito, de fazer com que o chão firme pareça instável sob os nossos pés.*

Ao entrar em sua sala, começou a pensar em Berrington Jones. Ele era um homem atraente, muito atencioso com as mulheres. Toda vez que passava um tempo com ele, ela se divertia. E além disso estava em dívida com ele, pois havia lhe dado aquele emprego.

Por outro lado, ele era um pouco grudento. Ela suspeitava que a atitude dele para com as mulheres pudesse ser manipuladora. Ele sempre a fazia pensar na piada sobre um homem que diz a uma mulher: "Quero saber tudo sobre você. Qual é a sua opinião, por exemplo, sobre mim?"

Em alguns aspectos, ele não parecia um acadêmico. Mas Jeannie já havia reparado que os verdadeiros empreendedores do mundo universitário careciam completamente do ar vago e perdido do estereótipo do professor distraído.

Berrington tinha a aparência de um homem poderoso e agia como tal. Havia alguns anos que não produzia um grande trabalho científico, mas isso era normal: descobertas originais brilhantes, como a dupla hélice, geralmente eram feitas por pessoas com menos de 35 anos. À medida que envelhecem, os cientistas usam a experiência e os instintos para ajudar e orientar mentes mais jovens e frescas. Berrington fazia isso bem, com suas três cátedras e seu papel de canalizador da verba para pesquisa da Threeplex. No entanto, ele não era tão respeitado quanto poderia ser porque outros cientistas não gostavam de seu envolvimento na política. A própria Jeannie achava que sua ciência era ótima, mas que sua posição política era uma porcaria.

No início, ela tinha acreditado na história de Berrington sobre o download de arquivos da Austrália, mas, ao pensar melhor, não estava mais tão certa. Quando Berry olhou para Steven Logan, ele viu um fantasma, não uma conta de telefone.

Muitas famílias tinham segredos de paternidade. Uma mulher casada pode ter um amante e somente ela saberá quem é o verdadeiro pai de seu filho. Uma jovem pode ter um filho e dá-lo à mãe, fingindo ser uma irmã mais velha para ele, com a família inteira conspirando para guardar o segredo. Crianças são adotadas por vizinhos, parentes ou amigos, que escondem a verdade. Lorraine Logan podia não ser o tipo de mulher que teria um segredo obscuro envolvendo uma adoção direta, mas poderia ter uma dezena de outros motivos para mentir para Steven sobre a origem dele.

No entanto, como Berrington entrava na história? Será que ele era o verdadeiro pai de Steven? A hipótese fez Jeannie sorrir. Berry era bonito, mas pelo menos 15 centímetros mais baixo que Steven. Embora tudo fosse possível, essa explicação em particular parecia improvável.

Estar diante de um mistério a deixava incomodada. Em todos os outros aspectos, Steven Logan representava um triunfo para ela: um cidadão decente cujo irmão gêmeo idêntico era um criminoso violento. Steven legitimava seu software de pesquisa e confirmava sua teoria da criminalidade. É claro que ela precisaria de mais cem pares de gêmeos como Steven e Dennis antes que pudesse falar sobre provas. Mesmo assim, não havia melhor forma de ter começado seu programa de pesquisa.

Ela veria Dennis no dia seguinte. Se ele fosse um baixinho de cabelos escuros, ela saberia que algo havia saído muito errado. Mas, se estivesse certa, ele seria uma cópia perfeita de Steven Logan.

Jeannie ficou abalada com a revelação de que Steven Logan não fazia ideia de que poderia ser adotado. Ela ia precisar elaborar algum procedimento para lidar com esse fenômeno. Nas ocasiões seguintes, poderia entrar em contato com os pais e verificar qual história vinham contando antes de contatar os gêmeos. Isso atrasaria seu trabalho, mas era necessário: não cabia a ela revelar segredos de família.

Aquele problema tinha solução, mas não fez passar a ansiedade provocada pelas perguntas céticas de Berrington e pela incredulidade de Steven Logan, e ela começou a refletir, agitada, sobre a próxima etapa de seu projeto. Esperava usar seu software para fazer uma varredura no arquivo de impressões digitais do FBI.

Aquela era a fonte perfeita para ela. Muitos entre os 22 milhões de pessoas registradas eram suspeitos ou condenados por crimes. Se o programa funcionasse, deveria apresentar centenas de gêmeos, incluindo vários pares criados separadamente. Isso poderia significar um salto quântico em sua pesquisa. Mas primeiro ela precisava obter permissão do próprio FBI.

Sua melhor amiga na escola era Ghita Sumra, um gênio da matemática de ascendência indiana que tinha um cargo importante na área de tecnologia da informação do FBI. Ela trabalhava em Washington, D.C., mas morava em Baltimore. Ghita já havia concordado em pedir a seus superiores que cooperassem com Jeannie. Ela prometera dar uma resposta até o final daquela semana, mas agora Jeannie queria apressá-la. Então ligou para a amiga.

Ghita tinha nascido em Washington, mas seu inglês carregava um leve sotaque indiano.

– Oi, Jeannie. Como foi o fim de semana? – perguntou.

– Terrível – respondeu Jeannie. – Minha mãe pirou definitivamente, e eu tive que colocá-la em um asilo.

– Puxa, sinto muito. O que foi que ela fez?

– Ela se levantou de madrugada, esqueceu de se vestir, saiu para comprar leite e esqueceu onde morava.

– E o que aconteceu?

– A polícia a encontrou. Por sorte ela tinha um cheque meu na bolsa e eles conseguiram me localizar.

– Como você está se sentindo?

Essa era uma pergunta de mulher. Os homens – Jack Budgen, Berrington Jones – tinham perguntado o que ela iria fazer. Só mesmo uma mulher para perguntar como ela se sentia.

– Mal – disse ela. – Se eu tiver que cuidar da minha mãe, quem vai cuidar de mim? Entende?

– Pra que tipo de asilo ela foi?

– Um lugar simples. É o que o seguro dela cobre. Preciso tirá-la de lá assim que conseguir arranjar dinheiro pra pagar uma coisa melhor. – Ela ouviu um silêncio sugestivo do outro lado da linha e percebeu que Ghita achara que ela estava lhe pedindo dinheiro. – Vou dar aulas particulares nos fins de semana – acrescentou apressadamente. – Mudando de assunto, você já falou com o seu chefe sobre a minha proposta?

– Na verdade, sim.

Jeannie prendeu a respiração.

– Todo mundo aqui está muito interessado no seu software – disse Ghita.

Isso não era um sim nem um não.

– Vocês não têm sistemas digitais de varredura?

– Temos, mas seu mecanismo de busca é muito mais rápido que qualquer coisa que a gente tem. Eles estão cogitando pagar a você pela autorização de uso do programa.

– Uau. Talvez eu não precise dar aulas particulares nos fins de semana, no fim das contas.

Ghita riu.

– Antes de abrir o champanhe, vamos checar se o programa funciona mesmo.

– Isso vai ser feito logo?

– Vamos deixá-lo rodando durante a noite, para ter o mínimo de interferência no uso normal do banco de dados. Mas vou precisar esperar uma noite tranquila. Deve acontecer dentro de uma semana, duas no máximo.

– Não dá pra ser antes?

– Tem alguma urgência?

Tinha, mas Jeannie relutava em contar a Ghita suas preocupações.

– Estou só impaciente – respondeu.

– Vou fazer isso o mais rápido possível, não se preocupe. Você pode enviar o programa para mim por e-mail?

– Claro. Mas não acha que eu deveria estar lá quando você executar o programa?

– Não, não acho, Jeannie – disse Ghita com um sorriso na voz.

– É óbvio, você entende mais desse tipo de coisa do que eu.

– Envia pra este endereço aqui. – Ghita soletrou um e-mail e Jeannie anotou. – Vou enviar os resultados por ele também.

– Obrigada. Ei, Ghita?

– O quê?

– Vou ter que abrir conta em um paraíso fiscal?

– Você é uma figura – disse Ghita rindo, e desligou.

Jeannie clicou com o mouse no ícone da America Online e entrou na internet. Enquanto seu software estava sendo enviado ao FBI, ela ouviu uma batida na porta e viu Steven Logan entrar.

Ela olhou para ele procurando analisá-lo. O rapaz havia recebido notícias perturbadoras, e isso transparecia em seu rosto; mas era jovem e resiliente, e o choque não o abatera. Ele era psicologicamente muito estável. Se fosse um tipo criminoso – como seu irmão, Dennis, provavelmente era –, já teria arrumado uma briga com alguém àquela altura.

– Tudo certo? – perguntou ela.

Ele fechou a porta com o calcanhar.

– Tudo concluído – disse ele. – Fiz todos os testes, terminei os exames e preenchi todos os questionários que a engenhosidade humana foi capaz de conceber.

– Então você está liberado pra ir pra casa.

– Eu estava pensando em passar a noite em Baltimore. Na verdade, queria saber se você gostaria de jantar comigo.

Ela foi pega de surpresa.

– Pra quê? – perguntou ela sem graça.

A pergunta o desestabilizou.

– Bem, é... em primeiro lugar, porque eu queria muito saber mais sobre a sua pesquisa.

– Ah. Bom, infelizmente, eu já tenho um jantar marcado pra hoje.

Ele pareceu muito decepcionado.

– Acha que sou muito novo?

– Pra quê?

– Pra te levar pra jantar.

Foi só então que caiu a ficha.

– Eu não sabia que você estava me chamando pra *um encontro* – disse ela.

Ele ficou envergonhado.

– Você é um pouco lenta pra pegar as coisas.

– Desculpa.

Ela estava meio lenta mesmo. O rapaz tinha dado em cima dela no dia anterior, na quadra de tênis. Mas Jeannie passara o dia todo pensando nele como um participante do estudo. No entanto, parando para refletir agora, ele era mesmo muito novinho. Era um estudante de 22 anos. Ela era sete anos mais velha: uma grande diferença.

– Quantos anos tem sua companhia de hoje? – perguntou ele.

– Acho que 59 ou 60, por aí.

– Uau. Você gosta de caras *velhos*.

Jeannie se sentiu mal por recusar a proposta dele. Ela estava em dívida com ele, pensou, depois do que o havia feito passar. Seu computador fez um som de campainha para avisar que o upload do programa tinha sido concluído.

– Já acabei por aqui hoje – disse ela. – Quer beber alguma coisa no Clube dos Professores?

O rosto dele se iluminou imediatamente.

– Claro, eu adoraria. Meu traje está de acordo?

Ele estava vestindo uma calça cáqui e uma camisa azul de linho.

– Você estará mais bem-vestido que a maioria dos professores por lá – garantiu ela e sorriu.

Então desligou o computador.

– Liguei pra minha mãe – disse Steven. – Falei pra ela sobre a sua teoria.
– Ela ficou aborrecida?
– Ela riu. Disse que eu não sou adotado nem tenho nenhum irmão gêmeo que tenha sido dado pra adoção.
– Que estranho... – Foi um alívio para Jeannie que a família Logan estivesse levando tudo aquilo com tanta leveza. Por outro lado, o ceticismo despreocupado deles fez com que ela temesse que Steven e Dennis talvez não fossem gêmeos, no fim das contas.
– Sabe... – começou ela, e hesitou. Já tinha dito coisas impactantes o suficiente para ele naquele dia. Mas continuou: – Tem outro jeito de você e Dennis serem gêmeos.
– Sei o que está pensando. Bebês trocados na maternidade.
Ele era muito rápido. Ao longo da manhã, ela havia reparado, mais de uma vez, em como ele resolvia as coisas com agilidade.
– Isso mesmo – disse ela. – A mãe número um tem gêmeos idênticos; as mães dois e três têm um menino cada. Os gêmeos são dados às mães dois e três, e os bebês delas dados à mãe número um. Conforme os filhos vão crescendo, a mãe número um deduz que tem gêmeos fraternos que se parecem muito pouco entre si.
– E se as mães dois e três não se conhecerem, ninguém jamais vai notar a semelhança surpreendente entre os bebês dois e três.
– É um velho recurso dos escritores de ficção – admitiu ela. – Mas impossível não é.
– Existe algum livro sobre essas coisas de irmãos gêmeos? – indagou ele. – Eu queria saber mais sobre isso.
– Sim, eu tenho um... – Ela vasculhou a estante com os olhos. – Não, está lá em casa.
– Onde você mora?
– Perto.
– Você podia me oferecer uma bebida na sua casa.
Ela titubeou. *Este é o gêmeo normal*, lembrou a si mesma, *não o psicopata*.
– Você descobriu muita coisa sobre mim depois do dia de hoje – disse ele. – Estou curioso sobre você. Gostaria de ver onde mora.
Jeannie deu de ombros.
– Claro, por que não? Vamos lá.
Eram cinco da tarde, e o dia finalmente começava a esfriar quando eles deixaram o Hospício. Steven assoviou quando viu o Mercedes vermelho.

– Que carro bacana!

– Tenho há oito anos já – disse ela. – Sou apaixonada.

– O meu está no estacionamento. Eu paro atrás de você e pisco o farol.

Ele partiu, Jeannie entrou no carro e deu a partida. Poucos minutos depois ela viu um par de faróis em seu espelho retrovisor. Saiu do estacionamento e rumou para a rua.

Ao deixar o campus, notou uma viatura da polícia atrás do carro de Steven. Conferiu o velocímetro e reduziu para 50 por hora.

Parecia que Steven Logan estava encantado por ela. Embora o sentimento não fosse recíproco, ela se sentia lisonjeada. Conquistar o coração de um cara jovem e bonito era como um elogio.

Ele se manteve atrás durante todo o caminho. Ela parou na frente da casa, e o rapaz estacionou logo atrás.

Como em muitas ruas antigas de Baltimore, havia uma varanda frontal que se estendia por todas as fachadas das casas geminadas, onde os vizinhos ficavam se refrescando antes da invenção do ar-condicionado. Ela cruzou a varanda e parou diante da porta, pegando as chaves.

Dois policiais irromperam da viatura, armas em punho. Assumiram posição de tiro, os braços estendidos com rigidez, as armas apontadas diretamente para Jeannie e Steven.

O coração de Jeannie quase parou.

– Que *porra* é... – falou Steven.

Então um dos homens gritou:

– Polícia! Parados!

Jeannie e Steven levantaram as mãos.

Mas o policial não relaxou.

– No chão, filho da puta! – Um deles gritou. – Barriga pra baixo, mãos nas costas!

Jeannie e Steven se deitaram de bruços.

Os policiais se aproximaram sem abandonar a cautela, como se Jeannie e Steven fossem uma bomba-relógio.

– Não acha melhor nos contar do que se trata? – perguntou Jeannie.

– Você pode se levantar, senhora – falou um deles.

– Nossa, obrigada. – Ela se levantou. Seu coração estava disparado, mas parecia óbvio que os policiais haviam cometido algum erro idiota. – Agora que você quase me matou de pavor, que diabo está acontecendo?

Eles mantiveram as armas apontadas para Steven, sem responder. Um deles se ajoelhou ao lado dele e, com um movimento rápido e experiente, o algemou.

– Você está preso, seu merda – disse o policial.

– Eu sou uma mulher de mente aberta, mas todo esse palavreado é mesmo necessário? – perguntou Jeannie. Ninguém prestou atenção. Ela insistiu: – O que foi que ele fez, afinal?

Um Dodge Colt azul-claro freou bruscamente atrás da viatura da polícia e duas pessoas desceram. Uma delas era Mish Delaware, a detetive da Divisão de Crimes Sexuais. Estava com as mesmas saia e blusa que vestia pela manhã, mas com um blazer de linho que escondia apenas parcialmente a arma em sua cintura.

– Chegou rápido – disse um dos policiais.

– Eu estava na vizinhança – respondeu ela. Então olhou para Steven, deitado no chão. – Levantem ele.

O policial pegou Steven pelo braço e o ajudou a se levantar.

– É ele mesmo – afirmou Mish. – Este é o sujeito que estuprou Lisa Hoxton.

– O Steven? – perguntou Jeannie, incrédula.

Meu Deus, eu estava prestes a levá-lo pra dentro da minha casa!

– Estupro? – indagou Steven.

– O policial avistou o carro dele saindo do campus – informou Mish.

Jeannie reparou no carro de Steven pela primeira vez. Era um Datsun bege, com cerca de quinze anos. Lisa disse que achava ter visto o estuprador dirigindo um Datsun branco velho.

Seu choque e seu alarme iniciais começaram a dar lugar ao pensamento racional. A polícia suspeitava dele: isso não o tornava culpado. Quais eram as evidências?

– Se forem prender todos os homens que virem por aí dirigindo um Datsun enferrujado... – comentou.

Mish estendeu para Jeannie um pedaço de papel. Era um panfleto com uma foto em preto e branco de um homem gerada por computador. Jeannie ficou olhando para a imagem. Parecia mesmo um pouco com Steven.

– Pode ser ele, pode não ser – disse Jeannie.

– O que você está fazendo com ele?

– Ele é participante de um estudo. Estamos fazendo testes com ele no laboratório. Não consigo acreditar que foi ele!

Os resultados do teste dela tinham mostrado que Steven tinha a personalidade hereditária de um criminoso em potencial, mas também mostraram que ele *não havia* se tornado um.

Mish indagou a Steven:

– Pode dizer onde estava ontem entre as sete e as oito da noite?

– Bom, eu estava na Jones Falls – respondeu Steven.

– Fazendo o quê?

– Nada de mais. Eu tinha combinado de sair com meu primo Ricky, mas ele cancelou. Fui lá pra ver onde eu tinha que estar hoje de manhã. Não tinha mais nada pra fazer.

Aquilo soou pouco convincente até mesmo para Jeannie. *Talvez Steven seja o estuprador*, pensou ela consternada. No entanto, se fosse mesmo, toda a sua teoria estaria arruinada.

– O que você fez nesse intervalo? – perguntou Mish.

– Fiquei vendo uma partida de tênis por um tempo. Depois fui a um bar em Charles Village e passei umas horas lá. Eu não vi o incêndio.

– Existe alguém que possa confirmar sua história?

– Bem, eu falei com a Dra. Ferrami, embora àquela altura não soubesse realmente quem ela era.

Mish se virou para Jeannie. Jeannie viu hostilidade em seus olhos e se lembrou de como elas haviam se confrontado naquela manhã, quando Mish estava convencendo Lisa a cooperar.

– Isso foi depois da minha partida de tênis, alguns minutos antes de o incêndio começar.

– Então você não tem como nos dizer onde ele estava quando o estupro aconteceu – declarou Mish.

– Não, mas vou lhe dizer outra coisa. Passei o dia todo submetendo este homem a testes, e ele não tem o perfil psicológico de um estuprador.

Mish fez uma cara de desdém.

– Isso não é evidência.

Jeannie ainda estava segurando o panfleto quando rebateu:

– Nem isto, imagino eu.

Ela amassou o papel e o jogou na calçada.

Mish meneou a cabeça na direção dos policiais.

– Vamos.

Steven falou com voz clara e calma:

– Esperem um minuto.

Eles hesitaram.

— Jeannie, eu não me importo com esses caras, mas quero que você saiba que não fiz isso e que jamais faria nada parecido.

Ela acreditou nele. E se perguntou por quê. Seria só porque precisava que ele fosse inocente para que sua teoria tivesse validade? Não: ela fez os testes psicológicos e constatou que ele não tinha nenhuma das características associadas aos criminosos. Mas havia outra coisa: sua intuição. Ela se sentia segura com ele. Steven não deu nenhum sinal negativo. Ele ouvia quando ela falava, não tentou intimidá-la, não a tocou de forma inadequada, não demonstrou raiva nem hostilidade. Gostava de mulheres e a respeitava. Não era um estuprador.

— Quer que eu ligue pra alguém? Pros seus pais? — perguntou ela.

— Não — respondeu ele de forma incisiva. — Eles vão ficar preocupados. E tudo vai se resolver em algumas horas. Eu ligo pra eles depois.

— Eles não estão esperando você em casa hoje à noite?

— Eu disse que talvez fosse pra casa do Ricky de novo.

— Bem, se está certo disso — disse ela, hesitante.

— Estou.

— Vamos — disse Mish com impaciência.

— Por que a pressa? — retrucou Jeannie. — Tem outras pessoas inocentes pra prender?

Mish a encarou.

— A senhora tem mais alguma coisa pra me dizer?

— O que vai acontecer?

— Será feito um reconhecimento. Vamos deixar que Lisa Hoxton decida se foi este o homem que a estuprou. — Com deferência fingida, Mish acrescentou: — Tudo bem por você, Dra. Ferrami?

— Ótimo — respondeu Jeannie.

CAPÍTULO NOVE

ELES LEVARAM STEVEN em direção ao centro da cidade no Dodge Colt azul-claro. A mulher estava ao volante, e o outro detetive, um homem branco e corpulento de bigode, estava no carona, parecendo apertado naquele carro pequeno. Ninguém falou.

Steven fervilhava de ressentimento. Por que diabo ele estava andando naquele carro desconfortável, com algemas nos pulsos, quando deveria estar sentado no apartamento de Jeannie Ferrami com uma bebida gelada na mão? Que pelo menos acabassem logo com aquilo.

A sede da polícia ficava em um prédio de granito rosa no distrito da luz vermelha de Baltimore, em meio aos bares de strippers e sex shops. Eles subiram por uma rampa e estacionaram na garagem interna. Estava cheia de viaturas policiais e de compactos baratos como aquele Colt.

Pegaram um elevador com Steven e o colocaram em uma sala sem janelas, com paredes pintadas de amarelo. Tiraram suas algemas e o deixaram sozinho. Ele presumiu que a porta havia sido trancada; não foi conferir.

Havia uma mesa e duas cadeiras de plástico rígido. Sobre a mesa via-se um cinzeiro com duas guimbas de cigarro, ambas com filtro, uma delas manchada de batom. Na porta havia um painel de vidro opaco; Steven não conseguia ver nada do lado de fora, mas imaginava que eles pudessem ver ali dentro.

Olhando para o cinzeiro, desejou ser fumante. Assim teria algo para fazer ali naquela cela amarela. Em vez disso, ficou andando de um lado para outro.

Steven disse a si mesmo que não era possível que estivesse de fato em apuros. Tinha conseguido dar uma olhada no retrato do panfleto, e, embora fosse mais ou menos parecido com ele, não era *ele*. Sem dúvida se parecia com o estuprador, mas, quando formasse uma fileira com vários outros jovens altos, a vítima não o apontaria. Afinal, a pobre mulher devia ter olhado por um tempo longo e doloroso para o desgraçado que fizera isso com ela: o rosto do sujeito estaria gravado em sua memória. Ela não cometeria um erro.

Mas os policiais não tinham o direito de mantê-lo esperando daquele jeito. Tudo bem, tinham que eliminá-lo como suspeito, mas não precisavam passar a noite inteira fazendo isso. Ele era um cidadão que respeitava as leis.

Tentou enxergar o lado bom da situação. Estava tendo uma visão de perto do sistema judiciário norte-americano. Seria seu próprio advogado: a prática lhe faria bem. Quando, no futuro, representasse um cliente acusado de um crime, saberia pelo que a pessoa passava sob custódia policial.

Ele tinha visto o interior de uma delegacia uma vez antes, mas a sensação havia sido bem diferente. Tinha apenas 16 anos. Fora à polícia acompanhado de um de seus professores. Admitira o crime de imediato e contara com franqueza aos policiais tudo que havia acontecido. Seus ferimentos eram visíveis: estava claro que a luta não havia sido unilateral. Seus pais apareceram para levá-lo para casa.

Aquele tinha sido o momento mais constrangedor de sua vida. Quando a mãe e o pai chegaram, Steven desejou estar morto. O pai parecia mortificado, como se tivesse sofrido uma grande humilhação; a expressão da mãe mostrava tristeza; ambos pareciam perplexos e magoados. Na época, tudo que ele conseguiu fazer foi não desatar a chorar, e até hoje se sentia mal ao se lembrar daquele dia.

Mas agora era diferente. Dessa vez ele era inocente.

A detetive entrou carregando uma pasta de papelão. Ela havia tirado o blazer, mas ainda portava a arma na cintura. Era uma mulher negra atraente, de cerca de 40 anos, um pouco acima do peso, com um ar de "Eu estou no comando aqui".

Steven olhou para ela com alívio.

– Graças a Deus – disse.

– Por quê?

– Por alguma coisa estar acontecendo. Não quero passar a noite inteira aqui.

– O senhor poderia se sentar, por favor?

Steven se sentou.

– Eu sou a sargento Michelle Delaware. – Ela pegou uma folha de papel da pasta e a colocou sobre a mesa. – Qual é o seu nome completo e o endereço? – Ele disse a ela, que anotou no formulário. – Idade?

– Vinte e dois.

– Grau de instrução?

– Tenho diploma universitário.

Ela escreveu no formulário e o empurrou para ele.

O cabeçalho dizia:

Departamento de Polícia
Baltimore, Maryland

EXPLICAÇÃO DE DIREITOS
Formulário 69

– Por favor, leia as cinco frases do formulário e, em seguida, rubrique os espaços ao lado de cada frase com as suas iniciais – disse ela, estendendo-lhe uma caneta.

Ele leu o formulário e começou a rubricar.

– Você tem que ler em voz alta – explicou ela.

Ele ficou pensando por um momento.

– Pra que você confirme que eu sou alfabetizado? – perguntou.

– Não. É pra que mais tarde você não possa *fingir* que é analfabeto e alegar que não foi informado sobre os seus direitos.

Aquele era o tipo de coisa que não ensinavam na faculdade de Direito.

Ele começou a ler:

– Você está sendo informado de que: um, tem o direito absoluto de permanecer em silêncio. – Ele escreveu *SL* no espaço ao final da linha e, em seguida, continuou a leitura, rubricando frase por frase. – Dois, qualquer coisa que você diga ou escreva pode ser usada contra você em um tribunal. Três, você tem o direito de falar com um advogado a qualquer momento, antes de qualquer interrogatório, antes de responder a qualquer pergunta ou durante qualquer interrogatório. Quatro, se você deseja um advogado e não tem condições de pagar por um, não lhe serão feitas perguntas e o tribunal será intimado a nomear um advogado para você. Cinco, se concordar em responder às perguntas, você pode parar a qualquer momento, solicitar um advogado e nenhuma outra pergunta será feita a você.

– Agora assine, por favor. – Ela apontou para o formulário. – Aqui e aqui.

O primeiro espaço para assinatura estava abaixo da frase:

DECLARO QUE LI A EXPLICAÇÃO DOS MEUS DIREITOS ACIMA E A COMPREENDO INTEGRALMENTE.

_____

Assinatura

Steven assinou.
– E logo abaixo – disse ela.

Estou disposto a responder a perguntas e não desejo a presença de um advogado no momento. Minha decisão de responder a perguntas sem a presença de um advogado é de livre e espontânea vontade de minha parte.

_____

Assinatura

Ele assinou e perguntou:
– Que milagre você faz pra que uma pessoa *culpada* assine isto aqui?
Ela não respondeu. Preencheu o próprio nome e assinou o formulário. Depois guardou-o de volta na pasta e olhou para ele.
– Você está com problemas, Steven – declarou. – Mas me parece um cara normal. Por que simplesmente não me conta o que aconteceu?
– Não tenho como – disse ele. – Eu não estava lá. Acho que só me pareço com o idiota que fez isso.
Ela se recostou, cruzou as pernas e abriu um sorriso amigável.
– Sei como são os homens – disse ela em um tom íntimo. – Eles têm necessidades.
Se eu não fosse esperto, pensou Steven, *teria lido a linguagem corporal dela e achado que estava dando em cima de mim.*
– Vou dizer o que eu acho – continuou ela. – Você é um cara atraente, ela deu mole.
– Eu nunca vi essa mulher, sargento.
Ela ignorou a resposta dele. Inclinando-se sobre a mesa, pôs a mão sobre a dele.
– Acho que ela provocou você.
Steven olhou para a mão dela. Tinha unhas bonitas, bem cuidadas, não muito compridas, pintadas com esmalte incolor. Mas a mão tinha rugas: ela tinha mais de 40, talvez 45.
A detetive falava em um tom de conspiração, como se dissesse: *Isto aqui fica só entre nós dois.*
– Ela estava pedindo, então você foi lá e deu o que ela queria. Estou certa?
– De onde você tirou isso? – perguntou Steven, irritado.
– Eu sei como são as garotas. Ela o atraiu e, no último minuto, mudou

de ideia. Mas era tarde demais. Um homem não tem como simplesmente *parar*, assim de repente. Não um homem de verdade.

– Ah, espera, entendi – disse Steven. – O suspeito concorda com você, na suposição de que está melhorando a própria imagem, mas, na verdade, ele acaba admitindo que houve relação sexual e metade do seu trabalho está feita.

A sargento Delaware se recostou na cadeira, aborrecida, e Steven percebeu que tinha acertado. Ela se levantou.

– Muito bem, espertinho. Vem comigo.

– Pra onde?

– Pra cela.

– Espera um minuto. Quando vai ser o reconhecimento?

– Assim que conseguirmos entrar em contato com a vítima e trazê-la até aqui.

– Você não pode me manter aqui indefinidamente sem uma ordem judicial.

– Podemos manter você aqui por 24 horas sem ordem *nenhuma*, então fecha a sua boca e vem comigo.

Eles desceram de elevador e cruzaram uma porta que dava em um saguão pintado de um marrom-alaranjado sem vida. Um aviso na parede lembrava os policiais de manter os suspeitos algemados enquanto os revistavam. O carcereiro, um policial negro na casa dos 50, estava atrás de um balcão alto.

– Ei, Spike – disse a sargento Delaware. – Arranjei um universitário espertinho pra você.

O carcereiro abriu um sorriso.

– Se ele é tão esperto, como é que veio parar aqui?

Ambos riram. Steven prometeu a si mesmo que, no futuro, não ia demonstrar aos policiais que ele os tinha decifrado. Aquele era um defeito seu: ele hostilizava os professores da mesma forma. Ninguém gosta de espertinhos.

O policial chamado Spike era baixo e magro, com cabelos grisalhos e um bigodinho. Tinha um ar alegre, mas havia uma expressão fria em seus olhos. Ele abriu uma porta de aço.

– Vai entrar na carceragem, Mish? – perguntou. – Se for, tenho que pedir pra deixar sua arma aqui.

– Não, já acabei com ele por enquanto – respondeu ela. – Vai passar pelo reconhecimento mais tarde.

Ela se virou e saiu.

– Por aqui, garoto – disse o carcereiro a Steven.

Ele atravessou a porta. Estava no bloco das celas. As paredes e o chão eram da mesma cor de lama. Steven tinha achado que o elevador parara no segundo andar, mas não havia janelas, e teve a sensação de estar em uma caverna bem fundo no subsolo e de que demoraria muito para voltar à superfície.

Em uma pequena antessala havia uma mesa e uma câmera em um tripé. Spike pegou um formulário de um escaninho. Lendo de cabeça para baixo, Steven viu o que estava escrito:

Departamento de Polícia
Baltimore, Maryland

RELATÓRIO DE DETENÇÃO E CUSTÓDIA
Formulário 92/12

O homem tirou a tampa de uma caneta esferográfica e começou a preencher o formulário.

Quando terminou, apontou para uma marca no chão e disse:

– Fica bem aí.

Steven se posicionou diante da câmera. Spike apertou um botão e houve um flash.

– Vira de lado.

Mais um flash.

Em seguida Spike tirou um cartão quadrado impresso em tinta rosa com o cabeçalho:

FBI
Departamento de Justiça dos Estados Unidos
Washington, D.C. 20537

Spike usou uma almofada para passar tinta nos dedos de Steven e os pressionou em quadrados no cartão marcados como *1.D.POLEGAR*, *2.D.INDICADOR* e assim por diante. Steven percebeu que Spike, embora fosse um homem pequeno, tinha mãos grandes, com as veias saltadas. Enquanto fazia aquilo, Spike disse, puxando conversa:

– Temos uma nova Central de Identificação no presídio municipal, na Greenmount Avenue, e eles têm um computador que coleta as digitais sem precisar de tinta. É como uma grande máquina de xerox: basta pressionar as mãos no vidro. Mas, por aqui, ainda usamos o velho sistema que faz sujeira.

Steven percebeu que estava começando a se sentir envergonhado, embora não tivesse cometido nenhum crime. Em parte, isso se devia ao ambiente sombrio, mas principalmente à sensação de impotência. Desde que os policiais saíram da viatura em frente à casa de Jeannie, ele fora levado de lá para cá feito um pedaço de carne, sem controle algum sobre si mesmo. Isso acabava com a autoestima de um homem em pouco tempo.

Depois que suas impressões digitais foram coletadas ele teve permissão para lavar as mãos.

– Permita-me mostrar sua suíte – disse Spike em tom debochado.

Ele conduziu Steven pelo corredor repleto de celas à esquerda e à direita. As celas eram mais ou menos quadradas. Do lado que dava para o corredor não havia parede, apenas grades, de modo que cada centímetro quadrado da cela era perfeitamente visível do lado de fora. Através das barras, Steven viu que cada cela tinha um beliche de metal fixado na parede e um vaso sanitário e uma pia, ambos de inox. As paredes e os beliches eram pintados de marrom-alaranjado e estavam cobertos de pichações. Os vasos não tinham tampa. Em três ou quatro celas um homem jazia apático no beliche, mas a maioria estava vazia.

– Segunda-feira é um dia tranquilo aqui no Resort da Lafayette Street – brincou Spike.

Steven não teria conseguido rir nem que sua vida dependesse disso.

Spike parou em frente a uma cela vazia. Steven ficou olhando para dentro dela enquanto o policial destrancava a porta. Não havia privacidade. Steven percebeu que, se precisasse usar o banheiro, teria que fazê-lo à vista de qualquer pessoa, homem ou mulher, que por acaso estivesse andando pelo corredor. De alguma forma, isso era mais humilhante que qualquer outra coisa.

Spike abriu um portão em meio às barras e conduziu Steven para dentro. O portão se fechou com estrondo, e Spike o trancou.

Steven se sentou na cama.

– Uau, que belas instalações – comentou.

– Você se acostuma – disse Spike com animação e saiu.

Um minuto depois, ele voltou carregando uma embalagem de isopor.

– Tenho uma sobra do jantar – disse. – Frango frito. Quer um pouco?

Steven olhou para o isopor, depois para o vaso sanitário à vista de todos e fez que não com a cabeça.

– Não, obrigado – respondeu. – Acho que não estou com fome.

CAPÍTULO DEZ

BERRINGTON PEDIU CHAMPANHE.
Jeannie teria preferido uma boa dose de vodca Stolichnaya com gelo, depois do dia que havia tido, mas uma bebida tão pesada não causaria boa impressão a um empregador, então decidiu guardar seu desejo para si mesma.

Champanhe era sinônimo de romance. Em ocasiões anteriores, quando eles tinham saído socialmente, ele fizera mais o tipo simpático do que paquerador. Será que agora ia dar em cima dela? Isso a deixou desconfortável. Nunca tinha conhecido um homem que lidasse bem com a rejeição. E aquele ali era o chefe dela.

Ela também não contou a ele sobre Steven. Esteve a ponto de fazê-lo várias vezes durante o jantar, mas algo a impediu. Se, contrariando suas expectativas, Steven se revelasse um criminoso, sua teoria começaria a parecer frágil. Mas ela não gostava de sofrer por antecipação. Até que fosse provado, não ia ficar alimentando dúvidas. E tinha certeza de que tudo ia acabar se mostrando um enorme equívoco.

Ela havia falado com Lisa. "Eles prenderam o Brad Pitt!" Lisa ficou horrorizada ao pensar que o homem passara o dia inteiro no Hospício, seu local de trabalho, e que Jeannie estivera a ponto de levá-lo para casa. Jeannie havia explicado que tinha certeza de que Steven não era de fato o autor do crime. Mais tarde ela percebeu que talvez não devesse ter ligado: aquilo poderia ser interpretado como tentativa de influenciar uma testemunha. Não que fizesse qualquer diferença na prática. Lisa olharia para uma fileira de jovens brancos e ou veria o homem que a havia estuprado ou não. Não era o tipo de coisa sobre a qual ela iria se enganar.

Jeannie também havia falado com a mãe. Patty tinha estado lá mais cedo, com os três filhos, e a mãe contara toda animada que os meninos ficaram correndo pelos corredores do asilo. Por sorte, ela parecia ter esquecido que tinha se mudado para a Bella Vista na véspera. Falou como se já morasse ali havia anos e repreendeu Jeannie por não visitá-la com mais frequência. Depois da conversa, Jeannie se sentiu um pouco melhor em relação à mãe.

– Como estava o robalo? – perguntou Berrington, interrompendo os pensamentos dela.

– Delicioso. Um sabor muito delicado.

Ele alisou as sobrancelhas com a ponta do dedo indicador direito. Por alguma razão, aquilo pareceu um gesto convencido.

– Agora vou te fazer uma pergunta, e você tem que responder com sinceridade.

Ele deu um sorriso, para que ela não o levasse muito a sério.

– Ok.

– Você gosta de sobremesa?

– Gosto. Acha que eu seria o tipo de mulher que finge uma coisa dessas?

Ele fez que não com a cabeça.

– Acho que você não finge em relação a quase nada.

– Não o suficiente, provavelmente. Já fui acusada de não ter tato.

– Seu maior defeito?

– Acho que preciso pensar um pouco pra responder direito. Qual é o seu?

Berrington respondeu sem hesitação:

– Me apaixonar.

– Isso é um defeito?

– É, se você faz com muita frequência.

– Ou por mais de uma pessoa ao mesmo tempo, imagino.

– Talvez eu devesse escrever pra Lorraine Logan pedindo conselhos.

Jeannie riu, mas não queria que a conversa chegasse a Steven.

– Qual é o seu pintor favorito? – perguntou ela.

– Adivinha.

Berrington era um patriota convicto, de modo que deveria ser sentimental, imaginou ela.

– Norman Rockwell?

– Com certeza não! – Ele pareceu ficar genuinamente horrorizado. – Um ilustrador medíocre! Não, se eu pudesse colecionar pinturas, compraria os impressionistas americanos. As paisagens de inverno do John Henry Twachtman. Eu adoraria ser dono de *A ponte branca*. E você?

– Agora é *você* que tem que adivinhar.

Ele pensou por um momento.

– Joan Miró.

– Por quê?

– Imagino que goste de pinceladas ousadas e coloridas.

Ela anuiu.

– Perspicaz. Mas incorreto. Miró é caótico demais. Eu prefiro Mondrian.

– Ah, sim, claro. As linhas retas.

– Exatamente. Você é bom nisso.

Ele deu de ombros, e ela percebeu que ele provavelmente já tinha brincado de adivinhação com muitas mulheres.

Jeannie mergulhou a colher em seu sorbet de manga. Aquele definitivamente não era um jantar de negócios. Em breve ela teria que tomar uma decisão firme sobre como seria seu relacionamento com Berrington.

Ela não beijava um homem havia um ano e meio. Não tinha saído com ninguém desde que Will Temple terminara com ela. Não que ainda sentisse dor de cotovelo; já não o amava mais. Mas estava cautelosa.

No entanto, viver como uma freira a estava levando à loucura. Sentia falta de ter alguém na cama com ela; sentia falta dos cheiros masculinos – óleo de bicicleta, camisetas de futebol suadas e uísque – e, acima de tudo, sentia falta de sexo. Quando feministas radicais diziam que o pênis era o inimigo, Jeannie tinha vontade de responder: *Fale por você, querida*.

Ela olhou para Berrington, comendo delicadamente suas maçãs caramelizadas. Ela gostava dele, apesar de suas posições políticas desagradáveis. Ele era inteligente – ela *só* se relacionava com homens inteligentes – e tinha seu charme. Ela o respeitava por seu trabalho científico. Era magro e parecia estar em forma, era provavelmente um amante muito experiente e habilidoso, e tinha lindos olhos azuis.

Mesmo assim, era velho demais. Ela gostava de homens maduros, mas não tão maduros assim.

Como ela poderia rejeitá-lo sem arruinar sua carreira? O melhor caminho poderia ser fingir interpretar a atenção dele como uma gentileza paternal. Dessa forma, poderia escapar de ter que rejeitá-lo diretamente.

Ela tomou um gole de champanhe. O garçom estava sempre enchendo sua taça, e ela não sabia bem quanto havia bebido, mas estava feliz por não ter que dirigir.

Pediram café. Jeannie quis um expresso duplo, para ficar sóbria. Depois que Berrington pagou a conta, pegaram o elevador até o estacionamento e entraram no Lincoln Town Car prata.

Berrington dirigiu pela zona portuária e entrou na via expressa Jones Falls.

– Ali está o presídio municipal – disse ele, apontando para um edifício semelhante a uma fortaleza que ocupava um quarteirão inteiro. – É lá que fica a escória da sociedade.

Pode ser que Steven esteja lá, pensou Jeannie.

Como ela havia cogitado dormir com Berrington? Não sentia a menor atração por ele. Ficou envergonhada por ter sequer fantasiado a ideia. Quando ele parou no meio-fio em frente à casa dela, ela disse com firmeza:

– Bem, Berry, obrigada pela noite encantadora.

Ela não sabia se ele apertaria a mão dela ou se tentaria beijá-la. Se tentasse, ela ofereceria o rosto.

Mas ele não fez nem um nem outro.

– Meu telefone de casa está com defeito, e preciso fazer uma ligação antes de dormir – disse ele. – Posso usar o seu?

Ela queria ter dito: *Porra nenhuma. Vai procurar um telefone público.* Mas não podia. Parecia que ia ter que lidar com uma iniciativa determinada.

– Claro – respondeu ela, contendo um suspiro. – Vamos subir.

Jeannie ficou se perguntando se teria como evitar lhe oferecer um café.

Ela desceu do carro num pulo e caminhou até a varanda. A porta da frente dava para um pequeno saguão com outras duas portas. Uma levava ao apartamento do térreo, ocupado pelo Sr. Oliver, um estivador aposentado. A outra, a porta de Jeannie, dava para a escada que levava ao seu apartamento no segundo andar.

Ela franziu a testa, confusa. A porta dela estava aberta.

Entrou e subiu a escada na frente. Havia uma luz acesa no segundo andar. Aquilo era estranho – ela havia saído de casa antes de anoitecer.

A escada levava diretamente à sala de estar. Ela entrou e deu um berro.

O homem estava de pé diante da geladeira, com uma garrafa de vodca na mão. Estava desmazelado, com a barba por fazer, e parecia um pouco bêbado.

– O que está acontecendo? – perguntou Berrington atrás dela.

– Você precisa melhorar a segurança deste lugar, Jeannie – falou o intruso. – Arrombei suas fechaduras em cerca de dez segundos.

– Quem é esse cara, afinal? – quis saber Berrington.

Jeannie disse com a voz abalada:

– Quando foi que você saiu da prisão, pai?

CAPÍTULO ONZE

A SALA DE RECONHECIMENTO ficava no mesmo andar das celas. Na antessala havia outros seis homens da mesma idade e do mesmo porte físico de Steven. Ele supôs que fossem todos policiais. Não lhe dirigiram a palavra, nem sequer o olhar. Estavam tratando-o como um criminoso. Teve vontade de dizer: *Ei, pessoal, estou do lado de vocês. Não sou estuprador, sou inocente.*

Todos tiveram que tirar os relógios de pulso e as joias e vestir macacões descartáveis brancos sobre as roupas. Enquanto se preparavam, um jovem de terno entrou e disse:

– Qual de vocês é o suspeito, por gentileza?

– Sou eu – respondeu Steven.

– Sou Lew Tanner, defensor público – disse o homem. – Estou aqui para garantir que o reconhecimento seja feito da maneira correta. Você tem alguma pergunta?

– Quanto tempo vai levar pra eu sair daqui depois disso?

– Supondo que você não seja apontado no reconhecimento, umas duas horas.

– Duas horas! – exclamou Steven, indignado. – Eu vou ter que voltar pra porra daquela cela?

– Infelizmente, sim.

– Meu Deus.

– Vou pedir que agilizem ao máximo sua liberação – garantiu Lew. – Mais alguma coisa?

– Não, obrigado.

– Ok – disse Lew, e saiu.

Um carcereiro conduziu os sete homens pela porta em direção a um tablado. Na parede do fundo havia uma escala graduada que mostrava a altura deles e posições numeradas de um a dez. Uma luz forte estava direcionada sobre eles, e um vidro separava o tablado do resto da sala. Os homens não conseguiam enxergar do outro lado do vidro, mas podiam ouvir o que acontecia atrás dele.

Por um tempo, não houve nada além de ruídos de passos e vozes baixas de vez em quando, todas de homem. Então Steven ouviu o som inconfundível dos passos de uma mulher. Depois de um momento, a voz de um homem ecoou, como se ele estivesse lendo um papel ou repetindo algo mecanicamente:

– Diante de você estão sete indivíduos. Eles serão mencionados apenas pelo número. Se algum desses indivíduos fez algo contra você ou diante de você, quero que diga o número dele, e apenas o número. Se quiser que algum deles fale, diga uma frase específica e nós pediremos que ele repita essas palavras. Se quiser que eles se virem ou fiquem de lado, todos farão isso. Você reconhece algum deles como tendo feito algo contra você ou diante de você?

Houve silêncio. Os nervos de Steven estavam tensos como as cordas de um violão, mesmo tendo certeza de que ela não o reconheceria.

Uma voz feminina disse:

– Ele usava um boné.

Steven teve a impressão de que ela era uma mulher de classe média com boa escolaridade, mais ou menos da mesma idade dele.

A voz masculina disse:

– Temos bonés. Você gostaria que todos eles colocassem um boné?

– Era mais tipo um boné de beisebol.

Steven percebeu a ansiedade e a tensão na voz dela, mas também a determinação. Não havia indício de fingimento. Ela parecia o tipo de mulher que diria a verdade, por mais angustiada que estivesse. Ele se sentiu um pouco melhor com isso.

– Dave, confere se a gente tem sete bonés naquele armário.

Houve uma pausa que durou vários minutos. Steven rangia os dentes de impaciência. Uma voz murmurou:

– Nossa, eu não sabia que a gente tinha tudo isso... óculos, bigodes...

– Sem conversa fiada, por favor, Dave – disse o primeiro homem. – Isto aqui é um procedimento legal.

Pouco depois, um detetive entrou pela lateral do tablado e entregou um boné para cada um dos homens. Todos os colocaram, e o detetive foi embora.

Do outro lado do vidro veio o som de uma mulher chorando.

A voz masculina repetiu as palavras usadas anteriormente:

– Você reconhece algum deles como tendo feito algo contra você ou diante de você? Se for este o caso, quero que diga o número dele, e apenas o número.

– Número quatro – disse ela com a voz embargada.

Steven se virou e olhou para a marcação atrás de si.

Era ele o número quatro.

– Não! – gritou. – Isso não pode estar certo! Não fui eu!

A voz masculina disse:

– Número quatro, você ouviu isso?

– Claro que ouvi, mas não fui eu!

Os outros homens começaram a sair do tablado.

– Pelo amor de Deus! – Steven olhou para o vidro opaco, com os braços bem abertos em um gesto de súplica. – Como pode dizer que sou eu? Eu não faço ideia de quem seja você!

A voz masculina do outro lado disse:

– Não diga nada, senhora, por favor. Muito obrigado por cooperar. Por aqui.

– Tem alguma coisa errada aqui, não entende? – gritou Steven.

O carcereiro Spike apareceu.

– Acabou, meu filho. Vamos lá – disse.

Steven o encarou. Por um momento, ficou tentado a socar os dentes daquele homenzinho goela abaixo.

Spike reparou na expressão nos olhos dele e fechou a cara.

– Não vai arrumar problema agora. Você não tem pra onde correr.

Ele agarrou o braço de Steven com força. Era inútil resistir.

A sensação de Steven era a de que havia levado um soco nas costas. Um golpe vindo do nada. Seus ombros caíram, e ele foi tomado por uma fúria impotente.

– O que está acontecendo? – perguntou. – O que está acontecendo?

CAPÍTULO DOZE

– PAI? – REPETIU Berrington.

Jeannie teve vontade de morder a língua. Foi a coisa mais estúpida que poderia ter dito: *Quando foi que você saiu da prisão, pai?* Poucos minutos antes, Berrington havia classificado as pessoas que estavam no presídio municipal como "a escória da sociedade".

Ela ficou morrendo de vergonha. Já era ruim o suficiente que seu chefe soubesse que seu pai era um ladrão profissional. Que fossem apresentados pessoalmente era ainda pior. O rosto do pai estava machucado e ele não fazia a barba havia vários dias. Suas roupas estavam sujas e ele emanava um fedor leve porém repugnante. Ela estava tão constrangida que não conseguia olhar para Berrington.

Houve um tempo, muitos anos antes, em que não tinha vergonha dele. Ao contrário: ele fazia os pais das outras meninas parecerem entediantes. Era um homem bonito, adorava se divertir e voltava para casa usando um terno novo com os bolsos cheios de dinheiro. Seriam dias de cinema, roupas novas e sundae; mamãe compraria uma camisola bonita e faria dieta. Mas ele sempre desaparecia de novo e aos 9 anos ela descobriu o porquê. Tammy Fontaine contou a ela. Jamais esqueceria aquela conversa.

– Seu vestido é horrível – dissera Tammy.

– Seu nariz é horrível – respondera Jeannie, sarcástica, e as outras garotas desataram a rir.

– Sua mãe compra roupas que são, tipo, muito bregas.

– Sua mãe é gorda.

– Seu pai está preso.

– Não está, não.

– Está, sim.

– Não está, NÃO!

– Eu ouvi meu pai contar pra minha mãe. Ele estava lendo o jornal. *Parece que o Pete Ferrami foi preso de novo*, ele falou.

– Mentira, mentira, seu nariz vai crescer – tinha ameaçado Jeannie, mas no fundo ela acreditara em Tammy.

Aquilo explicava tudo: a riqueza repentina, os desaparecimentos igualmente repentinos, as longas ausências.

Jeannie nunca mais teve outra troca de provocações como aquela na infância. Qualquer um poderia calar sua boca se mencionasse seu pai. Sempre que alguma coisa desaparecia na escola, tinha a sensação de que todo mundo a olhava de forma acusadora.

Ela nunca se livraria da sensação de ser culpada. Se uma mulher abrisse a bolsa e dissesse "Droga, eu jurava que tinha uma nota de 10 dólares aqui", Jeannie ficava vermelha. Ela se tornou obsessivamente honesta: andava um quilômetro para devolver uma caneta barata, com medo de que, se ficasse com ela, o dono pudesse dizer que ela era uma ladra igual ao pai.

Ali estava ele agora, parado diante de seu chefe, sujo, com a barba por fazer e provavelmente sem dinheiro.

– Este é o professor Berrington Jones – disse ela. – Berry, este é o meu pai, Pete Ferrami.

Berrington foi simpático e apertou a mão de Pete.

– Prazer em conhecê-lo, Sr. Ferrami. Sua filha é uma mulher muito especial.

– Concordo plenamente – disse o pai, com um sorriso de satisfação.

– Bom, Berry, agora você conhece o segredo da família – admitiu ela, resignada. – Papai foi pra cadeia, pela terceira vez, no dia em que me formei *summa cum laude* em Princeton. Ele passou oito anos preso.

– Podiam ter sido quinze – contou o pai. – Estávamos armados naquele serviço.

– Obrigada por compartilhar isso com a gente, pai. Com certeza vai impressionar o meu chefe.

O pai pareceu ao mesmo tempo magoado e perplexo, e ela sentiu uma pontada de pena dele, apesar de seu ressentimento. A fraqueza dele o machucava tanto quanto machucava o resto da família. Ele era um fracasso da natureza. O fabuloso sistema que reproduzia a raça humana – o mecanismo de DNA profundamente complexo que Jeannie estudava – tinha sido programado para tornar cada indivíduo um pouco diferente. Era como uma máquina de xerox com um pequeno defeito. Às vezes o resultado era bom: um Einstein, um Louis Armstrong, um Andrew Carnegie. E às vezes era um Pete Ferrami.

Jeannie precisava se livrar logo de Berrington.

– Se quiser fazer a ligação, Berry, pode usar o telefone do quarto.

– Ah, pode ficar pra outra hora – disse ele.

Graças a Deus.

– Bem, obrigada pela noite tão especial.
Ela estendeu a mão para ele.
– Foi um prazer. Boa noite.
Ele apertou a mão dela sem jeito e saiu.
Jeannie se voltou para o pai.
– O que aconteceu?
– Tive redução de pena por bom comportamento. Estou livre. E, naturalmente, a primeira coisa que eu queria fazer era ver minha garotinha.
– Não sem antes passar três dias bebendo.
Ele era tão ostensivamente dissimulado que se tornava ofensivo. Jeannie sentiu aquela velha raiva crescer dentro de si. Por que não podia ter um pai como os das outras pessoas?
– Vamos lá, seja gentil – disse ele.
A raiva se transformou em tristeza. Ela nunca tinha tido um pai de verdade, e nunca teria.
– Me dá a garrafa – ordenou ela. – Vou fazer um café.
Relutante, ele lhe entregou a vodca e ela a guardou de volta no freezer. Colocou água na cafeteira e apertou o botão.
– Você parece mais velha – comentou ele. – Vejo uns fios grisalhos no seu cabelo.
– Puxa, muito obrigada.
Ela pegou as canecas, o leite e o açúcar.
– Sua mãe ficou grisalha cedo.
– Sempre achei que tivesse sido por sua causa.
– Eu fui até a casa dela – disse ele, em tom de leve indignação. – Ela não mora mais lá.
– Ela está na Bella Vista agora.
– Foi o que a vizinha me disse, a Sra. Mendoza. Ela que me deu o seu endereço. Não gosto de imaginar a sua mãe em um lugar desses.
– Então tira ela de lá! – reagiu Jeannie, indignada. – Ela ainda é sua esposa. Arruma um emprego e um apartamento decente e passa a cuidar dela.
– Você sabe que eu não consigo fazer isso. Jamais conseguirei.
– Então não me critica por não estar fazendo.
– Eu não fiz nenhuma referência a você, querida. – Ele mudou o tom, como se quisesse bajulá-la. – Só disse que não gosto de pensar em sua mãe num asilo, só isso.
– Eu também não gosto, nem a Patty. Vamos tentar arrumar dinheiro pra

tirá-la de lá. – Jeannie sentiu uma onda repentina de comoção e teve que lutar para não chorar. – Puta merda, pai, isso já é difícil o suficiente sem ter você aí reclamando.

– Tá bom, tá bom.

Jeannie engoliu em seco. *Não posso deixar que ele mexa comigo desse jeito.* Ela mudou de assunto:

– O que vai fazer agora? Tem algum plano?

– Vou procurar alguma coisa por aí.

O que ele queria dizer é que iria procurar um lugar para roubar. Jeannie não falou nada. Ele era um ladrão, e ela não tinha como mudá-lo.

Ele tossiu.

– Talvez você pudesse me arrumar algum trocado, pra me ajudar a recomeçar.

Aquilo a encheu de raiva de novo.

– Vou te dizer o que vou fazer – anunciou ela com voz firme. – Vou deixar você tomar banho e fazer a barba enquanto coloco as suas roupas na máquina de lavar. Se mantiver suas mãos longe da garrafa de vodca, vou preparar uns ovos e umas torradas. Você pode pegar um pijama emprestado e dormir no meu sofá. Mas eu não vou te dar nada. Estou tentando desesperadamente arrumar dinheiro pra pagar um lugar onde a mamãe vai ser tratada como um ser humano e não tenho um centavo sobrando.

– Tudo bem, querida – disse ele, assumindo um ar de mártir. – Eu entendo.

Ela ficou olhando para ele. No fim, quando o turbilhão de vergonha, raiva e piedade passou, tudo que ela sentiu foi saudade. Desejou de todo o coração que ele fosse capaz de cuidar de si mesmo, de ficar em um emprego por mais do que algumas semanas, de ter uma profissão normal, de ser amoroso, prestativo e estável. Ela ansiava por um pai que soubesse ser pai. E sabia que nunca, jamais teria seu desejo realizado. Havia um lugar em seu coração para um pai, e ele estaria sempre vazio.

O telefone tocou.

– Alô – atendeu Jeannie.

Era Lisa, parecendo triste.

– Jeannie, era ele!

– Quem? O quê?

– Aquele cara que prenderam quando estava com você. Eu fiz o reconhecimento. Foi ele que me estuprou. Steven Logan.

– É ele o estuprador? – perguntou Jeannie, incrédula. – Tem certeza?

115

– Não tenho dúvida, Jeannie – respondeu Lisa. – Meu Deus, foi horrível ver a cara dele de novo. Eu não falei nada no começo, porque ele parecia diferente sem o boné. Então o detetive fez todos eles colocarem um boné, e aí eu tive certeza.

– Lisa, não pode ser ele.

– O que quer dizer com isso?

– Os testes todos não batem. E eu passei um tempo com ele, tenho um pressentimento.

– Mas eu o *reconheci*.

Lisa parecia irritada.

– Estou perplexa – disse Jeannie. – Não consigo entender.

– Isso estraga sua teoria, não é? Você queria que um gêmeo fosse bom e o outro, mau.

– Sim. Mas um só exemplo em contrário não refuta uma teoria.

– Sinto muito se você acha que isso ameaça o seu projeto.

– Não é por isso que estou dizendo que não é ele. – Jeannie deu um suspiro. – Droga, talvez seja. Não sei mais. Onde você está?

– Em casa.

– Está se sentindo bem?

– Sim, estou bem, agora que ele está trancado numa cela.

– Ele parece tão gente boa...

– Esses são os piores, a Mish me falou. Os que parecem perfeitamente normais na superfície são os mais espertos e implacáveis, e gostam de fazer as mulheres sofrerem.

– Meu Deus.

– Vou dormir. Estou exausta. Só queria te contar isso. Como foi sua noite?

– Mais ou menos. Te conto tudo amanhã.

– Ainda quero ir pra Richmond com você.

Jeannie tinha planejado levar Lisa para ajudá-la a entrevistar Dennis Pinker.

– Está mesmo pronta pra fazer isso?

– Sim. Quero muito continuar vivendo uma vida normal. Não estou doente, não preciso de convalescença.

– É provável que Dennis Pinker seja a cara de Steven Logan.

– Eu sei. Eu aguento.

– Se está certa disso...

– Ligo pra você de manhã.

– Ok. Boa noite.

Jeannie se sentou largando todo o peso do corpo. *Será que a natureza envolvente de Steven não passa de uma máscara? Devo ser uma péssima avaliadora de caráter, se isso for verdade. E talvez uma péssima cientista também: vai ver todos os gêmeos idênticos são igualmente criminosos.* Ela deu um suspiro.

Sua ancestralidade criminosa se sentou ao lado dela.

– O professor é um cara bonito, mas deve ser mais velho do que eu! – comentou. – Está rolando alguma coisa entre vocês?

Jeannie torceu o nariz.

– O banheiro é por ali, pai.

CAPÍTULO TREZE

STEVEN VOLTOU À SALA de interrogatório de paredes amarelas. As mesmas duas guimbas de cigarro ainda estavam no cinzeiro. A sala não havia mudado, mas ele sim. Três horas antes era um cidadão respeitador da lei, inocente de qualquer crime pior do que dirigir a 100 por hora quando o limite era 90. Agora era um estuprador, preso, identificado pela vítima e prestes a ser indiciado. Ele estava na máquina da justiça, nas engrenagens. Era um criminoso. Por mais que ficasse lembrando a si mesmo que não havia feito nada de errado, não conseguia se livrar da sensação de ser um inútil, um pária.

Mais cedo ele havia falado com uma detetive, a sargento Delaware. Quem entrava agora era um homem, também carregando uma pasta azul. Era da mesma altura de Steven, mas muito mais largo e pesado, com cabelo grisalho cortado curto e um bigode eriçado. Ele se sentou e pegou um maço de cigarros. Sem falar uma palavra, bateu no maço para tirar um cigarro, o acendeu e jogou o fósforo no cinzeiro. Então abriu a pasta. Dentro havia um outro formulário, cujo cabeçalho dizia:

TRIBUNAL DO DISTRITO DE MARYLAND PARA ....
(Cidade/Condado)

A metade superior era dividida em duas colunas, intituladas **RECLAMANTE** e **RÉU**. Um pouco mais abaixo dizia:

REGISTRO DAS ACUSAÇÕES

O detetive começou a preencher o formulário, ainda sem abrir a boca. Depois de escrever algumas palavras, ergueu a primeira folha, branca, e conferiu cada uma das quatro cópias de carbono: verde, amarela, rosa e marrom.

Lendo de cabeça para baixo, Steven reparou que o nome da vítima era Lisa Margaret Hoxton.

– Como ela é? – perguntou.

O detetive olhou para ele e falou:

– Cala a boca.

Deu um trago no cigarro e continuou a escrever.

Steven se sentiu humilhado. O homem estava sendo abusivo, e ele não tinha como fazer qualquer coisa a respeito. Era mais uma etapa no processo de espezinhá-lo, fazendo-o se sentir insignificante e desamparado. *Ah, seu filho da mãe,* pensou ele, *quem dera esbarrar com você fora deste prédio, sem essa maldita arma.*

O detetive começou a preencher as acusações. No item um ele escreveu a data de domingo, depois "no ginásio da Universidade Jones Falls, Baltimore, Maryland". Abaixo escreveu "Estupro". Na caixa seguinte colocou o local e a data novamente, depois "Assédio com intenção de estuprar".

Pegou uma folha complementar e acrescentou mais duas acusações: "Lesão corporal" e "Sodomia".

– Sodomia? – perguntou Steven, surpreso.

– Cala a boca.

Steven estava a ponto de socá-lo. *Isso foi deliberado. Esse cara está querendo me provocar. Se eu der um soco nele, ele vai ter uma desculpa pra chamar três outros caras aqui pra me segurar enquanto ele me espanca até acabar comigo. Não faça isso, não faça isso.*

Quando terminou de escrever, o detetive virou os dois formulários e os empurrou sobre a mesa em direção a Steven.

– Você está encrencado, Steven. Espancou, estuprou e sodomizou uma garota...

– Não, eu não fiz isso.

– Cala a boca.

Steven mordeu o lábio e ficou calado.

– Você é a escória. Você é um merda. Pessoas decentes não querem nem ficar no mesmo recinto que você. Você espancou, estuprou e sodomizou uma garota. Sei que não é a primeira vez. Já faz isso há algum tempo. Você é astuto, planeja as coisas e sempre se safou no passado. Mas agora foi pego. Sua vítima identificou você. Outras testemunhas colocam você próximo da cena do crime naquele dia. Em mais ou menos uma hora, assim que a sargento Delaware obtiver um mandado de busca e apreensão com o juiz de plantão, vamos te levar pro Hospital Mercy pra fazer um exame de sangue, coletar seus pelos pubianos e mostrar que o seu DNA corresponde ao que encontramos na vagina da vítima.

– Quanto tempo isso leva? O teste de DNA?

– Cala a boca, porra. Acabou pra você, Steven. Sabe o que vai acontecer com você?

Steven não falou nada.

– A pena pra estupro é prisão perpétua. Você vai pra cadeia, e sabe o que vai acontecer lá? Vai ter um gostinho do que tem aprontado. Um jovem bonitinho como você? Maravilha. Você vai ser espancado, estuprado e sodomizado. Vai descobrir como a Lisa se sentiu. Só que no seu caso vai durar anos, anos e anos.

Ele fez uma pausa, pegou o maço de cigarros e o ofereceu a Steven.

Surpreso, Steven fez que não com a cabeça.

– A propósito, sou o detetive Brian Allaston. – Acendeu um cigarro. – Realmente não sei por que estou dizendo isso, mas existe um jeito de você se ajudar.

Steven franziu a testa, curioso. *O que vai vir desta vez?*

O detetive Allaston se levantou, deu a volta na mesa e se sentou na beirada dela, com um pé no chão, intimamente perto de Steven. Ele se inclinou para a frente e falou com uma voz mais suave:

– Deixa eu te explicar. Estupro é a relação sexual vaginal, com uso de força ou ameaça de força, contra a vontade ou sem o consentimento da mulher. Quando há sequestro ou desfiguração, ou quando é cometido por duas ou mais pessoas, a pena pode ser maior. Agora, se você for capaz de me convencer de que não houve nada disso, faria um enorme favor a si mesmo.

Steven não falou nada.

– Quer me contar como tudo aconteceu?

– Cala a boca, porra – disse Steven.

Allaston se moveu com muita rapidez. Deu um pulo da mesa, pegou Steven pela frente da camisa, levantou-o da cadeira e o jogou contra a parede de blocos de concreto. A cabeça de Steven se inclinou para trás e bateu na parede com um estrondo assustador.

Ele ficou paralisado, com os punhos cerrados junto ao corpo. *Não faz isso, não revida.* Foi difícil se conter. O detetive Allaston estava fora de forma, e Steven sabia que poderia derrubar aquele desgraçado em um piscar de olhos. Mas precisava ter autocontrole. Sua inocência era a única coisa a que podia se agarrar. Se espancasse um policial, mesmo que tivesse sido provocado, seria culpado de um crime. E aí poderia abandonar todas as esperanças. Não teria ânimo sem aquele sentimento de justa indignação para alimentá-lo. Então ficou ali, estático, com os dentes cerrados, enquanto Allaston o puxava da parede e o jogava para trás duas, três, quatro vezes.

– Nunca mais fale comigo assim, seu bosta – disse Allaston.

Steven sentiu sua raiva baixar. Allaston nem mesmo o estava machucando. Aquilo era uma encenação, ele percebeu. Allaston estava desempenhando um papel, e mal. Ele era o policial durão, e Mish, a policial legal. Em pouco tempo ela ia entrar e lhe oferecer um café, e fingiria ser sua amiga. Mas ela teria o mesmo objetivo de Allaston: convencer Steven a confessar o estupro de uma mulher chamada Lisa Margaret Hoxton, que ele nunca tinha visto na vida.

– Vamos parar com a babaquice, detetive – começou. – Eu sei que você é um filho da mãe durão, e você sabe que, se estivéssemos em outro lugar e você não tivesse essa arma na cintura, eu poderia te dar uma surra, então vamos parar de tentar nos provar.

Allaston pareceu surpreso. Sem dúvida esperava que Steven estivesse com medo demais para abrir a boca. Soltou a camisa de Steven e andou até a porta.

– Eles me falaram que você era um espertinho – disse. – Bem, deixa eu te contar o que vou fazer por você. Você vai voltar pra cela por um tempo, mas desta vez vai ter companhia. Veja só, todas as 41 celas vazias lá embaixo por azar estão interditadas, então você vai ter que compartilhar a sua com um cara chamado Rupert Butcher, conhecido como Porky. Você se acha um grande valentão, mas ele é mais. Está voltando depois de passar três dias usando crack, então está com dor de cabeça. Ontem à noite, mais ou menos na hora em que você estava colocando fogo no ginásio e enfiando seu pau nojento na pobre Lisa Hoxton, o Porky Butcher estava matando a amante com um forcado de jardinagem. Vocês vão se dar bem. Vamos lá.

Steven ficou apavorado. Toda a sua coragem se esvaiu como se um fio tivesse sido arrancado da tomada, e ele se sentiu indefeso e derrotado. O detetive o havia humilhado sem de fato ameaçar machucá-lo gravemente, mas uma noite com um psicopata era algo perigoso. Aquele tal de Butcher já havia cometido um assassinato – se fosse capaz de pensar racionalmente, saberia que tinha pouco a perder cometendo outro.

– Espera um minuto – disse Steven, trêmulo.

Allaston se virou lentamente.

– Pois não?

– Se eu confessar, fico com uma cela só pra mim.

O alívio foi evidente na expressão do detetive.

– Claro – assegurou ele.

Sua voz de repente tinha se tornado amigável.

A mudança de tom fez Steven ferver de ressentimento.

– Mas, se eu não confessar, vou ser assassinado pelo Porky Butcher.

Allaston abriu as mãos em um gesto de impotência.

Steven sentiu seu medo se transformar em ódio.

– Nesse caso então, detetive – continuou –, vai se foder.

O olhar de espanto voltou ao rosto de Allaston.

– Seu filho da mãe. Vamos ver se você ainda vai estar tão destemido daqui a duas horas. Vamos.

Ele levou Steven até o elevador e o acompanhou até o bloco das celas. Spike ainda estava lá.

– Coloca esse desgraçado com o Porky – ordenou Allaston a ele.

Spike ergueu as sobrancelhas.

– Está feio assim, é?

– Pois é. E, a propósito, o Steven tem pesadelos.

– É mesmo?

– Se o ouvir gritar, não se preocupe, ele está só sonhando.

– Entendi – disse Spike.

Allaston saiu e Spike levou Steven até a cela.

Porky estava deitado no beliche. Tinha quase a mesma altura de Steven, mas era muito mais corpulento. Parecia um fisiculturista que havia sofrido um acidente de carro: seus músculos protuberantes faziam a camiseta manchada de sangue se esgarçar. Estava deitado de costas, com a cabeça virada para os fundos da cela, os pés pendendo para fora do beliche. Abriu os olhos quando Spike abriu o portão e pôs Steven para dentro.

O portão se fechou com estrondo e Spike o trancou.

Porky olhou para Steven. Steven o encarou por um momento.

– Bons sonhos – disse Spike.

Porky fechou os olhos novamente.

Steven se sentou no chão, recostado na parede, e ficou observando Porky dormir.

CAPÍTULO CATORZE

BERRINGTON JONES VOLTOU para casa dirigindo lentamente. Estava decepcionado e aliviado ao mesmo tempo. Como uma pessoa que está de dieta e anda até a sorveteria lutando contra o desejo para então descobrir que ela está fechada, ele foi salvo de algo que sabia que não deveria fazer.

No entanto, não havia feito nenhum avanço no sentido de resolver o problema do projeto de Jeannie e do que aquilo poderia revelar. Talvez devesse ter passado mais tempo a questionando e menos se divertindo. Com a testa franzida de preocupação, estacionou do lado de fora da casa e entrou.

O lugar estava silencioso. Marianne, a empregada, já devia estar dormindo. Foi até o escritório e conferiu a secretária eletrônica. Havia uma mensagem.

"Professor, aqui é a sargento Delaware, da Divisão de Crimes Sexuais, ligando na noite de segunda-feira. Agradeço a sua cooperação mais cedo." Berrington deu de ombros. Ele não tinha feito nada além de confirmar que Lisa Hoxton trabalhava no Hospício. Ela continuou: "Como você é o empregador da Srta. Hoxton e o estupro ocorreu no campus, achei que deveria lhe contar que prendemos um sujeito esta noite. Aliás, ele participou de um experimento no seu laboratório hoje. O nome dele é Steven Logan."

– Jesus! – exclamou Berrington.

"A vítima o identificou no processo de reconhecimento, então tenho certeza que o teste de DNA vai confirmar que ele é o culpado. Por favor, passe esta informação a qualquer outra pessoa na faculdade se julgar apropriado. Obrigada."

– Não! – exclamou Berrington. Sentou-se com todo o peso do corpo. – Não – repetiu, um pouco mais calmo.

Então começou a chorar.

Passado um momento, levantou-se, ainda chorando, e fechou a porta do escritório, com medo de que a empregada entrasse. Em seguida, voltou à mesa e enfiou a cabeça entre as mãos.

Permaneceu assim por algum tempo.

Quando, por fim, as lágrimas cessaram, pegou o telefone e ligou para um número que sabia de cor.

– Deus, por favor, que não caia na secretária eletrônica – disse em voz alta enquanto ouvia o telefone chamar.

Um jovem atendeu.

– Alô?

– Sou eu – disse Berrington.

– Ah, oi. Como você está?

– Desolado.

– Ah.

O tom do jovem era de culpa.

Se Berrington havia tido alguma dúvida, aquele tom de voz acabou com ela.

– Sabe por que estou ligando, não sabe?

– Me conta.

– Sem joguinhos, por favor. Estou falando sobre a noite de domingo.

O jovem deu um suspiro.

– Ok.

– Seu idiota desgraçado. Você esteve no campus, não foi? Você... – Ele se deu conta de que não deveria abrir a boca demais no telefone. – Você fez isso de novo.

– Eu sinto muito...

– Sente muito!

– Como ficou sabendo?

– No começo não suspeitei de você. Achei que tivesse ido embora da cidade. Mas aí prenderam um cara que se parece com você.

– Uau! Isso significa que eu...

– Que você se safou.

– Nossa. Que sorte. Vem cá...

– O quê?

– Você não vai contar nada, né? Pra polícia ou coisa assim?

– Não, eu não vou dizer nenhuma palavra – disse Berrington com o coração pesado. – Pode confiar em mim.

TERÇA-FEIRA

CAPÍTULO QUINZE

A CIDADE DE RICHMOND tinha um ar de altivez perdida, e Jeannie achava que os pais de Dennis Pinker combinavam perfeitamente com aquela atmosfera. Usando um vestido de seda, Charlotte Pinker, uma senhora ruiva e sardenta, tinha uma aura de importante dama da Virgínia, embora morasse em uma casa simples em um terreninho estreito. Ela afirmou ter 55 anos, mas Jeannie achou que estava mais próxima dos 60. Seu marido, a quem ela se referia como "Major", tinha mais ou menos a mesma idade, porém a aparência descuidada e a tranquilidade de um homem que se aposentara havia muito tempo. Ele deu uma piscadinha marota para Jeannie e Lisa e perguntou:

– As garotas gostariam de um *coquetel*?

Sua esposa tinha um sotaque sulista refinado e falava um pouco alto demais, como se estivesse sempre discursando:

– Pelo amor de Deus, Major, são dez da manhã!

Ele deu de ombros.

– Só estou tentando começar bem a festa.

– Isso não é uma festa. Essas senhoritas estão aqui para nos *estudar*. É porque o nosso filho é um assassino.

Ela se referia a ele como *nosso filho*, Jeannie observou; mas isso não queria dizer muita coisa. Ele ainda assim poderia ter sido adotado. Jeannie estava desesperada para perguntar sobre a ascendência de Dennis Pinker. Se os Pinkers admitissem que ele tinha sido adotado, isso resolveria metade do quebra-cabeça. Mas ela precisava ir com cautela. Era uma pergunta delicada. Se a fizesse de forma abrupta, seria mais provável que mentissem. Ela se conteve para esperar o momento certo.

Também estava ansiosa para conferir a fisionomia de Dennis. Ele era uma cópia de Steven Logan ou não? Ela olhou com atenção as fotos em porta-retratos baratos espalhados pela pequena sala de estar. Todas haviam sido tiradas anos antes. O pequeno Dennis aparecia em um carrinho de bebê, andando de triciclo, com uniforme de beisebol e apertando a mão do Mickey na Disneylândia. Não havia fotos dele adulto. Sem dúvida os pais queriam se lembrar do menino inocente que havia sido antes de se tornar um assassino condenado. Mas isso não ajudava Jeannie. Aquele menino de

12 anos de cabelos claros poderia se parecer exatamente com Steven Logan hoje em dia, mas também poderia ter se transformado num homem feio, atarracado e de cabelos escuros.

Tanto Charlotte quanto o Major haviam preenchido vários questionários de antemão e agora precisavam ser entrevistados por cerca de uma hora cada um. Lisa levou o Major para a cozinha, e Jeannie entrevistou Charlotte.

Jeannie estava com dificuldade para se concentrar nas perguntas de rotina. Sua mente ficava voltando para a prisão de Steven. Ela continuava achando impossível acreditar que ele pudesse ser um estuprador. Não era só porque aquilo estragaria sua teoria. Ela tinha gostado dele: era inteligente e cativante, e parecia gentil. Também tinha um lado vulnerável: a perplexidade e a angústia que demonstrara com a notícia de que tinha um irmão gêmeo psicopata fizeram com que ela tivesse vontade de abraçá-lo e consolá-lo.

Quando ela perguntou a Charlotte se algum outro membro da família já havia tido problemas com a justiça, Charlotte voltou seu olhar imperioso para Jeannie e disse:

– Os homens da minha família sempre foram terrivelmente violentos. – Ela respirou fundo pelas narinas dilatadas. – Meu nome de solteira é Marlowe, e somos uma família de sangue quente.

Aquilo fazia crer que Dennis não havia sido adotado, ou que sua adoção era um tabu. Jeannie disfarçou a decepção. Será que Charlotte iria negar a possibilidade de que Dennis tivesse um irmão gêmeo?

Mas a pergunta precisava ser feita:

– Sra. Pinker, existe alguma chance de que o Dennis tenha um irmão gêmeo?

– Não.

A resposta foi direta: sem indignação, sem rodeios, meramente factual.

– Tem certeza?

Charlotte riu.

– Minha querida, não tem como uma mãe se enganar a esse respeito!

– Ele definitivamente não é adotado?

– Eu carreguei aquele menino no meu ventre, que Deus me perdoe.

Jeannie perdeu totalmente o ânimo. Charlotte Pinker parecia capaz de mentir com mais facilidade que Lorraine Logan, Jeannie supunha, mas mesmo assim era estranho e preocupante que ambas negassem que seus filhos tivessem um irmão gêmeo.

O pessimismo havia tomado conta dela quando se despediram dos Pinkers. Estava imaginando que, quando fosse apresentada a Dennis, iria descobrir que ele não se parecia em nada com Steven.

O Ford Aspire alugado estava estacionado do lado de fora. Fazia calor. Jeannie estava usando um vestido sem mangas com um blazer por cima, para dar a impressão de autoridade. O ar-condicionado do Ford gemeu e soprou um vento morno. Ela tirou a meia-calça e pendurou o blazer no cabide no banco de trás.

Jeannie estava ao volante. Quando pegaram a rodovia que levava à penitenciária, Lisa disse:

– Me incomoda muito você achar que eu apontei o cara errado no reconhecimento.

– Também me incomoda – admitiu Jeannie. – Sei que você não teria feito isso se não estivesse segura.

– Como pode ter tanta certeza de que estou errada?

– Não tenho certeza de nada. Só tenho um pressentimento muito forte sobre Steven Logan.

– Na minha opinião, você deveria pesar na mesma balança esse pressentimento e a certeza de uma testemunha ocular, e acreditar na testemunha.

– Eu sei. Mas você já viu aquela série do Alfred Hitchcock? Uma em preto e branco que às vezes é reprisada na TV a cabo.

– Já sei. Está falando daquele episódio em que quatro pessoas testemunham um acidente de carro e cada uma vê uma coisa diferente.

– Você se sente ofendida?

Lisa deu um suspiro.

– Deveria, mas gosto demais de você pra ficar com raiva por causa disso.

Jeannie esticou o braço e acariciou a mão de Lisa.

– Obrigada.

Houve um longo silêncio, então Lisa disse:

– Eu odeio que as pessoas fiquem achando que sou fraca.

Jeannie franziu a testa.

– Não acho que seja fraca.

– A maioria das pessoas acha. Por eu ser pequena, ter um narizinho fofo e ser sardenta.

– Bem, você não *parece* durona, isso é fato.

– Mas sou. Moro sozinha, cuido de mim mesma, tenho um emprego e ninguém se mete comigo. Ou assim eu achava, até domingo. Agora sinto que as pessoas têm razão: eu *sou* fraca. Não sou nem um pouco capaz de cuidar de mim mesma! Qualquer psicopata andando por aí pode me agarrar, apontar uma faca para a minha cara, fazer o que quiser com o meu corpo e deixar o esperma dele dentro de mim.

Jeannie olhou para a amiga. Lisa estava pálida de raiva. Jeannie torceu para que colocar aqueles sentimentos para fora fizesse bem a ela.

– Você não é fraca – repetiu ela.

– *Você, sim*, é durona – disse Lisa.

– Eu tenho o problema oposto. As pessoas acham que sou insensível. Só porque tenho 1,80 metro, um piercing no nariz e um temperamento difícil, elas pensam que nada é capaz de me magoar.

– Você não tem um temperamento difícil.

– Eu devo estar amolecendo.

– Quem é que acha que você é insensível? Eu não acho.

– A mulher que administra o Bella Vista, o asilo onde a minha mãe está. Ela me disse, sem rodeios: "Sua mãe não vai chegar aos 65." Bem assim. "Sei que você prefere que eu seja honesta", ela comentou. Eu tive vontade de dizer que não é só porque tem uma argola no meu nariz que isso significa que não tenho sentimentos, porra.

– A Mish Delaware disse que os estupradores não estão realmente interessados em sexo. O que eles gostam é de ter poder sobre uma mulher, dominá-la, assustá-la e feri-la. Ele escolheu alguém que parecia se apavorar facilmente.

– Quem não ficaria apavorada?

– Mas ele não escolheu você. Você provavelmente teria enfiado a mão nele.

– Quem me dera.

– De qualquer forma, você teria resistido mais do que eu e não teria ficado inerte nem aterrorizada. Por isso ele não escolheu você.

Jeannie percebeu aonde aquilo ia chegar.

– Lisa, isso pode ser verdade, mas não faz com que o estupro seja sua culpa, ok? Você não tem culpa, nem um pouco. Foi como um acidente: poderia ter acontecido com qualquer pessoa.

– Tem razão – disse Lisa.

A cidade havia ficado 15 quilômetros para trás quando pegaram a saída da rodovia que indicava "Penitenciária Greenwood". Era um presídio antigo, um aglomerado de edifícios acinzentados de pedra cercados por muros altos com arame farpado no topo. Pararam o carro sob a sombra de uma árvore no estacionamento de visitantes. Jeannie vestiu o blazer, mas dispensou a meia-calça.

– Está pronta pra isso? – perguntou Jeannie. – Dennis vai ser igual ao cara que estuprou você, a menos que minha metodologia esteja totalmente equivocada.

Lisa fez que sim com a cabeça, o olhar sombrio.

– Estou pronta.

O portão principal se abriu para a saída de um caminhão de entregas, e elas entraram sem serem questionadas. A segurança não era rígida, concluiu Jeannie, apesar do arame farpado. Elas eram aguardadas. Um guarda conferiu suas identidades e as conduziu por um pátio escaldante onde um punhado de jovens negros vestindo uniformes de presidiários jogava basquete.

O prédio da administração tinha ar condicionado. Elas foram levadas até a sala do diretor, John Temoigne. Ele usava uma camisa de mangas curtas e gravata, e havia guimbas de charuto em seu cinzeiro. Jeannie apertou a mão dele.

– Sou a Dra. Jean Ferrami, da Universidade Jones Falls.

– Tudo bem com você, Jean?

Temoigne era claramente o tipo de homem que tinha dificuldades em chamar uma mulher pelo sobrenome. Jeannie deliberadamente não disse a ele o primeiro nome de Lisa.

– E esta é a minha assistente, Srta. Hoxton.

– Oi, querida.

– Expliquei nosso trabalho quando lhe escrevi, diretor, mas, se o senhor tiver mais perguntas, terei todo o prazer em respondê-las.

Jeannie precisava falar aquilo, embora estivesse ansiosa para dar logo uma olhada em Dennis Pinker.

– Você precisa estar ciente de que o Pinker é um homem violento e perigoso – declarou Temoigne. – Conhece os detalhes do crime que ele cometeu?

– Pelo que sei, ele tentou abusar sexualmente de uma mulher num cinema e a matou quando ela tentou resistir.

– Quase isso. Foi no velho Cinema Eldorado, em Greensburg. Estava passando algum filme de terror. O Pinker entrou no porão e desligou a energia elétrica. Então, enquanto todo mundo entrava em pânico naquele escuro, ele correu em volta passando a mão nas garotas.

Jeannie olhou assustada para Lisa. Aquilo era parecido demais com o que tinha acontecido domingo na Jones Falls. Uma artimanha provocara confusão e pânico, proporcionando ao criminoso a oportunidade de que ele precisava. E havia um toque semelhante de fantasia adolescente nos dois cenários: apalpar garotas no escuro do cinema e ver mulheres saírem correndo nuas do vestiário. Se Steven Logan era gêmeo idêntico de Dennis, parecia que haviam cometido crimes muito semelhantes.

Temoigne continuou:

– Uma mulher teve a imprudência de tentar resistir a ele, e ele a estrangulou.

Jeannie se enfureceu.

– Se ele tivesse apalpado o senhor, diretor, você teria tido a *imprudência* de tentar resistir?

– Eu não sou uma garota – respondeu Temoigne, com o ar de quem jogava um trunfo.

Lisa interveio oportunamente:

– Devemos começar logo, Dra. Ferrami. Temos muito trabalho a fazer.

– Tem razão.

Temoigne disse:

– Normalmente vocês entrevistariam o prisioneiro através de uma grade. Mas solicitaram especialmente pra ficar na mesma sala que ele, e meus superiores deram autorização. Apesar disso, peço que repensem. Ele é um criminoso violento e perigoso.

Jeannie sentiu um tremor de ansiedade, mas manteve a frieza por fora.

– Vai haver um guarda armado na sala o tempo todo que estivermos com o Dennis.

– Vai mesmo. Mas eu ficaria mais confortável se houvesse uma tela de aço separando vocês do prisioneiro. – Ele deu um sorriso macabro. – Um homem não precisa ser um psicopata pra se sentir tentado diante de duas jovens tão atraentes.

Jeannie se levantou abruptamente.

– Agradeço a sua preocupação, diretor, de verdade. Mas precisamos realizar determinados procedimentos, como coletar uma amostra de sangue, fotografá-lo e assim por diante, o que não tem como ser feito com uma grade no meio. Além disso, partes da nossa entrevista são íntimas, e sabemos que nossos resultados seriam comprometidos se houvesse uma barreira tão artificial entre nós e o participante.

Temoigne deu de ombros.

– Bom, acho que vão ficar bem. – Ele se levantou. – Vou acompanhá-las até o pavilhão das celas.

Saíram da sala dele e cruzaram um pátio de terra batida até um edifício de concreto de dois andares. Um guarda abriu um portão de ferro para que entrassem. Estava tão quente lá dentro quanto do lado de fora.

– O Robinson aqui vai cuidar de vocês de agora em diante – informou Temoigne. – Se precisarem de alguma coisa, é só chamar.

– Obrigada, diretor – disse Jeannie. – Agradecemos a sua cooperação.

Robinson era um homem negro, alto e imponente de cerca de 30 anos. Tinha uma pistola abotoada em um coldre e um cassetete de aparência intimidadora. Ele as conduziu a uma pequena sala de interrogatório com uma mesa e meia dúzia de cadeiras empilhadas. Além de um cinzeiro sobre a mesa e um bebedouro em um dos cantos, não havia mais nada. O piso e as paredes tinham um tom semelhante de cinza. Não havia janelas.

– O Pinker vai chegar num minuto – informou Robinson.

Ele ajudou Jeannie e Lisa a organizarem a mesa e as cadeiras, e elas se sentaram.

Pouco tempo depois, a porta se abriu.

CAPÍTULO DEZESSEIS

BERRINGTON JONES SE ENCONTROU com Jim Proust e Preston Barck no The Monocle, um restaurante em Washington próximo ao prédio de escritórios do Senado. O local era palco de almoços de negócios e estava repleto de conhecidos deles: parlamentares, consultores, jornalistas, assessores. Berrington tinha chegado à conclusão de que não adiantava tentar ser discreto. Todo mundo sabia quem eles eram, principalmente o senador Proust, com a cabeça calva e o nariz grande. Se tivessem se encontrado em um endereço menos visado, algum repórter os teria visto e escrito um artigo especulando por que estariam realizando reuniões secretas. Era melhor ir a um lugar onde trinta pessoas os reconhecessem e presumissem que estavam tendo uma conversa rotineira sobre seus legítimos interesses mútuos.

O objetivo de Berrington era fazer o negócio com a Landsmann continuar avançando. A empreitada havia sido arriscada desde o começo, e Jeannie Ferrami fez com que se tornasse extremamente perigosa. Mas a outra opção era desistir dos seus sonhos. Só haveria uma chance de sacudir os Estados Unidos e colocá-los de volta no caminho da integridade racial. Não era tarde demais, de maneira nenhuma. A ideia de uma nação branca, formada por cidadãos de bem, frequentadores da igreja e voltados para a família poderia virar realidade. Mas todos três estavam na casa dos 60: não haveria outra oportunidade para eles além daquela.

Jim Proust era barulhento e espalhafatoso, a personalidade mais marcante; embora muitas vezes Berrington ficasse de saco cheio daquilo, geralmente era possível argumentar com ele. Já Preston, muito mais discreto e mais agradável, era também mais teimoso.

Berrington tinha más notícias para eles e as apresentou assim que fizeram o pedido:

– Jeannie Ferrami está em Richmond hoje, pra ver Dennis Pinker.

Jim fez uma careta.

– Por que diabos você não impediu? – indagou, naquele tom de voz grave e ríspido, resultado de anos e anos latindo ordens.

Como de costume, o jeito autoritário de Jim irritou Berrington.

– O que eu deveria fazer? Amarrar a mulher?

– Você é chefe dela, não é?

– É uma universidade, Jim, não é a porra do Exército.

– Vamos falar baixo, amigos – disse Preston, nervoso. Ele usava óculos de armação preta com lentes pequenas, o mesmo modelo desde 1959, e Berrington tinha reparado que estavam na moda de novo. – A gente sabia que isso poderia acontecer algum dia. Acho que deveríamos tomar a iniciativa e confessar tudo logo.

– Confessar? – perguntou Jim, incrédulo. – Fizemos alguma coisa de errado?

– É a forma como as pessoas podem enxergar...

– Permita-me lembrar que, quando a CIA elaborou o relatório que deu início a tudo isso, *Novas descobertas científicas na União Soviética*, o próprio presidente Nixon disse que era a notícia mais alarmante vinda de Moscou desde que os soviéticos tinham dominado a fissão nuclear.

– O relatório pode não ter sido verídico... – comentou Preston.

– Mas a gente achou que fosse. Mais importante ainda, o nosso presidente achou. Não lembram como isso foi assustador na época?

Berrington se lembrava, sem dúvida. Os soviéticos tinham um programa de reprodução de seres humanos, segundo a CIA. Eles planejavam desenvolver cientistas perfeitos, jogadores de xadrez perfeitos, atletas perfeitos... e soldados perfeitos. Nixon ordenou ao Comando Militar de Pesquisas Médicas, como era conhecido na época, que estabelecesse um programa paralelo e descobrisse uma forma de criar soldados norte-americanos perfeitos. Jim Proust tinha sido encarregado de concretizar o plano.

Ele tinha recorrido imediatamente a Berrington em busca de ajuda. Alguns anos antes, Berrington havia deixado todo mundo em choque, sobretudo sua esposa, Vivvie, ao se alistar no Exército justo quando o sentimento pacifista estava fervilhando entre os norte-americanos da idade dele. Foi trabalhar em Fort Detrick, em Frederick, Maryland, para estudar fadiga em soldados. No início da década de 1970, era o maior especialista mundial na hereditariedade de características militares, como agressividade e resistência. Enquanto isso, Preston, que havia permanecido em Harvard, fez uma série de avanços na compreensão da fertilização humana. Berrington o convenceu a largar a universidade e passar a integrar aquele grande experimento ao lado dele e de Proust.

Tinha sido o momento do qual Berrington mais se orgulhava.

– Também lembro como foi emocionante – declarou. – Estávamos na vanguarda da pesquisa científica, consertando o país, e o presidente pediu que fizéssemos esse trabalho em nome dele.

Preston brincou com sua salada antes de comentar:

– Os tempos mudaram. Dizer "Eu fiz isso porque o presidente dos Estados Unidos me pediu" não serve mais de justificativa. Muita gente já foi presa por fazer o que o presidente havia mandado.

– O que tinha de errado naquilo? – disse Jim, irritado. – Era secreto, sem dúvida. Mas o que eu tenho que *confessar*, pelo amor de Deus?

– Nosso trabalho era clandestino – afirmou Preston.

Jim ficou vermelho.

– Nós transferimos o nosso projeto para a iniciativa privada.

Aquilo era um contorcionismo semântico, pensou Berrington, embora tivesse se esquivado de dizer isso em voz alta para não confrontar Jim. Aqueles palhaços do comitê de reeleição do Nixon foram pegos invadindo o Watergate e Washington inteira ficou apavorada. Preston fundou uma empresa privada, a Threeplex, e Jim assinou contratos militares suficientes com ela para que fosse financeiramente viável. Algum tempo depois, as clínicas de fertilidade se tornaram tão rentáveis que seus lucros passaram a custear o programa de pesquisa sem a ajuda dos militares. Berrington voltou para o mundo acadêmico, e Jim foi do Exército para a CIA e depois para o Senado.

– Não estou dizendo que estávamos errados – disse Preston –, embora algumas das coisas que fizemos lá no começo fossem contra a lei.

Berrington não queria que os dois assumissem posições polarizadas. Ele interveio, dizendo calmamente:

– A ironia é que *conceber* americanos perfeitos se mostrou impossível. O projeto inteiro estava no caminho errado. A concepção natural era muito imprecisa. Mas fomos espertos o suficiente para enxergar as possibilidades da engenharia genética.

– Ninguém nunca tinha ouvido falar nessa merda naquela época – rosnou Jim enquanto cortava seu bife.

Berrington fez que sim com a cabeça.

– O Jim tem razão, Preston. A gente tem que se orgulhar do que fez, não se envergonhar. Se você pensar com calma, operamos um milagre. Nos propusemos a descobrir se certas características, como a inteligência e a agressividade, eram genéticas; depois, a identificar os genes responsáveis por essas características; e, por fim, a transformá-los em embriões *in vitro*, e estamos a um passo do triunfo!

Preston deu de ombros.

– Toda a comunidade da biologia humana tem se dedicado a esse mesmo projeto...

– Não propriamente. Nós éramos mais focados e sabíamos melhor onde apostar nossas fichas.

– Isso é verdade.

Cada um a seu modo, os dois amigos de Berrington estavam desabafando. *Eles são muito previsíveis*, pensou com carinho; *talvez velhos amigos sejam sempre assim*. Jim tinha vociferado e Preston, choramingado. Agora talvez estivessem calmos o suficiente para examinar a situação com a frieza necessária.

– Isso nos leva de volta a Jeannie Ferrami – disse Berrington. – Em um ou dois anos ela pode ser capaz de nos dizer como tornar as pessoas agressivas sem transformá-las em criminosas. As últimas peças do quebra-cabeça estão se encaixando. A aquisição pela Landsmann nos dá a oportunidade de acelerar o programa inteiro e também de colocar o Jim na Casa Branca. *Não é hora de recuar.*

– Isso tudo é muito bonito – comentou Preston. – Mas o que a gente vai fazer? A Landsmann tem um maldito conselho de ética, como sabem.

Berrington mastigou o seu peixe.

– A primeira coisa é a gente perceber que o que temos aqui não é uma *crise*, só um *problema* – argumentou. – E o problema não é a Landsmann. Nem se tivessem cem anos pra isso os auditores deles iam descobrir a verdade só analisando a nossa contabilidade. O nosso problema é Jeannie Ferrami. Precisamos impedir que ela descubra qualquer coisa a mais, pelo menos até a próxima segunda, quando assinarmos os papéis da aquisição.

– Mas você não pode dar *ordens* a ela, porque é uma universidade, não a porra do Exército – observou Jim com sarcasmo.

Berrington concordou com a cabeça. Agora os dois estavam pensando do jeito que ele queria.

– Verdade – disse calmamente. – Não posso dar ordens a ela. Mas existem modos mais sutis de manipular as pessoas do que os usados pelos militares, Jim. Se vocês deixarem esse assunto na minha mão, eu cuido dela.

Preston não estava convencido.

– Como?

Berrington tinha repassado aquela questão repetidas vezes na cabeça. Ainda não tinha um plano, mas tinha uma ideia.

– Acho que existe um conflito com a utilização dos bancos de dados médicos. Isso levanta questões éticas. Acredito que posso forçá-la a parar.

– Ela deve ter se certificado disso antes.

– Eu não preciso de uma justificativa *válida*, só de um pretexto.

– Como é essa garota? – perguntou Jim.

– Tem uns 30 anos. Alta, bastante atlética. Cabelo escuro, piercing no nariz, dirige um Mercedes vermelho antigo. Por muito tempo eu a tive em altíssima conta. Ontem à noite descobri que existe sangue ruim na família. O pai dela é um criminoso. Mas ela também é esperta, impetuosa e insistente.

– Casada, divorciada?

– Solteira, sem namorado.

– Feia?

– Não, é bonita. Mas é difícil.

Jim anuiu, pensativo.

– Ainda temos muitos amigos leais na comunidade de inteligência. Não seria tão difícil fazer uma garota assim *desaparecer*.

Preston pareceu se assustar.

– Sem violência, Jim, pelo amor de Deus.

Um garçom veio recolher os pratos, e os três ficaram em silêncio até que ele saísse. Berrington sabia que precisava contar a eles o que tinha descoberto a partir do recado que a sargento Delaware deixara na noite anterior. Com pesar na voz, ele disse:

– Tem outra coisa que vocês precisam saber. No domingo à noite uma garota foi estuprada no ginásio do campus. A polícia prendeu Steven Logan. A vítima o identificou no reconhecimento.

– Foi ele? – perguntou Jim.

– Não.

– Você sabe quem foi?

Berrington o olhou nos olhos.

– Sim, Jim, sei sim.

– Ah, porra – falou Preston.

– Talvez a gente devesse fazer *os garotos* desaparecerem – disse Jim.

Berrington sentiu um nó na garganta, como se estivesse sufocando, e sabia que estava ficando vermelho. Inclinou-se sobre a mesa e apontou o dedo para a cara de Jim.

– Jamais repita isso na minha frente! – declarou, chegando com o dedo tão perto dos olhos do amigo que Jim recuou, mesmo sendo um homem muito maior.

Preston sussurrou:

– Parem com isso, vocês dois. As pessoas vão reparar!

Berrington tirou o dedo, mas ainda não havia terminado. Se estivessem em um lugar menos público, teria colocado as mãos no pescoço de Jim. Mas, em vez disso, agarrou-o pela lapela.

– Nós demos vida a esses garotos. Nós os trouxemos ao mundo. Pro bem ou pro mal, eles são responsabilidade nossa.

– Tá bem, tá bem! – disse Jim.

– Escuta uma coisa. Se um deles sequer se machucar, Deus que me perdoe, eu vou estourar os seus miolos, Jim.

Um garçom apareceu e disse:

– Os cavalheiros gostariam de uma sobremesa?

Berrington largou a lapela de Jim.

Jim alisou o paletó, contrariado.

– Merda – murmurou Berrington. – Merda.

Preston se virou para o garçom.

– Pode trazer a conta, por favor.

CAPÍTULO DEZESSETE

STEVEN LOGAN NÃO PREGOU os olhos a noite toda. Porky Butcher tinha dormido feito um bebê, roncando suavemente de vez em quando. Steven ficou sentado no chão a observá-lo, analisando com medo cada movimento, cada contração, pensando no que aconteceria quando o sujeito acordasse. Porky arrumaria briga com ele? Tentaria estuprá-lo? Daria uma surra nele?

Ele tinha bons motivos para temer. Homens apanhavam o tempo todo na prisão. Muitos saíam feridos; alguns, mortos. As pessoas lá fora não se importavam, acreditando que, se os presos se mutilassem e se matassem, teriam menos chance de roubar e assassinar os cidadãos de bem.

Steven dizia a si mesmo, sem muita firmeza, que devia tentar não fazer papel de vítima. Ele sabia que era fácil que as pessoas o interpretassem mal. Tip Hendricks havia cometido esse erro. Steven tinha um ar amistoso. Embora fosse grande, dava a impressão de que seria incapaz de fazer mal a uma mosca.

Agora precisava parecer pronto para revidar, sem, no entanto, soar provocador. Acima de tudo, não podia deixar Porky tomá-lo por um universitário engomadinho. Isso faria dele o alvo perfeito para zombarias, golpes aleatórios, abusos e, por fim, uma surra. Ele tinha que parecer um criminoso casca-grossa, se possível. Se não conseguisse, deveria confundir e despistar Porky com sinais desconexos.

E se nada disso desse certo?

Porky era mais alto e mais pesado que Steven e poderia ter experiência em briga de rua. Steven estava mais em forma e provavelmente era mais ágil, mas fazia sete anos que não batia em ninguém com raiva. Em um espaço maior, ele poderia acabar com Porky e escapar sem ferimentos graves. Mas, ali naquela cela, a coisa terminaria mal independentemente de quem ganhasse. Se o detetive Allaston estivesse dizendo a verdade, Porky tinha provado, nas últimas 24 horas, que possuía instinto assassino. *Será que eu possuo um instinto assassino?*, Steven perguntou a si mesmo. *Existe isso de instinto assassino, afinal? Cheguei perto de matar o Tip Hendricks. Isso faz com que eu seja igual ao Porky?*

Quando imaginou o que significaria vencer uma luta com Porky, Steven teve um calafrio. Visualizou aquele homenzarrão deitado no chão da cela, sangrando, com Steven em pé sobre ele do jeito que havia feito com Tip Hendricks. E a voz de Spike, o carcereiro, dizendo: *Jesus Cristo, acho que ele morreu*. Ele preferia apanhar.

Talvez ele devesse ser passivo. Na verdade, poderia ser mais seguro se encolher no chão e deixar Porky chutá-lo até cansar. Mas Steven não sabia se seria capaz disso. Então ficou ali sentado, com a garganta seca e o coração disparado, olhando para o psicopata adormecido, visualizando brigas em sua imaginação, nas quais ele sempre saía derrotado.

Presumiu que aquele era um truque que os policiais usavam com frequência. O carcereiro Spike nitidamente não achou aquilo estranho. Talvez, em vez de espancar as pessoas nas salas de interrogatório para fazê-las confessar, deixassem que outros suspeitos fizessem o trabalho por eles. Steven se perguntou quantas pessoas haviam confessado crimes que não tinham cometido somente para evitar passar a noite em uma cela com alguém como Porky.

Jamais esqueceria aquilo, jurou para si mesmo. Quando se tornasse advogado, defendendo pessoas acusadas de crimes, jamais aceitaria uma confissão como prova. Ele se imaginou diante de um júri. "Uma vez fui acusado de um crime que não cometi, mas cheguei perto de confessar", diria. "Eu passei por isso, *sei* como é."

Então se lembrou de que, se fosse condenado por aquele crime, seria expulso da faculdade de Direito e jamais defenderia alguém.

Ficou repetindo para si mesmo que não seria condenado. O teste de DNA iria inocentá-lo. Por volta da meia-noite ele fora retirado da cela, algemado e levado ao Hospital Mercy, a alguns quarteirões do departamento de polícia. Lá, ele forneceu uma amostra de sangue, da qual seria extraído o seu DNA. Perguntou à enfermeira quanto tempo o teste levava e ficou consternado ao saber que os resultados só ficariam prontos dali a três dias. Voltou abatido para a cela. Foi colocado de volta com Porky, que, felizmente, ainda estava dormindo.

Imaginou que conseguiria ficar acordado por 24 horas. Era o máximo de tempo que eles podiam detê-lo sem uma ordem judicial. Havia sido preso por volta das seis da noite, então poderia ficar preso ali até o mesmo horário, no fim da tarde. Nesse momento, se não antes, ele teria a oportunidade de pedir fiança. Seria a sua chance de sair dali.

Fez força para se lembrar da aula sobre fianças na faculdade de Direito.

"A única questão que o tribunal deve considerar é se a pessoa acusada comparecerá ao julgamento", explicara o professor Rexam. Na época, aquilo soou tão enfadonho quanto um sermão; agora, parecia fundamental. Os detalhes começaram a voltar à lembrança. Dois fatores eram levados em conta. Um era a possível pena. Se a acusação fosse grave, era mais arriscado conceder a fiança: a probabilidade de uma pessoa fugir de uma acusação de assassinato era maior do que de uma acusação de furto. O mesmo se aplicava caso ela tivesse antecedentes criminais e estivesse diante de uma pena maior em consequência disso. Steven não tinha antecedentes: embora já tivesse sido condenado por lesão corporal grave, havia sido antes dos 18 anos e isso não poderia ser usado contra ele. Iria se apresentar diante do tribunal como um homem com a ficha limpa. No entanto, enfrentaria acusações muito graves.

O segundo fator, ele recordava, eram os "laços comunitários" do prisioneiro: família, casa e trabalho. Um homem que morava com esposa e filhos no mesmo endereço havia cinco anos e trabalhava nas proximidades teria direito a fiança, ao passo que outro que não tinha família na cidade, havia se mudado para um apartamento seis semanas antes e informado que sua ocupação era "músico desempregado" provavelmente teria esse direito negado. Em relação a esse aspecto, Steven se sentia confiante. Ele morava com os pais e estava no segundo ano do curso de Direito: tinha muito a perder se fugisse.

Os tribunais não deveriam levar em consideração se o acusado era um perigo para a comunidade. Seria um pré-julgamento de culpa. No entanto, na prática isso acontecia. Extraoficialmente, um homem envolvido em uma sequência de ações violentas tinha maior probabilidade de ter o direito a fiança negado do que alguém que havia cometido uma única ação. Se Steven tivesse sido acusado de uma série de estupros e não um incidente isolado, suas chances de obter fiança seriam quase nulas.

Do jeito que as coisas estavam, ele achava que tudo podia acontecer, e, enquanto observava Porky, ensaiou discursos cada vez mais eloquentes para o juiz.

Ainda estava determinado a ser seu próprio advogado. Não tinha dado o telefonema a que tinha direito. Queria desesperadamente esconder aquilo dos pais até que pudesse dizer que havia sido inocentado. A ideia de contar que estava preso era sofrida demais: eles ficariam em choque, arrasados. Seria reconfortante dividir o fardo com eles, mas, cada vez que se sentia tentado a fazer isso, se lembrava da expressão deles quando chegaram à delegacia, sete anos atrás, depois da briga com Tip Hendricks, e sabia que contar a eles seria mais doloroso que qualquer coisa que Porky Butcher fosse capaz de lhe fazer.

Ao longo da noite mais homens tinham sido levados para as celas. Alguns eram apáticos e submissos, outros insistiam ruidosamente que eram inocentes, e um entrou numa briga com os policiais e acabou sendo espancado.

As coisas se acalmaram em torno das cinco da manhã. Por volta das oito, o substituto de Spike lhes levou o café da manhã em quentinhas de isopor de um restaurante chamado Mother Hubbard's. A chegada da comida despertou os presos das outras celas, e o barulho deles acordou Porky.

Steven ficou onde estava, sentado no chão, olhando vagamente para o nada, mas observando ansioso Porky com o canto do olho. Cordialidade seria visto como um sinal de fraqueza, ele supôs. A hostilidade passiva era a atitude certa.

Porky se sentou na cama, segurando a cabeça e olhando para Steven, mas não falou nada. Steven imaginou que o sujeito estivesse avaliando o tamanho dele.

Depois de um ou dois minutos, Porky perguntou:

– Que porra você está fazendo aqui?

Steven fez uma cara de ressentimento, depois deixou seus olhos deslizarem até encontrar os de Porky. Ele o encarou por algum tempo. Porky era bonito, com um rosto gordo que tinha um aspecto duro de agressividade. Ele olhou curioso para Steven com os olhos injetados. Steven o achou abatido, um perdedor, mas mesmo assim perigoso. Desviou o olhar, simulando indiferença. Não respondeu à pergunta. Quanto mais tempo levasse para Porky sacar quem ele era, mais seguro estaria.

Quando o carcereiro empurrou a comida pela abertura na grade, Steven o ignorou.

Porky pegou uma bandeja. Comeu todo o bacon, os ovos e as torradas e bebeu o café. Depois usou a privada ruidosamente, sem constrangimento.

Quando terminou, puxou a calça de volta, se sentou no beliche, olhou para Steven e perguntou:

– Por que está aqui, branquelo?

Aquele era o momento de maior perigo. Porky o estava sondando, avaliando. Steven agora tinha que aparentar ser tudo menos o que era, um aluno vulnerável de classe média que não entrava numa briga desde criança.

Ele virou a cabeça e olhou para Porky como se fosse a primeira vez que estivesse reparando nele. Encarou-o por um bom tempo antes de responder. Enrolando um pouco a fala, disse:

– O filho da puta começou a foder comigo, então eu fodi com ele, mas pra valer.

Porky o encarou de volta. Steven não sabia se o sujeito tinha acreditado nele ou não. Depois de um longo silêncio, Porky perguntou:

– Assassinato?

– Isso aí.

– Eu também.

Parecia que Porky tinha comprado a história de Steven. Imprudentemente, Steven acrescentou:

– O filho da puta não vai mais foder com a minha cara.

– É – disse Porky.

Houve um longo silêncio. Porky parecia estar pensando. Por fim, falou:

– Por que colocaram a gente junto?

– Eles não têm porra de prova nenhuma contra mim – alegou Steven. – Acreditam que, se eu arrumar confusão com você, vão conseguir me pegar.

O orgulho de Porky foi ferido.

– E se eu arrumar confusão com você? – perguntou.

Steven deu de ombros.

– Aí eles pegam você.

Porky concordou com a cabeça lentamente.

– É – disse. – Palhaços.

Ele pareceu ter ficado sem assunto. Um tempo depois, deitou-se de novo. Steven esperou. Era só isso?

Após alguns minutos, Porky pareceu pegar no sono outra vez. Quando começou a roncar, Steven desabou contra a parede, aliviado.

Várias horas se passaram sem que nada acontecesse.

Ninguém apareceu para falar com Steven, ninguém disse a ele o que estava havendo. Não havia uma Central de Atendimento ao Cliente onde se pudessem obter informações. Ele queria saber quando teria a chance de pedir fiança, mas ninguém lhe disse nada. Tentou falar com o novo carcereiro, mas o homem simplesmente o ignorou.

Porky ainda estava dormindo quando o carcereiro chegou e abriu a porta da cela. Ele colocou algemas e grilhões nas pernas de Steven, depois acordou Porky e fez o mesmo com ele. Eles foram acorrentados a outros dois homens, andaram alguns passos até o final do corredor de celas e foram conduzidos até uma pequena sala.

Nela havia duas mesas, cada uma com um computador e uma impressora a laser. Diante das mesas havia fileiras de cadeiras de plástico cinza. Uma escrivaninha estava ocupada por uma mulher negra bem-vestida de cerca de 30 anos. Ela olhou para eles, falou "Por favor, sentem-se" e continuou a trabalhar, digitando no teclado, as unhas bem cuidadas.

Eles arrastaram os pés ao longo da fileira de cadeiras e se sentaram. Steven olhou em volta da sala. Era um escritório normal, com gaveteiros de aço, quadros de avisos, um extintor de incêndio e um cofre antiquado. Comparado com as celas, parecia um lugar lindo.

Porky fechou os olhos e pareceu voltar a dormir. Dos outros dois homens, um olhava com uma expressão incrédula para a própria perna direita, que estava engessada, enquanto o outro sorria para o nada, obviamente sem fazer ideia de onde estava, parecendo ou estar chapado, ou ter algum distúrbio psicológico, ou talvez as duas coisas.

Por fim a mulher tirou os olhos do computador.

– Diga seu nome – disse.

Steven era o primeiro da fila, então respondeu:

– Steven Logan.

– Sr. Logan, sou a assessora Williams.

Claro: ela era a assessora do juiz. Ele começou a se lembrar daquela parte das aulas de processo penal. Uma assessora era uma funcionária do tribunal, um posto de menor prestígio que o de juiz. Lidava com mandados de prisão e outras questões processuais menores. Tinha o poder de conceder fiança, ele se lembrou; seu ânimo melhorou. Talvez estivesse prestes a sair dali.

– Estou aqui para informá-lo do que o senhor está sendo acusado – prosseguiu –, data, hora e local do seu julgamento, se terá direito a fiança ou se será libertado sem necessidade dela, e, caso seja libertado, quais as condições.

Ela falava muito rápido, mas Steven captou a referência à fiança que confirmou sua lembrança. Era ela a pessoa a quem precisava convencer de que poderia confiar que ele compareceria ao julgamento.

– O senhor está aqui sob a acusação de estupro, assédio com intenção de estuprar, lesão corporal e sodomia.

O rosto redondo dela permaneceu impassível enquanto ela listava os crimes horríveis dos quais ele era acusado. Ela continuou, informando-lhe uma data de julgamento para dali a três semanas, e ele se lembrou de que todos os suspeitos deveriam ter direito a um julgamento em no máximo trinta dias.

– Pela acusação de estupro, o senhor enfrenta a pena de prisão perpétua. Pela de assédio com intenção de estuprar, de dois a quinze anos. Ambos constituem crimes hediondos.

Steven sabia o que era um crime hediondo, mas se perguntou se Porky Butcher sabia.

O estuprador também havia colocado fogo no ginásio, ele se lembrou. Por que não havia uma acusação pelo incêndio? Talvez porque a polícia não tivesse provas que o ligassem diretamente a ele.

Ela lhe entregou duas folhas de papel. Uma dizia que ele havia sido notificado sobre o seu direito a um advogado, a outra explicava como entrar em contato com um defensor público. Ele teve que assinar uma cópia de cada.

Ela fez uma série de perguntas rápidas e foi digitando as respostas no computador:

– Nome completo? Telefone? Endereço? Há quanto tempo o senhor mora lá? Onde morava antes disso?

Steven começou a se sentir mais esperançoso ao dizer à assessora que morava com os pais, estava no segundo ano da faculdade de Direito e que não tinha antecedentes criminais. Ela perguntou se ele era viciado em drogas ou álcool e ele respondeu que não. Ele se perguntou se teria a chance de fazer algum tipo de declaração solicitando fiança, mas ela falava rápido e parecia ter um roteiro que era obrigada a seguir.

– A acusação de sodomia carece de indícios – disse. Ela tirou os olhos da tela do computador e olhou para ele. – Isso não significa que o senhor não tenha cometido o crime, apenas que não há informações suficientes aqui, na declaração de causa provável feita pelo detetive, para que eu confirme a acusação.

Steven se perguntou por que os detetives haviam feito aquela acusação. Talvez esperassem que ele a negasse, indignado, e acabasse por se entregar, dizendo: "Isso é nojento. Eu transei com ela, mas não a sodomizei. Quem pensam que eu sou?"

A assessora continuou:

– Mas mesmo assim o senhor será julgado pela acusação.

Steven ficou confuso. De que valia a conclusão dela se mesmo assim ele teria que ser julgado pelo crime? E se ele, um estudante de Direito do segundo ano, achava tudo aquilo difícil de entender, como seria para um cidadão comum, totalmente leigo?

– Tem alguma pergunta? – indagou a assessora.

Steven respirou fundo.

– Quero solicitar fiança – começou. – Eu sou inocente...

Ela o interrompeu:

– Sr. Logan, o senhor está diante de acusações de crimes hediondos, portanto sujeitos ao regulamento 638B do tribunal. O que significa que eu, enquanto assessora, não posso decidir quanto à sua fiança. Só um juiz pode fazer isso.

Foi como um soco na cara. Steven ficou tão decepcionado que se sentiu enjoado. Ele olhou para ela, incrédulo.

– Então qual é o sentido dessa farsa toda? – perguntou, irritado.

– No momento, o senhor está sendo mantido em regime sem direito a fiança.

Ele levantou a voz:

– Então por que você me fez todas essas perguntas e aumentou minhas esperanças? Eu achei que fosse sair deste lugar!

Ela não se abalou.

– As informações que o senhor forneceu sobre o seu endereço e afins serão confirmadas por um investigador que apresentará um relatório ao tribunal – explicou com calma. – A audiência de fiança será realizada amanhã e então o juiz decidirá.

– Estou sendo mantido numa cela com ele! – disse Steven, apontando para Porky, que dormia.

– As celas não são de minha responsabilidade...

– Esse cara é um assassino! A única razão pela qual ele ainda não me matou é que não consegue ficar acordado! Estou apresentando uma reclamação formal a você, na condição de funcionária do tribunal, de que estou sendo vítima de tortura psicológica e de que a minha vida está em risco.

– Quando as celas estão lotadas, é preciso que sejam compartilhadas...

– As celas não estão lotadas. Dá uma olhada pra fora da sua sala e você vai ver. A maioria está vazia. Eles me colocaram com ele para que me espancasse. E, se ele fizer isso, vou processar você pessoalmente, assessora Williams, por ter permitido.

Ela amoleceu um pouco.

– Vou dar uma olhada nisso. Agora, queira pegar estes papéis. – Ela entregou a ele o resumo da acusação, a declaração de causa provável e vários outros documentos. – Por favor, assine e fique com uma cópia de cada.

Frustrado e desanimado, Steven pegou a caneta que ela lhe estendeu e assinou os papéis. Enquanto isso, o carcereiro cutucou Porky e o acordou. Steven devolveu os papéis para a assessora, que os guardou em uma pasta.

Então ela se virou para Porky.

– Diga seu nome.

Steven enfiou a cabeça entre as mãos.

CAPÍTULO DEZOITO

JEANNIE OLHOU FIXAMENTE para a porta enquanto ela se abria devagar. O homem que entrou era idêntico a Steven Logan. Ela ouviu Lisa arquejar ao seu lado.

Dennis Pinker se parecia tanto com Steven que Jeannie não seria capaz de distingui-los.

O sistema funciona, pensou ela, triunfante. Sua teoria estava certa. Embora os pais negassem veementemente que qualquer um dos rapazes pudesse ter um irmão gêmeo, eles eram tão parecidos quanto as duas mãos dela.

O cabelo louro cacheado estava cortado da mesma maneira: curto, repartido. Dennis arregaçava as mangas de seu uniforme de presidiário da mesma forma que Steven fazia com os punhos de sua camisa azul de linho. Dennis fechou a porta com o calcanhar, como Steven tinha feito ao entrar na sala de Jeannie no Hospício. Enquanto se sentava, ele deu um sorriso envolvente e jovial na direção dela, idêntico ao de Steven. Ela mal podia acreditar que aquele não era Steven.

Olhou para Lisa. Ela estava olhando fixamente para Dennis com os olhos arregalados, o rosto pálido de medo.

– É ele – sussurrou ela.

Dennis olhou para Jeannie e disse:

– Você vai me dar a sua calcinha.

Jeannie ficou assustada com a convicção fria dele, mas também estava intelectualmente empolgada. Steven jamais diria uma coisa daquelas. Ali estava, o mesmo material genético transformado em dois indivíduos completamente diferentes: um deles, um universitário charmoso; o outro, um psicopata. Mas será que a diferença era meramente superficial?

O guarda Robinson disse, em um tom tranquilo:

– Agora comporte-se e seja legal, Pinker, se não quiser arrumar problema.

Dennis abriu o sorriso jovial novamente, mas suas palavras foram assustadoras.

– O Robinson nem vai ver o que aconteceu, mas você vai – falou para Jeannie. – Você vai sair daqui com a brisa soprando em sua bundinha nua.

Jeannie se acalmou. Aquela era uma bravata vazia. Ela era inteligente e durona: não seria um alvo fácil para Dennis, nem mesmo se estivesse sozinha. Com um agente penitenciário enorme ao lado dela portando um cassetete e uma arma, ela estava perfeitamente segura.

– Você está bem? – murmurou para Lisa.

Lisa continuava pálida, mas seus lábios estavam contraídos, formando uma linha bem marcada, e ela disse em tom severo:

– Estou.

Assim como os pais, Dennis havia preenchido vários formulários de antemão. Agora Lisa começaria com os questionários mais complexos, que não podiam ser preenchidos simplesmente ticando quadradinhos. Enquanto trabalhavam, Jeannie analisou os resultados e comparou Dennis com Steven. As semelhanças eram surpreendentes: perfil psicológico, interesses e hobbies, gostos, habilidades físicas: era tudo igual. Dennis tinha, inclusive, o mesmo QI surpreendentemente alto de Steven.

Que desperdício, pensou ela. *Este rapaz poderia se tornar um cientista, um cirurgião, um engenheiro, um programador. Em vez disso, está mofando aqui.*

A grande diferença entre Dennis e Steven estava na socialização. Steven era um homem maduro, com habilidades sociais acima da média: sentia-se à vontade com pessoas desconhecidas, estava disposto a aceitar a autoridade legítima, relaxava na presença de amigos, encontrava satisfação em integrar uma equipe. Dennis tinha as habilidades interpessoais de uma criança de 3 anos. Agarrava tudo que queria, tinha dificuldade em compartilhar, sentia medo de estranhos e, se não conseguia o que queria, perdia a paciência e ficava violento.

Jeannie se lembrou de quando tinha 3 anos. Era sua memória mais antiga. Ela se viu inclinada sobre o berço em que sua irmãzinha estava dormindo. Patty usava um lindo pijama cor-de-rosa com flores azul-claras bordadas na gola. Jeannie podia sentir até hoje o ódio que a possuíra enquanto olhava para aquele rostinho. Patty havia lhe roubado mamãe e papai. Jeannie queria com todas as forças matar aquela intrusa que tinha tirado tanto do amor e da atenção anteriormente reservados apenas a ela. Tia Rosa uma vez perguntou: "Você ama sua irmãzinha, não ama?" E Jeannie respondeu: "Eu odeio. Queria que ela morresse." Tia Rosa lhe deu um tapa, e Jeannie se sentiu duplamente traída.

Jeannie havia crescido, Steven também, mas Dennis não. Por que Steven era diferente de Dennis? Ele tinha sido salvo pela criação que recebeu? Ou apenas parecia ser diferente? Será que suas habilidades sociais eram apenas uma máscara que escondia um psicopata por trás dela?

Enquanto observava e escutava, Jeannie percebeu que havia uma outra diferença. Ela estava com medo de Dennis. Não conseguia identificar o motivo exato, mas havia uma atmosfera de ameaça ao redor dele. Tinha a sensação de que ele faria qualquer coisa que lhe passasse pela cabeça, independentemente das consequências. Steven não provocara um sentimento assim nela nem por um segundo.

Jeannie tirou uma foto de Dennis e fez closes de ambas as orelhas. Em gêmeos idênticos, as orelhas eram normalmente muito semelhantes, sobretudo a junção dos lóbulos.

Quando estavam quase terminando, Lisa coletou uma amostra de sangue de Dennis, algo que ela havia sido treinada para fazer. Jeannie mal podia esperar para ver a comparação do DNA. Tinha certeza de que Steven e Dennis tinham os mesmos genes. Isso provaria, sem sombra de dúvida, que eram gêmeos idênticos.

Lisa lacrou o frasco e depois foi até o carro para guardá-lo na caixa térmica que estava no porta-malas, deixando Jeannie sozinha para concluir a entrevista.

Enquanto fazia a última série de perguntas, Jeannie desejou poder manter Steven e Dennis lado a lado no laboratório por uma semana. Mas aquilo não seria possível para muitos de seus pares de gêmeos. Ao estudar criminosos, ela constantemente se deparava com o fato limitador de que alguns dos participantes estavam presos. Os testes mais sofisticados, envolvendo maquinário de laboratório, não seriam feitos em Dennis até que ele saísse da prisão, caso isso acontecesse. Ela teria que se conformar com aquilo. Haveria muitos outros dados com os quais trabalhar.

Ela terminou o último questionário.

– Obrigada por sua paciência, Sr. Pinker.

– Você não me deu sua calcinha ainda – disse ele friamente.

Robinson interveio:

– Pinker, você se comportou bem a tarde toda. Não vai estragar tudo agora.

Dennis lançou um olhar de puro desprezo na direção do guarda. Então se dirigiu a Jeannie:

– O Robinson tem medo de rato. Sabia disso, dona psicóloga?

Jeannie ficou apreensiva de repente. Alguma coisa estava acontecendo, e ela não sabia o quê. Começou a arrumar seus papéis apressada.

Robinson parecia constrangido.

– Eu odeio ratos, de fato, mas não tenho medo deles.

– Nem mesmo daquele cinza enorme ali no canto? – perguntou Dennis, apontando.

Robinson se virou. Não havia nenhum rato no canto, mas, enquanto Robinson dava as costas, Dennis enfiou a mão no bolso e tirou um pacote bem embrulhado. Seus movimentos foram tão rápidos que Jeannie não entendeu o que ele estava fazendo até já que fosse tarde demais. Ele desdobrou um lenço azul manchado e no meio dele havia um rato gordo cinzento, com uma cauda rosa comprida. Jeannie teve um calafrio. Ela não se impressionava com facilidade, mas havia algo profundamente perturbador em ver um rato aninhado com delicadeza nas mesmas mãos que haviam estrangulado uma mulher.

Antes que Robinson se virasse novamente, Dennis soltou o rato, que correu pela sala.

– Ali, Robinson, ali! – gritou Dennis.

Robinson se virou, viu o rato e ficou pálido.

– Merda – rosnou, e sacou o cassetete.

O rato correu junto ao rodapé, procurando um lugar para se esconder. Robinson foi atrás dele, tentando acertá-lo com o cassetete. Deixou uma série de marcas pretas na parede, mas não acertou o rato.

Jeannie ficou observando Robinson enquanto um alarme soava dentro de sua cabeça. Havia algo errado ali, algo que não fazia sentido. Aquilo era uma brincadeirinha. Mas Dennis não era um brincalhão, e sim um pervertido sexual e um assassino. O que ele tinha acabado de fazer fugia à regra. A não ser, ela percebeu com um calafrio de pavor, que aquilo fosse uma distração e Dennis tivesse algum outro propósito...

Ela sentiu alguma coisa tocar seu cabelo. Virou a cabeça sem se levantar e seu coração quase parou.

Dennis havia se levantado e estava de pé ao seu lado. Diante do rosto dela, ele segurava o que parecia ser uma faca improvisada: uma colher de metal com a parte redonda achatada e afiada, formando uma ponta.

Ela quis gritar, mas sentiu a garganta fechar. Um segundo atrás, julgava estar perfeitamente segura; agora, estava sendo ameaçada com uma faca por um assassino. Como aquilo tinha acontecido tão rapidamente? O sangue parecia ter se esvaído de seu cérebro, e ela mal conseguia raciocinar.

Dennis agarrou o cabelo dela com a mão esquerda e posicionou a ponta da faca tão perto de seu olho que Jeannie não conseguia focar nela. Ele se curvou e falou no ouvido dela. Deu para sentir o calor do hálito dele em sua bochecha, e ele cheirava a suor. Ele falou tão baixo que ela mal conseguiu ouvi-lo em meio ao barulho todo que Robinson estava fazendo.

– Faz o que eu mando ou vou furar seus olhos.

Ela ficou mole de tanto pavor.

– Pelo amor de Deus, não. Não me deixa cega – implorou.

Ouvir a própria voz falando em um tom tão atípico de rendição servil fez com que de alguma forma caísse na real. Ela tentou desesperadamente se recompor e raciocinar. Robinson ainda estava perseguindo o rato; ele não fazia ideia do que Dennis estava tramando. Jeannie mal conseguia acreditar que aquilo estava acontecendo. Eles estavam dentro de uma penitenciária estadual com um guarda armado a postos, e mesmo assim ela se encontrava à mercê de Dennis. Como havia sido tonta, poucas horas atrás, ao imaginar que não teria se acovardado caso ele a atacasse! Ela começou a tremer de medo.

Dennis puxou o cabelo dela para cima, e ela se levantou em um pulo.

– Por favor! – disse ela. Ao mesmo tempo que falava, sentia ódio de si mesma por implorar daquela forma humilhante, mas estava apavorada demais para evitar. – Eu faço qualquer coisa!

Ela sentiu os lábios dele em sua orelha.

– Tira a calcinha – murmurou ele.

Ela congelou. Estava pronta para fazer o que ele quisesse, por mais vergonhoso que fosse, para se livrar; mas tirar a calcinha poderia ser tão arriscado quanto reagir. Ela não sabia o que fazer. Tentou achar Robinson. Ele estava fora de seu campo de visão, atrás dela, e ela não ousou virar a cabeça por causa da faca tão perto do olho. No entanto, conseguia ouvi-lo xingando o rato e o golpeando com seu cassetete, e era evidente que ele ainda não tinha reparado no que Dennis estava fazendo.

– Eu não tenho muito tempo – sussurrou Dennis em uma voz fria como a neve. – Se não conseguir o que quero, você nunca mais vai ver o sol brilhar.

Ela não duvidou de suas palavras. Tinha acabado de concluir três horas de entrevista psicológica com Dennis e sabia como ele era. Não tinha escrúpulos: era incapaz de sentir culpa ou remorso. Se frustrasse os desejos dele, ele a mutilaria sem hesitar.

Mas Jeannie se perguntava o que ele faria depois que ela tirasse a calcinha. Ficaria satisfeito e tiraria a faca da cara dela? Ele a cortaria mesmo assim? Ou ia querer algo mais?

Por que Robinson não consegue matar esse maldito rato?

– Rápido! – sibilou Dennis.

O que pode ser pior do que ficar cega?

– Tá bem – ela gemeu.

Ela se curvou desajeitada, com Dennis ainda segurando seu cabelo e apontando a faca para ela. Atrapalhada, levantou a saia de seu vestido de linho e puxou para baixo a calcinha de algodão branco. Dennis soltou um grunhido do fundo da garganta, como um urso, quando a peça deslizou até os tornozelos. Ela estava envergonhada, embora a razão lhe dissesse que aquilo não era culpa sua. Apressadamente, puxou o vestido de volta para baixo, cobrindo sua nudez. Em seguida, passou a calcinha pelos pés e a chutou para longe no chão cinza.

Ela se sentiu terrivelmente vulnerável.

Dennis a soltou, pegou a calcinha e a apertou contra o rosto, inspirando fundo, os olhos fechados em êxtase.

Jeannie olhou para ele, horrorizada diante daquela intimidade forçada. Ainda que ele não estivesse tocando sua pele, ela estremeceu de repulsa.

O que ele ia fazer depois disso?

O cassetete de Robinson fez um barulho nojento, como se houvesse esmagado alguma coisa. Jeannie se virou e viu que ele finalmente acertara o rato. Seu cassetete havia achatado a metade traseira do corpo gordo, deixando uma mancha vermelha no piso cinza. Ele não tinha mais como correr, mas ainda estava vivo, de olhos abertos, o corpo se retorcendo. Robinson bateu de novo, esmagando a cabeça dele. O bicho parou de se mexer e uma gosma cinzenta escorreu do crânio espatifado.

Jeannie olhou de volta para Dennis. Para surpresa dela, ele estava sentado à mesa, como havia ficado durante a tarde toda, como se jamais tivesse se mexido. Tinha um ar inocente. A faca e a calcinha dela haviam desaparecido.

Ela estava fora de perigo? Estava tudo acabado?

Robinson estava ofegante por causa do esforço. Ele lançou um olhar desconfiado para Dennis e perguntou:

– Não foi você que trouxe esse verme pra cá, foi, Pinker?

– Não, senhor – disse Dennis descaradamente.

Jeannie formulou a frase em sua cabeça: *Sim, foi ele!*

Mas, por alguma razão, não a pronunciou.

– Porque – continuou Robinson –, se eu achasse que foi você que fez uma coisa dessas, eu ia... – O guarda lançou um olhar de soslaio para Jeannie e decidiu não dizer exatamente o que faria com Dennis. – Acho que você sabe como eu faria você se arrepender disso.

– Sim, senhor.

Jeannie percebeu que estava segura. Mas o alívio foi seguido imediatamente pela raiva. Ela olhou para Dennis, indignada. Ele ia fingir que não tinha acontecido nada?

– Bem, de qualquer forma você vai buscar um balde de água e limpar este lugar – ordenou Robinson.

– Agora mesmo, senhor.

– Isto é, se a Dra. Ferrami já tiver terminado.

Jeannie tentou dizer *Enquanto você estava atrás do rato, o Dennis roubou minha calcinha*, mas as palavras não saíram. Parecia uma idiotice. E ela era capaz de imaginar as consequências de dizê-las. Ficaria presa ali por uma hora enquanto a acusação era investigada. Dennis seria revistado e sua calcinha, encontrada. Ela teria que ser mostrada ao diretor Temoigne. Ela o imaginou examinando a evidência, manuseando sua calcinha e virando-a do avesso, fazendo uma expressão esquisita...

Não. Ela não ia falar nada.

Sentiu uma pontada de culpa. Sempre havia desprezado as mulheres que sofriam abusos e depois ficavam em silêncio sobre o ocorrido, deixando o agressor sair impune. Agora ela estava fazendo a mesma coisa.

Jeannie percebeu que Dennis já contava com aquilo. Ele previu como ela ia se sentir e apostou que poderia escapar ileso. Essa ideia a deixou tão revoltada que por um momento considerou tolerar o constrangimento, só para deixá-lo frustrado. Então imaginou Temoigne, Robinson e todos os outros homens na prisão olhando para ela e pensando: *Ela está sem calcinha.* E se deu conta de que aquilo seria humilhante demais.

Dennis era esperto: tão esperto quanto o homem que havia colocado fogo no ginásio e estuprado Lisa, tão esperto quanto Steven...

– Você parece um pouco abalada – disse Robinson para ela. – Acho que odeia ratos ainda mais do que eu.

Ela se recompôs. Estava acabado. Ela não só tinha sobrevivido como não estava cega. *O que aconteceu de tão ruim?*, se perguntou. *Eu podia ter sido mutilada ou estuprada. Em vez disso, só perdi minha calcinha. Seja grata.*

– Eu estou bem, obrigada.

– Nesse caso, vou levá-la até a saída.

Os três deixaram a sala juntos.

Ao cruzarem a porta, Robinson disse:

– Vai pegar um esfregão, Pinker.

Dennis deu um sorriso para Jeannie, um sorriso longo e íntimo, como se fossem amantes que haviam passado a tarde inteira na cama. Em seguida, desapareceu prisão adentro. Jeannie ficou observando-o partir com um alívio imenso, revestido de uma repulsa incessante, porque ele estava com a calcinha dela no bolso. Será que ia dormir com a calcinha dela apertada contra o rosto, como uma criança com um ursinho de pelúcia? Ou ia enrolar em volta do pênis enquanto se masturbava, fingindo que estava transando com ela? O que quer que ele decidisse, ela se sentia fazendo parte daquilo a contragosto, tendo sua privacidade violada e sua liberdade comprometida.

Robinson a acompanhou até o portão principal e trocaram um aperto de mãos. Ela cruzou o estacionamento abafado até o Ford, pensando: *Que alegria vai ser ir embora deste lugar*. O que importava de verdade é que tinha uma amostra do DNA de Dennis.

Lisa estava ao volante e ligara o ar-condicionado para resfriar o carro. Jeannie se deixou afundar no banco do carona.

– Você parece abatida – comentou Lisa enquanto tirava o carro da vaga.

– Para no primeiro shopping que aparecer – pediu Jeannie.

– Claro. O que precisa comprar?

– Eu vou dizer – respondeu Jeannie –, mas você não vai acreditar.

CAPÍTULO DEZENOVE

D EPOIS DO ALMOÇO, Berrington foi até um bar numa região pouco movimentada e pediu um martíni.

A sugestão casual de assassinato feita por Jim Proust o deixara abalado. Berrington sabia que tinha feito papel de bobo agarrando Jim pela lapela e gritando com ele. Mas não lamentava. Pelo menos agora tinha certeza de que Jim sabia exatamente como ele se sentia.

Brigas não eram novidade para eles. Ele se lembrava da primeira grande crise entre os três, no início da década de 1970, quando estourou o escândalo do caso Watergate. Foi uma época terrível: o conservadorismo ficou desacreditado, os políticos defensores da lei e da ordem se revelaram desonestos e toda atividade clandestina, por mais bem-intencionada que fosse, passou de uma hora para outra a ser vista como uma conspiração inconstitucional.

Preston Barck tinha ficado apavorado e quis desistir da missão inteira. Jim Proust o chamou de covarde, insistiu irritado que não havia risco e propôs seguir em frente com um projeto conjunto entre CIA e Exército, talvez com maior sigilo. Ele sem dúvida estava pronto para matar qualquer jornalista investigativo que se intrometesse no que estavam fazendo. Foi Berrington quem sugeriu abrir uma empresa privada e se distanciar do governo. Agora, mais uma vez, cabia a ele encontrar uma saída para as dificuldades deles.

O lugar era melancólico e fresco. Uma televisão acima do bar exibia uma novela, mas o som estava bem baixo. O drinque gelado acalmou Berrington. A raiva que sentia de Jim foi evaporando gradualmente, e ele pôde concentrar seus pensamentos em Jeannie Ferrami.

O medo o levara a fazer uma promessa precipitada. Ele tinha sido inconsequente ao dizer a Jim e Preston que lidaria com Jeannie. Agora tinha que cumprir aquela obrigação imprudente. Precisava fazê-la parar de fazer perguntas sobre Steven Logan e Dennis Pinker.

Seria absurdamente difícil. Embora tivesse sido ele quem a contratara e conseguira uma bolsa para ela, não podia simplesmente lhe dar ordens: como dissera a Jim, a universidade não era o Exército. Ela trabalhava para a Jones Falls, e a Threeplex já havia concedido um ano de financiamento. A longo prazo, é claro, ele poderia facilmente cortar as asas dela; mas isso não bastava. Ela precisava ser detida imediatamente, dentro de um ou dois dias, antes que descobrisse o suficiente para acabar com todos eles.

Se acalma, pensou ele, *se acalma.*

O ponto fraco dela era o uso de bancos de dados médicos sem a permissão dos pacientes. Era o tipo de coisa que os jornais podiam transformar em um escândalo, não importava se a privacidade de alguém houvesse sido realmente invadida ou não. E as universidades morriam de medo de escândalos: eles provocavam um estrago na arrecadação de fundos.

Destruir um projeto científico tão promissor era uma tragédia. Ia contra tudo aquilo em que Berrington acreditava. Ele havia incentivado Jeannie, e agora precisava sabotá-la. Ela ficaria destroçada, e com razão. Ele disse a si mesmo que ela tinha genes ruins e que arrumaria problemas mais cedo ou mais tarde; mas, mesmo assim, preferia não ter que ser o motivo da derrocada dela.

Tentou não pensar no corpo de Jeannie. As mulheres sempre tinham sido seu ponto fraco. Nenhum outro vício o tentava: ele bebia com moderação, nunca jogava e não conseguia entender por que as pessoas usavam drogas. Amava a esposa, Vivvie, mas mesmo assim não tinha sido capaz de resistir à tentação de outras mulheres, e Vivvie acabou por deixá-lo por causa de seus casos. Agora, quando ele pensava em Jeannie, a imaginava passando os dedos pelos cabelos dele e dizendo: "Você tem sido muito bom pra mim. Devo tanto a você... Como posso mostrar minha gratidão?"

Pensamentos assim o deixavam constrangido. Ele deveria ser patrono e mentor dela, não tentar seduzi-la.

Além do desejo, ele sentia um ressentimento ardente. Ela ainda era uma garota, pelo amor de Deus: como havia se transformado em tamanha ameaça? Como uma jovem com um piercing no nariz poderia pôr Preston, Jim e ele em risco justo quando eles estavam à beira de concretizar suas ambições de toda uma vida? Era impensável que alguma coisa frustrasse os planos deles àquela altura: essa simples ideia o deixava zonzo de pânico. Quando não se imaginava fazendo amor com Jeannie, tinha fantasias em que a estrangulava.

Mesmo assim, estava relutante em jogar a opinião pública contra ela. Era difícil controlar a imprensa. Havia uma chance de que começassem investigando Jeannie e terminassem investigando ele mesmo. Seria uma estratégia perigosa. Mas não conseguia pensar em nenhuma outra além da sugestão insana de Jim envolvendo assassinato.

Esvaziou a taça. O barman perguntou se queria outro martíni, mas ele recusou. Olhou ao redor e viu um telefone público perto do banheiro masculino. Foi até lá e ligou para o escritório de Jim. Um dos jovenzinhos impetuosos de Jim atendeu:

– Gabinete do senador Proust.

– Aqui quem fala é Berrington Jones...

– Lamento, mas o senador está em uma reunião no momento.

Ele realmente precisava ensinar seus assistentes a serem um pouco mais simpáticos, pensou Berrington.

– Então vamos ver se a gente tem como evitar interrompê-lo – disse. – Ele tem algum compromisso com a imprensa hoje à tarde?

– Não sei. O senhor poderia me dizer por que precisa dessa informação?

– Não, rapazinho, não posso – respondeu Berrington, exasperado. Assistentes presunçosos eram a maldição do Capitólio. – Você pode ou responder à minha pergunta, ou colocar Jim Proust na linha, ou perder seu maldito emprego. Qual das opções vai ser?

– Um momento, por favor.

Houve uma longa espera. Berrington refletiu que esperar que Jim ensinasse seus assessores a serem simpáticos era como esperar que um chimpanzé ensinasse bons modos a seus filhotes. O estilo do chefe se irradiava pela equipe: uma pessoa mal-educada tinha sempre funcionários grosseiros.

Uma nova voz surgiu ao telefone:

– Professor Jones, daqui a quinze minutos o senador vai comparecer a uma coletiva de imprensa para o lançamento do livro do congressista Dinkey, *Uma nova esperança para a América*.

Aquilo era simplesmente perfeito.

– Onde vai ser?

– No Hotel Watergate.

– Informe ao Jim que eu irei até lá e inclua o meu nome na lista de convidados, por favor.

Berrington desligou sem esperar a resposta.

Saiu do bar e pegou um táxi em direção ao hotel. Aquilo precisaria ser orquestrado com delicadeza. Manipular a mídia era muito arriscado: um bom repórter poderia enxergar para além da história mais óbvia e questionar os motivos de ela estar sendo plantada. Mas, sempre que pensava nos riscos, ele se lembrava das recompensas e se tranquilizava.

Berrington encontrou a sala onde seria realizada a coletiva de imprensa.

Seu nome não estava na lista – assistentes presunçosos nunca eram eficientes –, mas o assessor de comunicação da editora o reconheceu e o convidou a entrar, sabendo que seria uma atração adicional para as câmeras. O acadêmico ficou feliz por estar vestindo sua camisa listrada da Turnbull & Asser, que lhe dava um ar muito elegante nas fotos.

Ele pegou um copo d'água e observou a sala. Havia um pequeno púlpito em frente a uma ampliação da capa do livro e uma pilha de *press releases* em uma mesa lateral. As equipes de TV estavam ajustando a iluminação. Berrington viu um ou dois repórteres que conhecia, mas nenhum em quem confiasse de verdade.

No entanto, eles não paravam de chegar. Perambulou pela sala batendo papo, de olho na porta. A maioria dos jornalistas o conhecia – ele era uma pequena celebridade. Não tinha lido o livro, mas Dinkey era partidário de uma agenda tradicionalista de direita que era uma versão mais branda da defendida por Berrington, Jim e Preston, de forma que Berrington afirmou com satisfação aos repórteres que endossava a mensagem do livro.

Pouco depois das três, Jim chegou com Dinkey. Bem atrás deles estava Hank Stone, um veterano do *New York Times*. Careca, nariz avermelhado, a barriga caindo por cima da calça, gola desabotoada, nó da gravata frouxo, sapatos marrons gastos, ele era sem dúvida o sujeito de aparência mais desleixada entre toda a equipe de imprensa que cobria a Casa Branca.

Berrington ficou se perguntando se Hank serviria.

Ninguém sabia a posição política de Hank. Berrington tinha sido apresentado a ele quando Hank escreveu um artigo sobre a Threeplex quinze ou vinte anos atrás. Desde que conseguiu o emprego em Washington, havia escrito uma ou duas vezes sobre as ideias de Berrington e várias sobre as de Jim Proust. Ele os abordava do ponto de vista sensacionalista, não do intelectual, como os jornais inevitavelmente faziam, mas nunca de forma moralista, daquele jeito hipócrita que os jornalistas liberais costumavam fazer.

Hank avaliava uma dica de matéria pelos próprios méritos: se achasse que daria uma boa história, ele escrevia. Mas dava para confiar que ele não ia se aprofundar além da conta? Berrington não sabia.

Ele cumprimentou Jim e apertou a mão de Dinkey. Conversaram por alguns minutos enquanto Berrington procurava uma alternativa melhor. Mas não apareceu nenhuma e a coletiva começou.

Berrington assistiu às apresentações, contendo sua impaciência. Não havia tempo suficiente. Mais alguns dias e poderia encontrar alguém melhor do que Hank, mas ele não tinha alguns dias: tinha algumas horas. E um encontro aparentemente fortuito como aquele era muito menos suspeito do que marcar um almoço com um jornalista.

Quando o evento terminou, ainda não havia ninguém melhor do que Hank à vista.

Enquanto os jornalistas se dispersavam, Berrington o cercou.

– Hank, que bom te ver aqui. Acho que tenho uma história pra você.

– Que ótimo!

– É sobre o uso indevido de informações médicas em bancos de dados.

Ele fez uma careta.

– Não é bem o meu tipo de coisa, Berry, mas continue.

Berrington gemeu por dentro: Hank não parecia estar muito receptivo. Ele prosseguiu, usando todo o seu carisma:

– Acho que é o seu tipo de coisa *sim*, porque você vê potencial nas coisas que um repórter comum deixa passar.

– Bom, quem sabe...

– Em primeiro lugar, não estamos tendo esta conversa.

– Isso é um pouco mais promissor.

– Em segundo lugar, você pode até se perguntar por que estou lhe contando esta história, mas não pode me questionar.

– Cada vez melhor – disse Hank, sem prometer nada.

Berrington decidiu não forçar ainda mais a barra.

– Na Universidade Jones Falls, no departamento de psicologia, tem uma jovem pesquisadora chamada Dra. Jean Ferrami. Em sua busca por participantes adequados para um estudo, ela faz uma varredura em grandes bancos de dados médicos sem a permissão das pessoas cujos registros estão nos arquivos.

Hank coçou seu nariz avermelhado.

– Isso é uma história sobre computadores ou sobre ética científica?

– Não sei. O jornalista é você.

Hank não pareceu muito empolgado.

– Não é bem um furo.

Não começa a se fazer de difícil, seu idiota. Berrington tocou o braço de Hank em um gesto amigável.

– Me faça uma gentileza: entra em contato com as pessoas – disse ele de forma persuasiva. – Ligue pro reitor da universidade. O nome dele é Maurice Obell. Ligue pra Dra. Ferrami. Fale pra eles que isso dá uma boa reportagem e veja o que vão dizer. Aposto que você vai obter algumas reações interessantes.

– Não sei.

– Prometo, Hank, que vai valer a pena.

Diz que sim, seu filho da puta. Diz que sim!

Hank hesitou e então disse:

– Ok, vou dar uma sondada.

Berrington tentou esconder sua satisfação por trás de uma expressão de pesar, mas não pôde conter um sorrisinho de triunfo.

Hank percebeu, e uma expressão de desconfiança tomou conta do rosto dele.

– Você não está tentando me usar, está, Berry? Tipo, pra assustar alguém, talvez?

Berrington deu um sorriso e colocou um braço nos ombros do repórter.

– Hank – disse ele –, confie em mim.

CAPÍTULO VINTE

Jeannie comprou um pacote com três calcinhas brancas de algodão na Walgreens de um shopping nos arredores de Richmond. Vestiu uma delas no banheiro feminino do Burger King ao lado. Só aí, então, ela se sentiu melhor.

Era estranho como se sentira indefesa sem calcinha. Mal conseguia pensar em outra coisa. No entanto, quando estava apaixonada por Will Temple, gostava de sair sem calcinha. Isso a fazia se sentir sexy o tempo todo. Sentada na biblioteca, trabalhando no laboratório ou apenas andando pela rua, ela fantasiava que Will aparecia de surpresa, em um rompante de paixão, dizendo "Não tenho muito tempo, mas preciso possuir você agora, bem aqui", e ela estava pronta para ele. Sem ninguém em sua vida, porém, ela precisava de roupa íntima tanto quanto precisava de sapatos.

Devidamente vestida, voltou para o carro. Lisa dirigiu até o aeroporto de Richmond, onde elas devolveram o carro alugado e pegaram o voo de volta para Baltimore.

A chave do mistério deve estar no hospital onde Dennis e Steven nasceram, pensou Jeannie enquanto decolavam. De alguma forma, gêmeos idênticos foram parar nos braços de mães diferentes. Era um cenário de conto de fadas, mas deveria ter acontecido algo do gênero.

Ela pegou os papéis em sua pasta e conferiu os dados pessoais dos dois. A data de nascimento de Steven era 25 de agosto. Para seu horror, descobriu que a de Dennis era 7 de setembro, quase duas semanas depois.

– Deve haver algum engano – disse ela. – Não sei por que não conferi isso antes.

Mostrou a Lisa os documentos conflitantes.

– Podemos verificar de novo – sugeriu Lisa.

– Algum dos nossos questionários pergunta em qual hospital o participante nasceu?

Lisa deu uma risada irônica.

– Acho que não incluímos essa pergunta.

– Deve ter sido num hospital militar. O coronel Logan é do Exército e, supostamente, o "Major" ainda era um militar na época em que Dennis nasceu.

– Depois a gente confirma.

Lisa não sentia a mesma impaciência que Jeannie. Para ela, era só mais um projeto de pesquisa. Para Jeannie, era tudo.

– Eu queria ligar logo – afirmou ela. – Tem telefone neste avião?

Lisa franziu a testa.

– Você está pensando em ligar pra mãe do Steven?

Jeannie percebeu o tom de reprovação na voz de Lisa.

– Sim. Por que eu não ligaria?

– Ela sabe que ele está preso?

– Verdade. Não sei. Droga. Não cabe a mim dar essa notícia.

– Pode ser que ele já tenha ligado pra casa.

– Talvez eu vá ver o Steven na prisão. Isso é permitido, não é?

– Acho que sim. Mas pode ser que eles tenham horários de visita, como nos hospitais.

– Prefiro aparecer sem avisar e torcer pra que dê certo. De qualquer forma, posso ligar pros Pinkers. – Acenou para uma comissária de bordo que passava. – Tem telefone neste avião?

– Não tem, sinto muito.

– Que pena.

A comissária deu um sorriso.

– Não está lembrando de mim, Jeannie?

Jeannie olhou para ela de verdade pela primeira vez e a reconheceu imediatamente.

– Penny Watermeadow! – exclamou. Penny havia feito doutorado em língua inglesa em Minnesota junto com Jeannie. – Como você está?

– Ótima. E você? O que tem feito?

– Eu estou na Jones Falls, num projeto de pesquisa que está enfrentando alguns problemas. Achei que você estivesse buscando um emprego acadêmico.

– Eu estava, mas não consegui nenhum.

Jeannie se sentiu constrangida por ter tido sucesso, enquanto sua amiga havia fracassado.

– Que coisa chata.

– Estou feliz agora. Eu gosto do meu trabalho, e paga melhor que a maioria das faculdades.

Jeannie não acreditou nela. Era chocante ver uma mulher com doutorado trabalhando como aeromoça.

– Sempre achei que você seria uma ótima professora.

– Eu dei aula num colégio por um tempo. Fui esfaqueada por um aluno que discordou de mim sobre Macbeth. Me perguntei por que estava fazendo aquilo, arriscando a vida pra ensinar Shakespeare a crianças que mal podiam esperar pra voltar pras ruas e roubar dinheiro pra comprar crack.

Jeannie se lembrou do nome do marido de Penny.

– Como está o Danny?

– Muito bem. Ele virou gerente regional de vendas. Precisa viajar muito, mas vale a pena.

– Bem, foi bom ver você de novo. Está morando em Baltimore?

– Em Washington, D.C.

– Me dá seu telefone. Vou ligar pra você.

Jeannie estendeu uma caneta e Penny escreveu seu número em uma das pastas de Jeannie.

– Vamos sair pra almoçar – disse Penny. – Vai ser divertido.

– Com certeza.

Penny se afastou.

– Ela parece brilhante – comentou Lisa.

– É inteligentíssima. Estou horrorizada. Não tem nada de errado em ser comissária, mas é meio como que jogar fora 25 anos de estudos.

– Você vai ligar pra ela?

– De jeito nenhum. Ela está em negação. Só vou fazê-la se lembrar do que almejava. Seria uma tortura.

– Talvez. Sinto muito por ela.

– Eu também.

Assim que o avião aterrissou, Jeannie procurou um telefone público e ligou para os Pinkers em Richmond, mas a linha estava ocupada.

– Droga – choramingou. Esperou cinco minutos e tentou de novo, mas ouviu o mesmo tom irritante. – Charlotte deve estar ligando pra família violenta dela pra contar pra todo mundo sobre a nossa visita. Vou tentar mais tarde.

O carro de Lisa estava no estacionamento. Ela dirigiu até a cidade e deixou Jeannie em casa. Antes de descer do carro, Jeannie disse:

– Posso pedir um grande favor?

– Pode. Mas não garanto que eu vá fazer – respondeu Lisa com um sorriso.

– Começa a extração do DNA ainda hoje.

Seu queixo caiu.

– Ah, Jeannie, a gente passou o dia todo fora. Eu tenho que fazer compras pro jantar...

– Eu sei. E eu tenho que ir ver o Steven. Vamos nos encontrar no laboratório mais tarde, tipo umas nove horas?

– Ok. – Lisa deu um sorriso. – Estou curiosa pra saber o que o teste vai dizer.

– Se a gente começar hoje à noite, pode ser que tenha um resultado depois de amanhã.

Lisa pareceu cética.

– Pegando alguns atalhos, sim.

– Boa, garota!

Jeannie desceu do carro e Lisa partiu.

Ela teve vontade de pegar o carro na mesma hora e ir até o departamento de polícia, mas achou melhor ver primeiro como o pai estava, então entrou em casa.

Ele estava vendo *Roda a roda* na televisão.

– Oi, Jeannie. Você chegou tarde – disse.

– Estava trabalhando e ainda não acabei. Como foi o seu dia?

– Um pouco chato, aqui sozinho.

Jeannie sentiu pena dele. Ele parecia não ter amigos. No entanto, estava com uma aparência muito melhor que na véspera. Estava limpo, descansado e de barba feita. Tinha esquentado uma pizza congelada para o almoço: a louça suja estava na bancada da cozinha. Ela esteve prestes a perguntar quem ele achava que ia pôr os pratos no lava-louça, mas se conteve.

Ela largou a pasta e começou a arrumar a cozinha. Ele não desligou a TV.

– Fui a Richmond, na Virgínia – contou ela.

– Que legal, querida. O que tem pro jantar?

Não, pensou ela, *isso não pode continuar. Ele não vai me tratar como tratava a mamãe.*

– Por que você não prepara alguma coisa? – perguntou ela.

Aquilo captou a atenção dele. Ele tirou os olhos da TV para olhar para ela.

– Eu não sei cozinhar!

– Nem eu, pai.

Ele franziu a testa e deu um sorriso.

– Então vamos sair pra comer fora!

A expressão no rosto dele era assustadoramente familiar. Jeannie voltou vinte anos no tempo. Ela e Patty vestiam calças boca de sino. O pai ainda tinha cabelo escuro e costeletas. Ela o visualizou dizendo: "Vamos ao parque de diversões! Quem quer algodão-doce? Já pro carro!" Ele era o homem mais maravilhoso do mundo. Então sua memória avançou dez anos. Ela estava de calça jeans preta e coturnos Doc Martens, e o cabelo do pai estava mais curto e grisalho, e ele dizia: "Vou levar você até Boston com a sua mudança. Eu arrumo uma van, assim a gente vai ter a oportunidade de passar um tempo juntos. A gente come fast-food na estrada, vai ser muito divertido! Esteja pronta às dez!" Ela esperou o dia inteiro, mas ele não apareceu, e no dia seguinte ela pegou um ônibus.

Agora, vendo o mesmo brilho de "Vamos nos divertir!" nos olhos dele, ela desejou de todo o coração que pudesse ter 9 anos novamente para acreditar em cada palavra que ele dizia. Mas era adulta, então perguntou:

– Quanto dinheiro você tem?

Ele fechou a cara.

– Não tenho nada, eu te disse.

– Nem eu. Portanto, não podemos comer fora. – Ela abriu a geladeira. Tinha uma alface, algumas espigas de milho, um limão, uma embalagem de costeletas de cordeiro, um tomate e uma embalagem de arroz pela metade. Ela pegou tudo aquilo e colocou na bancada. – Tenho uma sugestão – continuou. – Teremos milho cozido com manteiga derretida de entrada, seguido por costeletas de cordeiro com raspas de limão, acompanhadas de salada e arroz, e sorvete de sobremesa.

– Bem, isso é ótimo!

– Você pode ir começando enquanto eu estiver fora.

Ele se levantou e olhou para a comida que ela havia tirado da geladeira. Ela pegou a pasta.

– Volto pouco depois das dez.

– Eu não sei preparar essas coisas! – reclamou ele, erguendo uma espiga de milho.

Ela tirou um livro de receitas da prateleira acima da geladeira e entregou a ele.

– Dá uma olhada aqui – disse.

Depois, deu-lhe um beijo no rosto e saiu.

Enquanto entrava no carro e se dirigia ao centro da cidade, perguntou-se se não teria sido cruel demais. Ele era de uma geração mais velha, e as regras eram diferentes no tempo dele. Mesmo assim, não poderia ser sua empregada, por mais que quisesse: tinha um emprego a zelar. Ao oferecer-

-lhe um lugar onde dormir à noite, já estava fazendo por ele mais do que ele havia feito por ela durante a maior parte da vida. Apesar disso, desejou ter saído de casa com um clima mais feliz. Ele era desajustado, mas era o único pai que tinha.

Jeannie parou o carro em um estacionamento e cruzou a pé o distrito da luz vermelha até o departamento de polícia. O saguão de entrada era chique, com bancos de mármore e um mural retratando cenas da história de Baltimore. Ela disse à recepcionista que queria ver Steven Logan, que estava sob custódia. Esperava ter que dar maiores explicações, mas depois de alguns minutos de espera uma jovem policial apareceu e a acompanhou para dentro do prédio, rumo ao elevador.

Ela foi levada até uma sala do tamanho de um closet. Não havia nada ali, exceto por uma pequena janela na parede na altura do rosto e um alto-falante abaixo dela. A janela dava para outra cabine semelhante. Não era possível passar nada de um cômodo para o outro sem fazer um buraco na parede.

Ficou olhando pela janela. Depois de uns cinco minutos, Steven foi trazido. Quando entrou na cabine, ela reparou que estava algemado e os pés estavam acorrentados, como se fosse perigoso. Ele andou até o vidro e olhou através dele. Quando a reconheceu, abriu um enorme sorriso.

– Que surpresa maravilhosa! – disse ele. – Na verdade, foi a única coisa boa que me aconteceu o dia todo.

Apesar do jeito alegre, ele tinha uma aparência péssima, de tensão e cansaço.

– Como você está? – perguntou ela.

– Meio derrubado. Eles me colocaram em uma cela com um assassino que está em abstinência de crack. Estou com medo de dormir.

Ela ficou consternada por ele. Lembrou a si mesma que provavelmente era o homem que tinha estuprado Lisa. Mas não conseguia acreditar.

– Quanto tempo você acha que vai ficar aqui?

– Tenho uma audiência de fiança amanhã com um juiz. Se ela não for concedida, posso ficar preso até que saia o resultado do teste de DNA. Aparentemente, isso leva três dias.

A menção ao DNA a fez lembrar do propósito da visita dela.

– Eu vi seu irmão gêmeo hoje.

– E?

– Não tem dúvida. Ele é idêntico a você.

– Talvez *ele* tenha estuprado Lisa Hoxton.

Jeannie fez que não a cabeça.

– Se ele tivesse fugido da cadeia no fim de semana, sim. Mas ele ainda está preso.

– Você acha que ele pode ter escapado e depois voltado? Pra ter um álibi?

– Isso é fantasioso demais. Se o Dennis saísse da cadeia, nada o faria voltar.

– Acho que tem razão – disse Steven em tom sombrio.

– Tenho algumas perguntas pra você.

– Pode mandar.

– Primeiro, preciso confirmar de novo sua data de nascimento.

– Dia 25 de agosto.

Era o que Jeannie havia anotado. Talvez ela tivesse errado a data de Dennis.

– E por acaso você sabe onde nasceu?

– Sim. Meu pai trabalhava em Fort Lee, Virgínia, na época, e eu nasci no hospital militar de lá.

– Tem certeza?

– Tenho. Mamãe escreveu sobre isso no meu *Livro do bebê*. – Ele estreitou os olhos, em um gesto que estava se tornando familiar para ela. Aquilo significava que ele estava tentando adivinhar o que ela estava pensando. – Onde o Dennis nasceu?

– Não sei ainda.

– Mas fazemos aniversário no mesmo dia?

– Infelizmente, ele diz que nasceu em 7 de setembro. Mas pode ser um erro. Vou conferir novamente. Vou ligar pra mãe dele assim que voltar pro meu escritório. Você já falou com os seus pais?

– Não.

– Quer que eu ligue pra eles?

– Não! Por favor. Não quero que eles saibam até que eu possa dizer que fui inocentado.

Ela franziu a testa.

– Pelo que me contou sobre eles, parecem ser o tipo de pessoa que lhe daria apoio.

– Sim. Mas não quero fazê-los passarem por essa agonia.

– Sem dúvida seria doloroso para eles. Mas talvez preferissem saber, pra poderem ajudar.

– Não. Por favor, não liga pra eles.

Jeannie deu de ombros. Havia alguma coisa que não estava contando a ela. Mas a decisão cabia a ele.

– Jeannie... como ele é?

– O Dennis? Superficialmente, igual a você.

– Ele tem cabelo comprido, cabelo curto, bigode, unhas sujas, espinhas, manca de uma perna...?

– O cabelo dele é curto como o seu, não tem barba nem bigode, as mãos são limpas e a pele, sem manchas. Poderia ser você.

– Jesus! – exclamou Steven, parecendo extremamente desconfortável.

– A grande diferença está no comportamento. Ele não sabe como se relacionar com o restante da espécie humana.

– Isso é muito esquisito.

– Não acho. Na verdade, isso confirma a minha teoria. Vocês dois foram o que eu chamo de "crianças selvagens". Roubei esse termo de um filme francês. Eu o uso para descrever o tipo de criança que é destemida, incontrolável, hiperativa. Crianças assim são muito difíceis de serem socializadas. Charlotte Pinker e o marido dela fracassaram nisso com Dennis. Seus pais tiveram sucesso com você.

Isso não o deixou mais tranquilo.

– Mas, no fundo, Dennis e eu somos iguais.

– Vocês dois nasceram selvagens.

– Mas eu tenho um leve verniz de civilização.

Ela pôde notar que ele estava profundamente perturbado.

– Por que isso incomoda tanto você?

– Quero pensar em mim como um ser humano, não como um gorila domesticado.

Ela riu, apesar da expressão séria dele.

– Gorilas também precisam ser socializados. Assim como todos os animais que vivem em grupo. É daí que vem a ideia de crime.

– Da vida em grupo? – perguntou ele, parecendo interessado.

– Isso. Um crime é uma violação de uma regra social importante. Animais solitários não têm regras. Um urso pode destruir a toca de outro urso, roubar a comida dele, matar os filhotes. Lobos não fazem esse tipo de coisa: se fizessem, não conseguiriam viver em matilhas. Os lobos são monogâmicos, cuidam dos filhotes uns dos outros e respeitam o espaço alheio. Se um indivíduo quebra as regras, ele é punido; se ele reincide, ou é expulso da matilha ou é morto.

– E quando alguém quebra uma regra social sem importância?

– Tipo peidar no elevador? Chamamos isso de falta de educação. A única punição é a reprovação alheia. Mas é incrível como ela é eficaz.

– Por que você está tão interessada em pessoas que quebram as regras?

Ela pensou no pai. Não sabia se tinha os genes criminosos dele ou não. Saber que ela também estava preocupada com sua herança genética poderia ter feito bem a Steven. Mas ela mentira sobre o pai por tanto tempo que não era assim tão fácil falar sobre ele.

– É uma questão muito relevante – disse ela de modo evasivo. – Crimes interessam a todo mundo.

A porta atrás dela se abriu e a jovem policial olhou para dentro.

– Acabou o tempo, Dra. Ferrami.

– Ok – disse ela por sobre o ombro. – Steven, você sabia que Lisa Hoxton é a minha melhor amiga em Baltimore?

– Não, não sabia.

– Nós trabalhamos juntas. Ela cuida da parte técnica.

– Como ela é?

– Ela não é o tipo de pessoa que faria uma acusação impensada.

Ele assentiu.

– Mesmo assim, quero que saiba que não acredito que você tenha feito isso.

Por um momento ela achou que ele fosse chorar.

– Obrigado – disse ele com voz rouca. – Você não sabe quanto isso significa pra mim.

– Me liga quando for libertado. – Ela ditou para ele o número do seu telefone de casa. – Vai conseguir se lembrar dele?

– Com certeza.

Jeannie estava relutante em sair. Deu a ele o que esperava ser um sorriso encorajador.

– Boa sorte.

– Obrigado. Aqui eu preciso mesmo de sorte.

Ela se virou e saiu.

A policial a acompanhou até o saguão. Estava começando a anoitecer quando ela voltou ao estacionamento. Pegou a via expressa Jones Falls e acendeu os faróis do velho Mercedes. Seguindo para o norte, estava dirigindo rápido demais, ansiosa para chegar à universidade. Ela sempre dirigia muito rápido. Era uma motorista habilidosa, mas um tanto imprudente, ela sabia. Mas não tinha paciência para andar a 90 por hora.

O Honda Accord branco de Lisa já estava estacionado em frente ao Hospício. Jeannie parou seu carro ao lado do dela e entrou. Lisa tinha acabado de acender as luzes do laboratório. A caixa térmica contendo a amostra de sangue de Dennis Pinker estava sobre a bancada.

A sala de Jeannie ficava no final do corredor. Ela abriu a porta passando o cartão de plástico pelo leitor e entrou. Sentada à mesa, ligou para a casa dos Pinkers, em Richmond.

– Finalmente! – disse quando ouviu chamar.

Foi Charlotte quem atendeu.

– Como o meu filho está? – perguntou ela.

– Ele está bem de saúde – respondeu Jeannie. *Quase não parecia que é um psicopata*, pensou, *até me apontar uma faca e roubar minha calcinha*. Tentou pensar em algo positivo para dizer. – Ele colaborou muito bem.

– Sempre teve bons modos – disse Charlotte no sotaque sulista que usava para suas declarações mais afrontosas.

– Sra. Pinker, posso confirmar a data de nascimento dele com você?

– Ele nasceu no dia 7 de setembro – respondeu ela toda orgulhosa.

Não era a resposta que Jeannie esperava.

– Em qual hospital?

– Estávamos em Fort Bragg, na Carolina do Norte, na época.

Jeannie conteve um palavrão de decepção.

– O Major estava treinando recrutas para o Vietnã – explicou Charlotte, vaidosa. – O Comando Militar de Medicina tem um grande hospital em Bragg. Foi lá que Dennis veio ao mundo.

Jeannie não conseguiu pensar em mais nada para falar. O mistério era mais complexo do que nunca.

– Sra. Pinker, obrigada mais uma vez por sua gentil cooperação.

– De nada.

Ela voltou ao laboratório e falou com Lisa:

– Aparentemente, o Steven e o Dennis nasceram com treze dias de diferença, e em estados diferentes. Eu simplesmente não consigo entender.

Lisa abriu uma caixa de tubos de ensaio novos.

– Bem, existe um teste incontestável. Se eles têm o mesmo DNA, são gêmeos idênticos, não importa o que alguém diga sobre o nascimento deles.

Lisa pegou dois pequenos tubos de vidro de apenas alguns centímetros de comprimento. Cada um tinha uma tampa na parte superior e uma parte inferior cônica. Ela abriu um pacote de etiquetas, escreveu "Dennis Pinker" em uma e "Steven Logan" na outra, depois etiquetou os tubos e os colocou em um suporte.

Quebrou o selo do frasco de sangue de Dennis e colocou uma única gota em um tubo de ensaio. Em seguida, tirou o frasco com sangue de Steven de um refrigerador e fez o mesmo. Usando uma pipeta de precisão, acrescentou a quantidade exata de clorofórmio em cada tubo de ensaio. Depois pegou uma outra pipeta e acrescentou a quantidade exata de fenol.

Tampou os dois tubos de ensaio e os colocou na centrífuga por alguns segundos. O clorofórmio dissolveria as gorduras e o fenol romperia as proteínas, mas as longas moléculas espiraladas do ácido desoxirribonucleico permaneceriam intactas.

Lisa pôs os tubos de volta no suporte.

– Isso é tudo que podemos fazer pelas próximas horas – disse ela.

O fenol dissolvido em água se separaria lentamente do clorofórmio. Um menisco se formaria no limite entre os dois. O DNA ficaria na parte aquosa, que poderia ser retirada com uma pipeta para a etapa seguinte do teste. Mas seria preciso esperar até de manhã.

Um telefone tocou em algum lugar. Jeannie franziu a testa: parecia que vinha de sua sala. Ela cruzou o corredor e pegou o fone.

– Sim?

– É a Dra. Ferrami?

Jeannie odiava que pessoas ligassem e perguntassem o seu nome sem se apresentar. Era como bater na porta da casa de alguém e indagar: "Quem diabos é você?" Ela reprimiu uma resposta sarcástica e disse:

– Sim, Jeannie Ferrami. Quem fala, por favor?

– Naomi Freelander, do *New York Times*. – Ela soava como uma fumante inveterada na casa dos 50. – Tenho algumas perguntas para você.

– A esta hora da noite?

– Eu trabalho a qualquer hora. Parece que você também.

– Por que está me ligando?

– Estou fazendo uma pesquisa para uma matéria sobre ética científica.

– Ah. – Jeannie pensou na mesma hora no fato de Steven não saber que podia ter sido adotado. Aquilo era uma questão ética, mas era contornável; o *New York Times* com certeza sabia disso. – Qual é o seu interesse?

– Estou sabendo que você faz varreduras em bancos de dados médicos em busca de participantes adequados para um estudo.

– Ah, certo. – Jeannie relaxou. Ela não tinha nada com que se preocupar a esse respeito. – Bem, eu desenvolvi um mecanismo de busca que analisa os dados em busca de correspondências. Meu objetivo é encontrar gêmeos idênticos. Ele pode ser usado em qualquer tipo de banco de dados.

– Mas você obteve acesso a históricos médicos para usar esse programa.

– É importante definir o que você entende por acesso. Tive o cuidado de não invadir a privacidade de ninguém. Eu nunca vejo as informações médicas das pessoas. O programa não imprime os históricos.

– O que ele imprime?

– Os nomes dos dois indivíduos, seus endereços e números de telefone.

– Mas ele imprime os nomes em pares.

– Claro, o objetivo é esse.

– Então, se você usa o programa, digamos, em um banco de dados de eletroencefalogramas, ele diz que as ondas cerebrais de fulano são iguais às de beltrano?

– Iguais ou semelhantes. Mas isso não me diz nada sobre a saúde de nenhum dos dois.

– No entanto, se você souber de antemão que o fulano sofre de esquizofrenia paranoide, seria capaz de presumir que o beltrano também sofre.

– Mas nunca sabemos nada de antemão.

– Pode ser que você conheça o fulano.

– Como?

– Ele pode ser zelador do seu prédio, algo assim.

– Ah, por favor!

– É possível.

– É *essa* a sua pauta?

– Talvez.

– Certo, em teoria é possível, mas a probabilidade é tão pequena que qualquer pessoa razoável a desconsideraria.

– Há controvérsias.

A repórter parecia determinada a enxergar um abuso, independentemente dos fatos, e Jeannie começou a ficar preocupada. Já tinha problemas suficientes sem nenhum maldito jornal no pé dela.

– Qual é o grau de concretude disso? – perguntou. – Você encontrou de fato alguém que sinta ter tido a privacidade violada?

– Estou interessada na potencialidade.

Jeannie teve um estalo.

– Quem sugeriu que você me ligasse, afinal?

– Por que a pergunta?

– Pela mesma razão pela qual você está me fazendo perguntas. Eu gostaria de saber a verdade.

– Não posso revelar.

– Interessante – disse Jeannie. – Eu falei com você abertamente sobre a minha pesquisa e os meus métodos. Não tenho nada a esconder. Mas você não pode dizer o mesmo. Parece estar, digamos, *envergonhada*. Tem vergonha da forma como ficou sabendo do meu projeto?

– Não tenho vergonha de nada – rebateu a repórter.

Jeannie começou a ficar irritada. *Quem essa mulher acha que é?*

– Bem, alguém está com vergonha. Caso contrário, por que não me diz quem é ele? Ou ela?

– Tenho que proteger minhas fontes.

– De quê? – Jeannie sabia que deveria parar. Ninguém ganhava nada confrontando a imprensa. Mas a postura da mulher era insuportável. – Como já expliquei, não há nada de errado com os meus métodos e eles não ameaçam a privacidade de ninguém. Então, por que a sua fonte precisa ser tão sigilosa?

– As pessoas têm seus motivos...

– Está parecendo que o seu informante tinha más intenções, não é mesmo?

Ao mesmo tempo que dizia essas palavras, Jeannie pensava: *Por que alguém ia querer fazer isso comigo?*

– Não posso comentar.

– Não pode comentar, é? – repetiu ela sarcasticamente. – Vou decorar essa frase.

– Dra. Ferrami, eu gostaria de agradecer pela sua colaboração.

– Não há de quê – disse Jeannie e desligou.

Ficou olhando para o aparelho de telefone por um bom tempo.

– Que porra foi essa que acabou de acontecer? – ela se perguntou em voz alta.

QUARTA-FEIRA

CAPÍTULO VINTE E UM

B ERRINGTON JONES DORMIU mal.
Ele passou a noite com Pippa Harpenden. Pippa era secretária do departamento de física, e vários professores, muitos deles casados, já a haviam chamado para sair, mas Berrington foi o único a quem ela disse sim. Ele tinha se vestido com elegância, a levara a um restaurante intimista e pedira um vinho refinado. Deleitara-se com os olhares de inveja dos homens da idade dele jantando com suas esposas velhas e feias. Levara-a para casa, acendera velas, vestira um pijama de seda e fizera amor com ela lentamente até ela quase perder o fôlego de prazer.

Mas ele acordou às quatro da manhã e pensou em todas as coisas que poderiam dar errado com seu plano. Tinha visto Hank Stone se esbaldando com o vinho barato da editora durante o evento: poderia ter esquecido de toda a conversa que tivera com Berrington. Caso se lembrasse, os editores do jornal ainda assim poderiam decidir não correr atrás da história. Poderiam fazer algumas perguntas e perceber que não havia nada de muito errado com o que Jeannie estava fazendo. Ou poderiam simplesmente avançar bem devagar e começar a examinar aquilo na semana seguinte, quando seria tarde demais.

Ele já estava se remexendo e se revirando havia algum tempo quando Pippa murmurou:

– Você está bem, Berry?

Ele acariciou seus longos cabelos louros, e ela fez ruídos sonolentos e encorajadores. Fazer amor com uma mulher bonita em geral servia de consolo para os problemas, independentemente do tamanho deles, mas, naquele momento, ele sabia que isso não iria funcionar. Havia muito em que pensar. Teria sido um alívio conversar com Pippa sobre suas questões – ela era inteligente e seria compreensiva e acolhedora –, mas ele não podia revelar aqueles segredos a ninguém.

Depois de um tempo, ele se levantou e saiu para correr. Quando voltou, ela havia ido embora, deixando um bilhete de agradecimento embrulhado em uma diáfana meia de náilon preta.

A empregada chegou poucos minutos antes das oito e preparou uma omelete para ele. Marianne era uma garota magra e agitada da Martinica, nas Antilhas francesas. Ela falava pouca coisa de inglês e tinha pavor de ser mandada de volta para casa, o que a tornava muito obediente. Era bonita, e Berrington achava que, se ele a mandasse chupá-lo, ela acreditaria que aquilo fazia parte de seus deveres como funcionária da universidade. Ele não fez isso, é claro: dormir com a criadagem não era do seu feitio.

Ele tomou banho, fez a barba e vestiu um terno cinza-escuro com uma leve risca de giz, uma camisa branca e uma gravata preta com pequenos pontos vermelhos, para dar maior impressão de autoridade. Colocou abotoaduras de ouro com monograma, dobrou um lenço de linho branco no bolso do peito e lustrou as biqueiras de seus Oxfords pretos até que estivessem brilhando.

Foi de carro para o campus, entrou em sua sala e ligou o computador. Como a maioria dos acadêmicos incensados, ele ensinava muito pouco. Ali na Jones Falls dava uma aula por ano. Seu papel era dirigir e supervisionar as pesquisas dos cientistas do departamento e agregar o prestígio do seu nome aos artigos que eles escreviam. Mas, naquela manhã, ele não conseguia se concentrar em nada, então se aproximou da janela e ficou vendo quatro jovens disputarem uma enérgica partida de duplas na quadra de tênis enquanto esperava o telefone tocar.

Não foi preciso esperar muito tempo.

Às nove e meia o reitor da Jones Falls, Maurice Obell, ligou.

– Estamos com um problema – disse ele.

Berrington ficou tenso.

– O que houve, Maurice?

– Uma vadia do *New York Times* acabou de me ligar. Ela alega que alguém do seu departamento está invadindo a privacidade das pessoas. Uma tal de Dra. Ferrami.

Graças a Deus, pensou Berrington com júbilo. *Hank Stone passou a história adiante!*

– Estava com medo de que algo assim acontecesse – disse em um tom de voz solene. – Estou indo aí.

Desligou e ficou sentado por um momento, pensando. Era cedo demais para cantar vitória. O processo havia apenas começado. Agora precisava fazer com que Maurice e Jeannie agissem exatamente do jeito que ele queria.

Maurice parecia preocupado. Era um bom ponto de partida. Berrington tinha que se certificar de que ele continuasse preocupado. Precisava que Maurice tivesse a impressão de que haveria uma catástrofe caso Jeannie não parasse imediatamente de usar o seu programa de busca em bancos de dados. Assim que Maurice decidisse agir com firmeza, Berrington teria que garantir que sua resolução fosse mantida.

Acima de tudo, ele precisava evitar qualquer tipo de concessão. Sabia que Jeannie não tinha um perfil muito conciliador por natureza, mas, com todo o seu futuro em jogo, era provável que tentasse qualquer coisa. Ele teria que alimentar sua indignação e mantê-la combativa.

E deveria fazer tudo isso aparentando ter boas intenções. Se ficasse óbvio que ele estava tentando desgastar Jeannie, Maurice poderia sentir o cheiro de traição. Berrington tinha que fazer parecer que a estava defendendo.

Ele saiu do Hospício e atravessou o campus, passando pelo Teatro Barrymore e pela Faculdade de Artes até o Hillside Hall. Outrora a mansão de campo do primeiro benfeitor da universidade, agora era o prédio da administração. O gabinete do reitor da universidade era a magnífica sala de estar da velha casa. Berrington deu um simpático aceno de cabeça para a secretária do Dr. Obell e falou:

– Ele está me esperando.

– Pode entrar, por favor, professor – disse ela.

Maurice estava sentado à janela saliente que dava vista para o gramado. Um homem baixo, de peito largo, tinha voltado do Vietnã em uma cadeira de rodas, paralisado da cintura para baixo. Berrington achava fácil se relacionar com ele, talvez por terem em comum um histórico de serviço militar. Os dois também compartilhavam a paixão pela música de Mahler.

Maurice estava sempre com um ar angustiado. Para manter a Jones Falls funcionando, ele precisava levantar 10 milhões de dólares por ano de benfeitores particulares e empresariais, e, consequentemente, tinha pavor de publicidade negativa.

Ele girou sua cadeira e deslizou até a mesa.

– Eles estão trabalhando num artigo grande sobre ética científica, segundo ela. Berry, eu não posso deixar a Jones Falls encabeçar esse artigo como exemplo de falta de ética na ciência. Metade de nossos maiores doadores teria um troço. Precisamos fazer alguma coisa.

– Quem é ela?

Maurice consultou um bloco de notas.

– Naomi Freelander. Ela é a editora de ética. Você sabia que os jornais tinham editores de ética? Eu não sabia.

– Não me surpreende que o *New York Times* tenha.

– Isso não os impede de agir como se fossem a porra da Gestapo. Eles estavam prestes a publicar esse artigo, mas ontem receberam uma denúncia sobre a sua Dra. Ferrami.

– De onde será que veio essa denúncia? – perguntou Berrington.

– Tem uns desgraçados bem desleais por aí.

– Pode ser.

Maurice deu um suspiro.

– Me diz que não é verdade, Berry. Me diz que ela não invade a privacidade das pessoas.

Berrington cruzou as pernas, tentando parecer relaxado quando na verdade estava inteiramente tenso. Aquele era o momento em que tinha que andar na corda bamba.

– Não acredito que ela tenha feito nada de errado – disse. – Ela examina bancos de dados médicos e encontra pessoas que não sabem que são irmãs gêmeas. É uma ótima sacada, na verdade...

– Ela está olhando os registros médicos das pessoas sem permissão delas?

Berrington fingiu estar relutante.

– Bem... meio que sim.

– Então ela vai ter que parar.

– O problema é que ela precisa muito dessas informações pro projeto de pesquisa dela.

– Talvez a gente possa oferecer alguma coisa em compensação.

Berrington não havia pensado em suborná-la. Ele duvidava de que fosse dar certo, mas não custava nada tentar.

– Boa ideia.

– Ela tem estabilidade?

– Começou aqui este semestre, como professora assistente. Faltam seis anos até ela conquistar estabilidade, no mínimo. Mas poderíamos dar um aumento pra ela. Eu sei que está precisando de dinheiro, ela me contou.

– Quanto ela ganha hoje?

– São 30 mil dólares por ano.

– Quanto acha que a gente deveria oferecer a ela?

– Teria que ser algo substancial. Mais uns 8 ou 10 mil.

– E a verba pra isso?

Berrington deu um sorriso.

– Acho que consigo convencer a Threeplex.

– Então é isso que a gente vai fazer. Liga para ela agora, Berry. Se estiver no campus, traz ela aqui agora mesmo. Vamos resolver isso antes que a "patrulha da ética" ligue de novo.

Berrington pegou o telefone de Maurice e ligou para a sala de Jeannie. Ela atendeu de imediato.

– Jeannie Ferrami.
– É o Berrington.
– Bom dia.

O tom dela era cauteloso. Será que tinha notado sua intenção de seduzi-la na noite de segunda-feira? Talvez estivesse se perguntando se ele estava planejando tentar outra vez. Ou talvez já estivesse sabendo do problema com o *New York Times*.

– Posso falar pessoalmente com você neste minuto?
– Na sua sala?
– Estou no gabinete do Dr. Obell, no Hillside Hall.

Ela deu um suspiro de exasperação.

– Isso tem a ver com uma mulher chamada Naomi Freelander?
– Tem.
– É tudo uma palhaçada, você sabe.
– Eu sei, mas vamos ter que administrar isso.
– Estou indo aí.

Berrington desligou.

– Ela já está vindo – informou a Maurice. – Parece que alguém do jornal já falou com ela.

Os minutos seguintes seriam cruciais. Se Jeannie se defendesse bem, Maurice poderia mudar de estratégia. Berrington precisava manter Maurice firme sem parecer hostil a Jeannie. Ela era uma garota assertiva e de temperamento forte, não o tipo conciliador, sobretudo quando achava estar com a razão. Provavelmente arrumaria inimizade com Maurice sem precisar do incentivo de Berrington. Mas, para o caso de ela ser atipicamente simpática e persuasiva, ele precisava de um plano alternativo.

Num rompante de inspiração, ele disse:

– Podemos rascunhar um comunicado à imprensa enquanto ela não chega.
– Ótima ideia.

Berrington puxou um bloco de notas e começou a rabiscar. Ele precisava de algo com que Jeannie não pudesse concordar de modo algum, algo que ferisse seu orgulho e a deixasse furiosa. Escreveu que a Universidade Jones

Falls admitia que erros haviam sido cometidos. A universidade pedia desculpas àqueles cuja privacidade tinha sido invadida. E assegurava que o uso do programa seria interrompido a partir daquele dia.

Entregou o texto para a secretária de Maurice e lhe pediu que o digitasse no computador imediatamente.

Jeannie chegou espumando de indignação. Vestia uma camiseta verde-esmeralda folgada, calça jeans preta justa e o tipo de calçado que costumava ser chamado de "botas de maquinista", mas que agora estava na moda. Tinha uma argola de prata no nariz e seu cabelo escuro e espesso estava preso. Aos olhos de Berrington, ela parecia até atraente, mas aquela indumentária não causaria boa impressão no reitor da universidade. Para ele, ela ia parecer o tipo de acadêmica iniciante e irresponsável que poderia criar problemas para a Jones Falls.

Maurice a convidou a se sentar e falou sobre o telefonema do jornal. Seu jeito era rígido e formal. Ele se sentia à vontade diante de homens maduros, pensou Berrington; mulheres jovens vestindo jeans justo eram algo estranho para ele.

– A mesma mulher me ligou – afirmou Jeannie com irritação. – Isso é ridículo.

– Mas você de fato acessa bancos de dados médicos – disse Maurice.

– Eu não analiso os bancos de dados; quem faz isso é o computador. Nenhum ser humano vê o histórico médico de ninguém. Meu programa gera uma lista de nomes e endereços, agrupados em pares.

– Mesmo assim...

– Não vamos além sem antes pedir permissão aos potenciais participantes. Nem mesmo dizemos a eles que são gêmeos antes de concordarem em fazer parte do nosso estudo. Então, que privacidade, de quem, está sendo invadida?

Berrington fingiu apoiá-la.

– Eu falei pra você, Maurice – disse. – O jornal entendeu tudo errado.

– Eles não enxergam dessa forma. E eu tenho que pensar na reputação da universidade.

– Acredite, meu trabalho vai melhorar essa reputação – declarou ela, inclinando-se para a frente. Berrington ouviu em sua voz a paixão por novos conhecimentos que impulsionava todos os bons cientistas. – Esse projeto é de vital importância. Eu sou a única pessoa que descobriu como estudar a genética da criminalidade. Quando publicarmos os resultados, vamos causar furor.

– Ela tem razão – complementou Berrington.

Era verdade. O estudo dela teria sido fascinante. Era doloroso destruí-lo. Mas ele não tinha escolha.

Maurice balançou a cabeça.

– É meu dever proteger a universidade de escândalos.

– Também é seu trabalho defender a liberdade acadêmica – argumentou Jeannie imprudentemente.

Aquela era a pior abordagem que ela podia ter adotado. Em algum lugar do passado, sem dúvida, reitores de universidades tinham lutado pelo direito à busca irrestrita do conhecimento, mas aqueles dias tinham ficado para trás. Agora eles eram arrecadadores de fundos, pura e simplesmente. Ao mencionar liberdade acadêmica, a única coisa que ela ia conseguir era ofender Maurice.

– Eu não preciso de uma palestra sua sobre quais são as minhas funções como reitor, mocinha – retrucou ele rispidamente.

Jeannie não pegou a deixa, para deleite de Berrington.

– Não precisa? – disse ela a Maurice, pegando ritmo. – Eis aqui um conflito claro. De um lado está um jornal aparentemente enviesado, prestes a publicar uma história equivocada; de outro, uma cientista atrás da verdade. Se um reitor de universidade cede a esse tipo de pressão, que esperança nos resta?

Berrington estava exultante. Ela estava maravilhosa, com as faces coradas e os olhos brilhando, mas cavava a própria sepultura. Todas as suas palavras hostilizavam Maurice.

Então Jeannie pareceu se dar conta do que estava fazendo, pois mudou repentinamente de tática.

– Por outro lado, nenhum de nós quer publicidade negativa para a universidade – disse em tom de voz mais suave. – Eu entendo perfeitamente a sua preocupação, Dr. Obell.

Maurice amoleceu de imediato, para desgosto de Berrington.

– Sei que isso coloca você em uma posição difícil – afirmou ele. – A universidade está disposta a oferecer uma compensação, na forma de um aumento de 10 mil dólares por ano.

Jeannie ficou desconcertada.

– Isso deve permitir que você tire a sua mãe daquele lugar com o qual está tão preocupada – comentou Berrington.

Jeannie hesitou, mas só por um instante.

– Eu ficaria profundamente grata por isso – disse –, mas não resolve o problema. Ainda preciso de gêmeos criminosos pra minha pesquisa. Caso contrário, não há nada que estudar.

Berrington não acreditava mesmo que ela pudesse ser subornada.

Maurice indagou:

– Sem dúvida deve existir outra forma de encontrar participantes adequados para você estudar, não?

– Não, não existe. Preciso de gêmeos idênticos que tenham crescido separados e que pelo menos um deles seja um criminoso. É uma tarefa difícil. Meu programa de computador localiza pessoas que nem sabem que são gêmeas. Não há outro meio de fazer isso.

– Eu não tinha me dado conta – admitiu Maurice.

O tom estava se tornando perigosamente amigável. Então a secretária de Maurice entrou e entregou uma folha de papel a ele. Era o comunicado que Berrington havia redigido. Maurice o mostrou a Jeannie, dizendo:

– Precisamos divulgar alguma coisa assim ainda hoje se quisermos encerrar essa história.

Ela o leu rapidamente e sua raiva voltou.

– Mas isso é uma babaquice! – explodiu. – Nenhum erro foi cometido. Ninguém teve a privacidade invadida. Ninguém nem sequer reclamou!

Berrington disfarçou a satisfação. Era paradoxal que ela fosse tão impetuosa e ao mesmo tempo tivesse a paciência e a perseverança necessárias para realizar pesquisas científicas demoradas e entediantes. Ele a tinha visto trabalhando com os participantes: eles nunca pareciam deixá-la irritada nem cansada, mesmo quando estragavam os testes. Ao lidar com eles, ela achava o mau comportamento tão interessante quanto o bom. Apenas anotava o que diziam e agradecia com sinceridade ao final. Entretanto, fora do laboratório era capaz de explodir como pólvora à menor das provocações.

Ele representou o papel de pacificador preocupado:

– Mas, Jeannie, o Dr. Obell acredita que precisamos emitir uma declaração firme.

– Você não pode dizer que o uso do meu programa de computador foi interrompido! – rebateu ela. – Isso seria equivalente a dizer que todo o meu projeto foi cancelado!

Maurice assumiu um semblante severo.

– Não posso permitir que o *New York Times* publique um artigo dizendo que os cientistas da Jones Falls invadem a privacidade das pessoas – disse ele. – Isso nos custaria milhões em doações perdidas.

– Procure um meio-termo – implorou Jeannie. – Diga que você está investigando o problema. Convoque um comitê. Vamos desenvolver garantias adicionais de privacidade, se for necessário.

Ah, não, pensou Berrington. *Isso é perigosamente sensato.*

– Temos um comitê de ética, é claro – disse ele, tentando ganhar tempo. – É uma subcomissão do senado. – O senado era o conselho governante da universidade e reunia todos os professores efetivos, mas o trabalho era feito pelos comitês. – Você pode se manifestar dizendo que está repassando a eles a questão.

– Não adianta – disse Maurice abruptamente. – Todo mundo saberá que é embromação.

Jeannie protestou:

– Você não percebe que, ao insistir em uma ação imediata, está praticamente descartando qualquer debate mais profundo?!

Berrington achou que aquele seria um bom momento para encerrar a reunião. Os dois estavam em desacordo, cada um entrincheirado em sua posição. Ele deveria acabar com a conversa antes que eles começassem a pensar de novo em concessões.

– Bem observado, Jeannie – disse Berrington. – Com a sua permissão, Maurice, eu gostaria de fazer uma proposta aqui.

– Claro, pode falar.

– Temos dois problemas distintos. Um é encontrar uma forma de fazer a pesquisa da Jeannie progredir sem trazer um escândalo pra universidade. Isso é algo que Jeannie e eu temos que resolver, e vamos discutir o assunto a fundo depois. O outro é como o departamento e a universidade vão apresentar isso pro mundo. Esse é um assunto pra você e eu tratarmos, Maurice.

Maurice pareceu aliviado.

– Muito sensato – concordou.

– Obrigado por ter vindo aqui tão rápido, Jeannie – disse Berrington.

Ela percebeu que estava sendo dispensada. Levantou-se com uma expressão de perplexidade. Sabia que havia sido enganada, mas não conseguia entender como.

– Você vai me ligar? – perguntou a Berrington.

– Claro.

– Está bem.

Ela hesitou e então foi embora.

– Mulher difícil – disse Maurice.

Berrington se inclinou para a frente, juntando as mãos, e olhou para baixo em uma postura de penitência.

– Eu me sinto culpado por isso, Maurice. – Maurice balançou a cabeça, mas Berrington continuou: – Fui eu que contratei Jeannie Ferrami. É óbvio que não fazia ideia de que ela iria inventar esse método de trabalho, mas mesmo assim é minha responsabilidade, e acho que tenho que tirar você disso.

– Qual é a sua proposta?

– Não posso pedir que você não divulgue o comunicado. Eu não tenho esse direito. Você não pode colocar um projeto de pesquisa acima do bem-estar de toda a universidade, sei disso.

Berrington levantou novamente os olhos.

Maurice hesitou. Por uma fração de segundo, Berrington se perguntou, com medo, se ele suspeitava que estava sendo encurralado. Mas, se aquele pensamento cruzou sua mente, não durou muito tempo.

– Eu lhe agradeço por dizer isso, Berry. Mas o que vai fazer em relação a Jeannie?

Berrington relaxou. Ao que parecia, tinha se saído bem.

– Acredito que ela é um problema meu – disse. – Deixa ela comigo.

CAPÍTULO VINTE E DOIS

STEVEN PEGOU NO SONO nas primeiras horas da manhã de quarta-feira.

A prisão estava silenciosa, Porky roncava, e Steven não dormia havia 42 horas. Ele tentou ficar acordado, ensaiando seu discurso do pedido de fiança ao juiz no dia seguinte, mas a todo instante caía em um sonho acordado no qual o juiz sorria para ele benevolente e dizia *Fiança concedida, que este homem saia em liberdade,* e ele deixava o tribunal em direção à rua ensolarada. Sentado no chão da cela em sua posição de sempre, de costas para a parede, ele se pegou cochilando e acordando várias vezes, mas, por fim, a natureza se impôs sobre sua força de vontade.

Estava em um sono profundo quando foi acordado abruptamente com uma pancada dolorida nas costelas. Ele arquejou e abriu os olhos. Porky o havia chutado e agora estava curvado sobre ele, olhos arregalados de insanidade, gritando:

– Você roubou minha droga, filho da puta! Onde escondeu, onde? Me dá ela agora ou você é um homem morto!

Steven reagiu sem pensar. Pulou do chão feito uma mola, com o braço direito estendido e rígido, e enfiou dois dedos nos olhos de Porky. Porky gritou de dor e recuou. Steven continuou indo para cima dele e tentou atravessar seus dedos pelo cérebro de Porky até chegar à nuca. Em algum lugar ao longe, ele podia ouvir uma voz, que se parecia muito com a sua, gritando impropérios.

Porky deu mais um passo para trás e se sentou com força no vaso sanitário, cobrindo os olhos com as mãos.

Steven colocou as duas mãos atrás do pescoço de Porky, puxou sua cabeça para a frente e deu uma joelhada na cara dele. O sangue jorrou da boca de Porky. Steven o agarrou pela camisa, arrancou-o do assento do vaso e o jogou no chão. Ele estava prestes a chutá-lo quando a sanidade começou a voltar. Hesitou, olhou para Porky sangrando no chão, e a névoa vermelha da raiva se dissipou.

– Ah, não – disse. – O que foi que eu fiz?

A porta da cela foi aberta e dois policiais entraram, brandindo cassetetes. Steven estendeu as mãos espalmadas.

– Se acalma – disse um dos policiais.

– Já estou calmo – afirmou Steven.

Os policiais o algemaram e o tiraram da cela. Um deles o socou com força na barriga. Ele se curvou, ofegante.

– Isso é só pro caso de você estar pensando em arrumar mais confusão – falou o policial.

Ele ouviu o estalo da porta da cela se fechando e a voz de Spike, o carcereiro, em seu tom bem-humorado de sempre.

– Você precisa de um médico, Porky? – perguntou Spike. – Porque tem um veterinário na East Baltimore Street.

Ele gargalhou da própria piada.

Steven se endireitou, recuperando-se do soco. Ainda doía, mas ele já conseguia respirar. Olhou para Porky, do outro lado da grade. Estava sentado ereto, esfregando os olhos. Com os lábios sangrando, ele respondeu a Spike:

– Vai se foder, seu babaca.

Steven ficou aliviado: Porky não estava tão machucado assim.

– Já era hora de tirar você de lá de qualquer maneira, universitário – disse Spike. – Esses senhores vieram levar você ao tribunal. – Ele consultou uma folha de papel. – Vamos ver... quem mais vai pro Tribunal Distrital Norte? O Sr. Robert Sandilands, conhecido como Sniff...

Ele tirou outros três homens das celas e os acorrentou junto com Steven. Em seguida, os dois policiais os conduziram até o estacionamento e os colocaram em um ônibus.

Steven esperava nunca mais ter que voltar para aquele lugar.

Ainda estava escuro do lado de fora. Steven chutou que devia ser por volta das seis da manhã. Os tribunais não começavam os trabalhos antes das nove ou dez, portanto seria uma longa espera. O ônibus atravessou a cidade por quinze ou vinte minutos e então entrou na garagem do tribunal. Eles desceram do ônibus e foram levados para o porão.

Havia oito celas gradeadas com uma área aberta no centro. Cada cela tinha apenas um banco e uma privada, mas era maior do que as celas do departamento de polícia, e todos os quatro presos foram colocados em uma que já tinha seis homens. As correntes foram retiradas e jogadas em uma mesa na área central. Havia vários carcereiros, supervisionados por uma mulher negra alta com uniforme de sargento e cara de poucos amigos.

Durante a hora seguinte, outros trinta ou mais prisioneiros chegaram. Acomodaram doze por cela. Ouviram-se gritos e assobios quando um pequeno grupo de mulheres foi trazido. Elas foram colocadas em uma cela no canto oposto.

Depois disso, nada aconteceu por várias horas. O café da manhã foi servido, mas Steven recusou mais uma vez a comida: ele não conseguia se acostumar com a ideia de comer no banheiro. Alguns prisioneiros falavam aos berros, enquanto a maioria permanecia taciturna e calada. Muitos pareciam estar de ressaca. As provocações entre os guardas e os prisioneiros não eram tão pesadas quanto no departamento de polícia, e Steven se perguntou se aquilo não era porque havia uma mulher no comando.

As cadeias não se pareciam em nada com o que a TV mostrava, ele refletiu. Os programas de televisão e os filmes faziam as prisões parecerem hotéis de baixa qualidade: nunca mostravam os banheiros sem privacidade, os abusos verbais nem as surras dadas nos que se comportavam mal.

Aquele poderia ser o último dia dele na prisão. Se acreditasse em Deus, teria rezado de todo o coração.

Steven supôs que era por volta de meio-dia quando começaram a tirar os prisioneiros das celas.

Ele estava no segundo lote. Eles receberam as algemas novamente, e dez homens foram acorrentados juntos. Em seguida, foram levados ao tribunal.

O tribunal parecia uma capela metodista. As paredes eram pintadas de verde até uma linha preta na altura da cintura e de bege acima dela. Havia um carpete verde e nove fileiras de bancos de madeira clara compridos, como os de igreja.

Na fileira de trás estavam a mãe e o pai de Steven. Ele arfou com o susto.

O pai usava o uniforme de coronel, com o quepe debaixo do braço. Estava sentado com as costas eretas, como se estivesse em posição de sentido. Tinha uma aparência celta, com olhos azuis, cabelos escuros e o espectro de uma barba espessa no rosto bem barbeado. Sua expressão era rigidamente vazia, tensa pela emoção reprimida. A mãe estava sentada ao lado dele, pequena e rechonchuda, seu lindo rosto redondo inchado de tanto chorar.

Steven queria poder cavar um buraco no chão. Teria voltado de bom grado para a cela de Porky a fim de escapar desse momento. Parou de andar, retendo toda a fila de prisioneiros, e olhou em agonia muda para seus pais, até que o carcereiro lhe deu um empurrão e ele cambaleou em direção ao primeiro banco.

Uma funcionária estava sentada na frente do tribunal, voltada para os prisioneiros. Um carcereiro guardava a porta. O único outro funcionário presente era um homem negro de óculos, de cerca de 40 anos, vestindo paletó, gravata e calça jeans. Ele perguntou os nomes dos prisioneiros e os cotejou com uma lista.

Steven virou a cabeça para olhar para trás. Não havia ninguém nos bancos destinados ao público, exceto seus pais. Ele estava grato por ter uma família que se importava o suficiente para estar ali: nenhum dos outros prisioneiros tinha. Mesmo assim, teria preferido passar por aquela humilhação sem testemunhas.

Seu pai se levantou e andou em direção à frente do tribunal. O homem de calça jeans se dirigiu a ele de maneira formal:

– Pois não?

– Eu sou o pai de Steven Logan. Gostaria de falar com ele – disse o pai em um tom de voz autoritário. – E o senhor, quem é, por gentileza?

– David Purdy. Sou o investigador do tribunal. Liguei para o senhor hoje de manhã.

Então foi assim que mamãe e papai descobriram, pensou Steven. Ele deveria ter adivinhado. A assessora do juiz havia lhe dito que um investigador iria confirmar os dados dele. A maneira mais simples de fazer isso seria ligar para os pais. Ele teve um calafrio ao pensar naquele telefonema. O que o investigador tinha dito? "Preciso confirmar o endereço de Steven Logan, que está sob custódia em Baltimore, acusado de estupro. A senhora é a mãe dele?"

O pai apertou a mão do homem e disse:

– Como vai, Sr. Purdy?

Steven, no entanto, podia dizer com certeza que o pai o odiava.

– O senhor pode falar com o seu filho. Vá lá, sem problemas – disse Purdy.

O pai agradeceu com um gesto brusco de cabeça. Esgueirou-se pelo banco logo atrás dos prisioneiros e se sentou atrás de Steven. Colocou a mão no ombro do filho e o apertou suavemente. Os olhos de Steven se encheram d'água.

– Pai, não fui eu.

– Eu sei, Steven – disse o pai.

A simples fé do pai foi demais para Steven, que começou a chorar. Depois que começou, não conseguia parar. Estava fraco de fome e de falta de sono. Toda a tensão e todo o desespero dos últimos dois dias o dominaram, e as lágrimas corriam livremente. Ele não parava de soluçar e de enxugar o rosto com as mãos algemadas.

Depois de um tempo, o pai disse:

– Queríamos ter arrumado um advogado, mas não deu tempo. Acabamos de chegar.

Steven assentiu. Ele seria seu próprio advogado, desde que conseguisse se controlar.

Duas garotas foram trazidas por uma carcereira. Não estavam algemadas. Elas se sentaram e ficaram rindo. Pareciam ter 18 anos.

– Como foi que isso aconteceu, afinal? – o pai perguntou a Steven.

Tentar responder à pergunta ajudou Steven a parar de chorar.

– Devo ser parecido com o cara que fez isso – disse e fungou. – A vítima me identificou no reconhecimento. E eu estava pela região na hora em que aconteceu, eu disse isso à polícia. O teste de DNA vai me inocentar, mas leva três dias. Espero conseguir a fiança hoje.

– Diga ao juiz que estamos aqui – sugeriu o pai. – Provavelmente vai ajudar.

Steven se sentia como uma criança sendo consolada pelo pai. Isso trouxe de volta uma memória amarga do dia em que ganhou sua primeira bicicleta. Devia ter sido no seu aniversário de 5 anos. A bicicleta era do tipo com rodinhas, para evitar que ele caísse. A casa onde moravam tinha um grande jardim, com um par de degraus que levava a um pátio. "Pedale pelo gramado e fique longe dos degraus", o pai lhe disse; mas a primeira coisa que o pequeno Steven fez foi tentar descer os degraus de bicicleta. Ele caiu, fazendo um estrago na bicicleta e em si mesmo. Imaginou que o pai fosse ficar bravo com ele por ter desobedecido a uma ordem direta. O pai o pegou, lavou suas feridas com cuidado e consertou a bicicleta. E, embora Steven tivesse ficado à espera da explosão, ela não aconteceu. O pai nem mesmo disse "Eu te avisei". Não importava o que acontecesse, os pais de Steven sempre estavam ao seu lado.

A juíza entrou.

Era uma mulher branca e atraente, de cerca de 50 anos, muito pequena e elegante. Vestia toga e trazia uma lata de Coca Light, que colocou sobre a mesa ao se sentar.

Steven tentou ler o rosto dela. Ela era cruel ou benevolente? Estava de bom humor ou de mau humor? Era uma mulher de bom coração e mente aberta ou uma disciplinadora obsessiva que, no fundo, desejava poder mandar todos ali para a cadeira elétrica? Ele analisou seus olhos azuis, seu nariz afilado, seu cabelo escuro com mechas grisalhas. Será que tinha um marido com barriga de cerveja, um filho já crescido com o qual se preocupava, um neto adorado com quem brincava no tapete? Ou morava sozinha em um apartamento caríssimo, cheio de móveis modernos com arestas marcadas?

Nas aulas de Direito, ele havia aprendido as razões teóricas para que uma fiança fosse concedida ou recusada, mas agora elas pareciam quase irrelevantes. Tudo que realmente importava era saber se aquela mulher era ou não piedosa.

Ela olhou para a fila de prisioneiros e disse:

– Boa tarde. Esta é a audiência de fiança de vocês. – Sua voz era baixa mas clara; sua dicção, precisa. Tudo nela parecia exato e organizado, exceto pela lata de Coca, um toque de humanidade que dava esperança a Steven. – Todos vocês receberam o registro das suas acusações?

Todos haviam recebido. Ela começou a recitar um roteiro sobre quais eram os direitos deles e sobre como ter acesso a um advogado.

Na sequência, falou:

– Quando eu disser seu nome, por favor, levante a mão direita. Ian Thompson.

Um prisioneiro ergueu a mão. Ela leu as acusações e as penas às quais ele estava sujeito. Ian Thompson tinha aparentemente furtado três casas no luxuoso bairro de Roland Park. Um jovem hispânico com o braço em uma tipoia, ele não demonstrou interesse pelo próprio destino e parecia entediado com todo aquele processo.

Como ela disse que ele teria direito a uma audiência preliminar e a um julgamento com júri, Steven esperou ansiosamente para ver se teria direito a fiança.

O investigador do tribunal se levantou. Falando muito rápido, disse que Thompson morava no mesmo endereço há um ano e que tinha esposa e filho, mas não tinha emprego. Também era usuário de heroína e tinha ficha criminal. Steven não teria liberado um homem como aquele de volta para a rua.

No entanto, a juíza fixou sua fiança em 25 mil dólares. Steven ficou animado. Ele sabia que o acusado normalmente tinha que pagar só dez por cento da fiança em espécie, então Thompson estaria livre se conseguisse arrumar 2.500 dólares. Pareceu um ato benevolente.

A seguir veio uma das jovens. Ela havia brigado com outra garota e tinha sido acusada de lesão corporal. O investigador do tribunal disse ao juiz que ela morava com os pais e trabalhava como caixa em um supermercado próximo. Ela obviamente representava baixo risco, e a juíza lhe concedeu liberdade sem que nem mesmo fosse necessário o pagamento de fiança.

Aquela era mais uma decisão branda, e o ânimo de Steven aumentou mais um pouco.

A ré também recebeu ordens de não se aproximar do endereço da garota com quem havia brigado. Isso lembrou a Steven que a juíza poderia impor condições à fiança. Talvez ele devesse se prontificar a manter distância de Lisa Hoxton. Não fazia ideia de onde ela morava nem de como era, mas estava disposto a dizer qualquer coisa que pudesse ajudá-lo a deixar a prisão.

O réu seguinte era um homem branco de meia-idade que havia mostrado seu pênis a mulheres que faziam compras na seção de higiene feminina de uma farmácia. Ele contava com um longo histórico de assédios semelhantes. Morava sozinho, mas tinha o mesmo endereço havia cinco anos. Para surpresa e desânimo de Steven, a juíza lhe negou fiança. O homem era baixo e magro: Steven teve a impressão de que era um maluco inofensivo. Mas talvez aquela juíza, por ser mulher, fosse particularmente severa com crimes sexuais.

Ela olhou para seus papéis e disse:

– Steven Charles Logan.

Steven levantou a mão. *Por favor, me deixe sair daqui, por favor.*

– O senhor é acusado de estupro, o que acarreta uma possível pena de prisão perpétua.

Nos fundos, Steven ouviu sua mãe respirar fundo.

A juíza continuou lendo as outras acusações e penas, depois o investigador do tribunal ficou de pé. Ele recitou a idade, o endereço e a ocupação de Steven e disse que ele não tinha ficha criminal nem vícios. Steven achou que parecia um cidadão modelo se comparado à maioria dos outros réus. Será que ela não iria reparar nisso?

Quando Purdy terminou, Steven perguntou:

– Posso falar, Excelência?

– Sim, mas lembre-se de que pode não ser do seu interesse me contar nada sobre o crime.

Ele ficou de pé.

– Eu sou inocente, Excelência, mas parece que posso ter alguma semelhança com o estuprador, então, caso me seja concedida fiança, eu me comprometo a não abordar a vítima, se for vossa intenção.

– Pode ter certeza que é.

Ele queria implorar por liberdade, mas todos os discursos eloquentes que havia elaborado em sua cela agora tinham desaparecido de sua mente e não conseguia pensar em nada para dizer. Frustrado, ele se sentou.

Logo atrás dele, seu pai ficou de pé.

– Excelência, sou o pai de Steven, coronel Charles Logan. Eu teria prazer em responder a qualquer pergunta que Vossa Excelência quiser me fazer.

Ela o olhou com frieza.

– Isso não será necessário.

Steven se perguntou por que ela pareceu se sentir ofendida com a intervenção do seu pai. Talvez estivesse apenas deixando claro que a patente militar dele não a impressionava. Talvez estivesse querendo dizer: "Todos são iguais no meu tribunal, independentemente de sua origem social e de quão respeitáveis possam parecer."

O pai se sentou novamente.

A juíza olhou para Steven.

– Sr. Logan, o senhor conhecia a mulher antes do suposto crime acontecer?

– Eu não a conheço – disse Steven.

– O senhor já a tinha *visto* alguma vez antes?

Steven imaginou que ela estivesse se perguntando se ele não estaria perseguindo Lisa Hoxton por algum tempo antes de violentá-la.

– Não sei dizer, eu não sei como ela é – respondeu ele.

A juíza pareceu refletir sobre aquilo por alguns segundos. Steven teve a sensação de estar pendurado num desfiladeiro, segurando-se na ponta dos dedos. Uma palavra dela bastaria para salvá-lo. No entanto, se ela recusasse a fiança, seria como cair no precipício.

Por fim ela disse:

– Determino fiança no valor de 200 mil dólares.

O alívio desabou sobre Steven como um maremoto e seu corpo inteiro relaxou.

– Graças a Deus – murmurou.

– Você não pode se aproximar de Lisa Hoxton nem do número 1.321 da Vine Avenue.

Steven sentiu o pai agarrar seu ombro novamente. Ele estendeu as mãos algemadas e tocou os dedos ossudos do pai.

Demoraria mais uma hora ou duas até que estivesse solto, ele sabia, mas não importava muito, agora que tinha a certeza da liberdade. Iria comer seis Big Macs e dormir o dia inteiro. Queria um banho quente, roupas limpas e seu relógio de pulso de volta. E também queria aproveitar a companhia de pessoas que não diziam "filho da puta" a cada frase.

E percebeu, para sua surpresa, que o que ele mais queria era ligar para Jeannie Ferrami.

CAPÍTULO VINTE E TRÊS

JEANNIE ESTAVA IRADA quando voltou à sua sala. Maurice Obell era um covarde. Uma jornalista agressiva fizera algumas insinuações imprecisas, só isso, mas o sujeito tinha desmoronado. E Berrington era fraco demais para defendê-la de maneira efetiva.

Seu mecanismo de busca era sua maior conquista. Ela começara a desenvolvê-lo quando percebeu que sua pesquisa sobre criminalidade jamais chegaria longe sem um novo meio de encontrar participantes a serem estudados. Dedicara três anos ao projeto. Era seu único feito verdadeiramente notável, à exceção dos torneios de tênis. Se tinha um talento intelectual particular, era para aquele tipo de quebra-cabeça lógico. Embora estudasse a psicologia de seres humanos imprevisíveis e irracionais, fazia isso manipulando toneladas de dados sobre centenas de milhares de indivíduos: o trabalho era estatístico e matemático. Caso seu mecanismo de busca não servisse para nada, tinha a sensação de que ela própria também não serviria. Poderia muito bem desistir e virar aeromoça, como Penny Watermeadow.

Jeannie ficou surpresa ao ver Annette Bigelow esperando junto à porta de sua sala. Annette era uma estudante de pós-graduação cujo trabalho ela supervisionava, como parte de suas obrigações docentes. Imediatamente se lembrou de que, na semana anterior, Annette havia apresentado seu projeto para o trabalho daquele ano, e elas tinham agendado um horário naquela manhã para debatê-lo. Jeannie pensou em cancelar a reunião: tinha coisas mais importantes a fazer. Então viu a expressão de ansiedade no semblante da jovem e se lembrou de como aquelas reuniões eram cruciais quando se é estudante. Assim, ela se forçou a dar um sorriso e dizer:

– Peço desculpas por ter feito você esperar. Vamos tratar disso logo.

Por sorte ela tinha lido o projeto atentamente e feito anotações. Annette planejava vasculhar os dados existentes sobre irmãos gêmeos para ver se conseguia encontrar correlações nas áreas de opinião política e posicionamento moral. Era uma ideia interessante, e o projeto dela era consistente do ponto de vista científico. Jeannie sugeriu algumas pequenas melhorias e lhe deu sinal verde.

Quando Annette estava de saída, Ted Ransome enfiou a cabeça pela porta.

– Você parece prestes a arrancar as bolas de alguém – observou ele.

– Não são as suas, pelo menos – disse Jeannie e sorriu. – Entra. Vamos tomar um café.

O bonitão Ransome era seu homem preferido no departamento. Um professor adjunto que estudava psicologia da percepção, era muito bem casado e tinha dois filhos pequenos. Jeannie sabia que ele a achava atraente, mas não fazia nada a respeito. Havia uma agradável tensão sexual entre eles que nunca ameaçou se tornar um problema.

Ela ligou a cafeteira ao lado da mesa e contou a ele sobre o *New York Times* e Maurice Obell.

– Mas eis a grande questão – concluiu ela. – Quem passou a dica pro *New York Times*?

– Só pode ter sido a Sophie – respondeu ele.

Sophie Chapple era a única outra mulher no corpo docente do departamento de psicologia. Embora tivesse quase 50 anos e fosse professora titular, via Jeannie como uma espécie de rival e demonstrara ciúme desde o início do semestre, reclamando de tudo, desde as minissaias de Jeannie até o jeito como ela estacionava o carro.

– Ela faria uma coisa dessas? – perguntou Jeannie.

– Sem pestanejar.

– Acho que tem razão. – Jeannie nunca parava de se maravilhar com a mesquinhez dos grandes cientistas. Certa vez vira um aclamado matemático dar um soco no físico mais brilhante do país por este ter furado a fila no refeitório. – Posso perguntar a ela.

Ele ergueu as sobrancelhas.

– Ela vai mentir.

– Mas vai fazer cara de culpada.

– Vai dar confusão.

– Já está dando confusão.

O telefone tocou. Jeannie atendeu e fez um gesto para que Ted se servisse de café.

– Alô.

– É Naomi Freelander.

Jeannie hesitou.

– Não sei se devo falar com você.

– Acredito que você tenha parado de usar bancos de dados médicos em sua pesquisa.

– Não.

– Como assim, "não"?

– Quer dizer que não parei. Suas ligações deram início a um debate, mas nenhuma decisão foi tomada.

– Tenho aqui um fax do gabinete do reitor da universidade. Nele a universidade pede desculpas às pessoas cuja privacidade foi invadida e assegura que o uso do programa foi interrompido.

Jeannie ficou perplexa.

– Eles enviaram esse comunicado?

– Você não sabia?

– Eu vi um rascunho e não concordei com ele.

– Parece que cancelaram seu programa sem avisar você.

– Não podem fazer isso.

– O que quer dizer?

– Tenho um contrato com a universidade. Eles não podem simplesmente fazer o que querem.

– Está me dizendo que vai continuar desafiando as autoridades da universidade?

– Isso não tem nada a ver com desafiar. Eles não têm o poder de me dar essa ordem. – Jeannie viu que Ted tentava chamar sua atenção. Ele mexia a mão de um lado para outro, em um gesto negativo. Tinha razão, Jeannie percebeu: aquilo não era jeito de falar com a imprensa. Ela mudou de abordagem. – Olha – disse em um tom mais brando –, você mesma disse que a invasão de privacidade era uma *potencialidade* nesse caso.

– Sim...

– E sua busca por alguém que estivesse disposto a reclamar do meu programa não deu em nada. No entanto, você não tem nenhum escrúpulo em contribuir pro cancelamento desse projeto de pesquisa.

– Eu não faço julgamentos, eu informo.

– Você sabe do que trata a minha pesquisa? Estou tentando descobrir o que faz com que as pessoas se tornem criminosas. Sou a primeira pessoa a pensar em uma forma verdadeiramente promissora de estudar essa questão. Se tudo correr bem, minhas descobertas podem transformar os Estados Unidos em um lugar melhor para os seus netos crescerem.

– Eu não tenho netos.

– É essa a sua justificativa?

– Eu não preciso de justificativas...

– Talvez não, mas não seria melhor se você achasse um caso de invasão de privacidade com o qual alguém realmente se importe? Não daria uma história muito melhor pro jornal?

– Quem decide isso sou eu.

Jeannie respirou fundo. Ela havia feito o melhor que podia. Rangendo os dentes, tentou encerrar a conversa em tom amigável:

– Bem, boa sorte com isso.

– Agradeço a sua cooperação, Dra. Ferrami.

– Tchau. – Jeannie desligou e disse: – Vaca.

Ted entregou a ela uma caneca de café.

– Imagino que eles tenham anunciado que o seu programa foi cancelado.

– Não entendo. O Berrington disse que a gente iria conversar sobre o que fazer.

Ted começou a falar mais baixo:

– Você não conhece o Berry como eu. Acredite em mim: ele é uma cobra. Não confio no que ele faz pelas minhas costas.

– Pode ter sido um equívoco – disse Jeannie, tentando achar uma explicação. – Talvez a secretária do Dr. Obell tenha enviado o comunicado por engano.

– Pode ser. Mas eu apostaria meu dinheiro na teoria da cobra.

– Acha que eu deveria ligar pro *New York Times* e dizer que meu telefone foi atendido por uma impostora?

Ele riu.

– Acho que deveria ir até a sala do Berry e perguntar se foi intencional que o comunicado fosse liberado antes de ele falar com você.

– Boa ideia.

Ela engoliu o café e se levantou. Ele se dirigiu à porta.

– Boa sorte. Estou torcendo por você.

– Obrigada.

Ela cogitou dar um beijo na face dele, mas achou melhor não.

Atravessou o corredor e subiu um lance de escadas em direção à sala de Berrington. A porta estava trancada. Ela foi até a sala da secretária que atendia todos os professores.

– Oi, Julie. Cadê o Berry?

– Ele já saiu e não volta mais hoje, mas me pediu que marcasse uma reunião com você amanhã.

Droga. O desgraçado a estava evitando. A teoria de Ted estava certa.

– Que horas?

– Pode ser nove e meia?

– Estarei aqui.

Ela desceu para o seu andar e entrou no laboratório. Lisa estava na bancada, verificando a concentração do DNA de Steven e de Dennis nos tubos de ensaio. Havia misturado dois microlitros de cada amostra com dois mililitros de corante fluorescente. O corante brilhava em contato com o DNA, e a quantidade do ácido ficava evidente pelo volume do brilho, medida por um fluorímetro para DNA com um mostrador que dava o resultado em nanogramas de DNA por microlitro de amostra.

– Tudo bem? – perguntou Jeannie.

– Tudo.

Jeannie olhou bem para o rosto de Lisa. Ela ainda estava em negação, era óbvio. Sua expressão era impassível enquanto se concentrava em seu trabalho, mas a tensão transparecia.

– Você já falou com sua mãe?

Os pais de Lisa moravam em Pittsburgh.

– Eu não quero deixá-la preocupada.

– Ela vai querer ajudar. Liga pra ela.

– Quem sabe hoje à noite.

Jeannie contou a história da jornalista do *New York Times* enquanto Lisa trabalhava. Ela misturou as amostras de DNA com uma enzima chamada endonuclease de restrição. Essas enzimas destroem DNA estranho que possa ter entrado no corpo. Fazem isso cortando a longa molécula de DNA em milhares de fragmentos menores. O que as tornava tão úteis à engenharia genética era o fato de que uma endonuclease sempre corta o DNA no mesmo ponto específico. Assim os fragmentos de duas amostras de sangue podiam ser comparados. Se fossem correspondentes, o sangue vinha do mesmo indivíduo ou de gêmeos idênticos. Se os fragmentos fossem distintos, deviam vir de indivíduos diferentes.

Era como cortar um centímetro da fita cassete de uma ópera. Analise um fragmento recortado a cinco minutos do início de duas fitas distintas: se a música das duas é um dueto que começa com "Se a caso Madama", ambas são de *As bodas de Fígaro*. Para evitar a possibilidade de duas óperas bem diferentes terem a mesma sequência de notas exatamente naquele ponto era necessário comparar vários fragmentos, não apenas um.

O processo de fragmentação levava muitas horas e não podia ser apressado: se o DNA não estivesse completamente fragmentado, o teste não daria certo.

Lisa ficou chocada com a história que Jeannie contou, mas não demonstrou tanta empatia quanto Jeannie esperava. Talvez porque houvesse sofrido um trauma devastador apenas três dias antes e a crise de Jeannie parecesse menor, em comparação.

– Se você tiver que abandonar o seu projeto – disse Lisa –, o que estudaria em vez disso?

– Não faço ideia – respondeu Jeannie. – Não consigo me imaginar abandonando isso.

Lisa simplesmente não compartilhava da ânsia por descobertas que motivava um cientista, Jeannie percebeu. Para Lisa, uma técnica, todos os projetos de pesquisa eram mais ou menos iguais.

Jeannie voltou para sua sala e ligou para o Bella Vista Sunset Home. Com tudo que estava acontecendo em sua vida, ela tinha sido negligente no contato com a mãe.

– Eu poderia falar com a Sra. Ferrami, por favor? – pediu.

A resposta foi abrupta:

– Eles estão almoçando.

Jeannie hesitou.

– Ok. Você poderia, por favor, dizer a ela que sua filha Jeannie ligou e que vou ligar de novo mais tarde?

– Tá.

Jeannie teve a sensação de que a mulher não estava anotando nada.

– Se escreve J-E-A-N-N-I-E – disse. – Filha dela.

– Tá, ok.

– Obrigada, de verdade.

– De nada.

Jeannie desligou. Tinha que tirar a mãe de lá. Ainda não tinha feito nada para conseguir trabalhos como professora nos fins de semana.

Olhou para o relógio: passava um pouco do meio-dia. Pegou o mouse e olhou para a tela, mas parecia inútil trabalhar quando seu projeto poderia ser cancelado. Sentindo-se irritada e desamparada, decidiu encerrar o expediente.

Desligou o computador, trancou sua sala e deixou o prédio. Ela ainda tinha sua Mercedes vermelha. Entrou no carro e acariciou o volante com uma agradável sensação de familiaridade.

Tentou se animar. Ela tinha um pai, um privilégio raro. Talvez devesse passar um tempo com ele, aproveitar a novidade. Eles poderiam ir de carro até o cais para darem uma caminhada juntos. Podia comprar um paletó novo para ele na Brooks Brothers. Ela não tinha dinheiro, mas usaria o cartão de crédito. *Que se dane. A vida é curta.*

Sentindo-se melhor, dirigiu até sua casa e parou o carro em frente.

– Papai, cheguei – gritou enquanto subia as escadas. Quando entrou na sala, sentiu que havia algo errado. Depois de alguns instantes, percebeu que a TV não estava no lugar. Talvez ele a tivesse levado para o quarto, para assistir lá. Ela olhou no quarto ao lado: ele não estava ali. Voltou para a sala de estar.

– Ah, não! – exclamou. Seu videocassete também tinha desaparecido. – Papai, não acredito! – O aparelho de som dela havia sumido, e o computador não estava em sua mesa. – Não. Não, eu não acredito!

Ela correu de volta para o quarto e abriu sua caixa de joias. O piercing de diamante de um quilate, que havia sido presente de Will Temple, não estava mais lá.

O telefone tocou e ela atendeu automaticamente.

– Oi, é Steven Logan – anunciou a voz. – Tudo bem com você?

– Hoje é o pior dia da minha vida – disse ela, e começou a chorar.

CAPÍTULO VINTE E QUATRO

STEVEN LOGAN DESLIGOU o telefone.
Ele tinha tomado banho, feito a barba e vestido roupas limpas, e havia se fartado da lasanha de sua mãe. Contara aos pais todos os detalhes de seu calvário, momento a momento. Eles insistiram em obter aconselhamento jurídico, por mais que ele dissesse que as acusações sem dúvida seriam retiradas assim que os resultados do teste de DNA fossem divulgados. Ficou de consultar um advogado na manhã seguinte. Dormira por todo o caminho de Baltimore a Washington no banco de trás do Lincoln Mark VIII do pai e, embora isso estivesse longe de compensar a noite e meia que passara em claro, ele se sentia bem no fim das contas.

E queria ver Jeannie.

Já estava com essa vontade antes mesmo de ligar para ela. Agora que sabia da quantidade de problemas que ela enfrentava, tinha ficado ainda mais ansioso. Queria abraçá-la e dizer que tudo ficaria bem.

Ele também estava com a sensação de que havia uma conexão entre os problemas dela e os dele. Parecia a Steven que tudo tinha dado errado para eles dois a partir do momento em que ela o apresentara ao chefe dela, Berrington, e ele entrara em pânico.

Queria saber mais sobre o mistério em torno de sua origem. Essa parte ele não havia contado aos pais. Era bizarra e perturbadora demais. Mas ele precisava falar com Jeannie a respeito.

Pegou o telefone para ligar de novo para ela, então mudou de ideia. Ela iria dizer que não queria companhia. Pessoas deprimidas geralmente se sentem assim, mesmo quando precisam de verdade de um ombro para chorar. Talvez ele devesse apenas aparecer na porta da casa dela e dizer: "Ei, vamos tentar levantar o astral um do outro."

Foi para a cozinha. A mãe estava esfregando a travessa de lasanha com uma escova de aço. O pai fora para o escritório havia uma hora. Steven começou a colocar os pratos no lava-louça.

– Mãe – disse –, isso vai soar um pouco estranho para você, mas...

– Você vai sair pra encontrar uma garota – completou ela.

Ele abriu um sorriso.

– Como você sabia?

– Eu sou sua mãe, tenho poderes telepáticos. Como ela se chama?
– Jeannie Ferrami. *Doutora* Ferrami.
– Por acaso virei uma mãe judia? Deveria ficar impressionada com o fato de ela ser médica?
– Ela é cientista, não médica.
– Se já fez doutorado, deve ser mais velha que você.
– Tem 29.
– Hum. Como ela é?
– Bem, ela chama bastante a atenção, sabe, é alta e toda em forma... é uma excelente jogadora de tênis... Tem um cabelo escuro volumoso, olhos escuros e uma argola fina de prata muito delicada na narina... E ela é tipo, contundente, fala o que pensa de forma direta, mas ri muito também. Eu a fiz rir algumas vezes, mas ela é essencialmente essa... – ficou procurando a palavra – ... ela é essa *presença*. Quando está por perto, você simplesmente não consegue olhar pra mais nada...

Ele parou de falar.

Por um instante, a mãe ficou apenas olhando para ele, então ela disse:

– Ah, menino... você está apaixonado.

– Bem, não necessariamente... – Ele se conteve. – Quer dizer, você tem razão. Sou louco por ela.

– Ela sente o mesmo?

– Ainda não.

A mãe deu um sorriso afetuoso.

– Anda logo. Vai lá se encontrar com ela. Espero que ela faça por merecer você.

Ele deu um beijo na mãe.

– Como você consegue ser uma pessoa tão boa?

– É a prática – respondeu ela.

O carro de Steven estava estacionado do lado de fora: eles o haviam pegado no campus da Jones Falls e sua mãe o dirigira até Washington. Agora Steven estava pegando a Interestadual 95 de volta no sentido de Baltimore.

Jeannie estava precisando de alguém que cuidasse dela com amor e carinho. Ela lhe contara, quando ele ligou, que seu pai a roubara e que o reitor da universidade a traíra. Precisava de alguém que a paparicasse, e ele estava à altura dessa tarefa.

Enquanto dirigia, imaginou-a sentada ao lado dele em um sofá, rindo e dizendo coisas como: "Estou tão feliz que você veio... Fez eu me sentir muito melhor... Por que não tiramos as roupas e vamos pra cama?"

Ele parou em um pequeno shopping no bairro de Mount Washington e comprou uma pizza de frutos do mar, uma garrafa de Chardonnay de 10 dólares, um pote de sorvete Ben & Jerry's e dez cravos amarelos. A primeira página do *Wall Street Journal* chamou sua atenção com uma manchete sobre a Threeplex. Aquela era a empresa que financiava a pesquisa de Jeannie sobre gêmeos, ele se lembrou. Parecia que estava prestes a ser incorporada pelo conglomerado alemão Landsmann. Ele comprou o jornal.

Suas fantasias prazerosas foram obscurecidas pelo pensamento desconcertante de que Jeannie poderia ter saído desde que eles tinham se falado. Ou de que ela poderia estar em casa mas não atender a porta. Ou estar com visitas.

Ficou feliz ao ver um Mercedes 280C vermelho estacionado na porta dela: ela deveria estar em casa. Então ele se deu conta de que ela poderia ter saído a pé. Ou de táxi. Ou no carro de uma amiga.

Havia um interfone. Ele apertou o botão e olhou para o alto-falante, desejando que fizesse algum barulho. Nada aconteceu. Tocou de novo. Houve um crepitar. Seu coração deu um pulo. Uma voz irritada disse:

– Quem é?

– É Steven Logan. Vim animar você.

Houve uma longa pausa.

– Steven, não estou com vontade de receber visita.

– Pelo menos me deixa entregar estas flores.

Ela não respondeu. Estava com medo, ele supôs, e ficou amargamente decepcionado. Ela disse que acreditava que ele era inocente, mas isso foi quando ele estava seguro atrás das grades. Agora que estava na porta dela e ela estava sozinha, não era tão fácil.

– Você não mudou de ideia sobre mim, mudou? – perguntou ele. – Ainda acredita que sou inocente? Se não, tudo bem, eu vou embora.

O interfone fez um barulho e a porta se abriu.

Ela era o tipo de mulher que não resistia a um desafio, ele pensou.

Entrou em um pequeno saguão com mais duas portas. Uma estava aberta e conduzia a um lance de escadas. No topo estava Jeannie, com uma camiseta verde.

– Acho que é melhor você subir – disse ela.

Não era a mais entusiástica das boas-vindas, mas ele deu um sorriso e subiu as escadas, carregando seus presentes em um saco de papel. Ela o levou até uma pequena sala de estar com uma copa. Ela gostava de preto e branco com toques de cores vivas, ele reparou. Havia um sofá preto com almofadas laranja, um relógio azul vibrante em uma parede pintada de branco, luminárias amarelas e uma bancada de cozinha branca com canecas de café vermelhas.

Ele colocou o saco na bancada da cozinha.

– Olha – disse ele. – Você precisa de alguma coisa pra comer, pra se sentir melhor. – Ele pegou a pizza. – E de uma taça de vinho pra aliviar a tensão. Então, quando estiver pronta para um mimo especial, você pode tomar este sorvete direto da embalagem. E, depois que a comida e a bebida acabarem, você ainda terá as flores. Está vendo?

Ela ficou olhando para Steven como se ele fosse um alienígena.

– E, além disso – acrescentou ele –, achei que precisava que alguém viesse aqui e lhe dissesse que você é uma pessoa especial e maravilhosa.

Os olhos dela se encheram de lágrimas.

– Merda! – disse ela. – Eu nunca choro!

Ele colocou as mãos nos ombros dela. Era a primeira vez que a tocava. Timidamente a puxou para si. Ela não resistiu. Quase incapaz de acreditar em sua sorte, ele a abraçou. Ela era quase da mesma altura dele. Jeannie repousou a cabeça em seu ombro, o corpo tremendo com os soluços. Ele acariciou seu cabelo. Era macio e pesado. Teve uma ligeira ereção e se afastou um pouco dela, esperando que não notasse.

– Vai ficar tudo bem – afirmou ele. – Você vai dar um jeito em tudo.

Ela ficou largada nos braços dele por um longo e delicioso momento. Ele sentia o calor do corpo dela e inalava seu perfume. Perguntou-se se deveria beijá-la. Hesitou, com medo de que, se apressasse as coisas, ela o rejeitasse. Então o momento passou e ela se afastou.

Jeannie assoou o nariz na barra da camiseta larga, dando a ele um vislumbre sexy de uma barriga chapada e bronzeada.

– Obrigada – disse. – Eu precisava de um ombro pra chorar.

Ele ficou decepcionado com o tom pragmático dela. Para ele, havia sido um momento de sentimento intenso; para ela, nada mais que a liberação de uma tensão.

– Está tudo incluído no serviço – disse ele em tom de piada, então desejou ter ficado calado.

Ela abriu um armário e pegou pratos.

– Já estou me sentindo melhor – declarou. – Vamos comer.

Ele se acomodou em uma banqueta à bancada da cozinha. Ela cortou a pizza e abriu o vinho. Ele gostou de vê-la se movendo pela casa, fechando uma gaveta com o quadril, conferindo uma taça de vinho para ver se estava limpa, pegando um saca-rolhas com seus dedos longos e ágeis.

Lembrou-se da primeira garota por quem tinha se apaixonado. O nome dela era Bonnie e tinha 7 anos, a mesma idade que ele, e ele olhava para seus cachos ruivos e seus olhos verdes e pensava que milagre era existir alguém tão perfeito no parquinho da escola primária da Spillar Road. Por algum tempo alimentou a ideia de que ela poderia ser de fato um anjo.

Ele não achava que Jeannie fosse um anjo, mas havia uma graça física que fluía nela e lhe provocava a mesma sensação de espanto.

– Você é resiliente – comentou ela. – Na última vez que te vi, você estava péssimo. Faz só 24 horas, mas parece completamente recuperado.

– Escapei quase ileso. Tenho um machucado no ponto onde o detetive Allaston bateu com a minha cabeça na parede e um grande hematoma onde o Porky Butcher me chutou nas costelas às cinco da manhã, mas vou ficar bem, desde que nunca tenha que voltar para aquela prisão.

Ele afastou o pensamento de sua cabeça. Não ia voltar: o teste de DNA o eliminaria como suspeito.

Olhou para a estante. Ela tinha um monte de livros de não ficção; biografias de Darwin, Einstein e Francis Bacon; algumas romancistas que ele não tinha lido, como Erica Jong e Joyce Carol Oates; cinco ou seis obras de Edith Wharton; alguns clássicos modernos.

– Ei, você tem meu romance favorito de todos os tempos! – disse ele.

– Deixa eu adivinhar: *O sol é para todos*.

Ele ficou surpreso.

– Como sabia?

– Fala sério. O herói é um advogado que desafia o preconceito social pra defender um homem inocente. Não é esse o seu sonho?

Ele balançou a cabeça, resignado.

– Você sabe muito sobre mim. Dá até raiva.

– Qual você acha que é o meu livro favorito?

– Isso é um teste?

– Com certeza.

– É… ah, *Middlemarch*.

– Por quê?

– Tem uma heroína forte e independente.

– Mas ela não faz *nada*! De qualquer forma, o livro em que estou pensando não é um romance. Tenta mais uma vez.

Ele balançou a cabeça.

– Um livro de não ficção. – Então ele teve um lampejo de inspiração. – Já sei. A história de uma descoberta científica brilhante e elegante que explicou algo crucial sobre a vida humana. Aposto que é *A dupla hélice*.

– Uau, muito bem!

Eles começaram a comer. A pizza ainda estava quente. Jeannie ficou em silêncio, pensativa, por um tempo, depois disse:

– Eu estraguei tudo hoje. Agora consigo perceber. Precisava manter discrição sobre a crise toda. Tinha que ter dito: "Bem, talvez a gente possa debater sobre isso, não vamos tomar nenhuma decisão precipitada." Em vez disso, desafiei a universidade e, em seguida, piorei tudo ainda mais falando com a imprensa.

– Você me parece o tipo de pessoa que não faz concessões – disse ele.

Ela anuiu.

– Existe uma diferença entre *não fazer concessões* e *fazer idiotices*.

Ele mostrou a ela o *Wall Street Journal*.

– Talvez isso explique por que o seu departamento está tão preocupado com publicidade negativa neste momento. Seu patrocinador está prestes a ser vendido.

Ela olhou para o primeiro parágrafo.

– Cento e oitenta milhões de dólares! Uau! – Continuou a ler enquanto mastigava uma fatia de pizza. Quando terminou o artigo, balançou a cabeça negativamente. – Sua teoria é interessante, mas não acredito nela.

– Por que não?

– Era o Maurice Obell quem parecia estar contra mim, não o Berrington. Embora muitos digam que o Berrington possa ser sorrateiro. Enfim, eu não sou tão importante assim. Represento uma pequena fração das pesquisas que a Threeplex patrocina. Mesmo que o meu trabalho invadisse de fato a privacidade das pessoas, isso não seria um escândalo suficiente para ameaçar uma aquisição multimilionária.

Steven limpou os dedos em um guardanapo de papel e pegou um porta-retratos com a foto de uma mulher com um bebê. A mulher se parecia um pouco com Jeannie, mas tinha cabelo liso.

– Sua irmã? – arriscou.

– Sim. Patty. Ela tem três filhos já, todos meninos.

– Não tenho irmãos nem irmãs – disse Steven. Então se lembrou. – A menos que você conte o Dennis Pinker. – A expressão de Jeannie mudou, e ele disse: – Você está olhando para mim como se eu fosse uma amostra de estudo.

– Desculpa. Quer provar o sorvete?

– Com certeza.

Ela colocou o pote sobre a mesa e pegou duas colheres. Ele gostou daquilo. Compartilhar o mesmo pote era um passo mais perto de um beijo. Ela se esbaldou. Ele se perguntou se ela fazia amor com aquele mesmo tipo de entusiasmo guloso.

Ele engoliu uma colherada do sorvete e disse:

– Estou muito feliz por você acreditar em mim. Os policiais claramente não acreditam.

– Se você for um estuprador, toda a minha teoria cai por terra.

– Mesmo assim, muitas mulheres não teriam me deixado entrar na casa delas. Principalmente se acreditassem que tenho os mesmos genes de Dennis Pinker.

– Eu hesitei – admitiu ela. – Mas você provou que eu estava certa.

– Como?

Ela apontou para os restos do jantar.

– Quando o Dennis Pinker se sente atraído por uma mulher, ele puxa uma faca e manda que ela tire a calcinha. Você traz pizza.

Steven riu.

– Pode parecer engraçado – disse Jeannie –, mas é um universo de diferença.

– Tem uma coisa que você precisa saber sobre mim. Um segredo.

Ela largou a colher.

– O quê?

– Eu quase matei uma pessoa uma vez.

– Como?

Ele contou a história da briga com Tip Hendricks.

– É por isso que estou tão incomodado com essas informações sobre as minhas origens – explicou. – É perturbador demais ouvir que meus pais podem não ser meus pais. E se meu pai verdadeiro for um assassino?

Jeannie balançou a cabeça em negativa.

– Você se meteu numa briga de adolescentes que saiu do controle. Isso não faz de você um psicopata. E o outro cara? O Tip?

207

– Alguém o matou uns anos depois. A essa altura, ele tinha virado traficante. Arrumou uma briga com o fornecedor, e o cara deu um tiro na cabeça dele.

– Conclusão: o psicopata é ele – disse Jeannie. – É isso que acontece com eles. Não conseguem ficar longe de confusão. Um garoto grande e forte como você pode ter problemas com a lei uma vez, mas sobrevive ao incidente e segue levando uma vida normal. Já o Dennis vai ficar indo e vindo da prisão até alguém o matar.

– Quantos anos você tem, Jeannie?

– Não gostou quando eu disse que você é um garoto grande e forte.

– Eu tenho 22.

– Tenho 29. É uma diferença grande.

– Você me acha um garoto?

– Olha, não sei. Um homem de 30 anos provavelmente não viria de Washington de carro só para me trazer pizza. Foi um tanto impulsivo.

– Lamenta que eu tenha feito isso?

– Não. – Ela tocou a mão dele. – Sou muito grata.

Ele ainda não sabia em que pé eles estavam. Mas ela havia chorado no ombro dele. *Ninguém faz isso com um garoto*, pensou ele.

– Quando você vai ter a resposta sobre os meus genes? – indagou.

Ela olhou para o relógio.

– O *blotting* provavelmente já está pronto. A Lisa vai fazer a película pela manhã.

– Isso significa que o teste está pronto?

– Quase.

– A gente não pode ver os resultados logo? Mal posso esperar pra descobrir se tenho o mesmo DNA do Dennis Pinker.

– Acho que a gente pode – disse Jeannie. – Também estou muito curiosa.

– Então o que estamos esperando?

CAPÍTULO VINTE E CINCO

Berrington Jones tinha um cartão de plástico que abria qualquer porta no Hospício.

Ninguém sabia disso. Até mesmo os outros catedráticos imaginavam que suas salas eram privadas. Eles sabiam que os faxineiros tinham chaves mestras. Assim como os seguranças do campus. Mas nunca ocorreu ao corpo docente que talvez não fosse muito difícil conseguir uma chave que era dada até mesmo aos faxineiros.

Mesmo assim, Berrington nunca tinha usado sua chave mestra. Bisbilhotar era algo indigno: não fazia o seu estilo. Pete Watlingson provavelmente tinha fotos de meninos nus na gaveta da escrivaninha, Ted Ransome sem dúvida escondia um pouco de maconha em algum lugar, Sophie Chapple podia guardar um vibrador para as tardes longas e solitárias, mas Berrington não queria saber disso. A chave mestra era apenas para emergências.

Aquela era uma emergência.

A universidade havia ordenado que Jeannie parasse de usar seu programa de busca e anunciado ao mundo que ele havia sido interrompido, mas como ele poderia ter certeza disso? Não tinha como ver as informações eletrônicas viajando de um terminal para outro pelos cabos de telefonia. Ao longo do dia, a ideia de que ela poderia já estar fazendo buscas em um novo banco de dados o deixou incomodado. E não havia como saber o que ela poderia encontrar nele.

Com isso em mente, ele tinha voltado para a própria sala e agora estava sentado à mesa enquanto o crepúsculo quente se acumulava sobre os tijolos vermelhos dos edifícios do campus, batendo um cartão de plástico no mouse do computador e se preparando para fazer algo que ia contra todos os seus instintos.

Sua dignidade era preciosa. Tinha sido desenvolvida desde cedo. Sendo o menor entre os meninos da turma, sem um pai para lhe ensinar a lidar com os valentões, a mãe tão preocupada em pagar as contas que não tinha tempo para pensar na felicidade dele, ele cultivou aos poucos um ar de superioridade, um distanciamento que o protegia.

Em Harvard havia estudado discretamente um colega de uma família rica e tradicional, observando os detalhes de seus cintos de couro e lenços de linho, seus ternos de tweed e seus cachecóis de caxemira; aprendendo como ele desdobrava o guardanapo e afastava as cadeiras para as mulheres se sentarem; maravilhando-se com a mistura de desenvoltura e deferência com que tratava os professores, o encanto superficial e a frieza subjacente de suas relações com os que eram socialmente inferiores. Na época em que Berrington começou a fazer o mestrado, já era ele mesmo amplamente visto como um brâmane.

E o manto da dignidade era difícil de ser tirado. Alguns professores podiam se despir de seus paletós e jogar uma partida de futebol americano com um grupo de alunos de graduação, mas Berrington não. Os alunos nunca lhe contavam piadas nem o convidavam para suas festas; mas também não o desrespeitavam, não conversavam durante suas aulas nem questionavam suas notas.

Em certo sentido, toda a sua vida desde a criação da Threeplex tinha sido uma farsa, mas ele encenava essa farsa com ousadia e elegância. No entanto, não havia nenhuma forma elegante de invadir e vasculhar a sala de outra pessoa.

Olhou para o relógio. O laboratório estaria fechado àquela hora. A maioria de seus colegas havia ido embora, rumo a suas casas nos subúrbios ou ao bar do Clube dos Professores. Aquele era um momento oportuno. Em nenhum horário haveria garantia de o prédio estar vazio: cientistas trabalhavam sempre que tinham vontade. Se fosse visto, teria que manter a pose.

Saiu de sua sala, desceu as escadas e caminhou pelo corredor até a porta da sala de Jeannie. Não havia ninguém por perto. Passou o cartão pelo leitor de cartões e a porta se abriu. Entrou, acendeu as luzes e fechou a porta.

Era a menor sala do prédio. Na verdade, o local era anteriormente um almoxarifado, mas Sophie Chapple insistira, maliciosamente, em torná-lo a sala de Jeannie, sob a alegação de que era preciso uma sala maior para armazenar as caixas de questionários impressos que o departamento usava. Era um cômodo estreito, com uma pequena janela. No entanto, Jeannie dera vida ao espaço com duas cadeiras de madeira pintadas de vermelho brilhante, um vaso com uma palmeira alta e uma reprodução de uma gravura de Picasso – uma tourada em tons berrantes de amarelo e laranja.

Berrington pegou o porta-retratos da mesa dela. Nele havia uma foto em preto e branco de um homem bonito, com costeletas e uma gravata larga, e uma jovem com uma expressão determinada: os pais de Jeannie na década de 1970, ele supôs. Fora isso, a mesa dela estava completamente limpa. *Garota organizada*.

Ele se sentou e ligou o computador dela. Enquanto este iniciava, vasculhou as gavetas. A primeira continha canetas e blocos de rascunho. Em outra, encontrou uma caixa de absorventes e um pacote fechado com um par de meias-calças. Berrington odiava meias-calças. Ele acalentava memórias adolescentes de cintas-ligas e meias com costura. Meias-calças também não eram saudáveis, assim como cuecas de material sintético. Se o presidente Proust o nomeasse para um cargo importante na saúde, ele planejava colocar uma advertência em todas as embalagens de meia-calça. A gaveta seguinte continha um espelho de bolsa e uma escova com alguns dos longos fios escuros de Jeannie presos nas cerdas; a última, um dicionário de bolso e um livro intitulado *Uma bela propriedade*. Até o momento, nenhum segredo.

A área de trabalho apareceu na tela. Ele pegou o mouse e clicou em *Agenda*. Os compromissos dela eram previsíveis: palestras e aulas, expediente no laboratório, partidas de tênis, encontros em bares e sessões de cinema. Ela iria para Oriole Park em Camden Yards para assistir a um jogo de beisebol no sábado; Ted Ransome e a esposa a haviam convidado para um brunch no domingo; seu carro ia passar por uma manutenção na segunda. Não havia nenhuma entrada que dizia "Fazer varredura nos históricos médicos da seguradora Acme". Sua lista de tarefas era igualmente mundana: "Comprar vitaminas", "Ligar para Ghita", "Presente de aniversário da Lisa", "Verificar modem".

Ele fechou a agenda e começou a examinar os arquivos. Jeannie tinha toneladas de estatísticas organizadas em planilhas. Os arquivos de texto eram menores: algumas correspondências, projetos de questionários, o rascunho de um artigo. Usando o recurso *Localizar*, ele fez uma busca nos arquivos de texto pelo termo "banco de dados". Ele aparecia várias vezes no artigo, e também em arquivos de texto de três cartas enviadas, mas nenhuma das referências lhe dizia onde ela estava planejando usar o mecanismo de busca dali por diante.

– Vamos lá – disse em voz alta. – Tem que haver alguma coisa, pelo amor de Deus.

Havia um gaveteiro para pastas suspensas, mas sem muita coisa dentro dele; fazia poucas semanas que ela estava ali. Depois de um ou dois anos, estaria cheio de questionários preenchidos, dados brutos da pesquisa psicológica. Naquele momento, havia algumas cartas em uma das gavetas, memorandos do departamento em outra, fotocópias de artigos em uma terceira.

Em um armário praticamente vazio ele encontrou, virado para baixo, um porta-retratos com uma foto de Jeannie e um homem alto e barbudo, cada um numa bicicleta junto a um lago. Berrington deduziu que era um relacionamento que já havia terminado.

Começou a ficar ainda mais preocupado. Aquela era a sala de uma pessoa organizada, do tipo que se planejava com antecedência. Ela arquivava as cartas recebidas e mantinha cópias de tudo que enviava. Deveria haver evidências ali sobre suas próximas ações. Ela não tinha razão nenhuma para manter segredo quanto a isso: até aquele dia, jamais dera qualquer indício de que fizesse algo de que se envergonhasse. Ela devia estar planejando uma outra varredura em banco de dados. A única explicação possível para a ausência de pistas era ela ter combinado isso por telefone ou pessoalmente, talvez com alguém que fosse um amigo próximo. E, se fosse esse o caso, ele provavelmente não iria descobrir nada sobre o assunto vasculhando a sala dela.

Ele ouviu passos do lado de fora, no corredor, e ficou tenso. Um cartão foi passado pelo leitor e houve um clique. Berrington olhou impotente para a porta. Não havia nada que pudesse fazer: seria pego no flagra, sentado à mesa dela, com o computador dela ligado. Não teria como fingir que estava passando ali por acaso.

A porta se abriu. Ele esperava ver Jeannie, mas na verdade era um segurança.

O homem o conhecia.

– Ah, oi, professor – disse o segurança. – Eu vi a luz acesa, então achei melhor conferir: a Dra. Ferrami costuma deixar a porta aberta quando está aqui.

Berrington se esforçou para não corar ao falar:

– Está tudo bem. – *Jamais se desculpe, jamais se justifique.* – Pode deixar que eu me lembro de trancar a porta quando acabar aqui.

– Ótimo.

O segurança ficou em silêncio, esperando uma explicação. Berrington manteve a boca fechada. Por fim, o homem se despediu:

– Bem, boa noite, professor.

– Boa noite.

O guarda saiu.

Berrington relaxou. *Sem problemas.*

Verificou se o modem dela estava ligado, clicou no ícone da AOL e entrou no gerenciador de e-mails. Havia três e-mails. Ele baixou todos. O primeiro era um aviso sobre o aumento do preço do uso da internet. O segundo era da Universidade de Minnesota e dizia:

```
Estarei em Baltimore na sexta e adoraria tomar um drin-
que com você, em nome dos velhos tempos. Um beijo, Will.
```

Berrington ficou se perguntando se Will não seria o barbudo na foto das bicicletas. Ele deletou aquele e-mail e abriu o terceiro.
Foi como levar um choque.

```
Acho que você vai gostar de saber que seu programa vai
fazer a varredura no nosso arquivo de impressões digi-
tais hoje à noite. Me liga. Ghita.
```

Era do FBI.
– Desgraçada – falou Berrington baixinho. – Isso vai acabar com a gente.

CAPÍTULO VINTE E SEIS

BERRINGTON ESTAVA COM MEDO de usar o telefone para falar sobre Jeannie e o arquivo de impressões digitais do FBI. Muitos telefonemas eram monitorados por agências de inteligência. Atualmente a vigilância era feita por computadores programados para ouvir palavras e frases-chave. Se alguém dissesse "plutônio" ou "heroína" ou "matar o presidente", o computador gravaria a conversa e alertaria um ouvinte humano. A última coisa de que Berrington precisava era de algum bisbilhoteiro da CIA se perguntando por que o senador Proust estava tão interessado no arquivo de impressões digitais do FBI.

Então ele entrou em seu Lincoln Town Car prata e dirigiu a 150 por hora pela estrada que ligava Baltimore a Washington. Ultrapassava o limite de velocidade com frequência. Na verdade, não tinha paciência para qualquer tipo de regra. Aquilo era uma contradição, ele admitia. Odiava ativistas da paz e usuários de drogas, homossexuais e feministas, roqueiros e todos os não conformistas que desrespeitavam as tradições americanas. No entanto, ao mesmo tempo se ressentia de qualquer pessoa que tentasse lhe dizer onde estacionar o carro, quanto pagar a seus funcionários ou quantos extintores de incêndio colocar em seu laboratório.

Enquanto dirigia, pensou nos contatos de Jim Proust na comunidade de inteligência. Será que eles eram só um bando de militares velhos que ficavam de um lado para outro contando histórias sobre como haviam chantageado manifestantes contrários à Guerra do Vietnã e assassinado presidentes sul-americanos? Ou ainda estavam na vanguarda? Ainda se ajudavam uns aos outros, como a máfia, e consideravam a retribuição de um favor uma obrigação quase que religiosa? Ou aqueles dias tinham ficado para trás? Fazia muito tempo que Jim havia saído da CIA; talvez nem ele mesmo soubesse.

Já estava tarde, mas Jim ficou à espera de Berrington em seu escritório no edifício do Capitólio.

– Que diabos aconteceu que você não podia falar ao telefone? – perguntou.

– Ela está prestes a rodar o programa dela no arquivo de impressões digitais do FBI.

Jim ficou pálido.

– E vai funcionar?

– Funcionou com registros odontológicos. Por que não funcionaria com impressões digitais?

– Jesus Cristo! – exclamou Jim, apavorado.

– Quantas digitais eles têm arquivadas?

– De mais de 20 milhões de pessoas, se não me engano. Não tem como serem todas de criminosos. Tem tanto criminoso assim nos Estados Unidos?

– Não sei, talvez tenham digitais de pessoas mortas também. Se concentra, Jim, pelo amor de Deus. Você tem como impedir que isso aconteça?

– Quem é o contato dela no FBI?

Berrington entregou para ele o e-mail de Jeannie impresso numa folha de papel. Enquanto Jim o analisava, Berrington ficou observando ao redor. Nas paredes de sua sala, Jim tinha fotos de si mesmo com todos os presidentes norte-americanos posteriores a Kennedy. Havia um capitão Proust de uniforme saudando Lyndon Johnson; o major Proust, ainda com a cabeça cheia de cabelos louros lisos, apertando a mão de Dick Nixon; o coronel Proust olhando feio para Jimmy Carter; o general Proust contando uma piada para Ronald Reagan, os dois se acabando de rir; um Proust em traje de executivo, vice-diretor da CIA, em uma conversa profunda com um carrancudo George Bush; e o senador Proust, agora careca e de óculos, apontando um dedo para Bill Clinton. Também havia fotos dele dançando com Margaret Thatcher, jogando golfe com Bob Dole e andando a cavalo com Ross Perot. Berrington tinha algumas fotos como aquelas, mas Jim tinha uma galeria inteira. Quem ele estava tentando impressionar? A si mesmo, provavelmente. Ficar se vendo o tempo todo com as pessoas mais poderosas do planeta dizia a Jim que ele era alguém importante.

– Nunca ouvi falar de nenhuma Ghita Sumra – declarou Jim. – Não tem como ela ser do alto escalão.

– Quem você *conhece* no FBI? – perguntou Berrington, impaciente.

– Sabe o casal David e Hilary Creane?

Berrington fez que não com a cabeça.

– Ele é diretor assistente, ela é uma alcoólatra em recuperação. Os dois têm cerca de 50 anos. Dez anos atrás, quando eu comandava a CIA, o David trabalhou pra mim na Diretoria Diplomática, vigiando todas as embaixadas estrangeiras e seus setores de espionagem. Eu gostava dele. De qualquer forma, uma tarde a Hilary encheu a cara, pegou o Honda Civic dela e matou uma criança de 6 anos, uma garota negra, na Beulah Road, em Springfield. Ela não prestou socorro, parou em um shopping e ligou pro Dave na sede da CIA. Ele foi até lá no Thunderbird dele, pegou-a e a levou pra casa, e depois registrou queixa dizendo que o Honda havia sido roubado.

– Mas alguma coisa saiu errado.

– Teve uma testemunha que tinha certeza de que o carro estava sendo conduzido por uma mulher branca de meia-idade e um detetive teimoso que sabia que poucas mulheres roubam carros. A testemunha reconheceu a Hilary, e ela desabou e confessou.

– O que aconteceu depois?

– Fui falar com o promotor público. Ele queria mandar os dois pra cadeia. Eu insisti que se tratava de uma questão importante de segurança nacional e o convenci a desistir da acusação. A Hilary começou a frequentar o AA e nunca mais bebeu.

– E o Dave se transferiu pro FBI e se saiu bem.

– E me deve uma. Ah, se deve.

– Ele tem como parar essa tal de Ghita?

– Ele é um dos nove diretores assistentes que se reportam ao vice-diretor. Não é ele que comanda a divisão de impressões digitais, mas é um cara poderoso.

– Tem como fazer isso ou não?

– Não sei! Vou perguntar, ok? Se puder ser feito, ele vai fazer, por mim.

– Ótimo, Jim – disse Berrington. – Então pega esse maldito telefone e pergunta pra ele.

CAPÍTULO VINTE E SETE

Jeannie acendeu as luzes do laboratório de psicologia e Steven entrou atrás dela.

– A linguagem da genética tem quatro letras – disse ela. – A, C, G e T.

– Por que essas quatro?

– Adenina, citosina, guanina e timina. São os compostos químicos ligados às longas fitas centrais da molécula de DNA. Elas formam palavras e frases, como "Ponha cinco dedos em cada pé".

– Mas o DNA de todo mundo diz "Ponha cinco dedos em cada pé", não?

– Bem observado. O seu DNA é muito semelhante ao meu e ao de todas as outras pessoas no mundo. Temos até muita coisa em comum com os animais, porque eles são feitos das mesmas proteínas que a gente.

– Então como você vai saber se houver alguma diferença entre o DNA do Dennis e o meu?

– Existem trechos entre as frases que não significam nada, são só rabiscos. São como os espaços entre as palavras. Esses trechos têm o nome de oligonucleotídeos, mas todo mundo chama só de oligos. No espaço entre "cinco" e "dedos" pode haver um oligo que diz TATAGAGACCCC repetido várias vezes.

– Todo mundo tem esse TATAGAGACCCC?

– Sim, mas o número de repetições varia. Vamos supor que você tem 31 oligos TATAGAGACCCC entre "cinco" e "dedos", ao passo que eu tenho 287. A quantidade não faz diferença nenhuma, porque o oligo não significa nada.

– Como compara os meus oligos com os do Dennis?

Ela mostrou a ele uma placa retangular do tamanho de um livro.

– Nós cobrimos esta placa com um gel, fazemos ranhuras sobre ela e inserimos amostras do seu DNA e do DNA dele nessas ranhuras. Em seguida, colocamos a placa aqui. – Havia um pequeno tanque de vidro na bancada. – Passamos uma corrente elétrica através do gel por algumas horas. Isso faz com que os fragmentos de DNA vazem pelo gel em linhas retas. Mas fragmentos pequenos se movem mais rápido que fragmentos grandes. Portanto, o seu fragmento, com 31 oligos, vai terminar à frente do meu, com 287.

– Como consegue ver a distância que eles andaram?

– Usamos produtos químicos chamados sondas. Elas se ligam a oligos específicos. Digamos que exista uma sonda que atrai o TATAGAGACCCC. – Ela mostrou a ele um pedaço de tecido parecido com um pano de prato. – Nós pegamos uma membrana de náilon embebida em uma solução de sonda e a colocamos sobre o gel, para que ela absorva os fragmentos. As sondas também são luminosas, então elas sensibilizam uma película fotográfica. – Ela olhou para outro tanque. – Vejo que a Lisa já colocou o náilon no filme. – Encarou-o. – Acho que o padrão já se formou. Tudo que a gente precisa fazer é revelar o filme.

Steven tentou ver a imagem no filme enquanto ela o lavava em uma bacia com um produto químico e depois o enxaguava debaixo da torneira. Sua história estava escrita naquela página. Mas tudo que ele conseguiu ver foi um padrão em forma de escada no plástico transparente. Por fim, ela o secou e o prendeu em uma caixa de luz.

Steven olhou para o filme. Ele tinha listras de cima a baixo, linhas retas com cerca de meio centímetro de largura, como trilhos. Os trilhos estavam numerados na parte inferior do filme, de 1 a 18. Dentro dos trilhos havia marcas pretas, como hifens. Aquilo não tinha significado nenhum para ele.

Jeannie explicou:

– As marcas pretas mostram a distância que os seus fragmentos viajaram ao longo dos trilhos.

– Mas existem duas marcas pretas em cada trilho.

– Isso é porque você tem dois filamentos de DNA, um do seu pai e um da sua mãe.

– Claro. A dupla hélice.

– Isso. E seus pais tinham oligos diferentes. – Ela consultou uma folha de anotações e olhou de volta para ele. – Tem certeza de que está pronto pra isso?

– Tenho.

– Ok. – Ela olhou para as anotações de novo. – O trilho três é do seu sangue.

Havia duas marcas afastadas 2,5 centímetros uma da outra bem na metade do filme.

– O trilho quatro é um controle. Provavelmente é o meu sangue ou o da Lisa. As marcas têm que estar em uma posição completamente diferente.

– Estão.

As duas marcas estavam muito próximas uma da outra bem na parte inferior do filme, perto da numeração.

– O trilho cinco é do Dennis Pinker. As marcas estão nas mesmas posições que as suas ou em posições diferentes?

– Nas mesmas – respondeu Steven. – Elas batem igualzinho.

Ela olhou para ele.

– Steven, vocês são irmãos gêmeos.

Ele não queria acreditar.

– Existe alguma chance de isso estar errado?

– Claro – disse ela. – Existe uma chance em cem de que dois indivíduos não relacionados tenham um fragmento igual nos DNAs materno e paterno. Normalmente testamos quatro fragmentos diferentes usando diferentes oligos e diferentes sondas. Isso reduz a chance de erro para uma em cem milhões. Lisa vai fazer mais três: cada um leva metade de um dia pra ficar pronto. Mas eu sei o que eles vão dizer. E você também sabe, não é?

– Acho que sei. – Steven deu um suspiro. – É melhor eu começar a acreditar nisso. De onde diabos eu saí?

Jeannie ficou pensativa.

– Uma coisa que você disse não saiu da minha cabeça: "Eu não tenho irmãos nem irmãs." Pelo que você falou sobre os seus pais, eles parecem o tipo de pessoa que ia querer ter uma casa cheia de crianças, com três ou quatro filhos.

– Tem razão – concordou Steven. – Mas mamãe teve problemas pra engravidar. Ela estava com 33 anos e era casada com o papai há dez quando eu nasci. Ela escreveu um livro sobre isso: *O que fazer quando você não consegue engravidar*. Foi o primeiro best-seller dela. Comprou uma casinha de veraneio na Virgínia com o dinheiro.

– Charlotte Pinker tinha 39 quando o Dennis nasceu. Aposto que eles também tinham problemas de fertilidade. Fico me perguntando se isso tem alguma relevância.

– Que relevância poderia ter?

– Não sei. Sua mãe fez algum tipo de tratamento especial?

– Eu nunca li o livro. Devo ligar pra ela?

– Você faria isso?

– Já está na hora de eu contar pra eles sobre esse mistério, de qualquer jeito.

– Usa o telefone da Lisa – disse Jeannie, apontando para uma mesa.

Ele ligou pra casa. A mãe atendeu.

– Oi, mãe.

– Ela ficou feliz em ver você?

– No começo, não. Mas ainda estou com ela.

– Então ela não te odeia.

Steven olhou para Jeannie.

– Ela não me odeia, mãe, mas acha que sou muito novo.

– Ela está ouvindo?

– Sim, e acho que estou deixando-a constrangida, o que é uma coisa inédita. Mãe, nós estamos no laboratório e temos uma espécie de quebra-cabeça pra resolver. O meu DNA parece ser igual ao de outro participante que ela está estudando, um cara chamado Dennis Pinker.

– Não pode ser igual. Vocês teriam que ser gêmeos idênticos.

– E isso só seria possível se eu tiver sido adotado.

– Steven, você não foi adotado, se é o que está pensando. E não tem um irmão gêmeo. Sabe Deus como eu ia ter conseguido aturar dois de você.

– Você fez algum tipo de tratamento especial pra fertilidade antes de eu nascer?

– Fiz, sim. O médico me indicou um lugar na Filadélfia ao qual várias esposas de oficiais já tinham ido. O nome era Clínica Aventine. Eu fiz tratamento hormonal.

Steven repetiu isso para Jeannie, e ela anotou a informação num bloco de post-its.

A mãe dele continuou:

– O tratamento deu certo, e aí está você, fruto de todo esse esforço, sentado em Baltimore importunando uma bela mulher sete anos mais velha que você, quando deveria estar aqui em Washington cuidando de sua velha mãe de cabelos brancos.

Steven riu.

– Obrigado, mãe.

– Ei, Steven?

– Estou aqui.

– Não chega tarde. Você tem que falar com o advogado amanhã de manhã. Vamos tirá-lo dessa confusão antes de você começar a se preocupar com o seu DNA.

– Não vou demorar. Tchau.

Ele desligou.

– Vou ligar pra Charlotte Pinker imediatamente – disse Jeannie. – Espero que ela ainda não esteja dormindo. – Ela folheou o porta-cartões de visita de

Lisa, pegou o telefone e ligou. Depois de um momento, falou: – Oi, Sra. Pinker, aqui é a Dra. Ferrami, da Universidade Jones Falls... Estou bem, obrigada. Como a senhora está? Espero que não se importe se eu lhe fizer mais uma pergunta. Ah, isso é muito gentil e compreensivo da sua parte. Sim... Antes de engravidar do Dennis, a senhora fez algum tipo de tratamento de fertilidade? – Houve uma longa pausa, e então o rosto de Jeannie pareceu brilhar de empolgação. – Na Filadélfia? Sim, já ouvi falar. Tratamento hormonal. Isso é muito interessante, me ajuda muito. Obrigada mais uma vez. Até logo. – Ela pôs o fone no gancho. – Bingo. Charlotte esteve na mesma clínica.

– Fantástico. Mas o que isso significa?

– Não faço ideia – retrucou Jeannie. Pegou o telefone de novo e ligou para a telefonista. – Como faço para obter informações da Filadélfia?... Obrigada. – Fez outra ligação. – Clínica Aventine. – Houve uma pausa. Ela olhou para Steven e disse: – Deve ter fechado alguns anos atrás.

Ele ficou observando-a, hipnotizado. O rosto dela reluzia de entusiasmo, ao mesmo tempo que a mente dela disparava. Ela estava deslumbrante. Ele desejou poder fazer mais para ajudá-la.

De repente ela pegou um lápis e anotou um número.

– Obrigada! – disse ao telefone e desligou. – Ainda funciona!

Steven se animou. O mistério dos genes dele poderia ser resolvido.

– Registros – disse ele. – A clínica deve ter registros. Pode haver alguma pista neles.

– Eu preciso ir até lá! – exclamou Jeannie e franziu a testa, pensativa. – Tenho uma autorização assinada por Charlotte Pinker que nos dá permissão pra examinar todos os registros médicos. Você poderia pedir a sua mãe para assinar uma hoje à noite e mandar por fax pra mim na Jones Falls?

– Claro.

Ela fez outra ligação, digitando os números rapidamente.

– Boa noite, é da Clínica Aventine? Tem algum gerente de plantão agora à noite? Obrigada.

Houve uma longa pausa. Ela ficou batucando com o lápis, impaciente. Steven a olhava com adoração. Por ele, aquilo poderia levar a noite toda.

– Boa noite, Sr. Ringwood, aqui é a Dra. Ferrami, do departamento de psicologia da Universidade Jones Falls. Duas participantes da minha pesquisa frequentaram sua clínica há 23 três anos, e seria de grande valia pra mim examinar os registros delas. Tenho autorização das duas, que posso enviar por fax pra você de antemão... Isso ajudaria bastante. Amanhã é cedo demais? Pode ser às duas da tarde, então?... O senhor é muito gentil. Vou fazer isso. Obrigada. Até mais.

– Clínica de fertilidade – disse Steven, pensativo. – Naquele artigo do *Wall Street Journal* não está dizendo que a Threeplex é proprietária de algumas clínicas de fertilidade?

Jeannie o encarou, boquiaberta.

– Ah, meu Deus – disse ela em tom grave. – Com certeza.

– Será que existe alguma conexão?

– Aposto que sim.

– Se existe, então...

– Então Berrington Jones pode saber muito mais sobre você e Dennis do que aparenta.

CAPÍTULO VINTE E OITO

*F*OI UM DIA TERRÍVEL, *mas tudo acabou bem*, pensou Berrington ao sair do chuveiro.

Ele se olhou no espelho. Para quem tinha 59 anos, estava em ótima forma: magro, boa postura, a pele levemente bronzeada e uma barriga quase chapada. Seus pelos púbicos eram escuros, mas só porque ele os tingia para se livrar do grisalho constrangedor. Era importante para ele poder tirar a roupa na frente de uma mulher sem ter que apagar a luz.

Começara o dia acreditando que tinha Jeannie Ferrami na mão, mas ela se mostrara mais forte do que ele esperava. *Não vou subestimá-la de novo*, pensou.

No caminho de volta de Washington, ele tinha passado pela casa de Preston Barck para informá-lo sobre o mais recente acontecimento. Como sempre, Preston estava mais preocupado e pessimista do que a situação justificava. Afetado pelo humor de Preston, Berrington dirigiu para casa desanimado. No entanto, quando chegou, o telefone estava tocando, e Jim, falando em um código improvisado, confirmou que David Creane impediria que a cooperação do FBI com Jeannie se concretizasse. Ele tinha prometido fazer os telefonemas necessários ainda naquela noite.

Berrington se secou com a toalha e vestiu um pijama de algodão azul e um roupão listrado de azul e branco. Marianne, a empregada, tinha a noite de folga, mas havia uma travessa na geladeira: frango à provençal, de acordo com o bilhete que ela deixara em uma cuidadosa caligrafia infantil. Ele a colocou no forno e serviu uma pequena dose de uísque Springbank. Assim que tomou o primeiro gole, o telefone tocou.

Era sua ex-mulher, Vivvie.

– O *Wall Street Journal* está dizendo que você vai ficar rico – disse ela.

Ele a imaginou, uma loura esguia de 60 anos, sentada no terraço de sua casa na Califórnia, observando o pôr do sol sobre o Pacífico.

– Suponho que esteja querendo voltar comigo.

– Pensei nisso, Berry. Pensei nisso muito seriamente por pelo menos dez segundos. Então percebi que 180 milhões de dólares não eram o suficiente. – Aquilo o fez rir. – Sério, Berry, estou feliz por você.

Ele sabia que ela estava sendo sincera. A ex-esposa tinha bastante dinheiro por conta própria. Depois do fim do casamento, ela ingressara no ramo imobiliário em Santa Barbara e se saíra bem.

– Obrigado.

– O que vai fazer com o dinheiro? Deixar pro garoto?

O filho deles estava estudando para ser contador público certificado.

– Ele não vai precisar. Vai fazer fortuna como contador. Pode ser que eu dê algum dinheiro pro Jim Proust. Ele será candidato a presidente.

– O que vai receber em troca? Quer ser o embaixador norte-americano em Paris?

– Não, mas pensei em um cargo importante na saúde.

– Uau, Berry, isso é sério mesmo pra você. Mas acho que não deveria falar muito ao telefone.

– Verdade.

– Preciso ir. Meu namorado acabou de tocar a campainha. Adeusinho, porco-espinho.

Era uma velha piada de família.

– Tchau, tchau, pica-pau – respondeu ele e desligou.

Achou um pouco deprimente que Vivvie fosse sair com um namorado, que ele não fazia ideia de quem era, enquanto ele estava sentado em casa sozinho com seu uísque. Com exceção da morte de seu pai, ter sido deixado por Vivvie foi a maior tristeza da vida de Berrington. Ele não a culpava por ter ido embora: ele tinha sido irremediavelmente infiel. Mas a amava e ainda sentia falta dela treze anos após o divórcio. O fato de que fora ele o culpado só o deixava mais triste. Implicar com ela ao telefone o fez se lembrar de como eles se divertiram nos bons tempos.

Ligou a TV e assistiu ao programa *Primetime* enquanto o jantar esquentava. A cozinha se encheu com o perfume das ervas que Marianne usara no preparo do frango. Ela era uma ótima cozinheira, talvez pelo fato de a Martinica ter sido uma colônia francesa.

No momento em que tirava a travessa do forno, o telefone tocou de novo. Dessa vez era Preston Barck. Ele parecia abalado.

– Acabei de receber uma ligação da Filadélfia, do Dick Minsky – disse. – Jeannie Ferrami vai à Clínica Aventine amanhã.

Berrington se sentou largando todo o peso do corpo.

– Misericórdia – disse. – Como foi que ela descobriu a clínica?

– Não sei. O Dick não estava lá; foi o gerente da noite que atendeu a ligação. Mas, aparentemente, ela disse que algumas participantes da pesquisa dela fizeram tratamento lá anos atrás e que queria examinar o registro médico delas. Prometeu enviar por fax as autorizações e disse que estaria lá às duas da tarde. Graças a Deus o Dick ligou pra falar de um outro assunto e o gerente da noite mencionou isso.

Dick Minsky tinha sido um dos primeiros funcionários da Threeplex, na década de 1970. Começara lá ainda garoto, cuidando da correspondência; agora era gerente-geral das clínicas. Nunca tinha sido membro da panelinha – da qual apenas Jim, Preston e Berrington podiam fazer parte –, mas sabia que o passado da empresa guardava segredos. A discrição estava no sangue dele.

– O que você disse pro Dick fazer?

– Cancelar a visita dela, é claro. Se ela aparecer mesmo assim, mandá-la embora. Dizer que ela não pode ver os registros.

Berrington balançou a cabeça.

– Isso não basta.

– Por quê?

– Só vai deixá-la mais curiosa. Ela vai tentar achar outra forma de ter acesso aos arquivos.

– Como?

Berrington deu um suspiro. Preston não tinha nenhuma imaginação.

– Bem, se eu fosse ela, ligaria para a Landsmann, pediria para falar com a secretária do Michael Madigan e diria que ele deveria dar uma olhada nos registros de 23 anos atrás da Clínica Aventine antes de assinar o acordo de aquisição. Isso o faria começar a questionar coisas, não faria?

– Bem, e o que você sugere? – perguntou Preston, irritado.

– Acho que vamos ter que destruir todos os registros dos anos setenta.

Houve um momento de silêncio.

– Berry, esses registros são únicos. Cientificamente, são inestimáveis...

– Acha que eu não sei disso? – disparou Berrington.

– Tem que ter outro jeito.

Berrington respirou fundo. Ele se sentia tão mal quanto Preston em relação àquilo. Tinha sonhado que um dia, muitos anos à frente, alguém escreveria a história de seus experimentos pioneiros e sua ousadia e sua genialidade científica seriam reveladas ao mundo. Ver as evidências históricas serem eliminadas daquela forma culpada e clandestina partia seu coração. Mas, naquele momento, era inevitável.

– Enquanto os registros existirem, representarão uma ameaça para nós. Precisam ser destruídos. E é melhor que isso seja feito imediatamente.

– O que a gente vai dizer à equipe?

– Merda, não sei, Preston, inventa alguma coisa, pelo amor de Deus. Uma nova estratégia de gestão de documentos corporativos. Contanto que eles comecem a rasgar os papéis logo de manhã, eu não estou nem aí pro que você vai dizer pra eles.

– Acho que tem razão. Vou ligar pro Dick agora mesmo. Você liga pro Jim e o coloca a par?

– Claro.

– Então tchau.

Berrington ligou para a casa de Jim Proust. Sua esposa, uma mulher franzina com um ar oprimido, atendeu ao telefone e chamou Jim.

– Estou na cama, Berry. Que merda aconteceu agora?

Os três estavam ficando muito impacientes uns com os outros.

Berrington contou a Jim o que Preston havia relatado e a atitude que eles tinham decidido tomar.

– Boa jogada – disse Jim. – Mas não é suficiente. Existem outras maneiras pelas quais essa Ferrami pode atingir a gente.

Berrington sentiu um espasmo de irritação. Nada nunca era suficiente para Jim. Não importava o que fosse proposto, Jim sempre desejava uma ação mais dura, medidas mais extremas. Mas ele suprimiu seu aborrecimento. Achou que Jim estava sendo sensato naquele momento. Jeannie tinha se mostrado um verdadeiro cão de caça, inabalável em seguir seu faro. Um único revés não faria com que ela desistisse.

– Concordo – disse a Jim. – E Steven Logan foi solto, fiquei sabendo hoje cedo, então ela não está totalmente sozinha. Temos que lidar com ela pensando a longo prazo.

– Ela precisa tomar um susto.

– Jim, pelo amor de Deus...

– Eu sei que isso traz à tona o covarde em você, Berry, mas precisa ser feito.

– Nem pensar.

– Olha...

– Tenho uma ideia melhor, Jim, se você tirar um minuto pra me ouvir.

– Ok, estou ouvindo.

– Vou fazer com que ela seja demitida.

Jim pensou um pouco.

– Não sei... Isso vai bastar?

– Vai. Olha só, ela acredita que se deparou com uma anomalia biológica.

É o tipo de coisa que pode fazer a carreira de um jovem cientista decolar. Ela não faz ideia do que está por trás de tudo isso, acha que a universidade está só com medo da publicidade negativa. Se ela perder o emprego, não vai ter equipamento pra seguir com a pesquisa e nenhum incentivo pra continuar correndo atrás disso. Além do mais, vai estar muito ocupada procurando outro emprego. Por acaso eu sei que está precisando de dinheiro.

– Talvez você tenha razão.

Berrington estava desconfiado. Jim estava concordando muito prontamente.

– Você não está planejando fazer algo por conta própria, está? – perguntou.

Jim fugiu da pergunta e disse:

– Você consegue fazer isso? Consegue fazer com que ela seja demitida?

– Claro.

– Mas na terça você me disse que é uma universidade, não a porra do Exército.

– É verdade. Você não pode simplesmente gritar com as pessoas pra elas fazerem o que está mandando. Mas passei a maior parte dos últimos quarenta anos no mundo acadêmico. Sei como mexer os pauzinhos. Quando é realmente necessário, sei como me livrar de um professor assistente sem muito esforço.

– Está bem.

Berrington franziu a testa.

– Estamos juntos nessa, certo, Jim?

– Certo.

– Ok. Durma bem.

– Boa noite.

Berrington desligou. Seu frango à provençal estava frio. Ele o jogou no lixo e foi para a cama.

Ficou acordado por um bom tempo, pensando em Jeannie Ferrami. Às duas da manhã, se levantou e tomou um ansiolítico. Então, por fim, adormeceu.

CAPÍTULO VINTE E NOVE

ERA UMA NOITE de calor na Filadélfia. No edifício residencial, todas as portas e janelas estavam abertas: nenhum dos quartos tinha ar-condicionado. Os sons da rua flutuavam até o apartamento 5A, no último andar: buzinas, risadas, partes de músicas. Em uma mesa de pinho barata, arranhada e com marcas de queimaduras de cigarro, um telefone começou a tocar. Ele atendeu.

A voz no aparelho soou como um latido:
– É o Jim.
– Ah, oi, tio Jim. Como você está?
– Estou preocupado com você.
– Como assim?
– Sei o que aconteceu domingo à noite.
Ele hesitou, sem saber como responder.
– Eles já prenderam um cara por isso.
– Mas a namorada dele acha que ele é inocente.
– E daí?
– Ela vai pra Filadélfia amanhã.
– Pra quê?
– Não sei direito. Mas acho que ela é uma ameaça.
– Merda.
– Você pode querer fazer algo em relação a ela.
– Tipo?
– Você que sabe.
– Como eu faria para encontrá-la?
– Conhece a Clínica Aventine? Fica no bairro onde você mora.
– Claro, é na Chestnut Street. Passo em frente todo dia.
– Ela vai estar lá às duas da tarde.
– Como vou saber que é ela?
– Alta, cabelo escuro, piercing no nariz, na casa dos 30.
– Um monte de mulher é assim.
– É provável que ela esteja dirigindo um Mercedes vermelho antigo.
– Isso já facilita.
– Agora, lembre-se: o outro cara está solto sob fiança.

– E daí? – perguntou, franzindo a testa.
– Logo, se ela sofrer um acidente depois de ser vista com você...
– Entendi. Vão achar que foi ele.
– Você sempre pensa rápido, meu garoto.
Ele riu.
– E você sempre pensa maldade, tio.
– Mais uma coisa.
– Pode falar.
– Ela é linda. Então, aproveita.
– Tchau, tio Jim. E obrigado.

QUINTA-FEIRA

CAPÍTULO TRINTA

JEANNIE TEVE O SONHO do Thunderbird novamente.
A primeira parte era algo que aconteceu de verdade, quando tinha 9 anos e sua irmã, 6, e o pai delas estava morando com elas por um breve período. Ele estava cheio de dinheiro na época (só anos depois Jeannie se deu conta de que devia ter sido fruto de um roubo bem-sucedido). Levou para casa um Ford Thunderbird novo, com pintura azul-turquesa e estofamento da mesma cor, o carro mais lindo que uma menina de 9 anos poderia imaginar. Foram todos dar uma volta, Jeannie e Patty sentadas no banco da frente, entre o pai e a mãe. Enquanto cruzavam a George Washington Memorial Parkway, o pai colocou Jeannie no colo e a deixou assumir o volante.

Na vida real, ela conduziu o carro para a faixa de alta velocidade e tomou um susto quando um carro que estava tentando ultrapassá-los buzinou alto e o pai deu um puxão no volante para trazer o Thunderbird de volta. Mas, no sonho, o pai não estava mais ali. Ela dirigia sem ajuda, e a mãe e Patty estavam sentadas um tanto impassíveis ao lado dela, embora soubessem que ela não conseguia enxergar acima do painel, e tudo que ela fez foi apertar o volante com mais e mais força, à espera da batida, enquanto os outros carros buzinavam cada vez mais alto.

Ela acordou com as unhas cravadas nas palmas das mãos e o toque insistente da campainha nos ouvidos. Eram seis da manhã. Ficou imóvel por um instante, saboreando o alívio que a invadiu ao perceber que era apenas um sonho. Em seguida, pulou da cama e foi até o interfone.

– Oi?

– É a Ghita. Acorda e abre pra mim.

Ghita morava em Baltimore e trabalhava na sede do FBI em Washington. *Ela deve estar planejando chegar bem cedo ao escritório*, pensou Jeannie enquanto apertava o botão que abria a porta.

Vestiu uma camiseta grande que chegava quase nos joelhos: era decente o suficiente para receber uma amiga. Ghita subiu as escadas, a imagem perfeita de uma executiva em rápida ascensão, vestindo um terno de linho azul-marinho, cabelo preto em um corte curto e moderno, brinquinhos de brilhante, óculos grandes e leves, o *New York Times* debaixo do braço.

– Que merda está acontecendo? – perguntou Ghita sem rodeios.

– Não sei, acabei de acordar.

Ela percebeu que ia ouvir uma má notícia.

– Meu chefe ligou pra minha casa ontem à noite e disse pra eu não me envolver mais com você.

– Não! – Ela precisava dos resultados do FBI para demonstrar que seu método funcionava, apesar do quebra-cabeça de Steven e Dennis. – Droga! Ele explicou por quê?

– Alegou que os seus métodos invadiam a privacidade das pessoas.

– É estranho o FBI se preocupar com uma coisinha dessas.

– Parece que o *New York Times* acha a mesma coisa.

Ghita mostrou o jornal a Jeannie. Na primeira página havia um artigo com o título:

A ética das pesquisas genéticas: Dúvidas, medos e uma desavença

Jeannie temeu que a "desavença" fosse uma referência à sua situação, e de fato era.

Jean Ferrami é uma mulher jovem e determinada. Contra a vontade de seus colegas cientistas e do reitor da Universidade Jones Falls em Baltimore, Maryland, ela teimosamente insiste em continuar examinando registros médicos em busca de gêmeos.

"Eu tenho um contrato", alega ela. "Eles não podem me dar ordens." E os questionamentos em relação à ética de seu trabalho não vão abalar sua determinação.

Jeannie teve uma sensação de enjoo na boca do estômago.

– Meu Deus, isso é horrível – disse.

A matéria então mudou para outro tópico, o da pesquisa em embriões humanos, e Jeannie teve que chegar à página 19 até encontrar outra referência a seu nome.

Uma nova dor de cabeça para as autoridades universitárias foi criada pelo caso da Dra. Jean Ferrami, do departamento de psicologia da Jones Falls. Embora o reitor da universidade, Dr. Maurice Obell, e o renomado professor Berrington Jones concordem que o trabalho dela é antiético, ela se recusa a parar – e talvez não haja nada que eles possam fazer para obrigá-la a isso.

Jeannie leu até o fim, mas o jornal não relatava sua certeza de que seu trabalho era impecável em termos éticos. O foco estava todo no drama do atrevimento dela.

Era chocante e doloroso ser atacada daquela maneira. Ficou magoada e indignada ao mesmo tempo, da mesma forma que tinha se sentido quando um ladrão a empurrara e roubara sua carteira em um supermercado em Minneapolis anos antes. Mesmo sabendo que a repórter era maliciosa e inescrupulosa, ficou envergonhada, como se tivesse realmente feito algo errado. E se viu na berlinda, exposta ao escárnio do país inteiro.

– É provável que eu tenha problemas pra encontrar *qualquer* pessoa que me deixe fazer uma varredura em um banco de dados agora – disse, desanimada. – Quer um pouco de café? Preciso de alguma coisa pra me animar. Poucas vezes um dia começou tão mal quanto hoje.

– Sinto muito, Jeannie, mas também estou com problemas, por ter envolvido o FBI nisso.

Assim que Jeannie ligou a cafeteira, um pensamento lhe veio à mente.

– Esse artigo é injusto, mas, se o seu chefe ligou pra você ontem à noite, não pode ter sido o jornal que o levou a fazer isso.

– Talvez ele soubesse que o artigo ia sair.

– Eu me pergunto quem teria avisado.

– Ele não falou propriamente quem foi, mas contou que tinha recebido um telefonema do Capitólio.

Jeannie franziu a testa.

– Isso está parecendo algo político. Por que raios um congressista ou um senador estaria interessado no que estou fazendo a ponto de avisar ao FBI para não trabalhar comigo?

– Talvez tenha sido apenas um aviso amigável de alguém que sabia sobre o artigo.

Jeannie fez que não com a cabeça.

– O artigo não menciona o FBI. Ninguém mais sabe que estou trabalhando nos arquivos de lá. Nem ao Berrington eu contei.

– Vou tentar descobrir quem fez a ligação.

Jeannie deu uma olhada no freezer.

– Você tomou café da manhã? Tenho uns rolinhos de canela.

– Não, obrigada.

– Acho que também não estou com fome. – Fechou a porta do freezer. Estava desesperada. Será que não havia nada que pudesse fazer? – Ghita, suponho que você não teria como fazer a minha varredura sem o conhecimento do seu chefe, certo?

Ela não tinha muita esperança de que Ghita confirmasse. Mas a resposta dela a surpreendeu. Ghita franziu a testa e disse:

– Você não recebeu o e-mail que mandei ontem?

– Eu saí mais cedo. Dizia o quê?

– Que eu ia fazer sua varredura à noite.

– E você fez?

– Fiz. Foi por isso que vim aqui falar com você. Eu fiz a varredura ontem à noite, antes de ele me ligar.

De repente, Jeannie estava esperançosa novamente.

– Como assim? E você tem os resultados?

– Enviei pra você por e-mail.

Jeannie ficou emocionada.

– Mas isso é ótimo! Você deu uma olhada? Tinha muitos gêmeos?

– Bastante, uns vinte ou trinta pares.

– Excelente! Isso significa que o sistema funciona!

– Mas falei pro meu chefe que não fiz a varredura. Eu estava com medo e menti.

Jeannie franziu a testa.

– Isso não é bom. Quer dizer, e se ele descobrir?

– Exatamente. Jeannie, você tem que destruir essa lista.

– O quê?

– Se ele descobrir sobre ela, acabou pra mim.

– Mas não posso destruir a lista! Não se ela provar que estou no caminho certo!

Uma expressão determinada tomou o rosto de Ghita.

– Você tem que fazer isso.

– Isso é horrível – disse Jeannie, angustiada. – Como posso destruir uma coisa que tem o potencial de me salvar?

– Eu me meti nisso pra fazer um favor pra você – declarou Ghita, sacudindo o dedo. – Você precisa me tirar dessa!

Jeannie não enxergava aquilo como responsabilidade exclusiva sua. Com um toque de amargura na voz, disse:

– Eu não pedi que mentisse pro seu chefe.

Isso deixou Ghita irritada.

– Eu estava assustada!

– Espera um minuto – disse Jeannie. – Vamos esfriar a cabeça. – Serviu café em duas canecas e deu uma a Ghita. – Vamos supor que você vá pro trabalho hoje e diga ao seu chefe que houve um mal-entendido. Você deu instruções pra que a varredura fosse cancelada, mas depois descobriu que ela já tinha sido realizada e que os resultados tinham sido enviados por e-mail.

Ghita pegou o café, mas não tomou. Parecia à beira das lágrimas.

– Você sabe como é trabalhar pro FBI? Eu estou cara a cara com os homens mais machistas do país. Eles estão sempre procurando uma desculpa pra dizer que as mulheres não conseguem dar conta do recado.

– Mas você não vai ser demitida.

– Você me deixou em maus lençóis.

Era verdade, não havia nada que Ghita pudesse dizer para fazer Jeannie mudar de ideia. Mas Jeannie disse:

– Vamos lá, não é bem assim.

Ghita não cedeu:

– É assim, sim. Estou pedindo pra você destruir essa lista.

– Não posso.

– Então não tenho mais nada a dizer.

Ghita se dirigiu para a porta.

– Não vai embora assim – implorou Jeannie. – Somos amigas há muito tempo.

Ghita saiu.

– Merda – disse Jeannie. – Merda.

A porta da rua bateu.

Será que acabei de perder uma das minhas amigas mais antigas?, pensou Jeannie.

Ela havia ficado decepcionada com Ghita. Jeannie entendia os motivos dela: havia muita pressão sobre uma jovem que tentava construir uma carreira. Mesmo assim, era Jeannie quem estava sendo atacada, não ela. A amizade de Ghita não sobreviveu ao teste de uma crise.

Jeannie se perguntou se outras amizades seguiriam o mesmo rumo.

Sentindo-se péssima, tomou um banho rápido e começou a se vestir. Então se obrigou a parar e refletir. Ela estava indo para a guerra: era melhor se vestir de acordo. Tirou a calça jeans preta e a camiseta vermelha e começou de novo. Lavou e secou o cabelo. Passou maquiagem: base, pó, rímel e batom. Vestiu um terno preto com uma blusa cinza-clara, meia-calça cor da pele e sapatos de verniz de salto. Trocou a argola no nariz por uma joia mais simples.

Estudou-se no espelho de corpo inteiro. Sentiu-se perigosa, com uma aparência intimidadora.

– Prepare-se para matar, Jeannie – murmurou.

E saiu.

CAPÍTULO TRINTA E UM

Jeannie pensou em Steven Logan enquanto dirigia para a Jones Falls. Ela o havia chamado de garoto grande e forte, mas na verdade era mais maduro que a maioria dos homens. Havia chorado no ombro dele, então devia confiar em Steven em algum nível mais profundo. Gostava do cheiro dele, algo que lembrava tabaco antes de ser queimado. Apesar da angústia, não pôde deixar de notar a ereção dele, embora ele tivesse tentado esconder. Era lisonjeador que ficasse tão excitado apenas ao abraçá-la, e ela sorriu ao se lembrar do episódio. Pena que não fosse uns dez ou quinze anos mais velho...

Steven a fazia se lembrar de seu primeiro amor, Bobby Springfield. Ela tinha 13 anos; ele, 15. Ela não sabia quase nada sobre amor e sexo, mas ele era igualmente ignorante, e eles embarcaram juntos em uma viagem de descoberta. Corou ao se lembrar das coisas que fizeram na última fila do cinema nas noites de sábado. O que era empolgante em Bobby, assim como em Steven, era um sentimento de paixão contida. Bobby a desejava tanto, e ficava tão enlouquecido só de acariciar seus mamilos ou de tocar sua calcinha, que ela se sentia enormemente poderosa. Por um tempo abusou desse poder, deixando-o todo excitado e desesperado só para provar que era capaz de fazer aquilo. Mas ela logo percebeu, mesmo aos 13 anos, que se tratava de um joguinho bobo. Mesmo assim, nunca perdeu o gosto pela sensação de risco, o prazer de brincar com um gigante acorrentado. E ela sentia isso com Steven.

Ele era a única coisa boa em seu horizonte. Ela estava em apuros. Não podia renunciar agora ao cargo que tinha na Jones Falls. Depois que o *New York Times* a tornara famosa por ter desafiado seus chefes, teria dificuldade em conseguir outro emprego na área acadêmica. *Se eu fosse responsável pelas contratações, não ia querer ninguém que arrumasse problemas desse tipo*, pensou.

Mas era tarde demais para assumir uma postura mais cautelosa. Sua única esperança era continuar, teimosamente, usando os dados do FBI e produzindo resultados científicos tão convincentes que as pessoas voltariam a analisar sua metodologia e a debater com mais seriedade as questões éticas envolvidas.

Eram nove horas quando Jeannie estacionou. Ao trancar o carro e entrar no Hospício, sentiu uma intensa acidez no estômago: muita tensão e nenhuma comida.

Assim que entrou em sua sala, teve certeza de que alguém tinha estado ali.

Não havia sido ninguém da limpeza. Ela estava familiarizada com as mudanças que eles faziam: as cadeiras eram afastadas poucos centímetros, as manchas das xícaras de café eram limpas, a cesta de lixo voltava para o lado errado da mesa. Agora era diferente. Alguém tinha se sentado diante de seu computador. O teclado estava no ângulo errado: o invasor, inconscientemente, o havia mudado para sua posição de costume. O mouse tinha sido deixado no meio do *mouse pad*, ao passo que ela sempre o colocava cuidadosamente junto ao teclado. Olhando ao redor, ela notou uma porta de armário ligeiramente aberta e a ponta de um papel para fora de uma das gavetas do gaveteiro.

Alguém havia vasculhado sua sala.

Pelo menos, refletiu, tinha sido feito de forma amadora. Não era como se a CIA estivesse atrás dela. Ao mesmo tempo, isso a deixou profundamente inquieta, e sentiu um frio na barriga quando se sentou e ligou o computador. Quem tinha estado ali? Um membro do corpo docente? Um aluno? Um segurança a mando de alguém? Alguém de fora? E por quê?

Um envelope tinha sido passado por debaixo de sua porta. Continha uma autorização assinada por Lorraine Logan e enviada por fax para o Hospício por Steven. Ela pegou a autorização de Charlotte Pinker em uma pasta e colocou as duas em sua bolsa-carteiro. Ela as enviaria por fax para a Clínica Aventine.

Abriu sua caixa de entrada do e-mail. Havia apenas uma mensagem: os resultados da varredura do FBI.

– Aleluia – disse com um suspiro.

Baixou a lista de nomes e endereços com profundo alívio. O programa estava validado: a varredura havia de fato encontrado pares. Mal podia esperar para verificá-los e ver se havia outras anomalias como Steven e Dennis.

Jeannie se lembrou de que Ghita tinha enviado um e-mail para ela antes disso, dizendo que iria fazer a varredura. O que acontecera com ele? Ela se perguntou se teria sido baixado pelo bisbilhoteiro da noite anterior. Isso poderia explicar a ligação que o chefe de Ghita havia feito em pânico tarde da noite.

Estava prestes a analisar os nomes da lista quando o telefone tocou. Era o reitor da universidade.

– Aqui é Maurice Obell. Acho que precisamos falar sobre essa matéria do *New York Times*, não acha?

Jeannie sentiu um aperto no peito. *Lá vamos nós*, pensou, apreensiva.

– Claro – disse. – Que horário fica bom pra você?

– Eu esperava que você pudesse vir ao meu gabinete imediatamente.

– Chego aí em cinco minutos.

Ela fez uma cópia da varredura do FBI em um disquete e saiu da internet. Tirou o disquete do computador e pegou uma caneta. Pensou por um momento e então escreveu na etiqueta COMPRAS.LST. Era sem dúvida uma precaução desnecessária, mas fez com que se sentisse melhor.

Guardou o disquete na caixa com seus arquivos de backup e saiu.

O dia já estava começando a esquentar. Enquanto atravessava o campus, perguntou-se o que queria daquele encontro com Obell. Seu único objetivo era poder continuar com a pesquisa. Precisava resistir e deixar claro que não seria intimidada, mas o ideal seria acalmar a raiva das autoridades universitárias e reduzir as proporções do conflito.

Estava feliz por ter escolhido o terno preto, embora estivesse suando debaixo dele: ele a fazia parecer mais velha e com maior autoridade. Seus saltos estalavam no piso de pedra enquanto ela se aproximava do Hillside Hall. Foi conduzida diretamente ao luxuoso gabinete do reitor.

Berrington Jones estava sentado lá, com um exemplar do *New York Times* na mão. Ela sorriu para ele, feliz por ter um aliado. Ele a cumprimentou friamente com a cabeça e disse:

– Bom dia, Jeannie.

Maurice Obell estava em sua cadeira de rodas atrás da enorme mesa. Com sua típica falta de jeito, ele disse:

– A universidade simplesmente não pode tolerar isso, Dra. Ferrami.

Ele não a convidou a se sentar, mas ela não ia ser repreendida como uma colegial, então escolheu uma cadeira, moveu-a, sentou-se e cruzou as pernas.

– Foi uma pena você ter dito à imprensa que cancelou meu projeto sem saber se tinha o direito legal de fazê-lo – declarou ela o mais friamente que pôde. – Concordo plenamente com você que isso ridicularizou publicamente a universidade.

Ele ficou subitamente irritado.

– Não fui eu quem ridicularizou a universidade.

Ela chegou à conclusão de que bastava de resistência; agora era o momento de dizer a ele que ambos estavam do mesmo lado. Descruzou as pernas.

– Claro que não – disse ela. – A verdade é que nós dois fomos um pouco apressados, e a imprensa se aproveitou da gente.

– O dano já está feito – acrescentou Berrington. – Não adianta pedir desculpas.

– Eu não estava me desculpando – retrucou ela. Voltou-se para Obell e sorriu. – No entanto, acho que deveríamos parar de brigar.

Mais uma vez, foi Berrington quem respondeu:

– É tarde demais pra isso.

– Tenho certeza que não – rebateu ela. Jeannie se perguntou por que Berrington estava dizendo aquilo. Ele deveria estar em busca de uma reconciliação: não interessava a ele botar lenha na fogueira. Ela manteve os olhos e o sorriso no reitor. – Somos pessoas inteligentes. Devemos ser capazes de encontrar um meio-termo que me permita continuar meu trabalho e ao mesmo tempo preservar a dignidade da universidade.

Obell visivelmente gostou da ideia, mas franziu a testa e disse:

– Não sei bem como...

– Isso tudo é uma perda de tempo – interveio Berrington, impaciente.

Era a terceira vez que ele fazia uma intervenção agressiva. Jeannie conteve uma réplica irritadiça. Por que ele estava agindo daquele jeito? Como poderia *querer* que ela interrompesse sua pesquisa, tivesse problemas com a universidade e ficasse desacreditada? Estava começando a parecer isso. Será que tinha sido *Berrington* quem havia entrado furtivamente em sua sala, baixado seus e-mails e alertado o FBI? Será que ele mesmo tinha feito a denúncia para o jornal em primeiro lugar e dado início a toda aquela confusão? Ela ficou tão atordoada com a lógica perversa daquela hipótese que se calou.

– Já decidimos as providências que a universidade vai tomar – informou Berrington.

Ela percebeu que havia interpretado mal a estrutura de poder na sala. Berrington era o chefe ali, não Obell. Berrington era o canal para os milhões que a Threeplex colocava nas pesquisas, dos quais Obell dependia. Berrington não tinha nada a temer por parte de Obell; muito pelo contrário. Ela se distraíra com o macaco em vez de olhar o tocador do realejo.

Berrington tinha deixado de lado qualquer intuito de fingir que o reitor da universidade estava no comando.

– Nós não chamamos você aqui pra pedir sua opinião – disse ele.

– Então me chamaram pra quê? – perguntou Jeannie.

– Pra demitir você – respondeu ele.

Ela ficou atordoada. Esperava a ameaça de demissão, mas não a coisa em si. Não conseguia entender.

– O que quer dizer com isso? – perguntou, aboblhada.

– Quero dizer que você está demitida – disse Berrington.

Ele alisou as sobrancelhas com a ponta do indicador direito, um sinal de que estava satisfeito consigo mesmo.

A sensação de Jeannie era de que havia levado um soco. *Não posso ser demitida*, pensou. *Estou aqui faz só algumas semanas. Eu estava indo muito bem, trabalhando duro. Achei que todos gostavam de mim, exceto a Sophie Chapple. Como isso foi acontecer tão rápido?*

Ela tentou colocar os pensamentos em ordem.

– Você não pode me demitir – disse.

– Nós acabamos de fazer isso.

– Não. – Assim que superou o choque inicial, ela começou a ficar irritada e atrevida. – Vocês não têm plenos poderes. Existem procedimentos.

As universidades geralmente não podiam demitir professores sem algum tipo de audiência. Isso constava no contrato dela, mas ela nunca tinha verificado os detalhes. De repente aquilo se tornou de vital importância.

Maurice Obell forneceu as informações.

– Haverá uma audiência perante o comitê disciplinar do senado da universidade, é claro – explicou. – Normalmente, é necessário um aviso prévio de quatro semanas, mas, em vista da publicidade negativa em torno deste caso, eu, na posição de reitor, invoquei o procedimento de emergência, e a audiência será realizada amanhã de manhã.

Jeannie ficou perplexa com a rapidez com que eles tinham agido. *Comitê disciplinar? Procedimento de emergência? Amanhã de manhã?* Aquilo não era uma conversa. Era mais como ser presa. Estava quase esperando que Obell lesse os seus direitos.

Ele fez algo semelhante. Empurrou uma pasta sobre a mesa na direção dela.

– Aí dentro vai encontrar as normas de procedimento do comitê. Você pode ser representada por um advogado ou outro defensor, desde que notifique o presidente do comitê com antecedência.

Jeannie finalmente conseguiu fazer uma pergunta sensata:

– Quem preside o comitê?

– Jack Budgen – respondeu Obell.

Berrington ergueu os olhos bruscamente.

– Isso já está decidido?

– O mandato do presidente é de um ano – disse Obell. – Jack assumiu no início do semestre.

– Não sabia disso. – Berrington pareceu contrariado, e Jeannie sabia por quê. Jack Budgen era parceiro dela no tênis. Aquilo era animador: ele tenderia a ser justo com ela. Nem tudo estava perdido. Ela teria a chance de defender a si e os seus métodos de pesquisa diante de um grupo de acadêmicos. Haveria um debate sério, não o palavrório superficial do *New York Times*.

E ela dispunha dos resultados da varredura do FBI. Começou a pensar em como iria se defender. Mostraria ao comitê os dados do FBI. Com sorte, haveria um ou dois pares que não sabiam que eram gêmeos. Seria algo impressionante. Em seguida ela explicaria as precauções que tomava para proteger a privacidade dos indivíduos...

– Acho que é tudo – declarou Maurice Obell.

Jeannie estava sendo dispensada. Ela se levantou.

– Que pena chegarmos a este ponto – disse.

– Foi você que nos fez chegar até ele – rebateu Berrington de pronto.

Ele agia como uma criança respondona. Ela não tinha nenhuma paciência para discussões inúteis. Deu um olhar de desdém para ele e saiu.

Enquanto atravessava o campus de volta, constatou com pesar que havia fracassado completamente em alcançar seus objetivos. Queria um acordo e conseguiu uma luta de gladiadores. Mas Berrington e Obell haviam tomado uma decisão antes que ela entrasse na sala. A reunião tinha sido uma formalidade.

Voltou para o Hospício. Ao se aproximar de sua sala, percebeu com irritação que a equipe da limpeza tinha deixado um saco de lixo preto do lado de fora. Iria chamá-los imediatamente. Mas, quando tentou abrir a porta, parecia estar emperrada. Passou o cartão várias vezes no leitor, mas a porta não abria. Ela estava prestes a ir até a recepção e ligar para a manutenção quando um pensamento terrível lhe veio à cabeça.

Olhou dentro do saco de lixo. Não estava cheio de pedaços de papel e copos descartáveis. A primeira coisa que viu foi sua bolsa-carteiro de lona. Também estavam no saco a caixa de lenços de papel de sua gaveta, um exemplar de *Uma bela propriedade*, de Jane Smiley, dois porta-retratos e sua escova de cabelo.

Eles haviam esvaziado sua mesa e trancado sua sala.

Ela ficou arrasada. Era um golpe pior do que o que tinha acontecido no gabinete de Maurice Obell. Lá haviam sido apenas palavras. O gesto de agora fez com que ela se sentisse apartada de uma grande parte de sua vida. *Esta sala é minha*, pensou. *Como podem me proibir de entrar nela?*

– Desgraçados de merda – disse em voz alta.

A segurança devia ter feito aquilo enquanto ela estava no escritório de Obell. É claro que eles não a avisaram: isso teria lhe dado a chance de pegar qualquer coisa de que realmente precisasse. Mais uma vez, a crueldade deles a surpreendia.

Foi como uma amputação. Haviam arrancado dela sua ciência, seu trabalho. Ela não sabia o que fazer, para onde ir. Por onze anos tinha sido uma cientista: como estudante de graduação, de pós-graduação, de doutorado e de pós-doutorado, e como professora assistente. Agora, de repente, ela não era nada.

Enquanto seu estado de espírito despencava do desânimo para o completo desespero, ela se lembrou do disquete com os dados do FBI. Vasculhou todo o saco plástico, mas não havia nenhum disquete. Seus resultados, a espinha dorsal de sua defesa, estavam trancados dentro da sala.

Bateu inutilmente na porta com a mão fechada. Um aluno seu de estatística estava passando e perguntou, assustado:

– Precisa de ajuda, professora?

Ela se lembrava do nome dele.

– Oi, Ben. Se você tivesse como derrubar esta maldita porta...

Ele analisou a porta, hesitante.

– Eu não falei a sério – disse ela. – Estou bem, obrigada.

Ele deu de ombros e continuou andando.

Não adiantava nada ficar olhando para a porta trancada. Pegou o saco de lixo e foi até o laboratório. Lisa estava sentada à mesa, inserindo dados em um computador.

– Fui demitida – disse Jeannie.

Lisa olhou para ela.

– *O quê?*

– Trancaram a minha sala e jogaram minhas coisas nesta porra de saco de lixo.

– Não acredito!

Jeannie tirou a bolsa do saco de lixo e pegou o exemplar do *New York Times*.

– Por causa disto.

Lisa leu os dois primeiros parágrafos e disse:

– Mas isso é um absurdo.

Jeannie se sentou.

– Eu sei. Então, por que Berrington está fingindo levar isso a sério?

– Acha que ele está fingindo?

– Tenho certeza disso. Ele é inteligente demais pra se deixar abalar por esse tipo de porcaria. Tem outras intenções por trás disso. – Jeannie tamborilou com os pés no chão, impotente de frustração. – Ele está disposto a fazer qualquer coisa, está se arriscando de verdade com isso... Tem que ter algo grande em jogo para ele.

Talvez ela encontrasse a resposta nos registros médicos da Clínica Aventine na Filadélfia. Olhou para o relógio. Estava sendo esperada às duas da tarde; precisava sair logo.

Lisa ainda não havia conseguido processar a notícia.

– Eles não podem simplesmente *demitir* você – disse ela, indignada.

– Vai ter uma audiência disciplinar amanhã de manhã.

– Meu Deus, estão falando sério.

– Estão, sem dúvida.

– Tem alguma coisa que eu possa fazer?

Tinha, mas Jeannie estava com medo de pedir. Olhou para Lisa tentando avaliá-la. Estava vestindo uma blusa de gola alta com um suéter largo por cima, apesar do calor: ela estava cobrindo o corpo, uma reação ao estupro, sem dúvida. Mantinha um ar solene, como alguém recentemente enlutado.

Será que a amizade dela seria tão frágil quanto a de Ghita? Jeannie estava com medo de saber a resposta. Se Lisa a decepcionasse, ia sobrar quem? Mas tinha que colocá-la à prova, mesmo que aquele fosse o pior momento possível.

– Você pode tentar entrar na minha sala – disse, hesitante. – Os resultados do FBI estão lá dentro.

Lisa não respondeu de imediato.

– Eles trocaram a fechadura ou algo assim?

– É mais simples do que isso. Eles alteraram o código eletronicamente, pro cartão não funcionar mais. Também não vou conseguir entrar no prédio depois do fim do expediente, aposto.

– É difícil assimilar. Tudo aconteceu muito rápido.

Jeannie odiava estar pressionando Lisa a assumir riscos. Quebrou a cabeça buscando uma alternativa.

– Talvez eu consiga dar um jeito. Um faxineiro pode me deixar entrar, mas desconfio que a fechadura também não vai responder aos cartões deles. Se eu não estiver usando a sala, ela não vai precisar de limpeza. Mas a segurança deve conseguir entrar.

– Eles não vão ajudar. Vão saber que você foi bloqueada deliberadamente.

– É verdade – admitiu Jeannie. – Mas podem deixar *você* entrar. Você poderia dizer que precisa pegar uma coisa na minha sala.

Lisa ficou pensativa.

– Odeio ter que pedir isso – afirmou Jeannie.

Então a expressão de Lisa mudou.

– Dane-se – disse ela por fim. – Claro que vou tentar.

Jeannie quase perdeu o ar.

– Obrigada! Você é uma amiga de verdade.

Ela estendeu o braço por cima da mesa e apertou a mão de Lisa.

Lisa ficou sem jeito diante da comoção de Jeannie.

– Onde na sua sala está a lista do FBI? – perguntou, pragmática.

– As informações estão em um disquete com uma etiqueta dizendo COMPRAS.LST, em uma caixa de disquetes na gaveta da minha mesa.

– Beleza. – Lisa franziu a testa. – Não consigo entender por que eles estão te atacando desse jeito.

– Tudo começou com o Steven Logan. Desde que o Berrington o viu aqui, não parou de dar problema. Mas acho que estou no caminho certo pra descobrir exatamente por quê.

Jeannie se levantou.

– O que vai fazer agora? – perguntou Lisa.

– Eu vou pra Filadélfia.

CAPÍTULO TRINTA E DOIS

BERRINGTON FICOU OLHANDO pela janela de sua sala. Ninguém estava usando a quadra de tênis naquela manhã. Sua imaginação pôs Jeannie ali. Ele a tinha visto no primeiro ou segundo dia do semestre na quadra, com sua saia curta, as pernas bronzeadas correndo, os tênis brancos brilhando... Havia se apaixonado por ela naquele momento.

Ele franziu o cenho, se perguntando por que ficara tão impressionado com o porte atlético dela. Ver mulheres praticando esportes não era algo que lhe provocava desejo em especial. Nunca assistira a *American Gladiators*, ao contrário do professor Gormley, de egiptologia, que tinha todos os episódios em fitas de vídeo e os via, de acordo com as fofocas, tarde da noite no seu escritório de casa. Quando Jeannie jogava tênis, no entanto, alcançava uma graça singular. Era como assistir a um leão disparar a correr em um documentário sobre a natureza: os músculos fluíam sob a pele, o cabelo voava em um turbilhão e o corpo se movia, parava, girava e se movia novamente com uma rapidez surpreendente e sobrenatural. Era hipnótico, e ele ficara encantado. Agora ela estava pondo em risco tudo por que ele havia trabalhado a vida inteira, mas mesmo assim desejava poder vê-la jogar tênis mais uma vez.

Era enlouquecedor que ele não pudesse simplesmente demiti-la, embora o salário dela fosse essencialmente pago por ele. A Jones Falls era a empregadora dela, e a Threeplex já havia repassado o dinheiro para a universidade. A instituição não podia demitir professores da mesma forma que um restaurante dispensa um garçom incompetente. Por isso ele tinha que passar por aquela lenga-lenga.

– Dane-se ela – disse em voz alta e voltou para sua mesa.

A reunião daquela manhã tinha transcorrido sem problemas até a revelação sobre Jack Budgen. Berrington havia deixado Maurice no nível certo de irritação e habilmente evitado qualquer conciliação. Mas saber que o presidente do comitê disciplinar seria o parceiro de tênis de Jeannie era uma má notícia. Berrington não verificara isso com antecedência; presumira que teria alguma influência na escolha e ficou consternado ao saber que a nomeação já estava determinada.

Havia um risco muito grande de que Jack visse o lado de Jeannie da história.

Ele coçou a cabeça, preocupado. Berrington nunca socializava com os colegas acadêmicos – preferia a companhia mais glamorosa de políticos e personalidades da mídia. Mas conhecia a trajetória de Jack Budgen. Ele tinha se aposentado do tênis profissional aos 30 anos e voltara à faculdade para fazer doutorado. Velho demais para começar uma carreira em química, sua disciplina, ele se tornou administrador. Administrar o complexo de bibliotecas da universidade e conciliar as conflitantes demandas de departamentos rivais exigia uma natureza diplomática e prestativa, e Jack fazia isso muito bem.

Como Jack poderia ser influenciado? Ele não era um sujeito desonesto: muito pelo contrário, sua natureza amigável vinha acompanhada de uma espécie de ingenuidade. Ficaria ofendido se Berrington o pressionasse abertamente ou se lhe oferecesse algum tipo de suborno. Mas talvez fosse possível influenciá-lo de maneira discreta.

O próprio Berrington havia se corrompido uma vez. Ainda sentia um nó nas entranhas toda vez que pensava nisso. Acontecera no início de sua carreira, antes de se tornar professor titular. Uma estudante de graduação foi pega trapaceando, tendo pagado a outro aluno para que escrevesse seu trabalho final. O nome dela era Judy Gilmore, e era muito bonita. Deveria ter sido expulsa da universidade, mas o chefe do departamento tinha o poder de determinar uma punição mais branda. Judy foi ao escritório de Berrington para "falar sobre o problema". Ela cruzou e descruzou as pernas, olhou com tristeza nos olhos dele e se inclinou para a frente para que ele pudesse observar por dentro de sua blusa e vislumbrar um sutiã rendado. Ele foi solidário e prometeu interceder por ela. Ela chorou e agradeceu, depois pegou sua mão, o beijou na boca e, por fim, abriu o zíper da calça dele.

Ela não tinha sugerido um acordo. Não tinha oferecido sexo antes que ele concordasse em ajudá-la. E, depois que eles transaram no chão, ela se vestiu calmamente, penteou o cabelo, deu-lhe um beijo e saiu. Mas, no dia seguinte, ele convenceu o chefe do departamento a aplicar a ela apenas uma advertência.

Ele aceitou o suborno porque foi capaz de dizer a si mesmo que não era um suborno. Judy lhe pediu ajuda, ele concordou, ela se encantou com o charme dele e eles fizeram amor. Com o passar do tempo, ele passou a ver aquilo como puro sofisma. A oferta de sexo estava implícita nas atitudes dela, e, quando ele prometeu dar o que ela pedia, ela sabiamente selou o acordo. Ele gostava de se considerar um homem de princípios, mas havia feito algo absolutamente vergonhoso.

Subornar alguém era quase tão grave quanto aceitar suborno. Mesmo assim, ele subornaria Jack Budgen, se fosse possível. A mera hipótese o levou a fazer uma careta de desgosto, mas não havia alternativa. Estava desesperado.

Ele faria isso da mesma forma que Judy havia feito: dando a Jack a oportunidade de mentir para si mesmo a respeito.

Berrington ficou pensando por mais alguns minutos, depois pegou o telefone e ligou para Jack.

– Obrigado por me enviar uma cópia do seu memorando sobre a extensão da biblioteca de biofísica – começou.

Houve um silêncio de perplexidade.

– Ah, sim. Já faz um tempo, mas que bom que você teve a chance de ler.

Berrington mal tinha olhado para o documento.

– Acho que a sua proposta tem muito mérito. Só estou ligando pra dizer que você terá meu apoio quando isso chegar ao conselho orçamentário.

– Obrigado. Fico muito grato.

– Inclusive posso convencer a Threeplex a entrar com uma parte da verba.

Jack abraçou aquela ideia com força.

– Podemos chamá-la de Biblioteca de Biofísica Threeplex.

– Boa ideia. Vou falar com eles sobre isso. – Berrington queria que Jack tocasse no assunto de Jeannie. Talvez pudessem chegar até ela por meio do tênis. – Como foi o verão? – perguntou. – Você foi a Wimbledon?

– Esse ano não. Muito trabalho.

– Que pena. – Apreensivo, fingiu que estava prestes a desligar. – Nos falamos mais tarde.

Como ele esperava, Jack o conteve:

– Olha, Berry, o que você acha dessa merda que saiu nos jornais? Sobre a Jeannie?

Berrington disfarçou o alívio e respondeu com desdém:

– Ah, isso aí... é uma tempestade em copo d'água.

– Estou tentando ligar pra ela, mas ela não está na sala.

– Não se preocupe com a Threeplex – disse Berrington, embora Jack não tivesse mencionado a empresa. – Eles estão tranquilos quanto a isso tudo. Por sorte, Maurice Obell agiu de forma rápida e decisiva.

– Você está se referindo à audiência disciplinar.

– Acredito que vai ser só uma formalidade. Ela está constrangendo a universidade, se recusou a parar e foi à imprensa. Duvido que se dê ao trabalho de se defender. Eu afirmei ao pessoal da Threeplex que temos a situação sob controle. No momento, não há nenhuma ameaça ao relacionamento entre a universidade e a empresa.

– Que bom.

– É claro que, se o comitê ficar do lado de Jeannie contra Maurice, por algum motivo, estaremos em apuros. Mas acho isso pouco provável, e você? – perguntou Berrington e prendeu a respiração.

– Você sabe que eu sou presidente do comitê?

Jack se evadiu da pergunta. *Merda*.

– Sim, e fico muito contente que haja alguém de cabeça fria no comando dos procedimentos. – Berrington mencionou um professor de filosofia de cabeça raspada: – Se Malcolm Barnet fosse o presidente, sabe lá Deus o que poderia acontecer.

Jack riu.

– O senado tem bom senso. Eles não colocariam o Malcolm nem no comando do comitê de estacionamento. Ele ia tentar usar isso como instrumento de mudança social.

– Mas, com você no comando, presumo que o comitê dará apoio ao presidente.

Mais uma vez a resposta de Jack foi ambivalente:

– Nem todos os membros do comitê são previsíveis.

Seu desgraçado, você está fazendo isso só pra me atormentar?

– Mas o presidente não é nenhum porra-louca, eu tenho certeza – Berrington declarou e enxugou uma gota de suor da testa.

Houve uma pausa.

– Berry, seria errado eu julgar essa questão antecipadamente...

Vai se ferrar!

– ... mas acho que posso dizer que a Threeplex não precisa se preocupar com esse assunto.

Até que enfim!

– Obrigado, Jack. Fico muito grato.

– Isso fica entre nós, é claro.

– Naturalmente.

– Nos vemos amanhã.

– Até.

Berrington desligou. *Nossa, essa foi dureza!*

Será que Jack não sabia mesmo que tinha acabado de ser subornado?

Estava mentindo para si mesmo sobre aquilo? Ou tinha entendido perfeitamente bem mas apenas fingiu não entender?

Não importava, desde que ele conduzisse o comitê da maneira certa.

Aquilo talvez não encerrasse o assunto, é claro. A decisão do comitê tinha que ser ratificada por uma plenária no senado. Em algum momento, Jeannie poderia contratar um advogado renomado e processar a universidade, pedindo todo tipo de indenização. O caso poderia se arrastar por anos. Mas a pesquisa dela teria sido interrompida, e isso era tudo que importava.

No entanto, a decisão do comitê ainda não estava garantida. Se as coisas dessem errado na manhã do dia seguinte, Jeannie poderia estar de volta à sua mesa ao meio-dia, rastreando os segredos sujos da Threeplex. Berrington estremeceu. *Deus me livre.* Pegou um bloco e começou a escrever os nomes dos membros do comitê.

Jack Budgen — Biblioteca
Tenniel Biddenham — História da Arte
Milton Powers — Matemática
Mark Trader — Antropologia
Jane Edelsborough — Física

Biddenham, Powers e Trader eram homens convencionais, professores experientes cujas longas carreiras estavam ligadas à Jones Falls e a seu prestígio e sua prosperidade contínuos. Eles apoiariam o reitor da universidade, Berrington estava certo disso. A única dúvida era a mulher, Jane Edelsborough.

Ele pensaria nela depois.

CAPÍTULO TRINTA E TRÊS

A CAMINHO DA FILADÉLFIA pela Interestadual 95, Jeannie se pegou pensando de novo em Steven Logan.

Ela havia se despedido dele com um beijo na noite anterior, no estacionamento de visitantes do campus da Jones Falls. Pegou-se lamentando o fato de o beijo ter sido tão fugaz. Os lábios dele eram carnudos e secos; sua pele, quente. Ela gostava bastante da ideia de repetir aquilo.

Por que implicava com a idade dele? O que havia de tão bom assim nos homens mais velhos? Will Temple, de 39 anos, a tinha trocado por uma herdeira sem nada na cabeça. Quanta maturidade.

Ela apertou o botão de busca no rádio, procurando por uma estação boa, e achou Nirvana tocando "Come as You Are". Sempre que pensava em namorar um homem da mesma idade dela, ou mais novo, tinha uma sensação de medo, um pouco como o frisson de perigo que acompanhava uma faixa do Nirvana. Os homens mais velhos lhe davam segurança, eles sabiam o que fazer.

Eu sou assim?, pensou. *Jeannie Ferrami – a mulher que faz o que bem entende e o mundo que se dane – precisa de segurança? Para com isso!*

Mas era verdade. Talvez fosse por causa do pai. Não queria outro homem irresponsável em sua vida. Por outro lado, seu pai era a prova viva de que homens mais velhos podiam ser tão irresponsáveis quanto os mais novos.

Ela supunha que o pai estivesse dormindo em hotéis baratos em algum lugar de Baltimore. Depois de beber e apostar todo o dinheiro que conseguira pelo computador e pela TV dela – o que não levaria muito tempo –, ele ou roubaria mais coisas, ou se sujeitaria à misericórdia de sua outra filha, Patty. Jeannie estava com ódio dele por ter roubado suas coisas. No entanto, o incidente serviria para trazer à tona o que havia de melhor em Steven Logan. Ele tinha sido um príncipe. *Que se dane*, pensou. *Da próxima vez que eu vir o Steven Logan, vou beijá-lo de novo, e dessa vez vai ser pra valer.*

Ela sentiu a tensão aumentar conforme seu Mercedes se aproximava do apinhado centro da Filadélfia. Aquele poderia ser o grande ponto de virada. Ela podia estar prestes a descobrir a resposta do quebra-cabeça envolvendo Steven e Dennis.

A Clínica Aventine ficava em University City, a oeste do rio Shuylkill, um bairro formado por edifícios acadêmicos e alojamentos de estudantes. A clínica em si era um prédio baixo e simpático da década de 1950 rodeado de árvores. Jeannie estacionou na rua, junto a um parquímetro, e entrou.

Havia quatro pessoas na sala de espera: um casal jovem – a mulher parecendo cansada e o homem, nervoso –, além de duas outras mulheres mais ou menos da mesma idade de Jeannie, todos sentados em sofás baixos, folheando revistas. Uma recepcionista animada pediu a Jeannie que se sentasse, e ela pegou um folheto sobre a Threeplex. Deixou-o aberto no colo, sem ler; em vez disso, ficou observando a arte abstrata nas paredes do saguão e batendo os pés impacientemente no chão acarpetado.

Ela odiava hospitais. Tinha ficado internada uma única vez. Aos 23 anos, fizera um aborto. O pai era um aspirante a diretor de cinema. Ela havia parado de tomar anticoncepcional porque eles tinham terminado, mas ele reapareceu alguns dias depois, houve uma reconciliação amorosa, fizeram sexo sem proteção e ela engravidou. A cirurgia transcorreu sem complicações, mas Jeannie passou dias chorando e perdeu qualquer sentimento que tinha pelo diretor de cinema, apesar de ele a ter apoiado o tempo todo.

Ele tinha acabado de fazer seu primeiro trabalho para Hollywood, um filme de ação. Jeannie foi sozinha assistir ao filme no Charles Cinema, em Baltimore. O único toque de humanidade em uma história mecânica de homens atirando uns nos outros foi quando a namorada do herói ficou deprimida após um aborto e o botou para fora de casa. O homem, um detetive da polícia, ficou perplexo e de coração partido. Jeannie chorou.

Aquela lembrança ainda doía. Ela se levantou e ficou andando ao redor da sala. Um minuto depois, um homem surgiu da parte de trás do saguão e chamou em voz alta:

– Dra. Ferrami! – Era um sujeito com uma alegria ansiosa, de cerca de 50 anos, calvo, com um fiapo de cabelo ruivo que fazia lembrar um monge. – Olá, olá, prazer em conhecê-la – disse com um entusiasmo sem fundamento.

Jeannie apertou-lhe a mão.

– Ontem à noite eu falei com um Sr. Ringwood.

– Sim, sim! Eu sou colega dele. Meu nome é Dick Minsky. Como vai?

Dick tinha um tique nervoso que o fazia piscar violentamente a cada poucos segundos. Jeannie sentiu pena dele.

Ele a conduziu escada acima.

– O que a trouxe até aqui, se me permite a pergunta?

– Um mistério clínico – explicou ela. – As duas mulheres têm filhos que aparentam ser gêmeos idênticos, mas não parecem ter nenhum parentesco. A única conexão que consegui encontrar é que as duas fizeram tratamento aqui antes de engravidar.

– É mesmo? – perguntou ele como se não estivesse dando muita atenção.

Jeannie ficou surpresa: esperava que ele fosse ficar intrigado.

Entraram em uma sala de quina.

– Todos os nossos registros podem ser acessados por computador, desde que se tenha o código correto – disse ele. Sentou-se diante de um monitor. – Então, as pacientes em que estamos interessados são...?

– Charlotte Pinker e Lorraine Logan.

– Vai levar menos de um minuto.

Ele começou a digitar os nomes.

Jeannie conteve sua ansiedade. Talvez aqueles registros não revelassem absolutamente nada. Ela olhou ao redor. Era uma sala grande demais para um mero arquivista. Dick devia ser mais do que apenas um "colega" do Sr. Ringwood, ela supôs.

– Qual é a sua função aqui na clínica, Dick? – perguntou.

– Sou o gerente-geral.

Jeannie arqueou as sobrancelhas, ao passo que ele não tirou os olhos do teclado. Ela se perguntou por que sua consulta estava sendo conduzida por uma pessoa com um cargo tão elevado, e uma sensação de desconforto invadiu como uma nuvem de fumaça.

Ele franziu a testa.

– Estranho. O computador diz que não temos registro de nenhum dos nomes.

Jeannie compreendeu a inquietação que sentia. *Estão prestes a mentir pra mim*, pensou. A perspectiva de encontrar uma solução para o quebra-cabeça desapareceu novamente. Uma sensação de anticlímax tomou conta dela e a deixou deprimida.

Ele girou o monitor para que ela pudesse ver.

– A grafia está certa?

– Está.

– Quando você acredita que as pacientes estiveram na clínica?

– Aproximadamente 23 anos atrás.

Ele olhou para ela.

– Ah, minha cara – disse ele, e piscou com força. – Então, infelizmente, você fez uma viagem à toa.

– Por quê?

– Não mantemos registros tão antigos. É nossa estratégia corporativa de gerenciamento de documentos.

Jeannie estreitou os olhos.

– Vocês jogam fora os registros antigos?

– Destruímos as fichas, sim, depois de 20 anos. A menos, é claro, que a paciente tenha sido readmitida, aí nesse caso o registro é transferido para o computador.

Era uma decepção enorme e uma perda de horas preciosas das quais ela precisava para preparar sua defesa para o dia seguinte. Ela disse:

– Que estranho. O Sr. Ringwood não me contou isso quando falei com ele ontem à noite.

– Ele deveria ter contado. Talvez você não tenha mencionado a data.

– Tenho certeza de que disse a ele que as duas mulheres foram tratadas aqui 23 anos atrás.

Jeannie se lembrava de adicionar um ano à idade de Steven para obter o período certo.

– Então é difícil de entender.

De alguma forma, Jeannie não estava completamente surpresa com aquele desfecho. Dick Minsky, com sua simpatia exagerada e seu tique nervoso, era a caricatura de um homem com a consciência pesada.

Ele voltou o monitor para a posição original. Em tom de lamento, disse:

– Receio que não haja mais nada que eu possa fazer por você.

– Podemos falar com o Sr. Ringwood e perguntar por que ele não me disse nada sobre as fichas terem sido destruídas?

– Acho que o Peter está doente e ficou em casa hoje.

– Que coincidência incrível!

Ele tentou parecer ofendido, mas o resultado foi uma piada:

– Espero que não esteja insinuando que estamos tentando esconder algo de você.

– Por que eu pensaria isso?

– Não faço ideia. – Ele se levantou. – E agora, infelizmente, meu tempo acabou.

Jeannie se levantou e o acompanhou até a porta. Ele a seguiu escada abaixo até o saguão.

– Tenha um bom dia – disse Minsky secamente.

255

– Tchau.

Depois de sair, ela hesitou. Sentia-se combativa. Ficou tentada a fazer alguma coisa provocadora, para mostrar a eles que não podiam manipulá-la completamente. Decidiu bisbilhotar um pouco.

O estacionamento estava cheio de carros de médicos, modelos recentes de Cadillacs e BMWs. Ela contornou uma das laterais do edifício. Um homem negro de barba branca estava varrendo o lixo com um soprador barulhento. Não havia nada de notável ou mesmo interessante ali. Ela se deparou com uma parede vazia e voltou.

Pela porta de vidro da frente, viu Dick Minsky, ainda no saguão, conversando com a recepcionista animada. Ele ficou olhando apreensivo enquanto Jeannie passava.

Contornando o prédio no outro sentido, ela chegou ao depósito de lixo. Três homens usando luvas pesadas estavam colocando o lixo em um caminhão. *Isso é idiotice*, pensou Jeannie. Ela estava agindo como um detetive de livro policial. Estava prestes a voltar quando teve um lampejo. Os homens estavam levantando enormes sacos plásticos de lixo sem esforço nenhum, como se pesassem muito pouco. O que uma clínica poderia jogar fora que fosse volumoso porém leve?

Papel picado?

Ela ouviu a voz de Dick Minsky. Ele parecia assustado.

– Dra. Ferrami, poderia ir embora logo?

Ela se virou. Ele estava dobrando a esquina do prédio acompanhado de um homem com um daqueles uniformes parecidos com os da polícia usados por seguranças.

Ela andou apressada até uma pilha de sacos. Dick Minsky gritou:

– Ei!

Os lixeiros olharam para ela, mas ela os ignorou. Abriu um buraco em um saco, enfiou a mão dentro e tirou um punhado do conteúdo.

O que saiu foi um maço de tiras de um papel-cartão marrom fino. Quando olhou com atenção para as tiras, percebeu que havia algo escrito, umas palavras a caneta, outras a máquina de escrever. Eram prontuários hospitalares picotados.

Só poderia haver um motivo para tantos sacos estarem sendo jogados fora naquele dia.

Eles tinham destruído os registros *naquela manhã* – poucas horas depois da ligação dela.

Jeannie largou os pedaços no chão e saiu. Um dos lixeiros gritou indignado com ela, mas ela o ignorou.

Agora não havia dúvida.

Ela parou na frente de Dick Minsky, as mãos na cintura. Ele tinha mentido para ela, e era por isso que o sujeito estava uma pilha de nervos.

– Você tem um segredo embaraçoso aqui, não tem? – gritou ela. – Um que você está tentando esconder destruindo esses registros.

Ele estava completamente apavorado.

– Claro que não – conseguiu falar. – E, aliás, essa insinuação é uma ofensa.

– Pode apostar – disse ela, dominada pela irritação. Apontou para ele com o folheto enrolado da Threeplex que ainda estava carregando. – Mas essa pesquisa é muito importante pra mim, então é bom você ficar sabendo que qualquer um que *mentir* pra mim sobre esse assunto vai se ferrar bonito antes de eu chegar ao fim.

– Por favor, vá embora – disse ele.

O segurança a segurou pelo cotovelo esquerdo.

– Estou indo. Não precisa me segurar.

Ele não a soltou.

– Por aqui, por favor – indicou.

O segurança era um homem de meia-idade de cabelo grisalho e barriga saliente. Naquele estado de nervos, Jeannie não ia aceitar ser arrastada por ele. Com a mão direita, ela agarrou o braço com que ele a estava segurando. Os músculos dele eram flácidos.

– Me solta, por gentileza – disse ela e o apertou. As mãos dela eram fortes e seu aperto era mais poderoso que o da maioria dos homens. O segurança tentou manter o cotovelo dela apertado, mas a dor foi demais para ele e depois de um momento a soltou. – Obrigada.

E com isso ela foi embora.

Sentia-se bem. Estivera certa ao pensar que havia alguma pista naquela clínica. Os esforços deles para impedi-la de saber de qualquer coisa eram a melhor confirmação possível de que tinham um segredo sujo. A solução para o mistério passava por aquele lugar. Mas aonde a levava?

Ela foi até o carro, mas não entrou. Eram duas e meia e não tinha almoçado. Estava agitada demais para comer algo, mas precisava de uma xícara de café. Do outro lado da rua havia uma lanchonete. Parecia barata e limpa. Ela atravessou a rua e entrou.

A ameaça que fizera a Dick Minsky tinha sido vazia: não havia nada que ela pudesse fazer para prejudicá-lo. Não conseguira nada berrando com ele. Aliás, ela havia entregado o jogo ao deixar claro que sabia que eles estavam mentindo para ela. Agora iam ficar na defensiva.

A lanchonete estava silenciosa, a não ser por alguns estudantes terminando de almoçar. Ela pediu um café e uma salada. Enquanto esperava, abriu o folheto que tinha pegado no saguão da clínica. Ele dizia:

A Clínica Aventine foi fundada em 1972 pela Threeplex Inc. para ser um centro pioneiro de pesquisa e desenvolvimento de fertilização in vitro *em humanos – aquilo que os jornais chamam de "bebês de proveta".*

E, de repente, tudo ficou claro.

CAPÍTULO TRINTA E QUATRO

JANE EDELSBOROUGH ERA uma viúva de 50 e poucos anos. Uma mulher escultural, mas desleixada, que normalmente se vestia com batas folgadas e sandálias rasteiras. Tinha um intelecto impressionante, mas ninguém diria isso ao olhar para ela. Berrington achava pessoas como ela desconcertantes. *Se você é inteligente, por que se disfarçar de idiota se vestindo mal?*, pensava ele. No entanto, as universidades estavam cheias de pessoas como ela – na verdade, ele era a exceção em termos de cuidado com a aparência.

Naquele dia ele estava especialmente elegante, vestindo um blazer de linho azul-marinho e colete combinando, com uma calça leve em xadrez *pied-de-poule*. Conferiu sua imagem no espelho atrás da porta antes de sair de sua sala para ir ao encontro de Jane.

Dirigiu-se ao Centro Acadêmico. Os professores raramente comiam lá – Berrington jamais havia entrado ali –, mas Jane tinha ido lá para um almoço tardio, de acordo com a falante secretária do departamento de física.

O saguão do Centro Acadêmico estava cheio de jovens de bermuda fazendo fila para sacar dinheiro nos caixas eletrônicos. Ele entrou no refeitório e olhou ao redor. Ela estava em um canto afastado, lendo um periódico acadêmico e comendo batata frita.

O lugar era uma praça de alimentação, como as que Berrington tinha visto em aeroportos e shoppings, com uma Pizza Hut, uma sorveteria e um Burger King, além de uma lanchonete típica. Berrington pegou uma bandeja e foi até a lanchonete. Do outro lado de uma vitrine havia alguns sanduíches cansados e uns bolos tristes. Ele teve um arrepio: em condições normais, preferiria dirigir até outro estado a comer ali.

Aquilo ia ser difícil. Jane não era seu tipo de mulher. Isso tornava ainda mais provável que ela pendesse para o outro lado na audiência disciplinar. Ele tinha que fazer dela uma amiga em pouco tempo. Isso exigiria todo o poder do seu charme.

Pegou uma fatia de cheesecake e uma xícara de café e os levou para a mesa de Jane. Estava nervoso, mas se forçou a parecer e a soar relaxado:

– Jane! Que ótima surpresa. Posso me juntar a você?

– Claro – disse ela amigavelmente, colocando o periódico de lado. Tirou os óculos, revelando profundos olhos castanhos com rugas de expressão nos cantos, mas sua aparência era péssima: os longos cabelos grisalhos estavam presos com algum tipo de trapo sem cor e ela usava uma blusa cinza-esverdeada disforme com marcas de suor nas axilas. – Acho que nunca vi você por aqui.

– Eu nunca tinha vindo aqui. Mas, na nossa idade, é importante variar um pouco, não acha?

– Eu sou mais nova que você – falou ela com tranquilidade. – Apesar de achar que ninguém diria isso.

– Diria sim.

Ele deu uma garfada no cheesecake. A base era dura como papelão e o recheio tinha gosto de creme de barbear sabor limão. Engoliu com esforço.

– O que acha da biblioteca de biofísica proposta pelo Jack Budgen?

– Foi por isso que veio me ver?

– Não vim aqui pra ver você, vim pra experimentar a comida e preferia não ter vindo. É terrível. Como consegue comer aqui?

Ela enfiou uma colher em algum tipo de sobremesa.

– Eu não presto atenção na minha comida, Berry. Minha cabeça está no meu acelerador de partículas. Me fale sobre essa nova biblioteca.

Berrington já tinha sido como ela, obcecado pelo trabalho. Ele nunca se permitiu parecer um indigente por causa disso, mas, quando era um jovem cientista, vivia pela emoção das descobertas. No entanto, sua vida tomara um rumo diferente. Seus livros eram versões para leigos de trabalhos alheios: ele não tinha escrito um único artigo original em quinze ou vinte anos. Por um instante se perguntou se não teria sido mais feliz se houvesse feito uma escolha diferente. Jane, desleixada e comendo comida barata enquanto ruminava problemas de física nuclear, tinha um ar de calma e contentamento que Berrington jamais experimentara.

E seus encantos não estavam funcionando com ela. Era uma mulher bastante sábia. Talvez devesse elogiá-la intelectualmente.

– Eu só acho que você deveria ter uma participação maior. Você é a física sênior do campus, uma das cientistas mais ilustres que a Jones Falls tem. Deveria estar envolvida no projeto dessa biblioteca.

– Isso vai sair do papel?

– Acho que a Threeplex vai financiá-la.

– Bom, essa é uma ótima notícia. Mas qual é o seu interesse nisso?

– Trinta anos atrás, eu fiz meu nome quando comecei a perguntar quais características humanas são herdadas e quais são aprendidas. Graças ao meu trabalho, e ao trabalho de outros como eu, hoje sabemos que a herança genética de um ser humano é mais importante que a sua criação e o seu ambiente na hora de determinar toda uma gama de características psicológicas.

– Inato em vez de adquirido.

– Exato. Provei que um ser humano *é* o seu DNA. A geração mais nova está interessada na forma como esse processo funciona. Qual é o mecanismo pelo qual uma combinação de substâncias químicas me dá olhos azuis e outra combinação dá a você olhos que são de um castanho profundo e escuro, quase cor de chocolate, eu acho.

– Berry! – exclamou ela com um sorriso irônico. – Se eu fosse uma secretária de 30 anos com peitos empinados, poderia achar que você está flertando comigo.

Assim está melhor, pensou ele. Ela tinha amolecido finalmente.

– Empinados? – disse ele, sorrindo. Deliberadamente olhou para os seios dela, depois de volta para o rosto. – Eu acredito que empinado é um estado de espírito.

Ela riu, mas ele percebeu que ela tinha gostado. Estava enfim chegando a algum lugar. Então ela disse:

– Eu tenho que ir.

Droga. Ele não tinha conseguido manter o controle da interação. Precisava prender a atenção dela rapidamente. Levantou-se para sair com ela.

– É provável que seja formado um comitê pra supervisionar a criação da nova biblioteca – disse ele enquanto deixavam o refeitório. – Eu gostaria da sua opinião sobre quem deveria fazer parte dele.

– Puxa, eu precisaria pensar sobre isso. Agora tenho que dar uma aula sobre antimatéria.

Maldição, estou perdendo ela, pensou Berrington. Então ela perguntou:

– Podemos nos falar uma outra hora?

Berrington fez uma tentativa desesperada:

– Que tal um jantar?

Ela ficou um pouco espantada.

– Tudo bem – disse depois de algum tempo.

– Hoje à noite?

Um olhar de perplexidade surgiu no rosto dela.

– Por que não?

Isso lhe daria mais uma chance, pelo menos. Aliviado, ele disse:

– Pego você às oito.
– Ok.
Ela lhe deu seu endereço e ele anotou em um bloquinho.
– De que tipo de comida você gosta? – indagou ele. – Ah, não responda, eu me lembro: sua cabeça está no seu acelerador de partículas. – Eles saíram ao sol quente. Ele apertou seu braço levemente. – Vejo você à noite.
– Berry, você não está *querendo* alguma coisa, está?
– O que você teria pra oferecer? – perguntou ele e piscou para ela.
Ela deu risada e foi embora.

CAPÍTULO TRINTA E CINCO

BEBÊS DE PROVETA. Fertilização *in vitro*. Aquela era a conexão. Jeannie enxergou tudo.

Charlotte Pinker e Lorraine Logan haviam feito tratamento de fertilidade na Clínica Aventine. A clínica tinha sido pioneira na fertilização *in vitro*: o processo pelo qual o esperma do pai e um óvulo da mãe são reunidos em laboratório, e o embrião resultante é então implantado no útero da mulher.

Gêmeos idênticos ocorrem quando um embrião se divide ao meio, no útero, e se torna dois indivíduos. Isso pode ter ocorrido no tubo de ensaio. Então os gêmeos de laboratório poderiam ter sido implantados em duas mulheres diferentes. Era assim que gêmeos idênticos podiam nascer de duas mães sem relação nenhuma. Bingo.

A garçonete levou a salada de Jeannie, mas ela estava agitada demais para comer.

Bebês de proveta não passavam de teoria no início da década de 1970, ela sabia bem disso. Mas a Threeplex obviamente estava anos à frente em suas pesquisas.

Lorraine e Charlotte disseram ter feito terapia hormonal. Aparentemente a clínica havia mentido para elas sobre o tratamento que haviam recebido.

Isso já seria péssimo o suficiente, mas, conforme Jeannie foi refletindo sobre as implicações, percebeu algo ainda pior. O embrião que dera origem a essa divisão podia ser filho biológico ou de Lorraine e Charles, ou de Charlotte e do Major – mas não dos dois casais. Um deles tivera implantado o filho de outro casal.

O coração de Jeannie se encheu de horror e repulsa quando ela se deu conta de que *ambos* os casais poderiam ter recebido bebês de completos estranhos.

Ficou se perguntando por que a Threeplex havia enganado suas pacientes daquela maneira terrível. Era uma técnica inédita: talvez precisassem de cobaias humanas. Talvez tivessem pedido permissão e ela tivesse sido negada. Ou poderia haver alguma outra explicação para aquele segredo.

Qualquer que tivesse sido o motivo para mentir para aquelas mulheres, Jeannie agora entendia por que sua investigação assustava tanto a Threeplex. Fecundar uma mulher com um embrião estranho, sem conhecimento dela, era a coisa mais antiética imaginável. Não surpreendia que estivessem desesperados para encobrir o fato. Se Lorraine Logan descobrisse o que havia sido feito com ela, eles iriam pagar muito caro por isso.

Ela tomou um gole de café. No final das contas, a viagem até a Filadélfia não havia sido em vão. Ainda não tinha todas as respostas, mas resolvera o quebra-cabeça central. Aquilo era extremamente recompensador.

Ao olhar para cima, ficou surpresa ao ver Steven entrando na lanchonete.

Ela olhou bem para o rapaz. Ele vestia uma calça cáqui e uma camisa azul e, depois de entrar, fechou a porta com o calcanhar.

Ela abriu um enorme sorriso e se levantou para falar com ele.

– Steven! – disse com alegria.

Lembrando-se de sua resolução, abraçou-o e o beijou na boca. Ele estava com um cheiro diferente, menos tabaco e mais especiarias. Abraçou-a e retribuiu o beijo. Ela ouviu a voz de uma mulher mais velha dizer:

– Meu Deus, eu me lembro do tempo em que me sentia assim.

Várias pessoas riram.

Ela o soltou.

– Senta. Quer comer alguma coisa? Divide a salada comigo. O que está fazendo aqui? Não acredito. Você me seguiu? Não, não, você sabia o nome da clínica e decidiu vir me encontrar.

– Só me deu vontade de falar com você – disse ele e alisou as sobrancelhas com a ponta do indicador.

Alguma coisa naquele gesto a incomodou. *Que outra pessoa eu vi fazer isso?*, perguntou-se ela, mas empurrou o pensamento para o fundo da mente.

– Você vai ter uma grande surpresa.

De repente ele pareceu ficar nervoso.

– Vou, é?

– Você gosta de aparecer inesperadamente, não gosta?

– Acho que sim.

Ela sorriu para ele.

– Está um pouco esquisito hoje. Em que está pensando?

– Olha, você me deixou ansioso – disse ele. – A gente pode sair daqui?

– Claro. – Ela colocou uma nota de 5 dólares em cima da mesa e se levantou. – Onde está o seu carro? – perguntou enquanto estavam saindo.

– Vamos no seu.

Entraram no Mercedes vermelho. Ela afivelou o cinto de segurança, mas ele, não. Assim que ela começou a dirigir, ele se aproximou dela no banco, levantou seu cabelo e começou a beijar seu pescoço. Ela gostou, mas ficou envergonhada e disse:

– Acho que estamos um pouco velhos para fazer isso num carro.

– Ok.

Ele parou e se virou para a frente, mas deixou o braço sobre o ombro dela. Ela estava indo no sentido leste pela Chestnut Street. Quando chegaram à ponte, ele disse:

– Pega a via expressa. Tem uma coisa que eu quero te mostrar.

Seguindo as placas, ela virou à direita na Shuylkill Avenue e parou em um sinal.

A mão sobre seu ombro desceu e ele começou a acariciar o seio dela. Ela sentiu seu mamilo enrijecer em resposta ao toque dele, mas, apesar disso, estava desconfortável. Aquilo era tão estranho quanto ser apalpada no metrô.

– Steven, eu gosto de você, mas está indo um pouco rápido demais pra mim.

Ele não respondeu. Em vez disso, os dedos dele encontraram o mamilo dela e o beliscaram com força.

– Ai! – exclamou ela. – Isso dói! Pelo amor de Deus, o que deu em você?

Ela o empurrou com a mão direita. O sinal ficou verde e ela desceu a rampa de acesso para a via expressa.

– Não sei o que você quer – reclamou ele. – Primeiro você me beija como uma ninfomaníaca, depois fica travada.

E eu achando que esse garoto tinha maturidade!

– Escuta, uma garota beija você porque ela quer beijar você. Isso não é uma licença pra fazer o que quiser com ela. E machucar não está certo *nunca*.

Ela entrou suavemente na pista sul da via expressa.

– Algumas garotas gostam de ser machucadas – disse ele, colocando a mão no joelho dela.

Ela afastou a mão dele.

– O que você quer me mostrar, afinal? – perguntou, tentando distraí-lo.

– Isto aqui – respondeu ele, pegando a mão direita dela.

Um segundo depois, ela sentiu seu pênis nu, duro e quente.

– Tá de sacanagem! – Ela puxou a mão de volta. *Nossa, como julguei mal esse cara!* – Guarda isso aí, Steven, e para de agir como um maldito adolescente!

Sem que ela tivesse tempo de reagir, um forte golpe a atingiu na lateral da cabeça.

Ela gritou e pendeu para o lado. Uma buzina berrou quando o carro dela saiu da pista e ficou frente a frente com um caminhão. Os ossos de seu rosto arderam e ela sentiu um gosto de sangue na boca. Fazendo um esforço para ignorar a dor, recuperou o controle do carro.

Ela percebeu, com espanto, que ele tinha dado um soco nela.

Ninguém nunca tinha feito aquilo.

– Seu filho da puta! – gritou.

– Quero que bata uma punheta em mim agora – disse ele. – Senão vou te dar uma surra.

– Vai se foder! – berrou ela.

Com o canto do olho, Jeannie o viu retrair a mão para dar outro soco.

Sem pensar, ela pisou no freio.

Ele foi jogado para a frente e errou o soco. A cabeça dele bateu no para-brisa. Houve o som de pneus guinchando em protesto quando uma limusine branca teve que desviar para não bater no Mercedes.

Quando ele recuperou o equilíbrio, ela soltou o freio. O carro voltou a avançar. Ela pensou que, se parasse na pista rápida da via expressa por alguns segundos que fossem, ele ia ficar tão apavorado que iria implorar para ela voltar a acelerar. Então pisou no freio outra vez, jogando-o novamente para a frente.

Dessa vez ele se recuperou mais rápido. O carro parou completamente. Carros e caminhões desviaram ao som de buzinas. Jeannie estava aterrorizada: a qualquer momento um veículo poderia bater na traseira do Mercedes. Mas o plano dela não funcionou: parecia que ele não sentia medo. Enfiou a mão pela saia dela, agarrou sua meia-calça e puxou. A peça fez um ruído ao se rasgar.

Ela tentou se afastar, mas ele estava em cima dela. Claro que não ia tentar estuprá-la ali no meio da via expressa, ia? Desesperada, ela abriu a porta, mas não conseguiu sair porque estava com o cinto de segurança afivelado. Tentou soltá-lo, mas não tinha como alcançar o fecho por causa de Steven.

À sua esquerda, os carros entravam na via expressa vindo de outra rampa, indo em direção à pista rápida a 100 por hora e passando por eles como um raio. Nenhum motorista ia parar para ajudar uma mulher que estava sendo atacada?

Enquanto ela lutava para afastá-lo, soltou o pé do freio e o carro começou a se mover. *Talvez eu consiga desequilibrá-lo*, pensou. Jeannie tinha o controle do carro, era sua única vantagem. Desesperada, pôs o pé no acelerador e pisou fundo.

O carro arrancou com um tranco. Freios guincharam quando um ônibus Greyhound por pouco não bateu no seu para-choque. Steven foi jogado para trás no banco e distraído brevemente, mas alguns segundos depois as mãos dele estavam em cima dela de novo, puxando seus seios para fora do sutiã e se enfiando em sua calcinha enquanto ela tentava dirigir. Um frenesi tomou conta dela. Ele não parecia preocupado com a possibilidade de os dois morrerem ali por sua causa. Que diabos ela podia fazer para detê-lo?

Virou o volante com força para a esquerda, jogando-o contra a porta do carona. Quase bateram em um caminhão de lixo e, por uma fração de segundo, ela viu o rosto petrificado do motorista, um senhor de bigode grisalho; então virou o volante para o outro lado e o Mercedes escapou do perigo.

Steven a agarrou novamente. Ela freou com força, depois pisou fundo no acelerador, mas ele ria ao quicar de um lado para outro, como se estivesse em um brinquedo de parque de diversões, e então voltou para cima dela.

Ela o acertou com o cotovelo direito e o punho, mas não era capaz de bater com força e dirigir ao mesmo tempo, e o máximo que conseguiu foi distraí-lo por mais alguns segundos.

Quanto tempo isto vai durar? Não tem nenhuma viatura de polícia nesta cidade?

Por trás dele, ela viu que estava se aproximando de uma saída da estrada. Havia um velho Cadillac azul-celeste perto dela, a apenas alguns metros de distância. No último momento, ela virou o volante. Os pneus cantaram, o Mercedes ficou sobre duas rodas, e Steven caiu em cima dela, sem controle algum sobre si. O Cadillac desviou para não bater, houve uma fanfarra de buzinadas ultrajadas, e a seguir ela ouviu o barulho de carros batendo e o som de vidros se quebrando. As duas rodas no ar voltaram a tocar o asfalto com um baque de doer os ossos. Ela havia conseguido pegar a saída. O carro derrapou, ameaçou bater na mureta de concreto de um lado e do outro, mas ela o endireitou.

Jeannie acelerou pela extensa rampa. Assim que o carro ficou estável, Steven botou a mão entre as pernas dela e tentou enfiar os dedos na calcinha. Ela se contorceu, tentando fazê-lo parar. Olhou para o rosto dele. Ele estava sorrindo, com os olhos arregalados, ofegando e transpirando de excitação. Estava se divertindo. Aquilo era *bizarro*.

Não havia carros à frente ou atrás dela. A rampa terminou em um sinal que estava verde. À esquerda havia um cemitério. Ela viu uma placa apontando para a direita que dizia *Civic Center Boulevard* e virou naquela direção, esperando encontrar um centro movimentado, com uma multidão de pessoas na calçada. Para sua decepção, a rua era um deserto sem vida de prédios pequenos e centros comerciais abandonados. À sua frente, um sinal ficou vermelho. Se ela parasse, estaria perdida.

Steven enfiou a mão na calcinha dela e ordenou:

– Para o carro!

Assim como ela, ele tinha percebido que, se a estuprasse ali, havia uma boa chance de ninguém interferir.

Ele a estava machucando agora, beliscando e empurrando com os dedos, mas pior que a dor era o medo do que estava por vir. Ela acelerou descontroladamente em direção ao sinal vermelho.

Uma ambulância surgiu vindo da esquerda, se balançando diante dela. Ela freou com força e desviou para não se chocar, pensando, desesperada: *Se eu bater agora, pelo menos o socorro está logo ali.*

De repente, Steven tirou as mãos do corpo dela. Jeannie teve um momento de abençoado alívio. Então ele agarrou a alavanca de câmbio e colocou em ponto morto. O carro perdeu força subitamente. Ela engatou de volta a marcha e pisou fundo no acelerador, passando pela ambulância.

Quanto tempo isso vai durar?, pensou Jeannie. Ela precisava chegar a um bairro onde houvesse pessoas antes de o carro parar ou bater. Mas a Filadélfia havia se transformado em uma paisagem inabitada.

Ele agarrou o volante e tentou jogar o carro em direção à calçada. Jeannie o puxou de volta rapidamente. As rodas traseiras derraparam e a ambulância buzinou, indignada.

Ele tentou de novo. Dessa vez foi mais esperto. Colocou a transmissão em ponto morto com a mão esquerda e agarrou o volante com a direita. O carro perdeu velocidade e subiu no meio-fio.

Jeannie tirou as duas mãos do volante, as colocou no peito de Steven e o empurrou com tudo que pôde. A força dela o surpreendeu e ele foi jogado para trás. Ela engatou a marcha novamente e pisou fundo no acelerador. O carro disparou para a frente mais uma vez, mas Jeannie sabia que não poderia lutar contra ele por muito mais tempo. A qualquer segundo ele ia conseguir parar o carro e ela ficaria presa ali com ele. Ele recuperou o equilíbrio quando ela fez uma curva para a esquerda e colocou as duas mãos no volante, e ela pensou: *Acabou, não tenho mais o que fazer.* Então o carro virou a esquina e a paisagem urbana mudou abruptamente.

Era uma rua movimentada, com um hospital com pessoas do lado de fora, uma fila de táxis e uma barraca que vendia comida chinesa na calçada.

– Isso! – Jeannie gritou triunfante.

Ela pisou no freio. Steven puxou o volante e ela puxou de volta. Sem tração nas rodas traseiras, o carro parou bruscamente no meio da rua. Uma dezena de taxistas junto à barraca de comida se virou para olhar.

Steven abriu a porta e saiu correndo.

– Graças a Deus – disse Jeannie, respirando fundo.

Um segundo depois, ele havia desaparecido.

Jeannie ficou sentada, ofegante. Ele tinha ido embora. O pesadelo estava acabado.

Um dos motoristas se aproximou e enfiou a cabeça pela porta do carona. Jeannie arrumou suas roupas às pressas.

– Você está bem, senhora? – perguntou ele.

– Acho que sim – respondeu ela sem fôlego.

– Que diabos aconteceu?

Ela balançou a cabeça.

– Eu também queria saber.

CAPÍTULO TRINTA E SEIS

STEVEN ESTAVA SENTADO em uma mureta perto da casa de Jeannie, esperando por ela. Fazia calor, mas ele aproveitava a sombra de um bordo frondoso. Ela morava em um antigo bairro operário, de prédios baixos colados uns aos outros. Adolescentes de uma escola próxima voltavam para casa a pé, rindo, discutindo e comendo balas. Não fazia muito tempo que ele se comportara daquela mesma forma: só uns oito ou nove anos.

Mas agora estava preocupado e ansioso. Naquela tarde seu advogado tinha falado com a sargento Delaware, da Divisão de Crimes Sexuais de Baltimore. Ela disse a ele que estava com os resultados do teste de DNA. O DNA dos vestígios de esperma na vagina de Lisa Hoxton correspondia exatamente ao DNA do sangue de Steven.

Ele ficou arrasado. Tinha certeza de que o teste de DNA iria acabar com aquela agonia.

Steven percebeu que seu advogado não acreditava mais em sua inocência. A mãe e o pai acreditavam, mas estavam perplexos: os dois tinham conhecimento suficiente para saber que um teste de DNA era extremamente confiável.

Nos momentos de maior angústia, ele ficava se perguntando se não teria algum tipo de dupla personalidade. Talvez houvesse um outro Steven que assumia o controle, estuprava mulheres e depois lhe devolvia o seu corpo. Dessa forma, ele não saberia o que tinha feito. Recordou, com assombro, que havia alguns segundos de sua briga com Tip Hendricks dos quais nunca tinha conseguido se lembrar. E esteve perto de enfiar os dedos no cérebro de Porky Butcher. Era o seu alter ego que fazia aquelas coisas? Ele não acreditava de fato nisso. Tinha que haver outra explicação.

O raio de esperança era o mistério que cercava Dennis Pinker e ele. Dennis tinha o mesmo DNA de Steven. Havia algo errado ali. E a única pessoa capaz de desvendar o mistério era Jeannie Ferrami.

As crianças desapareceram dentro de suas casas e o sol se escondeu atrás da fileira de prédios do outro lado da rua. Por volta das seis horas o Mercedes vermelho parou em uma vaga a 50 metros de distância. Jeannie desceu. Num primeiro momento, ela não viu Steven. Abriu o porta-malas e tirou um enorme saco de lixo preto. Depois trancou o carro e caminhou pela calçada em direção a ele. Estava vestida de maneira formal, de blazer e saia pretos, mas parecia desgrenhada, e havia um cansaço em seu andar que comoveu Steven. Ele se perguntou o que teria acontecido para deixá-la com aquele aspecto de quem estava voltando da guerra. Ela continuava linda, no entanto, e ele a fitou com desejo em seu coração.

Quando ela se aproximou dele, ele se levantou, sorrindo, e deu um passo em sua direção.

Ela reparou nele, encarou-o e o reconheceu.

Uma expressão de pavor tomou conta do rosto dela.

Ela abriu a boca e deu um berro.

Ele parou imediatamente. Horrorizado, perguntou:

– Jeannie, o que foi?

– Sai de perto de mim! – gritou ela. – Não encosta em mim! Vou ligar pra polícia agora mesmo!

Perplexo, Steven levantou as mãos em um gesto defensivo.

– Claro, como quiser. Não vou encostar em você. O que houve?

Um vizinho de Jeannie apareceu na porta do prédio. Steven concluiu que seria o morador do apartamento de baixo. Era um senhor negro, de camisa xadrez e gravata.

– Está tudo bem, Jeannie? – perguntou ele. – Tive a impressão de que ouvi alguém gritar.

– Fui eu, Sr. Oliver – disse ela com a voz trêmula. – Esse idiota me atacou no meu carro na Filadélfia hoje à tarde.

– Ataquei você? – repetiu Steven, incrédulo. – Eu jamais faria isso!

– Seu desgraçado, você fez isso duas horas atrás.

Steven perdeu a cabeça. Estava cansado de ser acusado de cometer brutalidades.

– Que merda é essa? Eu não piso na Filadélfia há anos.

O Sr. Oliver interveio:

– Este jovem cavalheiro está sentado naquela mureta há quase duas horas, Jeannie. Ele não foi a Filadélfia coisa nenhuma hoje à tarde.

Jeannie expressou indignação e parecia prestes a acusar seu gentil vizinho de estar mentindo.

Steven percebeu que ela não estava usando meia-calça: suas pernas nuas pareciam esquisitas com uma roupa tão formal. Uma face estava ligeiramente inchada e avermelhada. Sua fúria se desfez. *Alguém* tinha atacado Jeannie. Ele ansiou por abraçá-la e confortá-la. Aquilo tornava o medo que ela sentiu dele ainda mais angustiante.

– Ele machucou você – perguntou. – Aquele desgraçado.

A expressão dela mudou. O olhar de pavor desapareceu.

Ela se dirigiu ao vizinho:

– Ele chegou aqui há duas horas?

O homem deu de ombros.

– Uma hora e quarenta, cinquenta talvez.

– Tem certeza?

– Jeannie, se ele estava na Filadélfia há duas horas, deve ter vindo de Concorde.

Ela olhou para Steven.

– Deve ter sido o Dennis.

Steven andou na direção dela. Ela não recuou. Ele estendeu a mão e tocou sua face inchada com a ponta dos dedos.

– Jeannie...

– Eu achei que fosse você – disse ela e seus olhos se encheram d'água.

Ele a abraçou. Lentamente, sentiu o corpo dela perder a rigidez e ela se entregou com confiança. Ele fez carinho na cabeça dela e entrelaçou os dedos nos cachos pesados de seu cabelo escuro. Fechou os olhos, pensando em como o corpo dela era esguio e forte. *Aposto que o Dennis também ficou com alguns hematomas*, pensou. *Tomara que sim.*

O Sr. Oliver tossiu.

– Os jovens aceitam uma xícara de café?

Jeannie se afastou de Steven.

– Não, obrigada – respondeu. – Eu só quero tirar esta roupa.

A tensão estava estampada em seu rosto, mas ela parecia ainda mais fascinante. *Estou me apaixonando por esta mulher*, pensou ele. *Eu não quero só dormir com ela. Quero que ela seja minha amiga. Quero assistir a TV com ela, ir ao supermercado com ela e dar xarope na sua boca quando ficar resfriada. Quero saber como é o jeito dela de escovar os dentes, vestir a calça jeans e passar manteiga no pão. Quero que me pergunte se o batom laranja fica bem nela, se estou precisando de lâmina de barbear e a que horas vou chegar em casa.*

Ele se perguntou se teria coragem de lhe dizer isso.

Ela cruzou a varanda em direção à porta. Steven hesitou. Queria ir atrás dela, mas precisava de um convite.

Ela se virou junto à soleira da porta.

– Vem – disse.

Ele a seguiu escada acima e entrou na sala logo atrás dela. Ela largou o saco plástico preto no tapete. Foi até a copa, tirou os sapatos e então, para espanto dele, jogou-os no lixo da cozinha.

– Nunca mais vou usar esta maldita roupa de novo – disse com raiva.

Tirou o blazer e jogou fora. Então, enquanto Steven a observava incrédulo, desabotoou a blusa e a pôs no lixo também.

Estava usando um sutiã de algodão preto liso. *É claro que ela não vai tirar isso na minha frente,* pensou Steven. Mas ela estendeu a mão até as costas, o soltou e o jogou no lixo. Tinha seios firmes e pequenos, com mamilos marrons protuberantes. Steven ficou com a garganta seca.

Ela abriu o zíper da saia e a deixou cair no chão. Estava usando uma calcinha preta simples. Steven a olhou boquiaberto. O corpo dela era perfeito: os ombros fortes, os seios firmes, a barriga lisa e as pernas longas e esculturais. Ela deslizou a calcinha para baixo, puxou-a junto com a saia e jogou tudo na lixeira. Seus pelos púbicos eram uma densa massa de cachos negros.

Ela olhou sem expressão para Steven por um momento, quase como se não soubesse ao certo o que ele estava fazendo ali. Então disse:

– Preciso tomar um banho.

Nua, ela passou por ele. Ele olhou avidamente para as costas dela, absorvendo os detalhes de suas omoplatas, sua cintura estreita, as curvas de seus quadris e os músculos de suas pernas. Ela era tão linda que doía.

Um momento depois, ele ouviu o barulho de água escorrendo.

– Jesus! – exclamou e respirou fundo.

Sentou-se no sofá preto. O que significava aquilo? Era algum tipo de teste? O que ela estava tentando comunicar?

Deu um sorriso. Que corpo maravilhoso, tão esguio, forte e de proporções perfeitas. Independentemente do que viesse a acontecer, ele jamais se esqueceria daquela visão.

Ela passou um longo tempo no banho. Ele percebeu que, em meio ao drama da acusação dela, não lhe contara suas notícias misteriosas. Por fim a água parou. Um minuto depois ela voltou para a sala em um grande roupão de banho em tom rosa fúcsia, o cabelo molhado grudado na cabeça. Sentou-se no sofá ao lado dele e perguntou:

– Foi um sonho ou acabei de tirar a roupa na sua frente?

– Não foi um sonho – disse ele. – Você jogou as suas roupas no lixo.

– Meu Deus, não sei o que deu em mim.

– Não precisa se desculpar por nada. Fico contente que confie tanto em mim. Não tenho palavras pra dizer o que isso significa pra mim.

– Deve achar que estou maluca.

– Não, mas acho que provavelmente está em choque depois do que aconteceu na Filadélfia.

– Talvez. Eu só me lembro de sentir que precisava me livrar das roupas que estava usando quando aconteceu.

– Talvez seja o momento de abrir aquela garrafa de vodca que você tem no freezer.

Ela fez que não com a cabeça.

– O que eu quero mesmo é um chá de jasmim.

– Deixa que eu faço. – Ele se levantou e foi até a bancada da cozinha. – Por que você estava carregando um saco de lixo?

– Fui demitida hoje. Colocaram todas as minhas coisas pessoais naquele saco e trancaram a minha sala.

– O quê? – Ele pareceu incrédulo. – Por quê?

– Saiu uma matéria hoje no *New York Times* dizendo que o uso que faço dos bancos de dados viola a privacidade das pessoas. Mas acho que o Berrington Jones estava só usando isso como desculpa pra se livrar de mim.

Ele espumou de indignação. Queria protestar, sair correndo em defesa dela, salvá-la daquela perseguição cruel.

– Eles podem dispensar você assim?

– Não. Vai ter uma audiência amanhã de manhã diante do comitê disciplinar do senado da universidade.

– Você e eu estamos tendo uma semana incrivelmente ruim.

Ele estava prestes a lhe contar sobre o teste de DNA quando ela pegou o telefone.

– Preciso do telefone da Penitenciária Greenwood. Fica nos arredores de Richmond, na Virgínia. – Enquanto Steven enchia a chaleira, ela rabiscou um número e fez outra ligação. – Posso falar com o diretor Temoigne? É a Dra. Ferrami. Sim, eu espero. Obrigada... Boa noite, diretor, como o senhor está? Estou bem. Pode parecer uma pergunta boba, mas o Dennis Pinker ainda está preso? Tem certeza? O senhor o viu com os próprios olhos? Obrigada. O senhor também. Tchau. – Ela olhou para Steven. – Dennis ainda está na prisão. O diretor falou com ele uma hora atrás.

Steven despejou uma colherada de chá de jasmim no bule e pegou duas xícaras.

– Jeannie, os policiais estão com o resultado do teste de DNA que fizeram.

Ela ficou completamente imóvel.

– E...?
– O DNA colhido da vagina da Lisa corresponde ao do meu sangue.
Com um tom de perplexidade na voz, ela perguntou:
– Está pensando no que eu estou pensando?
– Alguém que se parece comigo e tem o mesmo DNA que eu estuprou Lisa Hoxton no domingo. O mesmo cara atacou você na Filadélfia hoje. E não foi Dennis Pinker.
Os olhares deles se encontraram, e Jeannie disse:
– Vocês são três.
– Jesus Cristo. – Um desespero tomou conta dele. – Mas isso é ainda mais improvável. Os policiais não vão acreditar nunca. Como uma coisa assim foi acontecer?
– Espera – disse ela animada. – Você não sabe o que eu descobri hoje à tarde antes de me deparar com a sua cópia. Eu tenho a explicação.
– Deus pai, tomara que tenha mesmo.
Ela pareceu preocupada.
– Steven, você vai ficar chocado.
– Eu não estou nem aí, só quero entender.
Ela enfiou a mão no saco de lixo e pegou uma bolsa-carteiro de lona.
– Olha isto aqui.
Pegou um folheto, aberto na primeira página. Entregou-o a Steven e ele leu o parágrafo de abertura:

A Clínica Aventine foi fundada em 1972 pela Threeplex Inc. para ser um centro pioneiro de pesquisa e desenvolvimento de fertilização in vitro *em humanos – aquilo que os jornais chamam de "bebês de proveta".*

– Você acha que Dennis e eu somos bebês de proveta? – perguntou Steven.
– Acho.
Ele sentiu uma coisa estranha, uma náusea na boca do estômago.
– É bizarro. Mas o que isso explicaria?
– Gêmeos idênticos podem ser concebidos em laboratório e, em seguida, implantados nos úteros de mulheres diferentes.
A sensação de mal-estar de Steven aumentou.
– Mas o esperma e o óvulo vieram da minha mãe e do meu pai... ou vieram dos Pinkers?
– Não sei.

– Então os Pinkers podem ser meus pais biológicos. Meu Deus!

– Tem uma outra possibilidade.

Steven pôde ver pelo olhar preocupado no rosto de Jeannie que ela estava com medo de que aquilo também pudesse chocá-lo. Seu raciocínio disparou e ele adivinhou o que ela ia dizer.

– Talvez o espermatozoide e o óvulo não tenham vindo nem dos meus pais *nem* dos Pinkers. Eu posso ser filho de dois completos estranhos.

Ela não respondeu, mas seu olhar solene dizia que ele estava certo.

Ele ficou desorientado. Era como estar sonhando e, de repente, entrar em queda livre.

– É difícil aceitar isso – disse ele. A chaleira elétrica desligou sozinha. Para ter algo com que ocupar as mãos, Steven despejou a água fervente no bule. – Eu nunca fui muito parecido nem com a minha mãe nem com o meu pai. Pareço com algum dos Pinkers?

– Não.

– Então o mais provável é que sejam estranhos.

– Steven, nada disso anula o fato de que a sua mãe e o seu pai amam você, criaram você e continuam dispostos a dar a vida por você.

Com a mão trêmula, ele serviu o chá nas duas xícaras. Deu uma a Jeannie e se sentou ao lado dela no sofá.

– Como isso tudo explica o terceiro gêmeo?

– Da mesma forma que pode haver gêmeos no tubo de ensaio, pode haver trigêmeos. É o mesmo processo: um dos embriões se divide novamente. Acontece na natureza, então imagino que possa acontecer em laboratório.

Steven continuou com a sensação de que estava rodopiando no ar, mas agora começou a sentir outra coisa: alívio. A história que Jeannie tinha contado era bem bizarra, mas pelo menos fornecia uma explicação racional de por que ele havia sido acusado de dois crimes violentos.

– Meus pais sabem disso?

– Acredito que não. Tanto a sua mãe quanto Charlotte Pinker me contaram que foram à clínica para fazer tratamento hormonal. A fertilização *in vitro* em tese ainda não existia naquela época. A Threeplex devia estar anos à frente dos demais no uso dessa técnica. E acho que eles realizaram experimentos sem contar às pacientes o que estavam fazendo.

– Não é de admirar que a Threeplex esteja com medo – disse Steven. – Agora entendo por que o Berrington está tão desesperado pra desacreditar você.

– Sim. O que eles fizeram foi *extremamente* antiético. Faz com que invasão de privacidade pareça brincadeira de criança.

– Não foi só antiético. Isso poderia acabar com a Threeplex em termos financeiros.

Ela ficou empolgada.

– Isso explicaria muita coisa. Mas como essa história poderia acabar com eles?

– É um ato ilícito. Estudei isso ano passado na faculdade. – No fundo de sua mente, ele estava pensando: *Por que raios estou falando com ela em juridiquês? Minha vontade é dizer que a amo.* – Se a Threeplex ofereceu tratamento hormonal a uma mulher mas deliberadamente a engravidou com o feto de outra pessoa sem contar a ela, isso é uma quebra de contrato verbal por meio de fraude.

– Mas isso aconteceu há muito tempo. Esse tipo de coisa prescreve, não?

– Sim, mas o tempo conta a partir do momento da *descoberta* da fraude.

– Ainda não consigo ver como isso poderia acabar com a empresa.

– Isso é um caso ideal pra indenização punitiva. Ou seja, a quantia estabelecida não seria só para compensar a vítima, digamos, pelo custo de ter criado o filho de outra pessoa. Seria também para punir os responsáveis e garantir que eles e outras pessoas tenham medo de cometer o mesmo crime novamente.

– Quanto seria isso?

– A Threeplex abusou intencionalmente do corpo de uma mulher para seus propósitos secretos. Tenho certeza de que qualquer advogado que se preze pediria 100 milhões de dólares.

– De acordo com aquele artigo de ontem do *Wall Street Journal*, a empresa inteira vale 180 milhões.

– Logo, isso acabaria com ela.

– Pode levar anos pra chegar ao tribunal.

– Mas você não percebe? Bastaria a *ameaça* para sabotar a venda da empresa!

– Como assim?

– O risco de a Threeplex ter que pagar uma fortuna em danos reduz o preço das ações. A aquisição seria no mínimo adiada até que a Landsmann pudesse avaliar a dimensão da perda.

– Uau. Então não é só a reputação deles que está em jogo. Eles podem perder todo aquele dinheiro também.

– Exato. – A cabeça de Steven voltou para os próprios problemas. – Nada disso me ajuda – continuou, subitamente ficando triste de novo. – Preciso ser capaz de provar sua teoria do terceiro gêmeo. A única maneira de fazer isso é encontrá-lo. – Uma ideia lhe veio à mente. – Você tem como usar o mecanismo de busca? Entende aonde eu quero chegar?

– Claro.

Ele ficou animado.

– Se uma busca apontou pra mim e Dennis, uma outra poderia apontar pra mim e o terceiro, ou pro Dennis e o terceiro, ou pra nós três.

– Sim.

Ela não estava tão empolgada quanto deveria.

– Tem como fazer isso?

– Depois de toda essa publicidade negativa, vai ser difícil fazer com que alguém me dê permissão para examinar um banco de dados.

– Droga!

– Mas existe uma possibilidade. Eu já fiz uma varredura no arquivo de impressões digitais do FBI.

O ânimo de Steven melhorou novamente.

– O Dennis com certeza está no arquivo deles. Se o terceiro já teve as impressões digitais coletadas, a varredura vai achá-lo! Isso é ótimo!

– Mas os resultados estão em um disquete na minha sala.

– Ah, não! E ela está trancada!

– Pois é.

– Que se dane, eu arrombo a porta. Vamos lá agora mesmo. O que estamos esperando?

– Você pode acabar voltando pra cadeia. E talvez haja um jeito mais fácil.

Steven fez um esforço para se acalmar.

– Tem razão. Deve ter outro jeito de conseguir esse disquete.

Jeannie pegou o telefone.

– Eu pedi à Lisa que tentasse entrar na minha sala. Vamos ver se ela conseguiu. – Ligou para um número. – Oi, Lisa, tudo bom... Eu? Não muito bem. Olha, isso vai soar absurdo pra você. – Ela resumiu as descobertas que tinha feito. – Sei que é difícil acreditar, mas terei como provar se conseguir colocar as mãos naquele disquete... Você não conseguiu entrar no meu escritório? Merda. – Jeannie fez uma cara de decepção. – Bom, obrigada por ter tentado. Sei que se arriscou. Fico grata de verdade. Sim. Tchau.

Ela desligou e disse:

– A Lisa tentou convencer um segurança a deixá-la entrar. Ela quase conseguiu, mas ele foi confirmar com o superior e quase foi demitido.

– Então o que a gente faz agora?

– Se eu conseguir meu emprego de volta na audiência amanhã de manhã, vou poder entrar na minha sala sem problemas.

– Quem é o seu advogado?

– Eu não tenho advogado, nunca precisei de um.

– Pode apostar que a faculdade terá o advogado mais caro da cidade.

– Bosta. Eu não tenho como pagar um advogado.

Steven mal ousava dizer o que estava pensando.

– Bom... Eu sou advogado.

Ela ficou olhando para ele, pensativa.

– Ainda estou no primeiro ano da faculdade de Direito, mas tive a melhor nota da turma em práticas jurídicas. – Ele estava entusiasmado com a ideia de defendê-la contra o poder da Universidade Jones Falls. Mas será que ela o achava novo e inexperiente demais? Tentou ler a mente de Jeannie e não conseguiu. Ela continuava olhando para ele. Ele a encarou de volta, fitando seus olhos escuros. *Eu poderia passar o resto da vida fazendo isso*, pensou.

Então ela se aproximou e lhe deu um beijo na boca.

– Steven, você não existe – afirmou.

Foi um beijo muito rápido, mas elétrico. Ele se sentiu nas nuvens. Não entendeu direito o que ela queria dizer com *você não existe*, mas devia ser algo bom.

Ele teria que fazer jus à fé dela em seu desempenho. Começou a se preocupar com a audiência.

– Você tem alguma ideia de quais são as normas do comitê, o procedimento para a audiência?

Ela enfiou a mão na bolsa de lona e entregou-lhe uma pasta de papelão.

Ele examinou o conteúdo. As normas eram uma mistura de tradição universitária e jargão jurídico moderno. Os delitos pelos quais um docente poderia ser dispensado incluíam blasfêmia e sodomia, mas o que parecia mais relevante para Jeannie era um clássico: levar a universidade à infâmia e ao descrédito.

O comitê disciplinar não dava, de fato, a palavra final: ele se limitava a fazer uma recomendação ao senado, o órgão dirigente da universidade. Era bom saber disso. Se Jeannie perdesse no dia seguinte, o senado poderia servir como um tribunal de apelação.

– Você tem uma cópia do seu contrato? – perguntou Steven.

– Claro. – Jeannie foi até uma pequena escrivaninha no canto e abriu uma gaveta. – Aqui está.

Steven leu rapidamente. Na cláusula 12, ela concordava em obedecer às decisões do senado da universidade. Isso tornaria difícil para ela contestar na justiça a decisão final.

Ele voltou às regras do comitê disciplinar.

– Diz aqui que você deve notificar o presidente do comitê com antecedência se deseja ser representada por um advogado ou outra pessoa – informou.

– Vou ligar pro Jack Budgen agora mesmo. São oito horas, ele vai estar em casa.

Ela pegou o telefone.

– Espera – disse Steven. – Vamos refletir sobre a conversa primeiro.

– Tem razão. Você está pensando estrategicamente, eu não.

Steven ficou feliz. O primeiro conselho que deu como advogado dela tinha sido bom.

– Esse homem tem o seu destino nas mãos. Como ele é?

– Ele é o bibliotecário-chefe e meu adversário no tênis.

– O cara contra quem você estava jogando no domingo?

– Sim. Ele é mais um administrador do que um acadêmico. Um jogador bastante tático, mas eu diria que nunca teve sangue nos olhos pra chegar ao topo como tenista.

– Ok, então ele tem uma relação de algum modo competitiva com você.

– Acho que sim.

– Agora, que impressão a gente quer passar pra ele? – Ele foi contando os tópicos nos dedos: – Primeiro: queremos parecer otimistas e confiantes no seu sucesso. Você está ansiosa pela audiência. É inocente, está feliz com a oportunidade de provar isso e tem fé que o comitê vai enxergar a verdade nessa questão, sob a sábia direção do Budgen.

– Certo.

– Segundo: você é o azarão. É uma garota fraca e indefesa...

– Tá de sacanagem?

Ele deu um sorriso.

– Apaga isso. Você é uma acadêmica em início de carreira e está enfrentando Berrington e Obell, dois velhos articuladores astutos que estão acostumados a conseguir tudo que querem na Jones Falls. E você, caramba, não pode nem pagar um advogado de verdade. O Budgen é judeu?

– Não sei. Talvez seja.

– Tomara que sim. As minorias são mais propensas a se voltarem contra o sistema. Terceiro: o motivo pelo qual Berrington está perseguindo você desse jeito precisa ser exposto. É uma história chocante, mas tem que ser contada.

– Contar essa história vai me ajudar como?

– Ela planta a ideia de que o Berrington pode ter algo a esconder.

– Boa. Mais alguma coisa?

– Acho que não.

Jeannie ligou para Budgen e passou o fone para Steven.

Steven o pegou apreensivo. Aquela era primeira ligação que fazia como advogado de alguém. *Que Deus me ajude a não estragar tudo.*

Enquanto ouvia o toque da chamada, ele tentou se lembrar de como Jack Budgen jogava tênis. Steven tinha se concentrado em Jeannie, claro, mas se lembrava de um sujeito calvo e em forma, na casa dos 50, jogando uma partida inteligente e cadenciada. Budgen derrotara Jeannie, embora ela fosse mais nova e mais forte. Steven não iria subestimá-lo.

– Alô? – a ligação foi atendida por uma voz calma e polida.

– Professor Budgen, meu nome é Steven Logan.

Houve uma breve pausa.

– Nós nos conhecemos, Sr. Logan?

– Não, senhor. Estou ligando para falar com o senhor na qualidade de presidente do comitê disciplinar da Universidade Jones Falls a fim de avisar que acompanharei a Dra. Ferrami amanhã. Ela está ansiosa pela audiência e não vê a hora de pôr fim a essas acusações.

O tom de Budgen era despojado:

– Você é advogado?

Steven percebeu que estava ofegante, como se estivesse correndo, e fez um esforço para manter a calma.

– Sou estudante de Direito. A Dra. Ferrami não pode arcar com um advogado. No entanto, vou fazer o possível para ajudá-la a apresentar o caso dela com clareza e, se isso não for possível, terei que contar com a sua misericórdia. – Ele fez uma pausa, para dar a Budgen a chance de fazer um comentário amistoso ou mesmo apenas um murmúrio simpático, mas houve apenas um silêncio frio. Steven continuou: – Se me permite a pergunta, quem vai representar a universidade?

– Pelo que sei, contrataram Henry Quinn, da firma Harvey, Horrocks & Quinn.

Steven ficou pasmo. Era um dos escritórios de advocacia mais antigos de Washington. Tentou parecer calmo.

– Um dos escritórios mais respeitáveis das Treze Colônias – comentou com uma risadinha.

– É mesmo?

O charme de Steven não estava funcionando com aquele sujeito. Era hora de soar mais firme:

– Tem uma coisa que talvez eu devesse mencionar. Teremos que explicar os verdadeiros motivos pelos quais Berrington Jones agiu como agiu contra a Dra. Ferrami. Não vamos aceitar nenhum pedido de cancelamento da audiência sob nenhuma justificativa. Isso deixaria a Dra. Ferrami em um limbo. Lamento, mas a verdade precisa vir à tona.

– Não estou ciente de nenhum pedido de cancelamento da audiência.

Claro que não. Não havia pedido nenhum. Steven continuou com sua bravata:

– No entanto, caso algum seja feito, esteja ciente de que seria inaceitável para a Dra. Ferrami. – Ele achou melhor acabar com aquilo antes de se aprofundar demais: – Professor, agradeço a sua atenção e estou ansioso para nos vermos amanhã de manhã.

– Até amanhã.

Steven desligou.

– Uau, que iceberg.

Jeannie parecia confusa.

– Ele não costuma ser assim. Talvez estivesse só sendo formal.

Steven teve a certeza de que Budgen já havia tomado uma decisão, contra Jeannie, mas não contou isso a ela.

– De qualquer forma, comuniquei nossos três pontos. E descobri que a Jones Falls contratou o Henry Quinn.

– Ele é bom?

Ele era uma lenda. Steven teve calafrios ao pensar que iria enfrentar Henry Quinn. Mas não quis deixar Jeannie para baixo.

– O Quinn costumava ser muito bom, mas seu tempo de glória pode ter acabado.

Ela ficou satisfeita com essa resposta.

– O que a gente faz agora?

Steven olhou para ela. O roupão rosa estava aberto na frente e ele podia ver um seio aninhado nas dobras macias do tecido.

– Vamos praticar suas respostas para as perguntas que serão feitas na audiência – disse ele com pesar. – Temos muito trabalho à frente esta noite.

CAPÍTULO TRINTA E SETE

JANE EDELSBOROUGH FICAVA muito melhor sem roupa. Ela estava deitada em um lençol rosa-claro, iluminada pela chama de uma vela perfumada. Sua pele clara e macia era mais atraente que os tons terrosos que vestia. As roupas largas de costume tendiam a esconder seu corpo: ela era uma espécie de amazona, com seios fartos e quadris largos.

Deitada na cama, deu um sorriso lânguido para Berrington enquanto ele vestia sua cueca samba-canção azul.

– Uau, foi melhor do que eu esperava – disse ela.

Berrington tinha a mesma sensação, embora não fosse rude o bastante para verbalizá-la. Jane sabia coisas que ele em geral tinha que ensinar às mulheres mais novas com as quais costumava transar. Ficou se perguntando, distraído, onde ela aprendera a ser tão boa na cama. Jane tinha sido casada: seu marido, fumante, morrera de câncer de pulmão havia dez anos. Deviam ter tido uma ótima vida sexual juntos.

Ele tinha gostado tanto que não precisou recorrer à sua fantasia habitual, na qual tinha acabado de fazer amor com uma beldade famosa como Cindy Crawford, Bridget Fonda ou a princesa Diana, que ficava deitada ao seu lado, murmurando em seu ouvido: "Obrigada, Berry. Foi a melhor experiência que eu já tive. Você é incrível."

– Estou me sentindo culpada – disse Jane. – Eu não fazia nada tão imoral assim havia muito tempo.

– Imoral? – perguntou ele, amarrando um cadarço. – Não vejo por quê. Você é livre, branca e maior de idade, como a gente costumava dizer. – Reparou que ela havia feito uma careta: a frase "livre, branca e maior de idade" agora era politicamente incorreta. – Você é solteira, afinal – acrescentou às pressas.

– Ah, não. Não foi o sexo que foi imoral – declarou ela, libidinosa. – É que eu sei que você só fez isso porque faço parte do comitê da audiência de amanhã.

Ele paralisou no meio do nó de sua gravata listrada. Ela continuou:

– Eu deveria acreditar que você me viu lá num canto do refeitório dos alunos e ficou fascinado com meu magnetismo sexual? – Deu um sorriso triste. – Eu não tenho magnetismo sexual nenhum, Berry. Não pra alguém tão superficial como você. Você tinha que ter um motivo oculto, e eu precisei de cerca de cinco segundos pra descobrir o que era.

Berrington se sentiu um idiota. Não sabia o que dizer.

– Já no seu caso, você *tem* um magnetismo sexual. Uma tonelada. É charmoso, tem um corpo legal, se veste bem e é cheiroso. Acima de tudo, qualquer um percebe que gosta de verdade de mulher. Você pode manipular e explorar, mas também ama as mulheres. É perfeito pra uma noite de sexo casual, e eu agradeço por isso.

Dito isso, ela puxou o lençol sobre o corpo nu, virou para o lado e fechou os olhos.

Berrington terminou de se vestir o mais rápido que pôde.

Antes de sair, ele se sentou na beirada da cama. Ela abriu os olhos.

– Você vai ficar do meu lado amanhã? – perguntou ele.

Ela se sentou na cama, beijou-o com ternura e respondeu:

– Vou ter que analisar as evidências antes de tomar minha decisão.

Ele rangeu os dentes.

– Isso é extremamente importante pra mim, mais do que você imagina.

Ela concordou com a cabeça, mas sua resposta foi implacável:

– Acho que é extremamente importante pra Jeannie Ferrami também.

Ele apertou seu seio esquerdo, macio e farto.

– Mas quem é mais importante pra você, a Jeannie ou eu?

– Eu sei o que é ser uma jovem acadêmica em uma universidade dominada por homens. Nunca vou me esquecer dessa sensação.

– Merda.

Ele afastou a mão.

– Você pode dormir aqui, se quiser. E aí a gente faz tudo de novo quando acordar.

Ele se levantou.

– Estou com a cabeça muito cheia.

Ela fechou os olhos.

– Que pena.

Ele saiu.

O carro dele estava parado na garagem da casa, que ficava no subúrbio, ao lado do Jaguar dela. *Este Jaguar deveria ter servido de advertência*, pensou ele, *um sinal de que as aparências enganam*. Ele tinha sido usado, mas gostara disso. Perguntou-se se as mulheres costumavam se sentir assim depois que ele as seduzia.

Enquanto dirigia para casa, ficou pensando na audiência do dia seguinte. Ele tinha os quatro homens do comitê ao seu lado, mas não conseguira ganhar a promessa de apoio de Jane. Havia mais alguma coisa que pudesse fazer? Àquela altura, parecia que não.

Quando chegou em casa, havia uma mensagem de Jim Proust na secretária eletrônica. *Chega de más notícias, por favor*, pensou. Sentou-se à mesa do escritório e ligou para a casa de Jim.

– É o Berry.

– O FBI fodeu tudo – disse Jim sem rodeios.

Berrington ficou ainda mais desanimado.

– Pode me contar.

– A ordem de cancelar a varredura foi dada, mas chegou tarde.

– Merda.

– Os resultados foram enviados pro e-mail dela.

– Quem apareceu na lista? – perguntou Berrington, assustado.

– Não sei. O FBI não guardou uma cópia.

Aquilo era inaceitável.

– A gente precisa saber!

– Talvez você consiga descobrir. A lista pode estar na sala dela.

– A sala dela foi trancada. – Berrington foi atingido por um lampejo de esperança. – Pode ser que ela não tenha visto o e-mail.

O humor dele melhorou um pouco.

– Tem como conferir isso?

– Claro. – Berrington olhou para seu Rolex de ouro. – Estou indo pra universidade agora mesmo.

– Me liga assim que tiver notícias.

– Sem dúvida.

Ele voltou para o carro e dirigiu até a Universidade Jones Falls. O campus estava escuro e deserto. Estacionou próximo ao Hospício e entrou. O constrangimento de entrar furtivamente na sala de Jeannie foi menor essa segunda vez. Ele não estava nem aí; havia muita coisa em jogo para se preocupar com a própria dignidade.

Ligou o computador dela e abriu a caixa de entrada. Havia um e-mail. *Deus, por favor, que seja a lista do FBI*. Ele abriu. Para sua decepção, era outra mensagem do amigo dela da Universidade de Minnesota:

```
Recebeu meu e-mail de ontem? Vou estar em Baltimore
amanhã e queria muito ver você, mesmo que só por alguns
minutos. Por favor, me liga. Um beijo, Will.
```

Ela não tinha visto a mensagem da véspera porque Berrington a tinha apagado. E também não ia ver aquela. Mas onde estava a lista do FBI? Ela devia ter baixado na manhã do dia anterior, antes de os seguranças trancarem a sala.

Onde ela salvou isso? Berrington fez uma busca no disco rígido pelas palavras *FBI*, *F.B.I.*, com pontos, e *Federal Bureau of Investigation*. Não achou nada. Vasculhou uma caixa de disquetes na gaveta dela, mas eram só backups dos arquivos que estavam no computador.

– Essa mulher faz backup até de uma porra de uma lista de compras – praguejou entre dentes.

Usou o telefone de Jeannie para ligar para Jim novamente.

– Nada – disse secamente.

– A gente precisa saber quem está nessa lista! – rugiu Jim.

– O que eu devo fazer então, Jim? Sequestrar e torturar a mulher? – devolveu Berrington, sarcástico.

– Ela deve ter a lista, certo?

– Não está na caixa de entrada, então ela deve ter baixado.

– Então, se não está na sala, deve estar na casa dela.

– Lógico. – Berrington entendeu aonde ele queria chegar. – Tem como você ordenar uma... – Relutou em dizer "busca do FBI na casa dela" ao telefone. – Tem como você conferir isso?

– Acho que sim. O David Creane não cumpriu com o prometido, então acho que ainda me deve um favor. Vou ligar pra ele.

– Amanhã de manhã seria um bom momento. A audiência é às dez. Ela vai passar algumas horas lá na universidade.

– Entendido. Vou fazer isso. Mas e se a lista estiver na bolsa dela? O que a gente faz?

– Não sei. Boa noite, Jim.

– Boa noite.

Depois de desligar, Berrington ficou sentado no mesmo lugar por um tempo, olhando para aquela salinha apertada revigorada pelas cores brilhantes e ousadas de Jeannie. Se as coisas dessem errado no dia seguinte, ela estaria de volta àquela mesa na hora do almoço, com a lista do FBI, dando continuidade à investigação, com tudo nas mãos para destruir três homens de bem.

Isso não pode acontecer, pensou ele desesperado. *Não pode acontecer.*

SEXTA-FEIRA

CAPÍTULO TRINTA E OITO

JEANNIE ACORDOU EM SUA compacta sala de estar de paredes brancas, deitada no sofá preto, nos braços de Steven, vestindo apenas o roupão de banho.

Como foi que eu vim parar aqui?

Eles haviam passado metade da noite ensaiando para a audiência daquele dia. O coração de Jeannie se apertou: seu destino seria decidido em poucas horas.

Mas por que estou deitada no colo dele?

Por volta das três da manhã ela havia bocejado e fechado os olhos por um segundo.

E aí...?

Ela devia ter pegado no sono.

Em algum momento, ele havia ido até o quarto e pegado a colcha com listras azuis e vermelhas que forrava a cama para poder cobri-la, pois Jeannie estava confortável embaixo dela.

Mas Steven não podia ser responsável pela maneira como ela estava deitada, com a cabeça apoiada na coxa dele e o braço em volta de sua cintura. Ela provavelmente tinha feito aquilo sozinha durante o sono. Era um pouco constrangedor: o rosto dela estava muito perto da virilha dele. Perguntou-se o que ele pensaria dela, pois tinha agido de um jeito muito estranho. Tirar a roupa na frente dele e adormecer naquela posição: ela estava se comportando como se eles fossem amantes de longa data.

Bem, eu tenho uma desculpa para agir de forma esquisita: tive uma semana bem esquisita.

Ela havia sido maltratada pelo policial McHenty, roubada pelo pai, caluniada pelo *New York Times*, ameaçada com uma faca por Dennis Pinker, demitida pela universidade e atacada em seu carro. Estava se sentindo um caco.

Seu rosto latejava um pouco onde ela havia levado o soco no dia anterior, mas os ferimentos não eram apenas físicos. A agressão também a havia machucado emocionalmente. Quando se lembrou do ataque no carro, sentiu raiva novamente e quis agarrar o homem pelo pescoço. Mesmo quando não estava se lembrando do ocorrido, era como se houvesse um zumbido de infelicidade ao fundo, como se de alguma maneira sua vida tivesse menos valor por causa daquela agressão.

Era surpreendente que ela fosse capaz de confiar em algum homem; surpreendente que fosse capaz de adormecer no sofá com alguém que tinha exatamente a mesma cara que os seus agressores. Mas agora ela se sentia ainda mais segura em relação a Steven. Nenhum dos outros teria sido capaz de passar a noite daquele jeito, sozinho com uma garota, sem forçá-la a nada.

Ela franziu o cenho. Steven tinha feito algo naquela noite, ela começou a se lembrar vagamente, algo bom. Sim, Jeannie tinha uma lembrança que mais parecia um sonho – mãos grandes acariciando seus cabelos, aparentemente por muito tempo, enquanto ela cochilava confortável como um gatinho.

Ela sorriu e se mexeu e imediatamente ele disse:

– Está acordada?

Ela bocejou e se espreguiçou.

– Desculpa por ter dormido em cima de você. Está tudo bem?

– A circulação sanguínea da minha perna esquerda foi interrompida por volta das cinco da manhã, mas, depois que me acostumei, ficou tudo bem.

Ela se sentou ereta para poder vê-lo melhor. As roupas dele estavam amarrotadas, o cabelo, despenteado, e a barba começava a aparecer um pouco, mas ele continuava lindo.

– Você dormiu? – perguntou ela.

Ele balançou a cabeça.

– Estava me divertindo muito observando você.

– Não me diz que eu ronco.

– Você não ronca. Baba um pouquinho, só isso.

Ele tocou um ponto úmido nas calças.

– Ai, que nojo!

Ela se levantou. O relógio azul na parede chamou sua atenção: eram oito e meia.

– A gente não tem muito tempo – disse, alarmada. – A audiência começa às dez.

– Você toma banho enquanto eu preparo o café.

Ela o encarou. Ele não parecia real.

– De onde você saiu? Foi o Papai Noel que trouxe?

Ele riu.

– De acordo com a sua teoria, eu saí de um tubo de ensaio. – Então seu rosto ficou sério novamente. – Sei lá.

O estado de espírito dela piorou junto com o dele. Ela foi para o quarto, jogou o roupão no chão e entrou no chuveiro. Enquanto lavava o cabelo, pensava em quanto havia lutado ao longo dos últimos dez anos: a disputa por bolsas de estudos, o treinamento intensivo de tênis combinado com longas horas de estudo; as implicâncias de seu orientador de doutorado. Ela havia trabalhado feito um robô para chegar aonde estava naquele momento, tudo porque queria ser uma cientista e ajudar a raça humana a se compreender melhor. E agora Berrington Jones estava prestes a jogar tudo no lixo.

O banho a fez se sentir melhor. Enquanto enxugava o cabelo com a toalha, o telefone tocou. Ela pegou a extensão que ficava na mesinha de cabeceira.

– Sim.

– Jeannie, é a Patty.

– Oi, mana. O que houve?

– O papai apareceu aqui.

Jeannie se sentou na cama.

– Como ele está?

– Sem dinheiro, mas com saúde.

– Ele veio aqui primeiro – disse Jeannie. – Chegou na segunda. Na terça ficou um pouco irritado porque não fiz o jantar pra ele. Na quarta foi embora, com o meu computador, a minha TV e o meu aparelho de som. Ele já deve ter gastado ou apostado todo o dinheiro que conseguiu vendendo as minhas coisas.

Patty engoliu em seco.

– Ah, Jeannie, que droga!

– Pois é. Então vê se esconde seus objetos de valor.

– Roubar a própria família! Ah, meu Deus. Se o Zip ficar sabendo, vai expulsá-lo daqui.

– Patty, eu estou com problemas ainda piores que esse. Talvez eu seja mandada embora do meu emprego hoje.

– Jeannie! Por quê?

– Não tenho tempo pra explicar agora, mas ligo pra você mais tarde.

– Tá bem.

– Tem falado com a mamãe?

– Todos os dias.

– Ah, ótimo, isso faz com que eu me sinta melhor. Falei com ela uma vez e quando liguei outro dia ela estava almoçando.

– As pessoas que atendem o telefone não são nem um pouco prestativas. A gente precisa tirá-la de lá logo.

Ela vai ficar lá por muito mais tempo se eu for demitida hoje.

– Falo com você depois.

– Boa sorte!

Jeannie desligou. Percebeu que havia uma caneca de café fumegante na mesa de cabeceira. Balançou a cabeça, espantada. Era apenas uma xícara de café, mas o que a surpreendia era o jeito como Steven sabia do que ela precisava. Parecia ser natural para ele dar apoio a alguém. E ele não queria nada em troca. Em sua experiência, nas raras ocasiões em que um homem colocava as necessidades de uma mulher acima das suas, ele esperava que ela agisse como uma gueixa durante um mês em agradecimento.

Steven era diferente. *Se eu soubesse que os homens vinham nessa versão, teria pedido um destes há anos.*

Ela havia feito tudo sozinha durante toda a sua vida adulta. Seu pai nunca esteve por perto para ajudá-la. A mãe sempre foi forte, mas no final sua força se tornou um problema quase tão grande quanto a fraqueza do pai. A mãe tinha planos para Jeannie e não estava disposta a desistir deles. Ela queria que Jeannie fosse cabeleireira. Havia até mesmo conseguido um emprego para ela, duas semanas antes de seu aniversário de 16 anos, para lavar cabelos e varrer o chão no Salon Alexis, em Adams Morgan. O desejo de Jeannie de ser cientista era totalmente incompreensível para ela. "Antes que as outras garotas se formem na faculdade você já vai ser uma cabeleireira experiente!", dizia a mãe. Ela nunca entendeu por que Jeannie deu um chilique e se recusou até mesmo a conhecer o salão.

Mas ela não estava sozinha hoje. Tinha Steven para apoiá-la. Não importava para ela que ele não fosse qualificado. Um advogado renomado de Washington não era necessariamente a melhor escolha para impressionar cinco professores. A coisa mais importante era que ele estaria lá.

Ela vestiu o roupão e o chamou.

– Você quer tomar banho?

– Sim. – Ele entrou no quarto. – Queria muito ter uma camisa limpa.

– Eu não tenho nenhuma camisa masculina aqui... Peraí, tenho sim.

Ela havia se lembrado da camisa de botão branca da Ralph Lauren que Lisa tinha pegado emprestada depois do incêndio. Pertencia a alguém do departamento de matemática. Jeannie a havia mandado para a lavanderia e agora estava no guarda-roupa dela, embrulhada em plástico. Ela a entregou para Steven.

– Exatamente o meu tamanho – disse ele. – Perfeita.

– Não me pergunta de onde veio, é uma longa história. Acho que devo ter uma gravata aqui em algum lugar. – Abriu uma gaveta e tirou uma gravata azul de seda que às vezes usava com uma blusa branca, para criar um visual mais masculino. – Aqui.

– Obrigado.

Ele entrou no banheiro minúsculo.

Ela sentiu uma pontada de decepção. Estava ansiosa para vê-lo tirar a camisa. Pensou: *Os tarados se exibem sem pedir licença; os caras legais parecem uns monges de tão tímidos.*

– Posso pegar sua lâmina emprestada pra fazer a barba? – perguntou ele.

– Claro, fica à vontade.

Nota mental: é melhor trepar logo com esse cara antes que ele vire um irmão pra você.

Ela procurou seu melhor terninho preto e lembrou que o havia jogado no lixo no dia anterior. *Que idiota.* Ela provavelmente poderia recuperá-lo, mas estaria sujo e amassado. Tinha um casaco comprido azul-royal: poderia usá-lo com uma camiseta branca e calça preta. Era um pouco alegre demais, mas serviria.

Sentou-se diante do espelho e se maquiou. Steven saiu do banheiro, parecendo lindamente formal de camisa e gravata.

– Tem uns rolinhos de canela no freezer – disse ela. – Você pode descongelar no micro-ondas se estiver com fome.

– Ótimo. Você quer alguma coisa?

– Estou nervosa demais pra comer. Mas tomaria mais café.

Ele levou o café enquanto ela terminava a maquiagem. Ela bebeu rapidamente e se vestiu. Quando entrou na sala, ele estava sentado à bancada da cozinha.

– Encontrou os rolinhos?

– Sim, sim.

– O que aconteceu com eles?

– Você disse que não estava com fome, então eu comi todos.

– Os quatro?

– É... na verdade tinha dois pacotes.

– Você comeu *oito* rolinhos de canela?

Ele pareceu constrangido.

– Eu estava com fome.

Ela riu.

– Vamos.

Quando Jeannie se virou, ele agarrou o braço dela.

– Um minuto.

– O que foi?

– Jeannie, é divertido ser seu amigo e eu realmente gosto de simplesmente estar junto de você, sabe. Mas você tem que entender que eu quero mais do que isso.

– Eu sei.

– Eu estou apaixonado por você.

Ela o encarou. Ele estava sendo absolutamente sincero.

– Estou me apegando a você também – disse ela com leveza.

– Eu quero tanto transar com você que chega a doer.

Eu poderia ouvir esse tipo de coisa o dia inteiro, pensou ela.

– Escuta – disse ela –, se você tiver essa mesma fome na cama, já me ganhou.

A expressão dele mudou, e ela percebeu que tinha dito a coisa errada.

– Desculpa – disse ela. – Eu não quis fazer pouco-caso disso.

Ele deu de ombros, como se dissesse "Deixa pra lá".

Ela pegou a mão dele.

– Olha só. Primeiro a gente vai salvar a minha pele. Depois, a sua. Aí a gente se diverte.

Ele apertou a mão dela.

– Está bem.

Os dois saíram do apartamento.

– Vamos juntos no meu carro – disse ela. – Eu trago você de volta mais tarde.

Eles entraram no Mercedes. O rádio do carro ligou assim que ela virou a chave. Entrando no trânsito da 41th Street, ela ouviu o locutor mencionar a Threeplex e aumentou o volume:

O senador Jim Proust, ex-diretor da CIA, deve confirmar hoje se irá concorrer à nomeação do Partido Republicano para disputar a eleição presidencial do ano que vem. Sua promessa de campanha: redução do imposto de renda para dez por cento, em contrapartida ao fim dos benefícios sociais do governo. O financiamento da campanha não será um problema, dizem os comentaristas, já que ele deve receber 60 milhões de dólares com a venda de sua empresa de pesquisa médica, a Threeplex. Nos esportes, o Philadelphia Rams...

Jeannie desligou o rádio.
– O que você achou?
Steven balançou a cabeça, consternado.
– O valor do que está em risco continua aumentando – disse. – Se a gente trouxer à tona a verdadeira história da Threeplex e a oferta de aquisição for retirada, o Jim Proust não vai ter como pagar por uma campanha presidencial. E o Proust é mau-caráter mesmo: espião, ex-agente da CIA, é contra o controle de armas, tudo isso. Você está se metendo no caminho de pessoas perigosas, Jeannie.

Ela cerrou os dentes.
– Isso faz com que lutar contra eles valha ainda mais a pena. Eu fui criada com benefícios do governo, Steven. Se o Proust virar presidente, garotas como eu nunca vão se tornar cientistas.

CAPÍTULO TRINTA E NOVE

Havia uma pequena manifestação na frente do Hillside Hall, o prédio da administração da Universidade Jones Falls. Trinta ou quarenta alunos, a maioria formada por mulheres, agrupavam-se em frente à escadaria. Era um protesto silencioso e pacífico. Aproximando-se, Steven leu um cartaz:

Queremos Ferrami de volta!

Aquilo pareceu um bom presságio para Steven.
– Eles estão aqui apoiando você – disse a Jeannie.
Ela olhou mais de perto e uma onda de prazer se espalhou pelo seu rosto.
– Estão mesmo. Meu Deus, tem gente que gosta de mim aqui.
Outro cartaz dizia:

Não podem fazer isso com JF!

Houve uma comoção quando os manifestantes avistaram Jeannie. Ela foi até eles, sorrindo. Steven a seguiu, orgulhoso dela. Nem todo professor seria capaz de obter apoio espontâneo como aquele de seus alunos. Ela apertou a mão dos homens e beijou as mulheres. Steven notou uma mulher loura bonita olhando para ele.
Jeannie abraçou uma mulher mais velha na multidão.
– Sophie! – exclamou. – Nem sei o que falar.
– Boa sorte – disse a mulher.
Jeannie se afastou radiante da multidão e eles caminharam em direção ao prédio.
– Bom, *eles* acham que você não deveria perder seu emprego – comentou Steven.
– Nem sei explicar quanto isso significa pra mim – declarou ela. – Aquela mulher é Sophie Chapple, professora do departamento de psicologia. Eu achava que ela me odiava. Não acredito que está aqui me defendendo.
– Quem era a garota bonita na frente?
Jeannie lançou a ele um olhar curioso.

– Não a reconheceu?

– Tenho certeza que nunca a vi antes, mas ela não tirava os olhos de mim.

– Então ele adivinhou. – Ah, meu Deus, ela deve ser a vítima.

– Lisa Hoxton.

– Não me admira que tenha ficado me encarando.

Ele não conseguiu evitar olhar para trás. Ela era uma garota bonita, de aparência alegre, baixinha e curvilínea. Seu sósia a atacara, a jogara no chão e a forçara a fazer sexo. Um nó de repulsa se torceu dentro de Steven. Ela era apenas uma jovem comum e agora tinha a lembrança de um pesadelo que a perseguiria por toda a vida.

O prédio da administração era uma casa grande antiga. Jeannie o conduziu pelo corredor de mármore e por uma porta onde estava escrito "Antiga Sala de Jantar" para uma sala sombria em estilo baronial: teto alto, janelas góticas estreitas e móveis de carvalho de pernas robustas. Havia uma longa mesa em frente a uma lareira esculpida em pedra.

Quatro homens e uma mulher de meia-idade estavam sentados de um lado da mesa. Steven reconheceu o careca do meio como o oponente de tênis de Jeannie, Jack Budgen. Aquele era o comitê, presumiu: o grupo que tinha o destino de Jeannie nas mãos. Ele respirou fundo.

Inclinando-se sobre a mesa, apertou a mão de Jack Budgen e disse:

– Bom dia, Dr. Budgen. Meu nome é Steven Logan. Nós nos falamos ontem.

Uma espécie de instinto assumiu o controle e ele se viu exalando uma confiança tranquila que era o oposto do que sentia. Apertou a mão de cada um dos membros do comitê, e eles disseram seus nomes.

Mais dois homens se sentaram no lado mais próximo da mesa, mais perto da outra ponta. O baixinho de terno azul-marinho era Berrington Jones, que Steven havia conhecido na segunda-feira anterior. O homem magro, de cabelos cor de areia e usando um terno risca de giz cinza-escuro com paletó de seis botões, só podia ser Henry Quinn. Steven apertou a mão de ambos.

Quinn olhou para ele com arrogância e indagou:

– Quais são as suas qualificações legais, meu jovem?

Steven deu-lhe um sorriso amigável e falou em voz tão baixa que ninguém mais conseguiria ouvir:

– Vai se foder, Henry.

Quinn recuou, como se tivesse sido atingido por alguma coisa, e Steven pensou: *Esta é a última vez que esse babaca vai ser condescendente comigo.*

Ele puxou uma cadeira para Jeannie e os dois se sentaram.

– Bem, acho que devemos começar – disse Jack. – Estes procedimentos são informais. Acredito que todos tenham recebido uma cópia do regulamento, então conhecemos as regras. A acusação é feita pelo professor Berrington Jones, que propõe que a Dra. Jean Ferrami seja demitida por ter trazido descrédito à Universidade Jones Falls.

Enquanto Budgen falava, Steven observava os membros do comitê, procurando ansiosamente por sinais de solidariedade. Não conseguiu se tranquilizar. Apenas a mulher, Jane Edelsborough, olhava para Jeannie; os outros não a encaravam. *A princípio, são quatro contra, uma a favor,* pensou. *Nada bom.*

Jack prosseguiu:

– Berrington é representado pelo Dr. Quinn.

Quinn se levantou e abriu sua pasta. Steven percebeu que seus dedos eram manchados de nicotina. Ele pegou um maço de fotocópias ampliadas da matéria do *New York Times* a respeito de Jeannie e entregou uma a cada pessoa na sala. O resultado foi a mesa coberta de folhas de papel dizendo A ÉTICA DAS PESQUISAS GENÉTICAS: DÚVIDAS, MEDOS E UMA DESAVENÇA. Era um poderoso lembrete visual do problema que Jeannie causara. Steven desejou ter levado alguns papéis para distribuir, de modo que pudesse encobrir os de Quinn.

Aquele primeiro movimento simples e eficaz de Quinn intimidou Steven. Como ele poderia competir com um homem que provavelmente tinha trinta anos de experiência em tribunais? *Eu não vou conseguir ganhar isto aqui,* pensou, em um pânico repentino.

Quinn começou a falar. Sua voz era seca e precisa, sem nenhum traço de sotaque local. Falava devagar e de um jeito pedante. Steven esperava que aquilo pudesse ser um erro diante de um júri de intelectuais que não precisavam que as coisas fossem explicadas para eles em palavras curtas. Quinn resumiu a história do comitê disciplinar e explicou a posição deste na gestão da universidade. Ele definiu a palavra "descrédito" e apresentou uma cópia do contrato de trabalho de Jeannie. Steven começou a se sentir melhor à medida que Quinn falava em seu estilo monótono.

Por fim, ele concluiu seu preâmbulo e começou a interrogar Berrington. Perguntou quando Berrington ouviu falar pela primeira vez sobre o programa de buscas de Jeannie.

– Na tarde da segunda-feira passada – respondeu Berrington.

Relatou a conversa que ele e Jeannie tiveram. Sua história coincidia com o que Jeannie havia contado a Steven.

Então Berrington disse:

– Assim que entendi claramente sua técnica, eu lhe disse que, na minha opinião, o que ela estava fazendo era ilegal.

Jeannie não se conteve:

– *Como é que é?*

Quinn a ignorou e perguntou a Berrington:

– E qual foi a reação dela?

– Ela ficou muito irritada...

– Seu desgraçado mentiroso! – disse Jeannie.

Berrington enrubesceu diante da acusação.

– Por favor, sem interrupções – interveio Jack Budgen.

Steven não tirava os olhos do comitê. Todos haviam se virado para Jeannie: foi muito difícil evitar. Ele colocou a mão no braço dela, como se a contivesse.

– Ele está mentindo descaradamente! – protestou ela.

– O que você esperava? – disse Steven em voz baixa. – Ele vai jogar sujo.

– Desculpa – sussurrou ela.

– Tudo bem – disse ele ao ouvido dela. – Fica tranquila. Eles perceberam que a sua raiva era genuína.

Berrington continuou:

– Ela começou a agir de um jeito petulante, do mesmo jeito que está fazendo agora. Disse que podia fazer o que quisesse, que tinha um contrato.

Um dos homens do comitê, Tenniel Biddenham, franziu a testa, soturno, visivelmente reprovando a ideia de um membro recém-chegado do corpo docente usar seu contrato para constranger o próprio chefe. Berrington era inteligente, percebeu Steven. Ele sabia como pegar um ponto marcado contra ele e usá-lo a seu favor.

– O que você fez? – perguntou Quinn a Berrington.

– Bem, percebi que poderia estar errado. Não sou advogado. Então decidi buscar aconselhamento jurídico. Se minhas suspeitas se confirmassem, eu teria a palavra de terceiros contra ela. Mas, se eu descobrisse que o que ela estava fazendo era inofensivo, daria o assunto por encerrado sem fazer nenhum questionamento.

– E você procurou um advogado?

– No final das contas, fui surpreendido pelos acontecimentos. Antes que tivesse a chance de falar com um advogado, o *New York Times* já estava no caso.

— Mentira — sussurrou Jeannie.

— Tem certeza? — perguntou Steven.

— Absoluta.

Ele fez uma anotação.

— Conte-nos o que aconteceu na quarta-feira, por favor — disse Quinn a Berrington.

— Meus piores medos se tornaram realidade. O reitor da universidade, Maurice Obell, me chamou ao gabinete dele e pediu que eu explicasse por que ele estava recebendo ligações hostis da imprensa a respeito de uma pesquisa realizada em meu departamento. Nós redigimos um comunicado à imprensa para servir de base para discussão e chamamos a Dra. Ferrami.

— Meu Deus — murmurou Jeannie.

Berrington foi em frente:

— Ela se recusou a falar sobre o comunicado à imprensa. Mais uma vez, explodiu, insistiu que podia fazer o que quisesse e saiu furiosa.

Steven olhou para Jeannie, confuso.

— Uma mentira inteligente — disse ela em voz baixa. — Eles me apresentaram o comunicado pra imprensa como se fosse um fato consumado.

Steven fez um gesto de aprovação com a cabeça, mas decidiu não abordar aquele assunto quando fosse interrogá-lo. De todo modo, o comitê provavelmente ia achar que Jeannie não deveria ter explodido.

— A repórter nos disse que o prazo dela naquele dia era ao meio-dia — prosseguiu Berrington tranquilamente. — O Dr. Obell sentiu que a universidade precisava comunicar algo contundente, e devo dizer que concordava cem por cento com ele.

— E o seu comunicado surtiu o efeito que você esperava?

— Não. Foi um fracasso absoluto. Mas isso aconteceu porque ele foi completamente minado pela Dra. Ferrami. Ela disse à repórter que pretendia nos ignorar e que não havia nada que pudéssemos fazer a respeito.

— Alguém de fora da universidade fez algum comentário sobre a matéria do jornal?

— Certamente.

Algo sobre a maneira como Berrington respondeu àquela pergunta fez soar um alerta na cabeça de Steven e ele fez uma anotação.

— Recebi um telefonema de Preston Barck, o presidente da Threeplex, que é um doador importante para a universidade e, em particular, financia todo o programa de pesquisa sobre gêmeos – continuou Berrington. – Naturalmente ele ficou preocupado com a maneira como seu dinheiro estava sendo gasto. A matéria dava a impressão de que a direção da universidade era impotente. Preston me questionou: "Quem administra essa maldita faculdade, afinal?" Foi muito constrangedor.

– Essa era sua principal preocupação? O constrangimento de ter sido desafiado por um membro recém-chegado do corpo docente?

– Certamente não. O principal problema eram os danos que o trabalho da Dra. Ferrami causaria à Jones Falls.

Bela jogada, pensou Steven. Todos os membros do comitê odiariam ser desafiados por um professor assistente, e com isso Berrington havia conquistado a simpatia deles. Mas Quinn tinha agido rapidamente para elevar toda aquela reclamação a um nível mais nobre, para que pudessem dizer a si mesmos que demitindo Jeannie estariam protegendo a universidade, não apenas punindo um subordinado desobediente.

– Uma universidade deve ser sensível às questões de privacidade – disse Berrington. – Os doadores nos dão dinheiro e os estudantes competem por vagas aqui porque esta é uma das instituições educacionais mais respeitadas do país. A mera sugestão de que somos descuidados com os direitos civis das pessoas é muito prejudicial.

Era um argumento discretamente eloquente, e todo o comitê aprovaria. Steven acenou com a cabeça para mostrar que também concordava, esperando que eles notassem e concluíssem que aquela não era a questão em pauta.

Quinn perguntou a Berrington:

– Então, quantas opções você tinha naquele momento?

– Apenas uma. Nós precisávamos deixar claro que somos contra a invasão de privacidade por pesquisadores universitários. Também deveríamos demonstrar que tínhamos autoridade para fazer cumprir nossas regras. O único jeito de fazer isso era demitindo a Dra. Ferrami. Não havia alternativa.

– Obrigado, professor – disse Quinn antes de se sentar.

Steven estava pessimista. Quinn era tão habilidoso quanto esperado. Berrington tinha sido terrivelmente plausível. Ele havia passado a imagem de um ser humano sensato e preocupado fazendo o possível para lidar com uma subordinada temperamental e descuidada. Seu discurso era ainda mais plausível por conta de um vínculo com a realidade: Jeannie *de fato* tinha pavio curto.

Mas aquela não era a verdade. Isso era tudo que Steven tinha a seu favor. Jeannie estava do lado certo da história. Ele só tinha que provar isso.

Jack Budgen se manifestou:

– Alguma pergunta, Sr. Logan?

– Tenho, sim – respondeu Steven.

Ele ficou em silêncio por um instante, organizando os pensamentos.

Aquele era o seu sonho. Ele não estava em um tribunal e nem mesmo era um advogado de verdade, mas estava defendendo uma pessoa em posição de desvantagem contra a injustiça de uma instituição poderosa. Os ventos estavam contra ele, mas a verdade estava do seu lado. Tinha ansiado por uma oportunidade como aquela.

Steven se levantou e olhou fixamente para Berrington. Se a teoria de Jeannie estivesse correta, o homem devia estar se sentindo incomodado naquela situação. Devia ser como o Dr. Frankenstein sendo interrogado por seu monstro. Steven quis brincar um pouco com isso para desestabilizar Berrington antes de começar com as perguntas mais objetivas.

– O senhor me conhece, não é, professor? – perguntou Steven.

Berrington demonstrou nervosismo.

– É... acho que fomos apresentados na segunda-feira, sim.

– E o senhor sabe tudo sobre mim.

– Eu... eu não sei se estou entendendo bem.

– Passei por um dia de exames no seu laboratório, então o senhor tem muitas informações a meu respeito.

– Entendi, entendi, sim.

Berrington pareceu completamente desconcertado.

Steven se moveu para trás da cadeira de Jeannie, para que todos tivessem que olhar para ela. É muito mais difícil pensar mal de alguém que retribui o olhar com uma expressão aberta e destemida.

– Professor, vou começar pela primeira afirmação que o senhor fez, de que teve a intenção de buscar aconselhamento jurídico depois de sua conversa com a Dra. Ferrami na segunda-feira.

– Sim.

– O senhor de fato não consultou um advogado.

– Não. Fui surpreendido pelos acontecimentos.

– O senhor não marcou uma reunião com um advogado.

– Eu não tive tempo...
– Nos dois dias entre a sua conversa com a Dra. Ferrami e a sua conversa com o Dr. Obell sobre o *New York Times*, o senhor nem sequer pediu à sua secretária que marcasse um horário com um advogado.
– Não.
– Não perguntou pra ninguém, nem falou com nenhum dos seus colegas pra descobrir o nome de algum advogado adequado pro caso.
– Não.
– Na verdade, o senhor nem tem como comprovar essa afirmação.
Berrington sorriu, confiante.
– Mas eu tenho a reputação de ser um homem honesto.
– A Dra. Ferrami se lembra muito bem da conversa.
– Bom.
– Ela disse que o senhor não fez menção a questões legais nem à preocupação com questões de privacidade. Sua única preocupação era se o mecanismo de busca funcionava.
– Talvez ela tenha esquecido.
– Ou talvez o senhor não se lembre direito. – Steven sentiu que havia marcado um ponto e mudou o rumo do interrogatório bruscamente. – A repórter do *New York Times*, a Srta. Freelander, disse como ficou sabendo do trabalho da Dra. Ferrami?
– Se ela disse, o Dr. Obell nunca mencionou.
– Então o senhor não perguntou.
– Não.
– Por acaso o senhor chegou a *cogitar* como ela ficou sabendo?
– Acho que presumi que os repórteres têm suas fontes.
– Considerando que a Dra. Ferrami não publicou nada sobre esse projeto, a fonte deve ter sido um indivíduo.
Berrington hesitou e olhou para Quinn em busca de orientação. Quinn se levantou.
– Senhor – disse ele, dirigindo-se a Jack Budgen –, a testemunha não está aqui para especulações.
Budgen acenou com a cabeça.
– Mas esta é uma sessão informal – disse Steven. – Nós não precisamos ser limitados por procedimentos jurídicos rígidos.
Jane Edelsborough falou pela primeira vez:
– As perguntas me parecem interessantes e relevantes, Jack.

Berrington lançou-lhe um olhar sombrio e ela deu de ombros, como se pedisse desculpas. Deu para perceber que havia alguma intimidade entre eles, e Steven se perguntou qual seria a relação entre os dois.

Budgen aguardou, talvez na expectativa de que outro membro do comitê apresentasse uma opinião contrária para que ele pudesse tomar a decisão enquanto presidente, mas ninguém disse nada.

– Está bem – disse ele após uma longa pausa. – Prossiga, Sr. Logan.

Steven mal podia acreditar que havia vencido aquele primeiro impasse. Os professores não iriam gostar que um advogado chique lhes dissesse o que era ou não uma linha legítima de interrogatório. Sua garganta estava seca de nervosismo. Com a mão trêmula, despejou água de uma jarra dentro de um copo.

Tomou um gole e se virou novamente para Berrington.

– A Srta. Freelander estava ciente de mais coisas além da natureza geral do trabalho da Dra. Ferrami, não é?

– Sim.

– Ela sabia exatamente de que maneira a Dra. Ferrami procurava por gêmeos criados separadamente, fazendo varreduras em bancos de dados. Essa é uma técnica nova, desenvolvida por ela, e apenas você e alguns outros colegas do departamento de psicologia tinham conhecimento disso.

– Se você diz.

– Parece que as informações que ela tinha vieram de dentro do departamento, não?

– Talvez.

– Que motivo um colega poderia ter para fazer propaganda negativa da Dra. Ferrami e do trabalho dela?

– Eu realmente não sei dizer.

– Mas parece obra de um rival malicioso, talvez invejoso, não acha?

– Pode ser.

Steven acenou com a cabeça, satisfeito. Sentiu que estava pegando o jeito, entrando no ritmo. Começou a achar que talvez pudesse vencer, afinal.

Não pense que já ganhou, disse a si mesmo. *Marcar pontos não é o mesmo que ganhar o caso.*

– Eu queria voltar à segunda afirmação que o senhor fez. Quando o Sr. Quinn lhe perguntou se pessoas de fora da universidade haviam feito algum comentário sobre a matéria do jornal, a sua resposta foi "Certamente". O senhor deseja manter essa afirmação?

– Sim.

– Exatamente quantos doadores ligaram para o senhor, além de Preston Barck?

– Bom, eu falei com Herb Abrahams...

Steven percebeu que ele estava escondendo alguma coisa.

– Desculpe interrompê-lo, professor. – Berrington pareceu surpreso, mas parou de falar. – O Sr. Abrahams ligou pro senhor ou o senhor ligou pra ele?

– É... acho que eu liguei pro Herb.

– Vamos voltar a isso daqui a pouco. Primeiro, diga-nos quantos doadores importantes ligaram para o senhor a fim de expressar alguma preocupação sobre as alegações do *New York Times*.

Berrington parecia abalado.

– Não tenho certeza se alguém me ligou especificamente pra falar sobre isso.

– Quantas ligações o senhor recebeu de alunos em potencial?

– Nenhuma.

– Alguém ligou pro senhor pra falar sobre o artigo?

– Acho que não.

– O senhor recebeu algum e-mail sobre o assunto?

– Ainda não.

– Não me parece que a matéria tenha causado *tanto* rebuliço, então.

– Não acho que você possa tirar essa conclusão.

Era um argumento fraco, e Steven fez uma pausa para deixar que a resposta do professor fosse assimilada. Berrington parecia constrangido. O comitê estava atento, acompanhando cada movimento. Steven olhou para Jeannie. Seu rosto estava iluminado de esperança.

Steven retomou o interrogatório:

– Vamos falar sobre o único telefonema que o senhor recebeu, do presidente da Threeplex, Preston Barck. O senhor fez parecer que ele era simplesmente um doador preocupado com a forma como seu dinheiro está sendo usado, mas ele é mais do que isso, não é? Quando foi que vocês se conheceram?

– Quando eu estava em Harvard, quarenta anos atrás.

– Ele deve ser um de seus amigos mais antigos.

– Sim.

– E, anos mais tarde, acredito que vocês abriram a Threeplex juntos.

– Sim.

– Então ele também é seu sócio na empresa.

– Sim.

– A empresa está sendo adquirida pela Landsmann, o conglomerado farmacêutico alemão.

– Sim.

– Sem dúvida o Sr. Barck vai ganhar muito dinheiro com a venda.

– Sem dúvida.

– Quanto?

– Acho que essa informação é confidencial.

Steven decidiu não pressioná-lo quanto ao valor. Sua relutância em revelar a quantia era prejudicial o suficiente.

– Um outro amigo seu está prestes a fazer um excelente negócio: o senador Proust. De acordo com o noticiário de hoje, ele vai usar a parte dele da venda pra financiar uma campanha presidencial.

– Eu não assisti ao jornal hoje de manhã.

– Mas Jim Proust é seu amigo, não é? O senhor deve saber que ele está pensando em se candidatar à presidência.

– Acho que todo mundo sabe que ele está *pensando* nisso.

– O senhor vai ganhar dinheiro com a venda?

– Sim.

Steven se afastou de Jeannie e foi em direção a Berrington, para que todos os olhos estivessem no professor.

– Então o senhor é acionista da empresa, não só um consultor.

– É bastante comum ser as duas coisas.

– Professor, quanto o senhor vai ganhar com essa venda?

– Acho que isso é particular.

Steven não o deixaria escapar dessa vez:

– De todo modo, o valor pago pela aquisição da empresa é de 180 milhões de dólares, de acordo com o *Wall Street Journal*.

– Sim.

– Cento e oitenta milhões de dólares – repetiu lentamente Steven.

E fez uma pausa longa o suficiente para criar um silêncio sugestivo. Era uma quantia de dinheiro que professores universitários nunca viam, e ele queria dar aos membros do comitê a sensação de que Berrington afinal não era um deles, e sim um tipo completamente diferente.

– O senhor é uma das três pessoas que vão dividir 180 milhões de dólares.

Berrington assentiu com a cabeça.

– Então o senhor deve ter ficado muito nervoso quando soube da matéria do *New York Times* – comentou Steven. – O seu amigo Preston está vendendo a empresa, seu amigo Jim está concorrendo à presidência e o senhor está prestes a fazer uma fortuna. Tem certeza de que era na reputação da Jones Falls que o senhor estava pensando quando demitiu a Dra. Ferrami? Ou era em todas as suas outras preocupações? Vamos ser honestos, professor, o senhor entrou em pânico.

– Eu com certeza...

– O senhor leu uma matéria de jornal desfavorável, previu que a aquisição iria por água abaixo e reagiu rapidamente. Deixou que o *New York Times* o assustasse.

– É preciso mais do que o *New York Times* para me assustar, meu jovem. Eu agi de maneira rápida e decisiva, mas não precipitada.

– O senhor não tentou descobrir a fonte das informações publicadas pelo jornal.

– Não.

– Quantos dias o senhor passou investigando a veracidade ou não das alegações?

– Não demorou muito...

– Horas em vez de dias?

– Sim...

– Ou, na verdade, *menos de uma hora* depois o senhor já havia aprovado um comunicado à imprensa dizendo que o programa da Dra. Ferrami tinha sido cancelado, não foi?

– Tenho certeza de que levou mais de uma hora.

Steven deu de ombros enfaticamente.

– Vamos ser generosos e dizer que foram duas horas. Seria tempo suficiente? – Ele se virou e fez um gesto na direção de Jeannie, para que olhassem para ela. – Depois de duas horas, o senhor decidiu descartar todo o programa de pesquisa de uma jovem cientista?

A dor no rosto de Jeannie era visível. Steven sentiu uma violenta pontada de compaixão. Mas tinha que se aproveitar dos sentimentos dela para o próprio bem de Jeannie. Ele torceu a faca na ferida:

– Depois de duas horas, o senhor tinha conhecimento suficiente para tomar a decisão de destruir um trabalho de anos? Suficiente para acabar com uma carreira promissora? Suficiente para arruinar a vida de uma mulher?

– Eu pedi que ela dissesse algo em defesa própria – respondeu Berrington, indignado. – Ela perdeu a cabeça e saiu da sala!

Steven hesitou, mas decidiu correr o risco de fazer um drama.

– Ela saiu da sala! – exclamou, simulando espanto. – Ela saiu da sala! O senhor mostrou um comunicado à imprensa anunciando o cancelamento do programa de pesquisa dela. Nenhuma investigação da fonte da história do jornal, nenhuma avaliação da veracidade das alegações, nenhum tempo para discussão, nenhum procedimento legal de qualquer tipo. O senhor simplesmente informou a essa jovem cientista que a vida dela estava arruinada... e tudo que ela fez foi *sair da sala*?

Berrington abriu a boca para falar, mas Steven o interrompeu:

– Quando penso na injustiça, na ilegalidade, na pura *tolice* do que o senhor fez na manhã de quarta-feira, professor, não consigo imaginar como a Dra. Ferrami conseguiu se conter e ter autodisciplina para se limitar a uma reação tão simples e eloquente. – Ele voltou ao seu lugar em silêncio, então se virou para o comitê e disse: – Sem mais perguntas.

Jeannie olhava para baixo, mas apertou o braço dele. Ele se inclinou e sussurrou:

– Como você está?

– Estou bem.

Steven deu um tapinha na mão dela. Sentiu vontade de dizer "Acho que ganhamos", mas era muito precipitado.

Henry Quinn ficou de pé. Parecia imperturbável. Ele deveria parecer mais preocupado depois de Steven fazer picadinho de seu cliente. Mas, sem dúvida, parte de suas habilidades era permanecer sereno por pior que o seu caso estivesse indo.

Ele tomou a palavra:

– Professor, se a universidade não tivesse interrompido o programa de pesquisa da Dra. Ferrami e não a tivesse demitido, isso teria feito alguma diferença para a aquisição da Threeplex pela Landsmann?

– Absolutamente nenhuma – respondeu Berrington.

– Obrigado. Sem mais perguntas.

Muito eficaz, pensou Steven com amargura. Aquilo havia praticamente destruído seu interrogatório. Tentou não deixar Jeannie ver a decepção em seu rosto.

Era a vez de Jeannie. Steven se levantou e a conduziu através de suas provas. Ela estava calma e foi clara ao descrever seu programa de pesquisa e explicar a importância de encontrar gêmeos criados separadamente e que fossem criminosos. Ela detalhou as precauções que tomou a fim de garantir que nenhuma informação médica dos participantes fosse conhecida antes de terem assinado a autorização.

Steven esperava que Quinn a interrogasse e tentasse mostrar que havia uma minúscula chance de que informações confidenciais acabassem reveladas por engano. Steven e Jeannie haviam ensaiado aquilo na noite anterior, com ele desempenhando o papel de advogado de acusação. Mas, para sua surpresa, Quinn não tinha perguntas. Será que estava com medo de que ela se defendesse com muita habilidade? Ou estava confiante de que tinha o veredito nas mãos?

Quinn foi o primeiro a apresentar seus argumentos finais. Ele repetiu muitas das provas de Berrington, outra vez sendo mais tedioso do que Steven supunha ser sensato. Seu discurso de conclusão foi curto o suficiente, no entanto:

– Esta é uma crise que nunca deveria ter se iniciado – disse Quinn. – As autoridades universitárias se comportaram de maneira criteriosa durante o processo inteiro. Foram a impetuosidade e a intransigência da Dra. Ferrami que causaram todo esse drama. É claro que ela tem um contrato, e esse contrato rege suas relações com o empregador. Mas, afinal, é função do corpo docente sênior supervisionar o corpo docente júnior. E o corpo docente júnior, se tiver algum bom senso, ouvirá os conselhos sábios dos mais velhos e mais experientes que eles. A teimosia da Dra. Ferrami transformou um problema em uma crise, e a única solução para a crise é ela deixar a universidade.

Ele se sentou.

Era hora da réplica de Steven. Ele havia ensaiado a noite toda. Ficou de pé.

– Para que serve a Universidade Jones Falls? – Ele fez uma pausa para efeito dramático. – A resposta pode ser expressa em uma palavra: conhecimento. Se quiséssemos uma definição resumida do papel da universidade na sociedade norte-americana, poderíamos dizer que sua função é *buscar* conhecimento e *difundir* conhecimento.

Olhou para cada um dos membros do comitê, convidando-os a concordar. Jane Edelsborough fez que sim com a cabeça. Os outros se mantiveram impassíveis.

Steven prosseguiu:

– De vez em quando, essa função se vê sob ataque. Sempre há pessoas que querem esconder a verdade, por um motivo ou outro. Discordâncias políticas, intolerância religiosa... – olhou para Berrington – ... ou vantagem comercial. Acho que todos aqui concordam que a independência intelectual da universidade é crucial para sua reputação. Essa independência deve ser equilibrada com outras obrigações, obviamente, como a necessidade de respeitar os direitos civis dos indivíduos. No entanto, uma defesa vigorosa do direito da universidade de buscar conhecimento melhoraria sua reputação entre todas as pessoas pensantes.

Ele fez um gesto com a mão para indicar a universidade antes de continuar:

– A Jones Falls é importante para todos aqui. A reputação de um acadêmico pode oscilar junto com a da instituição onde ele trabalha. Peço que vocês reflitam sobre o efeito que o seu veredito vai ter sobre a reputação da Jones Falls enquanto instituição universitária livre e independente. A universidade será intimidada pelo ataque intelectualmente superficial de um jornal? Um programa de pesquisa científica será cancelado por conta de uma proposta de aquisição de uma empresa? Espero que não. Espero que o comitê reforce a reputação da Jones Falls ao mostrar que o que importa aqui é um valor simples: a verdade.

Steven olhou para eles, deixando que assimilassem suas palavras. Pela expressão em seus rostos, não conseguia dizer se sua fala os havia tocado ou não. Depois de um momento, ele se sentou.

– Obrigado – disse Jack Budgen. – À exceção dos membros do comitê, o restante poderia se retirar enquanto deliberamos, por favor?

Steven segurou a porta para Jeannie e a seguiu até a entrada do prédio. Eles saíram do edifício e ficaram sob a sombra de uma árvore. Jeannie estava pálida de tão nervosa.

– O que você acha? – perguntou ela.

– Temos que ganhar – disse ele. – Estamos certos.

– O que eu vou fazer se a gente perder? Mudar pra Nebraska? Dar aula em escola? Virar aeromoça, como Penny Watermeadow?

– Quem é Penny Watermeadow?

Antes que pudesse responder, ela viu algo de relance que a fez hesitar. Steven se virou e viu Henry Quinn fumando um cigarro.

– Você se saiu muito bem – disse Quinn. – Espero que não me ache condescendente por dizer que gostei de participar desse embate com você.

Jeannie fez uma expressão de desgosto e se afastou.

Steven conseguiu ser mais imparcial. Advogados deveriam agir assim, ser amigáveis com seus oponentes fora do tribunal. Além disso, um dia ele poderia se ver pedindo um emprego a Quinn.

– Obrigado – disse educadamente.

– Você certamente tinha os melhores argumentos – prosseguiu Quinn, surpreendendo Steven com sua franqueza. – Por outro lado, em um caso como esse, as pessoas votam por interesse próprio, e todos os membros do comitê são professores seniores. Vai ser difícil pra eles apoiar uma jovem contra alguém de seu grupo, independentemente dos argumentos.

– São todos intelectuais – afirmou Steven. – Estão comprometidos com a lógica.

Quinn meneou a cabeça.

– Talvez você tenha razão – disse. Em seguida, olhou para Steven com ar especulativo e perguntou: – Vocês têm alguma ideia do que isso *realmente* significa?

– O que quer dizer? – respondeu Steven, com cautela.

– O Berrington obviamente está apavorado com *alguma coisa*, que não é só uma propaganda negativa. Eu me pergunto se você e a Dra. Ferrami sabem o que é.

– Acredito que sim. Mas ainda não podemos provar.

– Continuem tentando – sugeriu Quinn. Deixou o cigarro cair e pisou nele. – Deus nos livre de ter Jim Proust como presidente.

Ele se virou e se afastou.

Ora, ora, um democrata enrustido, pensou Steven.

Jack Budgen apareceu na porta e fez um gesto convocando-os a entrar. Steven tocou no braço de Jeannie e eles voltaram.

Ele analisou os rostos dos membros do comitê. Jack Budgen encontrou seu olhar. Jane Edelsborough deu-lhe um ligeiro sorriso.

Aquilo era um bom sinal. Suas esperanças aumentaram.

Todos se sentaram.

Jack Budgen remexeu seus papéis desnecessariamente.

– Agradecemos a ambas as partes por permitir que esta audiência fosse conduzida com dignidade. – Fez uma pausa solene. – Nossa decisão foi unânime. Recomendamos ao senado da universidade que a Dra. Jean Ferrami seja destituída. Obrigado.

Jeannie enterrou a cabeça nas mãos.

CAPÍTULO QUARENTA

Quando finalmente ficou sozinha, Jeannie se atirou na cama e caiu em prantos.

Ela chorou por muito tempo. Socou os travesseiros, gritou para a parede e pronunciou as palavras mais sujas que conhecia; então enfiou o rosto na colcha e chorou mais um pouco. Seus lençóis ficaram molhados de lágrimas e manchados com seu rímel preto.

Depois de um tempo, ela se levantou, lavou o rosto e passou um café.

– Não é como se você tivesse câncer – disse para si mesma. – Vamos, ânimo.

Mas era difícil. Ela não ia morrer, é claro, mas havia perdido tudo pelo que vivia.

Pensou em si mesma aos 21 anos. Havia se formado *summa cum laude* e vencido o torneio universitário de tênis no mesmo ano. Ela se viu na quadra, segurando a taça no alto da cabeça, no tradicional gesto de vitória. O mundo estava a seus pés. Ao olhar para trás, sentiu como se outra pessoa tivesse erguido aquele troféu.

Jeannie foi tomar o café no sofá. Seu pai, aquele velho desgraçado, tinha roubado sua TV, então ela não podia nem assistir a novelas idiotas para se distrair de sua tristeza. Teria se empanturrado de chocolate se houvesse algum em casa. Pensou em beber, mas concluiu que isso a deixaria mais deprimida. Fazer compras, talvez? Provavelmente iria explodir em lágrimas no provador e, de todo modo, naquele momento estava ainda mais falida do que antes.

Por volta das duas horas o telefone tocou. Jeannie o ignorou.

No entanto, a pessoa persistiu e ela se cansou de ouvir o toque, então acabou atendendo.

Era Steven. Após a audiência, ele havia voltado a Washington para uma reunião com seu advogado.

– Estou aqui no escritório agora – disse ele. – A gente quer que você entre com uma ação contra a Jones Falls pra recuperar a sua lista do FBI. Minha família vai arcar com os custos. Eles acham que valerá a pena pela chance de encontrar o terceiro gêmeo.

– Eu não dou a mínima pro terceiro gêmeo.

Houve uma pausa, então ele voltou a falar:

– É importante pra mim.

Ela suspirou. *Como se não bastassem todos os meus problemas, ainda tenho que me preocupar com Steven?* Então ela se deu conta. *Ele se preocupou comigo, não foi?* Jeannie se sentiu envergonhada.

– Me perdoa, Steven – disse. – Estou aqui sentindo pena de mim mesma. É claro que vou ajudar você. O que preciso fazer?

– Nada. O advogado vai dar entrada na petição assim que você autorizar.

Ela começou a pensar novamente.

– Não é um pouco perigoso? Quer dizer, presumo que a Jones Falls vá ter que ser notificada depois que ele fizer isso. Então o Berrington vai saber onde está a lista. E ele vai ter acesso a ela antes de nós.

– Droga, você tem razão. Deixa eu falar com ele.

Um minuto depois, outra voz veio ao telefone:

– Dra. Ferrami, aqui é Runciman Brewer. Estamos todos numa teleconferência com o Steven agora. Onde exatamente estão esses dados?

– Na gaveta da minha escrivaninha, em um disquete com uma etiqueta que diz "COMPRAS.LST".

– Podemos solicitar acesso à sua sala sem especificar o que estamos procurando.

– Então acho que eles vão acabar simplesmente apagando tudo do meu computador e se livrando de todos os meus disquetes.

– Eu não tenho uma ideia melhor.

– O que a gente precisa é de um ladrão – disse Steven.

– Meu Deus! – exclamou Jeannie.

– O quê?

Papai.

– O que foi, Dra. Ferrami? – perguntou o advogado.

– Vocês podem adiar essa petição? – sugeriu Jeannie.

– Sim. Provavelmente não teríamos como dar entrada antes de segunda-feira, de qualquer maneira. Por quê?

– Tive uma ideia. Deixa eu ver se consigo resolver. Do contrário, a gente segue pelo caminho legal na semana que vem. Steven?

– Estou aqui.

– Me liga mais tarde.

– Pode deixar.

Jeannie desligou.

Seu pai poderia entrar na sala.

Ele estava na casa de Patty. Estava sem dinheiro, então não iria a lugar nenhum. E ele devia isso a ela. Ah, como devia.

Se ela conseguisse encontrar o terceiro gêmeo, Steven seria inocentado. E, se pudesse provar ao mundo o que Berrington e seus amigos tinham feito na década de 1970, talvez conseguisse seu emprego de volta.

Será que deveria pedir ao pai que fizesse aquilo? Era contra a lei. Ele poderia acabar sendo preso se as coisas dessem errado. É verdade que ele já corria esse risco constantemente, mas dessa vez a culpa seria dela.

Ela disse a si mesma que eles não seriam pegos.

O interfone tocou.

– Oi – atendeu ela.

– Jeannie?

Era uma voz familiar.

– Sim – respondeu. – Quem é?

– Will Temple.

– *Will?*

– Mandei dois e-mails, você não recebeu?

Que raios Will Temple está fazendo aqui?

– Pode entrar – disse ela e apertou o botão.

Ele subiu as escadas. Vestia calça de sarja bege e uma camisa polo azul-marinho. Seu cabelo estava mais curto e, embora tivesse mantido a barba sexy que ela tanto amava, ela agora estava bem aparada em vez de comprida e desgrenhada. A herdeira tinha dado um jeito nele.

Jeannie não conseguiu deixar que ele a beijasse no rosto: ele a havia magoado muito. Ela estendeu a mão.

– Que surpresa – disse ela. – Estou há alguns dias sem conseguir acessar meu e-mail.

– Estou participando de uma conferência em Washington – explicou ele. – Aluguei um carro e vim até aqui.

– Quer café?

– Claro.

– Pode se sentar.

Ela serviu o café. Ele olhou ao redor.

– Apartamento legal.

– Obrigada.

– Diferente.

– Você quer dizer diferente do nosso antigo apartamento.

A sala de estar da casa deles em Minneapolis era um espaço imenso e desarrumado, cheio de sofás, rodas de bicicleta, raquetes de tênis e guitarras amontoadas. Em comparação, aquele cômodo era imaculado.

– Acho que foi uma reação contra toda aquela bagunça.

– Você parecia gostar naquela época.

– Eu gostava. As coisas mudam.

Ele meneou a cabeça e mudou de assunto:

– Eu li sobre você no *New York Times*. Achei aquela matéria absurda.

– Mas acho que já era pra mim. Fui demitida hoje.

– Não!

Ela serviu mais café para si, sentou-se na frente dele e contou a história da audiência. Quando terminou, ele disse:

– Esse cara, Steven, é sério mesmo?

– Não sei. Estou com a mente aberta.

– Vocês não estão namorando?

– Não, mas ele quer, e eu gosto muito dele. E você? Ainda está com a Georgina Tinkerton Ross?

– Não. – Ele balançou a cabeça com pesar. – Jeannie, o que realmente vim fazer aqui é dizer que terminar com você foi o maior erro da minha vida.

Jeannie ficou comovida com a expressão de tristeza no rosto dele. Parte dela estava contente por ele ter se arrependido de perdê-la, mas não desejava que ele fosse infeliz.

– Você foi a melhor coisa que já me aconteceu – prosseguiu ele. – Você é forte, mas é uma pessoa boa. E é inteligente. Eu preciso de alguém inteligente. A gente era feito um pro outro. A gente se amava.

– Você me magoou muito naquela época. Mas eu superei.

– Eu não sei se consegui.

Jeannie deu-lhe um olhar avaliador. Era um homem grande, não bonito como Steven, mas atraente de uma forma mais rústica. Ela cutucou sua libido, como um médico tocando um hematoma, mas não houve resposta, nenhum vestígio do desejo físico avassalador que sentira pelo corpo forte de Will.

Ele tinha vindo para pedir que ela voltasse para ele, aquilo estava claro naquele momento. E ela sabia qual era sua resposta. Não o queria mais. Ele tinha chegado cerca de uma semana atrasado.

Seria mais gentil não expô-lo à humilhação de perguntar e ser rejeitado. Ela ficou de pé.

– Will, tenho uma coisa importante para fazer e preciso correr. Queria muito ter recebido suas mensagens, assim a gente podia ter passado mais tempo juntos.

Ele leu o subtexto e pareceu mais triste.

– Que pena – disse antes de se levantar.

Ela estendeu a mão para ele novamente.

– Obrigada pela visita.

Will puxou Jeannie para beijá-la e ela lhe ofereceu a face. Ele a beijou suavemente, depois a soltou.

– Eu queria poder reescrever a nossa história – declarou ele. – Daria um final mais feliz pra gente.

– Tchau, Will.

– Tchau, Jeannie.

Ela o observou descer as escadas e sair pela porta.

O telefone tocou.

– Alô.

– Ser mandada embora não é a pior coisa que pode acontecer com você.

Era um homem, sua voz ligeiramente abafada, como se estivesse cobrindo o aparelho para tentar disfarçá-la.

– Quem é?

– Para de fuçar o que não é da sua conta.

Quem é esse cara?

– De que você está falando? – perguntou ela.

– O cara que você conheceu na Filadélfia deveria ter matado você.

Jeannie ficou sem ar. De repente, sentiu muito medo.

– Ele se deixou levar e acabou vacilando. Mas pode ser que te faça uma visita de novo.

– Meu Deus... – sussurrou Jeannie.

– Esteja avisada.

Houve um clique e, em seguida, o tom de ocupado. Ele tinha desligado.

Jeannie colocou o fone no colo e ficou parada olhando para o telefone.

Ninguém jamais havia ameaçado matá-la. Era horrível saber que outro ser humano queria acabar com sua vida. Ficou paralisada. *O que eu faço agora?*

Jeannie se sentou no sofá, tentando recuperar sua força de vontade. Queria desistir. Estava muito machucada para continuar lutando contra inimigos poderosos e sombrios como aqueles. Eles eram fortes demais. Podiam fazer com que ela fosse demitida, agredida, com que sua sala fosse vasculhada, seu e-mail, roubado; pareciam ser capazes de fazer qualquer coisa. Talvez realmente pudessem matá-la.

Era muito injusto. Que direito eles tinham? Ela era uma boa cientista, e tinham acabado com sua carreira. Estavam dispostos a ver Steven na cadeia pelo estupro de Lisa. Estavam ameaçando matá-la. Jeannie começou a ficar com raiva. *Quem eles pensam que são?* Ela não teria sua vida arruinada por aqueles cretinos arrogantes que achavam que podiam manipular tudo em benefício próprio e dane-se todo mundo. Quanto mais pensava sobre aquilo, mais irritada ficava.

Não vou deixá-los vencer, pensou. *Eu tenho o poder de atingi-los – devo ter, ou eles não sentiriam a necessidade de me alertar nem de ameaçar me matar. Vou usar esse poder. Não me importo com o que vai acontecer comigo, contanto que possa fazer da vida deles um inferno. Meu nome é Jeannie Fodona Ferrami, sou uma mulher inteligente e determinada, então muito cuidado, seus merdas, porque eu vou com tudo.*

CAPÍTULO QUARENTA E UM

O PAI DE JEANNIE estava sentado no sofá da sala desarrumada de Patty com uma xícara de café no colo, assistindo à série *General Hospital* e comendo uma fatia de bolo de cenoura.

Quando ela entrou e o viu, perdeu o controle.

– Como pôde? – gritou. – Como você foi capaz de roubar a própria filha?

Ele se levantou de um pulo, derramando o café e deixando cair o bolo.

Patty entrou atrás de Jeannie.

– Não faz uma cena, por favor – pediu. – O Zip vai chegar daqui a pouco.

– Desculpa, Jeannie, eu não me orgulho disso – disse o pai.

Patty se ajoelhou e começou a limpar o café derramado com um lenço de papel. Na tela da TV, um belo médico com uniforme de cirurgião beijava uma linda mulher.

– Você sabe que estou dura – berrou Jeannie. – Sabe que estou tentando conseguir dinheiro suficiente pra pagar um lugar decente pra minha mãe... pra sua esposa! E ainda assim você foi capaz de roubar a porra da minha TV!

– Não fala palavrão...

– Deus, dai-me forças.

– Me desculpa.

– Eu não entendo. Eu simplesmente não entendo – declarou Jeannie.

– Pega leve com ele, Jeannie.

– Mas eu preciso saber. Como você foi capaz de fazer uma coisa dessas?

– Está bem, eu vou contar – disse o pai de repente, com uma força que a surpreendeu. – Vou contar por que fiz isso. Porque eu estava desesperado. – Lágrimas surgiram em seus olhos. – Roubei você porque estou velho demais e com medo de roubar outra pessoa... Pronto, agora você sabe a verdade.

Ele soou tão patético que a raiva de Jeannie evaporou em um segundo.

– Ah, papai, sinto muito – disse ela. – Senta aí, eu vou buscar o aspirador.

Ela pegou a xícara tombada e a levou para a cozinha. Voltou com o aspirador e limpou as migalhas do bolo. Patty terminou de enxugar o café.

– Eu não mereço vocês, meninas, sei disso – admitiu ele enquanto se sentava novamente.

– Vou pegar outra xícara de café pra você – disse Patty.

Jeannie desligou a TV e se sentou ao lado do pai.

– O que quis dizer com "estava desesperado"? – perguntou, curiosa. – O que aconteceu?

Ele suspirou e falou:

– Quando saí da prisão, fui sondar um prédio em Georgetown. Era um negócio pequeno, um escritório de arquitetura que tinha acabado de reequipar a equipe inteira com quinze ou vinte computadores e algumas outras coisas, tipo impressoras e aparelhos de fax. Foi o cara que forneceu o equipamento pra empresa que me deu a dica. Ele ia comprar tudo de mim e vender de volta pra eles quando recebessem o dinheiro do seguro. Eu ia ganhar 10 mil dólares.

Patty se manifestou:

– Não quero que os meus filhos ouçam isso.

Ela se certificou de que eles não estavam no corredor e fechou a porta.

– E o que foi que deu errado? – indagou Jeannie.

– Eu parei a van nos fundos do prédio, desativei o alarme e abri a porta de carga e descarga. Então comecei a pensar no que ia acontecer se um policial aparecesse. Nunca me importei com isso antes, mas acho que já tem uns dez anos que não fazia uma coisa dessas. Enfim, senti tanto medo que comecei a tremer. Entrei, desliguei um computador, levei ele pra fora, coloquei na van e fui embora. No dia seguinte, fui até a sua casa.

– E me roubou.

– Eu nunca tive essa intenção, querida. Achei que você ia me ajudar a me firmar e encontrar algum trabalho de verdade. Então, quando você saiu, aquele sentimento antigo tomou conta de mim. Sentado ali, fiquei olhando pro aparelho de som e pensando que poderia conseguir uns 200 dólares por ele, talvez mais 100 pela TV, e pronto. Depois que vendi tudo, senti vontade de me matar, juro.

– Mas não se matou.

– Jeannie! – disse Patty.

– Enchi a cara e me meti numa partida de pôquer e, no dia seguinte, estava sem dinheiro de novo.

– Aí você veio ver a Patty.

– Eu não vou fazer isso com você, Patty. Não vou fazer isso com ninguém nunca mais. Quero andar na linha.

– Acho bom! – respondeu Patty.

– Eu preciso.

– Só que não agora – disse Jeannie.

Os dois olharam para ela.

– Jeannie, do que você está falando? – indagou Patty, nervosa.

– Você precisa fazer mais um trabalho – informou Jeannie ao pai. – Pra mim. Uma invasão seguida de roubo. Hoje à noite.

CAPÍTULO QUARENTA E DOIS

Estava anoitecendo quando eles entraram no campus da Jones Falls.

— É uma pena que a gente não tenha um carro mais discreto que este – comentou o pai de Jeannie enquanto ela dirigia o Mercedes vermelho até o estacionamento dos alunos. – Como um Ford Taurus ou um Buick Regal, sei lá. Você vê cinquenta desses por dia, ninguém se lembra deles.

Ele desceu do carro, carregando uma maleta de couro castanho surrada. Com uma camisa xadrez e a calça amarrotada, cabelos desgrenhados e sapatos gastos, parecia um professor.

Jeannie se sentia estranha. Havia anos que sabia que seu pai era um ladrão, mas ela mesma nunca tinha feito nada mais ilegal do que dirigir acima do limite de velocidade. Agora estava prestes a invadir um prédio. Aquilo era cruzar uma linha importante. Ela não achava que estava fazendo algo errado, mas, ao mesmo tempo, sua autoimagem ficaria abalada. Sempre havia se considerado uma cidadã correta, que respeitava a lei. Os criminosos, incluindo seu pai, sempre pareceram pertencer a outra espécie. Naquele momento, ela estava se juntando a eles.

A maioria dos alunos e professores tinha ido para casa, mas ainda havia algumas pessoas por lá: professores trabalhando até tarde, estudantes indo para eventos sociais, zeladores trancando portões e seguranças vigiando o lugar. Jeannie torceu para não ver ninguém que conhecesse.

Ela estava tensa como uma corda de violão pronta para arrebentar. Temia por seu pai mais do que por si mesma. Se fossem apanhados, seria profundamente humilhante para ela, mas só: a justiça não mandaria alguém para a cadeia por invadir a própria sala e roubar um disquete. Mas o pai, com sua ficha corrida, ficaria preso por alguns anos. Ele seria um homem idoso quando saísse.

As lâmpadas da rua e as luzes externas do prédio estavam começando a se acender. Jeannie e o pai passaram pela quadra de tênis, onde duas mulheres jogavam sob os holofotes. Jeannie se lembrou de Steven falando com ela depois da partida do domingo anterior. Ela o havia dispensado imediatamente; ele parecera muito confiante e satisfeito consigo mesmo. Como estivera errada em seu primeiro julgamento sobre ele.

Ela acenou com a cabeça em direção ao prédio do Instituto de Psicologia Ruth W. Acorn.

– É aqui – disse ela. – Todo mundo chama de Hospício.

– Continua andando na mesma velocidade – instruiu ele. – Como a gente passa pela porta da frente?

– Com um cartão de plástico, o mesmo que abre a porta da minha sala. Mas o meu cartão não funciona mais. Talvez eu consiga pegar um emprestado.

– Não precisa. Detesto cúmplices. Como a gente chega nos fundos?

– Vou mostrar.

Havia uma trilha no gramado que levava ao lado oposto do Hospício, em direção ao estacionamento de visitantes. Jeannie seguiu por ela, chegando a um pátio pavimentado nos fundos do edifício.

Como um profissional, seu pai analisou a fachada.

– Que porta é aquela? – disse ele, apontando.

– Acho que é uma porta corta-fogo.

Ele assentiu.

– Provavelmente tem uma barra transversal na altura da cintura, do tipo que abre a porta se você empurrar.

– Acredito que sim. É por ali que a gente vai entrar?

– Sim.

Jeannie se lembrou de uma placa do lado de dentro que dizia PORTA PROTEGIDA POR ALARME.

– Você vai disparar um alarme – avisou.

– Não, não vou – retrucou ele antes de olhar ao redor. – Muitas pessoas passam por aqui?

– Não. Ainda mais à noite.

– Está bem. Ao trabalho então.

Ele colocou a pasta no chão, abriu e tirou uma pequena caixa de plástico preta com um mostrador. Apertou um botão e correu a caixa por todo o batente da porta, observando o mostrador. A agulha saltou no canto superior direito. Ele deu um grunhido de satisfação.

Devolveu a caixa à pasta e tirou outro instrumento semelhante, além de um rolo de fita isolante. Prendeu o instrumento no canto superior direito da porta e ligou um interruptor. Houve um zumbido baixo.

– Isso deve confundir o alarme – explicou.

O pai de Jeannie tirou um longo pedaço de arame que em algum momento havia sido um cabide de lavanderia. Ele o dobrou cuidadosamente e o retorceu, e então inseriu a extremidade em forma de gancho na fresta da porta. Mexeu por alguns segundos, depois puxou.

A porta se abriu.

O alarme não disparou.

Ele pegou a pasta e entrou.

– Espera – disse Jeannie. – Isso não está certo. Fecha a porta e vamos pra casa.

– Ei, calma, não fica com medo.

– Eu não posso fazer isso com você. Se for pego, vai ficar preso até os 70 anos.

– Jeannie, eu *quero* fazer isso. Fui um péssimo pai pra você por muito tempo. Esta é minha chance de ajudar, pra variar um pouco. É importante pra mim. Vamos, por favor.

Jeannie entrou.

Ele fechou a porta.

– Vai na frente.

Jeannie subiu correndo a escada de incêndio até o segundo andar e cruzou às pressas o longo corredor até sua sala. O pai estava bem atrás dela. Ela apontou para a porta.

Ele tirou outro instrumento eletrônico de sua pasta. Esse tinha uma placa de metal do tamanho de um cartão de crédito presa a ele por fios. Ele inseriu a placa no leitor de cartões e ligou o instrumento.

– Isto tenta todas as combinações possíveis – disse.

Ela ficou surpresa com a facilidade com que ele havia entrado em um prédio com um sistema de segurança tão moderno.

– Quer saber de uma coisa? Eu não estou com medo!

– Jesus, eu estou – afirmou Jeannie.

– Não, sério, eu recuperei a coragem, talvez porque você esteja aqui comigo. – Ele sorriu. – Ei, nós podíamos formar uma equipe.

Ela negou com a cabeça.

– Nem pensar. Eu não ia aguentar esta tensão.

De repente, ela considerou que Berrington poderia ter entrado lá e levado seu computador e todos os seus disquetes. Seria terrível se ela tivesse corrido um risco tão grande por nada.

– Quanto tempo isso vai levar? – perguntou ela, impaciente.

– Só mais um segundo.

Um instante depois a porta se abriu suavemente.

– Você não vai entrar? – perguntou ele, orgulhoso.

Ela entrou e acendeu a luz. Seu computador ainda estava na mesa. Jeannie abriu a gaveta. Lá estava sua caixa de disquetes de backup. Revirou-os freneticamente. COMPRAS.LST estava lá. Ela o pegou.

– Graças a Deus – disse Jeannie.

Agora que tinha o disquete em suas mãos, ela mal podia esperar para ler as informações contidas nele. Por mais desesperada que estivesse para sair do Hospício, ficou tentada a olhar o arquivo naquele segundo. Ela não tinha computador em casa: seu pai o havia vendido. Para ler o disquete, teria que pedir um computador emprestado. Isso exigiria tempo e explicações.

Decidiu arriscar.

Ligou o computador em sua mesa e esperou que ele inicializasse.

– O que está fazendo? – perguntou seu pai.

– Eu quero ler o arquivo.

– Você não pode fazer isso em casa?

– Eu não tenho computador em casa, papai. Foi roubado.

Ele não entendeu a piada.

– Então vai logo – disse ele, indo até a janela e olhando para fora.

A tela piscou e ela clicou no processador de textos. Deslizou o disquete na unidade de disco e ligou a impressora.

Os alarmes dispararam todos de uma vez.

Jeannie sentiu seu coração parar. O barulho era ensurdecedor.

– O que aconteceu? – gritou.

Seu pai estava branco de medo.

– Aquela merda daquele emissor deve ter falhado ou então alguém arrancou ele da porta – berrou ele de volta. – Já era, Jeannie, vamos correr!

Ela queria arrancar o disquete do computador e sair em disparada, mas se obrigou a manter a cabeça fria. Se fosse pega naquele momento e alguém lhe tomasse o disquete, não teria mais nada. Precisava olhar a lista enquanto ainda podia. Jeannie agarrou o braço do pai.

– Só mais um segundo!

Ele olhou pela janela.

– Merda, parece que tem um segurança vindo!

– Eu só preciso imprimir isso! Espere!

Ele estava tremendo.

– Eu não posso, Jeannie, não posso! Sinto muito!

Ele pegou a pasta e saiu correndo.

Jeannie sentiu pena dele, mas não podia parar agora. Abriu o diretório A:, depois o arquivo e clicou em imprimir.

Nada aconteceu. Sua impressora ainda estava aquecendo. Ela praguejou.

Jeannie foi até a janela. Dois seguranças passavam pela entrada da frente do prédio.

Ela fechou a porta da sala.

Olhou para sua impressora a jato de tinta.

– Vamos, vamos.

Por fim o aparelho começou a zumbir e sugou uma folha da bandeja de papel.

Ela tirou o disquete da unidade de disco e o colocou no bolso de seu casaco azul-royal.

A impressora regurgitou quatro folhas e parou.

Com o coração aos pulos, Jeannie agarrou os papéis e examinou as linhas impressas.

Havia trinta ou quarenta pares de nomes. A maioria era do sexo masculino, mas isso não era nada surpreendente: quase todos os crimes eram cometidos por homens. Em alguns casos, o endereço era uma prisão. A lista era exatamente o que ela esperava. Mas agora ela queria uma informação em especial. Começou a procurar por *Steven Logan* e *Dennis Pinker*.

Ambos estavam lá.

E estavam ligados a um terceiro: *Wayne Stattner*.

– Isso! – gritou Jeannie, exultante.

Havia um endereço na cidade de Nova York e um número de telefone que começava com 212, um prefixo de Manhattan.

Ela olhou para o nome. *Wayne Stattner*. Aquele era o homem que havia estuprado Lisa bem ali no ginásio e atacado Jeannie na Filadélfia.

– Desgraçado – sussurrou em tom vingativo. – A gente vai pegar você.

Mas primeiro ela precisava fugir de lá com a informação. Enfiou os papéis no bolso, apagou as luzes e abriu a porta.

Escutou vozes no corredor, altas o suficiente para serem ouvidas mesmo com o barulho do alarme. Ela estava atrasada. Com cuidado, fechou a porta novamente. Suas pernas estavam fracas e ela se encostou na porta para ouvir.

– Tenho certeza de que tinha uma luz acesa aqui – gritou um homem.

– É melhor a gente verificar todas elas – respondeu outro.

Sob a luz fraca das lâmpadas da rua, Jeannie olhou ao redor de sua sala. Não havia onde se esconder.

Abriu uma fresta da porta. Não conseguia ver nem ouvir nada. Colocou a cabeça para fora. No final do corredor, luz irradiava de uma porta aberta. Ela aguardou e observou. Os guardas saíram, apagaram a luz, fecharam a porta e foram para a sala ao lado, onde ficava o laboratório. Eles levariam um ou dois minutos para vasculhar o local. Será que ela conseguiria escapar pela porta sem ser vista e chegar à escada?

Jeannie saiu e fechou a porta com uma mão trêmula.

Caminhou pelo corredor. Precisou fazer um enorme esforço para se conter e não sair correndo.

Passou pela porta do laboratório. Não resistiu à tentação de olhar para dentro. Os dois guardas estavam de costas para ela: um olhava dentro de um armário e outro encarava curiosamente uma fileira de filmes de exames de DNA em uma caixa de luz. Eles não a viram.

Ela estava quase lá.

Caminhou até o final do corredor e abriu a porta de vaivém.

Quando estava prestes a cruzá-la, uma voz gritou:

– Ei! Você! Parada!

Todos os nervos de seu corpo estavam prontos para correr, mas ela se controlou. Deixou a porta se fechar, se virou e sorriu.

Dois guardas vieram pelo corredor em sua direção. Ambos eram homens na casa dos 50 e poucos anos, provavelmente policiais aposentados.

Sua garganta estava apertada e ela tinha dificuldade para respirar.

– Boa noite – disse. – Como posso ajudar os senhores?

O som do alarme abafava o tremor em sua voz.

– Um alarme disparou no prédio – disse um deles.

Era uma coisa estúpida de se dizer, mas ela deixou passar.

– O senhor acha que tem algum intruso?

– Talvez. A senhora viu ou ouviu alguma coisa fora do comum, professora?

Os guardas presumiram que ela era um membro do corpo docente: isso era bom.

– Na verdade, achei ter ouvido um barulho de vidro quebrando. Parecia vir do andar de cima, mas não tenho certeza.

Os dois guardas se entreolharam.

– Nós vamos dar uma olhada – disse um deles.

O outro não seria tão facilmente convencido.

– A senhora pode me dizer o que tem no bolso?

– Alguns papéis.

– Isso é óbvio. Posso ver?

Jeannie não iria entregá-los a ninguém: eram preciosos demais. Improvisando, ela fingiu concordar e mudou de ideia.

– Claro – disse ela, tirando-os do bolso. Então ela os dobrou e colocou de volta. – Pensando bem, não, não pode. São pessoais.

– Vou ter que insistir. No nosso treinamento, somos informados de que papéis podem ser tão valiosos quanto qualquer outra coisa em um lugar como este.

– Acho que não tenho que permitir que você leia minha correspondência particular só porque um alarme disparou em um prédio da universidade.

– Nesse caso, vou ter que pedir que a senhora me acompanhe à secretaria da segurança para falar com meu supervisor.

– Tudo bem – disse ela. – Encontro vocês lá fora.

Ela recuou rapidamente pela porta de vaivém e desceu as escadas com passos leves.

Os guardas foram correndo atrás dela.

– Espera aí!

Ela deixou que eles a alcançassem no saguão do térreo. Um deles a agarrou pelo braço enquanto o outro abria a porta. Eles saíram.

– Você não precisa me segurar – reclamou ela.

– Acho melhor assim – disse ele, ofegante pelo esforço de persegui-la escada abaixo.

Ela já tinha passado por isso antes. Agarrou o pulso da mão que a segurava e apertou com força. O guarda disse "Ai!" e a soltou.

Jeannie correu.

– Ei! Sua desgraçada, volta aqui!

Eles saíram correndo atrás dela.

Mas não tinham nenhuma chance. Ela era 25 anos mais jovem e estava tão em forma quanto um cavalo de corrida. Seu medo desapareceu conforme ela se afastava dos dois homens. Jeannie correu como o vento, rindo. Eles a perseguiram por alguns metros e desistiram. Ela olhou para trás e viu os dois curvados, recuperando o fôlego.

Depois correu até o estacionamento.

Seu pai a aguardava ao lado do carro. Jeannie destrancou as portas e os dois entraram. Depois saiu em alta velocidade do estacionamento com as lanternas apagadas.

– Me desculpa, Jeannie – disse o pai. – Achei que, mesmo que não conseguisse fazer por mim mesmo, talvez conseguisse fazer por você. Mas não adianta. Eu perdi a mão. Nunca mais vou roubar.

– Que boa notícia! E eu consegui o que queria!

– Eu gostaria de poder ser um bom pai pra você. Acho que é tarde demais pra começar.

Ela saiu do campus e chegou até a rua, então acendeu os faróis.

– Não é tarde demais, papai. Não é mesmo.

– Talvez não. De todo modo, eu tentei agora, não tentei?

– Tentou e conseguiu! Você me colocou lá dentro! Eu não teria feito isso sozinha.

– É, acho que tem razão.

Ela dirigiu depressa até sua casa. Estava ansiosa para verificar o número de telefone impresso no papel. Se estivesse desatualizado, seria um problema. E ela queria ouvir a voz de Wayne Stattner.

Assim que entraram em seu apartamento, ela pegou o telefone e ligou para o número.

Um homem atendeu:

– Alô.

Ela não conseguiu confirmar só com uma palavra.

– Eu queria falar com Wayne Stattner, por favor.

– Sim, é ele mesmo. Quem fala?

A voz era exatamente igual à de Steven. *Seu filho da puta, por que você rasgou minha meia-calça?* Ela tentou esconder a revolta e disse:

– Sr. Stattner, estou fazendo uma pesquisa de mercado que o escolheu para receber uma oferta muito especial…

– Vai se foder – disse Wayne e desligou.

– É ele – Jeannie contou ao pai. – A voz é igual à do Steven, só que Steven é mais educado.

Jeannie havia explicado brevemente o contexto para o pai. Ele entendera os pontos principais, embora os achasse um tanto confusos.

– O que você vai fazer agora?

– Chamar a polícia.

Ela ligou para a Divisão de Crimes Sexuais e perguntou pela sargento Delaware.

Seu pai balançou a cabeça, surpreso.

– É difícil me acostumar com isto: a ideia de trabalhar com a polícia. Espero que essa sargento seja diferente de todos os outros policiais que já conheci.

– Provavelmente sim.

Ela não esperava encontrar Mish em sua mesa – eram nove da noite. Pensou em pedir que lhe enviassem uma mensagem urgente. Mas, por sorte, Mish ainda estava no prédio.

– Atualizando uma papelada – explicou ela. – Tudo bem?

– Steven Logan e Dennis Pinker não são gêmeos.

– Mas eu achei que...

– Eles são trigêmeos.

Houve uma longa pausa. Quando Mish falou novamente, seu tom era cauteloso:

– Como você sabe?

– Lembra que eu lhe contei como encontrei o Steven e o Dennis pesquisando em um banco de dados odontológico pares com registros semelhantes?

– Sim.

– Essa semana fiz uma busca no arquivo de impressões digitais do FBI por impressões digitais semelhantes. O programa me deu o Steven, o Dennis e um terceiro homem em um mesmo grupo.

– Eles têm as mesmas impressões digitais?

– Não exatamente as mesmas. São parecidas. Mas acabei de ligar para o terceiro homem. A voz é idêntica à do Steven. Aposto com você que eles são idênticos. Mish, tem que acreditar em mim.

– Você tem um endereço?

– Sim. Em Nova York.

– Pode me passar.

– Com uma condição.

A voz de Mish endureceu:

– Jeannie, você está falando com a polícia. Não cabe a você impor condições, apenas responder às malditas perguntas. Agora me passa o endereço.

– Eu tenho interesse nisso. Quero ver esse cara.

– Está querendo ir pra cadeia? Porque, se não estiver, então é melhor me dar esse endereço.

– Eu quero que a gente encontre ele amanhã, nós duas.

Houve uma pausa.

– Eu deveria jogar você na cadeia por ser cúmplice de um criminoso.

– Podemos pegar o primeiro avião para Nova York amanhã de manhã.

– Está bem.

SÁBADO

CAPÍTULO QUARENTA E TRÊS

Elas pegaram o voo da USAir de seis e quarenta da manhã para Nova York.

Jeannie estava bastante esperançosa. Aquele poderia ser o fim do pesadelo de Steven. Ela havia ligado para ele na noite anterior a fim de atualizá-lo e ele ficou eufórico. Steven queria ir para Nova York com elas, mas Jeannie sabia que Mish não permitiria. Ela prometeu ligar para ele assim que tivesse alguma novidade.

Mish estava mantendo uma espécie de ceticismo curioso. Ela achava difícil acreditar na história de Jeannie, mas precisava ir ver de perto.

Os dados de Jeannie não revelavam por que as impressões digitais de Wayne Stattner constavam dos arquivos do FBI, mas Mish havia verificado na noite anterior e contou a história a Jeannie enquanto elas decolavam do aeroporto internacional de Baltimore-Washington. Quatro anos antes, os angustiados pais de uma menina desaparecida de 14 anos a haviam rastreado até o apartamento de Stattner em Nova York. Eles o acusaram de sequestro. Ele negou, dizendo que a garota não havia sido coagida. A própria menina disse que estava apaixonada por ele. Wayne tinha apenas 19 anos na época, então, no final das contas, não foi processado.

A história dava indícios de que Stattner tinha a necessidade de dominar mulheres, mas, para Jeannie, isso não se encaixava bem na psicologia de um estuprador. No entanto, Mish disse que não havia regras estritas.

Jeannie não contara a Mish a respeito do homem que a atacara na Filadélfia. Ela sabia que Mish não conseguiria acreditar que o homem não era Steven. Mish iria querer interrogar Steven pessoalmente, e ele não precisava disso. Consequentemente, Jeannie também teve que manter segredo quanto ao homem que ligara para ela no dia anterior ameaçando-a de morte. Não havia relatado isso a ninguém, nem mesmo a Steven; ela não queria aumentar as preocupações dele.

Jeannie queria gostar de Mish, mas havia sempre uma tensão entre elas. Mish, em sua posição, esperava que as pessoas fizessem o que ela mandava, e Jeannie odiava isso em qualquer um. Para tentar se aproximar dela, Jeannie perguntou-lhe como havia se tornado policial.

– Eu era secretária e consegui um emprego no FBI – respondeu ela. – Depois de dez anos na função, comecei a achar que era capaz de fazer aquele trabalho melhor do que o agente pra quem eu trabalhava. Então me inscrevi pro treinamento policial. Entrei pra academia, me tornei policial rodoviária e depois me voluntariei pra trabalhar no esquadrão antidrogas como agente infiltrada. Foi bem assustador, mas consegui provar que era durona.

Por um instante, Jeannie se sentiu distante da mulher que lhe fazia companhia. Ela mesma fumava um baseado de vez em quando e se ressentia das pessoas que queriam jogá-la na cadeia por isso.

– Então eu mudei pra Divisão de Combate ao Abuso Infantil – prosseguiu Mish. – Não durei muito lá. Ninguém dura. É um trabalho importante, mas tem um limite. Ninguém aguenta lidar com essas coisas por muito tempo, é enlouquecedor. Daí, por fim, fui pra Divisão de Crimes Sexuais.

– Não me parece uma grande mudança.

– Pelo menos as vítimas são pessoas adultas. E, depois de alguns anos, fui promovida a sargento e colocada no comando da divisão.

– Acho que todos os investigadores dos casos de estupro deveriam ser mulheres – comentou Jeannie.

– Não sei se concordo.

Jeannie ficou surpresa.

– Você não acha que as vítimas teriam mais facilidade em conversar com uma mulher?

– Vítimas idosas, talvez; mulheres com mais de 70 anos, digamos.

Jeannie estremeceu ao pensar em senhorinhas frágeis sendo estupradas.

– Mas, honestamente – prosseguiu Mish –, a maioria das vítimas é capaz de contar a história até pra um poste.

– Os homens sempre acham que a mulher tem culpa.

– Mas uma denúncia de estupro em algum momento vai ter que ser contestada se for de fato levada a julgamento. E, quando se trata desse tipo de interrogatório, as mulheres podem ser mais cruéis que os homens, principalmente com outras mulheres.

Jeannie achou aquilo difícil de acreditar e se perguntou se Mish estava simplesmente saindo em defesa de seus colegas homens.

Quando ficaram sem assunto, Jeannie entrou em um devaneio, perguntando-se o que o futuro lhe reservava. Não conseguia se acostumar com a ideia de que talvez não fosse conseguir mais passar o resto da vida se dedicando à ciência. No futuro de seus sonhos, ela era uma velhinha grisalha e rabugenta, mas mundialmente reconhecida por seu trabalho, e os alunos ouviriam de seus professores: "Até a publicação do revolucionário livro de Jean Ferrami no ano 2000, não éramos capazes de compreender o comportamento humano criminoso." Mas não aconteceria. Ela precisava de uma nova fantasia.

Chegaram ao aeroporto LaGuardia poucos minutos depois das oito e pegaram um malcuidado táxi amarelo até a cidade. A suspensão do carro estava quebrada: ele quicou e sacudiu pelo Queens, passando pelo túnel de Midtown até Manhattan. Jeannie teria se sentido desconfortável mesmo em um Cadillac: ela estava indo ver o homem que a havia atacado em seu carro, e seu estômago parecia um caldeirão de ácido quente.

O endereço de Wayne Stattner era de um prédio no centro, ao sul da Houston Street. Era uma manhã ensolarada de sábado e já havia jovens nas ruas, comprando bagels, tomando cappuccino nas calçadas das cafeterias e olhando as vitrines das galerias de arte.

Um detetive do Primeiro Distrito estava esperando por elas, estacionado em fila dupla do lado de fora do prédio em um Ford Escort bege com a porta traseira amassada. Ele as cumprimentou com um aperto de mão e se apresentou mal-humorado como Herb Reitz. Jeannie concluiu que ser babá de detetives de fora da cidade devia ser uma chatice.

Mish se dirigiu a ele.

– Obrigada por ter vindo num sábado pra nos ajudar – disse com um sorriso caloroso e sedutor.

Ele amoleceu um pouco.

– Imagina.

– Quando precisar de ajuda em Baltimore, quero que ligue pra mim.

– Com certeza.

Jeannie teve vontade de dizer: "Pelo amor de Deus, vamos logo com isso!"

Entraram no edifício e pegaram um lento elevador de carga até o topo.

– Um apartamento por andar – disse Herb. – Esse suspeito tem dinheiro. Qual é o crime?

– Estupro – respondeu Mish.

O elevador parou. A porta se abriu diretamente para outra porta, de modo que não poderiam sair até que a porta do apartamento fosse aberta. Mish tocou a campainha. Houve um longo silêncio. Herb manteve as portas do elevador abertas. Jeannie rezou para que Wayne não tivesse viajado naquele fim de semana. Mish tocou novamente e manteve o dedo no botão.

Por fim, uma voz veio lá de dentro:

– Quem é, porra?

Era ele. Sua voz fez Jeannie gelar de pavor.

– É a porra da polícia – disse Herb. – Abre esta porta agora.

O tom do homem mudou:

– Por favor, segure sua identificação contra o painel de vidro à sua frente.

Herb mostrou seu distintivo.

– Tá, só um minuto.

É agora, pensou Jeannie.

A porta foi aberta por um jovem desgrenhado e descalço usando um roupão de banho preto desbotado.

Jeannie o encarou, sentindo-se desorientada.

Ele era absolutamente idêntico a Steven – exceto pelo cabelo preto.

– Wayne Stattner? – perguntou Herb.

– Sim.

Ele deve ter pintado o cabelo, pensou ela. *Deve ter pintado ontem ou quinta à noite.*

– Sou o detetive Herb Reitz, do Primeiro Distrito.

– Estou sempre disposto a colaborar com a polícia, Herb – disse Wayne. Ele olhou para Mish e Jeannie. Jeannie não notou nenhum sinal de reconhecimento no rosto dele. – Vocês não vão entrar?

Eles entraram. O hall não tinha janelas, era pintado de preto, e havia três portas vermelhas. Em um canto estava um esqueleto humano do tipo usado em faculdades de medicina, mas aquele estava amordaçado com um lenço vermelho e tinha algemas de aço nos pulsos ossudos.

Wayne os conduziu por uma das portas vermelhas para um grande loft de pé-direito alto. Cortinas de veludo preto estavam fechadas diante das janelas, e o lugar era iluminado por luzes indiretas. Em uma das paredes pendia uma bandeira nazista gigante. Havia uma coleção de chicotes em um porta-guarda-chuvas, exibido sob um holofote. Uma grande pintura a óleo de uma crucificação repousava sobre um cavalete: olhando mais de perto, Jeannie viu que a figura nua sendo crucificada não era Cristo, mas uma mulher voluptuosa com longos cabelos louros. Ela estremeceu de repulsa.

Aquela era a casa de um sádico – se ele tivesse colocado uma placa não seria tão óbvio.

Herb olhava ao redor com espanto.

– Você trabalha com quê, Sr. Stattner?

– Sou dono de duas boates aqui em Nova York. Para ser sincero, é por isso que tenho tanto interesse em colaborar com a polícia. Preciso manter minhas mãos absolutamente limpas, pra fins comerciais.

Herb estalou os dedos.

– Claro, Wayne Stattner. Eu li sobre você na revista *New York*. "Os jovens milionários de Manhattan". Deveria ter reconhecido o seu nome.

– Não querem se sentar?

Jeannie dirigiu-se a uma cadeira e então notou que era uma cadeira elétrica do tipo usado para execuções. Ela olhou duas vezes para se certificar, fez uma cara estranha e se sentou em outro lugar.

– Esta aqui é a sargento Michelle Delaware, da polícia da cidade de Baltimore – apresentou Herb.

– Baltimore? – disse Wayne, demonstrando surpresa.

Jeannie observava o rosto dele em busca de sinais de medo, mas ele parecia ser um bom ator.

– Tem crime em Baltimore? – perguntou ele sarcasticamente.

– O seu cabelo é pintado, não é? – quis saber Jeannie.

Mish lançou-lhe um olhar irritado: Jeannie deveria observar, não interrogar o suspeito.

No entanto, Wayne não se importou com a pergunta.

– Bem esperta, você.

Eu tinha razão, pensou Jeannie, orgulhosa. É ele. Olhou para as mãos dele e se lembrou delas rasgando suas roupas. *Já era, seu babaca.*

– Quando você pintou?

– Quando eu tinha 15 anos – respondeu ele.

Mentiroso.

– Preto está na moda desde que eu me lembro.

Na quinta-feira o seu cabelo estava louro, quando você enfiou suas mãos enormes por dentro da minha saia, e no domingo, quando estuprou minha amiga Lisa no ginásio da universidade.

Mas por que ele estaria mentindo? Será que sabia que eles tinham um suspeito de cabelo louro?

– O que está havendo? – quis saber ele. – A cor do meu cabelo é uma *pista*? Eu adoro mistérios.

– Nós não vamos tomar muito do seu tempo – disse Mish bruscamente. – Precisamos saber onde estava no domingo passado às oito da noite.

Jeannie se perguntou se ele teria um álibi. Seria extremamente fácil para ele alegar que estava jogando cartas com uns marginais e depois pagá-los para que ficassem ao seu lado ou dizer que estava na cama com uma prostituta que cometeria perjúrio em troca de drogas.

Mas ele a surpreendeu.

– Fácil – respondeu. – Eu estava na Califórnia.

– Alguém pode confirmar isso?

Ele riu.

– Uns 100 milhões de pessoas, eu acho.

Jeannie estava começando a ter um mau pressentimento. Ele não podia ter um álibi de verdade. *Com certeza* era o estuprador.

– Como assim? – perguntou Mish.

– Eu fui ao Emmy.

Jeannie se lembrou de que o jantar de premiação do Emmy estava passando na TV no quarto de hospital para onde Lisa foi levada. Como Wayne poderia estar na cerimônia? Ele não teria conseguido chegar nem ao aeroporto no tempo que Jeannie levou para chegar ao hospital.

– Eu não ganhei nada, é claro – acrescentou. – Não sou dessa área. Mas a Salina Jones sim, e ela é uma amiga de longa data.

Ele olhou para a pintura a óleo e Jeannie percebeu que a mulher retratada se parecia com a atriz que interpretava Babe, a filha do rabugento Brian na série *Too Many Cooks*. Ela devia ter posado para ele.

– A Salina ganhou o prêmio de melhor atriz em comédia, e eu lhe dei dois beijinhos quando ela desceu do palco com o troféu na mão. Foi um momento lindo, captado pra sempre pelas câmeras de televisão e transmitido instantaneamente pro mundo. Eu tenho um vídeo. E tem uma foto na *People* desta semana.

Ele apontou para uma revista caída no tapete.

Com o coração apertado, Jeannie a pegou. Havia uma foto de Wayne, absurdamente elegante em um smoking, beijando Salina enquanto ela segurava sua estatueta do Emmy.

O cabelo dele estava preto.

A legenda dizia:

> Wayne Stattner, empresário do ramo de boates em Nova York, parabeniza Salina Jones pelo Emmy por sua atuação na série *Too Many Cooks* no domingo à noite em Hollywood.

Não tinha como um álibi ser melhor do que aquilo.

– Bom, Sr. Stattner, não precisamos mais tomar o seu tempo – disse Mish.

– O que vocês achavam que eu tinha feito?

– Estamos investigando um estupro cometido em Baltimore na noite de domingo.

– Nada a ver comigo.

Mish olhou para a crucificação e ele seguiu o olhar dela.

– Todas as minhas vítimas são voluntárias – afirmou ele e lançou a ela um olhar longo e sugestivo.

Ela enrubesceu e virou o rosto.

Jeannie estava desolada. Todas as suas esperanças haviam sido frustradas. Mas seu cérebro ainda estava funcionando e, quando se levantaram para ir embora, ela disse:

– Posso perguntar uma coisa?

– Claro – disse Wayne, sempre amável.

– Você tem irmãos ou irmãs?

– Sou filho único.

– Na época em que você nasceu, seu pai era militar, não era?

– Sim, ele era instrutor de voo de helicóptero em Fort Bragg. Como você sabia disso?

– Por acaso sabe se a sua mãe teve dificuldade pra engravidar?

– Essas perguntas são estranhas vindas de uma policial.

– A Dra. Ferrami é cientista da Universidade Jones Falls – explicou Mish. – A pesquisa dela está intimamente ligada a esse caso em que estou trabalhando.

– A sua mãe alguma vez disse qualquer coisa sobre ter feito um tratamento de fertilidade?

– Não que eu saiba.

– Você se importaria se eu perguntasse a ela?

– Ela é falecida.

– Sinto muito. E o seu pai?

Ele deu de ombros.

– Você pode ligar pra ele.

– Eu gostaria muito.

– Ele mora em Miami. Vou lhe dar o número.

Jeannie entregou-lhe uma caneta. Ele rabiscou um número no canto de uma página da *People* e rasgou o pedaço de papel.

Eles foram até a porta.

– Obrigado por sua colaboração, Sr. Stattner – disse Herb.
– Sempre que precisar.
Enquanto desciam no elevador, Jeannie indagou, desconsolada:
– Você acredita no álibi dele?
– Vou dar uma conferida – respondeu Mish. – Mas parece sólido.
Jeannie balançou a cabeça.
– Não consigo acreditar que ele seja inocente.
– Ele é absurdamente culpado, querida, mas não nesse caso.

CAPÍTULO QUARENTA E QUATRO

STEVEN AGUARDAVA AO LADO do telefone. Estava sentado na enorme cozinha da casa dos pais em Georgetown, observando a mãe preparar bolo de carne e esperando a ligação de Jeannie. Estava ansioso para saber se Wayne Stattner era mesmo idêntico a ele. Se Jeannie e a sargento Delaware o encontraram em seu endereço em Nova York. Se Wayne confessara ter estuprado Lisa Hoxton.

Sua mãe estava cortando cebolas. Tinha ficado atordoada quando soube o que haviam feito com ela na Clínica Aventine em dezembro de 1972. No fundo, ela não conseguia acreditar, mas havia aceitado provisoriamente – como mera hipótese – enquanto conversavam com o advogado da família. Na noite anterior Steven tinha ficado acordado até tarde com os pais, conversando sobre sua estranha história. A mãe havia se irritado: a ideia de médicos fazendo experiências em pacientes sem a permissão delas era exatamente o tipo de coisa que a deixava furiosa. Em sua coluna, falava muito sobre o direito das mulheres de controlar o próprio corpo.

De maneira surpreendente, o pai se mostrara mais calmo que ela. Steven esperava que um homem tivesse uma reação mais forte ao viés insano daquela história. Mas o pai havia sido incansavelmente racional, examinando a lógica de Jeannie, especulando sobre outras explicações possíveis para o fenômeno dos trigêmeos, concluindo no final que ela provavelmente estava certa. No entanto, reagir com calma fazia parte do código de conduta do pai de Steven. Não expressava necessariamente como ele se sentia de fato. Naquele momento ele estava no quintal, regando tranquilo um canteiro de flores, mas por dentro poderia estar fervilhando.

A mãe de Steven começou a refogar cebolas, e o cheiro deixou Steven com água na boca.

– Bolo de carne com purê de batata e ketchup – disse ele. – Um dos melhores pratos.

Ela sorriu.

– Quando você tinha 5 anos, queria comer isso todo dia.

– Eu sei. Naquela cozinha minúscula em Hoover Tower.

– Você se recorda disso?

– Claro. Lembro de a gente se mudar e de como era estranho morar numa casa em vez de em um apartamento.

– Foi nessa época que comecei a ganhar dinheiro com o meu primeiro título publicado, *O que fazer quando você não consegue engravidar*. – Ela suspirou. – Se a verdade sobre como engravidei algum dia vier a público, aquele livro vai parecer uma grande idiotice.

– Espero que as pessoas que compraram não peçam o dinheiro de volta.

Ela colocou carne moída na frigideira com as cebolas e enxugou as mãos.

– Passei a noite toda pensando nessas coisas, e quer saber? Sou grata por eles terem feito isso comigo na clínica.

– Por quê? Você estava muito irritada ontem à noite.

– E, de certa forma, ainda estou furiosa por ter sido usada como cobaia. Mas me dei conta de uma coisa muito simples: se não tivessem feito essa experiência comigo, eu não teria você. E nada mais importa além disso.

– Você não se importa que eu não seja realmente seu?

Ela colocou o braço em volta dele.

– Você é meu, Steven. Nada pode mudar isso.

O telefone tocou e Steven atendeu.

– Alô?

– Sou eu, Jeannie.

– O que aconteceu? – perguntou Steven sem fôlego. – Ele estava lá?

– Sim, e é idêntico a você, exceto pelo fato de que pinta o cabelo de preto.

– Meu Deus, nós somos *mesmo* três.

– Sim. A mãe do Wayne morreu, mas acabei de falar com o pai dele, que mora na Flórida, e ele confirmou que ela se tratou na Clínica Aventine.

Aquela era uma boa notícia, mas ela parecia desanimada, e a euforia de Steven foi contida.

– Você não me parece muito satisfeita.

– Ele tem um álibi pro domingo.

– Merda. – Suas esperanças se esvaíram novamente. – Como? Que tipo de álibi?

– Do tipo irrefutável. Ele estava na premiação do Emmy, em Los Angeles. Tem fotos.

– Ele trabalha com cinema?

– É dono de boate. Uma subcelebridade.

Steven percebeu por que ela estava tão para baixo. O fato de ter descoberto Wayne havia sido brilhante, mas não os havia levado muito longe. Ele estava desanimado, mas também intrigado.

– Então quem estuprou Lisa?

– Você se lembra do que o Sherlock Holmes costuma dizer? "Quando você elimina o impossível, o que restar, por mais improvável que seja, deve ser a verdade." Ou talvez tenha sido o Hercule Poirot.

O coração dele gelou. Não era possível que ela achasse que *ele* tivesse estuprado Lisa.

– Qual é a verdade?

– São quatro gêmeos.

– *Quádruplos?* Jeannie, isso está ficando muito louco.

– Não quádruplos. Eu não acredito que esse embrião se dividiu em quatro *por acaso*. Foi uma decisão deliberada, foi parte do experimento.

– Isso é possível?

– Hoje em dia é. Você já ouviu falar de clonagem. Nos anos setenta, era só uma ideia. Mas a Threeplex parece ter estado anos à frente de todo mundo da área, talvez porque eles estivessem trabalhando em segredo e pudessem fazer experimentos em humanos.

– Você está dizendo que eu sou um clone.

– Só pode ser. Sinto muito, Steven. Continuo te dando notícias devastadoras. Ainda bem que você tem os pais que tem.

– Sim. Como ele é, o Wayne?

– Bizarro. Ele tem uma pintura que mostra Salina Jones nua crucificada. Eu mal podia esperar pra ir embora do apartamento dele.

Steven ficou em silêncio. *Um dos meus clones é um assassino, outro é um sádico, e talvez exista um quarto que é um estuprador. O que isso diz sobre mim?*

Jeannie continuou:

– A ideia do clone também explica por que todos vocês nasceram em dias diferentes. Os embriões foram mantidos no laboratório por períodos distintos antes de serem implantados no útero das mulheres.

Por que isso aconteceu comigo? Por que não sou como todo mundo?

– Eles estão encerrando o voo. Tenho que ir.

– Eu quero ver você. Estou indo de carro pra Baltimore.

– Está bem. Tchau.

Steven desligou o telefone.

– Você ouviu isso, não é? – disse à mãe.

– Sim. Ele se parece com você, mas tem um álibi, então ela acha que deve haver quatro de vocês… e vocês são clones.

– Se somos clones, eu devo ser igual a eles.

– Não. Você é diferente, porque é meu filho.

– Mas eu não sou seu filho. – Viu um espasmo de dor passar pelo rosto da mãe, mas ele também estava sofrendo. – Eu sou filho de dois completos estranhos selecionados por cientistas contratados pela Threeplex. É daí que eu venho.

– Você só pode ser diferente dos outros, você *se comporta* diferente.

– Mas isso prova que a minha natureza é diferente da deles? Ou só que eu aprendi a escondê-la, feito um animal domesticado? Foram vocês que me tornaram o que eu sou? Ou foi a Threeplex?

– Eu não sei, meu filho – disse a mãe. – Não sei mesmo.

CAPÍTULO QUARENTA E CINCO

Jeannie tomou banho, lavou o cabelo e, em seguida, maquiou os olhos meticulosamente. Decidiu não usar batom nem blush. Vestiu um suéter roxo com decote em V e uma legging cinza, sem lingerie e sem sapatos. Colocou seu piercing favorito no nariz, uma pequena safira em uma joia de prata. No espelho, ela parecia supersexy.

– Está indo pra igreja, mocinha? – disse em voz alta.

Então piscou para si mesma e foi para a sala.

Seu pai havia ido embora novamente. Ele preferiu ficar na casa de Patty, onde tinha os três netos para mantê-lo entretido. Patty viera buscá-lo enquanto Jeannie estava em Nova York.

Não havia nada a fazer a não ser esperar por Steven. Tentou não pensar na grande decepção do dia. Estava cansada daquilo tudo. Sentiu fome: passara o dia inteiro à base de café. Perguntou-se se deveria comer logo ou aguentar até que ele chegasse. Sorriu ao se lembrar dele comendo oito rolinhos de canela no café da manhã. *Isso foi ontem?* Parecia ter acontecido há uma semana.

De repente lembrou-se de que não tinha comida na geladeira. Seria péssimo se ele chegasse com fome e ela não pudesse lhe oferecer nada para comer! Rapidamente calçou os coturnos e correu para a rua. Dirigiu até o 7-Eleven na esquina da Falls Road com a 36th Street e comprou ovos, bacon, leite, um pão de sete grãos, salada verde pronta, cerveja Dos Equis, sorvete Ben & Jerry's e mais quatro pacotes de rolinhos de canela congelados.

Enquanto estava parada no caixa, Jeannie se deu conta de que ele poderia chegar enquanto ela estivesse fora. Talvez até fosse embora de novo! Saiu correndo do mercado com os braços carregados e dirigiu para casa feito louca, imaginando que ele poderia estar esperando impacientemente na porta.

Não havia ninguém do lado de fora de sua casa e nenhum sinal do enferrujado Datsun de Steven. Entrou e colocou a comida na geladeira. Abasteceu a cafeteira e a deixou pronta para ser ligada. E novamente ficou sem nada para fazer.

Percebeu que estava agindo de forma atípica. Nunca havia se preocupado se um homem poderia estar com fome. Seu comportamento natural, mesmo com Will Temple, era pensar o seguinte: se ele estivesse com fome, ele prepararia algo para comer, e, se a geladeira estivesse vazia, ele iria até o mercado, e, se o mercado estivesse fechado, ele poderia ir até algum drive--thru. Naquele momento, porém, ela estava experimentando um surto de vida doméstica. Steven estava exercendo um impacto maior sobre ela do que outros homens, embora só o conhecesse há alguns dias...

A campainha soou como uma explosão.

Jeannie deu um salto, com o coração aos pulos, e atendeu o interfone.

– Sim?

– Jeannie? Sou eu, Steven.

Ela apertou o botão que destrancava a porta. Ficou parada por um tempo, se sentindo boba. Estava agindo como uma adolescente. Observou Steven subir as escadas com uma camiseta cinza e calça jeans larga. Seu rosto exibia a dor e a decepção das últimas 24 horas. Ela jogou os braços ao redor dele e o abraçou. Seu corpo forte parecia tenso e cansado.

Ela o levou até a sala de estar. Ele se sentou no sofá e Jeannie ligou a cafeteira. Sentia-se muito próxima dele. Eles não tinham feito as coisas que Jeannie costumava fazer quando estava conhecendo melhor um cara – marcar encontros, comer fora, assistir a filmes juntos. Em vez disso, tinham travado batalhas lado a lado, resolvido mistérios juntos e sido perseguidos por inimigos mais ou menos ocultos. Haviam se tornado amigos muito depressa.

– Quer café?

Ele negou com a cabeça.

– Prefiro que a gente fique de mãos dadas.

Jeannie se sentou ao lado de Steven no sofá e pegou a mão dele. Ele se inclinou na direção dela. Ela ergueu o rosto e ele beijou seus lábios. Foi o primeiro beijo deles de verdade. Ela apertou a mão dele com força e abriu os lábios. O gosto da boca dele fez Jeannie pensar em fumaça de lenha. Por um momento, a empolgação esfriou enquanto ela se perguntava se havia escovado os dentes; então se lembrou que sim e relaxou novamente. Ele tocou seus seios por cima da lã macia do suéter – suas mãos eram enormes, mas surpreendentemente gentis. Ela fez o mesmo com ele, esfregando as palmas das mãos em seu peito.

O clima esquentou muito rapidamente.

Ele se afastou para olhar para Jeannie. Encarou-a como se quisesse registrar suas feições na memória. Com a ponta dos dedos, tocou as sobrancelhas, as maçãs do rosto, a ponta do nariz e os lábios dela delicadamente, como se tivesse medo de quebrar alguma coisa. Balançou levemente a cabeça de um lado para outro, como se não pudesse acreditar no que via.

No olhar dele ela viu um desejo profundo. Aquele homem ansiava por ela com todo o seu ser. Aquilo a excitou. Seu tesão explodiu como um vento repentino vindo do sul, quente e tempestuoso. Teve a sensação de algo derretendo em sua virilha, algo que não sentia há um ano e meio. Queria tudo de uma vez: o corpo dele em cima dela, a língua em sua boca e as mãos por toda parte.

Segurou a cabeça dele, virou seu rosto para ela e o beijou novamente, dessa vez com a boca bem aberta. Ela se inclinou para trás no sofá até que ele estivesse praticamente deitado sobre ela, o peso dele esmagando seu peito. Por fim ela o empurrou, ofegante, e disse:

– Quarto.

Desvencilhou-se dele e foi para o quarto na frente. Puxou o suéter pela cabeça e o jogou no chão. Ele entrou e fechou a porta com o calcanhar. Ao vê-la se despir, tirou a camiseta em um movimento rápido.

Todos eles fazem isso, pensou ela. *Todos fecham a porta com o calcanhar.*

Steven descalçou os sapatos, abriu o cinto e tirou a calça jeans. Seu corpo era perfeito: ombros largos, peito musculoso e quadris estreitos em uma cueca samba-canção branca.

Mas qual deles é este?

Ele se moveu na direção de Jeannie e ela deu dois passos para trás.

O homem ao telefone disse: "Pode ser que ele te faça uma visita de novo."

Ele franziu a testa.

– O que houve?

Jeannie pareceu assustada de repente.

– Eu não posso fazer isso – disse.

Steven respirou fundo e soltou o ar com força.

– Caramba – disse ele, desviando o olhar.

Ela cruzou os braços sobre o peito, cobrindo os seios.

– Eu não sei quem você é.

A ficha dele caiu.

– Meu Deus. – Ele se sentou na cama de costas para ela, e seus ombros largos cederam, desanimados. Mas poderia ser uma encenação. – Você acha que eu sou o cara que encontrou na Filadélfia.

– Eu achei que ele fosse Steven.

– Mas por que ele fingiria ser eu?

– Não importa.

– Ele não faria isso apenas na esperança de uma trepada. As minhas cópias têm maneiras peculiares de conseguir sexo, mas essa não é uma delas. Se ele quisesse transar com você, puxaria uma faca, ou rasgaria suas meias, ou colocaria fogo no prédio, não é?

– Eu recebi um telefonema – explicou Jeannie com voz trêmula. – Anônimo. Ele disse "O cara que você conheceu na Filadélfia deveria ter matado você. Ele se deixou levar e acabou vacilando. Mas pode ser que ele te faça uma visita de novo". É por isso que você precisa ir embora. Agora.

Ela pegou o suéter do chão e o vestiu depressa. Aquilo não fez com que se sentisse mais segura.

Havia compaixão no olhar dele.

– Ah, Jeannie, pobrezinha. Esses desgraçados assustaram você de verdade. Eu sinto muito.

Ele se levantou e vestiu a calça jeans.

De repente, ela teve certeza de que estava errada. O clone da Filadélfia, o estuprador, nunca se vestiria naquela situação. Ele a jogaria na cama, arrancaria suas roupas e tentaria tomá-la à força. Aquele homem era diferente. Aquele era Steven. Ela sentiu um desejo quase irresistível de lançar os braços ao redor dele e fazer amor com ele.

– Steven...

Ele sorriu.

– Sou eu.

Mas será que aquele era o objetivo da encenação dele? Quando ganhasse a confiança dela e estivessem nus na cama, ele deitado em cima dela, ele mudaria e revelaria sua verdadeira natureza, a natureza que amava ver mulheres sentindo medo e dor? Ela estremeceu de pavor.

Não adiantava. Ela desviou os olhos.

– É melhor você ir embora – disse.

– Você pode fazer algumas perguntas pra mim – sugeriu ele.

– Ok. Onde eu vi o Steven pela primeira vez?

– Na quadra de tênis.

Era a resposta certa.

– Mas tanto Steven quanto o estuprador estavam na faculdade naquele dia.

– Pergunta outra coisa.

– Quantos rolinhos de canela o Steven comeu na sexta-feira de manhã?

Ele sorriu.

– Sinto um pouco de vergonha, mas foram oito.

Ela balançou a cabeça em desespero.

– A casa pode estar grampeada. Eles vasculharam meu escritório e baixaram meus e-mails. Podem estar ouvindo a gente agora. Não dá. Eu não conheço o Steven Logan tão bem, e o que sei, outras pessoas podem saber também.

– Acho que tem razão – disse ele, vestindo a camiseta de volta.

Ele se sentou na cama e calçou os sapatos. Ela foi para a sala – não queria ficar no quarto vendo-o se vestir. Será que estava cometendo um erro terrível? Ou aquela seria sua atitude mais inteligente? Sentiu uma pontada na pelve: ela queria *muito* fazer amor com Steven. No entanto, a ideia de que poderia acabar indo para a cama com alguém como Wayne Stattner a fez tremer de medo.

Ele entrou na sala, completamente vestido. Jeannie olhou nos olhos dele em busca de algo, algum sinal que amenizasse suas dúvidas, mas não encontrou. *Eu não sei quem você é. Eu simplesmente não sei!*

Ele leu a mente dela.

– Não adianta. Confiança é confiança, e, quando acaba, acaba. – Ele deixou o ressentimento transparecer por um instante. – Que merda, que grande merda.

A raiva dele a assustou. Ela era forte, mas ele era mais. Ela o queria fora do apartamento, e rápido.

Ele percebeu a urgência dela.

– Está bem, eu vou embora – disse.

E foi até a porta.

– Você sabe que *ele* não iria embora.

Jeannie concordou com a cabeça.

Ele disse o que ela estava pensando:

– Enquanto eu realmente não for embora, você não vai conseguir ter certeza. E, se eu sair e voltar logo em seguida, também não vai contar. Pra você ter certeza de que sou eu, preciso ir embora *mesmo*.

– Sim.

Ela agora tinha certeza de que era Steven, mas suas dúvidas voltariam, a menos que ele realmente fosse embora.

– A gente precisa de um código secreto, aí você saberá que sou eu.

– Tá.

– Vou pensar em alguma coisa.

– Tá.
– Tchau – disse ele. – Não vou tentar beijar você.
E desceu as escadas.
– Me liga – gritou.
Jeannie ficou imóvel, parada no mesmo lugar, até que ouviu a porta da rua bater.
Ela mordeu o lábio. Sentiu vontade de chorar. Foi até a bancada da cozinha e despejou café em uma caneca. Levou a caneca aos lábios, mas ela escorregou por entre seus dedos e caiu no chão, onde se espatifou nos ladrilhos.
– Merda.
Suas pernas ficaram fracas e ela desabou no sofá. Havia se sentido em imenso perigo. Agora sabia que o perigo era imaginário, mas ainda estava profundamente grata por ter passado. Seu corpo estava inchado de desejo represado. Ela tocou a virilha: a legging estava úmida.
– Em breve – sussurrou. – Em breve.
Pensou em como seria da próxima vez que se encontrassem, como ela o abraçaria, beijaria e se desculparia, e como ele a perdoaria com ternura. Ao imaginá-lo, tocou em si mesma com a ponta dos dedos e, depois de alguns momentos, um espasmo de prazer percorreu seu corpo.
Então ela dormiu por um tempo.

CAPÍTULO QUARENTA E SEIS

ERA A HUMILHAÇÃO que incomodava Berrington.
Ele seguia derrotando Jeannie Ferrami, mas não era capaz de se sentir bem com isso. Ela o havia forçado a se esgueirar por aí como um ladrãozinho barato. Ele tinha secretamente vazado uma história para um jornal, entrado escondido na sala dela e vasculhado as gavetas da escrivaninha, e agora estava vigiando sua casa. Mas o medo o obrigara àquilo. O mundo parecia prestes a desabar ao seu redor. Ele estava desesperado.

Nunca poderia imaginar que estaria fazendo aquilo algumas semanas antes de completar 60 anos: sentado em seu carro, estacionado junto ao meio-fio, vigiando a porta da frente de outra pessoa como um detetive particular desprezível. O que sua mãe pensaria? Ela ainda estava viva, uma mulher esguia e elegante de 84 anos que morava em uma pequena cidade no Maine, escrevia cartas espirituosas para o jornal local e mantinha com determinação seu posto de responsável pelos arranjos de flores da igreja episcopal. Ela estremeceria de vergonha se soubesse o que seu filho havia se tornado.

Quisera Deus que não fosse visto por qualquer pessoa que o conhecesse. Ele tomava o cuidado de não cruzar o olhar com os transeuntes. Seu carro, infelizmente, chamava atenção. Considerava-o um automóvel discretamente elegante, mas não havia muitos Lincoln Town Cars prata estacionados ao longo daquela rua: compactos japoneses antigos e Pontiac Firebirds bem preservados eram os favoritos no local. O próprio Berrington não era o tipo de pessoa que passava batido, com seu característico cabelo grisalho. Por um tempo, havia mantido um mapa aberto à sua frente, apoiado no volante, para disfarçar, mas aquele era um bairro amigável, e duas pessoas tinham batido no vidro e se oferecido para lhe dar informações, então ele precisou guardar o mapa. Consolou-se com a ideia de que qualquer pessoa que vivesse em uma área onde o aluguel era tão baixo não poderia ser importante.

Naquele momento, ele não fazia ideia do que Jeannie estava planejando. O FBI não tinha conseguido encontrar a lista no apartamento dela. Berrington teve que presumir o pior: a lista a havia levado a outro clone. Se assim fosse, o desastre estava prestes a acontecer. Berrington, Jim e Preston estavam muito próximos de um momento de exposição pública, desgraça e ruína.

Foi Jim quem sugeriu que Berrington vigiasse a casa de Jeannie. "Precisamos saber o que ela está tramando, quem entra e quem sai", dissera, e Berrington concordou com relutância. Havia chegado cedo e nada acontecera até por volta do meio-dia, quando Jeannie foi deixada em casa por uma mulher negra que ele reconheceu como uma dos detetives que investigavam o estupro. Ela o havia interrogado brevemente na segunda-feira. Ele tinha achado a mulher atraente. Conseguiu se lembrar do nome dela: sargento Delaware.

Ligou para Proust de um telefone público no McDonald's que ficava na esquina, e Proust prometera pedir a seu amigo do FBI que descobrisse com quem elas tinham ido se encontrar. Berrington imaginou o cara do FBI dizendo: "A sargento Delaware fez contato hoje com um suspeito que temos sob vigilância. Por razões de segurança, não posso revelar mais do que isso, mas seria útil para nós saber exatamente o que ela fez hoje de manhã e em que caso estava trabalhando."

Mais ou menos uma hora depois, Jeannie havia saído com pressa, absurdamente sexy em um suéter roxo. Berrington não seguiu o carro dela: apesar do medo, ele não era capaz de fazer algo tão indigno. Mas poucos minutos depois ela havia voltado carregando alguns sacos de papel pardo com compras de mercado. O próximo a chegar foi um dos clones, provavelmente Steven Logan.

Ele não ficou muito tempo. *Se eu estivesse no lugar dele*, pensou Berrington, *com Jeannie vestida daquele jeito, teria ficado lá a noite toda e a maior parte do domingo.*

Berrington verificou o relógio do carro pela vigésima vez e decidiu ligar para Jim novamente. Ele já deveria ter notícias do FBI.

Saiu do carro e foi até a esquina. O cheiro de batata frita o deixou com fome, mas ele não gostava de comer hambúrgueres em embalagens de isopor. Comprou um café puro e foi até o orelhão.

– Elas foram pra Nova York – disse Jim.

Era o que Berrington temia.

– Wayne Stattner.

– Sim.

– Merda. O que fizeram por lá?

– Perguntaram onde ele estava no domingo passado, essas coisas. Ele estava na premiação do Emmy. Tinha uma foto dele na *People*. Fim de papo.

– Alguma pista do que Jeannie planeja fazer agora?

– Não. O que está acontecendo por aí?

– Nada de mais. Consigo ver a porta dela daqui. Ela fez compras, o Steven Logan entrou e saiu, nada. Talvez eles estejam sem ideias.

– E talvez não. Tudo que a gente sabe é que o seu plano de mandá-la embora não a fez calar a boca.

– Certo, Jim, não precisa esfregar na cara. Espera, ela está saindo.

Ela havia mudado de roupa: estava vestindo uma calça jeans branca e uma blusa azul sem mangas que deixava seus braços musculosos à mostra.

– Vai atrás dela – disse Jim.

– De jeito nenhum. Ela está entrando no carro.

– Berry, a gente precisa saber aonde ela está indo.

– Eu não sou policial, porra!

Uma menininha a caminho do banheiro feminino com a mãe comentou:

– Aquele homem gritou, mamãe.

– Querida, shhh – disse a mãe.

Berrington baixou a voz:

– Ela está se afastando.

– Entra na porra do carro!

– Foda-se, Jim.

– Vai atrás dela!

Jim desligou. Berrington ficou com o telefone na mão.

O Mercedes vermelho de Jeannie passou e pegou a Falls Road na direção sul.

Berrington correu para o carro.

CAPÍTULO QUARENTA E SETE

JEANNIE OBSERVOU O PAI de Steven. Charles tinha cabelos escuros e a sombra de uma barba espessa no queixo. Sua expressão era austera e seus gestos, rigidamente precisos. Embora fosse sábado e ele estivesse fazendo jardinagem, usava calças escuras bem passadas e uma camisa de mangas curtas. Ele não se parecia em nada com Steven. A única coisa que Steven poderia ter herdado dele era o gosto por roupas conservadoras. A maioria dos alunos de Jeannie usava jeans rasgados e couro preto, mas Steven preferia calças cáqui e camisas de botão.

Steven ainda não havia voltado para casa, e Charles especulou que ele poderia ter passado pela biblioteca da faculdade para estudar casos de estupro. A mãe de Steven estava deitada. Charles fez limonada, e ele e Jeannie foram para a varanda da casa deles em Georgetown e se sentaram em cadeiras de jardim.

Jeannie acordara de seu cochilo com uma ideia brilhante na cabeça. Havia pensado em uma maneira de encontrar o quarto clone. Mas precisaria da ajuda de Charles. E não tinha certeza se ele estaria disposto a fazer o que ela precisava lhe pedir.

Charles lhe entregou um copo alto e gelado; em seguida, pegou um para ele e se sentou.

– Posso chamar você pelo seu nome?
– Claro.
– E espero que você faça o mesmo.
– Está bem.

Deram um gole na limonada e então ele disse:
– Jeannie... o que significa tudo isso?

Ela baixou o copo.
– Acho que foi um experimento – respondeu. – O Berrington e o Proust estavam no Exército até pouco antes de fundarem a Threeplex. Acredito que a empresa era originalmente um disfarce pra um projeto militar.

– Eu fui militar durante toda a minha vida adulta e consigo acreditar em quase qualquer coisa maluca vinda do Exército. Mas que interesse eles poderiam ter nos problemas de fertilidade das mulheres?

– Pensa só numa coisa. O Steven e as cópias dele são altos, fortes, em forma e bonitos. Também são muito inteligentes, embora sua propensão à violência os impeça de realizar grandes conquistas. Mas o Steven e o Dennis têm pontuações de QI acima da média, e suspeito que os outros dois sejam iguais. O Wayne já é milionário aos 22 anos, e o quarto foi pelo menos esperto o suficiente pra não conseguir ser encontrado.

– E o que você conclui a partir disso?

– Não sei. Fico pensando se o Exército não estaria tentando criar o soldado perfeito.

Não era mais do que uma vã especulação e, embora ela tivesse dito aquilo de um jeito natural, a ideia deixou Charles agitado.

– Meu Deus – disse ele, e uma expressão de choque e compreensão se espalhou por seu rosto. – Acho que me lembro de ouvir falar sobre isso.

– Como assim?

– Nos anos setenta teve um boato que circulou por todo o meio militar. Diziam que os russos tinham um programa de reprodução de seres humanos. Eles estavam criando soldados perfeitos, atletas perfeitos, jogadores de xadrez perfeitos, tudo. Algumas pessoas diziam que nós deveríamos fazer o mesmo. Outras diziam que já estávamos fazendo isso.

– Então é isso! – Jeannie sentiu que finalmente estava começando a entender. – Eles escolheram um homem e uma mulher de cabelos louros, saudáveis, agressivos e inteligentes, e fizeram com que doassem o esperma e o óvulo que formaram o embrião. Mas estavam realmente interessados na possibilidade de *duplicar* o soldado perfeito depois de criá-lo. A parte crucial do experimento foi a múltipla divisão desse embrião e a implantação nas mães hospedeiras. E funcionou. – Ela franziu o cenho. – Eu me pergunto o que aconteceu depois disso.

– Eu sei responder – disse Charles. – Watergate. Todos aqueles esquemas secretos malucos foram cancelados depois disso.

– Mas a Threeplex se tornou legítima, como a Máfia. E, como eles realmente descobriram como fazer bebês de proveta, a empresa era lucrativa. Os lucros financiaram a pesquisa em engenharia genética que eles vêm fazendo desde então. Suspeito que o meu projeto, inclusive, faça parte do grande esquema deles.

– Que esquema seria esse?

– Uma raça de norte-americanos perfeitos: inteligentes, agressivos e louros. Uma raça superior. – Ela deu de ombros. – É uma ideia antiga, mas que agora é possível, graças à genética moderna.

– Então por que eles venderiam a empresa? Não faz sentido.

– Talvez faça – respondeu Jeannie, pensativa. – Quando receberam a proposta de aquisição, podem ter visto isso como uma oportunidade de acelerar o processo. O dinheiro vai financiar a corrida de Proust à presidência. Se eles entrarem na Casa Branca, vão poder fazer todas as pesquisas que quiserem *e também* colocar suas ideias em prática.

Charles acenou com a cabeça.

– Tem um artigo sobre as ideias do Proust no *Washington Post* de hoje. Acho que não quero viver nesse tipo de mundo. Se todos nós formos soldados agressivos e obedientes, quem vai escrever poemas, tocar blues e protestar contra a guerra?

Jeannie ergueu as sobrancelhas. Era um pensamento surpreendente vindo de um militar de carreira.

– É mais do que isso – afirmou ela. – A variação humana tem um propósito. Existe uma razão pela qual nascemos diferentes de nossos pais. A evolução envolve tentativa e erro. Você não pode evitar os experimentos fracassados da natureza sem eliminar os sucessos também.

Charles suspirou.

– E tudo isso significa que eu não sou o pai de Steven.

– Não fala isso.

Ele abriu a carteira e tirou uma foto.

– Vou contar uma coisa, Jeannie. Eu nunca suspeitei de nada disso de clones, mas muitas vezes olhei pro Steven e me perguntei se havia alguma coisa de mim nele.

– Você não consegue ver? – perguntou ela.

– Alguma semelhança?

– Não uma semelhança física. Mas o Steven tem um profundo senso de responsabilidade. Nenhum dos outros clones dá a mínima pra isso. Ele herdou de você!

Charles ainda parecia sombrio.

– Tem algo de ruim nele. Eu sei disso.

Ela tocou o braço dele.

– Me escuta. O Steven era o que eu chamo de criança selvagem... desobediente, impulsivo, destemido, cheio de energia... não era?

Charles sorriu com tristeza.

– É verdade.

– Exatamente como o Dennis Pinker e o Wayne Stattner. É quase impossível criar essas crianças direito. É por isso que o Dennis é um assassino e o Wayne, um sádico. Mas *o Steven não é como eles...* e vocês são o motivo disso. Apenas os pais mais pacientes, compreensivos e dedicados podem criar crianças assim como seres humanos normais. E o Steven é normal.

– Eu rezo pra que esteja certa.

Charles abriu sua carteira para guardar a foto.

Jeannie o interrompeu:

– Posso ver?

– Claro.

Jeannie analisou a foto. Havia sido tirada recentemente. Steven estava vestindo uma camisa xadrez azul e seu cabelo estava um pouco comprido. Ele dava um sorriso tímido para a câmera.

– Eu não tenho uma foto dele – disse Jeannie com pesar ao devolver a foto.

– Fica com essa.

– Não posso aceitar. É guardada com tanto carinho...

– Eu tenho um milhão de fotos do Steven. Depois coloco outra na carteira.

– Obrigada. De verdade.

– Você parece gostar muito dele.

– Eu o amo, Charles.

– É mesmo?

Jeannie acenou com a cabeça.

– Quando penso que ele pode ser preso por estupro, tenho vontade de me oferecer pra ir no lugar dele.

Charles deu um sorriso irônico.

– Eu também.

– Isso é amor, não é?

– Com certeza.

Jeannie ficou constrangida. Não pretendera dizer tudo aquilo ao pai de Steven. Ela mesma não havia se dado conta de fato: as palavras apenas saíram, e então ela percebeu que era verdade.

– O que o Steven sente por você? – indagou ele.

Ela sorriu e disse:

– Eu poderia ser modesta...

– Não precisa.

– Ele é louco por mim.

– Não me surpreende. Você é linda, mas não é só por isso. Você também é forte, óbvio. Ele precisa de alguém forte, principalmente com uma acusação dessas nas costas.

Jeannie lançou um olhar calculista em direção a ele. Era hora de arriscar.

– Tem uma coisa que você pode fazer...

– Me fala.

Jeannie havia ensaiado aquele discurso ao longo de toda a viagem de carro até Washington.

– Se eu pudesse pesquisar outro banco de dados, talvez conseguisse encontrar o verdadeiro estuprador. Mas, depois da publicidade que o *New York Times* deu ao caso, nenhum órgão do governo nem nenhuma seguradora vai correr o risco de trabalhar comigo. A não ser que...

– O quê?

Jeannie se inclinou para a frente.

– A Threeplex fez experiências com esposas de militares que foram encaminhadas a ela por hospitais do Exército. Ou seja, a maioria ou todos os clones provavelmente nasceram em hospitais do Exército.

Ele assentiu lentamente.

– Os bebês devem ter registros médicos no Exército, de 22 anos atrás. Esses registros ainda podem existir.

– Tenho certeza que podem. O Exército nunca joga nada fora.

As esperanças de Jeannie aumentaram um pouco. Mas havia outro problema.

– Como foi há muito tempo, provavelmente foram feitos em papel. Alguma chance de terem sido transferidos pra computador?

– Certamente. É o único jeito de armazenar tudo.

– Então é possível – disse Jeannie, controlando sua empolgação.

Ele ficou pensativo.

Ela o encarou.

– Charles, você pode me dar acesso?

– O que exatamente você precisa fazer?

– Preciso carregar o meu programa no computador pra que ele possa realizar uma busca em todos os arquivos.

– Quanto tempo isso leva?

– Não dá pra saber. Depende do tamanho do banco de dados e da capacidade do computador.

– Vai interferir na extração normal dos dados?

– Pode deixá-la mais lenta.

Ele franziu a testa.

– Você vai me dar acesso? – perguntou Jeannie, impaciente.

– Se nós formos apanhados, será o fim da minha carreira.

– Vai me dar?

– Claro que vou.

CAPÍTULO QUARENTA E OITO

STEVEN FICOU EM ÊXTASE ao ver Jeannie sentada na varanda tomando limonada e conversando com seu pai como se fossem velhos amigos. *É isto que eu quero*, pensou ele. *Eu quero Jeannie na minha vida. Assim eu sou capaz de lidar com qualquer coisa.*

Ele cruzou o gramado vindo da garagem, sorrindo, e beijou os lábios dela suavemente.

– Vocês dois estão tramando alguma coisa – disse.

Jeannie explicou o que estavam planejando, e Steven se permitiu sentir esperança novamente.

– Não sou especialista em computadores – explicou o pai de Steven a Jeannie. – Vou precisar de ajuda pra carregar o seu programa.

– Eu vou com você – disse ela.

– Aposto que não está com o passaporte aí.

– Não.

– Eu não consigo colocar você no Centro de Processamento de Dados sem identificação.

– Posso ir em casa buscar.

– Eu vou com você, pai – disse Steven. – Meu passaporte está lá em cima. Tenho certeza que consigo carregar o programa.

Charles olhou interrogativamente para Jeannie.

Ela fez que sim com a cabeça.

– O processo é simples. Se houver alguma falha, você pode me ligar de lá e eu vou guiando você.

– Ok.

O pai de Steven foi até a cozinha e pegou o telefone. Discou um número.

– Don, é o Charlie. Quem ganhou no golfe? Sabia que ia ser você. Mas vou ganhar na semana que vem, hein? Escuta, preciso de um favor meio atípico. Eu queria dar uma olhada nos registros médicos do meu filho de quando... Sim, ele tem uma doença rara, não corre risco de morrer, mas é séria, e pode ter alguma pista no histórico. Você consegue liberar a minha entrada no Centro de Processamento de Dados do Comando?

Houve uma longa pausa. Steven não conseguia ler o rosto do pai. Por fim, ele disse:

– Obrigado, Don. Agradeço muito.

Steven deu um soco no ar e exclamou:

– Deu certo!

Charlie levou um dedo aos lábios e continuou a falar ao telefone.

– O Steven vai comigo. Vai ser coisa de quinze ou vinte minutos, se der tudo certo... Obrigado mais uma vez.

E desligou.

Steven correu para o quarto e voltou com o passaporte.

Jeannie tinha os disquetes em uma pequena caixa de plástico. Ela os entregou a Steven.

– Coloca o que está marcado com o número 1 na unidade de disco e as instruções vão aparecer na tela.

Ele olhou para Charlie.

– Pronto?

– Vamos nessa.

– Boa sorte – disse Jeannie.

Eles entraram no Lincoln Mark VIII e foram até o Pentágono. Estacionaram no maior estacionamento do mundo. No Meio-Oeste, havia *cidades* menores que o estacionamento do Pentágono. Subiram um lance de escadas para a entrada do segundo andar.

Quando tinha 13 anos, Steven havia feito um tour pelo local, e o guia era um jovem alto com um corte de cabelo incrivelmente curto. O edifício consistia em cinco anéis concêntricos ligados por dez corredores, dispostos como os raios de uma roda. Eram cinco andares e nenhum elevador. Em segundos ele já havia perdido o senso de direção. A principal coisa de que se lembrava era que no meio do pátio central havia uma construção chamada Ground Zero, que era uma lanchonete.

Agora o pai liderava o caminho, passando por uma barbearia fechada, um restaurante e uma entrada do metrô até um posto de controle de segurança. Steven mostrou seu passaporte, foi registrado como visitante e recebeu um passe para colar na frente da camisa.

Havia relativamente poucas pessoas ali naquela noite de sábado e os corredores estavam desertos, exceto por alguns funcionários que tinham ficado até mais tarde, a maioria uniformizados, e um ou dois carrinhos de golfe usados para transportar objetos volumosos e VIPs. Da última vez que esteve lá, Steven se sentiu tranquilizado pela força monolítica do edifício: tudo ali existia para protegê-lo. Dessa vez ele se sentia diferente. Em algum lugar daquele labirinto de anéis e corredores, um enredo fora traçado, o enredo que havia criado não só ele, mas suas cópias. Aquele palheiro burocrático existia para esconder a verdade que ele buscava, e os homens e mulheres vestidos em seus uniformes impecáveis do Exército, da Marinha e da Força Aérea eram agora seus inimigos.

Seguiram por um corredor, subiram uma escada e contornaram um anel até outro posto de segurança. Levaram mais tempo lá. O nome completo e o endereço de Steven tiveram que ser digitados e esperaram um ou dois minutos para que o computador o liberasse. Pela primeira vez em sua vida, sentiu que uma verificação de segurança estava sendo dirigida a ele, era ele quem procuravam. Sentiu-se culpado, clandestino, embora não tivesse feito nada de errado. Era uma sensação estranha. *Os criminosos devem se sentir assim o tempo todo*, pensou. *E também os espiões, os contrabandistas e os maridos infiéis.*

Eles passaram, viraram em vários outros corredores e chegaram a um par de portas de vidro. Para além das portas havia mais ou menos uma dúzia de jovens militares sentados na frente de telas de computador, digitando dados ou passando documentos em papel por máquinas de reconhecimento óptico de caracteres. Um guarda do lado de fora da porta verificou o passaporte de Steven mais uma vez e depois os deixou entrar.

A sala era acarpetada e silenciosa, sem janelas e suavemente iluminada, com a atmosfera estéril de um ambiente com purificador de ar. A operação estava sendo conduzida por um coronel, um homem de cabelos grisalhos com um bigode fino. Ele não conhecia o pai de Steven, mas os esperava. Ao encaminhá-los para o terminal que usariam, seu tom era enérgico; talvez considerasse a visita um incômodo.

O pai se dirigiu a ele:

– Precisamos pesquisar os registros médicos de bebês nascidos em hospitais militares há mais ou menos 22 anos.

– Esses registros não são mantidos aqui.

O coração de Steven afundou no peito. Será que seriam derrotados assim tão facilmente?

– Onde ficam?

– Em Saint Louis.

– Não tem como acessar daqui?

– Precisa ter autorização pra isso. Você não tem.

– Eu não tinha como prever esse problema, coronel – disse Charlie, irritado. – Quer que eu ligue pro general Krohner de novo? Pode ser que ele não fique muito agradecido por ser incomodado desnecessariamente em um sábado à noite, mas eu ligo, se você insiste.

O coronel ponderou: uma pequena violação das regras contra o risco de irritar um general.

– Acho que não vai ter problema. A linha não está sendo usada, e nós precisamos testá-la neste fim de semana ainda.

– Obrigado.

O coronel chamou uma mulher com uniforme de tenente e a apresentou como Caroline Gambol. Ela devia ter cerca de 50 anos, estava acima do peso, usava uma cinta por baixo da roupa e tinha pinta de diretora. Charlie repetiu o que dissera ao coronel.

– O senhor está ciente de que esses registros são regidos pela Lei de Privacidade, senhor? – perguntou a tenente Gambol.

– Sim, e nós temos autorização.

Ela se sentou no terminal e tocou o teclado. Depois de alguns minutos, indagou:

– Que tipo de busca desejam fazer?

– Nós temos nosso próprio programa de busca.

– Sim, senhor. Farei a gentileza de carregá-lo pra vocês.

Charlie olhou para Steven. Steven deu de ombros e entregou os disquetes à mulher.

Enquanto carregava o programa, ela olhou com curiosidade para Steven.

– Quem fez a programação deste software?

– Uma professora da Jones Falls.

– Muito inteligente – disse ela. – Nunca vi nada assim. – Olhou para o coronel, que a observava por cima do ombro. – O senhor já viu, coronel?

Ele negou com a cabeça.

– Está carregado. Devo fazer a busca?

– Vai em frente.

A tenente Gambol pressionou *Enter*.

CAPÍTULO QUARENTA E NOVE

UM PALPITE FEZ BERRINGTON seguir o Lincoln Mark VIII preto do coronel Logan quando ele deixou a garagem de casa em Georgetown. Não tinha certeza se Jeannie estava no carro: só conseguia ver o coronel e Steven na frente, mas, como era um cupê, ela poderia estar atrás.

Ele estava contente por ter algo para fazer. A combinação de inatividade e ansiedade premente era cansativa. Suas costas doíam e as pernas estavam rígidas. Desejou largar tudo e ir embora. Poderia estar sentado em um restaurante com uma boa garrafa de vinho, ou em casa ouvindo um CD com a *Nona Sinfonia* de Mahler, ou despindo Pippa Harpenden. Mas então pensou nas recompensas que a venda da empresa lhe traria. Primeiro haveria o dinheiro: 60 milhões de dólares eram a sua parte. Depois, a chance de conquistar poder político, com Jim Proust na Casa Branca e ele mesmo com um cargo importante na saúde. Por fim, se tivessem sucesso, um país novo e diferente para o século XXI, os Estados Unidos da América como costumavam ser – fortes, bravos e puros. Então ele cerrou os dentes e prosseguiu na atividade suja de bisbilhotar.

Por um tempo, achou relativamente fácil rastrear Logan no trânsito lento de Washington. Ficou dois carros atrás, como os detetives fazem nos filmes. *O Mark VIII é um carro elegante*, pensou indolentemente. Talvez devesse trocar seu Town Car. O sedã tinha presença, mas era um carro de meia-idade: o cupê era mais arrojado. Perguntou-se quanto conseguiria pelo Town Car. Então se lembrou de que na segunda à noite estaria rico. Poderia comprar uma Ferrari se quisesse parecer arrojado.

O Mark VIII passou por um semáforo e dobrou a esquina; o semáforo ficou vermelho, o carro na frente de Berrington parou e ele perdeu o carro de Logan de vista. Praguejou e meteu a mão na buzina. Tinha se distraído. Sacudiu a cabeça para clarear a mente. O tédio da vigilância estava minando sua concentração. Quando o sinal ficou verde novamente, dobrou a esquina e pisou fundo.

Alguns segundos depois, viu o cupê preto parado em outro semáforo e respirou com mais facilidade.

Eles contornaram o Lincoln Memorial e cruzaram o rio Potomac pela Arlington Bridge. Será que estavam indo para o Aeroporto Nacional? Pegaram o Washington Boulevard e Berrington percebeu que o destino deveria ser o Pentágono.

Ele os seguiu pela rampa de saída até o imenso estacionamento do Pentágono. Encontrou uma vaga na faixa seguinte, desligou o motor e observou. Steven e seu pai saíram do carro e se dirigiram ao prédio.

Berrington verificou o Mark VIII. Não havia mais ninguém lá dentro. Jeannie devia ter ficado na casa deles em Georgetown. O que Steven e seu pai estavam armando? E Jeannie?

Foi atrás deles, mantendo entre 20 e 30 metros de distância. Ele odiava aquilo. Temia ser visto. O que diria se o confrontassem? Seria insuportavelmente humilhante.

Por sorte, nenhum dos dois olhou para trás. Subiram um lance de escadas e entraram no prédio. Acompanhou-os até que passaram por uma barreira de segurança e ele teve que voltar.

Encontrou um telefone público e ligou para Jim Proust.

– Estou no Pentágono. Segui a Jeannie até a casa do Logan, depois segui o Steven Logan e o pai dele até aqui. Estou preocupado, Jim.

– O coronel trabalha no Pentágono, não é?

– Sim.

– Pode não ser nada.

– Mas por que ele iria ao escritório num sábado à noite?

– Se bem me lembro do meu tempo no Exército, quem sabe pra uma partida de pôquer no gabinete do general?

– Ninguém leva o filho pra uma partida de pôquer, não importa a idade dele.

– O que o Pentágono tem que poderia prejudicar a gente?

– Registros.

– Não – disse Jim. – O Exército não tem registro do que fizemos. Tenho certeza disso.

– Precisamos saber o que estão fazendo. Não dá pra você descobrir?

– Talvez. Se eu não tiver amigos no Pentágono, não vou ter em lugar nenhum. Vou fazer umas ligações. Mantenha contato.

Berrington desligou e ficou olhando para o telefone.

A frustração era enlouquecedora. Tudo por que ele havia trabalhado durante a vida inteira estava em risco, e o que ele estava fazendo? Seguindo pessoas como se fosse um detetive particular imundo. Mas não havia mais nada que pudesse fazer. Fervilhando de impaciência, virou-se e voltou ao carro para esperar.

CAPÍTULO CINQUENTA

STEVEN AGUARDAVA, EXTREMAMENTE ansioso. Se aquilo funcionasse, ele saberia quem havia estuprado Lisa Hoxton e então teria a chance de provar sua inocência. Mas e se desse errado? A busca poderia não funcionar ou os registros médicos poderiam ter sido perdidos ou apagados do banco de dados. Os computadores estavam sempre mostrando mensagens idiotas: "Não encontrado" ou "Memória insuficiente" ou "Falha de proteção geral".

O terminal fez um som de campainha. Steven olhou para a tela. A busca havia terminado. Na tela havia uma lista de nomes e endereços em pares. O programa de Jeannie havia funcionado. Mas será que os clones estavam na lista?

Steven controlou seu entusiasmo. A prioridade número um era fazer uma cópia da lista.

Ele encontrou uma caixa de disquetes novos em uma gaveta e inseriu um na unidade de disco. Copiou a lista para o disco, ejetou-o e colocou-o no bolso de trás da calça jeans.

Só então começou a analisar os nomes.

Não reconheceu nenhum deles. Rolou a tela para baixo: parecia haver inúmeras páginas. Seria mais fácil ler em uma folha de papel. Chamou a tenente Gambol.

– Eu consigo fazer uma impressão a partir deste terminal? – perguntou.

– Claro – disse ela. – Pode usar aquela impressora a laser.

Ela se aproximou e mostrou-lhe como fazer.

Steven ficou parado diante da impressora a laser, observando avidamente as páginas saírem. Esperava ver o próprio nome listado ao lado de três outros: Dennis Pinker, Wayne Stattner e o homem que estuprara Lisa Hoxton. Seu pai observava por cima do ombro dele.

A primeira página continha apenas pares, nenhum grupo de três ou quatro.

O nome *Steven Logan* apareceu no meio da segunda página. Charlie e Steven viram ao mesmo tempo.

– Olha você aí – disse o pai, reprimindo o entusiasmo.

Mas tinha alguma coisa errada. Havia nomes demais agrupados. Junto com *Steven Logan*, *Dennis Pinker* e *Wayne Stattner* estavam *Henry Irwin*

King, Per Ericson, Murray Claud, Harvey John Jones e *George Dassault*. A euforia de Steven se transformou em perplexidade.

Charlie franziu a testa.

– Quem são todos esses?

Steven contou.

– Tem oito nomes.

– Oito? – perguntou Charlie. – Oito?

Steven então entendeu.

– Essa é a quantidade de clones que a Threeplex fez. Somos oito.

– Oito clones! – disse Charlie, surpreso. – Que diabos eles achavam que estavam fazendo?

– Estou me perguntando como a busca encontrou todos eles – comentou Steven. Olhou para a última folha impressa. No rodapé estava escrito: "Característica comum – Eletrocardiograma".

– Isso mesmo, eu me lembro – disse Charlie. – Você fez um eletrocardiograma quando tinha uma semana de vida. Eu nunca soube o porquê.

– Todos nós fizemos. E gêmeos idênticos têm corações semelhantes.

– Ainda não consigo acreditar. Existem oito garotos no mundo exatamente iguais a você.

– Olha só esses endereços – apontou Steven. – São todos de bases do Exército.

– A maioria dessas pessoas não vai estar no mesmo endereço agora. O programa não extrai nenhuma outra informação?

– Não. É por isso que não invade a privacidade das pessoas.

– Então como ela faz o rastreamento?

– Perguntei isso pra ela. Na universidade eles têm todas as listas telefônicas em CD. Se não dá certo, usam registros de carteiras de habilitação, agências de crédito e outras fontes.

– Dane-se a privacidade – declarou Charlie. – Eu vou puxar o histórico médico completo dessas pessoas pra ver se a gente consegue alguma pista.

– Queria tomar um café. Tem em algum lugar por aqui?

– Não são permitidas bebidas no Centro de Processamento de Dados, porque, se alguém derramar um líquido, isso pode estragar os computadores. Virando o corredor tem uma área de descanso com uma cafeteira e uma máquina de refrigerantes.

– Já volto.

Steven deixou o Centro de Processamento com um aceno de cabeça para o guarda na porta. A área de descanso tinha algumas mesas e cadeiras, além de máquinas que vendiam refrigerantes e doces. Ele comeu duas barras de Snickers e tomou um café e, em seguida, se dirigiu para onde o pai estava.

Então parou do lado de fora das portas de vidro. Havia diversas pessoas novas lá dentro, incluindo um general e dois policiais armados. O general estava discutindo com Charlie, e o coronel de bigode fino parecia estar falando ao mesmo tempo. A linguagem corporal deles deixou Steven desconfiado. Algo ruim estava acontecendo. Ele entrou na sala e parou junto à porta. Sua intuição lhe disse para não chamar atenção para si mesmo.

Ele ouviu o general dizer:

– São ordens, coronel Logan, e você está preso.

Steven gelou.

Como aquilo tinha acontecido? Não havia sido apenas por eles terem descoberto que seu pai estava espiando os registros médicos das pessoas. Podia até se tratar de um assunto sério, mas dificilmente era algo que justificasse uma prisão. Havia mais coisa ali. De algum modo, aquilo era obra da Threeplex.

O que ele deveria fazer?

– Você não tem o direito! – dizia Charlie, irritado.

– Não venha me dar sermão sobre os meus *direitos*, coronel – gritava de volta o general.

Não havia sentido em Steven se juntar à discussão. Ele tinha o disquete com a lista dos nomes no bolso. Seu pai estava com problemas, mas podia cuidar de si mesmo. Steven deveria simplesmente sair de lá com as informações.

Virou-se e saiu pelas portas de vidro.

Caminhou depressa, tentando parecer que sabia para onde estava indo. Sentia-se um fugitivo. Lutou para se lembrar de como havia chegado ali pelo labirinto. Virou em alguns corredores e passou por um posto de controle de segurança.

– Só um minuto, senhor! – disse o guarda.

Steven parou e se virou, o coração acelerado.

– Sim? – perguntou, tentando soar como uma pessoa ocupada, impaciente para continuar com seu trabalho.

– Preciso desconectá-lo do computador. Posso ver sua identificação?

– Claro.

Steven entregou seu passaporte.

O guarda verificou a foto e digitou o nome dele no computador.

– Obrigado, senhor – disse, devolvendo o passaporte.

Steven se afastou pelo corredor. Mais um posto de controle e estaria fora. Atrás dele, ouviu a voz de Caroline Gambol:

– Sr. Logan! Um momento, por favor!

Ele olhou para trás por cima do ombro. Ela corria pelo corredor atrás dele, com o rosto vermelho e bufando.

– Ah, merda – murmurou Steven.

Dobrou um corredor às pressas e encontrou uma escada. Desceu correndo os degraus para o próximo andar. Ele tinha os nomes que poderiam livrá-lo da acusação de estupro; não ia deixar que ninguém o impedisse de sair dali com aquela informação, nem mesmo o Exército dos Estados Unidos.

Para sair do edifício, precisava chegar ao anel E, o mais externo. Ele correu ao longo de um dos raios, passando pelo anel C. Um carrinho de golfe carregado com materiais de limpeza passou na direção oposta. Quando estava na metade do caminho para o anel D, ouviu a voz da tenente Gambol novamente.

– Sr. Logan! – Ela ainda o estava seguindo. – O general quer falar com você! – gritou ela pelo longo e largo corredor.

Um homem usando uniforme da Força Aérea olhou curioso pela porta de um escritório. Por sorte, havia relativamente poucas pessoas ali nas noites de sábado. Steven encontrou uma escada e subiu. Isso deveria deixar a tenente para trás.

No andar seguinte, ele passou depressa pelo corredor até o anel D, dobrou em outros dois corredores e depois desceu novamente. Não havia nenhum sinal da tenente Gambol. *Acho que a despistei*, pensou, aliviado.

Ele tinha certeza de que estava no andar da saída. Seguiu o anel D no sentido horário até o corredor seguinte. Parecia familiar: era por ali que ele havia entrado. Pegou o corredor que levava para fora e chegou ao posto de segurança por onde entrara. Estava quase livre.

Então viu a tenente Gambol.

Ela estava parada no posto de controle com o guarda, corada e sem fôlego.

Steven praguejou. Ele não a havia despistado, afinal. Ela simplesmente tinha chegado à saída antes dele.

Ele decidiu ser cara de pau.

Caminhou até o guarda e tirou seu passe de visitante.

– Pode continuar com ele – disse a tenente Gambol. – O general gostaria de falar com você.

Steven colocou o passe no balcão. Mascarando seu medo com uma demonstração de confiança, disse:

– Desculpe, mas estou sem tempo. Tchau, tenente, e obrigado por sua colaboração.

– Eu vou precisar insistir – declarou ela.

Steven fingiu estar impaciente.

– Você não está em posição de insistir – disse. – Sou um civil, você não pode me dar ordens. Não fiz nada de errado, então não pode me prender. Não estou em posse de nenhuma propriedade militar, como pode ver. – Ele esperava que o disquete em seu bolso de trás não estivesse visível. – Seria ilegal se tentasse me deter.

Ela olhou para o guarda, um homem de cerca de 30 anos que era mais ou menos 10 centímetros mais baixo que Steven.

– Não o deixe sair – ordenou ela.

Steven sorriu para o guarda.

– Se você me tocar, soldado, será agressão. Eu vou ter motivo pra dar um soco em você e, acredite, vou fazer isso.

A tenente Gambol olhou ao redor em busca de reforços, mas as únicas pessoas à vista eram dois faxineiros e um eletricista consertando uma luminária.

Steven caminhou em direção à saída.

– Não o deixe sair! – gritou a tenente Gambol.

Atrás dele, ele ouviu o guarda gritar:

– Pare ou eu atiro!

Steven se virou. O guarda havia sacado uma pistola e estava apontando para ele.

Os faxineiros e o eletricista ficaram imóveis, observando.

As mãos do guarda tremiam enquanto ele apontava a arma para Steven.

Steven sentiu seus músculos se contraírem enquanto olhava para o cano. Com esforço, libertou-se da paralisia. Um guarda do Pentágono não atiraria em um civil desarmado, ele tinha certeza.

– Você não vai atirar em mim – disse. – Seria homicídio.

Virou-se e seguiu em direção à porta.

Foi a caminhada mais longa de sua vida. A distância era de apenas 3 ou 4 metros, mas pareceu demorar anos. Ele sentia a pele de suas costas pinicar de ansiedade.

Quando colocou a mão na porta, um tiro soou. Alguém deu um grito.

Ele tentou atirar na minha cabeça, foi o pensamento que passou pela mente de Steven, mas não olhou para trás. Cruzou a porta voando e desceu correndo o longo lance de escadas. A noite havia caído enquanto ele estava lá dentro, e o estacionamento estava iluminado por postes de luz. Ouviu gritos atrás dele, depois outro tiro. Chegou ao fim da escada e desviou da trilha na direção dos arbustos.

Desembocou em uma estrada e continuou correndo. Chegou a uma fileira de pontos de ônibus. Diminuiu a velocidade para uma caminhada. Um ônibus estava parando em um dos pontos. Dois soldados desceram e uma civil entrou. Steven embarcou bem atrás dela.

O ônibus saiu do estacionamento e entrou na via expressa, deixando o Pentágono para trás.

CAPÍTULO CINQUENTA E UM

EM POUCAS HORAS Jeannie tinha passado a gostar imensamente de Lorraine Logan.

Ela era muito maior do que parecia na foto que acompanhava sua coluna sobre corações solitários nos jornais. Sorria muito, fazendo com que seu rosto rechonchudo ficasse cheio de vincos. Para distrair Jeannie e a si mesma das preocupações, falou a respeito dos problemas sobre os quais as pessoas escreviam: sogros dominadores, maridos violentos, namorados impotentes, chefes com mãos bobas, filhas que usavam drogas. Não importava qual fosse o assunto, Lorraine conseguia dizer algo que fazia Jeannie pensar: *Mas é claro... Como é que eu nunca vi isso dessa forma antes?*

Elas se sentaram na varanda, aproveitando que a temperatura caía, enquanto aguardavam ansiosas pela volta de Steven e do pai. Jeannie contou a Lorraine sobre o estupro de Lisa.

– Ela vai fazer o máximo possível pra agir como se nada tivesse acontecido – disse Lorraine.

– Sim, é exatamente assim que ela está agora.

– Essa fase pode durar uns seis meses. Porém, mais cedo ou mais tarde, ela vai perceber que tem que parar de negar o que aconteceu e lidar com isso. Esse estágio geralmente começa quando a mulher tenta retomar sua atividade sexual e descobre que não se sente como antes. É quando elas escrevem pra mim.

– O que você aconselha?

– Terapia. Não existe uma solução fácil. O estupro machuca a alma da mulher, e isso precisa ser consertado.

– Na polícia recomendaram terapia.

Lorraine ergueu as sobrancelhas.

– Então foi um policial muito inteligente.

Jeannie sorriu.

– Uma policial.

Lorraine riu.

– Repreendemos os homens por fazerem suposições sexistas. Pelo amor de Deus, não conta pra ninguém o que acabei de falar.

– Prometo não contar.

Houve um breve silêncio, então Lorraine disse:
– O Steven ama você.
Jeannie acenou com a cabeça.
– Sim, acho que ele ama mesmo.
– Uma mãe sabe.
– Então ele já se apaixonou antes.
– Você não deixa escapar nada, hein? – Lorraine sorriu. – Sim, já. Mas só uma vez.
– Me conta sobre ela... se você achar que ele não se importaria.
– Tudo bem. O nome dela é Fanny Gallaher. Ela tem olhos verdes e cabelos ruivo-escuros ondulados. Era uma garota animada, despreocupada e a única no colégio que *não estava* interessada no Steven. Ele correu atrás dela, e ela resistiu por meses. Mas ele a conquistou no final, e eles namoraram por um ano mais ou menos.
– Acha que dormiram juntos?
– Sei que dormiram. Eles costumavam passar várias noites juntos aqui. Eu não sou favorável a forçar adolescentes a dar uns amassos em estacionamentos por aí.
– E os pais dela?
– Conversei com a mãe da Fanny. Ela achava a mesma coisa.
– Eu perdi minha virgindade num beco atrás de uma casa de shows de rock aos 14 anos. Foi uma experiência tão deprimente que não tive relações sexuais novamente até os 21 anos. Gostaria que minha mãe pensasse como você.
– Não acho que realmente importa se os pais são rígidos ou tolerantes, desde que sejam consistentes. Adolescentes são capazes de viver com quase qualquer conjunto de regras, desde que saibam quais são. É a tirania arbitrária que os confunde.
– Por que o Steven e a Fanny terminaram?
– Ele teve um problema... Acho que é ele quem deveria te contar isso.
– Está falando da briga com o Tip Hendricks?
Lorraine ergueu as sobrancelhas.
– Ele te contou! Caramba, ele *realmente* confia em você.
Elas ouviram um barulho de carro na rua. Lorraine se levantou e foi até a frente da casa para olhar.
– O Steven voltou pra casa de táxi – disse, em um tom intrigado.
Jeannie se levantou.

– Como ele está?

Antes que Lorraine pudesse responder, ele apareceu na varanda.

– Cadê o seu pai? – perguntou ela.

– O papai foi preso.

– Meu Deus! – exclamou Jeannie. – Por quê?

– Não tenho certeza. Acho que o pessoal da Threeplex adivinhou ou descobriu de algum jeito o que a gente estava fazendo e mexeu uns pauzinhos. Mandaram dois policiais pra prendê-lo. Mas eu fugi.

– Steven, tem alguma coisa que você não está me contando – disse Lorraine, desconfiada.

– Um guarda disparou dois tiros. – Lorraine deu um pequeno grito. – Acho que ele estava mirando na minha cabeça. Mas estou bem.

Jeannie arquejou. A ideia de tiros sendo disparados contra Steven a deixou horrorizada. Ele poderia ter morrido!

– Mas a varredura funcionou. – Steven tirou um disquete do bolso de trás. – A lista está aqui. E espera até saber o que tem nela.

Jeannie engoliu em seco.

– O quê?

– Não são quatro clones.

– Como assim?

– São oito.

Jeannie ficou boquiaberta.

– Oito?!

– Nós encontramos oito eletrocardiogramas idênticos.

A Threeplex havia dividido o embrião sete vezes e implantado filhos de estranhos em oito mulheres, sem que elas tivessem conhecimento disso. Era inacreditável a arrogância deles.

Mas a suspeita de Jeannie havia sido provada. Era aquilo que Berrington estava tão desesperado para esconder. Quando essa notícia se tornasse pública, a Threeplex cairia em desgraça e Jeannie seria redimida.

E Steven seria inocentado.

– Você conseguiu – disse Jeannie e o abraçou. Então uma questão lhe ocorreu. – Mas qual dos oito cometeu o estupro?

– A gente vai ter que descobrir. E não vai ser fácil. Os endereços que temos são dos lugares onde seus pais moravam na época em que os bebês nasceram. Muito provavelmente estão desatualizados.

– Podemos tentar localizá-los. Essa é a especialidade da Lisa. – Jeannie se levantou. – É melhor eu voltar pra Baltimore. Isso vai levar praticamente a noite inteira.

– Eu vou com você.

– E o seu pai? Você tem que tirá-lo das mãos da polícia.

– Preciso de você aqui, Steven – declarou Lorraine. – Vou ligar pro nosso advogado agora mesmo, mas você vai ter que contar pra ele o que aconteceu.

– Tudo bem – disse ele com relutância.

– Acho melhor eu ligar pra Lisa antes de sair, pra que ela possa se preparar – informou Jeannie. O telefone estava na mesa da varanda. – Posso?

– Claro.

Ela ligou para Lisa. O telefone tocou quatro vezes, depois houve a pausa característica de uma secretária eletrônica.

– Droga – disse Jeannie enquanto ouvia a mensagem de Lisa. Quando chegou ao final, ela disse: – Lisa, me ligue, por favor. Estou saindo de Washington agora, vou estar em casa por volta das dez. Aconteceu uma coisa muito importante.

E desligou.

– Eu acompanho você até o carro – disse Steven.

Ela se despediu de Lorraine, que a abraçou afetuosamente.

Lá fora, Steven entregou-lhe o disquete.

– Cuide bem disso – instruiu-a. – Não existe uma cópia e nós não vamos ter outra chance.

Ela pôs o disquete na bolsa.

– Não se preocupe. É o meu futuro também que está em jogo.

Ela o beijou com paixão.

– Ah, cara – disse ele depois de um tempo. – A gente pode fazer muito disso em breve?

– Pode. Mas até lá não se coloque em perigo. Eu não quero perder você. Tome cuidado.

Ele sorriu.

– Adoro você estar preocupada comigo. Quase faz isso tudo valer a pena.

Ela o beijou novamente, com delicadeza dessa vez.

– Eu te ligo.

Ela entrou no carro e saiu.

Jeannie dirigiu rápido e chegou em casa em menos de uma hora.

Ficou desapontada ao descobrir que não havia nenhuma mensagem de Lisa em sua secretária eletrônica. Talvez ela estivesse dormindo ou assistindo à TV e não tivesse ouvido suas mensagens. *Não entre em pânico, pense.* Saiu correndo de novo e dirigiu até o apartamento de Lisa, em Charles Village. Tocou o interfone, mas ninguém atendeu. *Para onde diabos Lisa foi? Ela não está namorando, então onde poderia estar sábado à noite? Por favor, Deus, que ela não tenha ido ver a mãe em Pittsburgh.*

Lisa morava no 12B. Jeannie tocou no 12A. Novamente não houve resposta. Talvez o maldito interfone não estivesse funcionando. Fervendo de frustração, tentou o 12C.

Uma voz masculina ranzinza disse:

– Sim, quem fala?

– Desculpe o incômodo, mas sou amiga da sua vizinha, Lisa Hoxton, e preciso entrar em contato com ela com urgência. Por acaso você sabe dela?

– Onde pensa que está, minha senhora? – perguntou a voz. – Na roça? Eu não sei nem qual é *a cara* da minha vizinha.

E desligou.

– De onde você é? Nova York? – rebateu ela com raiva para o alto-falante.

Jeannie foi para casa, dirigindo como se estivesse em uma corrida, e ligou para a secretária eletrônica de Lisa novamente.

– Lisa, por favor, me liga *no segundo* em que entrar em casa, a hora que for. Eu vou estar ao lado do telefone esperando.

Depois disso, não havia mais nada que ela pudesse fazer. Sem Lisa, não poderia nem mesmo entrar no Hospício.

Tomou um banho e se enrolou em seu roupão rosa. Sentiu fome e colocou um rolinho de canela congelado no micro-ondas, mas comer a deixou nauseada, então ela o jogou fora e tomou um café com leite. Outra vez desejou ter uma TV para se distrair.

Jeannie pegou a foto de Steven que Charles lhe dera. Precisava de um porta-retratos para ela. Prendeu-a na porta da geladeira com um ímã.

Aquilo a levou a olhar seus álbuns de fotos. Sorriu ao ver o pai em um terno risca de giz marrom com lapelas largas e calça boca de sino, parado ao lado do Thunderbird turquesa. Havia várias fotos de Jeannie em roupas brancas de tenista, segurando triunfante uma série de troféus e medalhas. Lá estava sua mãe empurrando Patty em um carrinho, Will Temple com chapéu de caubói, bancando o palhaço e fazendo Jeannie rir...

O telefone tocou.

Ela deu um pulo, deixando o álbum cair no chão, e agarrou o fone.

– Lisa?

– Oi, Jeannie, que emergência é essa?

Ela desabou no sofá, o corpo mole, sentindo pura gratidão.

– Graças a Deus! Faz horas que eu liguei. Onde você estava?

– Fui ao cinema com a Catherine e o Bill. Tem algum crime nisso?

– Desculpa, eu não tenho o direito de interrogar você...

– Tudo bem. Eu sou sua amiga. Você pode ficar irritada comigo. Vou fazer o mesmo com você em algum momento.

Jeannie riu.

– Obrigada. Escuta, eu tenho uma lista de cinco nomes de pessoas que podem ser cópias do Steven. – Ela estava deliberadamente atenuando a situação: a verdade era muito difícil de engolir de uma só vez. – Preciso localizá-los hoje à noite. Você pode me ajudar?

Houve uma pausa.

– Jeannie, eu quase me meti em problemas sérios quando tentei entrar na sua sala. Tanto eu quanto o segurança poderíamos ter sido demitidos. Quero ajudar, mas preciso desse emprego.

Jeannie sentiu seu corpo gelar de medo. *Não, você não pode me deixar na mão, não agora que estou tão perto.*

– Por favor.

– Eu estou assustada.

O medo foi substituído por uma determinação feroz. *Merda, não vou deixar você se safar com essa.*

– Lisa, é quase domingo. – *Não gosto de fazer isso com você, mas preciso.* – Há uma semana eu entrei num prédio em chamas pra procurar você.

– Eu sei, eu sei.

– Eu estava apavorada naquele dia.

Houve um longo silêncio.

– Você tem razão – disse Lisa por fim. – Está bem, vou ver isso pra você.

Jeannie reprimiu um grito de vitória.

– Em quanto tempo consegue chegar lá?

– Quinze minutos.

– Vou encontrá-la do lado de fora.

Jeannie desligou. Correu para o quarto, largou o roupão no chão e vestiu uma calça jeans preta e uma camiseta turquesa. Pegou uma jaqueta preta da Levi's e desceu correndo as escadas.

Era meia-noite quando saiu de casa.

DOMINGO

CAPÍTULO CINQUENTA E DOIS

JEANNIE CHEGOU À UNIVERSIDADE antes de Lisa. Parou no estacionamento de visitantes, não querendo que seu carro, tão facilmente reconhecível, fosse visto do lado de fora do Hospício, e então cruzou a pé o campus escuro e deserto. Enquanto esperava com impaciência na frente do edifício, arrependeu-se de não ter parado para comprar algo para comer. Não tinha comido nada o dia inteiro. Desejou um cheesebúrguer com batatas fritas, uma fatia de pizza de pepperoni, uma torta de maçã com sorvete de baunilha e até mesmo uma grande salada Caesar. Por fim Lisa apareceu em seu elegante Honda branco.

Ela desceu do carro e pegou Jeannie pelas mãos.

– Estou com vergonha – disse. – Você não deveria ter que me lembrar de como tem sido minha amiga.

– Tudo bem, eu entendo.

– Desculpa.

Jeannie a abraçou.

Elas entraram e acenderam as luzes do laboratório. Jeannie ligou a cafeteira enquanto Lisa iniciava o computador. Era estranho estar no laboratório no meio da noite. A decoração branca asséptica, as luzes brilhantes e as máquinas silenciosas ao redor a fizeram pensar em um necrotério.

Ela imaginou que provavelmente receberiam a visita de um segurança mais cedo ou mais tarde. Depois da invasão de Jeannie, eles com certeza estariam de olho no Hospício e veriam as luzes. Mas não era incomum que os cientistas frequentassem o laboratório em horários estranhos e não haveria problemas, a menos que um guarda reconhecesse Jeannie da noite anterior.

– Se um segurança vier aqui verificar, eu vou me esconder no armário – avisou Jeannie. – Pro caso de o guarda ser alguém que sabe que eu não deveria estar aqui.

– Espero que a gente perceba com antecedência que ele está se aproximando – disse Lisa, nervosa.

– Podíamos providenciar algum tipo de alarme. – Jeannie estava ansiosa para prosseguir com a busca dos clones, mas conteve a impaciência: seria uma precaução sensata. Ela olhou ao redor do laboratório, pensativa, e seus olhos pousaram em um pequeno arranjo de flores na mesa de Lisa. – Quanto você ama esse vaso de vidro?

Lisa deu de ombros.

– Comprei numa loja qualquer. Depois compro outro.

Jeannie jogou as flores fora e despejou a água em uma pia. Tirou de uma estante um exemplar de *Gêmeos idênticos criados separadamente*, de Susan L. Farber. Foi até o final do corredor, onde um par de portas que abriam para os dois lados dava para a escada. Puxou as portas um pouco para dentro e usou o livro para prendê-las daquele jeito, então equilibrou o vaso na borda superior das portas, ocupando o vão. Não havia como alguém entrar sem fazer com que o vaso caísse e se espatifasse.

Observando-a, Lisa disse:

– O que vou dizer se me perguntarem por que eu fiz isso?

– Você não queria que ninguém se aproximasse de você do nada – respondeu Jeannie.

Lisa acenou com a cabeça, satisfeita.

– Deus sabe que tenho motivos suficientes para estar paranoica.

– Vamos – disse Jeannie.

Elas voltaram para o laboratório, deixando a porta aberta para ter certeza de que ouviriam o vidro quebrando. Jeannie inseriu seu precioso disquete no computador de Lisa e imprimiu os resultados do Pentágono. Lá estavam os nomes dos oito bebês cujos eletrocardiogramas eram tão semelhantes que pareciam ter vindo da mesma pessoa. Oito pequenos corações batendo exatamente da mesma maneira.

Berrington havia dado um jeito para que os hospitais do Exército realizassem o exame naqueles bebês. Sem dúvida, cópias tinham sido enviadas para a Clínica Aventine, onde permaneceram até serem destruídas na quinta-feira. Mas Berrington havia se esquecido, ou talvez nunca tivesse se dado conta, de que o Exército manteria as imagens originais.

– Vamos começar com Henry King – sugeriu Jeannie. – Nome completo: Henry Irwin King.

Em sua mesa, Lisa tinha duas unidades de CD-ROM, uma em cima da outra. Ela pegou dois CDs da gaveta da mesa e colocou um em cada unidade.

– Todos os telefones residenciais dos Estados Unidos estão nestes dois discos – informou. – E temos um software que permite que a gente pesquise nos dois discos ao mesmo tempo.

Uma tela do Windows apareceu no monitor.

– Infelizmente, as pessoas nem sempre colocam seus nomes completos na lista telefônica – disse. – Vamos ver quantos H. Kings existem no país.

Ela digitou "H * King" e clicou em *Contar*. Passados alguns segundos, surgiu uma janela com o número 1.129.

Jeannie ficou desanimada.

– Vai demorar a noite toda pra ligar pra tantos números!

– Espera, talvez dê pra fazer melhor.

Lisa digitou "Henry I. King OU Henry Irwin King" e clicou no ícone *Buscar*. Depois de alguns segundos, uma lista apareceu na tela.

– Temos três Henry Irwin Kings e dezessete Henry I. Kings. Qual é o último endereço conhecido dele?

Jeannie consultou sua impressão.

– Fort Devens, Massachusetts.

– Certo, a gente tem um Henry Irwin King em Amherst e quatro Henry I. Kings em Boston.

– Vamos ligar pra eles.

– Tem noção de que é uma hora da madrugada?

– Eu não posso esperar até amanhã.

– As pessoas não vão falar com você a esta hora.

– É claro que vão – disse Jeannie.

Era pura bravata. Ela sabia que teria problemas. Jeannie simplesmente não estava disposta a esperar até o dia seguinte. Aquilo era muito importante.

– Vou dizer que sou da polícia e que estou atrás de um assassino em série.

– Isso com certeza é contra a lei.

– Me dá o número de Amherst.

Lisa selecionou o número e pressionou F2. Houve uma série de bipes rápida no modem do computador. Jeannie pegou o telefone.

Ela ouviu sete toques e uma voz sonolenta respondeu:

– Sim?

– Aqui é a detetive Susan Farber, do Departamento de Polícia de Amherst – disse. Ela meio que esperava que ele dissesse "Que porra é essa?", mas o homem ficou em silêncio e ela logo prosseguiu: – Lamento ligar pra você no meio da noite, mas trata-se de um assunto urgente. Estou falando com Henry Irwin King?

– Sim, o que aconteceu?

Parecia a voz de um homem de meia-idade, mas Jeannie insistiu só para ter certeza:

– São só algumas perguntas de rotina.

Aquilo foi um erro.

– Rotina? – questionou ele, irritado. – A esta hora da noite?

Improvisando rapidamente, ela continuou:

– Estamos investigando um crime grave e precisamos eliminá-lo como suspeito, senhor. Poderia me dizer a data e o local de seu nascimento?

– Nasci em Greenfield, Massachusetts, no dia 4 de maio de 1945. Ok?

– O senhor não tem um filho com o mesmo nome, tem?

– Não, eu tenho três filhas. Posso voltar a dormir agora?

– Não precisamos incomodá-lo mais. Obrigada por colaborar com a polícia. Tenha uma boa noite de descanso.

Ela desligou e olhou triunfante para Lisa.

– Viu? Ele falou comigo. Não gostou, mas falou.

Lisa riu.

– Dra. Ferrami, você tem talento pra ludibriar as pessoas.

Jeannie abriu um sorriso.

– Só precisa de um pouco de audácia. Vamos tentar todos os Henry I. Kings que existem. Eu ligo pros dois primeiros, você fica com os dois últimos.

Apenas uma delas poderia usar o recurso de discagem automática. Jeannie encontrou um bloco de papel e uma caneta e anotou os dois números, depois pegou um telefone e discou manualmente. Uma voz masculina respondeu e ela começou seu discurso:

– Aqui é a detetive Susan Farber, da polícia de Boston...

– Que porra é essa? Por que está me ligando a esta hora da noite? – disparou o homem. – Sabe com quem está falando?

– Presumo que o senhor seja Henry King...

– Então pode presumir que você acabou de perder a porra do seu emprego, sua imbecil. – Ele estava furioso. – Você disse Susan o quê?

– Eu só preciso verificar sua data de nascimento, Sr. King...

– Me passa pro seu tenente agora mesmo.

– Sr. King...

– Faz o que estou mandando!

– Seu estúpido – disse Jeannie e desligou. Ela ficou um tanto insegura. – Espero que não seja uma noite inteira de conversas como essa.

Lisa já havia desligado.

– O meu era jamaicano e tinha sotaque pra provar – contou. – Suponho que o seu não tenha sido muito agradável.

– Nem um pouco.

– A gente pode parar agora e continuar amanhã de manhã.

Jeannie não seria derrotada por um homem grosseiro.

– De jeito nenhum – disse. – Eu consigo suportar um pouco de abuso verbal.

– Você que sabe.

– Ele parecia ter bem mais do que 22 anos, então a gente pode eliminá-lo. Vamos tentar os outros dois.

Ela respirou fundo e ligou novamente.

Seu terceiro Henry King ainda não tinha ido para a cama: havia música ao fundo e outras vozes no quarto.

– Sim, quem fala? – disse ele.

O homem parecia ter a idade certa, e Jeannie ficou esperançosa. Novamente fez sua encenação de policial, mas ele estava desconfiado.

– Como vou ter certeza de que você é da polícia?

A voz dele era exatamente como a de Steven, e o coração de Jeannie parou por um segundo. Aquele devia ser um dos clones. Mas como ela deveria lidar com as suspeitas dele? Decidiu arriscar.

– Você quer ligar pra mim aqui na delegacia? – ofereceu imprudentemente.

Houve uma pausa.

– Não, deixa pra lá – disse ele.

Jeannie respirou novamente.

– Eu sou Henry King. Me chamam de Hank. O que você quer?

– Pode me informar primeiro a data e o local de seu nascimento?

– Nasci em Fort Devens há exatamente 22 anos. Na verdade, hoje é meu aniversário, ou melhor, foi ontem, sábado.

Era ele! Jeannie já havia encontrado um clone. Em seguida, precisava descobrir se ele estava em Baltimore no domingo anterior. Tentou disfarçar o entusiasmo ao perguntar:

– Poderia me dizer quando foi a última vez que viajou para fora do estado?

– Deixa eu pensar aqui... Foi em agosto. Eu fui pra Nova York.

Os instintos de Jeannie diziam que ele estava falando a verdade, mas ela continuou a questioná-lo:

– O que estava fazendo no domingo passado?

– Eu estava trabalhando.

– Você trabalha com quê?

– Bom, eu sou aluno de pós-graduação no MIT, mas trabalho aos domingos como barman no Blue Note Café, em Cambridge.

Jeannie fez uma anotação.

– E é onde você estava no domingo passado?

– Sim. Servi pelo menos umas cem pessoas.

– Obrigado, Sr. King. – Se fosse verdade, não era ele o estuprador de Lisa. – Poderia me dar um número de telefone pra que eu possa confirmar o seu álibi?

– Não me lembro do número, mas está na lista telefônica. Qual crime eu teria cometido?

– Estamos investigando um caso de incêndio criminoso.

– Que bom que eu tenho um álibi.

Era angustiante ouvir a voz de Steven e saber que se tratava de um estranho. Ela queria poder ver Henry King, para verificar a semelhança física. Embora relutante, encerrou a conversa:

– Obrigada novamente, senhor. Boa noite.

Ela desligou e exalou o ar com força, exaurida pelo esforço necessário para mentir.

– Ufa!

Lisa estava ouvindo.

– Encontrou ele?

– Sim, ele nasceu em Fort Devens e tem 22 anos. Com certeza é o Henry King que a gente está procurando.

– Bom trabalho!

– Mas aparentemente ele tem um álibi. Disse que estava trabalhando em um bar em Cambridge. – Ela olhou para o bloco de papel. – Blue Note Café.

– Vamos dar uma olhada?

O instinto de caça de Lisa havia sido despertado e ela estava curiosa. Jeannie concordou com a cabeça.

– É tarde, mas acho que um bar ainda deve estar aberto, principalmente num sábado à noite. Consegue achar o número no seu CD?

– Aqui só tem números residenciais. Os comerciais estão em outro conjunto de discos.

Jeannie ligou para a central telefônica, pegou o número e discou. O telefone foi atendido imediatamente.

– Aqui é a detetive Susan Farber, da polícia de Boston. Eu gostaria de falar com o gerente, por favor.

– É ele mesmo. O que houve?

O homem tinha sotaque hispânico e pareceu preocupado.

– Você tem um funcionário chamado Henry King?

– Hank, sim. O que ele fez dessa vez?

Parecia que Henry King já tinha tido problemas com a lei antes.

– Talvez nada. Quando o viu pela última vez?

– Hoje, quer dizer, ontem, sábado. Ele trabalhou durante o dia.

– E antes disso?

– Deixa eu ver... No domingo passado. Ele trabalhou das quatro da tarde até a meia-noite.

– O senhor afirmaria isso sob juramento?

– Claro, por que não? Seja lá quem morreu, o Hank não é o culpado.

– Obrigada pela sua colaboração, senhor.

– Sem problemas. – O gerente pareceu aliviado com o fato de aquilo ser tudo. *Se eu fosse uma policial de verdade,* pensou Jeannie, *chutaria que ele está com a consciência pesada.* – Pode me ligar a qualquer hora.

Ele desligou.

– O álibi se sustenta – afirmou Jeannie, decepcionada.

– Não desanima – disse Lisa. – Mandamos muito bem ao eliminá-lo tão rápido, principalmente porque é um nome muito comum. Vamos tentar o Per Ericson. Não vão ser muitos.

A lista do Pentágono dizia que Per Ericson nascera em Fort Rucker, mas 22 anos depois não havia nenhum Per Ericson no Alabama. Lisa tentou "P* Ericson" e "P* Ericsson", depois "P* Ericsen" e "P* Ericsan", mas o computador não encontrou nada.

– Tenta na Filadélfia – sugeriu Jeannie. – Foi lá que ele me atacou.

Havia três na Filadélfia. O primeiro acabou por se chamar Peder, o segundo as levou a uma voz idosa e frágil em uma secretária eletrônica e o terceiro era uma mulher, Petra. Jeannie e Lisa começaram a examinar todos os P. Ericsons do país, que somavam 33 ocorrências.

O segundo P. Ericson de Lisa era mal-humorado e agressivo, e ela estava pálida ao desligar o telefone, mas tomou uma xícara de café e continuou, determinada.

Cada ligação era um pequeno drama. Jeannie precisava reunir coragem para fingir ser policial. Era uma agonia se perguntar se a voz que atenderia o telefone seria a mesma que dissera: "Quero que bata uma punheta em mim agora senão vou te dar uma surra." Depois, havia o esforço de sustentar sua personificação de detetive de polícia diante do ceticismo ou da grosseria das pessoas que atendiam ao telefone. E a maioria das ligações terminava em frustração.

Quando Jeannie estava desligando sua sexta ligação infrutífera, ouviu Lisa dizer:

– Ah, sinto muitíssimo. Nossas informações devem estar desatualizadas. Por favor, perdoe a intrusão, Sra. Ericson. Até logo. – Ela desligou, parecendo arrasada. – Era ele – disse, séria. – Mas ele morreu no inverno passado. Era a mãe no telefone. Ela começou a chorar quando perguntei por ele.

Jeannie se perguntou por um segundo como Per Ericson teria sido. Um psicopata, como Dennis? Ou era como Steven?

– Como ele morreu?

– Aparentemente, era esquiador profissional e quebrou o pescoço tentando uma manobra arriscada.

Audacioso e destemido.

– Parece mesmo com o cara que a gente procura.

Não havia ocorrido a Jeannie que talvez nem todos os oito estivessem vivos. Naquele momento ela se deu conta de que deveriam ter sido realizadas mais de oito inseminações. Mesmo nos dias atuais, quando a técnica já estava bem desenvolvida, muitas inseminações não "pegavam". E também era provável que algumas das mães tivessem abortado espontaneamente. A Threeplex possivelmente havia feito a experiência em quinze ou vinte mulheres, quem sabe até mais.

– É difícil fazer essas ligações – comentou Lisa.

– Quer dar um tempo?

– Não. – Lisa se sacudiu. – Estamos indo bem. Eliminamos dois dos cinco e ainda não são três da manhã. Quem é o próximo?

– George Dassault.

Jeannie estava começando a acreditar que elas iriam encontrar o estuprador, mas não tiveram tanta sorte com o próximo nome. Havia apenas sete George Dassaults nos Estados Unidos, mas três deles não atenderam ao telefone. Nenhum tinha qualquer vínculo com Baltimore ou com a Filadélfia – um estava em Buffalo, um em Sacramento e um em Houston –, mas isso não provava nada. Não havia nada que elas pudessem fazer a não ser seguir em frente. Lisa imprimiu a lista de números de telefone para que pudessem tentar novamente mais tarde.

Havia outro problema.

– Acho que não existe nenhuma garantia de que o homem que procuramos esteja nos CDs – disse Jeannie.

– É verdade. Ele pode não ter um telefone. Ou o número dele pode não estar listado.

– Ele pode estar listado com um apelido, tipo Spike Dassault ou Flip Jones.

Lisa deu uma risadinha.

– Pode ter virado rapper e mudado o nome pra Icey Creamo Creamy.

– Pode ser um lutador chamado Iron Billy.

– Ou um escritor de faroestes chamado Buck Remington.

– Ou de livros eróticos, chamado Heidi Whiplash.

– Dick Swiftly.

– Henrietta Pussy.

A risada delas foi abruptamente interrompida pelo barulho de vidro se quebrando. Jeannie saltou de seu banquinho e disparou para o armário. Fechou a porta e ficou parada no escuro, ouvindo.

Ouviu Lisa dizer, nervosa:

– Quem é?

– Segurança – disse uma voz de homem. – Foi você que colocou aquele vidro ali?

– Sim.

– Posso saber por quê?

– Pra que ninguém pudesse me pegar de surpresa. Eu fico nervosa trabalhando aqui até tarde.

– Bom, eu não vou varrer aquilo. Não sou faxineiro.

– Tudo bem, pode deixar lá.

– Está sozinha, senhorita?

– Sim.

– Vou só dar uma olhada.

– Fique à vontade.

Jeannie segurou a maçaneta da porta com as duas mãos. Se ele tentasse abrir, ela o impediria.

Ela o ouviu andando pelo laboratório.

– Que trabalho é esse que você está fazendo, afinal?

A voz estava muito perto. Lisa estava mais longe.

– Eu adoraria conversar, mas não tenho tempo mesmo. Estou muito ocupada.

Se ela não estivesse ocupada, idiota, não estaria aqui no meio da noite. Então por que você simplesmente não dá o fora e a deixa em paz?

– Ok, sem problemas. – A voz veio do lado de fora da porta do armário. – O que tem aqui dentro?

Jeannie agarrou a maçaneta com firmeza e puxou para cima, pronta para resistir à pressão.

– É onde guardamos os cromossomos de vírus radioativos – respondeu Lisa. – Mas provavelmente é bem seguro. Você pode abrir se não estiver trancado.

Jeannie reprimiu uma gargalhada. Não existia nenhum "cromossomo de vírus radioativo".

– Acho que vou pular esse – disse o guarda. Jeannie estava prestes a afrouxar a mão na maçaneta da porta quando sentiu uma pressão repentina. Ela puxou para cima com todas as suas forças. – De todo modo, está trancado.

Houve uma pausa. Quando ele falou novamente, sua voz estava distante. Jeannie relaxou.

– Se você se sentir sozinha, aparece na sala da segurança. Faço um café pra você.

– Obrigada – disse Lisa.

A tensão de Jeannie começou a diminuir, mas, cautelosa, ficou exatamente onde estava, esperando que Lisa avisasse quando a barra estivesse limpa. Depois de alguns minutos, a amiga abriu a porta.

– Ele já saiu do prédio – informou.

Elas voltaram para os telefones.

Murray Claud era outro nome incomum, e elas o localizaram rapidamente. Foi Jeannie quem fez a ligação. Murray Claud "pai" disse a ela, com uma voz cheia de amargura e perplexidade, que seu filho havia sido preso em Athens três anos antes após uma briga de faca em um bar e não seria libertado antes de janeiro, no mínimo.

– Aquele menino poderia ter sido qualquer coisa – disse ele. – Astronauta. Vencedor do Prêmio Nobel. Estrela de cinema. Presidente dos Estados Unidos. Ele é inteligente, charmoso e bonito. E jogou isso fora. Jogou tudo fora.

Ela entendeu a dor do pai. Ele se achava responsável pelos problemas. Jeannie se sentiu extremamente tentada a lhe contar a verdade, mas não estava preparada e, de qualquer forma, não havia tempo. Prometeu a si mesma que ligaria para ele de novo um dia e lhe daria todo o consolo que pudesse. Então desligou.

Elas deixaram Harvey Jones por último, porque sabiam que ele seria o mais difícil.

Jeannie ficou desolada ao descobrir que havia quase um milhão de Jones nos Estados Unidos e que H. era uma inicial comum. Seu nome do meio era John. Ele havia nascido no Hospital Walter Reed, em Washington, então Jeannie e Lisa começaram ligando para todos os Harvey Jones, todos os H. J. Jones e todos os H. Jones da lista telefônica de Washington. Não encontraram ninguém que tivesse nascido aproximadamente 22 anos antes no Walter Reed; mas, pior do que isso, acumularam uma longa lista de "talvez": pessoas que não atenderam a seus telefones.

Mais uma vez, Jeannie começou a duvidar se aquilo iria funcionar. Elas tinham três George Dassaults não resolvidos e agora vinte ou trinta H. Jones. A abordagem parecia correta na teoria, mas, se as pessoas não atendessem ao telefone, ela não poderia questioná-las. Seus olhos estavam ficando turvos e ela começava a ficar nervosa por causa de tanto café e por não ter dormido.

Às quatro da manhã, ela e Lisa começaram a busca pelos Jones da Filadélfia.

Às quatro e meia, Jeannie o encontrou.

Ela pensou que seria outro "talvez". O telefone tocou quatro vezes, depois houve a pausa e o clique característicos de uma secretária eletrônica. Mas a voz na gravação era estranhamente familiar. "Você ligou para a casa de Harvey Jones", dizia a mensagem, e os pelos da nuca de Jeannie se arrepiaram. Era como ouvir Steven: o tom de voz, a dicção e o jeito de falar eram todos dele. "Não posso atender agora, então, por favor, deixe uma mensagem após o sinal."

Jeannie desligou e verificou o endereço. Era um apartamento na Spruce Street, em University City, não muito longe da Clínica Aventine. Ela percebeu que suas mãos tremiam. Era porque queria agarrá-lo pelo pescoço.

– Achei ele – disse Jeannie.

– Ah, meu Deus.

– A secretária eletrônica atendeu, mas é a voz dele, e ele mora na Filadélfia, perto de onde fui atacada.

– Deixa eu ouvir. – Lisa ligou para o número. Ao ouvir a mensagem, suas bochechas rosadas ficaram brancas. – É ele – afirmou. Ela desligou. – Eu consigo ouvir ele falando "Tira essa calcinha bonita". Meu Deus!

Jeannie pegou o telefone e ligou para a polícia.

CAPÍTULO CINQUENTA E TRÊS

BERRINGTON JONES NÃO dormiu na noite de sábado. Ficou no estacionamento do Pentágono, observando o Lincoln Mark VIII preto do coronel Logan até meia-noite, quando ligou para Proust e soube que Logan havia sido preso mas que Steven havia escapado, provavelmente de metrô ou ônibus, pois não havia pegado o carro do pai.

– O que eles estavam fazendo no Pentágono? – perguntou a Jim.

– Estavam no Centro de Processamento de Dados do Comando. Estou tentando descobrir exatamente o que tramavam. Vê se consegue rastrear o garoto ou a tal da Ferrami.

Berrington não se opunha mais a vigiar. A situação era desesperadora. Não era hora de defender sua dignidade: se não conseguisse impedir Jeannie, não teria mais dignidade alguma.

Quando voltou para a casa de Logan, estava tudo escuro e deserto, e o Mercedes vermelho de Jeannie havia sumido. Aguardou por uma hora, mas ninguém apareceu. Supondo que ela tivesse voltado para casa, dirigiu de volta para Baltimore e subiu e desceu a rua dela, mas seu carro também não estava lá.

Estava amanhecendo quando finalmente parou o carro do lado de fora da própria casa em Roland Park. Entrou e ligou para Jim, mas não conseguiu fazer contato com ele nem em casa nem no escritório. Berrington se deitou na cama ainda vestido e fechou os olhos, mas, embora estivesse exausto, permaneceu acordado, preocupado.

Às sete horas, ele se levantou e ligou novamente, porém mais uma vez não conseguiu falar com Jim. Tomou banho, fez a barba e vestiu uma calça de sarja preta e uma camisa polo listrada. Preparou um copo alto de suco de laranja e tomou em pé na cozinha. Olhou para a edição de domingo do *Baltimore Sun*, mas as manchetes não significavam nada para ele, era como se estivessem escritas em finlandês.

Proust ligou às oito.

Jim havia passado metade da noite no Pentágono com um amigo que era general, interrogando o pessoal do Centro de Processamento de Dados a pretexto de investigar uma violação de segurança. O general, um amigo de

Jim dos tempos da CIA, sabia apenas que Logan estava tentando expor uma operação secreta da década de 1970 e que Jim queria impedi-lo.

O coronel Logan, que ainda estava preso, não disse nada, exceto "Eu quero um advogado". No entanto, os resultados da varredura de Jeannie estavam no terminal de computador que Steven tinha usado, então Jim conseguiu acessar o que eles haviam descoberto.

– Creio que vocês pediram eletrocardiogramas de todos os bebês – disse Jim.

Berrington tinha esquecido, mas agora se lembrava.

– Sim, nós pedimos, sim.

– Logan os encontrou.

– Todos eles?

– Sim, os oito.

Aquela era a pior notícia possível. Os eletrocardiogramas, no caso de gêmeos idênticos, eram tão semelhantes como se tivessem sido realizados em uma mesma pessoa em dias diferentes. Steven e seu pai, e provavelmente Jeannie, agora deviam saber que Steven era um dos oito clones.

– Que inferno – disse Berrington. – A gente guardou esse segredo por 22 anos, e agora essa maldita descobriu.

– Eu disse que deveríamos ter dado um sumiço nela.

Jim era mais ofensivo quando estava sob pressão. Depois de uma noite sem dormir, Berrington estava sem paciência.

– Se você disser "Eu avisei", vou explodir a porra da sua cabeça, juro por Deus.

– Está bem, está bem!

– O Preston sabe?

– Sim. Ele disse que estamos acabados, mas ele sempre diz isso.

– Pode ser que ele esteja certo desta vez.

Jim aumentou o tom de voz:

– Você pode estar pronto pra fraquejar, Berry, mas eu não estou – disse, irritado. – Tudo que precisamos fazer é manter o controle sobre isso até a coletiva de imprensa amanhã. Se conseguirmos administrar essa situação, a aquisição vai acontecer.

– Mas e depois disso?

– Depois disso, a gente vai ter 180 milhões de dólares, e isso compra muitos silêncios.

Berrington queria acreditar nele.

– Você que é tão espertinho... o que acha que deveríamos fazer agora?

– A gente precisa descobrir quanto eles sabem. Ninguém sabe ao certo se Steven Logan tinha uma cópia da lista com os nomes e os endereços no bolso quando fugiu. A tenente do Centro de Dados jura que não, mas a palavra dela não é suficiente pra mim. Agora, os endereços que ele tem são de 22 anos atrás. Então a minha pergunta é a seguinte: a Jeannie Ferrami consegue rastreá-los só com os nomes?

– A resposta é sim – disse Berrington. – Somos especialistas nisso no departamento de psicologia. Temos que fazer isso o tempo todo, localizar gêmeos idênticos. Se ela pegou essa lista ontem à noite, já deve ter encontrado alguns deles.

– Esse era o meu medo. Tem algum jeito de a gente verificar?

– Acho que eu poderia ligar pra eles e descobrir se ela entrou em contato.

– Tem que ser discreto.

– Você me irrita, Jim. Às vezes age como se fosse o único cara neste país com uma porra de um cérebro. É claro que eu vou ser discreto. Ligo mais tarde.

Berrington bateu o telefone.

Os nomes dos clones e seus números de telefone, escritos em um código simples, estavam em sua agenda eletrônica. Ele a tirou da gaveta da escrivaninha e a ligou.

Ele os havia acompanhado ao longo dos anos. Tinha um sentimento paternal em relação a eles, diferentemente de Preston ou Jim. Nos primeiros dias, escreveu cartas em nome da Clínica Aventine pedindo informações, alegando que estavam realizando um acompanhamento do tratamento hormonal. Mais tarde, quando isso deixou de ser plausível, passou a se utilizar de uma série de subterfúgios, como fingir ser um corretor de imóveis e ligar para perguntar se a família estava pensando em vender a casa onde morava ou se os pais estavam interessados em comprar um livro que listava bolsas de estudos disponíveis para filhos de ex-militares.

Observara com consternação cada vez maior à medida que a maioria deles progredia de crianças brilhantes, embora desobedientes, para adolescentes delinquentes destemidos e adultos brilhantes e instáveis. Eles eram os subprodutos desafortunados de um experimento histórico. Nunca se arrependeu da experiência, mas se sentia culpado pelos meninos. Chorou quando Per Ericson morreu dando saltos em uma pista de esqui em Vail.

Olhava para a lista enquanto pensava em um pretexto para ligar. Então pegou o telefone e ligou para o pai de Murray Claud. O telefone tocou, tocou, mas ninguém atendeu. Depois Berrington se deu conta de que aquele era o dia em que ele ia visitar o filho na prisão.

Ligou para George Dassault em seguida. Dessa vez teve mais sorte. O telefone foi atendido por uma voz jovem e familiar:

– Sim, quem fala?

– Aqui é da Companhia Telefônica Bell, senhor, e estamos investigando ligações fraudulentas – disse Berrington. – Você recebeu alguma ligação estranha ou incomum nas últimas 24 horas?

– Não, não recebi. Mas estava fora da cidade desde sexta-feira, então, de todo modo, não estava aqui pra atender o telefone.

– Obrigado por colaborar com a nossa pesquisa, senhor. Até logo.

Jeannie podia ter o nome de George, mas não o havia localizado. Era inconclusivo.

Em seguida, Berrington tentou Hank King em Boston.

– Sim, quem fala?

Berrington refletiu como era surpreendente que todos atendessem ao telefone da mesma maneira sem graça. Era impossível haver um gene para "modos ao telefone". Mas a pesquisa com gêmeos estava repleta de fenômenos como esse.

– Aqui é da Companhia Telefônica AT&T – disse Berrington. – Estamos fazendo uma pesquisa sobre o uso fraudulento do telefone e gostaríamos de saber se você recebeu alguma ligação estranha ou suspeita nas últimas 24 horas.

A voz de Hank saiu arrastada:

– Caramba, as noites têm sido tão agitadas que eu não vou conseguir me lembrar.

Berrington revirou os olhos. Havia sido aniversário de Hank no dia anterior, claro. Ele com certeza estava bêbado, drogado ou ambos.

– Não, peraí! Teve sim. Eu lembro. Foi no meio da noite, porra. Ela disse que trabalhava pra polícia de Boston.

– Ela?

Poderia ter sido Jeannie, Berrington pensou, pressentindo más notícias.

– Sim, era uma mulher.

– Ela deu um nome? Isso nos permitiria verificar as credenciais dela.

– Com certeza deu, mas não consigo me lembrar. Sarah ou Carol ou Margaret ou... Susan, era isso, detetive Susan Farber.

Pronto. Susan Farber era a autora de *Gêmeos idênticos criados separadamente*, o único livro sobre o assunto. Jeannie havia usado o primeiro nome que lhe veio à cabeça. Isso significava que tinha a lista de clones. Berrington ficou estarrecido. Em tom sério, prosseguiu com suas perguntas:

– O que ela disse, senhor?

– Perguntou a data e o local do meu nascimento.

Isso garantiria que ela estava falando com o Henry King certo.

– Eu achei, tipo, um pouco estranho – continuou Hank. – Foi algum tipo de golpe?

Berrington inventou qualquer coisa no calor do momento:

– Ela estava prospectando informação para uma seguradora. É ilegal, mas eles fazem isso. A AT&T lamenta que tenha sido incomodado, Sr. King, e agradecemos por sua colaboração em nossa investigação.

– Claro.

Berrington desligou, completamente desolado. Jeannie tinha os nomes. Era apenas uma questão de tempo antes que ela rastreasse todos eles.

Aquela era a pior encrenca em que ele havia se metido na vida.

CAPÍTULO CINQUENTA E QUATRO

MISH DELAWARE SE RECUSOU categoricamente a dirigir até a Filadélfia e interrogar Harvey Jones.

– Fizemos isso ontem, querida – disse quando Jeannie enfim conseguiu falar com ela por telefone às sete e meia da manhã. – Hoje é o aniversário de 1 ano da minha neta. Eu tenho uma vida, sabia?

– Mas você *sabe* que estou certa! – protestou Jeannie. – Eu estava certa sobre Wayne Stattner. Ele *era mesmo* uma cópia do Steven.

– Tirando o cabelo. E ele tinha um álibi.

– E o que você vai fazer?

– Vou ligar pra polícia da Filadélfia, falar com alguém da Divisão de Crimes Sexuais de lá e pedir que façam uma visita a ele. Enviarei por fax o retrato falado. Eles vão verificar se o Harvey Jones se parece com a imagem e perguntar se ele pode explicar onde estava no último domingo à tarde. Se as respostas forem *sim* e *não*, teremos um suspeito.

Jeannie desligou o telefone furiosa. Depois de tudo por que ela tinha passado! Depois de ter ficado acordada a noite toda localizando os clones!

Com certeza não ficaria sentada esperando que a polícia fizesse alguma coisa. Decidiu que iria para a Filadélfia e daria uma olhada em Harvey. Não iria abordá-lo nem mesmo falar com ele. Mas poderia estacionar do lado de fora da casa dele e esperar até que saísse. Se isso não desse certo, ela poderia falar com os vizinhos e mostrar a eles a foto de Steven que Charles lhe dera. De um jeito ou de outro, ela confirmaria que ele *era* uma cópia de Steven.

Jeannie chegou à Filadélfia por volta das dez e meia. No bairro de University City, que reunia vários campi universitários, havia famílias negras bem-vestidas reunidas do lado de fora das igrejas gospel e adolescentes ociosos fumando nos degraus das casas antigas. Mas os estudantes das faculdades ainda estavam na cama, sua presença traída apenas por Toyotas enferrujados e Chevrolets detonados com adesivos saudando equipes esportivas universitárias e estações de rádio locais.

O prédio de Harvey Jones era uma enorme casa vitoriana caindo aos pedaços, dividida em apartamentos. Jeannie encontrou uma vaga de estacionamento do outro lado da rua e observou a porta da frente por um tempo.

Às onze horas ela entrou.

O edifício se sustentava em meros vestígios de respeitabilidade. Uma passadeira surrada cobria as escadas e havia flores de plástico empoeiradas em vasos baratos no parapeito das janelas. Avisos em papel, escritos com a letra cursiva de uma senhora idosa, pediam aos inquilinos que fechassem as portas silenciosamente, colocassem o lixo para fora em sacos plásticos bem fechados e não deixassem as crianças brincar nos corredores.

Ele mora aqui, pensou Jeannie, e sua pele se arrepiou. *Será que está aqui agora?*

O apartamento de Harvey era o 5B, que devia ficar no último andar. Ela bateu na primeira porta do térreo. Um homem de olhos injetados, cabelo comprido e barba emaranhada veio atender descalço. Jeannie mostrou a foto para ele. Ele balançou a cabeça e bateu a porta. Ela se lembrou do morador no prédio de Lisa que lhe havia dito: "Onde pensa que está, minha senhora? Na roça? Eu não sei nem qual é a cara da minha vizinha."

Ela cerrou os dentes e subiu quatro lances de escada até o topo da casa. Havia um cartão em uma pequena moldura de metal presa à porta do 5B dizendo simplesmente *Jones*. A porta não tinha nenhuma outra peculiaridade.

Jeannie ficou do lado de fora, ouvindo. Tudo que ela conseguia escutar era a batida assustada de seu coração. Nenhum som vinha de dentro. Ele provavelmente não estava lá.

Ela bateu na porta do 5A. Um instante depois, a porta se abriu e um homem branco já idoso saiu. Ele estava usando um terno risca de giz que em algum momento havia sido elegante, e seu cabelo era tão ruivo que só podia ser tingido. Parecia amigável.

– Oi – disse ele.

– Oi. Seu vizinho está em casa?

– Não.

Jeannie ficou aliviada e desapontada ao mesmo tempo. Ela tirou a foto de Steven que Charles tinha lhe dado.

– É ele?

O vizinho pegou a foto da mão dela e semicerrou os olhos.

– É ele, sim.

Eu tinha razão! Certa, mais uma vez! O meu mecanismo de busca funciona.

– Lindo, né?

O vizinho é gay, pensou Jeannie. Ela sorriu.

– Também acho. Alguma ideia de onde ele possa estar agora de manhã?
– Ele passa a maioria dos domingos fora. Sai por volta das dez, volta depois do jantar.
– Ele estava fora no domingo passado?
– Sim, mocinha, acho que sim.
É ele. *Tem que ser.*
– Sabe pra onde ele vai?
– Não.
Eu sei. Ele vai para Baltimore.
– Ele não fala muito – continuou o homem. – Na verdade, não fala nada. Você é detetive?
– Não, embora eu me sinta uma detetive.
– O que ele fez?
Jeannie hesitou, depois pensou: *Por que não contar a verdade?*
– Acho que ele estuprou alguém – respondeu.
O homem não ficou surpreso.
– Eu não duvido. Ele é bastante peculiar. Já vi garotas saírem daqui chorando. Duas vezes, na verdade.
– Eu queria poder dar uma olhada lá dentro.
Talvez ela encontrasse algo que o ligasse ao estupro. Ele lhe deu um olhar malicioso.
– Eu tenho uma chave.
– Jura?
– O morador anterior me deu. Nós éramos amigos. Acabei não devolvendo depois que ele foi embora. E esse cara não trocou as fechaduras quando se mudou. Deve achar que é grande e forte demais pra ser roubado.
– Você me deixaria entrar?
Ele hesitou.
– Eu também estou curioso pra ver o que tem lá dentro. Mas e se ele voltar enquanto a gente estiver lá? Ele é meio parrudo... Seria terrível se ficasse com raiva de mim.
A ideia também assustava Jeannie, mas sua curiosidade era ainda mais forte.
– Se você topar, estou disposta a correr o risco – disse ela.
– Peraí. Já volto.
O que ela encontraria lá dentro? Um templo de sadismo, como na casa de Wayne Stattner? Um chiqueiro, cheio de embalagens de comida pela me-

tade e roupa suja por todo lado? A organização impecável de uma personalidade obsessiva?

O vizinho voltou.

– Bom, meu nome é Maldwyn.

– Eu sou a Jeannie.

– Na verdade, o meu nome mesmo é Bert, mas é tão sem glamour, não acha? Sempre me apresentei como Maldwyn.

Ele girou a chave na porta do 5B e entrou. Jeannie foi atrás.

Era o apartamento de um estudante – uma quitinete, com microcozinha e um banheiro pequeno. Estava mobiliado com diversas sucatas: uma cômoda de pinho, uma mesa pintada, três cadeiras que não combinavam, um sofá murcho e um aparelho de TV grande e velho. Fazia algum tempo que não era limpo e a cama estava desfeita. Era decepcionantemente típico.

Jeannie fechou a porta do apartamento.

– Não encosta em nada. Só observa – disse Maldwyn. – Não quero que ele suspeite que entrei aqui.

Jeannie se perguntou o que esperava encontrar. Uma planta do prédio do ginásio, com a sala de máquinas da piscina marcada com "Estuprá-la aqui"? Ele não tinha pegado a calcinha de Lisa como um grotesco suvenir. Talvez a houvesse perseguido e fotografado por semanas antes de atacar. Quem sabe tivesse uma pequena coleção de itens surrupiados: um batom, uma conta de restaurante, a embalagem descartada de uma barra de chocolate, uma correspondência com o endereço dela?

Ao olhar em volta, Jeannie começou a notar a personalidade de Harvey nos detalhes. Em uma das paredes havia a página dupla de uma revista masculina exibindo uma mulher nua com os pelos pubianos raspados e um piercing nos grandes lábios. Aquilo fez Jeannie estremecer.

Ela inspecionou a estante de livros. Viu *Os 120 dias de Sodoma*, do marquês de Sade, e uma série de fitas de vídeo pornô com títulos como *Dor* e *Radical*. Havia também alguns livros sobre economia e negócios: Harvey parecia estar fazendo um MBA.

– Posso dar uma olhada nas roupas dele? – perguntou.

Ela não queria ofender Maldwyn.

– Claro, por que não?

Ela abriu as gavetas e os armários. As roupas de Harvey pareciam com as de Steven, um tanto conservadoras para sua idade: calças de sarja e camisas polo, blazers de tweed e camisas de botão, sapatos Oxford e mocassins. A geladeira estava vazia, exceto por dois *packs* de cerveja com seis unidades cada e uma caixa de leite: Harvey comia fora. Debaixo da cama havia uma bolsa esportiva contendo uma raquete de squash e uma toalha suja.

Jeannie ficou frustrada. Aquele lugar era onde o monstro vivia, mas não era um palácio de perversão, apenas um lugar sujo com um pouco de pornografia.

– Por mim já deu – disse a Maldwyn. – Não tenho certeza do que eu estava procurando, mas não está aqui.

Então ela viu.

Pendurado em um gancho atrás da porta do apartamento estava um boné vermelho.

Jeannie se entusiasmou. *Eu estava certa. Encontrei o desgraçado, e aqui está a prova!* Olhou mais de perto. A palavra SEGURANÇA estava impressa na frente em letras brancas. Ela não resistiu à tentação de fazer uma dancinha triunfante pelo apartamento de Harvey Jones.

– Encontrou alguma coisa, foi?

– Esse nojento estava usando aquele boné quando estuprou a minha amiga. Vamos dar o fora daqui.

Saíram do apartamento, fechando a porta. Jeannie apertou a mão de Maldwyn.

– Não sei nem como agradecer. Isso é muito importante.

– O que vai fazer agora? – perguntou ele.

– Voltar pra Baltimore e chamar a polícia.

Dirigindo para casa pela Interestadual 95, ela pensou em Harvey Jones. Por que ele ia para Baltimore aos domingos? Para visitar uma namorada? Talvez, mas a explicação mais provável era que seus pais morassem lá. Muitos alunos levavam a roupa suja para casa nos fins de semana. Ele provavelmente estava lá naquele momento, comendo a carne assada da mãe ou assistindo a um jogo de futebol na TV com o pai. Atacaria outra garota no caminho para casa?

Quantas famílias Jones havia em Baltimore? Mil? Ela conhecia um deles, é claro: seu ex-chefe, o professor Berrington Jones...

Ah, meu Deus. Jones.

Ficou tão chocada que precisou parar no acostamento da estrada.

Harvey Jones pode ser filho de Berrington!

De repente ela se lembrou do pequeno gesto que Harvey tinha feito na cafeteria na Filadélfia onde ela o encontrara. Ele alisara as sobrancelhas com a ponta do indicador. Ficou incomodada na época, porque sabia que já tinha visto aquilo antes. Não conseguiu lembrar quem mais fazia aquilo e havia pensado vagamente que deveria ter sido Steven ou Dennis, pois os clones tinham gestos idênticos. Mas então ela se lembrou. *Era o Berrington.*

Berrington alisava as sobrancelhas com a ponta do dedo indicador. Havia algo naquele trejeito que aborrecia Jeannie, algo irritantemente presunçoso, ou talvez vaidoso. Não era um gesto que todos os clones tivessem em comum, como fechar a porta com o calcanhar depois de entrar em uma sala. Harvey tinha aprendido aquilo com o pai, como uma expressão de satisfação pessoal.

Harvey deveria estar na casa de Berrington naquele instante.

CAPÍTULO CINQUENTA E CINCO

PRESTON BARCK E JIM Proust chegaram à casa de Berrington por volta do meio-dia e se sentaram no escritório para tomar cerveja. Nenhum deles tinha dormido muito e pareciam e se sentiam esgotados. Marianne, a empregada, estava preparando o almoço de domingo, e o aroma maravilhoso de sua comida vinha da cozinha, mas nada conseguia levantar o ânimo dos três sócios.

– A Jeannie falou com o Hank King e com a mãe do Per Ericson – informou Berrington, desanimado. – Não consegui verificar os outros, mas em breve ela vai chegar até eles.

– Sejamos realistas – disse Jim. – O que exatamente ela pode fazer amanhã a esta hora?

Preston Barck pegou pesado:

– Vou lhe dizer o que eu faria no lugar dela. Eu ia querer mostrar ao mundo o que descobri. Então, se conseguisse encontrar dois ou três dos rapazes, eu os levaria pra Nova York e iria ao programa *Good Morning America*. A televisão adora gêmeos.

– Deus me livre! – exclamou Berrington.

Um carro parou do lado de fora. Jim olhou pela janela e disse:

– Um Datsun velho e enferrujado.

– Estou começando a gostar da ideia original do Jim – declarou Preston. – Sumir com todos eles.

– Eu não vou permitir que ninguém seja morto! – gritou Berrington.

– Não grite, Berry – disse Jim, com surpreendente suavidade. – Pra falar a verdade, acho que eu estava me gabando um pouco quando falei sobre sumir com as pessoas. Talvez em algum momento da vida eu tivesse o poder de ordenar a morte de alguém, mas não tenho mais. Pedi alguns favores a velhos amigos nos últimos dias e, embora tenha dado tudo certo, percebi que há limites.

Graças a Deus, pensou Berrington.

– Mas tenho outra ideia – prosseguiu Jim.

Os outros dois olharam para ele.

– Nós abordamos cada uma das oito famílias discretamente. Confessamos que erros foram cometidos na clínica lá no começo. Dizemos que nenhum dano foi causado, mas queremos evitar sensacionalismo. Oferecemos a eles um milhão de dólares como indenização. Parcelamos o pagamento em dez anos e falamos pra eles que o dinheiro para de entrar se eles falarem com qualquer pessoa: seja com a imprensa, Jeannie Ferrami, cientistas, qualquer um.

Berrington balançou a cabeça lentamente.

– Meu Deus, pode ser que funcione. Quem vai dizer não a um milhão de dólares?

– Lorraine Logan – disse Preston. – Ela quer provar a inocência do filho.

– É verdade. Ela não aceitaria esse acordo nem por 10 milhões.

– Todo mundo tem seu preço – afirmou Jim, retomando sua arrogância característica. – De qualquer maneira, ela não vai conseguir fazer muita coisa sem a colaboração de um ou dois dos outros.

Preston assentiu. Berrington também percebeu que havia esperança. Tinha que existir uma maneira de calar a boca dos Logans. Mas havia uma questão mais séria.

– E se a Jeannie for a público nas próximas 24 horas? – perguntou. – A Landsmann provavelmente adiaria a aquisição enquanto se investigassem as alegações. E aí a gente não teria os milhões de dólares pra distribuir por aí.

– A gente *precisa* saber quais são as intenções dela. Tem que ver quanto ela já descobriu e o que planeja fazer com isso.

– Não sei como conseguir isso – comentou Berrington.

– Eu sei – disse Jim. – Nós conhecemos uma pessoa que poderia ganhar a confiança dela com facilidade e descobrir exatamente o que ela está tramando.

Berrington sentiu a raiva crescer dentro dele.

– Sei o que está pensando...

– Lá vem ele... – disse Jim.

Eles ouviram passos no corredor, e o filho de Berrington entrou.

– Oi, pai! – disse. – Ei, tio Jim, tio Preston, tudo bem?

Berrington olhou para ele com um misto de orgulho e tristeza. O menino parecia adorável em uma calça de veludo cotelê azul-marinho e um suéter de algodão azul-celeste. *Pelo menos ele puxou ao meu senso de estilo*, pensou Berrington.

– Harvey, a gente precisa conversar – disse ele.

Jim se levantou.

– Quer uma cerveja, garoto?

– Claro – respondeu Harvey.

Jim tinha uma tendência irritante de encorajar maus hábitos em Harvey.

— Esquece a cerveja – retrucou Berrington. – Jim, por que você e o Preston não vão lá pra sala de visitas e deixam a gente conversar?

A sala de visitas era um espaço absolutamente formal que Berrington nunca usava.

Preston e Jim saíram. Berrington se levantou e abraçou Harvey.

— Amo você, filho – disse. – Mesmo você sendo uma pessoa perversa.

— Eu sou perverso?

— O que você fez com a coitada daquela garota no ginásio foi uma das coisas mais perversas que um homem pode fazer.

Harvey deu de ombros.

Meu Deus, eu não fui capaz de incutir nele nenhuma noção de certo e errado, pensou Berrington. *Mas agora é tarde demais para lamentações.*

— Senta aí e me escuta por um minuto – disse ele.

Harvey se sentou.

— Durante anos a sua mãe e eu tentamos ter um bebê, mas não conseguíamos – prosseguiu. – Na época, o Preston estava trabalhando com fertilização *in vitro*, que é quando o espermatozoide e o óvulo são reunidos em laboratório e, em seguida, o embrião é implantado no útero.

— Está me dizendo que eu sou um bebê de proveta?

— Isso é segredo. Você não pode contar isso pra ninguém nunca na vida. Nem pra sua mãe.

— Ela *não sabe*? – indagou Harvey, surpreso.

— Mas isso não é tudo. O Preston pegou um embrião e dividiu, formando gêmeos.

— É o cara que foi preso pelo estupro?

— Ele dividiu mais de uma vez.

Harvey meneou a cabeça. Todos eles eram igualmente inteligentes e entendiam as coisas muito rápido.

— Quantos? – perguntou.

— Oito.

— Uau. E imagino que o esperma não tenha vindo de você.

— Não.

— De quem?

— Um tenente do Exército de Fort Bragg. Alto, forte, em boa forma, inteligente, agressivo e bonito.

— E a mãe?

— Uma civil. Datilógrafa em West Point, igualmente bem escolhida.

Um sorriso magoado retorceu o rosto bonito do garoto.

– Meus pais verdadeiros.

Berrington estremeceu.

– Não, não são – retrucou. – Você cresceu na barriga da sua mãe. Ela deu à luz você e, acredite, doeu bastante. Nós vimos você dar seus primeiros passos vacilantes, lutar pra colocar uma colher de purê de batata na boca e balbuciar suas primeiras palavras.

Observando o filho, Berrington não soube se Harvey acreditava nele.

– Caramba, nós te amávamos mais e mais conforme você se tornava menos amável. Todo ano vinham os mesmos relatos da escola: "Ele é muito agressivo", "Ainda não aprendeu a compartilhar", "Bate nas outras crianças", "Tem dificuldade com jogos em equipe", "Atrapalha a aula", "Precisa aprender a respeitar as meninas". Cada vez que era expulso de uma escola, a gente precisava implorar para que você entrasse em outra. Nós tentamos bajular você, bater em você, tirar seus privilégios. Levamos você a três psicólogos infantis diferentes. Você tornou a nossa vida um inferno.

– Está querendo dizer que eu destruí o seu casamento?

– Não, filho, isso eu fiz sozinho. O que estou tentando dizer é que amo você *não importa o que você faça*, como qualquer outro pai.

Harvey ainda estava confuso.

– Por que está me contando isso agora?

– Steven Logan, uma das suas cópias, foi objeto de estudo no meu departamento. Eu fiquei completamente chocado quando o vi, como pode imaginar. Logo depois a polícia o prendeu pelo estupro da Lisa Hoxton. Mas uma das professoras, Jeannie Ferrami, desconfiou. Resumindo, ela rastreou você. Quer provar a inocência do Steven Logan. E provavelmente quer expor toda a história dos clones e acabar comigo.

– Ela é a mulher que eu conheci na Filadélfia.

Berrington ficou perplexo.

– Você esteve com ela?

– Tio Jim me ligou e falou pra eu dar um susto nela.

Berrington ficou furioso.

– Desgraçado, eu vou arrancar a porra da cabeça dele fora...

– Calma, pai, não aconteceu nada. Eu fui dar uma volta no carro dela. Ela é bonita, do jeito dela.

Berrington se controlou com muito esforço.

– O seu tio Jim sempre agiu de maneira irresponsável com você. Ele gosta desse seu jeito indisciplinado, sem dúvida porque ele mesmo é um cretino reprimido.

– Eu gosto dele.

– Vamos falar sobre o que a gente tem que fazer. Precisamos saber quais são as intenções da Jeannie Ferrami, principalmente nas próximas 24 horas. Você tem que descobrir se ela possui alguma prova que o ligue à Lisa Hoxton. Não conseguimos pensar em nenhum jeito de chegar até ela, exceto um.

Harvey assentiu.

– Vocês querem que eu vá falar com ela fingindo ser Steven Logan.

– Sim.

Harvey sorriu e disse:

– Parece divertido.

Berrington grunhiu.

– Não vai fazer nenhuma bobagem, pelo amor de Deus. Você só tem que falar com ela.

– Quer que eu vá agora?

– Sim, por favor. Odeio ter que pedir isso a você, mas é importante tanto pra você quanto pra mim.

– Relaxa, pai. O que poderia acontecer?

– Vai ver eu me preocupo demais. Acho que não existe nenhum grande perigo em ir ao apartamento de uma garota.

– E se o verdadeiro Steven estiver lá?

– Dá uma olhada nos carros parados na rua. Ele tem um Datsun igual ao seu. Esse é outro motivo pelo qual a polícia tinha tanta certeza de que ele era o culpado.

– Tá brincando!

– É como se vocês fossem gêmeos idênticos, fazem as mesmas escolhas. Se o carro dele estiver lá, não entre. Liga pra mim e a gente tenta pensar num jeito de tirá-lo de lá.

– E se ele for até lá andando?

– Ele mora em Washington.

– Tá bem. – Harvey se levantou. – Qual é o endereço da garota?

– Ela mora em Hampden. – Berrington anotou o endereço em um cartão e entregou ao filho. – Cuidado, viu?

– Pode deixar. Adeusinho, porco-espinho.

Berrington forçou um sorriso.

– Tchau, tchau, pica-pau.

CAPÍTULO CINQUENTA E SEIS

Harvey subiu e desceu a rua de Jeannie à procura de um carro parecido com o seu.

Havia muitos automóveis velhos, mas nenhum Datsun enferrujado de cor clara. Steven Logan não estava por perto.

Ele estacionou em uma vaga perto da casa dela e desligou o motor. Ficou parado pensando por um momento. Precisaria estar alerta. Estava feliz por não ter bebido aquela cerveja que o tio Jim havia lhe oferecido.

Sabia que ela o confundiria com Steven porque já o fizera uma vez, na Filadélfia. Os dois eram idênticos fisicamente. Mas conversar seria mais complicado. Ela faria referências a várias coisas que ele deveria saber. Ele teria que responder sem expor sua ignorância. Precisava garantir que ela acreditasse nele por tempo suficiente para descobrir que evidências tinha contra ele e o que planejava fazer com o que sabia. Seria muito fácil cometer um deslize e trair a si mesmo.

No entanto, mesmo enquanto pensava seriamente sobre o desafio complexo de se passar por Steven, ele mal conseguia conter o entusiasmo diante da perspectiva de vê-la novamente. O que acontecera no carro dela havia sido o encontro sexual mais empolgante que ele já tivera. Foi ainda melhor do que estar no vestiário feminino com todas as mulheres entrando em pânico. Ele ficava excitado toda vez que pensava em como rasgara a roupa dela enquanto o carro ziguezagueava pela via expressa.

Sabia que naquele momento precisava se concentrar em sua tarefa. Não deveria pensar no rosto dela contraído de medo e nas pernas fortes se contorcendo. Teria que tirar as informações dela e ir embora. Mas a vida inteira ele nunca havia sido capaz de fazer a coisa mais sensata.

~

Jeannie telefonou para o departamento de polícia assim que chegou em casa. Sabia que Mish não estaria lá, mas deixou uma mensagem pedindo que ligasse com urgência.

– Você não deixou uma mensagem urgente pra ela hoje cedo? – perguntaram para ela.

– Sim, mas esta é outra, igualmente importante.

– Vou fazer o possível pra avisá-la – disse a voz, mas sem passar muita confiança.

Em seguida ela ligou para a casa de Steven, mas ninguém atendeu. Supôs que ele e Lorraine estivessem com o advogado, tentando libertar Charles, e que ele ligaria assim que pudesse.

Ficou frustrada: ela queria contar a alguém a boa notícia.

A emoção de ter encontrado o apartamento de Harvey passou e ela ficou triste. Seus pensamentos se voltaram para o desafio que enfrentava – um futuro sem dinheiro, sem trabalho e sem ter como ajudar sua mãe.

Para se animar, preparou um brunch. Fez três ovos mexidos e fritou o bacon que tinha comprado no dia anterior para Steven, e comeu com torrada e café. Quando estava colocando a louça na máquina, o interfone tocou.

Ela ergueu o fone.

– Pronto.

– Jeannie? É o Steven.

– Pode subir! – disse ela, alegre.

Ele estava vestindo um suéter de algodão da cor de seus olhos e parecia gostoso o bastante para ser devorado. Ela o beijou e abraçou com força, deixando-o sentir seus seios contra o peito. A mão dele deslizou pelas costas dela até chegar à bunda e a pressionou contra ele. Mais uma vez ele estava com um cheiro diferente: havia usado algum tipo de loção pós-barba com uma fragrância herbal. Tinha um gosto diferente também, como se tivesse bebido chá.

Depois de um tempo, ela se afastou.

– Vamos mais devagar – disse Jeannie, ofegante. Ela queria saborear aquilo. – Vem, senta ali. Tenho tanta coisa pra contar!

Ele se sentou no sofá e ela foi até a geladeira.

– Vinho, cerveja, café?

– Vinho me parece bom.

– Acha que vai estar bom?

~

Que diabos ela quis dizer com "Acha que vai estar bom?"?

– Não sei – respondeu.

– Faz quanto tempo que a gente abriu?

Ah, sim, eles dividiram uma garrafa de vinho mas não terminaram, então ela recolocou a rolha e pôs a garrafa na geladeira. E agora está se perguntando se o vinho oxidou, mas quer que eu decida.

– Deixa eu pensar... quando foi mesmo?

– Quarta-feira. São quatro dias.

Ele não conseguia nem ver se era tinto ou branco.

Merda.

– Ué, serve uma taça e a gente experimenta.

– Boa ideia.

Ela despejou um pouco de vinho em uma taça e lhe entregou. Ele provou.

– Dá pra beber – disse.

Jeannie se inclinou sobre o encosto do sofá.

– Deixa eu provar. – Ela beijou os lábios dele. – Abre a boca. Eu quero provar o vinho.

Ele riu e fez o que ela disse. Ela colocou a ponta da língua na boca dele. *Meu Deus, essa mulher é sexy.*

– Tem razão. Dá pra beber.

Rindo, ela encheu a taça dele e serviu um pouco para si mesma.

Ele estava começando a se divertir.

– Coloca uma música – sugeriu.

– Onde?

Ele não fazia ideia do que ela estava falando. *Ai, caramba, cometi um deslize.* Ele olhou ao redor do apartamento: nenhum aparelho de som. *Idiota.*

– Meu pai roubou o meu aparelho de som, lembra? Não tenho onde tocar música. Espera um minuto, tenho sim.

Jeannie foi para o cômodo ao lado – o quarto, provavelmente – e voltou com um daqueles rádios à prova d'água para pendurar no chuveiro.

– É uma bobagem. Minha mãe me deu de Natal, antes de começar a ficar mal da cabeça.

O pai roubou o aparelho de som, a mãe é louca – que porra de família é essa?

– O som é péssimo, mas é tudo que eu tenho. – Ela ligou o rádio. – Deixo sempre sintonizado na 92Q.

– "Vinte sucessos na sequência" – disse ele automaticamente.

– Como você sabe?

Ah, merda, o Steven não conheceria as estações de rádio de Baltimore.

– Ouvi no carro no caminho para cá.

– De que tipo de música você gosta?

Não faço ideia do que Steven gosta, mas acho que você também não, então a verdade vai servir.

– Eu gosto de *gangsta rap*. Snoop Dogg, Ice Cube, esse tipo de coisa.

– Porra, você faz eu me sentir velha.

– Do que você gosta?

– Ramones, Sex Pistols, The Damned. Quer dizer, quando eu era nova, tipo nova *mesmo*, eu era punk. Minha mãe ouvia todas aquelas músicas bregas dos anos sessenta que nunca me disseram nada, então, quando eu tinha uns 11 anos, de repente, bum! Talking Heads! Lembra de "Psycho Killer"?

– Claro que não!

– É, sua mãe tinha razão. Eu sou muito velha pra você.

Ela se sentou ao lado dele. Colocou a cabeça em seu ombro e deslizou a mão sob o suéter azul-celeste. Esfregou o peito dele, roçando seus mamilos com a ponta dos dedos. Era gostoso.

– Estou tão feliz por você estar aqui – disse ela.

Ele queria tocar nos mamilos dela também, mas tinha coisas mais importantes a fazer. Com grande esforço, falou:

– A gente precisa conversar.

– Tem razão. – Ela se sentou e tomou um gole de vinho. – Você primeiro. Seu pai ainda está preso?

Jesus, o que eu digo sobre isso?

– Não, você primeiro – retrucou ele. – Disse que tinha muita coisa pra me contar.

– Tá. Número um, eu sei quem estuprou a Lisa. O nome dele é Harvey Jones e ele mora na Filadélfia.

Meu Deus do Céu!

Harvey lutou para manter sua expressão impassível.

Ainda bem que eu vim aqui.

– Tem alguma prova de que ele fez isso?

– Fui no apartamento dele. O vizinho me deixou entrar. Tinha uma cópia da chave.

Bicha velha idiota. Vou quebrar o pescoço magricelo dele.

– Eu encontrei o boné que ele estava usando no domingo passado. Estava pendurado num gancho atrás da porta.

Droga! Eu deveria ter jogado isso fora. Mas nunca pensei que alguém fosse conseguir me rastrear!

– Você mandou muito bem – declarou ele. *Steven ficaria emocionado com essa notícia, pois isso o deixa fora de perigo.* – Eu não sei como agradecer.

– Vou pensar em alguma coisa – disse ela com um sorriso sexy.

Será que consigo voltar para a Filadélfia a tempo de me livrar daquele boné antes que a polícia chegue lá?

– Contou tudo isso pra polícia?

– Não. Deixei uma mensagem pra Mish, mas ela ainda não me ligou de volta.

Aleluia! Ainda tenho uma chance.

– Não se preocupa – prosseguiu Jeannie. – Ele não faz ideia de que a gente está atrás dele. Mas você não ouviu a melhor parte. Quem mais a gente conhece que se chama Jones?

Será que eu digo "Berrington"? Steven pensaria nisso?

– É um nome comum...

– O Berrington, claro! Eu acho que o Harvey foi criado como filho do Berrington!

Eu deveria estar surpreso.

– Inacreditável! – exclamou ele.

O que eu faço agora? Talvez papai tivesse algumas ideias. Tenho que contar isso tudo a ele. Preciso de uma desculpa pra fazer uma ligação.

Ela pegou a mão dele.

– Ei, olha só pra suas unhas!

Ah, porra, o que foi agora?

– O que que tem?

– Elas crescem muito depressa! Quando saiu da prisão, estavam todas quebradas e carcomidas. Agora estão lindas!

– Eu sempre me curo rápido.

~

Ela virou a mão dele e lambeu a palma.

– Você está com fogo hoje – disse ele.

– Ai, meu Deus, fui agressiva demais, não é?

Ela já tinha ouvido aquilo de outros homens. Steven estava sendo meio reticente desde que havia entrado, e agora ela entendia o porquê.

– Sei o que quis dizer. Fiquei a semana passada inteira afastando você, e agora você sente como se eu estivesse prestes a te devorar no jantar.

Ele assentiu.

– Sim, tipo isso.

– Eu sou assim mesmo. Depois que me decido por um cara, já era. – Ela saltou do sofá. – Pronto, vou ficar longe.

Ela foi até a cozinha e pegou uma frigideira. Era tão pesada que ela precisava das duas mãos para erguê-la.

– Comprei comida pra você ontem. Está com fome? – A panela estava empoeirada, sinal de que não cozinhava muito. Ela usou um pano de prato para limpá-la. – Quer uma omelete?

– Na verdade, não. Me conta, então você era punk?

Ela largou a frigideira.

– Sim, eu fui por um tempo. Roupas rasgadas, cabelo verde.

– Drogas?

– Eu usava bolinha na época do colégio sempre que tinha dinheiro.

– Em que partes do seu corpo você colocou piercing?

De repente ela se lembrou da página dupla na parede de Harvey Jones, da mulher depilada com um piercing nos grandes lábios, e estremeceu.

– Só no nariz – respondeu. – Troquei o punk pelo tênis quando tinha 15 anos.

– Conheci uma garota que tinha um piercing no mamilo.

Jeannie ficou com ciúme.

– Você transou com ela?

– Claro.

– Safado.

– Ei, você achava que eu era virgem?

– Não me pede pra ser racional!

Ele ergueu as mãos em um gesto defensivo.

– Tá bem.

– Ainda não me contou o que aconteceu com o seu pai. Vocês conseguiram soltá-lo?

– Que tal eu dar uma ligada pra casa e saber das últimas notícias?

~

Se ela o ouvisse discando um número de sete dígitos, saberia que estava fazendo uma chamada local, ao passo que seu pai havia mencionado que Steven Logan morava em Washington. Ele manteve o dedo no gancho enquanto teclava três dígitos aleatórios, para representar um código de área, então o soltou e ligou para a casa do pai.

Berrington atendeu e Harvey disse:

– Oi, mãe.

Ele agarrou o fone com força, esperando que o pai não dissesse "Quem é? Ligou para o número errado".

Mas seu pai entendeu imediatamente.

– Está com a Jeannie?

Muito bem, pai.

– Sim. Liguei pra saber se o papai já saiu da prisão.

– O coronel Logan ainda está detido, mas não está na prisão. A polícia do Exército está com ele.

– Que pena. Tinha esperança de que ele já tivesse saído.

Hesitante, Berrington disse:

– Você consegue me dizer... alguma coisa?

Harvey sentia-se constantemente tentado a olhar para Jeannie a fim de verificar se ela estava acreditando em sua atuação. Mas sabia que isso lhe daria um ar culpado, então se forçou a olhar para a parede.

– Jeannie fez milagres, mãe. Ela descobriu o verdadeiro estuprador. – Ele se esforçou para dar um tom satisfeito à sua voz: – O nome dele é Harvey Jones. A gente está só esperando a detetive retornar a ligação pra dar a notícia.

– Jesus! Isso é péssimo!

– Sim, não é ótimo?!

Não soe tão irônico, seu idiota!

– Pelo menos estamos avisados. Você consegue impedir que ela fale com a polícia?

– Acho que preciso fazer isso.

– E quanto à Threeplex? Ela tem planos de divulgar o que descobriu sobre a gente?

– Não sei ainda.

Deixe-me desligar o telefone antes de dizer qualquer coisa que me denuncie.

– Dá um jeito de descobrir. Isso também é importante.

Pode deixar!

– Está bem. Bom, espero que o papai seja liberado logo. Me liga se tiver novidades, ok?

– É seguro?

– É só pedir pra falar com o Steven.

Ele riu, como se tivesse feito uma piada.

– Jeannie talvez reconheça a minha voz. Mas posso pedir ao Preston que faça a ligação.

– Exatamente.

– Ok.

– Tchau.

Harvey desligou.

– Acho que vou ligar pra delegacia de novo. Talvez eles não tenham entendido como isso é urgente.

Ela pegou o telefone.

Harvey percebeu que teria que matá-la.

– Primeiro me dá mais um beijo – disse ele.

Jeannie deslizou para os braços dele, encostando-se na bancada da cozinha. Ela abriu a boca para receber o beijo. Ele acariciou a barriga dela.

– Gostei do suéter – murmurou ele, depois agarrou o seio dela com sua mão grande.

O mamilo dela endureceu em resposta, mas de alguma forma Jeannie não se sentiu tão bem quanto imaginava. Ela tentou relaxar e aproveitar o momento que tanto esperava. Ele deslizou as mãos sob o suéter dela, e ela arqueou as costas ligeiramente enquanto ele segurava seus seios. Como sempre, ela passou por um instante de constrangimento, com medo de que ele se decepcionasse. Todos os homens com quem havia transado amavam seus seios, mas ela ainda nutria a ideia de que eram muito pequenos. Assim como os outros, Steven não deu sinais de insatisfação. Tirou o suéter dela, inclinou a cabeça sobre seu peito e começou a sugar seus mamilos.

Jeannie olhou para ele. A primeira vez que um garoto fez isso nela, ela achou um absurdo, uma regressão à infância. Mas logo passou a curtir e até gostava de fazer isso nos homens. Naquele momento, porém, nada estava funcionando. Seu corpo respondia, mas alguma coisa a incomodava, bem no fundo de sua mente, e ela não conseguia se concentrar no prazer. Estava chateada consigo mesma. *Estraguei tudo ontem bancando a paranoica. Não vou fazer isso hoje de novo.*

Ele percebeu sua inquietação. Endireitando-se, disse:

– Você não está à vontade. Vamos ali pro sofá.

Com a certeza de que ela concordaria, ele se sentou. Ela fez o mesmo. Ele alisou as sobrancelhas com a ponta do dedo indicador e se aproximou dela.

Ela se encolheu.

– O que foi? – disse ele.

Não! Não pode ser!

– Você... você... fez aquilo, com as sobrancelhas.

– Fiz o quê?

Ela deu um pulo do sofá.

– Seu desgraçado! – gritou. – Como ousa?!

– Que merda é essa? – perguntou ele, mas a encenação era pouco convincente: ela conseguia ler no rosto dele que ele sabia exatamente o que estava acontecendo.

– Sai da minha casa! – berrou ela.

Ele tentou sustentar a dissimulação:

– Primeiro você vem pra cima de mim, depois manda essa!

– Eu sei quem você é, seu babaca! Você é o Harvey!

Ele desistiu da encenação.

– Como soube?

– Você tocou as sobrancelhas com a ponta do dedo, igual ao Berrington.

– E o que importa? – perguntou ele, se levantando. – Se nós somos tão parecidos, você pode fingir que eu sou o Steven.

– Dá o fora daqui!

Ele tocou a frente da calça, mostrando a ela sua ereção.

– Agora que a gente chegou até aqui, eu não vou sair com o saco doendo.

Ah, meu Deus, estou ferrada agora. Esse cara é um animal.

– Fica longe de mim!

Ele deu um passo na direção dela, sorrindo.

– Vou tirar essa sua calça jeans apertadinha pra ver o que tem por baixo.

Ela se lembrou de Mish dizendo que estupradores sentem prazer diante do medo da vítima.

– Eu não tenho medo de você – disse, tentando manter a voz calma. – Mas, se encostar em mim, eu juro que te mato.

Ele se moveu terrivelmente rápido. Em um piscar de olhos, agarrou Jeannie, a levantou e jogou no chão.

O telefone tocou.

– Socorro! Sr. Oliver! Socorro! – gritou ela.

Harvey pegou o pano de prato de cima da bancada da cozinha e o enfiou com força na boca de Jeannie, machucando seus lábios. Ela engasgou e começou a tossir. Ele segurava seus pulsos para que ela não pudesse usar as mãos para tirar o pano da boca. Ela tentou empurrar o pano com a língua, mas não conseguiu, era muito grande. O Sr. Oliver tinha ouvido seu grito? Ele era idoso e assistia à TV em um volume muito alto.

O telefone continuava tocando.

Harvey agarrou a cintura da calça jeans dela. Jeannie se contorceu para longe dele. Ele deu um tapa no rosto dela com tanta força que ela viu estrelas. Enquanto estava atordoada, ele soltou seus pulsos e tirou a calça jeans e a calcinha dela.

– Uau, que cabeludinha! – exclamou.

Jeannie arrancou o pano da boca e gritou:

– Socorro! Socorro!

Harvey cobriu a boca de Jeannie com sua mão imensa, abafando os gritos, e jogou seu peso sobre ela, deixando-a sem ar. Por alguns segundos ela ficou totalmente indefesa, lutando para respirar. Os nós dos dedos dele machucavam suas coxas enquanto ele tentava abrir o zíper da própria calça com uma mão. Depois ele começou a se forçar contra ela, procurando uma maneira de entrar. Ela se contorceu, desesperada, tentando empurrá-lo, mas ele era muito pesado.

O telefone ainda estava tocando. Então o interfone tocou também.

Harvey não parou.

Jeannie abriu a boca. Os dedos de Harvey deslizaram entre seus dentes. Ela mordeu com força, o mais forte que pôde, pensando que não se importava se quebrasse os dentes nos ossos dele. O sangue quente jorrou em sua boca e ela o ouviu gritar de dor enquanto puxava a mão.

O interfone tocou novamente, longa e insistentemente. Jeannie cuspiu o sangue de Harvey e gritou de novo.

– Socorro! Socorro, socorro, socorro!

Ouviu-se um ruído alto vindo do andar de baixo, depois outro, a seguir um estrondo e o som de madeira se estilhaçando.

Harvey se levantou com dificuldade, agarrando a mão ferida.

Jeannie rolou para o lado, se levantou e deu três passos para longe dele.

A porta se abriu. Harvey girou no lugar, virando as costas para Jeannie.

Steven irrompeu porta adentro.

Steven e Harvey se entreolharam com espanto por um segundo, paralisados.

Os dois eram exatamente iguais. O que aconteceria se eles se enfrentassem? Tinham a mesma altura, o mesmo peso, a mesma força e o mesmo condicionamento físico. Uma briga poderia durar para sempre.

Num impulso, Jeannie pegou a frigideira com as duas mãos. Imaginando que estava acertando um golpe cruzado na quadra com seu famoso backhand de duas mãos, ela mudou seu peso para o pé da frente, travou os punhos e brandiu a pesada frigideira com toda a força.

Acertou em cheio a nuca de Harvey.

Houve um baque nauseante. As pernas de Harvey pareceram ficar bambas. Ele caiu de joelhos, cambaleando.

Como se tivesse corrido até a rede para um voleio, Jeannie ergueu a frigideira bem alto com a mão direita e desceu o mais forte que pôde em cima da cabeça dele.

Os olhos de Harvey reviraram, ele ficou mole e desabou no chão.

Steven falou:

– Cara, ainda bem que você não acertou o gêmeo errado.

Jeannie começou a tremer. Largou a frigideira e se sentou em uma banqueta da cozinha.

Steven a abraçou.

– Acabou – disse ele.

– Não, não acabou – retrucou ela. – Está só começando.

O telefone ainda estava tocando.

CAPÍTULO CINQUENTA E SETE

– Você apagou o desgraçado – disse Steven. – Quem é ele?
– Este é o Harvey Jones – respondeu Jeannie. – E ele é filho do Berrington Jones.
Steven ficou pasmo.
– O Berrington criou um dos oito clones como filho dele? Não é possível!
Jeannie olhou para o homem inconsciente no chão.
– O que a gente faz?
– Pra começar, por que não atendemos o telefone?
Automaticamente, Jeannie atendeu. Era Lisa.
– Quase aconteceu comigo – disse Jeannie sem preâmbulos.
– Ah, não!
– O mesmo cara.
– Eu não acredito! Quer que eu vá aí?
– Quero sim. Obrigada.
Jeannie desligou. Sentia dor no corpo inteiro por ter sido jogada no chão, e sua boca doía onde ele tinha forçado a mordaça. Ainda podia sentir o gosto do sangue de Harvey. Encheu um copo com água, enxaguou a boca e cuspiu na pia da cozinha. Então disse:
– Estamos numa situação muito delicada, Steven. As pessoas que estamos enfrentando têm amigos poderosos.
– Estou ciente.
– Eles podem tentar matar a gente.
– Sei muito bem disso.
A simples ideia impedia Jeannie de raciocinar direito. *Não posso ficar paralisada de medo*, pensou.
– Você acha que, se eu prometer nunca contar o que sei, eles me deixarão em paz?
Steven refletiu por um momento, depois disse:
– Não, não acho.
– Nem eu. Então não tenho escolha a não ser lutar.
Eles ouviram passos na escada e o Sr. Oliver enfiou a cabeça pela porta.
– Que diabos aconteceu aqui? – disse. Seus olhos foram do inconsciente Harvey no chão para Steven e vice-versa. – Minha nossa.

Steven pegou a calça Levi's preta de Jeannie e entregou a ela, que a vestiu rapidamente, cobrindo a nudez. Se o Sr. Oliver percebeu, teve muito tato para não deixar transparecer. Apontando para Harvey, ele disse:

– Este deve ser o tal cara da Filadélfia. Não é à toa que você achou que fosse o seu namorado. Eles só podem ser gêmeos!

– Eu vou amarrá-lo antes que ele acorde. Tem alguma corda aqui, Jeannie?

– Eu tenho alguns cabos elétricos – respondeu o Sr. Oliver. – Vou pegar minha caixa de ferramentas.

E saiu.

Jeannie abraçou Steven, agradecida. Ela sentia como se tivesse acordado de um pesadelo.

– Eu achei que fosse você – disse. – Foi exatamente como ontem, mas desta vez eu não estava sendo paranoica, eu estava certa.

– A gente disse que devia inventar um código, mas acabou não definindo nada.

– Vamos fazer isso agora. Quando você se aproximou de mim na quadra de tênis no domingo passado, disse: "Eu também jogo tênis mais ou menos."

– E você modestamente disse: "Se você joga tênis *mais ou menos*, provavelmente não está no mesmo nível que eu."

– Esse é o código. Se um de nós dois disser a primeira frase, o outro tem que dizer a segunda.

– Combinado.

O Sr. Oliver voltou com sua caixa de ferramentas. Ele rolou Harvey e começou a amarrar as mãos dele na frente do corpo, unindo as palmas uma contra a outra, mas deixando os polegares livres.

– Por que não amarrar as mãos atrás das costas? – perguntou Steven.

O Sr. Oliver pareceu constrangido.

– Peço desculpas por mencionar isso, mas assim ele consegue segurar o próprio pau quando precisar mijar. Aprendi isso na Europa durante a guerra. – Ele começou a amarrar os pés de Harvey. – Este cara não vai causar mais problemas. Agora, o que vocês planejam fazer em relação à porta lá de baixo?

Jeannie olhou para Steven, que disse:

– Eu acabei com ela.

– Vou chamar um marceneiro – afirmou Jeannie.

– Tenho uns pedaços de madeira no quintal. Posso dar um jeitinho nela pra gente poder trancar hoje à noite. Aí depois arranjamos alguém pra fazer um serviço melhor amanhã.

Jeannie se sentiu profundamente grata a ele.

– Obrigada. É muito gentil da sua parte.

– Não precisa agradecer. Esta é a coisa mais interessante que me aconteceu desde a Segunda Guerra Mundial.

– Eu ajudo o senhor – ofereceu Steven.

O Sr. Oliver balançou a cabeça.

– Estou vendo que vocês dois têm muita coisa pra discutir. Como, por exemplo, se vão ligar pra polícia pra entregar esse cara amarrado aí no chão.

Sem esperar por uma resposta, pegou sua caixa de ferramentas e desceu as escadas.

Jeannie organizou seus pensamentos.

– Amanhã a Threeplex vai ser vendida por 180 milhões de dólares e o Proust estará na corrida presidencial. Enquanto isso, não tenho emprego e a minha reputação está arruinada. Eu nunca mais vou trabalhar como cientista. Mas, com o que sei, poderia reverter as duas situações.

– Como?

– Bem... eu posso soltar um comunicado à imprensa falando sobre os experimentos.

– Não precisa de algum tipo de prova?

– Você e o Harvey juntos são evidências bastante significativas. Principalmente se a gente conseguisse colocar vocês dois juntos na TV.

– Sim, no *Sixty Minutes* ou coisa assim. Gostei. – A expressão dele mudou novamente. – Mas o Harvey não vai querer colaborar.

– Eles podem filmá-lo amarrado. Depois a gente chama a polícia, e eles poderão filmar isso também.

Steven assentiu com a cabeça.

– O problema é que você provavelmente vai ter que agir antes que a Landsmann e a Threeplex finalizem a venda. Assim que eles tiverem o dinheiro na mão, vão conseguir bloquear qualquer publicidade negativa que a gente produzir. Mas não vejo como você vai conseguir aparecer na TV nas próximas horas. E, de acordo com o *Wall Street Journal*, a coletiva de imprensa deles é amanhã de manhã.

– Talvez devêssemos dar a nossa própria coletiva de imprensa.

Steven estalou os dedos.

– Já sei! A gente entra de penetra na coletiva *deles*.

– Isso. Aí talvez o pessoal da Landsmann decida não assinar os papéis e a venda seja cancelada.

– E o Berrington não vai ganhar todos aqueles milhões de dólares.

– E o Jim Proust não vai concorrer à presidência.

– A gente só pode estar doido – disse Steven. – Eles são algumas das pessoas mais poderosas do país, e estamos falando em estragar a festa deles.

Um som de marteladas veio lá de baixo quando o Sr. Oliver começou a consertar a porta.

– Eles odeiam negros, sabia? – disse Jeannie. – Toda essa palhaçada sobre genes bons e cidadãos de segunda categoria é só um código. Eles são supremacistas brancos com uma roupagem de ciência moderna. Querem transformar o Sr. Oliver num cidadão de segunda classe. Eles que se danem! Eu não vou ficar parada assistindo.

– Precisamos de um plano – afirmou Steven de maneira prática.

– Está bem, vamos lá. Primeiro temos que descobrir onde vai ser a coletiva de imprensa da Threeplex.

– Provavelmente num hotel em Baltimore.

– Vamos ligar pra todos eles, se necessário.

– A gente deveria alugar um quarto no hotel.

– Boa ideia. Aí eu dou um jeito de entrar na coletiva, levanto no meio de todo mundo e faço um discurso pros jornalistas.

– Eles vão tentar te impedir.

– Eu preciso ter um texto pronto. Aí você entra com o Harvey. Gêmeos são muito fotogênicos. Todas as câmeras vão estar em vocês.

Steven franziu o cenho.

– O que você prova tendo o Harvey e eu lá?

– Como vocês são idênticos, vão oferecer o tipo de impacto dramático que deverá fazer a imprensa começar a fazer perguntas. Não vai demorar muito para eles verificarem que vocês têm mães diferentes. Assim que descobrirem isso, vão entender que tem algum mistério a ser desvendado, exatamente como eu pensei. E você sabe como eles investigam os candidatos presidenciais.

– Mas três seria melhor do que dois – sugeriu Steven. – Acha que a gente consegue levar um dos outros lá?

– Podemos tentar. A gente pode convidar todos eles e torcer pra que pelo menos um apareça.

No chão, Harvey abriu os olhos e gemeu.

Jeannie havia praticamente se esquecido dele. Observando-o agora, ela esperava que sua cabeça estivesse doendo. Então se sentiu mal por ser tão vingativa.

– Do jeito que eu bati nele, provavelmente seria melhor ele ir a um médico. Harvey voltou rápido.

– Me solta, sua vadia de merda – balbuciou.

– Esquece o médico – disse Jeannie.

– Me desamarra agora ou juro que vou retalhar os seus peitos com uma navalha assim que eu me soltar.

Jeannie enfiou o pano de prato na boca dele.

– Cala a boca, Harvey.

– Vai ser interessante tentar enfiá-lo amarrado num hotel sem que ninguém veja – comentou Steven, pensativo.

A voz de Lisa veio do andar de baixo, cumprimentando o Sr. Oliver. Segundos depois, ela entrou, usando uma calça jeans e coturnos. Olhou para Steven e para Harvey e disse:

– Meu Deus, é verdade.

Steven se empertigou.

– Eu sou o cara que você reconheceu na delegacia – explicou. – Mas foi ele quem a atacou.

– O Harvey tentou fazer comigo a mesma coisa que fez com você – contou Jeannie. – O Steven apareceu bem a tempo e arrombou a porta.

Lisa foi até onde Harvey estava deitado. Ela o encarou por um bom tempo, então recuou o pé e chutou as costelas dele o mais forte que pôde com a biqueira do coturno. Ele gemeu e se contorceu de dor.

Ela chutou novamente.

– Cara – disse, balançando a cabeça –, isso é muito bom.

Jeannie rapidamente atualizou Lisa sobre os acontecimentos do dia.

– Muita coisa aconteceu enquanto eu estava dormindo – comentou Lisa, surpresa.

– Você trabalha há um ano na Jones Falls, Lisa – disse Steven. – Estou surpreso por nunca ter conhecido o filho do Berrington.

– O Berrington não socializa com o pessoal da universidade – informou ela. – Ele é famoso demais. É bem possível que *ninguém* na Jones Falls jamais tenha visto o Harvey.

Jeannie descreveu o plano para interromper a coletiva de imprensa.

– A gente estava dizendo que se sentiria mais confiante se um dos outros clones estivesse lá também.

– Bom, o Per Ericson está morto, o Dennis Pinker e o Murray Claud estão presos, mas ainda nos restam três possibilidades. O Henry King, de

Boston, o Wayne Stattner, de Nova York, e o George Dassault, que pode estar em Buffalo, Sacramento ou Houston, não sabemos, mas podemos tentar todos novamente. Eu guardei os contatos.

– Eu também – disse Jeannie.

– Será que eles conseguem chegar aqui a tempo? – perguntou Steven.

– A gente pode entrar na internet e dar uma olhada nos voos – sugeriu Lisa. – Cadê o seu computador, Jeannie?

– Foi roubado.

– Meu Mac está no porta-malas. Vou buscar.

Lisa saiu.

– Vamos ter que pensar muito bem no que dizer para convencer esses caras a pegarem um avião pra Baltimore assim tão em cima da hora. E vamos precisar nos oferecer pra pagar as passagens. Não tenho certeza se meu cartão de crédito dá conta.

– Eu tenho um American Express que a minha mãe me deu pra emergências. Sei que ela vai considerar isso uma emergência.

– Que mãe maravilhosa! – disse Jeannie com inveja.

– Isso é verdade.

Lisa voltou e conectou seu computador à linha do modem de Jeannie.

– Peraí – disse Jeannie. – Vamos nos organizar.

CAPÍTULO CINQUENTA E OITO

JEANNIE ESCREVIA O COMUNICADO à imprensa; Lisa acessava um site para verificar os voos; Steven tinha encontrado uma lista telefônica e ligava para todos os principais hotéis de Baltimore perguntando: "Vocês têm uma coletiva de imprensa marcada para amanhã com a Threeplex ou a Landsmann?"

Depois de seis tentativas, ocorreu-lhe a hipótese de que a coletiva de imprensa não necessariamente seria realizada em um hotel. Poderia acontecer em um restaurante ou em um local mais exótico, como a bordo de um navio; ou talvez eles tivessem uma sala grande o suficiente na sede da Threeplex, na zona norte da cidade. Mas, em sua sétima ligação, um prestativo atendente respondeu:

– Sim, vai ser no Salão Principal ao meio-dia, senhor.

– Ótimo! – disse Steven. Jeannie lançou-lhe um olhar de indagação e Steven sorriu, fazendo um sinal de positivo com o polegar. – Posso reservar um quarto pra hoje à noite, por favor?

– Vou transferir o senhor para o setor de reservas. Aguarde um momento, por gentileza.

Ele reservou um quarto, pagando com o American Express da mãe. Quando desligou, Lisa informou:

– Tem três voos que poderiam trazer o Henry King pra cá a tempo, todos da USAir. Eles decolam às 6h20, às 7h40 e às 9h45. Há lugar disponível em todos eles.

– Reserva uma passagem no de 9h45 – disse Jeannie.

Steven passou o cartão de crédito para Lisa e ela digitou os detalhes.

– Ainda não sei como vou convencê-lo a vir.

– Você disse que ele é estudante e trabalha num bar, não é? – perguntou Steven.

– Sim.

– Ele precisa de dinheiro. Deixa eu tentar uma coisa. Qual é o número dele?

Jeannie deu o número a Steven.

– Chamam ele de Hank – completou ela.

Steven ligou para o número. Ninguém atendeu. Ele balançou a cabeça, desapontado.

– Ninguém em casa – disse.

Jeannie pareceu desanimada por um momento, então estalou os dedos.

– Talvez ele esteja trabalhando no bar.

Ela deu o número a Steven e ele ligou.

O telefone foi atendido por um homem com sotaque hispânico:

– The Blue Note.

– Posso falar com o Hank?

– Olha, ele está trabalhando – respondeu o homem, irritado.

Steven sorriu para Jeannie e murmurou: "Ele está lá!"

– É importante. Não vou tomar muito tempo.

Um minuto depois, uma voz igual à de Steven veio à linha.

– Sim, quem fala?

– Oi, Hank, meu nome é Steven Logan, e a gente tem uma coisa em comum.

– Você está vendendo alguma coisa?

– A sua mãe e a minha fizeram tratamento num lugar chamado Clínica Aventine antes de a gente nascer. Você pode perguntar a ela.

– Certo, e daí?

– Pra resumir, estou processando a clínica em 10 milhões de dólares e gostaria que você se juntasse a mim no processo.

Houve uma pausa.

– Não sei se isso é sério ou não, amigo, mas, de qualquer maneira, eu não tenho dinheiro pra processar ninguém.

– Eu vou arcar com todos os custos legais. Não quero o seu dinheiro.

– Então por que está me ligando?

– Porque com você a bordo eu fortaleço o meu caso.

– É melhor você me escrever com os detalhes...

– Esse é o problema. Eu preciso que você esteja aqui em Baltimore, no Hotel Stouffer, amanhã ao meio-dia. Vou dar uma entrevista coletiva sobre o processo e quero que você apareça.

– Quem quer ir pra Baltimore? Tipo, não é Honolulu.

Deixa de ser idiota.

– Tem uma reserva no seu nome no voo da USAir saindo de Boston amanhã às 9h45. A sua passagem está paga, e você pode verificar com a companhia aérea. É só fazer o check-in.

– Você está se oferecendo pra dividir 10 milhões de dólares comigo?

– Ah, não, não. Você também vai conseguir seus 10 milhões.

– Está processando eles por quê?
– Quebra de contrato verbal por meio de fraude.
– Olha, eu estudo administração... Esse tipo de coisa não prescreve? Algo que aconteceu 23 anos atrás...
– Sim, mas a prescrição começa a contar do momento em que a fraude é descoberta. Nesse caso, isso aconteceu semana passada.
Ao fundo, uma voz gritou:
– Ei, Hank, tem uns cem clientes esperando!
– Você está começando a parecer um pouco mais convincente – afirmou Hank ao telefone.
– Isso significa que você vem?
– Significa que vou pensar sobre isso depois que sair do trabalho hoje à noite. Agora eu tenho bebidas pra servir.
– Você poderá entrar em contato comigo no hotel – informou Steven.
Mas era tarde demais: Hank havia desligado.
Jeannie e Lisa estavam olhando para ele.
Ele deu de ombros.
– Não sei – disse, frustrado. – Não sei se convenci o cara ou não.
– A gente vai ter que esperar e ver se ele aparece – declarou Lisa.
– O Wayne Stattner faz o que da vida?
– Ele é dono de boate. Provavelmente já tem 10 milhões de dólares.
– Então vamos ter que despertar a curiosidade dele. Você tem o número?
– Não.
Steven ligou para a central telefônica.
– Se ele for uma celebridade, pode ser que não esteja listado.
– Talvez tenha um contato comercial.
Ele foi atendido e deu o nome. Um tempo depois, conseguiu o número. Ligou e foi atendido pela secretária eletrônica.
– Oi, Wayne. Meu nome é Steven Logan, e você pode notar que a minha voz é exatamente igual à sua. Isso porque, acredite ou não, nós somos idênticos. Eu tenho 1,88 metro, 86 quilos e sou exatamente como você, exceto pela cor do cabelo. Provavelmente temos algumas outras coisas em comum: sou alérgico a macadâmia, não tenho unhas nos dedos menores dos pés e, quando estou pensativo, coço as costas da mão esquerda com os dedos da direita. Agora, a grande questão é a seguinte: nós não somos gêmeos. Existem vários de nós por aí. Um deles cometeu um crime na Universidade Jones Falls no domingo passado, por isso você recebeu a visita da polícia de

Baltimore ontem. E vamos todos nos encontrar amanhã no Hotel Stouffer, em Baltimore, ao meio-dia. Isso pode parecer estranho, Wayne, mas juro que é tudo verdade. Liga pra mim ou pra Dra. Jean Ferrami no hotel, ou só aparece lá. Vai ser interessante.

Ele desligou e olhou para Jeannie.

– O que acha?

Ela deu de ombros.

– Ele é um cara que pode se dar ao luxo de satisfazer os próprios caprichos. Talvez fique intrigado. E um dono de boate provavelmente não tem nada urgente pra fazer numa segunda-feira de manhã. Por outro lado, eu não pegaria um avião com base em uma mensagem como essa.

O telefone tocou e Steven atendeu imediatamente.

– Alô.

– Posso falar com o Steven?

A voz era desconhecida.

– É ele.

– É o tio Preston. Vou passar pro seu pai.

Steven não tinha um tio chamado Preston. Franziu o cenho, confuso. Instantes depois, outra voz veio na linha:

– Tem alguém aí com você? Ela está ouvindo?

De repente Steven entendeu tudo. A confusão deu lugar ao choque. Ele não conseguia pensar no que fazer.

– Só um minuto. – Ele cobriu o bocal com a mão. – Acho que é o Berrington! – disse para Jeannie. – E ele acha que eu sou o Harvey. O que que eu faço?

Jeannie abriu as mãos em um gesto de perplexidade.

– Improvisa – respondeu.

– Ah, valeu. – Steven colocou o telefone no ouvido. – É, oi, é o Steven – continuou ele.

– O que está acontecendo? Você está aí há horas!

– Acho que sim...

– Conseguiu descobrir o que a Jeannie está planejando fazer?

– É... sim, consegui.

– Então volta pra cá pra nos contar!

– Ok.

– Você não está preso aí não, está?

– Não.

– Imagino que estava transando com ela.
– Mais ou menos isso.
– Veste essa porra dessa calça e volta pra casa! Está todo mundo ferrado!
– Tá bem.
– Agora, quando você desligar, diz que era alguém que trabalha pro advogado dos seus pais, ligando para dizer que eles precisam que você vá pra Washington o mais rápido possível. Essa é a sua desculpa e vai te dar motivo pra se apressar. Certo?
– Certo. Vou chegar o mais rápido que puder.
Berrington desligou e Steven fez o mesmo.
Os ombros de Steven desabaram de alívio.
– Acho que consegui enganá-lo.
– O que ele disse? – perguntou Jeannie.
– Foi bem interessante. Parece que o Harvey foi enviado aqui pra descobrir quais são as suas intenções. Eles estão preocupados com o que você pode fazer com o conhecimento que possui.
– *Eles?* Eles quem?
– O Berrington e alguém chamado "tio Preston".
– Preston Barck, o presidente da Threeplex. Então, por que eles ligaram?
– Estão impacientes. O Berrington cansou de esperar. Acho que ele e os comparsas estão querendo descobrir pra saber como reagir. Ele me disse para fingir que preciso ir até Washington me encontrar com o advogado e aí voltar pra casa dele o mais rápido possível.
Jeannie pareceu preocupada.
– Isso é péssimo. Quando o Harvey não aparecer, o Berrington vai saber que tem alguma coisa errada. O pessoal da Threeplex será avisado. Não tem como saber o que eles vão fazer: mudar a coletiva de imprensa pra outro lugar, aumentar a segurança pra que a gente não consiga entrar ou até mesmo cancelar o evento por completo e assinar a papelada no escritório do advogado.
Steven franziu a testa, olhando para o chão. Ele tinha uma ideia, mas hesitou em propô-la. Por fim, disse:
– Então Harvey precisa ir pra casa.
Jeannie balançou a cabeça.
– Ele está deitado no chão ouvindo a gente. Vai contar tudo pra eles.
– Não se eu for no lugar dele.
Jeannie e Lisa olharam para ele, pasmas.

Ele não sabia ainda exatamente como faria, estava apenas pensando em voz alta.

– Eu vou pra casa do Berrington e finjo ser o Harvey. Dou uma tranquilizada neles.

– Steven, isso é muito perigoso. Você não sabe nada sobre a vida deles. Não saberia nem onde fica o banheiro.

– Se o Harvey conseguiu enganar você, acho que consigo enganar o Berrington.

Steven tentou parecer mais confiante do que estava.

– O Harvey não me enganou. Eu o desmascarei.

– Ele enganou você por um tempo.

– Menos de uma hora. Você vai ter que ficar lá por mais tempo.

– Não muito. O Harvey normalmente volta pra Baltimore no domingo à noite, a gente sabe disso. Estarei aqui de volta à meia-noite.

– Mas o Berrington é *pai* do Harvey. É impossível.

Ele sabia que Jeannie tinha razão.

– Você tem uma ideia melhor?

Ela pensou por um longo momento, depois respondeu:

– Não.

CAPÍTULO CINQUENTA E NOVE

STEVEN VESTIU A CALÇA de veludo cotelê azul-marinho e o suéter azul--celeste de Harvey e dirigiu o Datsun de sua cópia até Roland Park. Já estava escuro quando chegou à casa de Berrington. Estacionou atrás de um Lincoln Town Car prata e ficou sentado por um instante, reunindo coragem.

Ele tinha que fazer aquilo direito. Se fosse descoberto, Jeannie estaria acabada. Mas não tinha nada para dizer, nenhuma informação com que trabalhar. Teria que ficar alerta a cada deixa, sensível às expectativas, relaxado em relação aos erros. Naquele momento, desejou ser ator.

Em que estado de espírito está o Harvey?, perguntou-se. *Ele foi convocado sumariamente pelo pai. Podia estar se divertindo com Jeannie. Acho que está de mau humor.*

Steven suspirou. Não podia adiar mais aquele temido momento. Saiu do carro e foi até a porta.

Havia várias chaves no chaveiro de Harvey. Steven olhou para a fechadura da porta da casa de Berrington. Achou ter lido a palavra "Yale". Procurou uma chave compatível. Antes que conseguisse encontrar, Berrington abriu a porta.

– O que está fazendo aí parado? – perguntou ele, irritado. – Entra logo.

Steven entrou.

– Vai pro escritório – ordenou Berrington.

Onde fica a porra do escritório? Steven lutou contra uma onda de pânico. O imóvel era uma típica casa de subúrbio de dois andares, estilo fazenda, construída na década de 1970. À sua esquerda, do outro lado de um arco, ele podia ver uma sala de estar com mobília formal e sem ninguém nela. Bem à frente havia um corredor com várias portas que, ele supôs, levava aos quartos. À sua direita, havia duas portas fechadas. Uma delas provavelmente seria o escritório, mas qual?

– Vai pro escritório – repetiu Berrington, como se o filho não tivesse ouvido da primeira vez.

Steven elegeu uma porta ao acaso.

Ele havia escolhido a porta errada. Ali ficava um banheiro.

Berrington olhou para ele de cara feia.

Steven hesitou por um momento, então lembrou que deveria estar de mau humor.

– Pelo menos posso mijar primeiro? – rebateu.

Sem esperar por uma resposta, entrou e fechou a porta.

Era um lavabo, com apenas um vaso sanitário e uma pia. Ele se apoiou na borda da pia e se olhou no espelho.

– Você só pode estar maluco – disse para o reflexo.

Deu descarga, lavou as mãos e saiu.

Podia ouvir vozes masculinas vindo de dentro da casa. Abriu a porta ao lado do lavabo: *ali* era o escritório. Entrou, fechou a porta e deu uma olhada rápida ao redor. Havia uma escrivaninha, um gaveteiro de madeira, muitas estantes, uma televisão e alguns sofás. Sobre a mesa havia uma fotografia de uma atraente mulher loura de cerca de 40 anos vestindo roupas que pareciam ser de duas décadas atrás e segurando um bebê. *Será que é a ex-mulher do Berrington? Minha "mãe"?*

Abriu as gavetas da escrivaninha, uma após a outra, espiando dentro delas, então se voltou para o gaveteiro. Havia uma garrafa de uísque Springbank e alguns copos de cristal na última gaveta, quase como se fossem mesmo para ficar escondidos. Talvez fosse um capricho de Berrington. Quando fechou a gaveta, a porta do cômodo se abriu e Berrington entrou, seguido por dois homens. Steven reconheceu o senador Proust, com sua grande cabeça careca e o narigão já familiares por conta dos noticiários da TV. Presumiu que o homem quieto de cabelos negros fosse o "tio" Preston Barck, presidente da Threeplex.

Ele lembrou que estava mal-humorado.

– Você não precisava me arrastar de volta com tanta pressa.

Berrington adotou um tom conciliador.

– Acabamos de jantar – disse. – Quer alguma coisa? Marianne pode trazer numa bandeja.

O estômago de Steven estava embrulhado de nervoso, mas Harvey certamente gostaria de jantar e ele precisava parecer o mais natural possível, então fingiu amolecer e falou:

– Claro, eu como, sim.

– Marianne! – gritou Berrington.

Um tempinho depois, uma linda garota negra de aparência nervosa apareceu na porta.

– Traz o jantar pro Harvey numa bandeja – ordenou Berrington.

– Imediatamente, monsieur – disse ela baixinho.

Steven a observou sair, notando que passou pela sala de estar a caminho da cozinha. Presumivelmente, a sala de jantar também ficava naquela direção, a menos que eles comessem na cozinha.

Proust se inclinou para a frente e disse:

– E aí, meu rapaz, o que você descobriu?

Steven havia inventado um plano de ação fictício para Jeannie.

– Eu acho que vocês podem relaxar, pelo menos por enquanto – disse. – A Jeannie Ferrami pretende entrar com uma ação trabalhista contra a Universidade Jones Falls por conta da demissão. Ela acha que vai conseguir falar da existência dos clones nesse processo. Até lá, não tem planos de levar isso a público. Vai se reunir com um advogado na quarta-feira.

Os três homens pareceram aliviados.

– Um processo trabalhista – disse Proust. – Isso vai levar pelo menos um ano. A gente tem muito tempo pra fazer o que precisa.

Enganei vocês, seus velhos escrotos.

– E o caso da Lisa Hoxton? – perguntou Berrington.

– Ela sabe quem eu sou e acha que fui eu que cometi o crime, mas não tem provas. Provavelmente vai me acusar, mas acredito que isso será visto como uma retaliação de uma ex-funcionária vingativa.

Berrington assentiu.

– Isso é bom, mas mesmo assim você precisa de um advogado. Sabe o que a gente vai fazer. Fica aqui esta noite. Está muito tarde pra dirigir de volta pra Filadélfia.

Eu não quero passar a noite aqui!

– Não sei...

– Você vai pra coletiva de imprensa comigo de manhã e depois a gente vai encontrar o Henry Quinn.

É muito arriscado!

Não entre pânico, pense!

Se eu ficar aqui, posso saber exatamente o que esses três cretinos estão tramando. Isso vale um certo risco. Acho que, enquanto estiver dormindo, não vai acontecer nada de mais. Eu poderia dar um jeito de ligar para Jeannie e contar a ela o que está se passando.

Ele tomou uma decisão em frações de segundo.

– Está bem – respondeu.

– Bom, ficamos aqui esse tempo todo morrendo de preocupação por nada.

Barck não aceitou as boas notícias tão rapidamente.

– Não passou pela cabeça da garota tentar sabotar a venda da Threeplex? – indagou.

– Ela é esperta, mas não acho que tenha uma mente empresarial – disse Steven.

Proust deu uma piscadinha e quis saber:

– Como ela é na cama, hein?

– Agressiva – respondeu Steven com um sorriso, e Proust caiu na gargalhada.

Marianne entrou com uma bandeja: frango fatiado, salada com cebola, pão e uma Budweiser. Steven sorriu para ela.

– Obrigado – disse ele. – Parece ótimo.

Ela lançou-lhe um olhar espantado, e Steven percebeu que Harvey provavelmente não dizia obrigado com frequência. Notou a expressão de Preston Barck, que franzia o cenho. *Cuidado, cuidado! Não estrague tudo agora. Você tem eles nas mãos. Tudo que precisa fazer é sobreviver a mais ou menos uma hora, até a hora de dormir.*

Ele começou a comer.

– Lembra quando levei você ao Hotel Plaza em Nova York pra almoçar quando você tinha 10 anos? – perguntou Barck.

Steven estava prestes a dizer "Sim" quando percebeu uma expressão intrigada no rosto de Berrington. *Isso é um teste? O Barck está desconfiado?*

– Ao Plaza? – perguntou ele com uma expressão confusa.

De todo modo, só poderia dar uma resposta:

– Puxa, tio Preston, eu não me lembro disso.

– Vai ver foi o filho da minha irmã – disse Barck.

Ufa.

Berrington se levantou.

– Toda essa cerveja está me fazendo mijar feito um camelo – comentou e saiu.

– Preciso de um uísque – disse Proust.

– Tenta a última gaveta do gaveteiro – sugeriu Steven. – O papai costuma guardar ali.

Proust foi até o móvel e abriu a gaveta.

– Boa, garoto! – disse, tirando a garrafa e alguns copos.

– Eu conheço esse esconderijo desde os 12 anos – contou Steven. – Foi quando comecei a beber.

Proust caiu na gargalhada. Steven olhou de relance para Barck. O olhar desconfiado havia desaparecido de seu rosto e ele estava sorrindo.

CAPÍTULO SESSENTA

O SR. OLIVER APARECEU com um revólver enorme que havia guardado da Segunda Guerra Mundial.

– Tomei de um prisioneiro alemão – disse. – Naquela época, os soldados negros não costumavam ter permissão pra portar armas de fogo.

Ele se sentou no sofá de Jeannie apontando a arma para Harvey.

Lisa estava ao telefone tentando encontrar George Dassault.

Jeannie anunciou:

– Vou fazer check-in no hotel e depois um reconhecimento do território.

Ela colocou algumas coisas em uma mala e dirigiu até o Hotel Stouffer, pensando em como levariam Harvey para um quarto sem chamar a atenção da equipe de segurança do hotel.

O Stouffer tinha uma garagem subterrânea: era um bom começo. Ela deixou o carro lá e pegou o elevador. Levava apenas até o saguão, não para os quartos, observou. Para chegar aos quartos era necessário pegar outro elevador. Mas todos ficavam agrupados em um corredor fora do saguão principal, que não era visível da recepção, e levaria apenas alguns segundos para ir do elevador da garagem até o elevador que dava nos quartos. *Eles estariam carregando ou arrastando Harvey? Ou ele cooperaria e andaria até lá?* Ela achava difícil prever.

Fez o check-in, foi para o quarto e largou a mala. Então saiu imediatamente e voltou para seu apartamento.

– Consegui falar com o George Dassault! – contou Lisa animada assim que ela entrou.

– Excelente! Onde ele está?

– Encontrei a mãe dele em Buffalo, e ela me deu o número dele em Nova York. Ele é ator de uma peça pequena fora do circuito da Broadway.

– Ele vai vir amanhã?

– Sim. Disse: "Faço qualquer coisa por publicidade." Reservei o voo e disse que o encontraria no aeroporto.

– Que maravilha!

– Vamos ter três clones: vai ficar incrível na TV.

– Isso *se* a gente conseguir levar o Harvey pro hotel. – Jeannie se voltou para o Sr. Oliver. – Dá pra escapar do porteiro do hotel entrando pela garagem subterrânea. O elevador da garagem vai até o térreo. A gente tem que sair e pegar outro elevador pra ir até o quarto. Mas esse hall dos elevadores fica meio escondido.

– Mesmo assim, vamos ter que mantê-lo quieto por uns bons cinco, talvez dez minutos enquanto o levamos do carro pro quarto – disse o Sr. Oliver, não muito confiante. – E se algum hóspede reparar no cara todo amarrado? Pode acabar fazendo perguntas ou chamando a segurança.

Jeannie olhou para Harvey, deitado amarrado e amordaçado no chão. Ele os observava e ouvia.

– Já pensei sobre isso e tenho algumas ideias – declarou Jeannie. – Você consegue amarrar os pés dele pra que ele ande mas não muito rápido?

– Claro.

Enquanto o senhor Oliver fazia isso, Jeannie foi para o quarto. Tirou do armário um sarongue colorido que comprara para ir à praia, um xale grande, um lenço e uma máscara de Nancy Reagan que havia ganhado em uma festa e se esquecera de jogar fora.

O Sr. Oliver estava colocando Harvey de pé. Assim que se endireitou, Harvey tentou dar um soco nele com as mãos amarradas. Jeannie ficou sem ar e Lisa gritou. Mas o Sr. Oliver parecia estar esperando por isso. Ele se esquivou do golpe facilmente e deu uma coronhada na barriga de Harvey. Harvey grunhiu e dobrou o corpo para a frente, e o Sr. Oliver o acertou com a coronha da arma novamente, dessa vez na cabeça. Harvey caiu de joelhos. O Sr. Oliver o ergueu novamente. Depois disso, ele pareceu mais dócil.

– Eu quero vesti-lo – explicou Jeannie.

– Vá em frente – disse o Sr. Oliver. – Vou ficar por perto e machucar ele de vez em quando pra que continue colaborando.

Nervosa, Jeannie passou o sarongue ao redor da cintura de Harvey e o amarrou como uma saia. As mãos dela estavam vacilantes: ela odiava estar tão perto dele. A saia era longa e cobria os tornozelos de Harvey, escondendo o cabo elétrico que o prendia. Ela colocou o xale sobre os ombros dele e o prendeu com um alfinete de segurança nos fios em volta de seus pulsos, de modo que ele parecia estar agarrando os cantos do xale como uma velha senhora. Em seguida, ela enrolou o lenço e o amarrou em sua boca aberta, prendendo-o com um nó atrás do pescoço, para que o pano de prato não caísse. Por fim, colocou a máscara de Nancy Reagan para esconder a mordaça.

– Ele estava numa festa à fantasia, vestido de Nancy Reagan, e está bêbado – explicou ela.

– Ficou ótimo – disse o Sr. Oliver.

O telefone tocou e Jeannie atendeu.

– Alô?

– Aqui é Mish Delaware.

Jeannie havia se esquecido dela. Fazia catorze ou quinze horas desde que tentara ligar para ela, desesperada.

– Oi – respondeu Jeannie.

– Você tinha razão. Foi o Harvey Jones.

– Como você sabe?

– A polícia da Filadélfia agiu rápido. Eles foram até o apartamento dele. Ele não estava lá, mas um vizinho deixou que entrassem. Encontraram o boné e perceberam que batia com o da descrição.

– Isso é ótimo!

– Estou pronta pra prendê-lo, mas não sei onde ele está. Você sabe?

Jeannie olhou para ele, vestido como uma Nancy Reagan de quase 1,90 metro.

– Não faço ideia – respondeu. – Mas posso dizer onde ele vai estar amanhã ao meio-dia.

– Prossiga.

– No Salão Principal do Hotel Stouffer, em uma entrevista coletiva.

– Obrigada.

– Mish, poderia me fazer um favor?

– O quê?

– Não prende ele até a coletiva terminar. É muito importante pra mim que ele esteja lá.

Ela hesitou e depois disse:

– Tudo bem.

– Obrigada. Agradeço demais. – Jeannie desligou. – Beleza, vamos colocá-lo no carro.

– Vai na frente e abre as portas – disse o Sr. Oliver. – Eu levo ele.

Jeannie pegou as chaves e desceu correndo para a rua. A noite caíra, mas havia uma luz forte das estrelas, bem como a iluminação dos postes de luz. Ela observou a rua. Um jovem casal de jeans rasgados caminhava na direção oposta, de mãos dadas. Do outro lado da calçada, um homem com um chapéu de palha passeava com um labrador caramelo. Todos seriam capazes de ver claramente o que estava acontecendo. Será que olhariam? Será que se importariam?

Jeannie destrancou o carro e abriu a porta.

Harvey e o Sr. Oliver saíram da casa muito próximos, o Sr. Oliver empurrando o prisioneiro para a frente, Harvey tropeçando. Lisa vinha atrás deles e fechou a porta.

Por um instante, a cena pareceu absurda para Jeannie. Uma gargalhada histérica borbulhou em sua garganta. Ela colocou o punho na boca para silenciá-la.

Harvey chegou ao carro e o Sr. Oliver deu o empurrão final. Harvey praticamente caiu no banco de trás.

A vontade de rir de Jeannie passou. Ela olhou novamente para as outras pessoas na rua. O homem de chapéu de palha observava seu cachorro urinar no pneu de um Subaru. O jovem casal não tinha se virado.

Até agora tudo bem.

– Eu vou atrás com ele – avisou o Sr. Oliver.

– Ok.

Lisa sentou-se no banco do carona e Jeannie, ao volante.

O centro da cidade estava silencioso na noite de domingo. Ela entrou no estacionamento subterrâneo do hotel e parou o mais próximo possível do elevador, para minimizar a distância ao longo da qual teriam que arrastar Harvey. A garagem não estava deserta. Tiveram que esperar no carro enquanto um casal bem-vestido desembarcava de um Lexus e subia para o hotel. Então, quando não havia mais ninguém que pudesse vê-los, saíram do carro.

Jeannie tirou uma chave inglesa do porta-malas, mostrou a Harvey e a enfiou no bolso da calça jeans. O Sr. Oliver levava seu revólver na cintura, escondido pela barra da camisa. Tiraram Harvey do carro. Jeannie esperava que ficasse violento a qualquer instante, mas ele caminhou pacificamente até o elevador, que demorou muito para chegar. Quando chegou, eles entraram e Jeannie apertou o botão para o saguão.

Enquanto subiam, o Sr. Oliver socou Harvey no estômago novamente.

Jeannie ficou chocada: não tinha havido nenhuma provocação. Harvey gemeu e curvou o corpo assim que as portas se abriram. Dois homens que esperavam o elevador olharam para Harvey. O Sr. Oliver o conduziu aos tropeços, dizendo:

– Com licença, senhores, este jovem bebeu um pouco demais.

Eles habilmente abriram caminho.

Outro elevador os aguardava. Arrastaram Harvey para dentro e Jeannie apertou o botão do oitavo andar. Ela suspirou de alívio quando as portas se fecharam.

Não houve nenhum incidente ao longo do trajeto pelo corredor. Harvey já estava se recuperando do soco do Sr. Oliver, mas eles estavam quase chegando ao destino. Jeannie os conduziu até o quarto que havia ocupado. Quando se aproximaram de lá, para sua decepção, viu a porta aberta e um cartão dizendo "Serviço de quarto em andamento" pendurado na maçaneta. A camareira devia estar arrumando a cama ou algo assim. Jeannie suspirou.

De repente, Harvey começou a se debater, fazendo ruídos de protesto com a garganta, se sacudindo descontroladamente com as mãos amarradas. O Sr. Oliver tentou acertá-lo, mas ele se esquivou e deu três passos ao longo do corredor.

Jeannie se abaixou na frente dele, agarrou o fio que prendia seus tornozelos com as duas mãos e puxou. Harvey tropeçou. Jeannie puxou novamente, sem produzir qualquer efeito dessa vez. *Caramba, ele é pesado.* Ele ergueu as mãos para golpeá-la. Ela se preparou e puxou com todas as suas forças. Os pés dele oscilaram e ele caiu com um estrondo.

– Meu Deus, o que está acontecendo? – disse uma voz altiva.

A camareira, uma mulher negra de cerca de 60 anos em um uniforme impecável, veio de dentro do quarto.

O Sr. Oliver se ajoelhou próximo à cabeça de Harvey e o ergueu pelos ombros.

– Este jovem bebeu um pouco demais – respondeu. – Vomitou no capô da minha limusine.

Entendi. Para a camareira, ele é o nosso motorista.

– Isso é bebedeira? – indagou a camareira. – Pra mim, parece mais uma briga.

Voltando-se para Jeannie, o Sr. Oliver disse:

– A senhora pode levantar os pés dele, por favor?

Ela obedeceu.

Os dois levantaram Harvey. Ele se contorceu. O Sr. Oliver fingiu derrubá-lo, mas usou o joelho para ampará-lo, fazendo Harvey perder o fôlego.

– Cuidado, vão machucá-lo! – alertou a camareira.

– Vamos tentar de novo, senhora – disse o Sr. Oliver.

Eles o pegaram e carregaram para o quarto. Jogaram-no na mais próxima das duas camas.

A camareira entrou atrás deles.

– Espero que ele não vomite aqui.

O Sr. Oliver sorriu para ela.

– Agora, como é que eu nunca vi você por aqui antes? Tenho um olho bom pra garotas bonitas, mas não me lembro de ter visto você.

– Sem gracinhas – reclamou ela, embora estivesse sorrindo. – Eu não sou nenhuma garota.

– Tenho 71 anos, e você não pode ter mais de 45.

– Tenho 59 e estou muito velha pra essa sua conversa fiada.

Ele a pegou pelo braço e gentilmente a conduziu para fora do quarto, dizendo:

– Ei, estou quase terminando com esse pessoal. Quer dar uma volta na minha limusine?

– Com vômito por todos os lados? Nem pensar!

Ela gargalhou – disse ele.

– Posso limpar tudo.

– Eu tenho um marido me esperando em casa e, se ele estivesse aqui ouvindo você, sua situação ia ser bem pior do que vômito no capô, Senhor Limusine.

– Epa. – O Sr. Oliver ergueu as mãos em um gesto defensivo. – Eu nunca quis causar nenhum mal.

Fingindo sentir medo, ele voltou para o quarto e fechou a porta.

Jeannie caiu em uma cadeira.

– Meu Deus, conseguimos – disse.

CAPÍTULO SESSENTA E UM

ASSIM QUE STEVEN terminou de comer, levantou-se e disse:
— Preciso ir pra cama.

Ele queria se retirar para o quarto de Harvey o mais rápido possível. Quando estivesse sozinho, não correria risco de ser descoberto.

O grupinho se dispersou. Proust engoliu o resto do uísque e Berrington acompanhou os dois convidados até os carros.

Steven viu uma oportunidade de ligar para Jeannie e contar o que estava acontecendo. Pegou o telefone e ligou para a central telefônica. Demoraram muito para responder. *Vamos! Vamos!* Por fim, conseguiu falar e pediu o número do hotel. Discou o número errado da primeira vez e acabou ligando para um restaurante. Freneticamente, tentou ligar outra vez e enfim conseguiu fazer contato com o hotel.

— Gostaria de falar com a Dra. Jean Ferrami — disse.

Berrington voltou para a sala no momento em que Steven ouviu a voz dela.

— Alô?

— Oi, Linda, é o Harvey — disse ele.

— Steven, é você?

— Sim, resolvi ficar na casa do meu pai. Está um pouco tarde pra encarar a estrada.

— Pelo amor de Deus, Steven. Você está bem?

— Algumas coisas pra resolver, mas nada com que eu não consiga lidar. Como foi seu dia, gata?

— A gente conseguiu arrastá-lo para o quarto do hotel. Não foi fácil, mas conseguimos. A Lisa fez contato com o George Dassault. Ele prometeu vir, então devemos ter três, pelo menos.

— Bom. Estou indo dormir agora. Espero ver você amanhã, está bem?

— Ei, boa sorte.

— Você também. Boa noite.

Berrington piscou para ele.

— Uma gostosa?

— Gostosinha.

Berrington pegou um frasco de comprimidos e engoliu um com uísque. Vendo o olhar de Steven para o frasco, explicou:

– Preciso de alguma coisa pra me ajudar a dormir, depois de tudo isso.

– Boa noite, pai.

Berrington colocou o braço ao redor dos ombros de Steven.

– Boa noite, filho – disse. – Não se preocupe, vai ficar tudo bem.

Ele realmente ama esse filho horrível, pensou Steven; e por um momento se sentiu irracionalmente culpado por enganar um pai afetuoso.

Então se deu conta de que não sabia onde era seu quarto.

Saiu do escritório e deu alguns passos ao longo do corredor que supôs levar aos quartos. Não fazia ideia de qual porta era a do quarto de Harvey. Olhando para trás, percebeu que Berrington não conseguia vê-lo do escritório. Rapidamente abriu a porta mais próxima, tentando desesperado não fazer barulho.

Dava para um banheiro completo, com chuveiro e banheira.

Ele a fechou suavemente.

Ao lado, havia um armário cheio de toalhas e lençóis.

Tentou a porta oposta. Levava a um grande quarto com cama de casal e muitos armários. Havia um terno risca de giz em uma embalagem de lavanderia pendurado em um puxador. Ele não conseguia imaginar que Harvey teria um terno risca de giz. Estava prestes a fechar a porta com cuidado quando levou um susto ao ouvir a voz de Berrington bem atrás dele:

– Precisa de alguma coisa do meu quarto?

Sua expressão era culpada. Por um momento, ficou mudo. *Que merda eu vou dizer?* Então as palavras vieram a ele:

– Eu não tenho roupa pra dormir.

– Desde quando você usa pijama?

O tom de Berrington poderia ser de desconfiança ou mera confusão, Steven não sabia dizer.

– Achei que você pudesse ter uma camiseta grandona – respondeu, em absoluto improviso.

– Nada que caiba nessas costas largas, meu garoto – disse Berrington e, para alívio de Steven, riu.

Steven deu de ombros.

– Deixa pra lá, então.

Ele seguiu em frente.

No final do corredor havia duas portas, em lados opostos: o quarto de Harvey e o da empregada, provavelmente.

Mas qual é qual?

Steven ficou parado, esperando que Berrington entrasse em seu quarto antes que ele tivesse que fazer uma escolha.

Quando chegou ao final do corredor, olhou para trás. Berrington o estava observando.

– Boa noite, pai – disse.

– Boa noite.

Esquerda ou direita? Não tem como saber. Escolha uma aleatoriamente.

Steven abriu a porta à sua direita.

Camisa de rúgbi nas costas de uma cadeira, o CD do Snoop Dogg na cama, uma *Playboy* na escrivaninha.

Este quarto é de um garoto. Graças a Deus.

Steven entrou e fechou a porta com o calcanhar.

Desabou contra a porta, aliviado.

Depois de um tempo, despiu-se e foi para a cama, sentindo-se muito estranho na cama de Harvey, no quarto de Harvey, na casa do pai de Harvey. Apagou a luz e ficou acordado ouvindo os sons da casa estranha. Durante algum tempo ouviu passos, portas se fechando e torneiras sendo abertas, depois o lugar ficou em silêncio.

Cochilou de leve e acordou de repente. *Tem mais alguém no quarto.*

Sentiu o odor característico de perfume floral misturado com alho e temperos, então viu o contorno do pequeno corpo de Marianne cruzar a janela.

Antes que ele pudesse dizer qualquer coisa, ela subiu na cama.

– Ei! – sussurrou ele.

– Vou chupar você do jeitinho que você gosta – anunciou ela, mas ele percebeu o medo em sua voz.

– Não – disse ele, empurrando-a enquanto ela se enfiava sob os lençóis na direção de sua virilha.

Ela estava nua.

– Por favor, não me machuca hoje, por favor, Harvey – pediu Marianne. Tinha um sotaque francês.

Steven entendeu tudo. Marianne era imigrante, e Harvey a deixava tão apavorada que ela não apenas fazia tudo que ele pedia como também antecipava suas demandas.

Como ele conseguia bater na coitada e se safar enquanto o pai dormia no quarto ao lado? Ela não fazia barulho? Então Steven se lembrou do remédio para dormir. Berrington dormia tão pesadamente que os gritos de Marianne não o acordavam.

– Eu não vou machucar você, Marianne – disse ele. – Fica tranquila.

Ela começou a beijar o rosto dele.

– Seja gentil, por favor, seja gentil. Eu vou fazer tudo que você quiser, mas não me machuca.

– Marianne – disse ele severamente –, para.

Ela congelou.

Ele passou o braço ao redor dos ombros magros dela. Sua pele era macia e quente.

– Fica aí deitada um pouco e se acalma – disse ele, acariciando as costas dela. – Ninguém vai machucá-la mais, eu prometo.

Ela estava tensa, achando que apanharia, mas aos poucos foi relaxando. Aproximou-se dele.

Ele tinha uma ereção, não conseguira evitar. Sabia que poderia fazer amor com ela facilmente. Deitado ali, abraçando seu pequeno corpo trêmulo, sentiu-se bastante tentado. Ninguém jamais saberia. Como seria delicioso acariciá-la e excitá-la. Ela ficaria muito surpresa e feliz em ser amada com ternura e consideração. Eles se beijariam e se tocariam a noite toda.

Ele suspirou. Mas seria errado. Ela não estava ali voluntariamente. A insegurança e o medo a levaram para aquela cama, não o desejo. *Sim, Steven, você pode transar com ela – e estará explorando uma imigrante assustada que acredita não ter escolha. E isso seria desprezível. Você desprezaria um homem capaz de fazer isso.*

– Está se sentindo melhor agora? – perguntou.

– Sim...

– Então volta pra sua cama.

Ela tocou o rosto dele, então beijou sua boca suavemente. Ele manteve os lábios firmemente fechados, mas afagou o cabelo dela.

Ela olhou para ele na penumbra.

– Você não é ele, é? – perguntou.

– Não – respondeu Steven. – Eu não sou ele.

Pouco depois ela se foi. Ele ainda tinha uma ereção.

Por que eu não sou ele? Por conta da maneira como fui criado?

De jeito nenhum.

Eu poderia ter comido ela. Eu poderia ser o Harvey. Não sou ele porque escolhi *não ser. Meus pais não tomaram essa decisão de agora; eu tomei. Obrigado pela ajuda, mamãe e papai, mas fui eu, não vocês, que a mandei de volta para o quarto.*

Não foi o Berrington que me criou, nem vocês.

Fui eu que me criei.

SEGUNDA-FEIRA

CAPÍTULO SESSENTA E DOIS

STEVEN ACORDOU COM UM sobressalto.
Onde estou?
Alguém sacudia seus ombros, um homem de pijama listrado. Era Berrington Jones. Ficou desorientado por alguns segundos e em seguida tudo voltou.

– Se veste direito pra coletiva, por favor – solicitou Berrington. – No armário tem uma camisa que você deixou aqui umas semanas atrás. A Marianne lavou. Depois vem no meu quarto pegar uma gravata emprestada.

Berrington fala com o filho como se ele fosse uma criança difícil, desobediente, refletiu Steven enquanto saía da cama. A frase "Não discuta, apenas faça o que eu digo" estava implicitamente atrelada a cada fala. Mas seu jeito brusco de falar tornava aquele diálogo mais fácil para Steven. Ele poderia se safar com respostas monossilábicas que não colocariam em risco seu desconhecimento das coisas.

Eram oito da manhã. Só de cueca, desceu o corredor até o banheiro. Tomou banho e fez a barba com um barbeador descartável que encontrou no armário. Movia-se devagar, adiando o momento em que teria que se arriscar conversando com Berrington.

Enrolou uma toalha em volta da cintura e foi até o quarto de Berrington, seguindo suas ordens. Ele não estava lá. Steven abriu o armário. As gravatas de Berrington eram muito cafonas: listras, bolinhas e estampas, tudo em seda brilhante e fora de moda. Escolheu uma com listras horizontais largas. Precisava de uma cueca limpa também. Olhou para as sambas-canções de Berrington. Embora Steven fosse muito mais alto do que ele, ambos tinham o mesmo tamanho de cintura. Pegou uma azul lisa.

Já vestido, preparou-se para outro momento de provação. Mais algumas horas e tudo estaria acabado. Precisava dissipar as suspeitas de Berrington até alguns minutos depois do meio-dia, quando Jeannie interromperia a entrevista coletiva.

Respirou fundo e saiu pelo corredor.

Seguiu o cheiro de bacon frito até a cozinha. Marianne estava ao fogão. Ela olhou fixamente para Steven com os olhos arregalados. Steven sentiu um pânico momentâneo: se Berrington notasse a expressão dela, poderia perguntar o que havia de errado – e a coitada era tão apavorada que provavelmente lhe contaria. Mas Berrington estava assistindo à CNN em um pequeno aparelho de TV e não era do tipo que se interessava pelos empregados.

Steven se sentou e Marianne serviu café e suco para ele. Ele deu um sorriso tranquilizador para acalmá-la.

Berrington ergueu a mão pedindo silêncio – desnecessariamente, pois Steven não tinha intenção alguma de bater papo –, e o âncora leu um texto sobre a venda da Threeplex: "Michael Madigan, CEO da Landsmann North America, disse ontem à noite que a fase de *disclosure* foi concluída de maneira satisfatória, e o negócio será fechado publicamente em uma coletiva de imprensa em Baltimore nesta manhã. As ações da Landsmann subiram cinquenta *pfennigs* na bolsa de Frankfurt no início do pregão desta manhã. Os números da General Motors no terceiro trimestre..."

A campainha tocou e Berrington silenciou a TV. Olhou pela janela da cozinha e disse:

– Tem um carro de polícia lá fora.

Um pensamento terrível passou pela cabeça de Steven. Se Jeannie tivesse entrado em contato com Mish Delaware e contado o que ficara sabendo a respeito de Harvey, a polícia poderia ter decidido prendê-lo. E seria difícil para Steven negar que era Harvey Jones, uma vez que estava usando as roupas de Harvey, sentado na cozinha do pai de Harvey, comendo muffins de mirtilo feitos pela cozinheira do pai de Harvey.

Ele não queria voltar para a prisão.

Mas aquilo não era o pior. Se fosse preso naquele momento, perderia a coletiva. Se nenhum dos outros clones aparecesse, Jeannie teria apenas Harvey. E um único gêmeo não provaria nada.

Berrington se levantou para ir até a porta.

– E se eles estiverem atrás de mim? – perguntou Steven.

Marianne parecia à beira da morte.

– Vou dizer que você não está aqui – respondeu Berrington antes de se retirar.

Steven não conseguia ouvir a conversa travada lá na porta. Ficou imóvel, sem comer nem beber nada. Marianne estava parada feito uma estátua ao lado do fogão, segurando uma espátula de cozinha.

Por fim, Berrington voltou.

– Três vizinhos nossos foram roubados ontem à noite – informou. – Acho que tivemos sorte.

Durante a noite, Jeannie e o Sr. Oliver se alternaram em turnos, um tomando conta de Harvey enquanto o outro esticava as pernas, mas nenhum dos dois conseguiu descansar de fato. Apenas Harvey dormiu, roncando atrás de sua mordaça.

De manhã, eles se revezaram no banheiro. Jeannie vestiu as roupas que havia levado na mala, blusa branca e saia preta, para que pudesse ser confundida com uma garçonete.

Pediram que o café da manhã fosse servido no quarto. Não poderiam deixar o garçom entrar, pois assim ele veria Harvey amarrado na cama, então o Sr. Oliver o recebeu na porta, dizendo: "Minha mulher não está vestida, então eu levo o carrinho daqui."

Ele deixou Harvey tomar um copo de suco de laranja, levando-o à sua boca enquanto Jeannie ficava atrás dele pronta para atingi-lo com sua chave inglesa se ele tentasse qualquer coisa.

Jeannie esperou ansiosamente que Steven ligasse. O que teria acontecido com ele? Havia passado a noite na casa de Berrington. Será que estava conseguindo manter a encenação?

Lisa chegou às nove horas com uma pilha de cópias do comunicado à imprensa. Logo depois partiu para o aeroporto a fim de encontrar George Dassault e quaisquer outros clones que pudessem aparecer. Nenhum dos três havia telefonado.

Steven ligou às nove e meia.

– Tenho que falar rápido – disse. – O Berrington está no banheiro. Está tudo bem. Eu vou pra coletiva com ele.

– Ele não suspeita de nada?

– Não, apesar de eu ter passado por alguns momentos tensos. Como está o meu clone?

– Sob controle.

– Preciso ir.

– Steven?

– Fala rápido.

– Eu te amo.

Ela desligou.

Eu não deveria ter dito isso. Uma garota deve bancar a difícil. Ah, dane-se.

Às dez, ela saiu em uma expedição de reconhecimento para verificar o

Salão Principal. Ele ficava em um canto do prédio e era precedido por um pequeno saguão e uma porta para uma antessala. Uma assessora de imprensa já estava lá, montando um cenário com o logotipo da Threeplex para as câmeras de TV.

Jeannie deu uma olhada rápida em volta e voltou para o quarto.

Lisa ligou do aeroporto.

– Más notícias – disse. – O voo vindo de Nova York está atrasado.

– Poxa vida – lamentou Jeannie. – Algum sinal dos outros, Wayne ou Hank?

– Não.

– A que horas chega o avião do George?

– A previsão é onze e meia.

– Pode ser que vocês consigam chegar a tempo.

– Se eu for voando, sim.

~

Às onze horas, Berrington saiu de seu quarto vestindo o paletó. Usava um terno risca de giz azul com colete e uma camisa branca.

– Vamos indo – disse.

Steven vestiu o blazer de tweed de Harvey. Servia perfeitamente, é claro, e parecia muito com um que o próprio Steven tinha.

Saíram de casa. Ambos estavam vestidos demais para a temperatura que fazia. Entraram no Lincoln prata e ligaram o ar-condicionado. Berrington dirigia rápido, em direção ao centro da cidade. Para alívio de Steven, ele não falou muito durante a viagem. Estacionou na garagem do hotel.

– A Threeplex contratou uma assessora de imprensa pra organizar esse evento – explicou enquanto subiam pelo elevador. – O nosso departamento de comunicação nunca lidou com nada tão grande.

Enquanto se dirigiam para o Salão Principal, uma mulher com um elegante penteado e um terninho preto os interceptou.

– Meu nome é Caren Beamish, da Total Communications – disse alegremente. – Vocês gostariam de ir para a sala VIP?

Ela os conduziu a uma pequena sala onde eram servidos comes e bebes.

Steven ficou um pouco decepcionado: planejava dar uma olhada no layout da sala de conferências. Mas talvez não fizesse diferença. Contanto que Berrington continuasse a acreditar que ele era Harvey até o aparecimento de Jeannie, nada mais importava.

Já havia seis ou sete pessoas na sala VIP, incluindo Proust e Barck. Junto com Proust estava um jovem musculoso vestindo um terno preto que parecia ser um guarda-costas. Berrington apresentou Steven a Michael Madigan, chefe das operações da Landsmann na América do Norte.

Nervoso, Berrington bebia uma taça de vinho branco em grandes goles. Steven pensou em tomar um martíni – ele tinha muito mais motivos do que Berrington para estar com medo –, mas precisava estar atento e não podia se dar ao luxo de relaxar nem por um instante. Olhou para o relógio que havia tirado do pulso de Harvey. Eram cinco para o meio-dia. *Só mais alguns minutos. E, quando isso acabar, aí tomarei um martíni.*

Caren Beamish bateu palmas para chamar a atenção dos presentes e disse:

– Senhores, estamos prontos? – As respostas vieram com murmúrios e acenos de cabeça. – Então todos, exceto os participantes da mesa, devem se sentar agora, por favor.

É isso. Consegui. Acabou.

Berrington se voltou para Steven e disse:

– Adeusinho, porco-espinho.

Ele parecia ansioso pela réplica.

– Tchau – disse Steven.

Berrington sorriu.

– Como assim "tchau"? Cadê o resto?

Steven gelou. Ele não fazia ideia do que Berrington estava falando. Parecia ser uma brincadeira deles, uma piada familiar. Obviamente havia uma réplica. Que diabos poderia ser? Steven praguejou em pensamento. A coletiva de imprensa estava prestes a começar – ele precisava manter as aparências só por mais alguns segundos!

Berrington franziu a testa, confuso, olhando para ele. Steven sentiu o suor brotando em sua testa.

– Você não pode ter esquecido – disse Berrington, e Steven viu a suspeita surgir em seus olhos.

– Claro que não – respondeu Steven um tanto rápido demais, percebendo que havia se entregado.

O senador Proust também estava ouvindo.

– Então diz o resto – exigiu Berrington.

Steven o viu olhar para o guarda-costas de Proust, e o homem ficou visivelmente tenso.

Em desespero, Steven disse:

– Até lá, tamanduá.

Houve um momento de silêncio.

Então Berrington disse:

– Essa é boa!

E deu risada.

Steven relaxou. Aquela deveria ser a brincadeira: era preciso inventar uma nova resposta a cada vez. Ele agradeceu aos céus. Para esconder o alívio, virou-se de costas.

– Hora do show, pessoal – disse a assessora.

– Por aqui – disse Proust a Steven. – Você não vai querer ficar no palco.

Ele abriu uma porta e Steven entrou.

Steven se viu em um banheiro. Virando-se, falou:

– Não, isso aqui é...

O guarda-costas de Proust estava bem atrás dele. Antes que Steven pudesse entender o que estava acontecendo, o homem já o havia imobilizado com uma dolorosa chave de braço.

– Se der um pio, eu te quebro – disse ele.

~

Berrington entrou no banheiro atrás do guarda-costas. Jim Proust foi atrás dele e fechou a porta.

O guarda-costas segurava o rapaz com força.

O sangue de Berrington fervia.

– Seu moleque desgraçado – disse entre dentes. – Qual deles é você? Steven Logan, suponho.

Steven tentou manter o fingimento.

– Pai, o que você está fazendo?

– Esquece. Acabou a brincadeira. Agora me diz onde está o meu filho!

O rapaz não respondeu.

– Berry, que porra é essa? O que está acontecendo? – perguntou Jim.

Berrington tentou se acalmar.

– Este não é o Harvey – respondeu. – Ele é um dos outros, provavelmente o garoto Logan. Está fingindo ser o Harvey desde ontem à noite. O Harvey deve estar trancado em algum lugar.

Jim ficou pálido.

– Isso significa que o que ele contou sobre as intenções da Jeannie Ferrami era mentira!

Berrington assentiu, sombrio.

– Ela provavelmente está planejando algum tipo de protesto durante a coletiva.

– Merda! Na frente dessas câmeras todas, não! – esbravejou Proust.

– É o que eu faria no lugar dela. Você não?

Proust pensou por um momento.

– Como será que o Madigan vai reagir?

Berrington balançou a cabeça.

– Não sei dizer. Ele iria parecer um idiota se cancelasse o negócio no último minuto. Por outro lado, iria parecer mais idiota ainda pagando 180 milhões de dólares por uma empresa que está prestes a ser processada e perder cada centavo. Ele pode fazer qualquer uma das duas coisas.

– Então a gente precisa encontrar a Jeannie e deter aquela mulher!

– Pode ser que ela esteja hospedada no hotel. – Berrington pegou o telefone ao lado do banheiro. – Aqui é o professor Jones. Estou na coletiva de imprensa da Threeplex no Salão Principal – disse, em seu tom de voz mais autoritário. – Nós estamos esperando a Dra. Ferrami... Em que quarto ela está?

– Desculpe, não temos permissão para divulgar os números dos quartos, senhor. – Berrington estava prestes a explodir quando a telefonista acrescentou: – O senhor gostaria que eu transferisse a sua ligação?

– Sim, claro. – Ele ouviu o telefone chamar. Depois de um tempo, foi atendido por um homem que parecia idoso. Improvisando, Berrington disse: – Sua roupa está pronta, Sr. Blenkinsop.

– Eu não mandei nenhuma roupa pra lavar.

– Ah, sinto muito. Em que quarto o senhor está?

Ele mal podia respirar.

– 821.

– Eu estava tentando falar com o 812. Me desculpe.

– Sem problemas.

Berrington desligou.

– Eles estão no 821 – informou com entusiasmo. – Aposto que o Harvey está lá.

– A coletiva já vai começar – informou Proust.

– Pode ser que a gente chegue tarde demais.

Berrington hesitou, dividido. Não queria atrasar o pronunciamento em nem um segundo, mas precisava evitar o que quer que Jeannie estivesse tramando. Pouco depois, ele disse a Jim:

– Por que você não vai pra coletiva com o Madigan e o Preston? Eu vou tentar encontrar o Harvey e deter Jeannie.

– Está bem.

Berrington olhou para Steven.

– Eu ficaria mais feliz se pudesse levar seu segurança comigo. Mas não podemos deixar o Steven solto.

– Sem problema, senhor – disse o guarda-costas. – Eu posso algemá-lo a um cano.

– Excelente. Faz isso então.

Berrington e Proust voltaram para a sala VIP. Madigan lançou um olhar curioso para eles.

– Alguma coisa errada, cavalheiros?

– Um probleminha de segurança, Mike – respondeu Proust. – O Berrington vai cuidar disso enquanto a gente prossegue com nosso pronunciamento.

Madigan não pareceu muito satisfeito.

– Segurança?

– Uma mulher que eu demiti na semana passada, Jean Ferrami, está no hotel – explicou Berrington. – Pode ser que ela faça uma cena. Vou tentar impedi-la.

Isso bastou para ele.

– Ok, vamos em frente.

Madigan, Barck e Proust foram para a sala de conferências. O guarda-costas saiu do banheiro. Berrington e ele correram até o corredor e apertaram o botão para chamar o elevador. Berrington estava apreensivo e preocupado. Ele não era o tipo de homem que resolvia as coisas no braço – nunca tinha sido. O tipo de embate a que ele estava acostumado acontecia nos comitês da universidade. Esperava que não estivesse prestes a entrar em uma troca de socos.

Foram até o oitavo andar e correram para o quarto 821. Berrington bateu na porta. Uma voz de homem respondeu:

– Quem é?

– Serviço de limpeza.

– Estamos bem, senhor, obrigado.

– Eu preciso verificar o seu banheiro, por favor.

– Volta mais tarde.
– Tem um problema no banheiro, senhor.
– Estou ocupado agora. Volta daqui a uma hora.
Berrington olhou para o guarda-costas.
– Consegue derrubar essa porta?
O homem pareceu feliz com a sugestão. Então ele olhou por cima do ombro de Berrington e hesitou. Seguindo a direção de seu olhar, Berrington viu um casal de idosos com sacolas de compras emergir do elevador. Os dois caminharam lentamente ao longo do corredor em direção ao 821. Berrington esperou enquanto passavam. Eles pararam do lado de fora do 830. O marido colocou as compras no chão, procurou a chave, enfiou na fechadura e abriu a porta. Por fim o casal entrou no quarto.
O guarda-costas chutou a porta.
O portal rachou e se estilhaçou, mas a porta aguentou. Ouviu-se o som de passos rápidos vindos de dentro.
O homem chutou a porta novamente e ela se abriu.
Ele correu para dentro e Berrington foi atrás.
Foram interrompidos pela visão de um homem negro idoso apontando um enorme revólver antigo para eles.
– Levantem as mãos, fechem a porta, entrem aqui e deitem-se de bruços ou eu mato vocês dois – disse o homem. – Pela maneira como invadiram o quarto, nenhum júri em Baltimore vai me condenar por matar vocês.
Berrington ergueu as mãos.
De repente, uma figura se levantou da cama em um salto. Berrington mal teve tempo de ver que era Harvey, com os punhos amarrados e uma espécie de mordaça na boca. O velho apontou a arma para ele. Berrington ficou com medo de que seu filho estivesse prestes a levar um tiro e gritou:
– Não!
O velho se moveu uma fração de segundo tarde demais. Os braços amarrados de Harvey arrancaram a pistola de suas mãos. O guarda-costas pulou para alcançá-la e a pegou do tapete. Levantando-se, apontou para o velho.
Berrington respirou tranquilo novamente.
O velho ergueu lentamente os braços.
O guarda-costas pegou o telefone do quarto.
– Queria pedir um segurança pro quarto 821 – disse. – Tem um hóspede armado aqui.
Berrington olhou ao redor do quarto. Não havia sinal de Jeannie.

Jeannie saiu do elevador vestindo a blusa branca e a saia preta e carregando uma bandeja de chá que havia pedido ao serviço de quarto. Seu coração batia feito um bumbo. Caminhando no ritmo acelerado de uma garçonete, entrou no Salão Principal.

No pequeno saguão, duas mulheres estavam sentadas atrás das mesas verificando os nomes dos presentes em uma lista. Havia um segurança do hotel próximo, conversando com elas. Provavelmente ninguém deveria entrar sem um convite, mas Jeannie apostava que eles não questionariam uma garçonete com uma bandeja na mão. Ela se forçou a sorrir para o guarda enquanto se dirigia para a porta interna.

– Ei! – disse ele.

Ela se virou já na porta.

– Tem bastante café e bebida lá dentro.

– É um chá de jasmim, um pedido especial.

– Pra quem?

Ela pensou rápido.

– Senador Proust.

Torceu para que ele estivesse lá.

– Tá bem. Pode ir.

Ela sorriu novamente, abriu a porta e entrou na sala de conferências.

No fundo do salão, três homens de terno estavam sentados a uma mesa em cima de um tablado. Na frente deles havia uma pilha de documentos. Um dos homens fazia um discurso formal. O público consistia em cerca de quarenta pessoas com blocos de anotações, gravadores e câmeras de TV portáteis.

Jeannie foi até a frente. De pé ao lado do tablado estava uma mulher vestindo um terninho preto e óculos de grife. Ela usava uma credencial que dizia:

CAREN BEAMISH
Total Communications

Era a assessora que Jeannie tinha visto antes montando o cenário. Ela olhou curiosa para Jeannie, mas não tentou impedi-la, presumindo – como Jeannie pretendia – que alguém tivesse solicitado algo à cozinha.

Os homens no tablado tinham cartões com seus nomes à frente deles. Ela reconheceu o senador Proust à direita. À esquerda estava Preston Barck. O que estava no meio e que naquele momento falava era Michael Madigan.

– A Threeplex não é apenas uma empresa de biotecnologia fascinante... – dizia ele em tom entediante.

Jeannie sorriu e colocou a bandeja na frente dele. Ele pareceu ligeiramente surpreso e interrompeu seu discurso por um momento.

Ela se voltou para a plateia.

– Eu tenho um comunicado muito especial a fazer – informou.

~

Steven permanecia sentado no chão do banheiro com a mão esquerda algemada ao cano da pia e estava irritado e desesperado. Berrington o havia descoberto alguns segundos antes que seu tempo acabasse. Agora ele estava procurando por Jeannie e poderia arruinar todo o plano se a encontrasse. Steven precisava fugir dali para avisá-la.

A extremidade superior do cano ficava presa ao ralo da pia. Ele fazia uma curva em S e desaparecia dentro da parede. Contorcendo o corpo, Steven colocou o pé no cano, puxou-o para trás e chutou. Toda a instalação estremeceu. Ele chutou novamente. A argamassa em torno do cano no ponto em que ele entrava na parede começou a se esfarelar. Ele chutou várias vezes. A argamassa caiu, mas o cano era forte.

Frustrado, ele olhou para o local onde o cano se juntava à pia. Talvez aquela junção fosse mais fraca. Agarrou-a com as duas mãos e a sacudiu freneticamente. Mais uma vez tudo tremeu, mas nada se quebrou.

Olhou para a curva em S. Havia um disco serrilhado ao redor do cano logo acima da curva. Steven sabia que os encanadores o desenroscavam quando precisavam limpar a curva, mas usavam uma ferramenta para isso. Levou a mão esquerda ao disco, agarrou-o o mais forte que pôde e tentou girá-lo. Seus dedos escorregaram e ele arranhou os nós dos dedos dolorosamente.

Deu um tapa na parte inferior da pia. Era feita de uma espécie de mármore artificial bastante resistente. Olhou novamente para o local onde o cano se conectava ao ralo. Se conseguisse quebrar esse lacre, talvez fosse capaz de puxar o cano para fora. Então poderia facilmente deslizar a algema pela ponta e se soltar.

Steven mudou de posição, recuou o pé e começou a chutar novamente.

– Vinte e três anos atrás, a Threeplex realizou experimentos ilegais e irresponsáveis em oito mulheres americanas sem qualquer aviso prévio – afirmou Jeannie. Sua respiração estava acelerada e ela lutava para falar normalmente e projetar a voz. – Todas essas mulheres eram esposas de oficiais do Exército.

Ela procurou por Steven na plateia, mas não conseguiu vê-lo. *Onde diabos ele está? Deveria estar aqui – ele é a prova!*

Caren Beamish disse com voz trêmula:

– Este é um evento privado. Por favor, retire-se imediatamente.

Jeannie a ignorou.

– Essas mulheres foram à clínica da Threeplex na Filadélfia para fazer um tratamento hormonal para infertilidade. – Ela deixou sua raiva transparecer. – Sem sua permissão, elas foram inseminadas com embriões de desconhecidos.

Houve um burburinho entre os jornalistas reunidos. Jeannie percebeu que ficaram interessados.

Ela ergueu a voz:

– Preston Barck, supostamente um cientista responsável, estava tão obcecado com seu trabalho pioneiro em clonagem que dividiu um mesmo embrião sete vezes, produzindo oito embriões idênticos, e os implantou em oito mulheres, que não suspeitavam de absolutamente nada.

Jeannie avistou Mish Delaware sentada nos fundos, observando com uma discreta expressão de divertimento. Mas Berrington não estava no salão. Aquilo era surpreendente – e preocupante.

No tablado, Preston Barck se levantou e disse:

– Senhoras e senhores, peço desculpas por isso. Tínhamos sido avisados de que poderia haver algum tumulto.

Jeannie prosseguiu:

– Esse ultraje foi mantido em segredo por 23 anos. Os três perpetradores, Preston Barck, o senador Proust e o professor Berrington Jones, sempre estiveram dispostos a fazer qualquer coisa para encobrir os fatos, e eu sei disso por experiência própria.

Caren Beamish estava falando em um telefone do hotel. Jeannie a ouviu dizer:

– Manda um segurança pra cá agora mesmo, por favor.

Debaixo da bandeja, Jeannie carregava um maço de cópias do comunicado à imprensa que havia escrito e que Lisa havia fotocopiado.

– Todos os detalhes estão neste panfleto – declarou e começou a distribuí-los enquanto continuava a falar: – Esses oito embriões cresceram e nasceram, e sete deles estão vivos atualmente. Vocês vão saber quem são porque são todos idênticos.

Jeannie notou pela expressão dos jornalistas que havia conseguido chegar aonde queria. Uma olhada de relance na direção do tablado lhe permitiu ver Proust com uma cara de ódio; Preston Barck parecia querer morrer.

Àquela altura, o Sr. Oliver deveria entrar com Harvey para que todos pudessem ver que ele se parecia com Steven e possivelmente com George Dassault também. Mas não havia sinal de nenhum deles. *Não deixa passar muito tempo!*

Jeannie continuou falando:

– Vocês poderiam pensar que se trata de gêmeos idênticos, e de fato eles têm o DNA idêntico, mas nasceram de oito mães diferentes. Eu estudo gêmeos, e o quebra-cabeça envolvendo irmãos gêmeos que tinham mães diferentes foi o que me fez começar a investigar essa história vergonhosa.

A porta nos fundos da sala se abriu. Jeannie ergueu os olhos, esperando ver um dos clones. Mas foi Berrington quem entrou às pressas. Ofegante, como se houvesse chegado até ali correndo, Berrington disse:

– Senhoras e senhores, essa jovem está sofrendo de um colapso nervoso e recentemente foi demitida de seu emprego. Ela era pesquisadora em um projeto financiado pela Threeplex e guarda rancor da empresa. A segurança do hotel acaba de prender um cúmplice dela em outro andar. Por favor, tenham um pouco de paciência enquanto ela é escoltada para fora do prédio, e assim nossa coletiva poderá continuar.

Jeannie estava em choque. Onde estavam o Sr. Oliver e Harvey? E o que havia acontecido com Steven? Seu discurso e seu panfleto não significavam nada sem evidências. Ela dispunha de apenas alguns segundos. Algo dera terrivelmente errado. Berrington havia encontrado uma maneira de acabar com seus planos.

Um segurança uniformizado entrou na sala e falou com Berrington.

Em desespero, Jeannie se voltou para Michael Madigan. Ele tinha uma expressão impassível no rosto, e ela supôs que fosse o tipo de homem que odiava interrupções em sua rotina bem organizada. Mesmo assim, ela tentou.

– Vejo que está com a documentação à sua frente, Sr. Madigan – disse. –

Não acha que deveria verificar essa história antes de assinar? Suponha que eu tenha razão... imagine por quanto dinheiro essas oito mulheres poderiam processá-lo!

Madigan disse suavemente:

– Eu não tenho o hábito de tomar decisões de negócios com base em denúncias feitas por gente maluca.

Os jornalistas riram, e Berrington começou a parecer mais confiante. O segurança se aproximou de Jeannie.

– Eu esperava mostrar a vocês dois ou três dos clones, como prova – declarou ela ao público –, mas... eles não apareceram.

Os repórteres riram de novo, e Jeannie percebeu que tinha se tornado uma piada. Estava tudo acabado, e ela havia sido derrotada.

O segurança a segurou com firmeza pelo braço e a empurrou em direção à porta. Ela poderia ter tentado se livrar dele, mas seria inútil.

Jeannie passou por Berrington e o viu sorrir. Ela sentiu as lágrimas brotarem de seus olhos, mas as conteve e manteve a cabeça erguida. *Vão pro inferno todos vocês*, pensou. *Um dia descobrirão que eu estava certa.*

Atrás de si, ela ouviu Caren Beamish dizer:

– Sr. Madigan, gostaria de retomar seus comentários?

Quando Jeannie e o segurança chegaram à porta, ela se abriu e Lisa entrou. Jeannie arquejou ao ver que logo atrás dela estava um dos clones.

Deve ser George Dassault. Ele veio! Mas um não era suficiente – ela precisava de dois para comprovar seu argumento. Se ao menos Steven aparecesse, ou o Sr. Oliver com Harvey...

Então, com alegria exultante, ela viu um segundo clone entrar. Devia ser Henry King. Ela se soltou do segurança.

– Olhem! – gritou. – Olhem pra cá!

Enquanto ela falava, um terceiro clone entrou. O cabelo preto denunciava ser Wayne Stattner.

– Vejam só! – berrou Jeannie. – Eles estão aqui! São idênticos!

Todas as câmeras se desviaram do tablado e apontaram para os recém-chegados. Flashes piscaram quando os fotógrafos começaram a registrar o incidente.

– Eu falei pra vocês! – disse Jeannie, triunfante, para os jornalistas. – Agora perguntem a eles sobre seus pais. Eles não são trigêmeos. As mães deles nem se conhecem! Perguntem a eles. Vão em frente, perguntem a eles!

Ela percebeu que sua voz soava animada demais e fez um esforço para se acalmar, mas era difícil – ela estava feliz demais. Vários repórteres correram e se aproximaram dos três clones, ansiosos para interrogá-los. O segurança agarrou o braço de Jeannie novamente, mas ela agora estava no meio de uma multidão e, de todo modo, não conseguia se mover.

Ao fundo, ela ouviu Berrington elevar a voz sobre o burburinho dos repórteres:

– Senhoras e senhores, gostaríamos de ter sua atenção, por favor! – Ele começou parecendo zangado, mas logo se tornou petulante: – Nós *gostaríamos* de prosseguir com a coletiva de imprensa!

Não adiantou. Os jornalistas farejaram uma história real e haviam perdido o interesse no pronunciamento.

Pelo canto do olho, Jeannie viu o senador Proust silenciosamente se esgueirar para fora da sala.

Um jovem estendeu um microfone para ela e perguntou:

– Como você tomou conhecimento dessas experiências?

– Eu sou a Dra. Jean Ferrami e sou cientista do departamento de psicologia da Universidade Jones Falls. No decorrer do meu trabalho, encontrei determinado grupo de pessoas que pareciam ser gêmeas idênticas mas que não eram parentes. Resolvi investigar. Berrington Jones tentou fazer com que eu fosse demitida para evitar que eu chegasse à verdade. Apesar disso, descobri que os clones eram o resultado de um experimento militar conduzido pela Threeplex.

Ela olhou ao redor do salão.

Cadê o Steven?

~

Steven deu mais um chute e o cano se soltou da parte inferior da pia em meio a uma chuva de argamassa e lascas de mármore. Empurrando o cano, ele o puxou da pia e passou a algema pela abertura. Livre, levantou-se.

Colocou a mão esquerda no bolso para esconder a algema que pendia de seu pulso, depois saiu do banheiro.

A sala VIP estava vazia.

Sem saber o que poderia encontrar na sala de conferências, foi até o corredor.

Ao lado da sala VIP havia uma porta com a inscrição Salão Principal. Mais adiante, aguardando o elevador, estava um dos clones.

Quem era ele? O homem esfregava os pulsos, como se estivessem doloridos, e tinha uma marca vermelha em ambas as faces que parecia ter sido provocada por uma mordaça apertada. Era Harvey, que passara a noite amarrado.

Ele olhou para cima e seu olhar cruzou com o de Steven.

Eles se encararam por um tempo. Era como se ver no espelho. Steven tentou enxergar além da aparência de Harvey, ler seu rosto e olhar dentro de seu coração, para ver o câncer que o tornava uma pessoa má. Mas não conseguiu. Tudo que viu foi um homem igual a ele que havia caminhado pela mesma estrada e virado numa direção diferente.

Ele desviou os olhos de Harvey e foi para o Salão Principal.

Deparou-se com um pandemônio. Jeannie e Lisa estavam no meio de uma multidão de cinegrafistas. Ele viu um, não, dois, *três* clones com elas. Forçou o caminho até lá.

– Jeannie! – chamou.

Ela olhou para ele, o rosto sem expressão.

– Sou eu, Steven!

Mish Delaware estava ao lado dela.

– Se você está procurando o Harvey, ele está lá fora, esperando o elevador – informou Steven.

– Você sabe dizer quem é este? – indagou Mish.

– Claro. – Jeannie olhou para ele e afirmou: – Eu também jogo tênis mais ou menos.

Ele sorriu.

– Se você joga tênis *mais ou menos*, provavelmente não está no mesmo nível que eu.

– Graças a Deus! – disse Jeannie, atirando os braços ao redor dele.

Ele sorriu e se inclinou para o rosto dela, e eles se beijaram.

As câmeras se voltaram para eles, um mar de flashes cintilou, e aquela foi a foto da primeira página dos jornais do mundo inteiro na manhã seguinte.

JUNHO DO ANO SEGUINTE

CAPÍTULO SESSENTA E TRÊS

O FOREST LAWNS PARECIA um refinado hotel à moda antiga. Papel de parede florido, peças de porcelana em caixas de vidro e mesas com pernas altas e finas. Cheirava a pot-pourri, não a desinfetante, e a equipe chamava a mãe de Jeannie de *Sra. Ferrami*, não de *Maria* ou *querida*. Ela estava instalada em uma pequena suíte com uma saleta onde os visitantes podiam se sentar e tomar chá.

– Este é Steven, o meu marido, mãe – disse Jeannie.

Steven deu seu sorriso mais encantador e apertou a mão dela.

– Que rapaz bonito – comentou a mãe. – Você trabalha com quê, Steven?

– Estou estudando Direito.

– Direito. É uma boa carreira.

Ela tinha lampejos de lucidez intercalados por longos períodos de confusão.

– O papai foi ao nosso casamento – contou Jeannie.

– Como está o seu pai?

– Bem. Ele está velho demais pra roubar as pessoas, então agora ele as protege. Abriu uma empresa de segurança. Está indo bem.

– Faz vinte anos que não o vejo.

– Não, mãe, você tem visto o papai. Ele a visita, mas você se esquece. – Jeannie mudou de assunto: – Você está com uma aparência ótima.

A mãe estava usando uma bela blusa de algodão com listras vermelhas e brancas. Estava com permanente no cabelo e as unhas feitas.

– Você gosta daqui? É melhor que o Bella Vista, não acha?

A mãe começou a parecer preocupada.

– Como a gente vai pagar por isso, Jeannie? Não tenho dinheiro.

– Eu tenho um emprego novo, mãe. Posso pagar.

– Que emprego é esse?

Jeannie sabia que ela não entenderia, mas lhe contou mesmo assim:

– Eu sou diretora de pesquisa genética de uma grande empresa chamada Landsmann.

Michael Madigan ofereceu-lhe o emprego depois que alguém explicou seu mecanismo de busca para ele. O salário era três vezes o que ela ganhava na Jones Falls. Ainda mais estimulante era o trabalho, que estava na vanguarda da pesquisa genética.

– Que maravilha – disse a mãe. – Ah! Antes que eu me esqueça, saiu uma foto sua no jornal. Eu guardei.

Ela procurou dentro da bolsa e tirou um recorte dobrado. Esticou o papel e o entregou a Jeannie.

Jeannie já tinha visto o recorte antes, mas o analisou como se fosse novidade. Mostrava-a na investigação do Congresso a respeito dos experimentos realizados na Clínica Aventine. O inquérito ainda não havia chegado ao fim, mas não restavam muitas dúvidas sobre o que o relatório diria. O interrogatório de Jim Proust, transmitido pela televisão para todo o país, foi uma humilhação pública jamais vista antes. Proust berrou, gritou e mentiu, e a cada palavra sua culpa se tornava mais evidente. Quando acabou, ele renunciou ao cargo de senador.

Berrington Jones não teve permissão para renunciar ao cargo, mas foi demitido da Jones Falls pelo comitê de disciplina. Jeannie ficara sabendo que ele havia se mudado para a Califórnia, onde vivia com uma pequena mesada de sua ex-mulher.

Preston Barck renunciou ao cargo de presidente da Threeplex, que foi liquidada para pagar a indenização acordada às oito mães dos clones. Uma pequena quantia foi reservada para o tratamento psicológico destinado a ajudar cada um dos clones a lidar com sua conturbada história.

E Harvey Jones estava cumprindo pena de cinco anos por incêndio e estupro.

A mãe voltou a falar:

– O jornal diz que você teve que *prestar depoimento*. Você não se meteu em confusão não, não é?

Jeannie trocou um sorriso com Steven.

– Por uma semana, em setembro, eu fiquei meio encrencada, mãe. Mas acabou dando tudo certo no final.

– Que bom.

Jeannie se levantou.

– A gente precisa ir agora. É nossa lua de mel. Temos que pegar um avião.

– Pra onde vocês estão indo?

– Um pequeno resort no Caribe. As pessoas dizem que é o lugar mais lindo do mundo.

Steven apertou a mão dela e Jeannie se despediu com um beijo.

– Aproveita o descanso, querida – disse a mãe de Jeannie enquanto eles saíam. – Você merece.

AGRADECIMENTOS

SOU PROFUNDAMENTE GRATO às seguintes pessoas por sua gentil ajuda com a pesquisa para *O terceiro gêmeo*:

Na polícia da cidade de Baltimore: tenente Frederic Tabor, tenente Larry Leeson, sargento Sue Young, detetive Alexis Russell, detetive Aaron Stewart, detetive Andrea Nolan, detetive Leonard Douglas.

Na polícia do condado de Baltimore: sargento David Moxley e detetive Karen Gentry.

Assessora Cheryl Alston, juíza Barbara Baer Waxman, advogado Mark Cohen.

Carole Kimmell, enfermeira do Mercy Hospital; professora Trish VanZandt e seus colegas da Universidade Johns Hopkins; Bonnie Ariano, diretora executiva do Centro para Vítimas de Abuso Sexual e Violência Doméstica em Baltimore.

Na Universidade de Minnesota: professor Thomas Bouchard, professor Matthew McGue, professor David Lykken.

No Pentágono: tenente-coronel Letwich, capitão Regenor.

Em Fort Detrick, em Frederick, Maryland: Eileen Mitchell, Chuck Dasey, coronel David Franz.

Peter D. Martin, do laboratório forense da Polícia Metropolitana; Ruth e Norman Glick; os especialistas em computação Wade Chambers, Rob Cook e Alan Gold; e em especial o pesquisador Dan Starer, da Research for Writers, da cidade de Nova York, que me colocou em contato com a maioria das pessoas acima.

Também sou grato a minhas editoras Suzanne Baboneau, Marjorie Chapman e Ann Patty; aos amigos e familiares que leram os rascunhos do livro e fizeram comentários, incluindo Barbara Follett, Emanuele Follett, Katya Follett, Jann Turner, Kim Turner, John Evans, George Brennan e Ken Burrows; aos agentes Amy Berkower e Bob Bookman; e, acima de tudo, ao meu colaborador mais antigo e crítico mais perspicaz, Al Zuckerman.

CONHEÇA OS LIVROS DE KEN FOLLETT

Os pilares da Terra (e-book)
Mundo sem fim
Coluna de fogo
Um lugar chamado liberdade
As espiãs do Dia D
Noite sobre as águas
O homem de São Petersburgo
A chave de Rebecca
O voo da vespa
Contagem regressiva
O buraco da agulha
Tripla espionagem
Uma fortuna perigosa
Notre-Dame
O crepúsculo e a aurora
O terceiro gêmeo

O Século
Queda de gigantes
Inverno do mundo
Eternidade por um fio

Para saber mais sobre os títulos e autores da Editora Arqueiro,
visite o nosso site e siga as nossas redes sociais.
Além de informações sobre os próximos lançamentos,
você terá acesso a conteúdos exclusivos
e poderá participar de promoções e sorteios.

editoraarqueiro.com.br